IMPRIMATUR

www.editions-jclattes.fr

Monaldi & Sorti

IMPRIMATUR

Roman

Traduit de l'italien par Nathalie Bauer

JC Lattès

Titre de l'édition originale
IMPRIMATUR
publiée par Mondadori

Interprétations divinatoires
de l'Arcane du Jugement
Résurrection du passé
Réparation des torts subis
Jugement égal des descendants.
[...] Rien ne se perd ; le passé vit
dans ce qui intéresse l'avenir.

OSCAR WIRTH, *Les Tarots*

Côme, le 14 février 2040

A son Excellence
Monseigneur Alessio Tanari
Secrétaire de la Congrégation pour les Causes des Saints
Rome — Ville du Vatican

In nomine Domini
Ego, Lorenzo Dell'Agio, Episcopus Comi, in processu canonizationis beati Innocentii Papae XI, iuro me fideliter diligenterque impleturum munus mihi commissum, atque secretum servaturum in iis ex quorum revelatione preiudicium causae vel infamiam beato afferre posset. Sic me Deus adiuvet.

Très cher Alessio,

Veuillez m'excuser de m'adresser à vous en commençant par la formule du serment rituel : taire ce que j'apprendrais d'infamant pour la réputation d'une âme bienheureuse.

Je sais que vous pardonnerez à votre ancien professeur du séminaire d'adopter un style épistolaire moins orthodoxe que ceux auxquels vous êtes accoutumé.

Il y a environ trois ans, vous m'avez écrit à la demande du Saint-Père pour m'inviter à faire pleine lumière sur une prétendue guérison miraculeuse qu'aurait accomplie dans mon diocèse il y a plus de quarante ans le bienheureux pape Innocent XI : ce Benedetto Odescalchi de Côme dont vous m'aviez justement entendu, sans doute pour la première fois, raconter l'histoire lorsque vous étiez petit.

Comme vous vous le rappelez certainement, l'affaire de *mira sanatio* concernait un enfant, un orphelin de la campagne de Comasco auquel un chien avait tranché un doigt. Le pauvre lambeau sanguinolent, immédiatement ramassé par la grand-mère de l'enfant, dévote du pape Innocent, fut enroulé par ses soins dans une image sainte du pontife et remis aux médecins des Urgences. Après la greffe, le petit retrouva instantanément une sensibilité et un usage parfaits de son doigt, ce qui suscita la stupeur du chirurgien et de ses assistants.

Selon vos indications et le désir de Sa Sainteté, j'ai instruit le procès *super mira sanatione*, que mon prédécesseur de l'époque n'avait, en revanche, pas cru bon d'entamer. Je ne m'attarderai pas sur ce procès, que je viens de conclure alors que les témoins de l'affaire sont presque tous décédés, que les dossiers cliniques ont été détruits au bout de dix ans, et que l'enfant, à présent quinquagénaire, réside de façon durable aux Etats-Unis. Les actes vous seront envoyés dans un autre courrier. Ainsi que la procédure le requiert, vous les soumettrez, je le sais, au jugement de la Congrégation et rédigerez ensuite un rapport à l'intention du Saint-Père. Je sais, en effet, combien notre bien-aimé pontife aspire à la réouverture du procès de canonisation du pape Innocent XI, près d'un siècle après sa béatification, pour le proclamer enfin saint. Et comme j'ai à cœur de satisfaire les intentions de Sa Sainteté, j'en viens au fait.

Vous avez sans doute remarqué la masse importante du pli joint à ma lettre : il contient le manuscrit d'un livre jamais publié.

Il sera difficile de vous en expliquer la genèse en détail : après m'en avoir envoyé un exemplaire, les deux auteurs se sont évanouis dans le néant. Je suis certain que Notre Seigneur inspirera au Saint-Père et à vous-même, une fois cet ouvrage lu, la solution la plus juste au dilemme : *secretum servare aut non ?* Taire ou divulguer cet écrit ? Votre décision sera à mes yeux chose sacrée.

Mon esprit se libérant tout juste de trois années de recherches, ma plume risque parfois de filer trop librement. Je vous prie donc dès à présent de m'en excuser.

J'ai fait la connaissance des deux auteurs du manuscrit, un jeune couple de fiancés, il y a environ quarante-trois ans. J'avais tout juste été nommé curé à Rome, où je m'étais installé après avoir quitté ma ville de Côme, à laquelle Notre Seigneur me donnerait ensuite la grâce de retourner en qualité d'évêque. Les deux jeunes gens, Rita et Francesco, étaient journalistes et vivaient non loin de ma paroisse. Ils s'adressèrent donc à moi pour le cours de préparation au mariage.

Bien vite, le dialogue avec le jeune couple dépassa le simple rapport de maître à élèves ; avec le temps, il devint plus étroit et plus familier. Le hasard voulut que, quinze jours seulement avant la date des noces, le prêtre destiné à les célébrer fût victime d'une grave indisposition. C'est tout naturellement que Rita et Francesco me prièrent de le remplacer.

Je les mariai par un après-midi ensoleillé de la mi-juin, dans la lumière pure et noble de l'église de San Giorgio in Velabro, à quelques pas des glorieuses ruines du Forum romain et de la forteresse du Capitole. Ce fut une cérémonie intense et pleine d'émotion. Je priai ardemment le Très-Haut de donner au jeune couple une longue vie sereine.

Après le mariage, nous avons continué de nous fréquenter pendant plusieurs années. J'appris ainsi que, malgré le peu de temps libre dont ils disposaient, Rita et Francesco n'avaient pas totalement abandonné leurs études. S'étant dirigés, après leur maîtrise de Lettres, vers le monde plus dynamique et plus cynique de la presse écrite, ils n'avaient toutefois pas oublié leurs anciens intérêts. Au contraire, ils les cultivaient lorsqu'ils le pouvaient par de bonnes lectures, des visites aux musées et quelques incursions dans les bibliothèques.

Une fois par mois, ils m'invitaient le soir à dîner, ou l'après-midi à prendre un café. Pour me permettre de m'asseoir, ils étaient souvent obligés de libérer, au dernier moment, une chaise ensevelie sous des piles de photocopies, de microfilms, de reproductions de gravures anciennes et de livres : des montagnes de papier que je voyais croître à chaque visite. Intrigué, je leur demandai à quoi ils s'occupaient avec un enthousiasme aussi vif.

Ils me racontèrent qu'ils avaient déniché dans la collection privée d'un aristocrate romain, bibliophile, un recueil de huit volumes manuscrits remontant au début du XVIII⁰ siècle. Grâce à des amitiés communes, le propriétaire, le marquis *** ***, les avait autorisés à étudier ces volumes anciens.

Il s'agissait d'un véritable joyau pour les amateurs d'histoire. Les huit tomes renfermaient la correspondance de l'abbé Atto Melani, membre d'une vieille et noble famille toscane de musiciens et de diplomates.

Mais la véritable découverte devait encore venir : à l'intérieur d'un des huit tomes, ils avaient découvert de volumineux mémoires manuscrits. Datés de 1699, ceux-ci étaient rédigés avec une écriture minuscule, d'une main manifestement différente de celle qui avait écrit le reste du volume.

L'auteur anonyme de ces mémoires affirmait qu'il avait été apprenti dans une auberge romaine et racontait à la première personne des histoires surprenantes qui s'étaient déroulées en 1683 entre Paris, Rome et Vienne. Les mémoires étaient précédés par une courte lettre de présentation, dépourvue de date, d'expéditeur et de destinataire, au contenu tout aussi obscur.

Je n'eus pas l'occasion d'en savoir plus long. Le mari et la femme observaient la plus grande discrétion sur cette affaire. Je devinai seulement que la découverte de ces mémoires avait engendré leurs recherches les plus animées.

Cependant, ayant quitté définitivement le milieu universitaire et n'étant donc plus en mesure d'apporter une dignité scientifique à leurs études, les deux jeunes gens avaient commencé à nourrir le projet d'un roman.

Ils m'en parlèrent sur le mode de la plaisanterie, ou presque : ils réécriraient les mémoires de l'apprenti sous forme de roman. Je fus dans un premier temps légèrement déçu, jugeant – tel le chercheur passionné que je me piquais d'être – cette idée velléitaire et superficielle.

Puis, entre deux visites, je compris que la chose devenait sérieuse. Moins d'une année s'était écoulée depuis leur mariage, et ils y consacraient à présent tout leur temps libre. Plus tard, ils m'avouèrent qu'ils avaient passé leur voyage de noces dans les archives et les bibliothèques de Vienne. Je ne posai jamais de questions, me transformant en dépositaire silencieux et discret de leurs efforts, rien de plus.

A l'époque, hélas, je ne suivais pas attentivement le compte rendu que les deux jeunes gens me faisaient de la progression de leur travail. Entre-temps, poussés par la naissance d'une belle fillette et las de construire des édifices sur les sables mouvants de notre pauvre pays, ils avaient soudain décidé, au début du nouveau siècle, de s'installer à Vienne, ville à laquelle ils s'étaient attachés, en partie du fait de leurs doux souvenirs de jeunes mariés.

Juste avant de quitter définitivement Rome, ils me convièrent à de brefs adieux. Ils promirent de m'écrire et de me rendre visite chaque fois qu'ils reviendraient en Italie.

Mais ils s'en abstinrent, et je perdis toute trace d'eux. Puis un beau jour, il y a quelques mois, je reçus un pli de Vienne. Il contenait le manuscrit que je vous adresse : le roman tant attendu.

Je fus heureux d'apprendre qu'ils avaient au moins réussi à mener leur travail à bon port, et je voulais leur répondre pour les remercier. Mais je constatai avec surprise qu'ils ne m'avaient envoyé ni leur adresse, ni quelques lignes d'accompagnement. Une dédicace dépouillée en guise de frontispice : « Aux vaincus. » Et derrière le pli, une simple inscription au feutre : « Rita & Francesco. »

Je lus donc le roman. Ou devrais-je plutôt le qualifier de mémoires ? S'agit-il vraiment de mémoires baroques, remaniés à l'intention du lecteur d'aujourd'hui ? Ou plutôt d'un roman moderne dont l'action se déroule au XVIIᵉ siècle ? Ou les deux à la fois ? Ces questions continuent de m'assaillir. En effet, l'on a parfois l'impression de lire des pages tout droit sorties du XVIIᵉ siècle : les personnages dissertent invariablement en employant le vocabulaire des traités de cette époque.

Mais quand la dissertation s'efface devant l'action, le registre linguistique change brusquement, les mêmes personnages s'expriment dans une prose moderne, et leurs actions semblent reproduire de manière criante le *topos* du roman d'enquête, à la Sherlock Holmes et Watson, pour être plus clair. Comme si les auteurs avaient souhaité laisser la marque de leur intervention dans ces passages.

Et s'ils m'avaient menti ? me surpris-je à m'interroger. Si l'histoire du manuscrit de l'apprenti qu'ils avaient retrouvé n'était qu'une invention ? La manière de cet ouvrage n'évoquait-elle pas l'expédient au moyen duquel Manzoni et Dumas ouvrent leurs deux chefs-d'œuvre, *Les Fiancés* et *Les Trois Mousquetaires* ? Qui sont – quelle coïncidence ! – des romans historiques dont l'action se déroule au XVIIᵉ siècle...

Hélas, je n'ai pas réussi à venir à bout de ce problème, qui est probablement destiné à demeurer un mystère. En effet, je n'ai pas pu mettre la main sur les huit tomes de lettres de l'abbé Melani, qui ont donné lieu à toute l'histoire. La bibliothèque du marquis *** *** a été démembrée il y a une dizaine d'années par les héritiers, qui se sont ensuite employés à la céder. Après que j'eus dérangé quelques relations, l'hôtel des ventes qui s'en était occupé m'a communiqué officieusement les noms des acquéreurs.

Je croyais être arrivé à la solution et je m'estimais gracié par le Seigneur quand je lus les noms des nouveaux propriétaires : les volumes avaient été achetés par Rita et Francesco. Dont il était impossible, évidemment, de connaître l'adresse.

Au cours de ces trois dernières années, j'ai entrepris avec les quelques ressources que je possède une longue série de vérifications sur le contenu du manuscrit. Vous trouverez le résultat de mes recherches dans les pages que j'allègue en appendice à cet ouvrage et que je vous prie de lire avec le plus grand soin. Vous y découvrirez que j'ai longtemps relégué dans l'oubli l'œuvre de mes deux amis et que j'en ai beaucoup souffert. Vous y lirez ensuite un examen détaillé des événements historiques que relate ce manuscrit et un compte rendu des pénibles recherches que j'ai menées dans les archives et les bibliothèques d'une bonne partie de l'Europe afin d'établir s'ils correspondent à la vérité.

En effet, comme vous pourrez **le** vérifier vous-même, les faits ici narrés furent d'une telle **portée** qu'ils modifièrent violemment et à jamais le cours de l'Histoire.

Eh bien, parvenu au terme de ces recherches, je suis en mesure d'affirmer sans hésiter que les événements et les personnages contenus dans cette histoire sont authentiques. Et là où je n'ai pas obtenu de véritables preuves, j'ai été en mesure d'établir que ces événements étaient tout à fait vraisemblables.

Si l'histoire que racontent mes deux anciens paroissiens ne gravite pas uniquement autour du pape Innocent XI (qui ne figure même pas parmi les personnages de ce roman), elle dépeint toutefois des circonstances qui jettent de nouvelles et graves ombres sur la limpidité d'âme du pontife et sur l'honnêteté de ses intentions. Je dis bien nouvelles, puisque le procès de béatification du pape Odescalchi, ouvert le 3 septembre 1714 par Clément XI, fut aussitôt bloqué par les objections *super virtutibus* que le promoteur de la foi souleva au sein de la Congrégation préparatoire. Trente années durent s'écouler pour que Benoît XIV Lambertini impose par décret le silence aux doutes des promoteurs et des conseillers sur le caractère héroïque des vertus d'Innocent XI. Mais voilà que le procès s'interrompait à nouveau, cette fois pour une durée de presque deux cents ans : en effet, c'est seulement en 1943, sous le règne du pape Pie XII, qu'un autre rapporteur fut nommé. La béatification se ferait attendre treize années de plus, c'est-à-dire jusqu'au 7 octobre 1956. Dès lors, le silence s'abattit sur le pape Odescalchi. Plus jamais, jusqu'à aujourd'hui, on ne songea à le proclamer saint.

J'aurais pu, grâce à la législation que le pape Jean-Paul II approuva il y a plus de cinquante ans, ouvrir moi-même un supplément d'instruction. Mais il m'aurait alors été impossible de *secretum servare in iis ex quorum revelatione preiudicium causae vel infamiam beato afferre posset*. En effet, il m'aurait fallu révéler le contenu du manuscrit de Rita et Francesco à quelqu'un, ne fût-ce qu'au promoteur de justice et au postulateur (les « avocats de l'accusation et de la défense des Saints » ainsi que les journaux les qualifient grossièrement aujourd'hui).

Mais j'aurais de cette façon éveillé de graves et irréversibles doutes sur les vertus du bienheureux : décision qui revenait au souverain pontife, certes pas à ma personne.

Si, en revanche, l'ouvrage avait été publié entre-temps, j'aurais été libéré de l'obligation du secret. J'espérais donc que le livre de mes deux paroissiens avait déjà trouvé un éditeur. Je confiai alors cette recherche à mes collaborateurs les plus jeunes et les plus ignares. Mais je ne découvris aucun écrit de ce genre parmi les catalogues des livres dans le commerce, ni le nom de mes amis.

Je tentai de joindre les deux jeunes gens (ils ne l'étaient plus à présent) à travers l'Etat civil. Celui-ci révéla qu'ils s'étaient effectivement installés à Vienne, Auerspergstrasse 7. J'écrivis à cette adresse et obtins une réponse : du directeur d'un pensionnat universitaire, qui était dans l'incapacité de me fournir le moindre renseignement. Je m'adressai à la mairie de Vienne, qui ne m'apprit rien d'utile. Je me tournai vers les ambassades, consulats, diocèses étrangers, sans aboutir au moindre résultat.

Je craignis le pire. J'écrivis aussi au curé de la Minoritenkirche, l'église italienne de Vienne. Mais personne, y compris, heureusement, à l'administration du cimetière, ne connaissait Rita et Francesco.

Je décidai enfin de me rendre moi-même à Vienne, dans l'espoir de retrouver au moins leur fille, même si, au bout de quarante ans, j'avais oublié son prénom. Cette dernière tentative – c'était prévisible – déboucha sur le néant.

De mes deux anciens amis, il ne me reste plus que les écrits, bien sûr, et la vieille photographie qu'ils m'avaient offerte. Je vous la laisse, avec tout le reste.

Depuis trois ans, je les cherche partout. Je me surprends parfois à fixer les jeunes femmes aux cheveux roux, comme ceux de Rita, en oubliant que les siens seraient à présent aussi blancs que les miens. Elle aurait aujourd'hui soixante-quatorze ans, et Francesco soixante-seize.

Pour l'heure, je prends congé de vous et de Sa Sainteté. Que Dieu vous inspire dans la lecture à laquelle vous vous préparez.

Monseigneur Lorenzo Dell'Agio
Evêque du diocèse de Côme

Aux vaincus

Monsieur,

En vous adressant ces mémoires
que j'ai enfin retrouvés, j'ose espérer
que votre Excellence reconnaîtra
dans les efforts que j'ai accomplis pour exaucer
vos désirs l'excès de passion
et d'amour qui a toujours fait
mon bonheur, quand j'ai pu
le témoigner à votre Excellence.

Mémoires

renfermant de nombreux et admirables événements
qui se déroulèrent dans l'auberge du Damoiseau
à l'Ours du 11 au 25 septembre de l'année
1683 ; avec des allusions à d'autres faits
ayant eu lieu avant et après ces jours-là.

A Rome, A.D. 1699

Première journée

11 SEPTEMBRE 1683

Les hommes du Bargello se présentèrent en fin d'après-midi, alors même que je m'apprêtais à allumer la torche qui éclairait notre enseigne. Ils étaient pourvus de planches et de marteaux, de sceaux, de chaînes et de gros clous. Au fur et à mesure qu'ils avançaient dans la via dell'Orso, ils vociféraient et s'agitaient pour signifier aux passants et aux groupes de badauds qu'ils devaient libérer la rue. Vraiment, ils étaient fort courroucés. Parvenus à ma hauteur, ils se mirent à gesticuler. « Tout le monde à l'intérieur, tout le monde à l'intérieur, on doit fermer ! » s'écria celui qui donnait les ordres.

J'eus tout juste le temps de descendre du tabouret sur lequel je m'étais hissé : des mains puissantes me poussèrent avec rudesse dans l'entrée, tandis que des hommes se déployaient pour barrer la porte avec des mines menaçantes. J'étais étourdi. Je me ressaisis en voyant la foule qui s'était entassée aux cris des officiers, sortant comme un éclair du néant. Il s'agissait des pensionnaires de notre auberge, connue sous le nom d'auberge du *Damoiseau*.

Ils étaient seulement au nombre de neuf, et ils étaient tous présents : comme chaque soir, en attendant qu'on serve le souper, ils déambulaient au rez-de-chaussée parmi les canapés de l'entrée et les tables des deux salles à manger voisines, feignant d'être absorbés par telle ou telle occupation ; en vérité, ils se pressaient tous autour du jeune pensionnaire français, le musicien Robert Devizé, qui s'exerçait avec grande habileté à la guitare.

« Laissez-moi sortir ! Ah, comment osez-vous ? Bas les pattes ! Je ne puis rester ici ! Je suis en excellente santé, c'est compris ? En excellente santé ! Laissez-moi passer, je vous dis ! »

L'auteur de ces cris (je le distinguai à grand-peine derrière la forêt de lances avec lesquelles les hommes d'armes le tenaient en respect) n'était autre que le père Robleda, le jésuite espagnol qui logeait dans notre auberge. Saisi de panique, il se mit à gronder, le souffle court, le cou rouge et enflé ; ses hurlements me rappelaient ceux qu'émettent les pourceaux quand, pendus la tête en bas, ils sont abattus.

Le fracas retentissait dans la rue et, me semblait-il, jusque sur la placette, qui s'était vidée en un clin d'œil. De l'autre côté de la rue, j'aperçus le poissonnier, ainsi que deux serviteurs de la voisine auberge de l'Ours, qui observaient la scène.

« Ils nous enferment ! » leur criai-je en essayant de me faire remarquer, mais les trois spectateurs gardèrent leur flegme.

Effrayés, un marchand de vinaigre, un vendeur de neige pressée et un groupe d'enfants, dont les cris animaient encore les environs un instant plus tôt, se cachèrent au coin de la rue.

Pendant ce temps-là, mon maître, monsieur Pellegrino de Grandis, avait placé un petit meuble sur le seuil de l'auberge. Un officier du Bargello y posa le registre des pensionnaires qu'il avait réclamé, et commença l'appel.

« Père Juan de Robleda, de Grenade. »

Comme je n'avais jamais assisté à la fermeture d'un établissement pour quarantaine, et que personne ne m'en avait jamais parlé, je crus dans un premier temps qu'on voulait nous emprisonner.

J'ouïs Brenozzi, le Vénitien, murmurer : « Méchante histoire, méchante histoire. »

« Sortez, père Robleda ! » s'impatienta l'officier.

Ayant chu dans sa vaine lutte contre les hommes d'armes, le jésuite se releva et, après avoir constaté que les issues étaient toutes barrées par des lances, répondit à l'appel d'un signe de sa main velue. Il fut aussitôt poussé de mon côté. Le père Robleda était arrivé d'Espagne quelques jours plus tôt et, du fait des événements, il n'avait point cessé depuis ce matin-là de mettre nos oreilles à dure épreuve avec ses hurlements.

« Abbé Melani, de Pistoia ! » s'écria l'officier, le nez dans le registre des pensionnaires.

Les dentelles à la mode française qui ornaient le poignet de notre hôte le plus récent, survenu à l'aube, fendirent l'ombre. Il leva la main avec empressement en ouïssant son nom, et ses petits yeux triangulaires brillèrent comme des stylets. Le jésuite ne bougea pas un muscle pour s'écarter quand Melani s'unit à nous d'un pas tranquille. C'étaient les cris de l'abbé qui avaient jeté l'alarme, ce matin-là.

Nous les avions tous entendus s'échapper du premier étage. Pellegrino, l'aubergiste, mon maître, avait agité incontinent ses longues jambes, accourant prestement. Mais il s'était arrêté au premier étage, sur le seuil de la grande chambre qui donne sur la via dell'Orso. C'est là que logeaient deux de nos hôtes : monsieur de Mourai, un vieux gentilhomme français, et le voyageur qui l'accompagnait, Pompeo Dulcibeni, originaire des Marches. Mourai, assis dans un fauteuil, les pieds trempant dans la bassine destinée à son bain habituel, gisait de travers, les bras pendants, tandis que l'abbé Melani lui soutenait le buste et tentait de le ranimer en le tirant par le col. Mourai avait le regard braqué derrière son secoureur, il semblait scruter Pellegrino de ses grands yeux surpris en émettant un gargouillement indistinct. Pellegrino s'aperçut alors que l'abbé n'appelait pas à l'aide, mais qu'il interrogeait le vieillard avec vacarme et échauffement. Il lui parlait en français, et si mon maître ne comprit point, il imagina qu'il lui demandait ce qui s'était passé. Ayant toutefois le sentiment (ainsi qu'il nous le rapporterait lui-même) que l'abbé Melani secouait Mourai avec une vigueur excessive dans la tentative de le ressusciter, Pellegrino s'était précipité pour libérer le malheureux vieillard de cette étreinte par trop puissante. C'est alors que le pauvre monsieur de Mourai bredouilla ses derniers mots au prix d'un immense effort : « Ah ! C'est donc vrai », gémit-il en italien. Puis il cessa de râler. Il continuait de regarder l'aubergiste, tandis qu'un filet de bave verte coulait sur sa poitrine. C'est ainsi qu'il s'était éteint.

« Le vieux, *es el viejo* », dit le père Robleda dans un murmure haletant et rempli de terreur, à mi-chemin entre l'italien et sa langue, dès que nous ouïmes deux hommes d'armes se répéter à mi-voix les mots « peste » et « fermer ».

« Cristofano, médecin et chirurgien de Sienne ! »
appela l'officier.

Notre hôte toscan avança d'un pas lent et mesuré avec
la petite valise de cuir contenant tous ses instruments, dont
il ne se séparait jamais.

« C'est moi », répondit-il à voix basse après avoir ouvert
son sac, remué un tas de papiers et s'être éclairci la voix
avec un air froid et compassé. Cristofano était un homme
grassouillet de taille moyenne et d'aspect très soigné, dont
le regard joyeux inclinait à la bonne humeur. Ce soir-là, son
visage pâle, ruisselant d'une sueur qu'il ne se souciait pas
de sécher, ses pupilles concentrées sur un point invisible
devant lui et la caresse rapide qu'il donna à sa barbe noire
avant de s'ébranler démentaient son soi-disant flegme, révélant un état de très grande tension.

« Je voudrais préciser qu'après un premier mais attentif
examen du corps de monsieur de Mourai, je ne puis en
aucun cas affirmer qu'il s'agit de peste, commença Cristofano, alors que le médecin de la magistrature de la Santé
qui le déclare avec tant d'assurance s'est en vérité fort peu
attardé auprès de la dépouille. J'ai consigné par écrit ici »,
et il montra ses papiers, « mes observations. Je crois qu'elles
pourront vous permettre de réfléchir encore un peu, et de
différer votre délibération hâtive. »

Les hommes du Bargello n'avaient toutefois ni le pouvoir ni l'envie d'ergoter.

« La magistrature a ordonné la fermeture immédiate de
cette auberge », l'interrompit celui qui semblait être le chef,
en ajoutant qu'on n'avait pas encore déclaré pour le
moment la quarantaine à proprement parler : il n'y aurait
que vingt jours de fermeture et la rue ne serait pas évacuée,
à moins, naturellement, que d'autres morts ou infirmités
suspectes ne surviennent.

« Puisque je vais être moi aussi enfermé, et pour m'aider à établir mon jugement, insista monsieur Cristofano
d'une voix légèrement brisée, puis-je au moins en savoir
plus long sur les derniers repas de feu monsieur de Mourai,
étant donné qu'il avait coutume de les prendre seul dans sa
chambre ? Il pourrait, en effet, avoir été victime d'une
simple congestion. »

Cette objection eut pour effet de troubler les hommes
d'armes, qui cherchèrent l'aubergiste du regard. Mais celui-
ci n'avait même pas ouï la demande du médecin : affaissé
sur une chaise, abandonné au désespoir, il gémissait et pes-

tait, comme à l'accoutumée, contre les tourments infinis que la vie lui infligeait. Le dernier d'entre eux l'avait frappé une semaine plus tôt lorsqu'une petite fissure s'était ouverte dans un des murs de l'auberge, chose qui arrive fréquemment dans les vieilles maisons de Rome. La fissure ne comportait aucun péril, nous avait-on dit, mais elle avait suffi à abattre mon maître et à le remplir de rage.

Pendant ce temps, l'appel se poursuivait. Les ombres du soir grandissaient, et la brigade avait résolu de ne plus tarder à appliquer l'ordre de fermeture.

« Domenico Stilone Priàso, de Naples ! Angiolo Brenozzi, de Venise ! »

Les deux jeunes gens, l'un poète et l'autre verrier, avancèrent en se regardant mutuellement, soulagés, semblait-il, d'être appelés ensemble, comme si un tel fait leur permettait d'amputer leurs craintes de moitié. Brenozzi le verrier, au regard effrayé, aux petites boucles brunes et luisantes, au nez retroussé qui pointait entre des joues enflammées, évoquait un jeune Christ de porcelaine. Dommage qu'il se libérât de sa tension en pinçant de façon obscène le céleri qu'il avait entre les cuisses, comme s'il jouait d'un instrument à une seule corde. Une habitude qui sautait à mes yeux plus qu'à ceux de quiconque.

« Que le Très-Haut nous vienne en aide », gémit alors le père Robleda – en raison de ce geste vulgaire ou de la situation, je l'ignore. Le visage cramoisi, il se laissa choir sur un tabouret.

« Et tous les saints, ajouta le poète. Car je suis venu de Naples pour être contaminé.

— Et vous avez eu tort, repartit le jésuite en essuyant à l'aide d'un mouchoir la transpiration qui naissait sur son front. Il suffisait de rester dans votre ville, où les occasions ne manquent guère.

— C'est possible. Mais on croyait obtenir ici les faveurs du Ciel, maintenant que nous avons un bon pape. Il convient cependant de savoir ce qu'en pensent ceux qui, comment on dit, sont derrière la Porte », murmura Stilone Priàso.

Lèvres serrées et langue mordante, le poète napolitain avait frappé là où personne ne voulait être ne fût-ce qu'effleuré.

Depuis plusieurs semaines, l'armée turque de la Sublime Porte Ottomane se pressait, assoiffée de sang,

devant Vienne. Toutes les formations infidèles conver-
geaient implacablement (c'était tout au moins ce que rapportaient les maigres nouvelles qui parvenaient jusqu'à
nous) vers la capitale du Saint-Empire romain et menaçaient d'en enfoncer rapidement les bastions.

Désormais sur le point de capituler, les combattants du
camp chrétien ne résistaient plus que par la force de leur
foi. A court d'armes et de ravitaillement, épuisés par la faim
et la dysenterie, ils étaient en outre terrifiés par les premiers
signes d'un foyer de peste.

Nul ne l'ignorait : si Vienne tombait, les armées du
commandant turc Kara Moustafa auraient le champ libre
en Occident. Elles se répandraient partout avec une joie
aveugle et terrible.

Pour conjurer la menace, nombre de princes illustres,
de souverains et de chefs d'armée s'étaient alignés : le roi
de Pologne, le duc Charles de Lorraine, le prince Maximilien de Bavière, Louis-Guillaume de Baden et d'autres
encore. Mais ils avaient tous été persuadés de porter
secours aux assiégés par le seul, le véritable rempart de la
chrétienté : le pape Innocent XI.

Depuis longtemps, en effet, le pontife se battait inlassa-
blement pour liguer, rassembler et renforcer les milices
chrétiennes. Et ce, non seulement avec les moyens de la
politique, mais en dispensant aussi un précieux soutien
financier. De généreuses sommes d'argent ne cessaient de
quitter Rome : plus de deux millions d'écus à l'empereur,
cinq cent mille florins à la Pologne, ainsi que cent mille écus
offerts par le neveu du Saint-Père, d'autres par les cardinaux, et pour finir une retenue extraordinaire de grande
importance sur les dîmes ecclésiastiques de l'Espagne.

La sainte mission que le pontife tentait désespérément
de mener à bien s'ajoutait aux innombrables œuvres pieuses
qu'il avait accomplies au cours de sept années de pontificat.

Agé désormais de soixante-douze ans, le successeur de
Pierre, né Benedetto Odescalchi, avait surtout donné
l'exemple. Grand, très maigre, le front large, le nez aquilin,
le regard sévère, le menton saillant mais noble, dominé par
un bouc et une moustache, il avait acquis une réputation
d'ascète.

D'un naturel farouche et réservé, il évitait soigneusement les acclamations populaires et il était rare de le sur-

prendre en carrosse dans les rues de la ville. Nul n'ignorait qu'il avait choisi les appartements les plus exigus, les plus inhospitaliers et les plus dépouillés qu'aucun pontife eût jamais habités, et qu'il ne descendait que très rarement dans les jardins du Quirinal et du Vatican. Il était si simple et si parcimonieux qu'il revêtait exclusivement les habits et les parements de ses prédécesseurs. Depuis le jour de son élection, il porta toujours la même robe blanche, quoique excessivement usée, et attendit pour la changer qu'on lui fît remarquer qu'un habillement trop négligé ne convenait guère au vicaire du Christ sur terre.

Il s'était également gagné de très hauts mérites dans l'administration du patrimoine de l'Eglise. Il avait purifié les caisses de la chambre apostolique, qui avaient subi toutes sortes de vols depuis l'époque injurieuse d'Urbain VIII et d'Innocent X. Il avait aboli le népotisme : à peine élu, il avait convoqué son neveu Livio en l'avertissant, disait-on, qu'il ne le nommerait jamais cardinal ; mieux, qu'il l'écarterait des affaires d'Etat.

En outre, il avait enfin invité ses sujets à arborer un comportement plus austère et plus sobre. Les théâtres, lieux de distraction désordonnée, avaient été fermés. Le carnaval qui, dix ans plus tôt attirait encore des admirateurs de l'Europe entière, était pratiquement mort. Fêtes et divertissements musicaux étaient réduits à peu de chose. Les femmes s'étaient vu interdire les vêtements trop échancrés et les décolletés à la française. Le pontife avait même envoyé des escadres de sbires pour inspecter le linge étendu aux fenêtres et, au cas échéant, confisquer chemisettes et linge de corps par trop audacieux.

Grâce à pareille austérité, aussi bien pécuniaire que morale, Innocent XI avait laborieusement recueilli de l'argent pour combattre le Turc, et grande avait été son aide à la cause des armées chrétiennes.

Mais la guerre avait atteint maintenant un moment décisif. Toute la chrétienté savait ce qu'elle devait attendre de Vienne : le salut ou le désastre.

Le peuple avait donc l'esprit extrêmement troublé : quand l'aube pointait, il tournait le regard avec angoisse vers l'orient, se demandant si le nouveau jour amènerait des hordes de janissaires sanguinaires et de destriers prêts à s'abreuver aux fontaines de Saint-Pierre.

En juillet déjà, le pontife avait annoncé son intention

de proclamer le jubilée universel afin d'implorer une aide divine et, surtout, de rassembler d'autres sommes à employer à la guerre. Il avait solennellement invité laïques et ecclésiastiques à la piété, ordonné une procession grandiose avec l'intervention de tous les cardinaux et de tous les officiers de la curie. A la mi-août, le pape avait commandé que les cloches de toutes les églises de Rome sonnent pendant un huitième d'heure afin de solliciter l'aide de Dieu.

Enfin, début septembre, le très saint sacrement avait été exposé à Saint-Pierre en grand apparat, avec un accompagnement de musiques et d'oraisons. Face à l'immense multitude du peuple, les chanoines avaient chanté la messe solennelle *contra paganos*, que Sa Sainteté avait personnellement choisie.

⁘

Voilà donc que l'altercation entre le jésuite et le poète avait évoqué une terreur qui parcourait la ville entière comme une rivière souterraine.

La réplique de Stilone Priàso avait accru la peur du père Robleda, à l'esprit déjà éprouvé. Renfrogné et tremblant, le visage rond du jésuite était souligné, du fait de son naturel coléreux, par un coussinet de graisse qui dansait sous son menton.

« Prendrait-on ici le parti du Turc ? » dit-il d'une méchante voix, le souffle court.

D'instinct, les membres de l'assistance se tournèrent vers le poète qui, en effet, aurait pu passer à un œil soupçonneux pour un émissaire de la Porte : la peau brune et grêlée, les petits yeux de braise, il avait la mine courroucée du hibou. Sa silhouette noirâtre rappelait les voleurs à la chevelure drue et courte qu'on rencontre souvent, hélas, sur la route menant au royaume de Naples.

Stilone Priàso n'eut pas le temps de répliquer.

« Taisez-vous une fois pour toutes ! » nous commanda l'un des gendarmes, qui poursuivit l'appel.

« Monsieur de Mourai, français, avec monsieur Pompeo Dulcibeni de Fermo et Robert Devizé, musicien français. »

Ainsi que monsieur Pellegrino, mon maître, se hâta de le préciser, le premier n'était autre que le vieux Français, arrivé à l'auberge du *Damoiseau* à la fin du mois de juillet, qui semblait à présent avoir été mortellement touché par la peste. Il s'agissait sans nul doute d'un grand gentilhomme, à la santé très délicate, ajouta Pellegrino, il s'était présenté à l'auberge en compagnie de Devizé et de Dulcibeni. En effet, monsieur de Mourai, presque totalement aveugle, avait besoin d'être assisté ; cette même raison expliquait la présence à leurs côtés de Devizé, également français. On ignorait presque tout du vieux monsieur Mourai : dès le premier jour, il avait annoncé qu'il était très fatigué, il s'était fait porter les repas dans sa chambre, ne sortant que rarement pour une brève promenade dans les environs de l'auberge. Les hommes d'armes notèrent rapidement les déclarations de mon maître.

« Il est impossible, messieurs, qu'il ait été emporté par la peste ! Il avait d'excellentes manières, était fort bien vêtu. Il faut sans doute imputer son décès à la vieillesse, voilà tout. »

La langue de Pellegrino s'était déliée et il conférait maintenant avec la milice sur ce ton doux qui, bien que très rare chez lui, se révélait parfois fort efficace. Malgré ses traits nobles, sa grande silhouette fine et légèrement voûtée, ses mains délicates, la douceur avec laquelle il arborait ses cinquante ans, son visage entouré par des cheveux blancs et flous, retenus par un ruban, ses yeux vagues et langoureux, mon maître était, hélas, victime d'un tempérament bilieux et très coléreux qui ornait ses discours d'une moisson d'injures. Seul le péril imminent l'empêchait, cette fois, de donner libre cours à son naturel.

Mais, déjà, plus personne ne l'écoutait. On appela encore le jeune Devizé et Pompeo Dulcibeni, qui avancèrent incontinent. Les yeux de nos pensionnaires brillèrent à la vue du musicien français, dont la guitare les enchantait encore quelques minutes plus tôt.

A présent, les hommes du Bargello avaient hâte de s'en aller et, sans attendre que Dulcibeni et Devizé eussent atteint le mur, ils les poussèrent sur le côté tandis que l'officier continuait : « Monsieur Eduardus de Bedford, anglais, et dame... et Cloridia. »

La correction subite et le sourire vague avec lequel ce nom avait été prononcé révélaient sans le moindre doute le vieux métier qu'exerçait l'unique pensionnaire féminine du *Damoiseau*. En vérité, je ne savais pas grand-chose à son sujet, puisque mon maître ne l'avait pas logée avec les autres pensionnaires, mais dans la petite tour, où elle jouissait d'un passage indépendant. En moins d'un mois, ma tâche avait uniquement consisté à lui apporter des victuailles et du vin, à lui remettre aussi (avec une singulière fréquence) des billets dans des enveloppes cachetées, qui ne portaient jamais, ou presque, le nom de leur auteur. Cloridia était très jeune, elle avait environ mon âge. Il m'était arrivé de la voir descendre dans les salles du rez-de-chaussée et s'attarder à converser, très aimablement dois-je le préciser, avec certains pensionnaires. A en juger par les entretiens qu'elle avait eus avec monsieur Pellegrino, elle semblait résolue à élire notre auberge comme domicile fixe.

Monsieur de Bedford était fort remarquable : la chevelure rouge feu, le nez et les joues couverts d'un manteau de petites taches dorées, des yeux bleu ciel affectés d'un strabisme qu'il ne m'avait jamais été donné de voir, il venait des lointaines îles britanniques. D'après ce que j'avais ouï, ce n'était pas la première fois qu'il séjournait au *Damoiseau* : comme Brenozzi, le verrier, et Stilone Priàso, le poète, il y avait logé à l'époque de la précédente aubergiste, feue la cousine de mon maître.

Mon nom fut le dernier à être appelé.

« Il a vingt ans et travaille avec moi depuis peu, expliqua Pellegrino. C'est mon seul apprenti, puisque nous n'avons pas beaucoup de pensionnaires en ce moment. J'ignore tout de lui, je l'ai engagé parce qu'il n'avait personne, dit en toute hâte mon maître, laissant entendre qu'il voulait écarter de sa personne toute responsabilité dans la peste.

— Contente-toi de nous le montrer, il faut que nous fermions », l'interrompirent avec impatience les hommes d'armes, dans l'incapacité de me distinguer.

Pellegrino me saisit par le bras, me soulevant presque.

« Jeune homme, tu es vraiment un oiselet ! » me railla le garde tandis que ses compagnons ricanaient.

Des têtes se penchaient timidement aux fenêtres voisines. Les gens du quartier avaient appris ce qui se passait, et seuls les plus curieux tentaient de s'approcher. La plupart se tenaient à distance, redoutant déjà les effets de la peste.

Les gendarmes avaient achevé leur mission. L'auberge disposait de quatre entrées. Deux sur la via dell'Orso : la porte principale et la grande entrée adjacente – elle demeurait ouverte dans les soirées d'été –, qui conduisait à la première des deux salles à manger.

Il y avait ensuite l'entrée latérale de service, qui menait directement de la ruelle à la cuisine, et, pour terminer, la petite porte qui reliait le passage à la cour. Elles furent toutes soigneusement scellées avec de robustes planches de hêtre qu'on fixa à l'aide de clous d'un demi-empan. On fit de même avec la sortie qui permettait de se rendre de la tour de Cloridia au toit. Les fenêtres du rez-de-chaussée et du premier étage, ainsi que les soupiraux, pratiqués au niveau supérieur de la cave, donnant sur les pavés de la ruelle, étaient déjà pourvus de grilles ; de plus, une éventuelle fuite du second étage, ou des combles, aurait comporté le risque d'une chute, ou celui, pour les fugitifs, d'être aperçus et capturés.

Le chef des hommes du Bargello, un individu gras, à l'oreille à moitié coupée, distribua les instructions. Nous devrions passer le corps du pauvre monsieur de Mourai par une des fenêtres de sa chambre après l'aube, quand le char de la compagnie de l'Oraison et de la Mort, qui s'occuperait de sa sépulture, viendrait le chercher. Nous serions contrôlés par une sentinelle diurne, de six heures du matin à dix heures du soir, et par un garde nocturne durant les heures restantes. Nous ne pourrions sortir tant que la salubrité des lieux ne serait pas rétablie et certifiée : quoi qu'il en soit pas avant vingt jours. Au cours de cette période, il nous faudrait répondre périodiquement à l'appel par l'une des fenêtres ouvertes sur la via dell'Orso. On nous laissa de grosses outres d'eau, de la neige pressée, plusieurs pains d'un baïoque, du fromage, du lard, des olives, un peu d'herbes et une corbeille de pommes jaunes. Nous recevrions ensuite une petite somme pour payer notre ravitaillement en nourriture, eau et neige. Les chevaux de l'auberge resteraient là où ils étaient, dans l'écurie du cocher qui habitait juste à côté.

Ceux qui sortiraient ou tenteraient seulement la fuite recevraient quarante coups de corde et seraient conduits devant la magistrature pour être châtiés. On cloua sur la porte l'infâme panneau portant l'inscription SANTÉ. On nous invita ensuite à respecter les commandements que nous recevrions, y compris les dispositions que l'on donne en période de contagion, c'est-à-dire de peste, et l'on ajouta qu'on punirait gravement ceux qui n'obéiraient point. Du dedans de l'auberge, nous assistâmes sans mot dire à l'annonce qui nous condamnait à la ségrégation.

« Nous sommes morts, nous sommes tous morts », dit l'un des pensionnaires d'une voix blanche.

Nous étions tous rassemblés dans la longue et étroite entrée, que la fermeture de la porte avait aussitôt rendue sombre et maussade. Nous balayions les alentours d'un regard égaré. Personne ne prenait la résolution de se diriger vers les pièces voisines, où le repas gisait, tout froid. Ecroulé sur le comptoir de l'entrée, mon maître pestait, la tête entre les mains. Il lançait des injures et des malédictions qu'il est impossible de répéter, menaçait de riposter violemment à ceux qui l'approcheraient de trop près. Soudain, il commença à assener de ses mains nues de terribles coups au pauvre comptoir, projetant dans les airs le registre des pensionnaires. Après quoi, il souleva la table pour la jeter contre le mur. Nous dûmes intervenir pour le retenir, l'agrippant aux bras et au buste. Pellegrino tenta de se débattre, mais il perdit l'équilibre, entraînant avec lui deux autres pensionnaires, qui churent l'un sur l'autre avec vacarme. Je fus moi-même contraint de m'écarter un instant avant que l'enchevêtrement humain ne m'ensevelisse. Mon maître fut le plus prompt, il se releva incontinent en hurlant et en abattant à nouveau ses poings sur le comptoir.

Je préférai abandonner cet espace étroit et désormais périlleux pour m'éclipser dans l'escalier. Après avoir gravi la première volée de marches, je me heurtai toutefois à l'abbé Melani. Il descendait sans hâte, d'un pas prudent.

« Ainsi, on nous a enfermés, jeune homme, dit-il en appuyant sur son étrange *r* à la française.

— Et maintenant, que faisons-nous ? demandai-je.

— Rien.

— Mais nous mourrons de peste.

— C'est ce que nous verrons », dit-il avec une inflexion ineffable, que j'apprendrais bien vite à reconnaître.

Il changea alors de direction et m'attira au premier étage. Nous parcourûmes le couloir jusqu'au bout et pénétrâmes dans la grande chambre que le vieillard décédé partageait un peu plus tôt avec son vieux compagnon, Pompeo Dulcibeni, originaire des Marches. Un rideau divisait la pièce en deux. Nous l'écartâmes et trouvâmes le médecin Cristofano s'agitant autour de sa petite valise, accroupi sur le sol.

Face à lui, monsieur de Mourai, renversé sur son fauteuil et encore à moitié dévêtu, tel que Cristofano et le médecin de la magistrature l'avaient abandonné ce matin-là. Le défunt était un peu malodorant à cause de la chaleur de septembre et du bain de pieds où ses chairs pourrissaient désormais, le Bargello nous ayant enjoints de ne rien déplacer jusqu'à la fin de l'appel.

« Jeune homme, je te l'avais déjà demandé ce matin : essuie-moi donc cette eau puante sur le sol, s'il te plaît ! » me lança Cristofano avec un brin d'impatience.

Je m'apprêtais à lui répondre que je m'étais acquitté de cette tâche dès l'instant où il me l'avait confiée, quand je m'aperçus qu'il y avait encore, en effet, quelques petites flaques autour de la cuvette. J'obéis sans protester, à l'aide d'un torchon et d'un balai, en maudissant ma négligence. C'était la première fois que je voyais un cadavre, et l'émotion m'avait sans doute troublé.

Mourai semblait encore plus maigre et plus exsangue qu'à son arrivée à l'auberge du *Damoiseau*. De ses lèvres légèrement entrouvertes coulait encore un peu de bave verdâtre, que Cristofano commença à ôter avec un linge, après lui avoir desserré les mâchoires. Avant de s'en saisir, le médecin veilla toutefois à envelopper sa propre main dans un autre morceau de tissu. Ainsi qu'il l'avait fait ce matin-là, il scruta attentivement la gorge du défunt et renifla sa bave. Il pria ensuite l'abbé Melani de l'aider à déposer le corps sur le lit. Arrachés à la cuvette, les pieds de monsieur de Mourai se révélèrent grisâtres. Ils dégageaient une terrible odeur de mort, qui nous coupa le souffle.

Cristofano enfila des gants en tissu marron puisés dans son coffret. Il inspecta une nouvelle fois la cavité orale du défunt, observa son buste et son aine dénudés. Il tâta délicatement la peau, derrière les oreilles, avant de passer aux aisselles, écartant les vêtements pour être à même d'examiner cette chair molle, recouverte de poils clairsemés. Enfin, du bout des doigts, il pressa à plusieurs reprises la peau souple qui se situe à mi-chemin entre les parties honteuses et le début de la cuisse. Alors, il enleva attentivement ses gants et les déposa dans une sorte de petite cage, qu'une grille horizontale partageait en deux compartiments. Celui du bas contenait une bassine, dans laquelle il versa un liquide brunâtre avant de refermer la porte de la cassette où il avait rangé ses gants.

« C'est du vinaigre, expliqua-t-il. Il purge les humeurs pesteuses. On ne sait jamais. Quoi qu'il en soit, je n'ai pas changé d'avis : il ne semble vraiment pas que ce soit la peste. Pour l'heure, nous pouvons être tranquilles.

— Vous avez dit aux hommes du Bargello qu'il s'agissait peut-être d'une congestion, lui rappelai-je.

— Ce n'était qu'un exemple, pour gagner du temps. Je savais par Pellegrino que Mourai se nourrissait exclusivement de potages et de bouillons.

— C'est vrai, confirmai-je. Il m'en avait encore demandé un ce matin à l'aube.

— Ah oui ? Continue donc, me poussa le médecin, la mine intéressée.

— Il n'y a pas grand-chose à dire. Il avait réclamé un bouillon au lait à mon maître qui, comme tous les matins, était allé les réveiller, lui et le gentilhomme des Marches avec qui il partageait sa chambre. Mais monsieur Pellegrino était occupé, et il m'avait chargé de cette tâche. Je suis descendu à la cuisine, j'ai préparé le bouillon et je le lui ai apporté.

— Etais-tu seul ?

— Oui.

— Quelqu'un est-il entré dans la cuisine ?

— Personne.

— Aurais-tu laissé le bouillon sans surveillance ?

— Pas un seul instant.

— En es-tu sûr ?

— Si vous croyez que ce bouillon a pu faire du mal à monsieur de Mourai, sachez que je le lui ai administré personnellement, puisque monsieur Dulcibeni était déjà sorti. Et j'en ai bu un verre. »

Le médecin ne posa pas d'autres questions. Il considéra le cadavre et ajouta : « Je ne puis effectuer une autopsie ici à l'heure qu'il est, et je pense que personne ne s'y hasardera, puisque l'on soupçonne cette auberge d'abriter un foyer de peste. Quoi qu'il en soit, je le répète, nous n'avons sans doute pas à craindre ce mal.

— Alors, l'interrompis-je, pourquoi nous a-t-on mis en quarantaine ?

— Par excès de zèle. Tu es jeune. En revanche, le souvenir de la dernière épidémie est encore bien vivant dans l'esprit des gens d'ici. Si tout va bien, ils comprendront rapidement qu'il n'y a pas de danger. Ce vieux monsieur, qui, en outre, ne me semblait pas jouir d'une bonne santé, n'est pas pestiféré. Ni vous ni moi, au reste, dirais-je. Mais nous n'avons guère le choix : il nous faudra glisser le corps et les vêtements du pauvre monsieur de Mourai au dehors, ainsi que nous l'ont commandé les hommes du Bargello. De plus, chacun devra dormir dans une chambre séparée. Si je ne m'abuse, il y en a suffisamment dans cette auberge », dit-il en me lançant un regard interrogateur.

J'opinai. A chaque étage, quatre chambres s'ouvraient sur les deux bras du couloir : une première, plutôt spacieuse, flanquant immédiatement l'escalier, une deuxième, toute petite, une troisième en forme de L et enfin, au fond du couloir, la chambre la plus vaste, la seule qui donnât non seulement sur la ruelle mais aussi sur la via dell'Orso. On occuperait donc, pensai-je, toutes les chambres du premier et du deuxième étage, mais je savais que mon maître ne s'en offusquerait pas trop, puisqu'il ne pouvait accueillir d'autres pensionnaires pour l'heure.

« Dulcibeni dormira dans ma chambre, ajouta Cristofano, il ne peut certes pas demeurer ici avec le cadavre. Quoi qu'il en soit, conclut-il, s'il n'y a pas d'autres cas, vrais ou faux, on nous libérera dans quelques jours.

— Dans combien de temps exactement ? demanda Atto Melani.

— Qui le sait ? Si quelqu'un a un malaise dans le voisinage, parce qu'il a bu du mauvais vin ou mangé du poisson pourri, on pensera incontinent à nous.

— Nous risquons donc de demeurer ici pour toujours, hasardai-je, me sentant déjà oppressé par les murs épais de l'auberge.

— Pas pour toujours. Mais calme-toi : n'as-tu point passé toutes tes journées et toutes tes nuits ici, au cours de ces dernières semaines ? Je t'ai vu sortir très rarement, tu es déjà accoutumé. »

C'était vrai. Mon maître m'avait engagé par miséricorde, car il savait que j'étais seul au monde. Et je besognais du matin jusqu'au soir.

Les choses s'étaient passées au début du printemps, quand Pellegrino avait quitté Bologne, où il était cuisinier, pour relever le *Damoiseau*, à Rome, à la suite du malheur qui avait frappé sa cousine, madame l'aubergiste Luigia de Grandis Bonetti. La pauvre femme avait rendu l'âme à notre Seigneur en raison des conséquences physiques de l'agression que lui avaient fait subir, dans la rue, deux gitans bien décidés à lui dérober sa bourse. L'auberge, gérée pendant trente ans par Luigia, son époux Lorenzo et son fils Francesco, puis par la seule Luigia, après la mort de ces derniers, était jadis très renommée et accueillait des hôtes du monde

entier. La vénération qu'elle portait au duc Orsini, propriétaire du petit immeuble dans lequel l'auberge était située,
avait poussé Luigia à le nommer son héritier universel. Le
duc n'avait toutefois rien eu à objecter quand Pellegrino
(qui avait une épouse, une fille célibataire et une petiote à
nourrir) l'avait supplié de l'autoriser à poursuivre le labeur
florissant de sa cousine Luigia.

C'était une occasion rêvée pour mon maître, qui venait
d'en gâcher une : au terme d'une pénible carrière dans les
cuisines d'un riche cardinal, où il avait atteint la place tant
convoitée d'aide écuyer tranchant, il avait été renvoyé à
cause de son naturel coléreux et de ses trop nombreuses
intempérances.

Dès que Pellegrino se fut établi non loin du *Damoiseau*,
en attendant que l'immeuble se libère de quelques occupants de passage, je me présentai à lui, fort de la recommandation du curé de la proche église de Santa Maria in
Posterula. Avec l'arrivée du torride été romain, son épouse,
nullement enthousiaste à l'idée de devenir aubergiste, avait
rallié avec ses filles les montagnes des Apennins où vivaient
encore ses proches parents. Leur retour étant prévu pour la
fin du mois, j'étais le seul aide de l'aubergiste.

Bien sûr, on ne pouvait s'imaginer que je fusse le meilleur des apprentis ; mais je m'efforçais par tous les moyens
possibles de satisfaire mon maître. Une fois les besognes de
la journée achevées, je cherchais volontiers l'occasion de me
rendre utile. Et puisque je n'aimais guère sortir seul et
affronter les risques de la rue (en particulier les plaisanteries cruelles des garçons de mon âge), j'étais presque toujours à l'ouvrage dans l'auberge du *Damoiseau*, ainsi que
l'avait observé le médecin Cristofano. Néanmoins, la pensée
d'être reclus pendant toute la durée de la quarantaine dans
ces pièces, certes familières et accueillantes, m'apparaissait
soudain comme un sacrifice insupportable.

⁂

Le désordre avait cessé dans l'entrée ; nous avions été
rejoints par mon maître et les autres pensionnaires, qui
s'étaient lancés avec lui dans cette longue et inutile dépense
de forces. Les déclarations de Cristofano furent résumées à
leur intention, ce qui soulagea énormément leurs esprits, à
la réserve de celui de mon maître.

« Je les tuerai, je les tuerai tous », dit-il en sortant à nouveau de ses gonds.

Il ajouta que cet événement l'avait ruiné, car personne ne descendrait plus au *Damoiseau* ni ne voudrait acheter l'auberge, dont la valeur avait déjà baissé à cause de la maudite fissure ; il lui faudrait éteindre toutes ses dettes pour pouvoir acquérir un autre établissement, il serait rapidement appauvri et à jamais ruiné, mais il conterait d'abord toute cette histoire à la chambre des aubergistes, ah oui, même si l'on savait que cela ne servait à rien, annonça-t-il en se contredisant de nombreuses autres fois par la suite, et je compris qu'il avait, hélas, à nouveau puisé dans ses réserves de Greco, un petit vin qu'il aimait.

Le médecin poursuivit : « Nous devrons rassembler les couvertures et les effets du vieillard avant de les passer par la fenêtre quand le char funèbre arrivera. »

Il se tourna ensuite vers Pompeo Dulcibeni : « Avez-vous rencontré des pestiférés, ou ouï parler de cas de peste alors que vous veniez de Naples ?

— Pas le moins du monde. »

Le gentilhomme des Marches semblait celer à grand-peine le trouble que suscitait en lui la mort de son ami, d'autant plus qu'elle était survenue en son absence. Un voile de sueur recouvrait son front et ses pommettes. Le médecin l'interrogea sur bon nombre de détails : il lui demanda si le vieillard avait mangé régulièrement, s'il était bien allé du corps, s'il était d'humeur mélancolique, bref, s'il avait montré des signes de souffrance indépendants des atteintes qu'infligeait un âge avancé. Dulcibeni répondit par la négative. Doté d'une silhouette massive, toujours vêtu d'une tunique noire, celui-ci était ralenti et gêné par une vieille fraise à la flamande (qui était à la mode, je crois, il y a de très nombreuses années) ainsi que par son estomac proéminent. Ce dernier, ajouté à son teint rubicond, dénotait une inclination pour la nourriture tout aussi importante que celle que mon maître arborait pour le Greco. Son épaisse chevelure, désormais entièrement blanche, son tempérament ombrageux, sa voix légèrement lasse, son allure grave et pensive lui donnaient l'apparence d'un homme probe et modéré. Avec le temps seulement, et à un examen plus attentif, je verrais dans ses sévères yeux glauques et dans ses sourcils fins, toujours froncés, le reflet d'une âpreté secrète et inextirpable.

Dulcibeni expliqua qu'il avait rencontré monsieur de

Mourai par hasard, au cours d'un voyage, et qu'il ne savait pas grand-chose à son sujet. Il l'avait accompagné depuis Naples avec monsieur Devizé, car le vieillard, presque entièrement privé de la vue, avait besoin d'aide. Monsieur Devizé, musicien et guitariste, était, quant à lui, venu en Italie, affirmait encore Dulcibeni tandis que Devizé opinait, pour acquérir un nouvel instrument chez un luthier napolitain. Par la suite, il avait émis le désir de s'arrêter à Rome afin d'y apprendre les styles musicaux les plus récents, avant de regagner Paris.

« Que se passerait-il si nous sortions avant que la quarantaine ne prenne fin ? l'interrompis-je.

— S'enfuir est la solution la moins concevable, répondit Cristofano, étant donné que les issues ont toutes été clouées, y compris le passage qui conduit de la tour où loge dame Cloridia au toit. De plus, les fenêtres sont trop hautes ou pourvues de grilles, et les sentinelles font une ronde juste en dessous. Tant mieux : être surpris fuyant une quarantaine comporterait une peine très sévère et une ségrégation bien plus importante, de plusieurs années. Les habitants du quartier aideraient les hommes du Bargello à retrouver le fuyard. »

Les ombres du soir étaient tombées et je distribuai les lampes à huile.

« Efforçons-nous de garder l'esprit serein, ajouta le médecin toscan en lançant à mon maître un regard éloquent. Nous devons donner l'impression que les choses se passent souverainement bien entre nous. Si la situation ne change pas, je ne vous examinerai pas, à moins que vous ne m'en priiez. Dans le cas où d'autres malaises se produiraient, je serais contraint de le faire pour le bien de tous. Avertissez-moi dès que vous vous sentez faiblir, même si cela vous paraît sans importance. Quoi qu'il en soit, il vaut mieux ne pas s'alarmer pour le moment, car cet homme, poursuivit-il en indiquant le corps inerte de monsieur de Mourai n'est pas mort de la peste.

— Alors, de quoi est-il donc mort ? demanda l'abbé Melani.

— Pas de la peste, je le répète.

— Et comment le sais-tu, médecin ? continua l'abbé avec défiance.

— Nous sommes encore en été, et il fait relativement chaud. S'il s'agissait de peste, ce serait sa forme estivale, qui, causée par la corruption de la chaleur naturelle, provoque fièvres et maux de tête. Dans ce cas, les cadavres sont noirs et chauds, ils présentent des ganglions également noirs et pourris. Mais celui-ci n'a pas l'ombre d'un ganglion, d'un phlegmon, d'un furoncle, ou d'un abcès, comme on voudra l'appeler, ni sous les aisselles, ni derrière les oreilles, ni même au point d'attache des cuisses. La température de monsieur de Mourai n'a pas augmenté et il n'a pas manifesté de sécheresse. Enfin, d'après ce que m'ont rapporté ses compagnons de voyage, il semblait encore bien portant quelques heures avant sa mort. Cela suffit, en ce qui me concerne, pour exclure la contagion pestilentielle.

— Il s'agit alors d'un autre mal, répliqua Melani.

— Je le répète. Pour le comprendre, il faudrait avoir recours à l'anatomie. Bref, ouvrir le corps et l'examiner du dedans, comme le font les médecins de Hollande. Un tel examen pourrait révéler une attaque foudroyante de fièvres putrides, qu'on ne parvient pas à déceler avant qu'il ne devienne impossible d'y remédier. Pourtant, je n'ai remarqué aucune putréfaction sur le cadavre, ni d'autres mauvaises odeurs que celles de la mort et de l'âge. Je pourrais supposer que le défunt a été victime du mal de Mazucco, ou Modoro, ainsi que le nomment les Espagnols : causant un phlegmon, ou un abcès à l'intérieur du cerveau, il est invisible et provoque une mort inexorable. Si, en revanche, le mal en est à ses premiers symptômes, il est facile de le guérir. Bref, si je l'avais su il y a quelques jours, j'aurais peut-être été en mesure de sauver monsieur de Mourai. Il m'aurait suffi de le saigner en incisant l'une des deux veines situées au-dessous de la langue, de lui administrer dans un breuvage quelques gouttes d'huile de vitriol, enfin, d'oindre son estomac et sa tête d'huile bénite. Mais il semble que le vieux Mourai n'ait pas montré de signes de maladie. En outre...

— En outre ? le poussa Melani.

— Le mal de Mazucco ne fait en aucun cas gonfler la langue, conclut le médecin avec une grimace éloquente. Un tel symptôme est peut-être dû à... quelque chose qui ressemble au poison. »

Du poison. Tandis que le médecin remontait dans sa chambre, chacun de nous contempla le cadavre en silence. Pour la première fois, le jésuite se signa. Monsieur Pellegrino pesta à nouveau contre l'infortune d'avoir un mort dans son auberge, qui plus est peut-être empoisonné. Et qui aurait le courage d'entendre sa femme à son retour ?

Aussitôt, les pensionnaires se lancèrent dans des discours sur les affaires célèbres d'empoisonnement, où dominaient les noms d'anciens souverains, Charles le Chauve, par exemple, Lothaire, roi des Francs, et son fils Louis, ou encore, pour en arriver aux temps modernes, l'acqua-tofana et la cantharelle qu'employaient les Borgia pour leurs abominables crimes, tout comme les Valois et les Guise dans leurs pièges. Un tremblement honteux avait parcouru tout le groupe, puisque peur et poison étaient nés des mêmes parents : on rappela qu'avant de devenir roi de France sous le nom d'Henri IV, Henri de Navarre descendait lui-même sur les rives de la Seine pour y puiser l'eau qu'il consommerait durant ses repas, craignant d'être victime de potions vénéneuses. Jean d'Autriche n'avait-il pas péri après avoir chaussé des bottes empoisonnées ? Stilone Priàso marqua que Catherine de Médicis avait empoisonné Jeanne d'Albret, la mère d'Henri de Navarre, au moyen de gants et de cols parfumés, et qu'elle avait tenté de réitérer cette manœuvre en offrant au fils d'Henri IV un merveilleux livre de chasse dont les pages un peu collées, qu'il s'efforcerait de feuilleter en léchant le bout de ses doigts, étaient imbibées d'un poison mortel provenant d'Italie.

Ces inventions fatales étaient souvent préparées par des astrologues et des parfumeurs, enchaîna l'un des pensionnaires. Un autre remâcha l'histoire de Saint-Barthélemy, le valet du tristement célèbre prieur de Cluny, qui assassina le cardinal de Lorraine en le payant avec des pièces d'or empoisonnées ; quant à Henri de Lützelburg, il disparaissait (oh, mort blasphème !) sous l'effet d'un poison niché dans l'hostie consacrée avec laquelle il avait communié.

Stilone Priàso se mit à conférer d'une voix animée tantôt avec l'un tantôt avec l'autre, admettant qu'on rapporte depuis toujours des histoires peu sérieuses sur le compte des poètes et de ceux qui exercent le métier de la belle écriture, et affirmant qu'il n'était pour sa part qu'un poète né pour la poésie, que Dieu lui pardonne son immodestie.

Les pensionnaires se tournèrent ensuite vers moi et recommencèrent à me presser de questions au sujet du bouillon que j'avais servi ce matin-là à monsieur de Mourai. Il me fallut répéter à plusieurs reprises que personne, en dehors de moi-même, ne s'était approché du plat. Ils finirent par se persuader à grand-peine, et se désintéressèrent de ma présence.

Je m'aperçus soudain que l'abbé Melani était le seul à avoir quitté le groupe. Il était tard désormais, et je pris la résolution de descendre à la cuisine pour m'employer à la ranger.

Dans le couloir, je me heurtai au jeune Anglais, monsieur de Bedford, qui paraissait fort agité, sans doute parce que, ayant porté ses effets dans une nouvelle chambre, il n'avait point assisté au jugement du médecin. Le pensionnaire se traînait d'un pas lent et semblait particulièrement affligé. Il sursauta quand je me dressai devant lui.

« Ce n'est que moi, monsieur Bedford », le rassurai-je.

La mine ébahie, il regarda sans mot dire la flamme de ma lanterne. Pour la première fois, il s'était départi du flegme qui traduisait son naturel affecté et méprisant, répugné (il m'en donnait souvent la preuve) par ma simplicité de serviteur. De mère italienne, Bedford n'éprouvait aucune difficulté à s'exprimer dans notre langue. Sa faconde, dans les conversations qui accompagnaient les dîners, avait même réjoui les autres pensionnaires.

Son silence me frappa a fortiori ce soir-là. Je lui expliquai qu'il n'y avait, selon le médecin, aucune crainte à avoir, puisqu'il ne s'agissait sans doute pas de peste. L'on imaginait toutefois que Mourai avait pu avaler un poison.

La bouche entrouverte, il posa sur moi un regard effrayé. Il recula de quelques pas, tourna les talons et gagna sa chambre, où je l'ouïs s'enfermer à clef.

Première nuit

DU 11 AU 12 SEPTEMBRE 1683

« Ne lui accorde pas d'importance, mon garçon. »

Cette fois, c'est moi qui sursautai. L'abbé Melani, qui venait du deuxième étage, se tenait devant moi.

« J'ai faim, accompagne-moi à la cuisine.

— Il me faut d'abord avertir monsieur Pellegrino. Il m'a interdit de puiser dans le garde-manger en dehors des heures régulières du dîner et du souper.

— Ne t'inquiète pas, monsieur ton maître est occupé en ce moment avec dame bouteille.

— Et les commandements du docteur Cristofano ?

— Ce n'étaient pas des commandements, mais des conseils prudents. Que j'estime superflus. »

Il me précéda au rez-de-chaussée, où se trouvaient les salles à manger et la cuisine. C'est dans cette dernière que, pour satisfaire sa demande, je dénichai un peu de pain, du fromage et un verre de vin rouge. Nous nous assîmes à la grosse table de travail où j'avais coutume de manger avec mon maître.

« Dis-moi d'où tu viens », me demanda-t-il tandis qu'il commençait à se restaurer.

Flatté par sa curiosité, je lui contai brièvement l'histoire de ma misérable vie. A l'âge de quelques mois, j'avais été abandonné et déposé en face d'un monastère près de Pérouse. Les religieuses m'avaient ensuite confié à une femme charitable qui vivait non loin de là. Une fois grandelet, j'avais été conduit à Rome, où le frère de cette femme, curé de Santa Maria in Posterula, la petite église voisine de l'auberge, m'avait pris sous son aile. Le curé m'avait employé dans de menus services, puis il m'avait recommandé à monsieur Pellegrino, avant de quitter Rome.

« Et maintenant, tu es apprenti, dit l'abbé.

— Oui, mais pas toujours, je l'espère.

— J'imagine que tu aimerais posséder ta propre auberge.

— Non, monsieur l'abbé, j'aimerais devenir gazetier.

— Diantre ! » s'exclama-t-il avec un sourire espiègle.

Je lui expliquai que la femme charitable et prévoyante à laquelle on m'avait confié avait chargé une vieille domestique de veiller à mon instruction. Ayant jadis revêtu l'habit monacal, celle-ci m'avait dégrossi dans les arts du trivium et du quadrivium, dans les sciences *de vegetalibus, de animalibus et de mineralibus*, dans les *humanae litterae*, dans la philosophie et la théologie. Elle m'avait ensuite donné à lire de nombreux historiens, grammairiens, poètes italiens, espagnols et français. Mais j'étais moins passionné par l'arithmétique, la géométrie, la musique, l'astronomie, la grammaire, la logique et la rhétorique, que par les choses du monde et en particulier, m'enflammai-je, par les récits des exploits et des succès proches et lointains des princes et des couronnes régnantes, des guerres et des autres choses admirables qui...

« Bien, bien, m'interrompit-il, tu veux être gazetier, ou s'il l'on préfère copiste. Les esprits fins ont souvent ce destin. Comment as-tu conçu cette idée ? »

L'on me mandait souvent faire les commissions à Pérouse, lui répondis-je. En ville, quand la fortune vous assistait, vous entendiez les lectures publiques des gazettes et vous achetiez pour deux sous (mais c'était aussi le cas à Rome) des feuilles volantes contenant bon nombre de remarquables descriptions des plus récents événements survenus en Europe...

« Que diable ! C'est la première fois que je rencontre un garçon de ta sorte.

— Merci, monsieur.

— N'es-tu pas un peu trop instruit pour un simple marmiton ? Les gens de ton espèce ignorent jusqu'à la façon de tenir une plume », dit-il avec une grimace.

Cette remarque me blessa.

« Tu as de l'entendement, ajouta-t-il en adoucissant le ton. Et je te comprends : à ton âge, j'étais fasciné, moi aussi, par le métier des écrivailleurs. Mais j'avais tant de choses à faire. Rédiger habilement les gazettes est un grand art, et cela vaut toujours mieux que de besogner. Et puis, continua-t-il entre deux bouchées, être gazetier à Rome est chose exaltante. J'imagine que tu es en mesure de rapporter ce qui regarde les problèmes des franchises, la controverse gallicane, le quiétisme...

— Oui, je crois que... oui, opinai-je en tentant vainement de masquer mon ignorance.

— Il faut connaître certaines choses, mon garçon. Sinon, qu'écriras-tu ? Mais oui, tu es trop jeune. Et puis, que pourrait-on écrire maintenant au sujet de cette ville terne ? Tu aurais dû voir la splendeur de la Rome de jadis, ou plutôt d'il y a quelques années. Musique, théâtre, académies, entrées des ambassadeurs, processions, bals, tout resplendissait avec une richesse et une abondance que tu ne peux même pas concevoir.

— Et pourquoi n'en est-il plus de même aujourd'hui ?

— La grandeur et le succès de Rome ont pris fin avec l'ascension de notre pape présent, et ils ne reviendront qu'après sa mort. Les spectacles théâtraux sont interdits, le carnaval a été supprimé. Ne le vois-tu pas de tes propres yeux ? Les églises sont négligées, les palais croulants, les rues défoncées et les aqueducs ne résistent plus. Privés de travail, les maîtres, les architectes et les ouvriers regagnent leurs pays. L'écriture et la lecture des annonces et des gazettes, qui te passionnent justement, sont interdites ; les châtiments encore plus durs que par le passé. L'on ne donne même plus de fêtes au palais Barberini, ni de spectacles au théâtre Tor di Nona pour Christine de Suède, qui est venue à Rome en abjurant la religion de Luther pour la nôtre. Depuis l'arrivée d'Innocent XI, la reine Christine aussi a dû se terrer dans son palais.

— Avez-vous vécu ici, à Rome, par le passé ?

— Oui, pendant une période, répondit-il avant de se corriger aussitôt, ou plutôt pendant plus d'une. Je suis arrivé à Rome en 1644 à l'âge de seize ans seulement, et j'ai fait mes études avec les meilleurs maîtres. J'ai eu l'honneur d'être l'élève du sublime Luigi Rossi, le plus grand compositeur européen de tous les temps. A l'époque, les Barberini possédaient un théâtre de trois mille places dans leur palais alle Quattro Fontane, et celui des Colonna, au palais al Borgo, suscitait les jalousies de toutes les maisons régnantes. Les décorateurs portaient des noms excellents, tels que le cavalier Bernin, les scènes des théâtres surprenaient, émouvaient, charmaient avec des apparitions de pluie, coucher de soleil, éclairs, animaux réels et vivants, duels avec blessures véritables et véritable sang, palais plus vrais que nature, jardins pourvus de fontaines d'où jaillissait une eau fraîche et limpide. »

Je m'aperçus alors que je n'avais point encore demandé à mon interlocuteur s'il avait été compositeur, organiste, ou plutôt maître de chapelle. La fortune voulut que je me retins. Son visage presque glabre, ses mouvements curieusement doux, voire féminins, et surtout sa voix très claire, qui évoquait un enfant parvenu de manière inattendue à l'âge mûr, me révélèrent que j'étais en la présence d'un chanteur émasculé.

L'abbé perçut sans doute l'éclair qui avait filtré à travers mon regard à l'instant où j'avais été saisi par une telle illumination. Il poursuivit toutefois comme si de rien n'était.

« A l'époque, il n'y avait pas autant de chanteurs qu'aujourd'hui. Il était possible pour bon nombre d'entre eux d'avoir les coudées franches et d'atteindre des résultats lointains et inattendus. En mon particulier, je ne possédais pas seulement le talent qu'il avait plu au Ciel de m'offrir, j'avais aussi travaillé avec acharnement. Voilà pourquoi, il y a près de trente ans, le grand-duc de Toscane, mon maître, me manda à Paris avec mon professeur Luigi Rossi. »

Voilà d'où vient le drôle de *r* qu'il semble appuyer avec tant de satisfaction, me fis-je la réflexion.

« Vous êtes-vous rendu à Paris pour continuer vos études ?

— Crois-tu que le possesseur d'une lettre de présentation pour le cardinal Mazarin et pour la reine en personne avait encore besoin d'étudier ?

— Mais alors, monsieur l'abbé, vous avez eu l'occasion de chanter pour ces altesses royales !

— La reine Anne aimait mon chant, pourrais-je dire, d'une manière peu ordinaire. Elle aimait les airs mélancoliques de style italien, dans lesquels j'étais à même de pleinement la satisfaire. Il ne s'écoulait pas deux soirées sans que je ne gagnasse le palais pour la servir. Chaque fois, quatre heures durant, l'on ne pouvait songer qu'à la musique dans ses appartements. »

Il s'interrompit et tourna les yeux vers la fenêtre, la mine absente.

« Tu n'as jamais visité la cour de Paris. Comment t'éclaircir ? Tous ces nobles et ces chevaliers me rendaient mille honneurs, et lorsque je chantais pour la reine, j'avais l'impression d'être au paradis, entouré de mille visages angéliques. La reine finit par prier le grand-duc de ne point me rappeler en Italie afin de pouvoir continuer à jouir de mes services. Mon maître, qui était aussi son cousin germain par sa mère, satisfit sa prière. Quelques semaines plus tard, la reine en personne me montra, en me faisant la grâce de son sourire si suave, la lettre de mon maître, qui m'autorisait à demeurer encore un peu à Paris. Une fois celle-ci lue, je me sentis presque mourir de joie et de contentement. »

L'abbé était retourné très fréquemment à Paris, notamment à la suite de son professeur Luigi Rossi, dont le nom parait les yeux d'Atto d'une lueur d'émotion contenue.

« Aujourd'hui, son nom ne dit plus rien aux gens. Mais à l'époque, tout le monde le traitait pour ce qu'il était : un grand, ou plutôt un très grand. Il voulut que je fusse le héros de l'*Orphée*, l'opéra le plus splendide que l'on eût jamais vu à la cour de France. Ce fut un succès mémorable. Je n'avais alors que vingt et un ans. A peine avais-je regagné Florence, au bout de deux mois de représentations, que Mazarin pria à nouveau le grand-duc de Toscane de me renvoyer en France, tant ma voix manquait à la reine. C'est ainsi que, de retour à Paris avec le *seigneur**[1] Luigi, nous fûmes pris dans les troubles de la Fronde et que nous dûmes fuir Paris en compagnie de la reine, du cardinal et du petit roi.

— Vous avez connu le Roi Très-Chrétien lorsqu'il était enfant !

— Et fort bien, qui plus est. Au cours de ces terribles mois d'exil au château de Saint-Germain, il ne quittait jamais sa mère et m'écoutait bien gentiment chanter. Il m'arrivait souvent, dans les moments de pause, d'essayer de le distraire en inventant des jeux à son intention. Alors, Sa Majesté retrouvait le sourire. »

J'étais à la fois exalté et étourdi par cette double découverte. Non seulement ce pensionnaire étrange dissimulait un glorieux passé de musicien, mais il avait aussi partagé l'intimité des altesses royales de France ! De plus, il comptait parmi ces singuliers prodiges de la nature qui unissent à des traits masculins des dons harmonieux et des qualités

---

1. Les mots et expressions en italique suivis d'un astérisque sont en français dans le texte. (*N.d.T.*)

d'esprit féminines. J'avais aussitôt remarqué le timbre curieusement argentin de sa voix. Mais je ne m'étais pas suffisamment attardé sur d'autres détails, croyant qu'il s'agissait sans doute d'un simple sodomite.

Et voilà que j'étais en présence d'un castrat. En vérité, je n'étais pas sans savoir que, pour conquérir leurs extraordinaires dispositions vocales, les chanteurs émasculés devaient se soumettre à une opération douloureuse, à laquelle il n'y avait point de remède. Je connaissais la triste histoire du pieux Origène, qui s'était volontairement privé de ses parties masculines afin d'atteindre la suprême vertu spirituelle, et j'avais ouï dire que la doctrine chrétienne condamnait la castration dès les origines. Or le hasard voulait que les services des castrats fussent hautement aimés et recherchés à Rome. Personne n'ignorait que la chapelle vaticane avait coutume d'employer ces chanteurs, et j'avais parfois ouï les plus âgés du quartier commenter les refrains de certaines lavandières en leur lançant en guise de plaisanterie : « Tu chantes comme Rosini », ou « Tu surpasses Folignato ». Ils évoquaient ainsi les castrats qui avaient récréé les oreilles du pape Clément VIII quelques dizaines d'années plus tôt. Le nom de Loreto Vittori revenait fréquemment sur les lèvres. Sa voix avait un tel pouvoir d'enchantement que le pape Urbain VIII, indifférent à la nature ambiguë du chanteur, l'avait nommé chevalier de la Milice du Christ. Peu importait que le Saint-Siège eût menacé d'excommunication à plusieurs occasions ceux qui pratiquaient l'émasculation. Et encore moins que la beauté féminine des castrats causât le trouble parmi les spectateurs. J'avais appris par les bavardages et les plaisanteries des jeunes de mon âge qu'il suffisait de s'éloigner de l'auberge de quelques dizaines de mètres pour trouver la boutique d'un barbier complaisant, toujours disposé à effectuer l'horrible mutilation, pourvu que la récompense fût appropriée et le secret bien gardé.

« Pourquoi faudrait-il s'en étonner ? dit Melani en m'arrachant à ces considérations silencieuses. Il n'y a rien de surprenant à ce qu'une reine préfère ma voix à celle, que Dieu me pardonne, d'une quelconque petite chanteuse. Lorsque je m'exhibais à Paris, j'étais souvent flanqué d'une chanteuse italienne, une certaine Leonora Baroni, qui se dépensait sans compter. A présent, plus personne ne se ressouvient d'elle. N'oublie pas, mon garçon : s'il est aujourd'hui interdit aux femmes de chanter en public, ainsi que le voulait saint Paul avec raison, ce n'est pas le fait du hasard. »

Il leva son verre comme s'il avait l'intention de trinquer et récita solennellement :

Toi, qui sais mieux que aucun le succès que jadis
les pièces de musique eurent dedans Paris,
que dis-tu de l'ardeur dont la cour échauffée
frondoit en ce temps-là les grands concerts d'Orphée,
les passages d'Atto et de Leonora,
*et le déchaînement qu'on a pour l'Opéra ?**

Je me contentai de lui lancer un regard interrogateur.

« Jean de la Fontaine, dit-il sur un ton emphatique. Le plus grand poète de France.

— Si j'ai bien ouï, il vous a consacré un écrit !

— Oui. Et un autre poète, cette fois toscan, affirma que le chant d'Atto Melani pouvait être un remède contre les morsures de vipère.

— Un autre poète ?

— Francesco Redi, le plus grand homme de lettres et de sciences de Toscane. Telles étaient les muses sur les lèvres desquelles mon nom voyageait, jeune homme.

— Vous exhibez-vous encore devant la famille royale de France ?

— Une fois la jeunesse fanée, la voix est la première des vertus corporelles à vous trahir. Mais lorsque j'étais jeune, j'ai chanté dans les cours de l'Europe entière, et j'ai donc eu l'occasion de rencontrer de nombreux princes. Aujourd'hui, ils aiment à me demander conseil, lorsqu'ils doivent prendre d'importantes résolutions.

— Vous êtes donc un... abbé conseiller ?

— Oui, on peut le dire ainsi.

— Alors, vous fréquentez souvent la cour de Paris.

— A présent, la cour se trouve à Versailles, mon garçon. Quant à moi, c'est une longue histoire. »

Plissant le front, il ajouta : « As-tu jamais ouï parler de monsieur de Fouquet ? »

Ce nom m'était parfaitement inconnu, lui répondis-je.

Il se versa un demi-verre de vin de plus et en resta là. Son silence m'embarrassa. Nous demeurâmes ainsi un certain temps, sans prononcer le moindre mot, bercés par une étincelle de sympathie réciproque.

Atto Melani n'avait pas changé d'habits depuis ce

matin-là : il portait le couvre-chef des abbés, leur capuchon et leur soutane gris-mauve. Son âge (qu'il ne faisait pas le moins du monde) l'avait enveloppé dans un voile d'embonpoint qui adoucissait son nez un peu crochu et ses traits sévères. Son visage de céruse, qui virait au carmin sur les pommettes saillantes, reflétait un conflit d'instincts permanent : son front large et plissé, ainsi que ses sourcils en arc de cercle traduisaient un naturel glacial et hautain. Ce n'était pourtant qu'une apparence. En effet, le pli moqueur de ses petites lèvres contractées et son menton légèrement fuyant mais charnu, au milieu duquel se détachait une fossette impertinente, le démentaient.

Melani s'éclaircit la voix. Il but une dernière gorgée et retint le vin dans sa bouche, le faisant claquer entre langue et palais.

« Nous allons conclure un pacte, dit-il soudain. Tu as besoin de tout savoir. Tu n'as point voyagé, tu n'as rien connu, tu n'as rien vu. Tu as de l'entendement, certains dons sont évidents. Mais sans une juste poussée, l'on n'arrive nulle part. Eh bien, je suis en mesure de te donner tout ce qui t'est nécessaire au cours de ces vingt jours de clôture. Tu n'auras qu'à m'écouter, et toujours attentivement. En retour, tu m'aideras. »

Je m'étonnai : « A quoi ?

— Que diable, à découvrir qui a empoisonné monsieur de Mourai ! répondit l'abbé avec un sourire fin comme si telle était la chose la plus évidente du monde.

— Êtes-vous certain qu'il s'agisse de poison ?

— Absolument ! s'exclama-t-il en se levant et en balayant la pièce du regard, désireux de manger autre chose. Le pauvre vieux a sans doute absorbé une substance fatale. Tu as ouï le médecin, n'est-il pas ?

— En quoi cela vous importe-t-il ?

— Si nous n'arrêtons pas l'assassin à temps, il fauchera bientôt d'autres vies dedans ces murs. »

La crainte me serra aussitôt la gorge et le peu de faim que j'avais abandonna définitivement mon pauvre estomac.

« A propos, m'interrogea Atto Melani, es-tu vraiment certain de ce que tu as rapporté à Cristofano au sujet du bouillon que tu as préparé et servi à Mourai ? Devrais-je savoir autre chose ? »

Je répétai que, pas un instant, je n'avais détourné le regard de la casserole et que j'avais moi-même administré le bouillon, gorgée après gorgée, au défunt. Il fallait donc exclure tout autre intervention extérieure.

« Sais-tu s'il avait absorbé autre chose auparavant ?

— Je ne crois pas. Quand je suis arrivé, il venait juste de se lever, et Dulcibeni était déjà sorti.

— Et après ?

— Non plus, dirais-je. Après lui avoir administré le bouillon, j'ai préparé la cuvette pour son bain de pieds. Quand je m'en suis allé, il somnolait.

— Cela ne signifie donc qu'une chose.

— Laquelle ?

— Que c'est toi qui l'as tué. »

Il me sourit. Il avait plaisanté.

« Je vous servirai en tout, promis-je dans un souffle, les joues en feu, partagé entre l'émotion du défi et la peur du péril.

— Bien. Pour commencer, tu pourrais me dire tout ce que tu sais au sujet des autres pensionnaires et si tu as noté quelque chose d'insolite au cours de ces derniers jours. As-tu ouï des discours étranges ? L'un des pensionnaires s'est-il absenté durant de longues périodes ? A-t-on remis ou mandé des lettres ? »

Je répondis que je ne savais pas grand-chose, si ce n'était que Brenozzi, Bedford et Stilone Priàso avaient déjà séjourné au *Damoiseau* du temps de feue madame Luigia. Je lui rapportai ensuite, non sans balancement, qu'il m'avait semblé comprendre que le père Robleda, le jésuite, s'était rendu de nuit dans les appartements de Cloridia. L'abbé eut un petit rire pour toute réplique.

« Mon garçon, à partir de maintenant, tu garderas les yeux ouverts. En particulier sur les deux compagnons de voyage du vieux Mourai : ce musicien français, Robert Devizé, et Pompeo Dulcibeni, qui vient des Marches. »

Voyant que j'avais baissé les yeux, il poursuivit : « Je sais ce que tu penses : "Je voulais devenir gazetier, pas espion." Sache donc que ces deux métiers ne sont pas si différents que tu peux le croire.

— Faut-il donc connaître tout ce que vous avez mentionné plus tôt ? Les quiétistes, les articles gallicans...

— C'est une mauvaise question. Certains gazetiers se sont élevés tout en sachant bien peu de choses, mais les choses qui importent vraiment.

— Et quelles sont-elles ?

— Celles qu'ils n'écriront jamais. Nous en reparlerons demain. Pour l'heure, allons nous coucher. »

Tandis que nous gravissions les marches, je lorgnai le visage blanc de l'abbé à la clarté de ma lampe : j'avais trouvé en lui mon nouveau maître et j'en savourais tout le transport. Certes, les choses s'étaient produites en toute hâte, mais je devinais obscurément que Melani avait été envahi du même plaisir secret à l'idée d'avoir en moi son élève. Tout au moins tant que la quarantaine durerait.

L'abbé se tourna vers moi et me sourit. Puis, sans un mot, il disparut dans le couloir du second étage.

⋙⋘

Je passai une bonne partie de la nuit à coudre des vieilles feuilles de papier propres que j'avais ramassées sur la table des comptes de mon maître, puis à y coucher les récents événements dont j'avais été le témoin. J'avais pris une résolution : je ne perdrais pas un seul mot de ce que l'abbé Melani m'enseignerait. Je transcrirais et conserverais tout cela jalousement.

Sans l'aide de ces vieilles notes, je ne serais pas à même, seize ans plus tard, de rédiger aujourd'hui ces mémoires.

Deuxième journée

12 SEPTEMBRE 1683

Le lendemain matin fut marqué par un réveil inattendu. Je trouvai monsieur Pellegrino endormi sur son lit, dans la chambre que nous partagions au grenier. Il n'avait rien préparé pour les pensionnaires, besogne qui lui incombait, nonobstant le caractère exceptionnel de la situation. Vêtu comme le jour précédent et affaissé sur ses couvertures, mon maître semblait s'être endormi sous l'effet d'un petit vin rouge. Après l'avoir réveillé à grand-peine, je me rendis à la cuisine. Tandis que je descendais l'escalier, j'entendis se rapprocher un lointain nuage de sons, d'abord confus quoique plaisant. Plus je marchais vers la salle à manger, voisine de la cuisine, plus la musique se faisait claire et intelligible. C'était monsieur Devizé qui, juché sur un tabouret en bois, s'exerçait à son instrument.

Un étrange envoûtement ravissait le public au son des notes de Devizé. Le plaisir de l'ouïe s'unissait à celui de la vue. Son pourpoint de fin burat couleur isabelle, et ses vêtements exempts de pompons, ses yeux hésitant entre le vert et le gris, sa maigre chevelure cendrée, tout en lui paraissait vouloir céder le pas aux tons vifs qu'il tirait de ces six cordes avec un chromatisme excessif. La dernière note une fois évanouie dans l'air, le sortilège se brisait et il ne restait plus devant nos yeux qu'un petit homme gros et maussade, presque scorbutique, aux traits fins, au petit nez tombant sur une bouche charnue et susceptible, au physique court et taurin de Germain ancien, à l'allure martiale, aux manières brusques.

Il ne prêta pas grande attention à mon arrivée et, au terme d'une courte pause, se remit à jouer. Aussitôt, ses doigts libérèrent plus qu'une musique : une admirable architecture de sons que je pourrais encore représenter sans faire erreur si le Ciel m'en donnait les mots, et pas seulement le souvenir. C'était d'abord un petit air simple et innocent qui, comme une danse, passait en arpégeant de l'accord de la tonalité à celui de la dominante (c'est ce que l'habile musicien expliquerait ensuite au profane que j'étais alors en matière d'art des sons), reprenait ce mouvement et, après un surprenant passage de cadence évitée, répétait le tout. Ce n'était toutefois que la première d'une riche et stupéfiante collection de gemmes qui, comme monsieur Devizé me l'apprendrait, se nommait rondeau et se composait justement de cette première strophe répétée plusieurs fois, mais invariablement suivie d'un nouveau et précieux bijou, totalement inédit et resplendissant d'une lumière qui lui était propre.

Comme tous les autres, ce rondeau, que j'écouterais à de nombreuses reprises par la suite, était couronné par la répétition extrême et conclusive de la première strophe, qui semblait donner un sens et un caractère complet à l'ensemble. Mais quoique délicieuses, l'innocence et la simplicité de cette strophe n'eussent point existé si elles avaient été privées du concert sublime des autres, qui, l'une après l'autre, refrain après refrain, escaladaient l'admirable construction avec une liberté, une imprévoyance, une beauté et une audace accrues. Si bien que la dernière d'entre elles était un défi particulièrement doux pour l'entendement et les oreilles, pareil à ceux que les chevaliers se lancent pour des questions d'honneur. Après s'être promené prudemment et presque timidement vers les notes graves, l'arpège final accomplissait une montée subite vers les aigus, avant de sauter vers les notes les plus hautes, transformant son avancée tortueuse et craintive en un fleuve limpide de beauté, dans lequel il dénouait sa chevelure d'harmonie avec une admirable progression vers le bas. Il s'y attardait ensuite, absorbé par de mystérieuses et ineffables harmonies, que mes oreilles jugèrent interdites et impossibles (c'est surtout pour les représenter que les mots me manquent), et s'apaisait enfin à contrecœur, pour s'effacer devant l'extrême répétition de la strophe initiale.

Ensorcelé, j'écoutai sans mot dire jusqu'à ce que le

musicien français eût éteint le dernier écho de son instrument. Il me regarda.

« Vous jouez vraiment bien du luth, hasardai-je timidement.

— Avant tout, ce n'est pas un luth, répondit-il, mais une guitare. Et puis, ce n'est pas ma manière de jouer qui t'intéresse. C'est cette musique qui te plaît. La façon dont tu l'écoutes le prouve. Et tu as raison : je suis particulièrement fier de ce rondeau. »

C'est alors qu'il m'expliqua comment les rondeaux se composaient et en quoi celui qu'il venait d'exécuter se différenciait des autres.

« Tu as tout juste écouté un rondeau de style *brisé**. Il imite le luth : les accords ne sont pas tous joués ensemble mais arpégés.

— Ah, voilà », commentai-je.

Devizé dut comprendre à ma mine égarée que son explication était bien peu satisfaisante, il poursuivit donc en disant que ce rondeau était particulièrement plaisant car son refrain était composé selon les normes anciennes de la consonance, alors que les strophes alternées renfermaient de nouvelles épreuves harmoniques, qui se concluaient de façon inattendue, comme si elles étaient étrangères à la bonne doctrine de la musique. Après avoir atteint son apogée, le rondeau entamait brusquement sa fin.

Je lui demandai par quel mystère il parlait ma langue avec autant d'aisance (mais avec un fort accent français, détail que je lui tus cependant).

« J'ai beaucoup voyagé et j'ai connu de nombreux Italiens que je considère, par leur inclination et leur pratique, comme les meilleurs musiciens du monde. A Rome, hélas, le pape a fait fermer depuis plusieurs années le théâtre Tor di Nona, qui se trouvait à deux pas de cette auberge. Mais on peut écouter à Bologne, dans la chapelle de San Petronio, et à Florence, une multitude de bons musiciens ainsi que de nouvelles et magnifiques œuvres à foison. Notre grand maître, Jean-Baptiste Lully, qui fait la gloire du roi à Versailles, est lui aussi florentin. Je connais surtout Venise, qui est, pour la musique, la plus florissante des villes d'Italie. J'adore ses théâtres : le San Cassiano, le San Salvatore, ou le célèbre théâtre du Cocomero où, avant de me rendre à Naples, j'ai assisté à un merveilleux concert.

— Comptiez-vous demeurer longtemps à Rome ?

— Hélas, peu importe désormais ce que j'avais conçu.

Nous ne savons même pas si nous sortirons vivants de cette auberge », répondit-il en se remettant à jouer un morceau tiré, me dit-il, d'une chaconne de maître Lully.

❧

En quittant la cuisine, où je m'étais enfermé après ma conversation avec Devizé pour préparer le repas, je me heurtai à Brenozzi, le verrier vénitien. S'il désirait un repas chaud, lui annonçai-je, tout était prêt. Mais, sans prononcer le moindre mot, il se saisit de moi et m'entraîna dans l'escalier qui menait à la cave. Alors que je tentais de protester, il plaça une main sur ma bouche. Nous nous arrêtâmes au milieu des degrés, et il me harcela incontinent : « Ne t'échauffe point et écoute, n'aie pas peur, je veux seulement que tu me dises deux ou trois choses ».

Il s'exprimait d'une voix étranglée, sans me donner la possibilité de parler. Il voulait connaître les commentaires des autres pensionnaires à propos du décès de monsieur de Mourai, savoir si le péril d'une nouvelle mort par empoisonnement ou pour un autre motif était envisagé, si certains pensionnaires redoutaient plus que d'autres cette contingence, si certains ne semblaient concevoir aucune crainte, combien de temps la quarantaine pouvait durer à mon opinion, plus des vingt jours décrétés par le Magistrat, ou pas, si je soupçonnais certains hôtes d'être en possession de poisons, si j'estimais qu'on avait vraiment fait usage de telles substances, et enfin si certains se montraient inexplicablement tranquilles en dépit de la quarantaine qu'on venait d'imposer à l'auberge.

« Monsieur, en vérité, je...

— Les Turcs ? Ont-ils parlé des Turcs ? Et de la peste à Vienne ?

— Mais je ne sais rien, je ne...

— Et maintenant, écoute-moi et réponds, poursuivit-il en agitant sa gaule, la mine agacée. Marguerites, cela te dit-il quelque chose ?

— Comment, monsieur ?

— Marguerites.

— Si vous le souhaitez, monsieur, j'en ai des sèches à la cave pour préparer des infusions. Vous sentez-vous mal ? »

Il souffla et leva les yeux au ciel.

« Fais comme si je ne t'avais rien dit. Je n'ai qu'un

commandement pour toi : si l'on te pose des questions à mon sujet, tu ne sais rien du tout, compris ? » et il me serra les mains au point de me blesser.

Je lui lançai un regard interdit.

« Compris ? répéta-t-il non sans impatience. Quoi ? cela ne te suffit-il pas ? »

Ne saisissant pas le sens de sa dernière question, je commençai à craindre qu'il n'eût perdu l'esprit. Je me libérai de son étreinte et m'esquivai dans l'escalier tandis que mon ravisseur essayait de me retenir. Quand j'émergeai de la pénombre, Devizé reprenait l'air splendide et inquiétant que j'avais entendu auparavant. Mais au lieu de m'attarder, je me précipitai au premier étage. L'assaut du verrier avait jeté en moi une telle crainte que j'avais encore les poings serrés, raison pour laquelle je ne m'étais pas encore aperçu que j'avais un quelque chose dans la main. Je l'ouvris et découvris trois petites perles d'un brillant admirable.

Je les coulai dans ma poche et me dirigeai vers la chambre où monsieur de Mourai avait expiré. J'y trouvai un certain nombre de nos pensionnaires, occupés à une tâche fort triste. Cristofano transportait le corps du défunt, enveloppé dans un drap blanc en guise de suaire, sous lequel on devinait la raideur mortelle de ses membres. Le médecin était aidé de monsieur Pellegrino et, en l'absence de volontaires plus jeunes, de Dulcibeni et d'Atto Melani. L'abbé ne portait ni perruque ni céruse sur le visage. Je fus surpris de le voir arborer des habits séculiers – culotte de taffetas et cravate de mousseline – excessivement élégants pour la triste occasion. Seuls ses bas de soie rouge feu témoignaient encore de son titre.

Le pauvre corps fut couché dans une grande corbeille oblongue, garnie de chiffons et de couvertures. Au-dessus, l'on déposa le baluchon contenant ses quelques effets, que Dulcibeni s'était chargé de rassembler.

« C'est tout ce qu'il possédait ? » demanda l'abbé Melani en s'apercevant que le gentilhomme de Fermo avait seulement remis quelques habits appartenant au défunt.

Cristofano répondit qu'il était obligatoire de livrer la garde-robe, et que Dulcibeni pouvait conserver le reste pour le mander à des parents. Puis, à l'aide d'une grosse corde, les trois hommes passèrent le corps par la fenêtre et le descendirent dans la rue, où la compagnie de l'Oraison et de la Mort attendait son sinistre chargement.

« Que fera-t-on du défunt, monsieur Cristofano ? demandai-je au médecin. On le brûlera, n'est-ce pas ?

— Cela ne nous regarde plus. Il était impossible de l'enterrer », dit-il en prenant un peu d'haleine.

Nous ouïmes un léger tintement. Cristofano se pencha. « Tu as perdu quelque chose... mais qu'as-tu donc dans la main ? »

Une perle s'était échappée de mon poing et avait chu sur le sol. Le médecin la ramassa et l'examina.

« Splendide, vraiment. Où l'as-tu prise ?

— Oh, c'est le dépôt d'un client », mentis-je en exhibant les deux autres.

Pendant ce temps, mon maître quittait la chambre. Il semblait las. Atto sortit, lui aussi, et se dirigea vers sa propre chambre.

« Ce n'est pas bien. On ne devrait jamais se séparer des perles, en particulier dans notre situation.

— Pourquoi ?

— Parmi leurs nombreuses vertus occultes, elles préservent du poison.

— Comment une telle chose est-elle possible ? demandai-je en blêmissant.

— Parce qu'elles sont *siccae et frigidae* au deuxième degré, répondit Cristofano. Bien conservées dans un pot et non perforées, *habent detergentem facultatem* et elles peuvent purifier en présence de fièvres et de putréfactions. Elles purgent et clarifient le sang (de fait, elles réduisent la menstruation), et selon Avicenne, elles soignent le *cor crassatum*, les palpitations et les syncopes cardiaques. »

Tandis que Cristofano faisait étalage de son savoir médical, je ne cessais de m'interroger : le don de Brenozzi dissimulait un signal, mais lequel ? Je devais absolument en parler avec l'abbé Melani, pensai-je, et je tentai de prendre congé du médecin.

« Diantre ! ajouta toutefois Cristofano en tournant et retournant attentivement les perles entre ses doigts. Leur forme indique qu'elles ont été pêchées avant la pleine lune, et le soir.

— Et que cela signifie-t-il ?

— Qu'elles soignent les fausses imaginations de l'esprit et les cogitations. Une fois dissoutes dans du vinaigre, elles guérissent de *omni imbecillitate et animi deliquio*, surtout de la mort apparente. »

Etant enfin rentré en possession de mes perles, je me

séparai de Cristofano. Je montai l'escalier en diligence et me dirigeai vers les appartements de l'abbé Melani.

La chambre qu'occupait Atto était située au second étage, juste au-dessus de celle que le vieux Mourai partageait avec Dulcibeni. C'étaient les pièces les plus vastes et les plus lumineuses de l'auberge : elles jouissaient chacune de trois fenêtres, deux donnant sur la via dell'Orso, et l'une sur le coin de la ruelle. A l'époque de madame Luigia, d'importants personnages y avaient séjourné avec leurs suites. Les combles, qui constituaient le troisième et dernier étage, où avait vécu madame Luigia, renfermaient une pièce identique. Malgré l'interdiction de Cristofano, je continuais de l'habiter momentanément avec mon maître, un privilège que je perdrais avec le retour de l'épouse de monsieur Pellegrino, laquelle, ayant exigé de réserver tout l'étage à sa famille, me reléguerait sans doute à la cuisine.

Je fus frappé par la variété des livres et des papiers de toutes sortes que l'abbé avait emportés. Atto Melani était un amant des antiquités et des beautés de Rome, tout au moins à en juger par les titres de certains volumes, bien rangés sur une étagère, que je pus entrevoir alors et que j'apprendrais bientôt à connaître d'une tout autre manière : *La splendeur de la Rome antique et moderne dans laquelle on représente les principaux temples, théâtres, amphithéâtres, cercles, naumachies, arcs triomphaux, obélisques, palais, thermes, curies et basiliques* de Lauri, la *Chemnicensis Roma* de Fabricius et les *Antiquités de la ville de Rome, brièvement recueillies des auteurs tant antiques que modernes. Avec un discours sur les feux des anciens* d'Andrea Palladio. Il y avait aussi neuf grandes cartes de géographie dotées de baguettes couleur jonc d'Inde et de pommeaux dorés, ainsi qu'une liasse de papiers manuscrits que Melani gardait sur sa table et qu'il reposa rapidement. Il m'invita à m'asseoir.

« Je voulais justement te parler. Dis-moi, as-tu des relations dans ce quartier ? Des amis ? Des confidents ?

— Je crois... eh, non. Presque personne, monsieur l'abbé Melani.

— Tu peux m'appeler monsieur Atto. Dommage. J'aurais aimé savoir, si possible à travers la fenêtre, ce que l'on dit de notre situation. Et tu étais mon dernier espoir. »

Il s'approcha des carreaux et commença à chanter d'une voix très douce, à peine retenue :

Disperate speranze, addio, addio
Ahi, mentite speranze, andate a volo[1]...

L'échantillon impromptu des dons exceptionnels de l'abbé me combla de stupéfaction et d'admiration. Malgré son âge, Melani conservait un très joli timbre de soprano. Je le félicitai et lui demandai s'il était l'auteur de la splendide chanson qu'il venait d'ébaucher.

« Non, elle est du *seigneur** Luigi Rossi, mon maître, répondit-il distraitement. Mais dis-moi, dis-moi plutôt comment cette matinée s'est-elle déroulée ? As-tu noté quelque chose d'étrange ?

— Il m'est arrivé une aventure assez bizarre, monsieur Atto. Je venais de converser avec Devizé quand...

— Ah, Devizé, justement, je voulais causer de lui. Jouait-il ?

— Oui, mais...

— Il est habile. Il plaît beaucoup au roi. Sa Majesté adore la guitare autant qu'elle aimait écouter l'opéra et se faire valoir dans les ballets de cour du temps de sa jeunesse. Une belle époque. Et que t'a dit Devizé ? »

Je compris qu'il ne m'aurait pas laissé poursuivre si je n'allais pas auparavant jusqu'au bout du sujet musical. Je lui parlai donc du rondeau qu'avaient délivré les cordes du musicien français, lequel m'avait dit avoir écouté de la musique italienne dans de nombreux théâtres, en particulier à Venise, où se trouvait le célèbre théâtre du Cocomero.

— Le théâtre du Cocomero ? Es-tu sûr de bien t'en ressouvenir ?

— Eh bien, oui, un nom aussi... bref, c'est un nom bizarre pour un théâtre[2]. Devizé m'a dit qu'il s'y était rendu juste avant d'aller à Naples. Pourquoi ?

— Oh, rien. J'ai l'impression que ton guitariste conte un certain nombre de sornettes, mais qu'il omet de bien les préparer. »

Je demeurai interdit : « Pour quel motif dites-vous une chose pareille ?

— Le Cocomero est un théâtre magnifique où s'exhibent, en effet, de splendides virtuoses. Pour dire la vérité, j'y ai chanté, moi aussi. Un jour, je me rappelle, l'organisateur voulait me donner le rôle d'Apelle dans l'*Alessandro vincitor*

---

1. Espoirs désespérés, adieu, adieu/ Ah, espoirs, vous mentez, vous vous envolez... *Disperate speranze* de Luigi Rossi. (*N.d.T.*)
2. En effet, le *cocomero* est une pastèque. (*N.d.T.*)

di se stesso. Evidemment, je me suis entêté et j'ai obtenu le premier rôle, ha, ha ! Un beau théâtre, ce Cocomero. Dommage qu'il se trouve à Florence, et pas à Venise.

— Mais... Devizé m'a dit qu'il y était allé avant de se rendre à Naples.

— Justement. Il n'y a pas longtemps, puisqu'il a quitté Naples pour rallier Rome directement. Mais c'est une baliverne : le nom de ce théâtre reste gravé dans la mémoire, ainsi que tu l'as toi-même expérimenté. Il est donc difficile de le situer dans la mauvaise ville. Je te le dis : Devizé n'a jamais mis les pieds au Cocomero. Et peut-être n'est-il même pas allé à Venise. »

Je fus stupéfait par la révélation de ce petit mais inquiétant mensonge.

« Continue donc, reprit l'abbé. Tu me disais un peu plus tôt qu'il t'était arrivé quelque chose d'étrange, si je ne me trompe. »

Je pus enfin rapporter à Atto les questions que le Vénitien Brenozzi m'avait posées avec autant d'insistance, ainsi que son étrange demande de marguerites et le mystérieux présent de trois perles, lesquelles comptaient, ainsi que Cristofano me l'avait marqué, au nombre de celles qu'on emploie pour soigner les empoisonnements et les morts apparentes. Voilà pourquoi je craignais que ces petits joyaux n'eussent un lien avec la mort de Mourai. Brenozzi savait peut-être quelque chose, mais il avait eu peur de parler clairement. Je montrai les perles à Melani. L'abbé leur jeta un coup d'œil et rit de bon cœur.

« Mon garçon, je ne crois vraiment pas que le pauvre monsieur de Mourai... » commença-t-il en secouant la tête. Mais il fut interrompu par un cri perçant.

Il semblait provenir de l'étage supérieur.

Nous nous précipitâmes dans le couloir puis dans l'escalier. Nous nous pétrifiâmes au milieu de la deuxième volée où gisait, renversé sur les degrés, le corps inanimé de monsieur Pellegrino.

Derrière nous, accouraient les autres pensionnaires. Une rigole de sang s'échappait de la tête de mon maître et coulait sur un ou deux degrés. Sans nul doute, le cri avait été poussé par Cloridia, la courtisane, qui, le visage presque entièrement dissimulé derrière un mouchoir, regardait en tremblant ce corps apparemment privé de vie. Tandis que nous demeurions immobiles, le médecin Cristofano se fraya un chemin jusqu'à l'aubergiste. A l'aide d'un linge, il écarta ses longs cheveux blancs. C'est alors que mon maître parut se ranimer ; en sursautant violemment, il vomit une masse verdâtre, particulièrement nauséabonde. Puis il cessa de donner le moindre signe de vie.

« Saisissons-le et portons-le dans sa chambre », nous ordonna Cristofano en se penchant sur mon maître.

Je fus le seul à obtempérer : en vain, je tentai de soulever le buste de mon maître. L'abbé Melani me remplaça après m'avoir écarté.

« Tiens-lui la tête », me commanda-t-il.

Le médecin attrapa Pellegrino par les jambes. Dans le silence général, nous le conduisîmes à la grande chambre des combles, et le couchâmes sur son lit.

Le visage fixe de mon maître était d'une pâleur fort peu naturelle, et couvert d'un voile de sueur. On l'aurait dit de cire. Ses yeux écarquillés regardaient le plafond, au-dessus de deux poches blêmes. Il avait une plaie au front que le médecin avait tout juste nettoyée, révélant une longue et profonde entaille, qui laissait entrevoir des deux côtés l'os du crâne, probablement lésé par un coup violent. Toutefois mon maître n'était pas mort : il râlait tout bas.

« Il a chu dans l'escalier et s'est cogné la tête. Mais il était déjà, je le crains, privé de connaissance.

— Comment ? » demanda Atto.

Cristofano balança avant de répondre. « Il a été victime de l'attaque d'un mal que je n'ai point encore identifié avec certitude. Quoi qu'il en soit, il s'agit d'une crise foudroyante.

— Comment ? répéta Atto en haussant légèrement le ton. Aurait-il été empoisonné, lui aussi ? »

A ces mots, je fus parcouru par un frisson, et les paroles que l'abbé avait prononcées la nuit précédente me revinrent à l'esprit : si nous ne l'arrêtions pas à temps, l'assassin faucherait bientôt d'autres vies. Peut-être avait-il déjà frappé mon maître, plus tôt que nous ne le pensions.

Cependant le médecin secoua la tête et libéra le cou de Pellegrino du foulard que celui-ci avait coutume de porter sous sa chemise : deux taches bleuâtres et enflées apparurent sous l'oreille gauche.

« A en juger par la raideur générale, il s'agit semble-t-il du même mal que le vieux Mourai. Mais ceci, poursuivit-il en indiquant les bubons, ceci... Et pourtant, je ne voyais pas... »

Nous devinâmes que Cristofano songeait à la peste.

Nous reculâmes spontanément, et l'un de nous invoqua le Ciel.

« Il transpirait, il était sans doute fiévreux. Il s'est fatigué trop rapidement lorsque nous avons descendu le corps de monsieur de Mourai dans la rue.

— S'il s'agit de peste, il n'en a pas pour longtemps.

— Toutefois... continua-t-il en se penchant à nouveau sur les deux renflements sombres qui se détachaient sur le cou de mon maître, toutefois il est possible qu'il s'agisse d'une infirmité similaire, mais pas aussi désespérante. Les pétéchies, par exemple.

— Les quoi ? intervinrent le père Robleda et Stilone Priàso, le poète.

— En Espagne, père, on les appelle *tabardillo*, et dans le Royaume de Naples *pastici*, alors qu'elles se nomment *segni* à Milan, expliqua Cristofano en s'adressant successivement aux deux hommes. Le sang corrompu par une indisposition de l'estomac est à l'origine de cette maladie. En effet, Pellegrino a vomi. La peste se déclare avec une grande impétuosité, alors que les pétéchies se manifestent par de petits incidents, tels que la lassitude et une altération de l'esprit, que j'ai justement remarquées chez notre aubergiste ce matin. Elle s'aggrave ensuite et engendre des symptômes différents avant de répandre sur le corps des taches rouges, cramoisies, ou noires comme ces deux-là. Lesquelles, il est vrai, sont trop enflées pour être des pétéchies, mais trop petites pour être des ganglions ou des bubons pesteux.

— Mais, l'interrogea Cloridia, le fait que Pellegrino se soit évanoui aussi soudainement n'est-il pas un signe certain de la peste ?

— Nous ignorons si cette perte de connaissance est due au coup sur la tête, ou à la maladie, soupira le médecin. Quoi qu'il en soit, nous connaîtrons la vérité demain à l'examen de ces deux taches qui, hélas, disais-je, sont bien noires et indiquent que le mal est plus important, qu'il est assorti de putréfaction.

— Bref, l'interrompit le père Robleda, est-il contagieux, ou pas ?

— La maladie des pétéchies est causée par une chaleur et une sécheresse intenses, raison pour laquelle elle afflige *facillime* les tempéraments colériques, tels que Pellegrino justement. Vous comprendrez donc qu'il est important de ne pas s'agiter ni de se démener pour éviter la peste. » Il lança un regard significatif au jésuite. « Ce mal dessèche et épuise rapidement l'humidité radicale des corps, il est parfois mortel. Mais si l'on administre des substances au corps affaibli du malade, celui-ci tue sa propre contagiosité et les morts sont peu nombreuses. Voilà pourquoi il est moins grave que la peste. Quoi qu'il en soit, nous avons tous approché Pellegrino au cours de ces dernières heures. Nous courons donc tous des risques. Il est opportun que vous regagniez vos chambres, où je vous examinerai l'un après l'autre. Efforcez-vous de garder votre calme. »

Cristofano me pria ensuite de l'aider.

« La fortune a voulu que Pellegrino vomisse incontinent : les vomissements évacuent les matières de l'estomac aptes à se putréfier et se corrompre à cause des humeurs, me dit-il une fois que je l'eus rejoint. Il faudra donc nourrir le malade au moyen d'aliments froids, qui rafraîchissent les naturels colériques.

— Allez-vous pratiquer une saignée ? demandai-je, ayant entendu que ce remède était universellement recommandé pour tous les maux.

— A proscrire absolument : une saignée risquerait de refroidir excessivement la chaleur naturelle du corps et le malade mourrait rapidement. »

Je frissonnai.

« Heureusement, poursuivit Cristofano, j'ai sur moi herbes, pommades, poudres et tout ce qui m'est utile en cas de maladies. Aide-moi à déshabiller ton maître, car je dois lui passer l'onction des rougeoles, ainsi que Galien appelle les pétéchies, qui pénètre le corps, lui évite la corruption et la putréfaction. »

Il sortit et revint peu après avec plusieurs petites ampoules.

Après avoir plié diligemment dans un coin le grand tablier gris et les vêtements de monsieur Pellegrino, je demandai : « Alors, la mort de Mourai est peut-être due à la peste ou aux pétéchies ?

— Je n'ai pas trouvé l'ombre d'une tache sur le vieux Français, fut la brusque réponse du médecin. Quoi qu'il en soit, il est tard pour le savoir. Nous nous sommes débarrassés du corps. »

Et il s'enferma dans la chambre de mon maître.

Les moments qui s'ensuivirent furent pour le moins

convulsifs. Tous les pensionnaires, ou presque, réagirent à la mésaventure de l'aubergiste par des accents de désespoir. La mort du vieil hôte français, que le médecin avait attribuée au poison, n'avait certes pas jeté la compagnie dans un tel effroi. Après avoir nettoyé l'escalier, souillé par le pus de mon maître, je pensai au bien-être de son âme, qui, peut-être, rencontrerait rapidement le Tout-Puissant. Je me ressouvins, à ce propos, qu'un édit ordonnait de placer dans chaque chambre d'auberge un tableau ou un portrait de Notre Seigneur, de la bienheureuse Vierge, ou des saints, ainsi qu'un vase d'eau bénite.

Harassé et le cœur tourné vers le Ciel afin qu'il ne me privât pas de l'affection de mon maître, je remontai dans les combles et me rendis dans les trois pièces demeurées vides après le départ de madame Pellegrino afin de chercher de l'eau bénite et un portrait sacré à accrocher au-dessus du lit du malade.

Cet appartement avait jadis été habité par feue madame Luigia. Il était demeuré presque identique, puisque la famille du nouvel aubergiste n'y avait séjourné que brièvement.

Après de courtes recherches, je trouvai dans la chambre, sur une petite table couverte de poussière, une statue en terre cuite du Baptiste tenant une ampoule en verre remplie d'eau bénite. Elle était flanquée de deux reliquaires et d'un Agnus Dei en pain de sucre, enfermé dans une cloche de cristal.

De belles images sacrées pendaient aux murs. Ce spectacle m'émut et j'eus la gorge serrée en repensant aux tristes événements de ma jeune vie. Il était mal, songeai-je, qu'il n'y eût aux murs des salles à manger que des sujets profanes, quoique gracieux : un tableau de fruits, deux petites toiles représentant un bosquet et des figurines, deux autres en parchemin, oblongs, montrant divers oiseaux, deux paysages, deux Amours brisant un arc sur leurs genoux et enfin, unique concession à la Bible, une représentation licencieuse de Suzanne et des vieillards au bain.

Plongé dans de telles méditations, je choisis un petit tableau de Notre-Dame des sept douleurs, accroché non loin de moi, et regagnai la chambre où Cristofano s'agitait encore autour de mon pauvre maître.

Après avoir disposé en silence tableau et eau sainte près

du lit du malade, je sentis mes forces m'abandonner et, m'écroulant dans un coin de la chambre, cédai aux larmes.

« Courage, mon garçon, courage. »

Je retrouvai dans la voix du médecin le Cristofano chaleureux et joyeux qui m'avait inspiré tant de bonne humeur au cours des jours précédents. Il me serra paternellement la tête entre les mains et je pus enfin m'ouvrir à lui. L'homme qui m'avait accueilli en m'arrachant à une misère probable, expliquai-je, expirait. Monsieur Pellegrino avait un naturel bilieux mais bon, et si je n'étais à son service que depuis six mois, j'avais le sentiment de le fréquenter depuis toujours. Qu'en serait-il de moi désormais ? En admettant que je survécusse à la quarantaine, je serais privé de tout argent lorsqu'elle prendrait fin, et je ne connaissais même pas le nouveau curé de Santa Maria in Posterula.

« Maintenant, tout le monde va avoir besoin de toi, me dit-il en me soulevant à bout de bras. Je serais moi-même venu te quérir, car nous devons calculer les ressources dont nous disposons. Les subsides que la Congrégation de la santé nous donneront seront très succincts, et il sera bon de diviser nos provisions. »

Reniflant encore, je l'assurai que le garde-manger était loin d'être vide, mais il voulut quand même y être mené. Il était situé au sous-sol, et j'étais le seul avec Pellegrino à en posséder une clef. Désormais, me dit Cristofano, je conserverais les deux exemplaires dans un lieu connu exclusivement de nous, de façon que les pensionnaires fussent dans l'impossibilité de faire main basse sur les denrées. A la faible lumière qui pénétrait par les soupiraux, nous entrâmes dans le garde-manger, qui s'étendait sur deux niveaux.

Heureusement, Pellegrino, en bon maître de cuisine et écuyer tranchant qu'il avait été, n'avait point négligé d'approvisionner le garde-manger au moyen d'une grande variété de fromages, viandes salées et poissons fumés, tomates et légumes secs, sans compter les rangées de jarres de vin et d'huile qui charmèrent un instant les yeux du médecin et détendirent les traits de son visage. Il eut un sourire pour tout commentaire, puis il m'annonça : « Tu t'adresseras à moi pour chaque problème et me diras si certains pensionnaires te semblent en mauvaise santé. Est-ce bien clair ?

— Risque-t-il d'arriver à d'autres ce qui est arrivé à

monsieur Pellegrino ? demandai-je tandis que les larmes m'inondaient à nouveau les yeux.

— Espérons que non. Mais il faudra nous employer à ce que cela ne se produise pas, dit-il sans croiser mon regard. Tu peux continuer à dormir dans la même chambre que ton maître, comme tu l'as fait la nuit dernière en dépit de mes dispositions. Il est bon que Pellegrino soit veillé pendant la nuit. »

Le médecin ne songeait donc pas que je pouvais être ainsi contaminé, ce qui me surprit grandement, mais je n'osai point l'interroger.

❦

Je l'accompagnai jusqu'à sa chambre, au premier étage. En tournant à droite, nous sursautâmes : Atto était appuyé contre la porte.

« Que faites-vous ici ? Je croyais avoir donné des commandements précis à tout le monde, protesta le médecin.

— Je sais très bien ce que vous avez dit. Mais nous sommes les trois seuls occupants de cette auberge à ne rien avoir à perdre de notre présence réciproque. N'avons-nous pas transporté le pauvre Pellegrino ? Le petit apprenti ici présent a vécu au coude à coude avec son maître jusqu'à ce matin. Si nous devons être contaminés, nous le sommes déjà. »

Un voile de sueur couvrait le front plissé de l'abbé Melani et, en dépit des sarcasmes de son ton, sa voix trahissait la sécheresse de son gosier.

« Ce n'est pas une raison pour commettre des imprudences, rétorqua Cristofano en se raidissant.

— Je l'admets, dit Melani. Mais avant que nous nous enfermions à nouveau dans cette espèce de clôture, j'aimerais savoir combien de possibilités nous avons de sortir vivants d'ici. Et je parie...

— Peu m'importe ce que vous pariez. Les autres ont déjà regagné leurs chambres.

— ... je parie que personne ne sait exactement comment se comporter au cours des prochains jours. Qu'arrivera-t-il si les morts commencent à s'entasser ? Nous en débarrasserons-nous ? Mais de quelle façon, si ce sont les plus faibles qui survivent ? Sommes-nous certains que l'on nous fournira des vivres ? Et que se passe-t-il à l'extérieur de ces murs ? L'épidémie s'est-elle étendue, ou pas ?

— Cela n'est pas...

— Tout cela *est* important, Cristofano. Personne ne va de l'avant en solitaire, comme vous pensiez le faire. Nous devons en parler, même si cela ne devait servir qu'à rendre notre triste condition moins ingrate. »

J'avais compris aux faibles protestations de Cristofano que les arguments d'Atto se ménageaient une brèche dans sa défense. L'œuvre de l'abbé fut complétée par l'arrivée de Stilone Priàso et Devizé, qui semblaient avoir, eux aussi, un grand nombre de questions angoissées à poser au médecin.

« D'accord, céda Cristofano avec un soupir avant même que les deux hommes n'eussent ouvert la bouche. Que voulez-vous savoir ?

— Absolument rien, dit Atto en faisant la fine bouche. Nous devons avant tout raisonner ensemble : quand tomberons-nous malades ?

— Eh bien, lorsqu'une épidémie aura lieu, répondit le médecin.

— Allons ! s'écria Stilone. En admettant la pire hypothèse, à savoir qu'il s'agit de la peste, quand se déclarera-t-elle ? Êtes-vous le médecin, oui ou non ?

— Et dans ce cas, à quel moment ? » dis-je comme pour me donner du courage.

Cristofano fut piqué au vif. Il écarquilla avec autorité ses yeux noirs d'effraie et, haussant un sourcil pour montrer qu'il était de toute évidence prêt à disserter, il porta gravement deux doigts au bouc qui couvrait son menton.

Mais il revint ensuite sur sa décision et renvoya les explications au soir même, ayant l'intention, déclara-t-il, de nous réunir après le dîner et de fournir en telle occasion toutes les élucidations nécessaires.

C'est alors que l'abbé Melani s'en retourna dans sa chambre. Cependant Cristofano retint Stilone Priàso et Devizé.

« Il m'a semblé ouïr un peu plus tôt, tandis que je parlais, que vous souffriez d'intestins venteux. Si vous le désirez, j'ai ici de bons remèdes pour vous libérer de cet inconvénient. »

Les deux hommes opinèrent non sans embarras. Nous décidâmes donc de descendre tous les quatre au rez-de-chaussée où Cristofano m'ordonna de réchauffer un peu de bouillon, avec lequel il administrerait oralement quatre grains d'huile de soufre à chacun des deux hommes. Le médecin s'emploierait pendant ce temps à oindre avec son baume le dos et les reins de Stilone Priàso et de Devizé.

En attendant que Cristofano aille chercher le nécessaire, qu'il avait oublié dans sa chambre, le Français se plaça dans un petit coin, à l'autre bout de la salle, afin d'accorder sa guitare. J'espérais ouïr à nouveau le morceau intrigant qui m'avait tant enchanté ce matin-là, mais je le vis bientôt se lever et retourner à la cuisine, s'attardant derrière la table où le poète napolitain avait pris place, sans plus toucher son instrument. Stilone Priàso avait tiré un carnet de sa poche et y griffonnait quelques notes.

« Mon garçon, ne crains rien. Nous ne mourrons pas de peste, dit-il à mon adresse, tandis que je m'agitais dans la cuisine.

— Vous prévoyez peut-être l'avenir, monsieur ? demanda Devizé d'une voix ironique.

— Mieux que ne savent le faire les médecins ! plaisanta Stilone Priàso.

— Votre esprit n'est point approprié à cette auberge », le gourmanda le médecin, survenant les manches retroussées et le baume à la main.

Le Napolitain se découvrit le dos le premier, tandis que Cristofano énumérait, comme à l'accoutumée, les nombreuses vertus de sa préparation : « ... enfin, il fait également du bien à la caroncule de la verge. Il suffit de le frotter énergiquement sur la queue jusqu'à absorption. Le soulagement est certain. »

Alors que je m'employais à ranger la cuisine et à réchauffer le bouillon qu'on m'avait demandé, j'entendis les trois hommes se lancer dans une conversation de plus en plus animée.

« ... Et pourtant, je te répète que c'est lui », chuchotait Devizé. Il était facile de le reconnaître à la prononciation gallique très caractéristique qui distinguait son élocution lorsqu'il prononçait des mots où la lettre *r* était redoublée.

« Il n'y a pas de doute, il n'y a pas de doute, lui fit écho Stilone Priàso non sans transport.

— Nous sommes trois à le reconnaître, chacun selon sa propre voie », dit Cristofano.

Je tendis discrètement l'oreille sans franchir le seuil qui séparait la cuisine de la salle à manger. Je compris bientôt qu'ils causaient de l'abbé Melani, que les trois hommes connaissaient à l'évidence de réputation.

« Cela est certain, il s'agit d'un individu fort dangereux », affirma Stilone Priàso d'une voix péremptoire.

Comme toujours, lorsqu'il voulait insuffler de l'autorité à ses propres mots, il regardait un point invisible devant lui en grattant de l'auriculaire la bosse de son nez puis en secouant nerveusement ses doigts comme pour se débarrasser d'une mystérieuse poussière.

« Il ne faut pas le perdre de vue un instant », conclut-il.

Les trois hommes conversaient sans me prêter attention, ce qui arrivait, au reste, avec tous les clients, pour qui un apprenti équivalait plus ou moins à une ombre. J'appris ainsi quantité d'événements et de circonstances qui me firent regretter grandement d'avoir conféré aussi longtemps avec l'abbé Melani au cours de la nuit précédente, et surtout de lui avoir promis mes services.

« Est-il maintenant à la solde du roi de France ? demanda tout bas Stilone Priàso.

— C'est ce que je crois. Même si personne ne peut l'affirmer avec certitude, répondit Devizé.

— Le métier préféré de certains individus est d'être avec tout le monde et personne, ajouta Cristofano en poursuivant son onction et en accroissant la pression de ses doigts sur le dos de Stilone Priàso.

— Il a servi plus de princes qu'il ne parvient lui-même à se ressouvenir, murmura Stilone. A Naples, je crois qu'on lui interdirait de pénétrer dans la ville. Plus à droite, merci », dit-il à l'adresse du médecin.

Avec un effroi indicible, je pris ainsi connaissance du passé obscur et tempétueux de l'abbé Melani. Un passé dont il ne m'avait pas touché mot au cours de la nuit précédente.

Lorsqu'il était tout jeune, Atto avait été engagé par le grand-duc de Toscane en qualité de chanteur émasculé (en effet, l'abbé me l'avait confié). Mais ce n'était pas le seul métier que Melani exerçait pour son maître. En vérité, il lui servait d'espion et de courrier secret. Le chant d'Atto était admiré et réclamé dans toutes les cours d'Europe, ce qui donnait au castrat un grand crédit auprès des couronnes, ainsi qu'une liberté de mouvements toute particulière.

« Sous prétexte de divertir les souverains, il s'introduisait dans les cours pour espionner, tramer, corrompre, expliqua Devizé.

— Pour tout rapporter ensuite à ses instigateurs », lui fit écho Stilone Priàso d'une voix pleine d'aigreur.

Atto avait donc prêté ses doubles services aux Médicis et au cardinal Mazarin, grâce aux vieilles relations d'amitié que Florence et Paris entretenaient. Le cardinal était même devenu son principal protecteur, il ne s'en séparait jamais, pas même lors des négociations diplomatiques les plus délicates. Atto était considéré comme un membre de la famille. C'était l'ami le plus cher de la nièce de Mazarin, pour qui le roi avait perdu la tête au point de vouloir l'épouser. Et quand, plus tard, la jeune fille dut quitter la France, Atto demeura son confident.

« Mais Mazarin est mort, reprit Devizé, et les choses se sont compliquées pour Atto. Sa Majesté, qui venait d'atteindre la majorité, se défiait des protégés du Cardinal. De plus, Melani fut compromis dans le scandale de Fouquet, le surintendant des Finances. »

Je sursautai. Fouquet. N'était-ce pas le nom que l'abbé Melani avait prononcé en toute hâte au cours de la nuit précédente ?

« Ce fut un faux pas, poursuivit le musicien français, et le Roi Très-Chrétien ne lui a pardonné que très longtemps après.

— Tu appelles cela un faux pas ? Mais l'abbé n'était-il pas l'ami de ce voleur de Fouquet ? objecta Cristofano.

— Personne n'a jamais réussi à éclaircir vraiment les choses. Quand Fouquet fut arrêté, on trouva dans sa correspondance un billet portant l'ordre d'héberger secrètement Atto. Les juges le montrèrent à Fouquet.

— Et comment le surintendant l'expliqua-t-il ? demanda Stilone Priàso.

— Il raconta que, par le passé, Atto avait eu besoin sans délai d'un refuge sûr. Ce fureteur s'était brouillé avec le puissant duc de La Meilleraye, héritier de la fortune de Mazarin. Le duc, qui était fort bilieux, avait obtenu du roi l'autorisation d'éloigner Melani de Paris, et lancé des tueurs sur ses traces afin de le rouer. Des amis recommandèrent donc Atto à Fouquet : il serait en toute sécurité chez lui puisqu'il n'existait aucun lien connu entre eux.

— Mais alors, Atto et Fouquet se connaissaient ! s'exclama Stilone Priàso.

— Ce n'est pas si simple, le reprit Devizé avec un petit sourire rusé. Plus de vingt ans se sont écoulés depuis, et à l'époque je n'étais qu'un enfant. Mais j'ai lu par la suite le dossier du procès de Fouquet, qui était plus diffusé à Paris que la Bible. Eh bien, Fouquet déclara aux juges : "Il n'existait aucun lien de fréquentation connu entre Atto et moi."

— Quel vieux renard ! s'écria Stilone. Une réponse parfaite : personne ne pouvait affirmer les avoir vus ensemble ; cela n'empêchait pas qu'ils pouvaient entretenir des relations secrètes... Je suis certain que les deux hommes se connaissaient, et comment ! Ce billet est éloquent : Atto était l'un des espions privés de Fouquet.

— C'est possible, opina Devizé. Quoi qu'il en soit, grâce à cette réponse ambiguë, Fouquet a sauvé Melani du cachot. Atto dormit chez Fouquet et repartit incontinent pour Rome en échappant aux coups de bâton. Mais de mauvaises nouvelles lui parvinrent alors : l'arrestation de Fouquet, le scandale, son nom traîné dans la boue, la colère du roi.

— Et comment en réchappa-t-il ? l'incita Stilone Priàso.

— Il en réchappa aisément, intervint Cristofano. A Rome, il se mit au service du cardinal Rospigliosi, qui était tout comme lui de Pistoia, et qui est ensuite devenu pape. Si bien que Melani se vante aujourd'hui encore de l'avoir fait monter sur le trône de saint Pierre. Les gens de Pistoia ont coutume d'en conter de belles, croyez-moi.

— C'est possible, répondit Devizé avec prudence. Mais il faut savoir manier le conclave pour élire un Pape. Et pendant le conclave, Rospigliosi fut justement aidé par Atto Melani. En outre, ce pape fut un excellent ami de la France. Et l'on sait que Melani est depuis toujours l'ami des cardinaux les plus en vue, mais aussi des ministres français les plus puissants.

— C'est un individu intrigant, déloyal et redoutable », l'interrompit enfin Stilone Priàso.

J'étais au comble de la stupeur. L'individu dont parlaient les trois hôtes de l'auberge était-il vraiment celui avec lequel j'avais conféré la nuit précédente, à quelques mètres de ces mêmes chaises ? Il s'était présenté à moi en tant que musicien, et voilà qu'il apparaissait sous les traits d'un agent secret, impliqué dans de troubles manigances et enfin emporté par les scandales. Il semblait s'agir de deux personnes différentes. Certes, si ce que l'abbé m'avait confié était vrai (le fait de jouir encore des bonnes grâces de nombreux princes), il avait dû regagner du crédit. Mais qui n'aurait pas accueilli ses paroles avec soupçon après avoir ouï la conversation de Stilone Priàso, Cristofano et Devizé ?

« L'on retrouve toujours l'abbé Melani dans les questions politiques d'une certaine importance, recommença le musicien français en appuyant sur le mot "abbé". Et l'on découvre au bout d'un moment qu'il est, lui aussi, mêlé à ces affaires. Il s'introduit partout. Atto était dans la suite de Mazarin pendant les négociations avec les Espagnols à l'île des Faisans, quand la paix des Pyrénées fut conclue. On le manda aussi en Allemagne, pour persuader l'électeur de Bavière de briguer le trône impérial. Maintenant que l'âge ne lui permet plus de voyager autant, il tente de se rendre utile en envoyant au roi des rapports et des mémoires sur la cour de Rome, qu'il connaît bien et où il compte de nombreux amis. Dans plus d'une affaire d'Etat, paraît-il, l'on a entendu des voix à Paris réclamer impatiemment les conseils de l'abbé Melani.

— Le Roi Très-Chrétien le reçoit-il en audience ? demanda Stilone Priàso, la mine intriguée.

— C'est un mystère de plus. Un personnage à la réputation aussi douteuse ne devrait même pas être admis à la cour, pourtant Atto nourrit des relations directes avec les ministres de la couronne. Certains jurent qu'ils l'ont vu quitter aux heures les plus incroyables les appartements du roi. Comme si Sa Majesté avait voulu s'entretenir avec lui en grande urgence et en grand secret. »

C'était donc vrai, l'abbé Melani pouvait obtenir une audience de Sa Majesté le roi de France. Au moins, il ne m'avait pas menti sur ce point-là, pensai-je.

« Et ses frères ? demanda Cristofano alors que je m'approchai avec une écuelle de bouillon chaud.

— Ils agissent toujours en groupe, comme les loups, commenta Devizé avec une grimace de réprobation. A peine Atto s'était-il établi à Rome, après l'élection de Rospigliosi, voilà que deux de ses frères le rejoignirent. L'un d'eux devint incontinent maître de chapelle à Sainte-Marie-Majeure. A Pistoia, leur ville natale, ils ont fait main basse sur les bénéfices et les gabelles. Nombre de leurs concitoyens les haïssent à juste titre. »

Il n'y avait plus de doute possible. Je n'étais pas en présence d'un abbé, mais d'un sodomite déloyal, habile dans l'art de se gagner la confiance de souverains ignares, et ce, grâce à l'appui de ses canailles de frères. En lui promettant mon aide, j'avais commis une erreur impardonnable.

« Il est temps maintenant que je contrôle l'état de monsieur Pellegrino », annonça Cristofano après avoir administré à ses deux camarades de bavardage de l'huile de soufre mêlée au bouillon.

C'est alors seulement que nous remarquâmes la présence de Pompeo Dulcibeni : il était demeuré assis sans mot dire dans un coin de l'autre salle à manger, se servant à un flacon d'eau-de-vie que mon maître avait coutume de placer sur l'une des tables, entouré de petits verres. Pour sûr, pensai-je, il avait entendu la conversation sur Atto Melani.

J'emboîtai donc le pas au trio. En revanche, Dulcibeni ne bougea point. Une fois au premier étage, nous rencontrâmes le père Robleda.

Freinant sa folle peur de la contagion, le Jésuite avait rassemblé tout son courage et était apparu un instant sur le seuil de sa chambre, essuyant la sueur qui écrasait ses boucles poivre et sel sur son front étroit, s'efforçant de se donner une contenance. Il s'était un peu avancé et se tenait maintenant tout raide contre le mur du couloir, sans l'effleurer toutefois, debout et gauche. Il nous regarda dans l'espoir inquiet et faible d'ouïr de bonnes nouvelles de la bouche du médecin, le poids de son grand corps reposant entièrement sur ses doigts de pied, le buste excessivement renversé en arrière, raison pour laquelle sa noire silhouette formait une grande ligne courbe.

Il n'était vraiment replet que dans la structure très ronde de son visage brun et de son cou. Du fait de sa grande taille, la proéminence modérée de son ventre ne lui nuisait pas, au contraire, elle lui conférait un halo de sagesse mûre. Mais le jésuite avait pris une posture si bizarre qu'il était obligé de projeter son regard vers le bas, sous des paupières légèrement tombantes, lorsqu'il voulait scruter le visage de celui avec qui il causait, posture qui, jointe à ses sourcils longs et espacés et aux cernes qui ourlaient ses yeux, lui donnait une apparence de nonchalance hautaine. Mal lui en prit, car Cristofano l'invita d'une voix péremptoire à nous emboîter le pas, Pellegrino ayant peut-être besoin d'un prêtre. Robleda aurait aimé objecter quelque chose, mais ne trouvant rien à dire, il se résolut avec résignation.

Une fois montés dans les combles pour jeter un coup

d'œil au lit de ce qui était devenu, nous le craignions, le cadavre de mon maître, nous nous aperçûmes qu'il était encore vivant. Et il émettait encore des râles réguliers et graves. Toutefois, ses deux taches ne s'étaient ni réduites ni accrues : Cristofano balançait toujours entre la peste et les pétéchies. Il s'employa à le nettoyer et à le rafraîchir au moyen de linges mouillés, après avoir essuyé sa transpiration.

Je rappelai alors au jésuite, prudemment resté au dehors, qu'au point où en étaient les choses il devait administrer le sacrement de l'extrême onction à Pellegrino. L'édit qui prévoyait la présence d'images sacrées dans les auberges ajoutait, précisai-je, qu'il fallait confesser de manière sacramentelle tout individu ayant contracté une maladie dans une taverne, ou une auberge, avant la fin du troisième jour de cette infirmité, et lui administrer les autres sacrements.

« Ehhhpppien, ouiii, il en est ainsi », dit Robleda en essuyant nerveusement avec un linge ses boucles trempées.

Il se hâta toutefois de préciser que, d'après ce commandement ecclésiastique, seul le curé, ou le prêtre que celui-ci aurait nommé, était en mesure d'administrer légalement un tel sacrement ; un prêtre séculier ou régulier qui eût voulu s'en acquitter encourrait un péché mortel, l'excommunication la plus rigoureuse, et ne pourrait être absous que par le pape. En effet, poursuivit-il, l'édit dont j'avais appris une prescription aussi juste et aussi bonne, ordonnait que le curé de la paroisse locale imposât l'huile sainte sur le front des malades et murmurât les saintes litanies à leur pauvre oreille. D'après ce que Robleda savait, les voyageurs seraient confiés en premier lieu aux frères charitables de la compagnie de la persévérance de San Salvatore in Lauro, dite des Coupelles, dont la fonction consiste à soigner les malades étrangers *et cetera et cetera*. Enfin, il convenait que l'huile soit bénie tout exprès par un évêque, et il n'en avait pas dans ses malles.

Le jésuite connaissait parfaitement la question, dit-il avec une ardeur qui fit danser son gros menton, car l'un de ses confrères s'était heurté à de telles circonstances pendant le jubilée de 1675, et il s'était lui-même gardé de lui administrer l'extrême rituel.

Tandis que Robleda répétait ses perplexités au reste du groupe, j'avais retrouvé en un éclair l'édit que Pellegrino conservait dans un tiroir avec toutes les dispositions publiques auxquelles les aubergistes, les taverniers et les cabaretiers sont soumis. Je le parcourus rapidement : le jésuite avait raison.

Le médecin Cristofano prit la parole et observa docilement que les sages et doctes considérations du père Robleda devaient sans aucun doute être suivies à la lettre, car il s'agissait d'un commandement ecclésiastique et d'un édit menaçant d'excommunication. Voilà pourquoi il fallait rapporter incontinent au curé de la voisine église de Santa Maria in Posterula qu'on avait relevé un nouveau cas de contagion suspecte, puis alerter les frères charitables de la Compagnie de la persévérance de San Salvatore in Lauro, dite des Coupelles : aucune omission n'était, dans ce cas, admissible. Mieux, au point où en étaient les choses, ajouta Cristofano tandis que ses grands yeux noirs et ronds étaient traversés par un éclat, il serait sage que chaque pensionnaire préparât rapidement ses propres effets et malles car, une fois ces mesures effectuées, nous serions menés en un lieu sûr, puis dans un lazaret.

Le père Robleda, qui était demeuré bien silencieux derrière ses paupières indifférentes en berne, eut alors un sursaut.

Nous tournâmes tous le regard vers lui.

Pointés vers le sol et comme pendus à son nez tombant et affilé, les petits yeux noirs du jésuite ne se levèrent point. L'on aurait dit qu'il craignait de gaspiller, en les posant sur les visages d'autrui, les précieuses forces intérieures qui lui restaient, et qu'il avait rageusement employées jusqu'à présent à le tirer secrètement d'embarras. Il m'arracha l'édit des mains.

« Mais... voilà, voilà. Hé, je le savais, dit-il en serrant ses lèvres entre pouce et index et en gonflant son ventre noir. Cet édit n'aborde pas les cas de nécessité, tels que l'absence, l'empêchement ou le retard du curé. Dans de telles conditions, n'importe quel prêtre peut administrer la sainte onction ! »

Cristofano lui marqua qu'il ne s'était rien produit de tel.

« Mais cela pourrait arriver, rétorqua le jésuite en écartant les bras d'un geste théâtral. Si nous appelions les frères de la Compagnie de la persévérance, ils seraient capables de nous mander au lazaret sans même approcher le malade par crainte de la peste. Et puis, la compétence exclusive du curé est nécessaire par commandement ecclésiastique, mais elle ne l'a jamais été par commandement divin ! Ainsi, il est de mon devoir d'accorder sans plus attendre à ce pauvre frère agonisant le saint chrême qui libère des vestiges du péché, permet à l'âme d'affronter avec plus de force les extrêmes souffrances et...

— Mais vous ne disposez pas d'huile bénie par l'évêque, l'interrompis-je.

— L'église grecque, par exemple, s'en passe », répondit-il avec suffisance.

Sans autre explication, il m'ordonna de lui apporter une baguette et de l'huile d'olive, ainsi que saint Jacques l'indiquait expressément : il devait la bénir pour l'office. Quelques minutes plus tard, le père Robleda était au chevet de maître Pellegrino, à qui il administrait l'extrême onction.

L'opération fut, en vérité, très rapide : il plongea la baguette dans l'huile et, veillant à demeurer le plus éloigné possible du malade, lui oignit une oreille en marmonnant en toute hâte la simple et brève formule *Indulgeat tibi Deus quidquid peccasti per sensus*, bien différente de la formule plus longue que nous connaissions tous.

« En 1588, l'université de Louvain, se justifia-t-il ensuite en se tournant vers son auditoire perplexe, a approuvé la disposition suivante : en cas de peste, il est permis au prêtre d'administrer le saint chrême au moyen d'une baguette, au lieu du pouce. De plus, de nombreux théologiens ont affirmé qu'il n'était point nécessaire d'oindre bouche, narines, yeux, oreilles, mains et pieds en prononçant chaque fois la formule canonique *Per istas sanctas unctiones, et suam piissimam misericordiam indulgeat tibi Deus quidquid per visum, auditum, odoratum, gustum, tactum deliquisti*, et qu'il suffisait d'effectuer prestement une seule onction sur l'un des organes des sens en prononçant la courte formule universelle que vous venez d'ouïr. Ce rituel est tout aussi valide que le premier. »

Après quoi, le jésuite s'éloigna à toute allure.

Pour éviter d'attirer les regards, j'attendis que le groupe se fût défait et suivis aussitôt le père Robleda. Je le rejoignis alors qu'il franchissait le seuil de sa chambre.

Le souffle court, je lui dis que je nourrissais une grande appréhension pour l'âme de mon maître : l'huile avait-elle purifié la conscience de Pellegrino de ses péchés, le délivrant du risque de périr en Enfer ? Ou fallait-il qu'il se confesse avant de mourir ? Et que se passerait-il s'il ne reprenait pas conscience avant l'instant de son trépas ?

« Oh, répondit Robleda de manière expéditive, tu n'as pas à t'alarmer : ce ne sera pas la faute de ton maître s'il ne reprend pas ses esprits pour confesser ses petits péchés au Seigneur avant de s'éteindre.

— Je le sais, repartis-je promptement, mais il n'y a pas que les péchés véniels, il y a aussi les péchés mortels...

— Ton maître aurait-il commis un grave péché dont tu as connaissance ? demanda le jésuite sur un ton inquiet.

— D'après ce que je sais, il n'est jamais allé au-delà de quelques excès et de quelques verres de trop.

— Quoi qu'il en soit, en admettant même qu'il ait tué, dit Robleda en se signant, cela ne signifierait pas grand-chose. »

Ayant une vocation particulière pour le sacrement de la confession, m'expliqua-t-il, les pères jésuites avaient depuis longtemps étudié avec soin la doctrine du péché et du pardon : « Certains crimes provoquent la mort de l'âme, et ce sont les plus nombreux. Mais d'autres sont partiellement autorisés, ajouta-t-il en baissant pudiquement le ton. D'autres encore sont permis, naturellement dans des cas exceptionnels. C'est une question de circonstances, et je t'assure que la décision est toujours chose ardue pour le confesseur. »

La casuistique était immense, et il convenait de la considérer avec une extrême prudence. Doit-on donner l'absolution à un fils qui tue son père par légitime défense ? Celui qui assassine un témoin pour éviter d'être injustement exécuté commet-il un péché ? Et une femme qui tue son mari en sachant qu'il s'apprête à lui rendre le même service ? Un noble peut-il abattre celui qui l'a offensé afin de défendre son honneur (qui constitue ce qu'il y a de plus important pour lui) devant ses pairs ? Un soldat pèche-t-il s'il tue un innocent en obéissant à un commandement ? Et encore : une femme a-t-elle le droit de se prostituer pour sauver ses enfants de la faim ?

« Et le vol est-il toujours péché ? insistai-je en me ressouvenant que les mets exquis dont regorgeait la cave de mon maître n'avaient peut-être pas été licitement acquis.

— Bien au contraire. Là aussi, il faut considérer les circonstances intérieures et extérieures dans lesquelles l'action est accomplie. Evidemment, il est à propos de distinguer le cas du riche qui vole le pauvre, du pauvre qui vole le riche, du riche qui vole le riche, du pauvre qui vole le pauvre et ainsi de suite.

— Mais ne peut-on pas obtenir dans tous les cas le pardon en restituant ce que l'on a volé ?

— Tu vas trop vite ! L'obligation de restitution est
chose importante, bien sûr, et le confesseur est tenu de la
rappeler au fidèle qui s'en remet à lui. Mais cette obligation
peut également être limitée, ou absente. Il n'est pas nécessaire de restituer ce qui a été volé, si cela implique un
appauvrissement : un noble ne peut se priver de ses serviteurs, et un citoyen distingué ne peut certes pas s'abaisser
à travailler.

— Mais si je ne suis pas contraint de restituer ce que
j'ai mal acquis, comme vous le dites, alors que dois-je faire
pour obtenir le pardon ?

— Cela dépend. Dans certains cas, il est bon de se rendre au domicile de l'offensé et de lui présenter ses excuses.

— Et les impôts ? Que se passe-t-il si l'on ne paie pas
son dû ?

— Ehhh bbbien, c'est une affaire délicate. Les impôts
comptent parmi les *res odiosae*, puisque personne ne les
acquitte volontiers. Disons qu'on pèche sans aucun doute en
s'abstenant de payer les bons impôts, tandis que les impôts
injustes doivent être examinés l'un après l'autre. »

Robleda m'apporta ses lumières sur de nombreux
autres cas que, sans connaître la doctrine des jésuites, j'aurais sans doute jugés de manière fort différente : le prisonnier injustement condamné peut s'échapper du cachot,
enivrer les geôliers et aider ses compagnons de cellule à
s'enfuir ; on a le droit de se réjouir de la mort d'un parent
qui nous laisse un gros héritage pourvu qu'on le fasse sans
haine personnelle ; il est permis de lire des ouvrages interdits par l'Eglise, mais seulement trois jours durant et pas
plus de six pages ; l'on ne commet pas de péché si l'on vole
ses parents en leur prenant seulement **moins** de cinquante
pièces d'or ; enfin, celui qui prête serment de manière fic-
tive, sans véritable intention de prêter serment, n'est pas
obligé d'être fidèle à sa parole.

« Bref, on peut se parjurer ! résumai-je non sans surprise.

— Ne sois pas aussi grossier. Tout dépend de l'intention. Le péché est le détachement volontaire de la loi de
Dieu, récita Robleda d'une voix solennelle. Si, en revanche,
on le commet seulement en apparence, sans le vouloir vraiment, on est sauf. »

Je quittai la chambre de Robleda en proie à un mélange de harassement et d'inquiétude. Grâce au savoir des jésuites, pensai-je, Pellegrino sauverait sans doute son âme. Mais à en juger par ces discours, le blanc semblait s'appeler noir, la vérité paraissait identique au mensonge, le bien et le mal ne formaient apparemment qu'une seule chose.

Si l'abbé Melani n'était peut-être pas l'homme irréprochable qu'il laissait entendre, me fis-je réflexion, l'on devait encore plus se défier de Robleda.

❧

L'heure du souper étant désormais passée, nos pensionnaires, à jeun depuis le soir précédent, descendirent en diligence vers la cuisine. Après qu'ils se furent restaurés en toute hâte en avalant mon potage de *gnocchetti* et de houblon, qui ne les enthousiasma guère, Cristofano attira à nouveau notre attention sur la conduite à tenir. Les hommes d'armes nous convoqueraient bientôt aux fenêtres pour l'appel. Un malade de plus amènerait sans aucun doute la Congrégation de la santé à décréter le péril de contagion pestilentielle ; dans un tel cas, la quarantaine serait maintenue et renforcée. On créerait peut-être un lazaret où nous serions tôt ou tard menés. L'hypothèse avait de quoi faire trembler les plus courageux.

« Il ne nous reste donc qu'à tenter la fuite, conclut en haletant le verrier Brenozzi.

— Ce serait impossible, observa Cristofano. Il est probable qu'on a déjà fixé des grilles pour fermer la rue, et en admettant même que nous réussissions à les franchir, on nous donnerait la chasse sur tout le territoire pontifical. Nous pourrions essayer de le traverser en direction de Lorette en fuyant à travers bois, pour nous embarquer ensuite sur l'Adriatique et nous enfuir par la mer. Mais je ne dispose d'aucun ami fiable sur cette voie, et je ne crois pas que vous soyez mieux lotis que moi. Nous serions contraints de demander l'hospitalité à des étrangers, en nous exposant ainsi à être trahis à chaque fois par ceux qui nous hébergeraient. Nous aurions aussi la possibilité de nous réfugier dans le royaume de Naples en cheminant le jour et en dormant la nuit. Je n'ai certes plus l'âge de souffrir de tels efforts ; et certains d'entre vous n'ont peut-être pas été favorisés par la nature. En outre, nous aurions besoin d'un guide, un berger ou un villageois, qu'il n'est pas toujours facile de convaincre, afin qu'il nous conduise parmi les collines et les cols sans deviner surtout que nous sommes poursuivis, car il nous livrerait à son maître sans y réfléchir à deux fois. Nous serions enfin trop nombreux à fuir, et tous privés de certificat sanitaire : nous serions alors arrêtés au premier contrôle de frontière. Bref, nos chances de réussite seraient minimes. Sans compter qu'en cas de succès nous serions destinés à ne plus jamais regagner Rome.

— Et alors ? demanda Bedford en soufflant avec mépris et en laissant ses mains pendre ridiculement en un geste d'impatience.

— Et alors, Pellegrino répondra à l'appel, dit Cristofano sans ciller.

— Mais il ne peut même pas tenir debout, objectai-je.

— Il y parviendra, rétorqua le médecin. Il doit y parvenir. »

⚜

Quand il eut terminé, il nous retint encore un moment et nous proposa, dans le but de nous fortifier pour lutter contre la peste, des remèdes purifiant les humeurs. Certains, dit-il, étaient déjà prêts. Il en préparerait d'autres au moyen des herbes et des essences qu'il emportait toujours en voyage, puisant également dans la cave fournie de Pellegrino.

« Leur goût et leur odeur ne vous plairont guère. Mais ce sont des préparations qui font autorité, ajouta-t-il en lançant un regard polémique dans la direction de Bedford, telles que l'*elixir vitae*, la quinte essence, la seconde eau et la mère de l'onguent, l'huile *filosoforum*, la grande liqueur, le caustique, l'aromaticum, l'électuaire angélique, l'huile de vitriol, l'huile de soufre, les muscadins impériaux ainsi qu'une grande variété de fumigations, pilules et boules odorantes à porter sur la poitrine. Elles purifient l'air et font barrage à une éventuelle contagion. Mais n'en abusez point : elles contiennent du vinaigre distillé, de l'arsenic cristallin et de la poix sèche. En outre, chaque matin, je vous donnerai par la bouche ma quinte essence originale, tirée d'un excellent vin blanc, né dans des lieux montagneux, que j'ai distillé au bain-marie, avant de l'enfermer dans un flacon au moyen d'un bouchon d'herbes amères, et de l'enterrer à l'envers dans du fumier de cheval bien chaud pendant une durée de vingt jours. Une fois le flacon ôté du fumier (une opération que je vous recommande d'effectuer soigneusement pour éviter de contaminer la préparation), j'ai démêlé les excréments d'avec le distillat couleur du ciel, et obtenu ainsi la quinte essence. Je la conserve dans des pots de verre très bien fermés. Elle vous préservera de la corruption, de la putréfaction et de toute autre infirmité. Elle possède tant de vertus qu'elle ressusciterait un mort.

— Il suffit qu'elle ne tue pas les vivants », ricana Bedford.

Le médecin se piqua : « Son principe est approuvé par Raymond Lulle, Philippe Ulstedt, ainsi que de nombreux autres philosophes antiques et modernes. Mais je veux conclure : j'ai pour chacun d'entre vous d'excellentes pilules d'une demi-drachme chacune que vous garderez dans votre poche et avalerez dès l'instant où vous vous sentirez frappés par la peste. Elles sont toutes composées de simples très appropriés, sans extravagance : quatre drachmes de bol arménien, terre sigillée, zédoaire, camphre, tormentille, dictame blanc et aloès hépatique, avec un scrupule de safran, de clous de girofle et de diagrède, du jus de chou frisé et du miel cuit. Elles ont été étudiées dans le but précis d'éloigner la peste qu'engendre la corruption de la chaleur naturelle. Le bol arménien et la terre sigillée éteignent, en effet, le feu qui s'est emparé du corps et mortifient les altérations. La zédoaire a la faculté de sécher et guérir. Le camphre rafraîchit tout en desséchant lui aussi. Le dictame blanc est prescrit contre le poison. L'aloès hépatique protège de la putréfaction et libère le corps. Le safran et les clous de girofle conservent et égayent le cœur. Et le diagrède dissout l'humidité superflue du corps. »

L'auditoire se taisait.

« Vous pouvez avoir confiance, insista Cristofano. J'en ai moi-même perfectionné les formules en m'inspirant de célèbres recettes expérimentées par les meilleurs maîtres en matière de pestes plus alpestres. Comme les sirops stomachiques de maître Giovanni de Volterra, qui... »

Il y eut alors un petit bouleversement dans le groupe : Cloridia était survenue, totalement inattendue.

Elle était restée jusqu'alors dans sa chambre, se souciant peu, comme à l'accoutumée, de l'heure des repas. Son arrivée fut saluée de diverses manières. Brenozzi tourmenta son arbrisseau, Stilone Priàso et Devizé se recoiffèrent, Cristofano rentra discrètement le ventre, le père Robleda rougit, tandis qu'Atto Melani éternuait. Seuls Bedford et Dulcibeni gardèrent leur flegme.

C'est justement entre ces derniers que la courtisane se fraya un passage, sans y être invitée.

Cloridia était vraiment dotée d'un singulier aspect : sous son fard très blanc affleurait malgré lui un teint brun qui formait un étrange contraste avec la chevelure épaisse, bouclée et artificiellement blondie qui entourait son front large et son ovale régulier. Son nez camus, mais petit et gracieux, ses grands yeux veloutés et noirs, ses dents parfaites et sans fenêtre dans une bouche charnue, se contentaient d'accompagner ce qui sautait le plus aux yeux : un très grand décolleté, souligné par un balcon de pompons entrelacés de plusieurs couleurs qui courait tout autour de ses épaules et se terminait par un gros nœud entre les seins.

Bedford lui ménagea une place sur le banc tandis que Dulcibeni restait immobile.

« Je suis sûre que certains, parmi vous, ont envie de savoir combien de jours cet enfermement va durer, dit Cloridia sur un ton aimablement tentateur en posant sur la table un jeu de cartes à tarot.

— *Libera nos a malo* », murmura Robleda en se signant et en se levant en diligence sans même prendre congé.

Personne n'accueillit l'invitation de Cloridia, que tout le monde croyait mener à d'autres recherches, plus approfondies mais financièrement plus onéreuses.

« Vous n'avez peut-être pas choisi le meilleur moment, gente dame, dit poliment Atto Melani pour la tirer d'embarras. La tristesse des choses présentes l'emporte sur votre aimable compagnie. »

A la surprise de l'assistance, Cloridia saisit la main de Bedford et l'attira d'un geste gracieux devant sa poitrine opulente que dénudait un décolleté à la mode de France.

« Mieux vaut peut-être une belle lecture de la main, proposa Cloridia, mais gratuitement, bien entendu, et seulement pour votre plaisir. »

Cette fois, la langue fit défaut à Bedford et, avant même qu'il puisse refuser, Cloridia lui ouvrit amoureusement le poing.

« Nous y voilà, dit-elle en caressant de la pointe d'un doigt la paume de l'Anglais, tu verras, tu aimeras beaucoup cela. »

Tous les membres de l'assistance (et moi aussi) avaient imperceptiblement tendu le cou pour mieux voir et ouïr.

« T'a-t-on déjà lu les lignes de la main ? demanda Cloridia à Bedford en lui effleurant de manière fort suave les doigts et le poignet.

— Oui. Euh, non. Je veux dire, pas comme ça.

— Ne t'alarme point. Cloridia va t'expliquer tous les secrets de la main et du bonheur. Le gros doigt se nomme Pouce *quia pollet*, car il a plus de force que les autres. Le deuxième, Index, parce qu'il sert à indiquer ; le troisième s'appelle Infâme parce qu'il est signe de moquerie et d'insulte. Le quatrième, Médium ou Annulaire car il porte la bague ; le cinquième, Auriculaire parce qu'on l'utilise pour nettoyer et curer ses oreilles. Les doigts de la main sont inégaux pour plus de décence et pour plus de facilité d'usage. »

Tandis qu'elle passait en revue l'appareil digital, Cloridia soulignait chaque phrase en chatouillant lubriquement les phalanges de Bedford, qui tentait de masquer son agitation derrière un sourire timide et une sorte de répulsion involontaire face au sexe féminin, que je n'avais remarquée jusqu'alors que chez les voyageurs venant des terres nordiques. Cloridia entreprit ensuite de nommer les autres parties de la main : « Tu vois, la ligne qui part au milieu du poignet et monte vers l'index, juste là, est la ligne de vie, ou ligne du cœur. Celle qui coupe la main de droite à gauche est la ligne naturelle, ou ligne du cerveau. Sa sœur, toute proche, est la ligne mensale. Ce petit renflement s'appelle ceinture de Vénus. Aimes-tu ce nom ? demanda Cloridia d'une voix insinuante.

— Moi, énormément, s'exclama Brenozzi.

— Arrière, imbécile, lui répondit Stilone en repoussant la tentative de Brenozzi de se rapprocher de Cloridia.

— Je le sais, je le sais, c'est un beau nom, dit Cloridia en lançant un regard d'intelligence à Brenozzi, puis à Bedford, mais il n'est pas le seul. Il y a le doigt de Vénus, le mont de Vénus, le doigt du Soleil, le mont du Soleil, le doigt de Mars, le mont de Mars, le mont de Jupiter, le doigt de Saturne, le mont de Saturne et le siège de Mercure. »

Tandis qu'elle indiquait sous ces termes doigts, phalanges, rides, lignes, articulations, renflements et creux, Cloridia passait, en un contrepoint habile et sensuel, son index sur la main de Bedford puis sur ses propres joues, sur la paume de l'Anglais, puis sur ses propres lèvres, à nouveau sur le poignet de Bedford, puis sur la naissance encore innocente de sa généreuse poitrine.

« Il y a aussi la ligne du foie, la ligne ou la voie du Soleil, la ligne de Mars, la ligne de Saturne, le mont de la Lune, et tout se termine par la voie lactée...

— Oh oui, la voie lactée », laissa échapper Brenozzi en pâmoison.

Presque tous les membres du groupe s'étaient pressés autour de Cloridia avec plus d'ardeur que le bœuf et l'âne autour de Notre Seigneur, la nuit qu'il vint au monde.

« Quoi qu'il en soit, vous avez une belle main, et votre âme doit être plus belle encore, dit Cloridia d'une voix complaisante en posant brièvement la paume de Bedford sur la peau brune qui séparait sa poitrine de son cou. En revanche, je ne saurais que dire de votre corps », ajouta-t-elle dans un rire amusé avant d'éloigner la main de Bedford comme pour s'en défendre et de saisir celle de Dulcibeni.

Tous les regards convergèrent sur le gentilhomme d'âge mûr qui, d'un geste mauvais et brusque, se libéra toutefois de la prise de la courtisane, quitta la table et se dirigea vers l'escalier.

« Que d'histoires ! commenta Cloridia d'une voix ironique en essayant de dissimuler sa déception et en tourmentant une mèche de cheveux avec une irritation toute féminine. Et quel sale caractère ! »

A cet instant précis, je songeai que Cloridia s'était fréquemment approchée de Dulcibeni au cours de ces derniers jours, mais l'homme l'avait toujours repoussée avec un agacement croissant. En effet, contrairement à Robleda, qui se montrait excessivement outré par la présence de la courtisane, et lui rendait sans doute visite nuitamment, Dulcibeni paraissait éprouver un dégoût profond et authentique à la vue de la jeune femme. Aucun autre pensionnaire de l'auberge n'osait arborer un tel mépris pour Cloridia. Pour ce motif peut-être, ou à cause de l'argent dont, à l'évidence, il n'était point dépourvu, la courtisane s'était, semble-t-il, entêtée à adresser la parole au gentilhomme des Marches. Ne parvenant pas à lui soutirer la moindre syllabe de la bouche, Cloridia m'avait posé à plusieurs reprises des questions sur son compte, curieuse d'apprendre des détails le regardant.

La lecture de la main s'étant interrompue aussi brusquement, le médecin en profita pour reprendre ses éclaircissements à propos des remèdes contre le risque de contagion. Il nous distribua diverses pilules et autres boules odorantes. Puis nous emboîtâmes tous le pas à Cristofano pour contrôler l'état de santé de Pellegrino.

❧

Nous pénétrâmes dans la chambre de mon maître, qui gisait sur le lit et paraissait à présent un peu moins exsangue. La clarté qui filtrait à travers les fenêtres réconfortait l'esprit tandis que le médecin examinait le malade.

« Hummm, grommela Pellegrino.

— Il n'est pas mort, déclara Cristofano. Ses yeux sont entrouverts, sa fièvre n'a pas baissé, mais son teint s'est amélioré. Et il s'est pissé dessus. »

Nous commentâmes ces nouvelles avec soulagement. Mais le médecin dut bien vite constater que le patient se trouvait dans un état d'indolence qui ne l'autorisait à répondre que très faiblement aux sollicitations extérieures.

« Pellegrino, dis-moi si tu comprends mes paroles, murmura Cristofano.

— Hummm, répéta mon maître.

— Cela lui est impossible, établit le médecin avec conviction. Il est en mesure de discerner les voix, mais non de répondre. Je me suis déjà attelé à un cas de ce genre : un villageois enterré par le tronc d'un arbre que le vent avait abattu. Il n'a pu proférer le moindre mot pendant plusieurs mois, bien qu'il fût parfaitement capable de comprendre ce que son épouse et ses enfants lui disaient.

— Que s'est-il passé ensuite ? demandai-je.

— Rien. Il mourut. »

On me pria d'adresser doucement quelques phrases au malade pour tenter de le ranimer. Mais je n'obtins aucun succès. Je ne pus l'arracher à la torpeur qui l'avait gagné, pas même en murmurant que l'auberge était en feu, et toutes ses réserves de vin en péril.

Malgré tout, Cristofano se montra soulagé. Les deux protubérances qui ornaient le cou de mon maître pâlissaient et se dégonflaient déjà ; ce n'étaient donc pas des bubons. Pétéchies ou simples ecchymoses qu'elles fussent, elles rapetissaient. Nous n'étions pas, semble-t-il, menacés par une épidémie de peste. Nous pouvions donc nous relâcher un peu. Toutefois, nous n'abandonnâmes pas le malade à son destin. Nous nous assurâmes sans tarder que Pellegrino fût en mesure d'avaler, bien qu'avec lenteur, des aliments aussi bien hachés que liquides. Je m'offris de le restaurer. Cristofano l'examinerait à intervalles réguliers. Mais l'auberge demeurait orpheline de celui qui la connaissait le mieux et qui était le mieux à même de nous assister. Je m'attardais dans de telles réflexions quand les pensionnaires, satisfaits de cette visite au chevet de l'aubergiste, prirent progressivement congé de nous. Je restai seul avec le médecin qui scrutait d'un air pensif le corps de Pellegrino, allongé et inerte.

« Les choses vont mieux, dirais-je. Mais avec les maladies, il ne faut jamais se sentir trop sûr de soi », commenta-t-il.

Nous fûmes interrompus par un fort carillonnement dans la via dell'Orso, sous nos fenêtres. J'en gagnai une : on nous envoyait trois hommes pour procéder à l'appel et vérifier que personne n'eût échappé à la sentinelle. Mais il était d'abord nécessaire, nous annonça-t-on, que Cristofano fournît des renseignements sur notre état de santé. Je courus dans les chambres et rassemblai tous les pensionnaires. Certains d'entre eux jetèrent un regard effrayé à mon pauvre maître, incapable de tenir debout.

Heureusement, la sagacité de Cristofano et de l'abbé Melani résolut rapidement le problème. Nous nous réunîmes au premier étage, dans la chambre de Pompeo Dulcibeni. Cristofano se plaça le premier à la grille de la fenêtre, annonçant aux trois hommes que rien de remarquable ne s'était produit, que personne n'avait montré le moindre signe d'infirmité et que nous paraissions tous en parfaite santé.

Nous commençâmes ensuite à défiler l'un après l'autre devant la fenêtre afin d'être examinés. Mais le médecin et Atto avaient fait en sorte de brouiller les idées des trois inspecteurs. En effet, Cristofano conduisit à la fenêtre Stilone Priàso, puis Robleda et enfin Bedford, tandis qu'on prononçait les noms d'autres pensionnaires. Cristofano les pria plusieurs fois de l'excuser de cette erreur involontaire, mais un désordre non négligeable s'était déjà créé. Quand vint le tour de Pellegrino, Bedford réussit à provoquer un autre trouble : il se mit à brailler en anglais, exigeant (comme nous l'expliqua Atto) d'être enfin libéré. Les trois inspecteurs réagirent par des insultes et des railleries, alors que passait en diligence Pellegrino, qui sembla en excellente forme : il était bien coiffé, ses joues pâles avaient été maquillées et rougies avec les fards de Cloridia. Au même moment, Devizé entreprit de gesticuler et de protester contre notre réclusion, détournant définitivement de Pellegrino l'attention des inspecteurs. Lesquels conclurent ainsi leur visite sans s'apercevoir du terrible état de mon maître.

⚜

Tandis que je méditais de tels expédients, l'abbé Melani m'attira dans le couloir. Il voulait savoir où Pellegrino avait coutume de conserver l'argent ou les objets de valeur que les voyageurs déposaient à leur arrivée. Je reculai en manifestant une certaine stupeur : ce lieu était évidemment secret. Mon maître avait beau ne pas y entreposer des trésors, c'était là qu'il mettait en sûreté les sommes que les clients confiaient à sa surveillance. Je me ressouvins de la mauvaise opinion que Cristofano, Stilone Priàso et Devizé avaient d'Atto.

« J'imagine que ton maître ne se départ jamais de la clef », ajouta l'abbé.

Je m'apprêtais à lui répondre quand je vis qu'on ramenait Pellegrino dans sa chambre. Le trousseau de clefs, unies par un collier de fer, qui était accroché de jour comme de nuit à la culotte de mon maître, n'était pas à sa place.

Je me précipitai à la cave, où je gardais les clefs de réserve, cachées dans un trou du mur dont j'étais le seul à connaître l'existence. Elles étaient bien là. En veillant à ne point éveiller la curiosité des pensionnaires (qui, encore échauffés par la réussite de leur mise en scène, descendaient au rez-de-chaussée pour le souper), je remontai au troisième étage.

Il est à propos que j'explique incontinent que deux volées de marches menaient à chaque étage. Au bout de chaque volée se trouvait un palier. Eh bien, la petite porte conduisant au réduit où l'on conservait les biens de valeur était située sur le palier qui séparait les deuxième et troisième étages.

Je m'assurai qu'il n'y eût personne dans les environs et entrai. J'ôtai la pierre, encastrée dans le mur, qui dissimulait le petit coffre-fort. J'ouvris celui-ci. Rien n'y manquait :

ni l'argent, ni les notes de dépôt contresignées par les clients. Je m'apaisai.

« Et maintenant, je te le demande : qui a volé les clefs de maître Pellegrino ? »

C'était la voix de l'abbé Melani. Il m'avait suivi. Il pénétra dans la pièce et repoussa la porte derrière lui.

« Il semble que nous ayons un voleur parmi nous », commenta-t-il d'une voix presque amusée. Puis il s'interrompit brusquement : « Silence, on vient par ici », dit-il en désignant le palier d'un geste de la tête.

Il m'invita à sortir sur le seuil. Je lui obéis à contre-cœur, mais je n'ouïs rien, à la réserve du luth de Devizé, dont les notes s'élevaient faiblement du rez-de-chaussée.

Désireux de restreindre le plus possible mes contacts avec l'abbé, je lui dis qu'il pouvait quitter le réduit sans balancer. Tandis qu'il franchissait la porte étroite, je remarquai qu'il lançait au petit coffre-fort un regard très alarmé.

« Qu'y a-t-il encore, monsieur l'abbé ? demandai-je en essayant de masquer mon angoisse croissante et de réprimer le ton discourtois qui montait à mes lèvres.

— Je réfléchissais. Il est absurde que le voleur des clefs ne les ait point employées pour dérober le contenu du coffre-fort. Es-tu vraiment certain d'avoir bien contrôlé ? »

Je regardai une nouvelle fois à l'intérieur : l'argent était bien là, les notes de dépôts aussi ; que devait-il y avoir encore ? Puis je me ressouvins : les perles que Brenozzi m'avait données.

L'étrange et fascinant présent du Vénitien, que j'avais jalousement caché parmi les autres valeurs, avait disparu. Mais pourquoi le voleur s'en était-il contenté ? Il y avait là des sommes d'argent considérables, bien plus en vue et bien plus faciles à vendre que mes petites perles !

« Calme-toi. Nous allons gagner ma chambre et considérer la situation avec flegme », dit-il.

Puis, voyant que je m'apprêtais à refuser, il ajouta : « Si tu veux revoir tes perles. »

J'acceptai, quoique de mauvaise grâce.

Une fois dans la chambre, l'abbé m'invita à occuper l'une des chaises. Il devinait mon inquiétude.

« Il existe deux hypothèses, commença-t-il. Soit le voleur a déjà fait tout ce qu'il voulait, à savoir te voler tes perles, soit il n'a pas pu mettre à exécution toutes ses intentions. Et je penche pour la seconde.

— Pourquoi ? Je vous ai rapporté ce que Cristofano

m'a expliqué : ces perles ne sont pas étrangères au poison et à la mort apparente. Il est possible que Brenozzi le sache.

— Laissons de côté cette histoire, tout au moins pour l'instant, mon garçon, dit-il en riant. Je n'ai pas dit que tes petits bijoux possèdent peu de valeur, ou qu'ils sont dépourvus des facultés que notre médecin leur attribue. Mais je considère que le voleur avait autre chose à faire dans ce réduit. Cet endroit est situé à mi-chemin entre le second et le troisième étages. Et depuis qu'on a retrouvé le corps inanimé de maître Pellegrino, il y a eu dans les environs un certain va-et-vient qui ne l'a point autorisé à agir à sa guise.

— Et alors ?

— Alors, je crois que le voleur se rendra à nouveau dans ce trou, et nuitamment. Personne ne sait encore que tu es à connaissance du vol des clefs. Si tu ne donnes pas avis aux pensionnaires qu'elles ont été dérobées, le voleur pensera qu'il peut agir en paix.

— D'accord, finis-je par dire non sans défiance, j'attendrai demain pour les mettre en garde. En priant le Ciel pour qu'il ne se produise rien de mal. »

Je regardai l'abbé de biais et me décidai à lui poser la question que j'avais gardée en réserve : « Pensez-vous que le voleur ait tué monsieur de Mourai, et qu'il ait essayé d'assassiner aussi mon maître ?

— Tout est possible, répondit Melani en gonflant étrangement ses joues, ce qui donna à sa bouche l'apparence d'une cerise. Le cardinal Mazarin avait coutume de me dire : on commet un péché en ayant de mauvaises pensées, mais on finit toujours par deviner... »

La défiance que j'arborais maintenant à son égard n'avait sans doute point échappé à l'abbé, mais il se garda de m'interroger et poursuivit comme si de rien n'était : « Au fait, j'avais l'intention ce matin de te proposer une petite exploration, quand ton maître s'est évanoui.

— Que voulez-vous dire ?

— Je crois que l'heure est venue de fouiller les chambres des deux compagnons de voyage du pauvre vieillard. Tu as les doubles de toutes les clefs.

— Vous avez l'intention de pénétrer en cachette dans la chambre de Dulcibeni et de Devizé ? Et vous voulez que je vous y aide ? demandai-je, interdit.

— Allons, ne me regarde pas comme ça. Réfléchis un peu. Si quelqu'un dans cette auberge n'est pas étranger à la mort du vieux Français, il ne peut s'agir que de Dulcibeni et de Devizé. Ils sont arrivés au *Damoiseau* avec Mourai, venant de Naples, et ils séjournent ici depuis plus d'un mois. Avec l'histoire du théâtre du Cocomero, Devizé a prouvé qu'il avait probablement quelque chose à cacher. Pompeo Dulcibeni a partagé, quant à lui, la chambre du défunt. Ils sont peut-être innocents, mais ils en savent plus long que quiconque au sujet de monsieur de Mourai.

— Et qu'espérez-vous trouver dans leurs chambres ?

— Je le saurai lorsque j'y serai entré », répondit-il d'une voix sèche.

Les choses horribles que j'avais apprises au sujet de Melani de la bouche de Devizé retentirent à nouveau à mes oreilles.

« Je ne puis vous donner le double de leurs clefs », dis-je après avoir réfléchi un moment.

Melani comprit qu'il serait inutile d'insister et garda le silence.

« Pour le reste toutefois, je suis à votre disposition, ajoutai-je sur un ton plus doux en songeant à mes perles envolées. Je pourrais par exemple poser quelques questions à Devizé et Dulcibeni, essayer de les faire parler...

— Voyons ! tu n'en tirerais rien et tu les alarmerais. Procédons par étapes. Efforçons-nous de comprendre qui est le voleur des clefs et de tes perles. »

Atto m'exposa donc son idée : après le dîner, nous contrôlerions l'escalier depuis nos chambres respectives, moi au troisième étage et lui au second. Nous passerions entre sa fenêtre et la mienne une cordelette (nos chambres étaient exactement situées l'une au-dessus de l'autre) dont nous attacherions une extrémité à l'un de nos pieds. Celui qui remarquerait quelque chose tirerait à plusieurs reprises avec force sur la corde, afin que l'autre accoure et surprenne ainsi le voleur.

Tandis qu'il parlait, je réfléchissais. Savoir que les perles de Brenozzi pouvaient valoir beaucoup d'argent avait fini par m'abattre : personne ne m'avait jamais offert un présent aussi précieux. Il convenait peut-être d'épauler un peu l'abbé Melani. Certes, il me faudrait garder les yeux grand ouverts : je ne devais pas oublier les terribles jugements que j'avais ouïs à son sujet.

Je l'assurai que je me rendrais à ses conseils, comme je le lui avais promis (je le lui rappelais pour le réconforter) la nuit précédente, durant notre longue et singulière causerie.

Je glissai vaguement dans la conversation que j'avais entendu trois pensionnaires parler du surintendant Fouquet, que l'abbé avait mentionné le soir précédent.

« Et qu'en ont-ils dit en particulier ?

— Rien dont je me ressouvienne avec exactitude, car je rangeais la cuisine. Ils me rappelèrent ainsi que vous aviez promis de me conter une histoire à ce propos. »

Un éclair traversa les pupilles acérées de l'abbé Melani : il avait enfin saisi la source de ma soudaine défiance à son égard.

« Tu as raison. J'ai une dette envers toi », dit-il.

Soudain, son regard se fit lointain, perdu dans le souvenir du passé. Il chantonna tout bas d'une voix mélancolique :

Ai sospiri, al dolore,
ai tormenti, al penare,
torna o mio core[1]...

« Voilà comment le *seigneur** Luigi Rossi, mon maître, t'aurait parlé de Fouquet, ajouta-t-il en remarquant mon expression interrogatrice. Mais puisque c'est à moi que cette tâche revient et que nous devons attendre l'heure du souper, installe-toi confortablement. Tu me demandes qui était Nicolas Fouquet. Eh bien, ce fut avant tout un vaincu. »

Il se tut, comme s'il cherchait ses mots, tandis que sa fossette tremblait sur son menton.

« Vaincu par la jalousie, par la raison d'Etat, par la politique, mais surtout vaincu par l'Histoire. Car, n'oublie pas, ce sont les vainqueurs qui font l'histoire, bons ou méchants qu'ils soient. Et Fouquet a perdu. C'est la raison pour laquelle tous ceux à qui tu demanderas en France et dans le monde qui était Nicolas Fouquet te répondront maintenant et à jamais qu'il fut le ministre le plus voleur, le plus corrompu et le plus factieux, le plus léger et le plus généreux de notre époque.

— Et vous, que dites-vous qu'il fut ?

— Le Soleil, répondit-il avec un sourire. C'est ainsi qu'on appelait Fouquet depuis que Le Brun le peignit de cette manière dans l'*Apothéose d'Hercule*, sur les murs du

---

1. Aux soupirs, à la souffrance/ aux tourments, au chagrin/ retourne, ô mon cœur... (*N.d.T.*)

château de Vaux-le-Vicomte. Et en vérité, aucun autre astre ne convenait mieux à un homme d'une telle magnificence et d'une telle générosité.

— Ainsi, le Roi-Soleil s'est donné ce surnom parce qu'il a voulu contrefaire Fouquet ? »

Melani me regarda, la mine pensive, sans me répondre. Il reprit ensuite en m'expliquant que les Arts, pareils à délicates inflorescences de roses, ont besoin qu'on leur prépare le vase adéquat, qu'on fertilise et qu'on défriche leur sol, et qu'on laisse ensuite tomber charitablement, jour après jour, l'eau qui étanchera leur soif ; quant au jardinier, ajouta l'abbé Melani, il doit posséder les outils les meilleurs pour soigner ses créatures, un toucher délicat pour éviter d'abîmer les feuilles tendres, un œil savant pour reconnaître leurs maladies et être capable, enfin, de transmettre son art.

« Nicolas Fouquet possédait tout ce que requérait ce dessein, soupira l'abbé Melani. C'était le mécène le plus splendide, le plus grandiose, le plus tolérant et le plus généreux qui soit, le plus doté dans l'art de vivre et de faire de la politique. Mais il s'empêtra dans la toile d'ennemis avides, jaloux, orgueilleux, intrigants et dissimulateurs. »

Fouquet était issu d'une riche famille de Nantes qui avait accumulé au siècle précédent des richesses méritées en commerçant avec les Antilles. Il fut confié aux pères jésuites, qui découvrirent en lui une intelligence supérieure et un ascendant exceptionnel : les disciples du grand Ignace en firent un esprit noblement politique, capable de saisir toutes les circonstances opportunes, de retourner toutes les situations en sa faveur et de persuader quiconque causait avec lui. A l'âge de seize ans, il était déjà conseiller au Parlement de Metz ; à vingt ans, il comptait parmi les membres du prestigieux corps des *maîtres des requêtes**, les fonctionnaires publics qui administraient la justice, les finances, ainsi que l'armée.

Entre-temps, le cardinal de Richelieu était mort, et le cardinal Mazarin s'était élevé : disciple du premier, Fouquet se mit sans difficulté au service du second. D'autant plus que lorsque la Fronde, la célèbre révolte des nobles contre la couronne, avait éclaté, Fouquet avait bien défendu le jeune roi Louis et avait préparé son retour à Paris, après que le souverain et sa famille avaient été contraints par les désordres de quitter la ville. Il s'était révélé un excellent serviteur de Son Excellence le cardinal, un fidèle du roi et un homme audacieux. Ainsi, quand les tumultes prirent fin – il était alors âgé de trente-cinq ans –, il acquit la charge de procureur général du Parlement de Paris et, en 1653, devint enfin surintendant des Finances.

« Mais tel est seulement le cadre de ce qu'il fit de noble, de juste et d'éternel », hasarda l'abbé Melani.

Il courait d'une extrémité à l'autre de la France (comme lorsqu'il était *maître des requêtes**), sacrifiait son sommeil et sa santé pour administrer sagement, jusqu'au dernier sou, les finances de la couronne (c'était le cas lorsqu'il était surintendant des Finances à Paris), mais ce qu'il voulait par-dessus tout, c'était que la France pût montrer à l'Europe entière le triomphe glorieux des Arts et des Vertus.

Sa demeure était ouverte aux lettrés et aux artistes autant qu'aux hommes d'affaires ; tous, à Paris comme à la campagne, attendaient les précieux moments qu'il volait à l'administration de l'Etat pour gratifier ceux qui avaient du talent dans la poésie, la musique et les autres Arts.

Le fait que Fouquet avait été le premier à comprendre et aimer le grand La Fontaine ne relevait nullement du hasard. Le talent étincelant du poète valait bien la riche pension que le surintendant lui donnait depuis les premiers instants de leur amitié. Et pour être certain de ne point peser sur l'esprit délicat de son ami, il lui proposa de rembourser ses dettes en lui en restituant périodiquement une partie, mais en vers. Molière lui-même était redevable au surintendant, même si cela ne lui serait jamais reproché, car sa dette la plus importante était d'ordre moral. Le vieux Corneille, que les lèvres ardentes et capricieuses de la gloire avaient cessé de baiser, reçut une gratification concrète au moment le plus difficile de son existence, et échappa ainsi aux anneaux vipérins de la mélancolie.

Mais la noble union du surintendant avec les Lettres et la Poésie ne s'épuisait pas en d'innombrables libéralités. Le surintendant ne se contentait pas de fournir une aide matérielle aux artistes. Il lisait les œuvres en gestation, distribuait des conseils, encourageait, corrigeait, mettait en garde, critiquait si nécessaire, louait si cela était opportun. Et inspirait : non seulement avec ses paroles, mais aussi avec sa noble présence. Combien de force et de confiance suscitait le bon cœur que l'on lisait sur le visage du surintendant : ses grands yeux bleus d'enfant, son nez long dont le bout évoquait une cerise, sa large bouche charnue et les fossettes de ses joues plissées en un sourire franc.

Bien vite, l'Architecture, la Peinture et la Sculpture

frappèrent, elles aussi, à la porte de l'esprit de Nicolas Fouquet. Mais c'est alors que s'ouvrait, m'avertit l'abbé, un chapitre douloureux.

Dans la campagne aux environs de Melun, à Vaux-le-Vicomte, se dresse un château, joyau d'architecture, merveille des merveilles, que Fouquet fit élever avec un goût incomparable par les artistes qu'il avait découverts : l'architecte le Vau, le jardinier Le Nôtre, le peintre Le Brun, appelé de Rome, le sculpteur Puget et tant d'autres que le roi allait bientôt prendre à son propre service et qui devinrent ainsi les noms les plus remarquables de l'art français.

« Vaux, château des illusions, gémit Atto, énorme affront de pierre : ornement d'une gloire qui dura le temps d'une nuit d'été, celle du 17 août 1661. A six heures du soir, Fouquet était le vrai roi de France. A deux heures du matin, il n'était plus rien. »

Ce 17 août, le surintendant, qui venait d'inaugurer son château, donna une fête en l'honneur du roi. Il voulait lui plaire et lui être agréable. Il s'acquitta de cette tâche avec sa félicité et sa générosité habituelles mais, hélas, sans avoir mesuré le naturel retors du souverain. Les préparatifs furent grandioses. On fit envoyer à Vaux, dans des salons encore incomplets, des lits de brocart à passementeries d'or, des tapisseries, des meubles rares, de l'argenterie, des chandeliers de cristal. Les rues de Melun furent parcourues par les trésors de cent musées et de mille antiquaires : tapis de Perse et de Turquie, cuir de Cordoue, porcelaines que les jésuites lui mandaient du Japon, laques importées de la Chine à travers la Hollande grâce à la voie privilégiée que le surintendant avait ouverte pour l'introduction des raretés orientales. Et puis, les tableaux que Poussin avait découverts à Rome et que son frère, l'abbé Fouquet, lui avait envoyés. Tous ses amis artistes et poètes, dont Molière et La Fontaine, furent enrôlés.

« Dans tous les salons, de celui de madame de Sévigné à celui de madame de la Fayette, on ne parlait que du château de Vaux, continua Melani, désormais plongé dans le souvenir de cette époque. L'entrée du château accueillait le visiteur avec la dentelle austère de sa grille et les huit statues de divinités qui planaient de chaque côté. Venait ensuite l'immense cour d'honneur, unie aux dépendances par des pilastres de bronze. Et dans les voûtes en plein cintre des trois imposants portails d'entrée, l'écureuil grimpant, emblème de Fouquet.

— Un écureuil ?

— En breton, le patois du surintendant, le mot *fouquet* signifie justement écureuil. Et mon ami Nicolas ressemblait par son teint et son tempérament à cette petite bête : industrieux, bondissant, fin, le corps nerveux, le regard joyeux et séduisant. Sous son emblème, la devise *Quo non ascendam ?*, c'est-à-dire "jusqu'où ne grimperais-je pas ?", qui faisait allusion au désir de l'écureuil de conquérir les cimes les plus hautes. Mais en matière de générosité, bien entendu : Fouquet aimait le pouvoir comme un enfant. Il avait la simplicité de ceux qui ne se prennent jamais trop au sérieux. »

Autour du château, poursuivit l'abbé, s'étendaient les jardins splendides de Le Nôtre : « Velours d'herbe et de fleurs de Gênes, où les bordures de bégonias avaient la régularité des hexamètres. Ifs taillés en forme de cône, buissons de buis imitant les brasiers, et puis la grande cascade d'eau et le petit lac de Neptune qui conduisaient aux grottes, et derrière, le parc dont les célèbres fontaines avaient stupéfait Mazarin. Tout était prêt pour recevoir le jeune Louis XIV. »

Le jeune roi et la reine mère avaient quitté la résidence de Fontainebleau dans l'après-midi. Ils étaient arrivés à six heures à Vaux avec leur suite. Seule la reine Marie-Thérèse, qui portait en son sein le premier fruit de l'amour de son époux, n'était pas parmi l'assistance. Le cortège passa avec une indifférence affectée parmi les ailes de gardes et de mousquetaires au torse bombé, puis parmi les nuées de pages et de valets fort occupés qui maniaient des plateaux en or regorgeant de mets particulièrement ornés, ajustaient des triomphes de fleurs exotiques, traînaient des caisses de vin, disposaient des sièges autour d'énormes tables damassées, sur lesquelles les chandeliers, les services et les couverts d'argent et d'or, les cornes d'abondances remplies de fruits et de légumes, les verres en cristal fin, également parés d'or, s'étalaient d'une façon splendide, stupéfiante, inimitable, irritante.

« C'est alors que la pendule du destin commença à rebrousser chemin, commenta l'abbé Melani. Et l'inversion de marche fut aussi imprévue que violente. »

Le jeune roi Louis n'aima guère le luxe presque effronté de cette fête. La chaleur et les mouches, aussi désireuses de festoyer que les convives, avaient impatienté le souverain et sa suite, que les conventions contraignaient à une visite torturante des jardins de Vaux. Grillés par le soleil, enveloppés dans des cols en dentelles rigides qui leur serraient la gorge et dans des cravates de batiste glissées dans le sixième bouton de leur pourpoint, ils souhaitaient ardemment ôter culottes et perruques. C'est avec un soulagement infini qu'on salua la fraîcheur du soir et qu'on se mit enfin à table.

« Et comment fut le dîner ? demandai-je, alléché, en devinant que les victuailles étaient à la hauteur de la demeure et de la cérémonie.

— Le roi ne l'aima guère », dit l'abbé, soudain assombri.

Surtout, le jeune roi Louis n'aima guère les trente-six douzaines d'assiettes d'or massif et les cinq cents douzaines d'assiettes en argent alignées sur les tables. Il n'aima guère le nombre indécent des invités, des centaines et des centaines, la rangée de carrosses, de laquais et de voitures en attente à l'extérieur du château, si longue et si gaie qu'elle évoquait une deuxième fête. Il n'aima guère la confidence que lui fit l'un de ses courtisans, comme s'il s'agissait d'un bavardage qu'on l'autorisait à partager, à savoir que la fête avait coûté plus de vingt mille *livres**.

Le roi n'aima guère la musique qui accompagnait le repas – cymbales et trompettes avec les *entrées**, suivies par des violons –, ni même l'énorme sucrier en or massif qu'on plaça devant lui, gênant ainsi ses mouvements.

Il n'aima guère l'idée d'être reçu par un hôte sans couronne, qui se montrait plus munificent, plus imaginatif, plus habile que lui dans l'art d'étonner ses invités et de les rapprocher de lui en unissant accueil et magnificence ; un hôte plus splendide. En un mot, plus royal que lui.

Aux souffrances du dîner s'ajoutèrent, pour Louis, celles du spectacle en plein air. Tandis que le banquet se prolongeait, Molière maudissait à son tour le surintendant en faisant nerveusement les cent pas à l'abri des rideaux : *Les Fâcheux*, la comédie qu'il avait préparée pour l'occasion, aurait dû commencer depuis deux heures. Et voilà que la lumière du jour faiblissait. Il finit par entrer en scène sous le bouclier bleu et vert du couchant, tandis qu'à l'est les premières étoiles ponctuaient déjà le ciel. Là encore, ce fut un émerveillement : un coquillage apparut sur l'avant-scène, il s'ouvrit en deux, et une danseuse, une douce Naïade, se leva. On aurait dit que la Nature parlait, que les arbres et les statues voisines, ébranlés par des forces subtiles et divines, rejoignaient la nymphe pour entonner avec elle les vers les plus doux, l'éloge du roi, par lequel la comédie débutait :

Pour voir sur ces beaux lieux le plus grand roi du monde
Mortels, je viens à vous de ma grotte profonde...

Ce spectacle sublime fut suivi par des feux d'artifice
dont l'auteur était l'Italien Torelli, déjà surnommé le Grand
Sorcier à Paris, grâce aux merveilles d'éclairs et de couleurs
qu'il était le seul en mesure d'agiter avec autant de savoir
dans la marmite noire et vide du ciel.

A deux heures du matin, peut-être encore plus tard, le
roi fit comprendre d'un signe que l'heure des adieux était
arrivée. Fouquet fut surpris par son visage cramoisi : ébahi,
il devina peut-être et blêmit. Il s'approcha, s'agenouilla aux
pieds du roi, et d'un large geste de la main lui offrit publiquement Vaux.

Le jeune Louis ne répondit pas. Il monta en carrosse et
jeta un dernier regard au château qui se détachait dans l'obscurité : c'est à cet instant-là peut-être que passa devant ses
yeux (certains le jurent) une image de la Fronde, un après-
midi obscur de son enfance, une image dont il ne savait à quoi
attribuer l'origine, aux narrations d'autrui ou à ses souvenirs ; une réminiscence hésitante de la nuit au cours de
laquelle il fut contraint de franchir les murs de Paris avec la
reine mère Anne et le cardinal Mazarin, assourdi par les
explosions et les cris de la foule, l'odeur âcre du sang et la
puanteur de la plèbe dans le nez, ayant honte d'être roi, ou
craignant de ne jamais pouvoir regagner la ville, sa ville. A
moins que (certains le jurent aussi), regardant les jets des
fontaines de Vaux qui s'élevaient encore avec beauté et arrogance, et dont il entendait le ruissellement tandis que le carrosse s'éloignait, le roi ne se rappelât soudain qu'il n'y avait
pas une goutte d'eau à Versailles.

« Et puis, que se passa-t-il ? » demandai-je avec un filet
de voix, ému et troublé par le récit de l'abbé.

Plusieurs semaines s'écoulèrent et la corde se resserra
rapidement autour du cou du surintendant. Le roi feignit de
devoir se rendre à Nantes pour imprimer le poids de son autorité sur la Bretagne et imposer des tributs que les Bretons ne
s'étaient pas hâtés de payer. Le surintendant le suivit sans
concevoir de craintes excessives, puisque Nantes était sa ville
natale et que nombre de ses amis y habitaient.

Mais avant de partir, ses plus fidèles amis lui conseil-
lent d'être prudent : on ourdit une trame contre lui. Le
surintendant réclame une audience et s'ouvre au roi : qu'il
le pardonne si les caisses de la couronne souffrent, mais il

y a encore quelques mois il était aux ordres de Mazarin, et Louis le sait fort bien. Le roi manifeste une totale compréhension et le traite avec la plus grande considération, lui demandant conseil pour le plus petit détail et mettant en pratique ses indications sans ciller.

Flairant toutefois les embûches, Fouquet tombe malade : il subit à nouveau les atteintes des fièvres intermittentes qui l'avaient frappé durant les longues expositions au froid humide, quand il contrôlait les chantiers de Vaux. Il perd de plus en plus le réconfort du sommeil. On le voit pleurer silencieusement derrière une porte.

Enfin, il part à la suite de Louis et arrive, fin août, à Nantes. Mais la fièvre l'oblige à s'aliter incontinent. Le roi, qui s'est installé dans un château à l'autre extrémité de la ville, semble même empressé, lui mandant des médecins pour s'enquérir de lui. Fouquet se ressaisit, quoique à grand-peine. Enfin, le 5 septembre, jour de l'anniversaire du souverain, il est convoqué à sept heures du matin. Il travaille jusqu'à onze heures avec le roi, qui, à l'improviste, le retient encore pour traiter d'autres affaires. Tandis que Fouquet quitte enfin le château, un détachement de mousquetaires fait obstacle à son carrosse. Un sous-lieutenant, un certain d'Artagnan, lui lit l'ordre d'arrestation. Fouquet est incrédule : « Monsieur, êtes-vous sûr que c'est moi que vous devez arrêter ? » Sans lui laisser le moindre délai, d'Artagnan réquisitionne tous les papiers se trouvant dans le véhicule, y compris ceux que Fouquet porte sur lui. L'on scelle le tout et l'on met Fouquet dans un carrosse royal qui le conduit au château d'Angers. Il y restera trois mois.

« Et ensuite ?

— Ce n'était que le premier pas sur la voie du supplice. On instruisit un procès qui dura trois années.

— Pourquoi si longtemps ?

— Le surintendant sut se défendre comme nul autre. Mais il dut succomber. Le roi le fit enfermer à perpétuité dans la forteresse de Pignerol, de l'autre côté des Alpes.

— Y est-il mort ?

— On ne sort de ces lieux que par la volonté du roi.

— Mais alors, c'est la jalousie du roi qui perdit Fouquet, car il ne souffrait pas sa magnificence, et la fête...

— Je ne puis t'autoriser à parler de la sorte, m'interrompit-il. Le jeune roi commençait alors à poser les yeux sur les diverses parties de l'Etat, et des yeux qui n'étaient point indifférents, des yeux de maître. C'est à ce moment-là, pas avant, qu'il comprit que c'était *lui*, le roi, qu'il était né pour l'être. Mais il était désormais trop tard pour obtenir toute satisfaction de Mazarin, le défunt beau-père-maître de ses vertes années, qui lui avait tout refusé. Il restait, en revanche, Fouquet, l'autre soleil, dont le destin fut ainsi scellé.

— Ainsi, le roi s'est vengé. De plus, il n'avait guère aimé la vaisselle en or...

— Personne ne peut dire que le roi veut se venger, car il est le plus puissant de tous les princes d'Europe, et, à plus forte raison, personne ne peut dire que Sa Majesté très chrétienne était jalouse de son surintendant des Finances royales, lesquelles appartiennent en effet au souverain, et à nul autre. »

Il se tut une nouvelle fois, mais il comprit lui-même que sa réponse ne savait apaiser ma curiosité.

« En effet, dit-il enfin en regardant les dernières lueurs de la journée à travers la fenêtre, tu ne connaîtrais pas la vérité si j'omettais de te parler du serpent qui resserre ses anneaux sur l'écureuil. »

En effet, si le surintendant était l'écureuil, il y avait un serpent qui suivait insidieusement ses pas. Car ce visqueux animal se nomme *colubra* en latin, et, curieusement, monsieur de Colbert se satisfaisait d'un tel surnom, persuadé qu'une ressemblance avec un reptile (une idée aussi erronée que révélatrice) pouvait apporter plus de lustre et de magnificence à son nom.

« Et il sut vraiment se conduire comme un serpent aux mille anneaux, dit l'abbé. Car le serpent auquel l'écureuil s'était tant fié fut celui qui le poussa dans l'abîme. »

Au début, Jean-Baptiste Colbert, fils d'un riche marchand d'étoffes n'était seigneur de rien du tout.

« Même si, ajouta Atto en ricanant, il se piqua ensuite de posséder une noble extraction en faisant fabriquer une fausse pierre tombale qu'il fit passer pour celle d'un de ses ancêtres du XIIIe siècle, devant laquelle il allait même jusqu'à s'agenouiller avec ostentation. »

Doté d'une faible instruction, il avait accueilli la fortune sous la dépouille d'un cousin de son père, dont l'aide lui avait permis d'acquérir une charge de fonctionnaire au ministère de la guerre. Porté à la flagornerie, il avait réussi à rencontrer Richelieu et à se lier à lui, puis, après la mort du cardinal, à devenir secrétaire de Michel Le Tellier, le puissant secrétaire d'Etat à la guerre. Entre-temps, Richelieu avait été suppléé par la figure, beaucoup moins agréable à Colbert, d'un cardinal italien très proche de la reine mère, Jules Mazarin. Et Colbert ne paraissait point s'entendre avec lui.

« Mais grâce à l'argent du négoce, il s'était acheté un petit titre de noblesse. De plus, son mariage avec Marie Charron, et surtout les cent mille *livres** de dot résolvaient d'éventuels problèmes financiers, ajouta l'abbé avec une nouvelle pointe de haine. Cependant, c'est le malheur du roi qui fit sa félicité », reprit-il.

En 1650, en effet, la Fronde, qui avait éclaté deux ans plus tôt, avait atteint son apogée. Le souverain, la reine et le cardinal Mazarin durent fuir Paris.

« Le problème le plus important pour l'Etat n'était certes pas l'absence du roi, qui était encore un enfant de douze ans, ni celle de la reine mère, qui était surtout la maîtresse du cardinal, mais celle de Mazarin. »

En effet, à qui confier les affaires et les secrets d'Etat que le cardinal maniait aussi habilement que secrètement ? Colbert et lui ne s'étaient pas aimés à prime abord : comparé à Richelieu, Mazarin semblait à Colbert tantôt trop imprécis et trop timide, tantôt trop accommodant et souvent irrésolu. Vice versa, Colbert, glacial et distant quoique de bonnes manières, ne pouvait certes pas se gagner la sympathie de Mazarin sans produire quelques efforts. Il réunit ainsi toutes ses qualités d'exécutant zélé, s'exhibant au travail à cinq heures du matin, observant l'ordre le plus absolu et se gardant de ne rien entreprendre de lui-même d'important. Et ce, alors que Fouquet travaillait chez lui et qu'il était un creuset d'idées, dans le désordre le plus absolu de papiers et de documents.

Ainsi, en 1651, le cardinal, qui commençait à se sentir menacé par les initiatives de Fouquet, choisit justement Colbert pour s'occuper de ses affaires. D'autant plus que celui-ci s'était montré très accoutumé à la correspondance chiffrée. Colbert servit Mazarin non seulement jusqu'à son retour triomphal à Paris avec Louis et Anne d'Autriche, à la fin de la Fronde, mais aussi jusqu'à la mort du cardinal.

« Il lui confia même l'administration de ses biens, dit l'abbé avec un soupir qui exprimait tout le regret que lui avait inspiré le spectacle d'une telle confiance si mal placée. Il lui enseigna tout l'art que le serpent n'aurait jamais été à même de cultiver lui-même, de ses propres forces. Au lieu de lui en être reconnaissant, le serpent exigea de bonnes rétributions. Il obtint des faveurs pour sa famille et pour lui-même, dit l'abbé en frottant son pouce contre son index pour indiquer vulgairement l'argent. Il parvenait à être reçu presque quotidiennement en audience par la reine. Extérieurement parlant, il était tout le contraire de Nicolas : massif, le visage large et marqué, le teint jaunâtre, les cheveux d'un noir de corbeau, longs et rares sous la calotte, le regard avide, la paupière lourde, la moustache aussi affilée qu'un fouet sur des lèvres fines et peu enclines au sourire. Son caractère glacial, épineux et secret l'aurait rendu redoutable s'il avait été privé de son ignorance ridicule, malhabilement cachée sous des citations latines inopportunes qu'il répétait comme un perroquet, après les avoir apprises de la bouche de jeunes collaborateurs engagés tout exprès. Il concentra sur lui les moqueries et fut encore moins aimé, à tel point que madame de Sévigné le surnomma "le Nord", comme le point cardinal le plus glacial et le plus désagréable. »

J'évitai de demander à Melani pourquoi son récit laissait transparaître autant d'aversion pour Colbert, et non pour Mazarin, qui semblait s'être aussi étroitement lié à Colbert. Je connaissais déjà la réponse : n'avais-je pas, en effet, ouï Devizé, Cristofano et Stilone Priàso dire que le castrat Atto Melani avait reçu dès son plus jeune âge l'aide et la protection du cardinal ?

« Colbert et le surintendant Fouquet étaient-ils amis ? » hasardai-je plutôt.

Il balança un instant avant de répondre.

« Ils firent connaissance à l'époque de la Fronde et s'aimèrent bien, au début. Pendant les tumultes, Fouquet se comporta comme le meilleur des sujets, et Colbert l'adula, lui rendant service quand Fouquet devint procureur général de Paris, charge qu'il joignit à celle de surintendant des Finances. Mais cela ne dura pas longtemps : Colbert ne pouvait souffrir que l'étoile de Fouquet brillât aussi haut et aussi clairement dans le ciel. Comment pardonner à l'Ecureuil sa renommée, sa richesse, son charme, sa célérité au travail et sa promptitude d'esprit (alors que Colbert peinait pour accoucher d'une bonne idée), enfin la luxueuse bibliothèque dont lui-même, inculte, n'aurait même pas su se servir ? Le serpent se transforma donc en araignée et élabora sa toile. »

Les résultats des manœuvres de Colbert ne tardèrent pas à arriver. En premier lieu, il instilla le poison de la méfiance dans l'esprit de Mazarin, puis dans celui du roi. Le royaume sortait alors de décennies de guerre et de pauvreté, et il ne fut pas difficile de falsifier les papiers pour accuser le surintendant d'avoir accumulé ses richesses aux dépens du souverain.

— Fouquet était-il très riche ?

— Point du tout, mais il devait le paraître pour des raisons d'Etat : c'était la seule façon, pour lui, d'obtenir de nouveaux prêts et de satisfaire ainsi les pressantes demandes d'argent de la part de Mazarin. Le cardinal, lui, était riche. Et pourtant, le roi lut son testament un peu avant la mort de celui-ci et n'y trouva rien à redire. »

Ce n'était pourtant pas ce qui importait, pour Colbert, expliqua Atto. Une fois le cardinal disparu, l'on devait décider qui prendrait sa place. Fouquet avait embelli le royaume, l'avait comblé de gloire, s'était employé jour et nuit à satisfaire les exigences de nouvelles entrées : l'on pensait donc, à raison, que cette charge lui reviendrait.

« Mais quand on demanda au jeune roi qui était le successeur de Mazarin, il répondit : *"C'est moi*." Il n'y avait de place que pour un seul acteur de premier plan, le souverain, et Fouquet était fait d'une étoffe trop raffinée pour jouer les seconds rôles. Colbert, en revanche, était parfait dans le rôle du flagorneur : il était assoiffé de pouvoir, trop semblable au roi dans sa façon de se prendre au sérieux, raison pour laquelle il ne fit jamais de faux mouvement. Louis XIV donna dans le panneau.

— Alors, c'est à cause de la jalousie de Colbert que Fouquet fut persécuté.

— C'est évident. Pendant le procès, le Serpent se couvrit de honte : il suborna les juges, falsifia les papiers, menaça et fit chanter. Il ne resta plus à Fouquet que l'héroïque défense de La Fontaine, le plaidoyer de Corneille, les lettres courageuses que ses amis mandaient au roi, la solidarité et l'amitié des femmes de la noblesse et, parmi le peuple, sa réputation de héros. Seul Molière se tut lâchement.

— Et vous ?

— Eh bien, je n'étais pas à Paris, et je ne pus pas faire grand-chose. Mais maintenant, il vaut mieux que tu me laisses. J'entends les autres pensionnaires descendre pour le souper, et je ne veux point attirer l'attention de notre voleur : il doit croire que personne n'est sur le qui-vive. »

❧

L'heure étant tardive et les pensionnaires attendant depuis longtemps, je dus me résigner à distribuer les restes du dîner en y ajoutant quelques œufs et un peu de scarole blanche. Certes, je n'étais qu'un petit apprenti privé d'expérience aux fourneaux, je ne pouvais en aucun cas rivaliser avec l'habileté de mon maître, et les pensionnaires commençaient à s'en apercevoir.

Pendant le repas, je ne remarquai rien d'insolite. Avec son petit visage rose d'enfant Jésus, Brenozzi continuait de pincer la raiponce qu'il avait entre les cuisses, sous le regard grave du médecin, dont les doigts étaient refermés sur le bouc qui lui couvrait le menton. Sous ses sourcils épais et noirs de hibou, Stilone Priàso était toujours en proie à ses multiples gestes involontaires : frotter la bosse de son nez, se nettoyer le bout des doigts, secouer un bras comme pour faire descendre une manche, éloigner sa chemise de son cou, se passer les paumes des mains sur les tempes. Comme à l'accoutumée, Devizé se nourrissait bruyamment, couvrant presque l'irrépressible loquacité que Bedford dispensait vainement à l'adresse de Dulcibeni, de plus en plus impénétrable, et du père Robleda qui opinait, les yeux inexpressifs. L'abbé Melani consomma son repas dans un silence absolu, en détournant de temps à autre le regard de son assiette. Il se leva deux fois, victime d'une charge d'éternuements, pour porter à son nez un mouchoir de dentelles.

Alors que le souper était presque terminé et que tous les convives s'apprêtaient à regagner leur chambre, Stilone Priàso rappela au médecin sa promesse de nous éclairer au sujet des espoirs que nous avions de sortir vivants de la quarantaine.

Cristofano ne se fit pas prier. Il entama devant le petit auditoire un discours très savant, dans lequel il expliqua, en s'appuyant sur une abondance d'exemples tirés des œuvres des auteurs antiques et modernes, de quelle manière la contagion pestilentielle se produit : « Si l'on suppose que la première raison pour laquelle la contagion pestilentielle vient au monde est la volonté divine et qu'il n'existe pas de meilleur remède que la prière, vous devez savoir qu'une telle contagion est issue de la corruption des quatre éléments, air, eau, terre et feu, qui pénètrent à travers l'atmosphère dans le nez et la bouche, car la peste ne peut, en effet, entrer autrement dans le corps. L'été, comme dans notre cas, il s'agit de la corruption du feu, ou chaleur naturelle : la maladie qui en provient entraîne fièvres, maux de tête et tout ce que je vous ai déjà expliqué au chevet de Pellegrino. Le défunt se fait aussitôt noir et brûlant. Pour éviter un tel excès, il convient d'inciser les ganglions dès qu'ils mûrissent et d'appliquer des emplâtres sur les plaies. L'hiver, en revanche, on risque de contracter une peste issue de la corruption de la terre, engendrant des ganglions semblables aux tubercules qui, durant la saison froide, reposent dans les entrailles de la terre. Il est alors nécessaire de faire mûrir ces bubons à l'aide d'onguents chauds. Au printemps et à l'automne, en revanche, quand les eaux sont plus abondantes, la peste se dégage de la corruption de l'eau justement, parfois causée par les planètes célestes, qui engendre des ganglions aqueux, lesquels, une fois rompus, se guérissent rapidement. Le traitement consiste alors à extraire l'eau venimeuse à l'aide de purges, de baumes et de sirops. Quoi qu'il en soit, le mauvais air est toujours le plus grand responsable de la diffusion de la peste. L'air pénètre partout, car *non datur vaccum in natura*. Voilà pourquoi il convient de placer des torches aux coins des rues. La flamme purifie : avec elle, l'on affine l'or, l'on purifie l'argent, l'on purge le fer, l'on liquéfie les métaux, l'on calcine les pierres vives, l'on cuit les aliments, l'on réchauffe les choses froides et l'on assèche les choses humides. La flamme purifiera donc l'atmosphère de la corruption et de sa malignité. Ce remède doit être surtout suivi dans les villes, qui sont plus aptes à recevoir la corruption que les campagnes, toujours ouvertes.

— Alors, il n'y a pas pire endroit que celui où nous nous trouvons, au milieu des bourgs romains, intervins-je avec horreur.

— Hélas. A ma modeste opinion, énonça Cristofano avec, en réalité, bien peu de modestie, le mauvais air qui règne dans certaines villes, telles que Rome, vient essentiellement de leur dépopulation. En effet, Rome, ville sainte, antique et dominatrice de tout l'univers, jouissait d'une atmosphère meilleure et plus salutaire du temps où elle triomphait et accueillait des gens de toutes les nations.

Aujourd'hui, nous respirons dans cette ville, dépeuplée par les guerres, un air fort corrompu. Il en va de même pour Terracina, pour Romana Cervetro et Nettuno, la ville au bord de l'eau, pour la baie du royaume de Naples, Avernia et Dignano, ainsi que pour la grande ville de Côme, lesquelles furent très célèbres et abritaient une population d'une ampleur incroyable. Aujourd'hui, ces cités sont couvertes de ruines et empreintes d'un air si méchant que plus personne ne peut y vivre. En revanche, Naples et Trapani, qu'on ne pouvait habiter à cause de leur mauvaise atmosphère, jouissent d'un air parfait depuis qu'elles sont florissantes et bien entretenues. En effet, il pousse sur les terres sauvages des herbes vénéneuses et des animaux délétères, qui empoisonnent les gens. Bref, il était raisonnable de nourrir certaines craintes à Rome. Même si la dernière épidémie remonte à 1656, il y a plus de vingt-sept ans. S'il s'agit vraiment de peste, nous avons eu le malheur de lui ouvrir les portes, cette fois-ci. »

Nous observâmes quelques instants de silence, réfléchissant au discours que le médecin avait dispensé avec tant de gravité à son maigre public. Atto reprit la parole : « Comment se transmet-elle ?

— A travers les odeurs, *facillime*. Mais aussi à travers des objets poilus, tels que les couvertures et les fourrures, qu'il faut donc brûler. Selon certains auteurs, les atomes impurs s'y accrochent avec force pour se laisser tomber plus tard, répondit Cristofano comme s'il énonçait une évidence.

— Ainsi, les vêtements de monsieur Pellegrino ont pu nous infecter, dis-je tout en réprimant un accès de panique.

— Si je puis être plus clair, rétorqua le médecin en atténuant légèrement son ton suffisant, je ne suis pas totalement certain qu'il en est ainsi. En réalité, personne ne sait avec certitude comment cette maladie se répand. J'ai rencontré à Palerme un vieil apothicaire de quatre-vingt-sept ans, Giannuccio Spatafora, un homme de grande doctrine et de grande expérience. Il m'a affirmé que les épidémies de peste qui assaillaient la ville étaient inexplicables : Palerme jouit d'un air excellent, à l'abri des vents d'Otan et de sirocco, qui nuisent beaucoup à la santé et à la fertilité des pays, gonflent les hommes en générant une espèce de fièvres continuelles qui les fauchent en grande quantité. Et pourtant, la peste qui sévissait à Palerme était si scélérate qu'elle vous étourdissait la tête, vous précipitait au sol et vous tuait incontinent après. Les cadavres se faisaient alors noirs et brûlants.

— Bref, personne ne sait vraiment comment la peste se répand, poursuivit Atto.

— Je puis dire que de nombreuses épidémies ont certainement commencé à cause de quelques malades qui apportaient l'infection d'une autre région, répondit Cristofano. Ainsi, durant la dernière épidémie qui frappa Rome, il y a moins de trente ans, la maladie, dit-on, était arrivée de Naples par le biais d'un poissonnier ignorant. Mais mon père, qui fut provéditeur à la santé pendant la grande peste de Prato, en 1630, et qui soigna de nombreux pestiférés, me confia, de nombreuses années plus tard, que la nature de ce mal est mystérieuse et que les auteurs antiques n'ont pas su la pénétrer.

— Et il avait raison. »

La voix âpre et sévère de Pompeo Dulcibeni, le vieux voyageur qui accompagnait Mourai, nous surprit.

Il commença tout bas : « Un très savant homme d'église et de science a montré la voie qu'il est à propos de suivre. Hélas, il n'a point été écouté.

— Un homme d'église et de science. Laissez-moi deviner : le père Athanasius Kircher, peut-être ? » hasarda le médecin.

Dulcibeni s'abstint de tout commentaire, confirmant de la sorte l'exactitude de cette réponse. Puis il martela les mots suivants : « *Aerem, acquam, terram innumerabilibus insectis scatere, adeo certum est.* »

— Il dit que la terre, l'air et les eaux pullulent de minuscules êtres, invisibles à l'œil nu, traduisit Cristofano.

— Eh bien, reprit Dulcibeni, ces êtres minuscules proviennent des organismes en putréfaction, mais on n'a pu l'observer qu'après l'invention du microscope et donc...

— Ce jésuite allemand me semble si connu, l'interrompit Cristofano avec un brin de mépris, que monsieur Dulcibeni le cite même de mémoire, à ce qu'il paraît. »

En vérité, le nom de Kircher ne me disait rien du tout. Mais le fait qu'il fût connu devait être vrai : en entendant le nom du père Athanasius Kircher, l'auditoire entier avait opiné du chef.

« Toutefois les idées de Kircher, continuait Cristofano, n'ont pas encore supplanté celles des grands auteurs, lesquels, en revanche...

— Les doctrines de Kircher ont peut-être des fondements, mais seule la sensation peut constituer une base solide et fiable pour notre connaissance. »

Cette fois, c'était monsieur de Bedford qui s'était interposé. Le jeune Anglais, semble-t-il libéré de la terreur du soir précédent, avait retrouvé sa langue.

« En effet, la même cause, poursuivit-il, produit dans des cas différents des effets opposés. N'est-il pas vrai que la même eau bouillante cuit l'œuf et ramollit la viande ?

— Je sais fort bien, murmura Cristofano avec aigreur, qui répand ces sophismes : monsieur Locke et son ami Sydenham, qui connaissent peut-être à fond les sens et l'intellect, mais qui, à Londres, prétendent soigner les malades sans être médecins !

— Et alors ? Ils n'ont qu'un seul dessein : soigner, et ne pas ramasser les patients à l'aide des bavardages, comme le font certains médecins, rétorqua Bedford. Il y a vingt ans, alors que la peste fauchait vingt mille âmes par jour, à Naples, les médecins et les apothicaires napolitains venaient à Londres vendre leurs formules secrètes contre la contagion. Du joli ! Des feuilles de papier à suspendre à la poitrine avec le signe des jésuites, I.H.S., tracé à l'intérieur d'une croix ; ou le fameux panneau, à accrocher à son cou, qui portait l'inscription suivante :

ABRACADABRA

ABRACADABR

ABRACADAB

ABRACADA

ABRACAD

ABRACA

ABRAC

ABRA

ABR

AB

A

Recoiffant vaniteusement sa chevelure rousse et pointant sur l'auditoire (à l'exception de ma personne à laquelle il n'accordait aucune importance) ses petits yeux glauques et strabiques, le jeune Anglais se leva et s'appuya contre le mur en s'autorisant un discours plus paisible.

Les coins des rues et les poteaux des maisons, racontait-il, regorgeaient d'annonces de charlatans qui invitaient les gens à acheter des « pilules infaillibles », des « potions

inégalables », des « antidotes royaux » et des « eaux univer-
selles » contre la peste.

« Et quand ils ne dupaient pas les gens avec ces inep-
ties, continua Bedford, ils vendaient des potions à base de
mercure, qui empoisonnaient le sang et tuaient encore plus
vite que la peste. »

Cette dernière intervention de l'Anglais eut sur Cristofano l'effet d'une mèche, qui ralluma violemment leur
dispute.

Le père Robleda s'unit alors à la discussion. Après avoir
émis des commentaires sous forme de marmottements inintelligibles du bout des lèvres, le jésuite s'avança pour
prendre la défense du père Kircher, son confrère. Mais les
ripostes ne se firent point attendre, elles provoquèrent une
querelle indigne, au cours de laquelle chacun tentait d'imposer ses propres arguments à la force de la voix, plus qu'à
celle de la raison.

C'était la première fois, dans ma pauvre vie d'apprenti,
que j'assistais à une lutte aussi docte. Et pourtant, je fus fort
surpris et déçu par le caractère querelleur des concurrents.

J'en tirai cependant les premières informations sur les
théories de ce mystérieux Kircher, qui ne pouvait jeter que
la curiosité dans les esprits. En l'espace d'un demi-siècle
d'inlassables études, ce très savant jésuite avait répandu sa
doctrine multiforme dans plus de trente ouvrages magnifiques sur les sujets les plus variés, dont un traité sur la
peste, le *Scrutinium phisico-medicum contagiosae luis quae
pestis dicitur*, publié vingt-cinq ans plus tôt. Le scientifique
jésuite affirmait qu'il avait fait avec son microscope de
grandes découvertes, qui auraient peut-être laissé le lecteur
incrédule (c'est, en effet, ce qui s'était passé) mais qui prouvaient l'existence de petits êtres invisibles qui, à ses dires,
étaient la cause de la peste.

Selon Robleda, la science du père Kircher s'appuyait
sur des facultés dignes d'un voyant, ou quoi qu'il en soit
inspirées par le Très-Haut. Et si cet étrange père Kircher,
pensai-je, avait vraiment su guérir la peste ? Mais face à ce
climat brûlant, je n'osai point poser de question.

Durant tout ce temps-là, l'abbé Melani avait prêté
autant d'attention que moi, et peut-être plus encore, aux
informations concernant le père Kircher. Contraint de se
frotter fréquemment le nez dans la vaine tentative de réprimer ses éternuements sonores, il ne s'était plus mêlé à la

conversation, mais ses petits yeux perçants couraient rapidement sur les bouches qui se renvoyaient l'une l'autre le nom du jésuite allemand.

En mon particulier, j'étais à la fois terrifié par le péril menaçant de la peste et fasciné par ces théories savantes sur la contagion, dont j'apprenais pour la première fois l'existence.

Voilà pourquoi le fait que Dulcibeni connût si bien la vieille théorie oubliée de Kircher sur la peste ne jeta (comme il l'aurait dû) aucun soupçon dans mon esprit. Et je ne remarquai pas qu'Atto avait tendu l'oreille en ouïssant prononcer le nom de Kircher.

Après des heures de débats, la plupart des pensionnaires – désormais écrasés par l'ennui – s'étaient lentement éparpillés en direction de leur lit, abandonnant les plaideurs. Et nous allâmes bientôt tous nous coucher sans le soulagement d'une pacification.

Deuxième nuit

DU 12 AU 13 SEPTEMBRE 1683

Une fois rentré dans ma chambre, je me penchai à la fenêtre et, à l'aide d'un bâton, fis descendre devant la vitre d'Atto une extrémité de la ficelle que nous étions censés tirer pour donner l'alarme. Laissant la porte entrouverte, je m'allongeai sur le lit, aiguisant mon attention, même si j'appréhendais de ne pouvoir résister longtemps au sommeil. Je me préparai cependant à l'attente, d'autant plus que mon pauvre maître gisait à moitié inconscient dans le lit d'en face, et que Cristofano m'avait prié de le veiller. Je glissai des vieux chiffons dans sa culotte pour absorber d'éventuelles mictions et entamai ma nuit de veille.

Le récit de l'abbé Melani m'avait en partie réconforté, pensai-je. Il avait admis sans difficulté l'amitié que le liait à Fouquet. Il avait expliqué pourquoi le surintendant était tombé en disgrâce : la jalousie de Colbert en était plus responsable que la déconvenue du Roi Très-Chrétien. Qui peut ignorer la force malveillante de la jalousie ? Les bavardages de Devizé, Stilone Priàso et Cristofano sur le compte de l'abbé n'en étaient-ils pas, non plus, la conséquence ? L'ascension du fils d'un carillonneur, qui, pauvre castrat dans sa jeunesse, avait fini par dispenser des conseils au Roi-Soleil, avait suscité trop de jalousies. Certes, les trois hommes semblaient le connaître, et leurs discours n'étaient sans doute pas le fruit de leur imagination. Toutefois, l'hostilité de Cristofano se justifiait peut-être par la jalousie d'un compatriote : *nemo propheta in patria*, dit l'Evangile. Et que penser des étranges mensonges de Devizé ? Il avait prétendu avoir visité à Venise le théâtre du Cocomero, qui se dresse, en réalité, à Florence. Fallait-il donc que je me garde aussi de lui ?

Quoi qu'il en soit, le récit d'Atto était non seulement crédible, mais aussi grandiose et poignant. Je sentis jaillir dans ma poitrine des regrets amers à l'idée de l'avoir pris pour une canaille, un dissimulateur prêt à trahir et à mentir. En réalité, c'était moi qui avais trahi le sentiment d'amitié qui s'était libéré au cours de notre première conversation dans la cuisine, et que j'avais jugé authentique et véridique.

Je jetai un coup d'œil à mon maître, qui paraissait dormir depuis des heures d'un sommeil lourd et artificiel. Les mystères à résoudre étaient trop nombreux : qu'est-ce qui avait mis mon maître à cet état ? Et avant lui, de quoi avait été victime monsieur de Mourai ? Enfin, quel motif avait poussé Brenozzi à m'offrir les précieuses perles, et pourquoi m'avaient-elles été ensuite volées ?

Mon esprit était encore l'objet de pareilles pensées quand je me réveillai : je m'étais assoupi à mon insu. Un grincement m'avait arraché au sommeil. Je me levai brusquement, mais une force obscure et déloyale me précipita aussitôt au sol, sur lequel je réussis à grand-peine à ne pas choir violemment. Je pestai : j'avais oublié la ficelle qui reliait ma cheville droite à celle de l'abbé Melani. Elle m'avait fait trébucher quand je m'étais levé, et ma chute avait provoqué un vacarme qui avait presque réveillé mon maître. En effet, celui-ci gémit faiblement. Nous étions dans l'obscurité : privée d'huile, peut-être, ma lampe s'était éteinte.

Je tendis l'oreille : il n'y avait aucun bruit dans le couloir. Je me redressai en cherchant à tâtons le bord du lit et ouïs alors un nouveau grincement, suivi d'un bruit sourd, d'un va-et-vient métallique et d'un troisième grincement. Mon cœur battait à toute allure : il s'agissait sans nul doute du voleur. Je me libérai du lacet qui avait causé ma chute, tentai de trouver la lampe sur la table qui était placée au milieu de la pièce, mais en vain. En vainquant péniblement la peur, je décidai de quitter la chambre pour intercepter le voleur, ou tout au moins pour le démasquer.

Je plongeai dans l'obscurité du couloir sans savoir comment agir. Je descendis à grand-peine la volée de marches qui menait au réduit. Si je me heurtais au mystérieux individu, devais-je l'assaillir, ou appeler à l'aide ? Pour une raison inexplicable, je me baissai, essayai d'approcher la porte du réduit en brandissant les mains devant mon visage pour le protéger et pour explorer l'inconnu.

Le choc fut cruel et subit. Quelqu'un, ou quelque chose, avait blessé ma joue, me laissant souffrant et troublé. En proie à la terreur, je m'efforçai d'échapper à un second coup en reculant vers le mur et en criant. Mon angoisse se fit insupportable quand je découvris que ma bouche n'émettait aucun son, tant la panique m'étreignait le gosier et les poumons. Alors que, gémissant comme un veau avant le sacrifice, je m'apprêtais à me rouler désespérément par terre afin de fuir l'ennemi inconnu, une main me saisit fermement le bras et j'ouïs : « Que fais-tu, petit sot ? »

C'était sans nul doute la voix d'Atto, qui était accouru dès qu'il avait senti la ficelle se tendre, au moment où, alarmé par le grincement suspect, je m'étais levé à l'improviste. Je lui expliquai ce qui s'était passé en me plaignant du coup qu'il m'avait assené au visage.

« Ce n'était pas un coup. Je volais à ton secours tandis que tu dévalais les marches comme un nigaud. Tu t'es donc heurté à moi, murmura-t-il en réprimant sa colère. Où est le voleur ?

— Vraiment, je n'ai vu que vous, chuchotai-je sans cesser de trembler.

— Eh bien moi, j'ai entendu ses clefs s'agiter tandis que je montais. Il a dû entrer dans le réduit », dit-il en allumant la lampe qu'il avait eu la sagesse d'emporter.

De là où nous étions perchés, nous aperçûmes un rai de lumière sous la porte de Stilone Priàso au second étage, sur le côté du couloir. L'abbé m'invita à baisser le ton et m'indiqua la porte du réduit où il supposait que le voleur s'était glissé. La petite porte était entrouverte. Au dedans, l'obscurité.

Nous nous regardâmes en retenant notre souffle. Notre homme devait se trouver à l'intérieur, se sachant désormais pris au piège. L'abbé balança un moment avant d'ouvrir la porte d'un geste ferme. Personne.

« Ce n'est pas possible, dit Melani, visiblement déçu. S'il s'était enfui en descendant l'escalier, il se serait heurté à moi. Et en admettant qu'il ait réussi à te dépasser, il n'y a pas d'issue là-haut : la porte qui mène de la tour de Cloridia aux toits a été scellée du dehors. Et s'il avait ouvert la porte d'une des autres chambres, nous l'aurions certainement ouï. »

Nous étions au comble du trouble. Nous nous apprêtions à battre en retraite quand Atto me fit signe de ne pas bouger, et dévala la volée de marches. Je suivis sa lampe à huile du regard et le vis s'attarder devant la fenêtre du second étage qui donnait sur la cour intérieure. Il posa la lampe par terre et se pencha au-dessus du rebord. Il demeura un moment dans cette posture. Intrigué, je m'approchai de la petite grille de la fenêtre qui éclairait le réduit dans la journée. Mais elle était trop haute pour moi, et le seul spectacle qui s'offrit à ma vue fut celui d'une nuit assez sombre. De retour dans le réduit, l'abbé se baissa et mesura le sol en empans, allant même jusqu'à s'introduire sous les étagères garnies d'outils qui revêtaient le mur du fond. Il réfléchit un instant puis répéta l'opération en prenant en considération, cette fois, l'épaisseur des murs. Il calcula ensuite la distance qui séparait la petite fenêtre du mur du fond. Quand, enfin, il épousseta ses mains, il se saisit de moi sans proférer un mot puis, m'ayant hissé à bout de bras sur un tabouret et m'ayant coiffé de la lanterne, il me plaça devant la grille : « Tiens-la bien et ne bouge pas ! » me commanda-t-il en pointant le doigt sur mon nez.

Je l'entendis redescendre à tâtons jusqu'à la fenêtre du deuxième étage. A son retour, j'étais impatient de prendre part à ses réflexions.

« Suis-moi bien. Le débarras mesure un peu plus de huit empans, ce qui signifie qu'il est plutôt étroit. En ajoutant les murs, on arrive peut-être à dix empans. Comme on peut le remarquer depuis la cour, la petite aile dont ce réduit fait partie a été construite dans un deuxième temps. En effet, du dehors, elle se présente comme un grand pilastre qui s'élève du sol jusqu'au toit, ou presque, contre l'arête postérieure du mur occidental de l'auberge. Mais il y a quelque chose qui cloche : le pilastre est deux fois plus large que ce réduit. Comme tu le vois, cette petite ouverture est voisine des étagères, à deux empans, pas plus, du bout de la pièce. Vue du dehors, elle devrait donc être également située non loin de l'arête extérieure de l'aile. Mais quand je me suis mis à la fenêtre du couloir du deuxième étage, je me suis aperçu que la petite ouverture, éclairée par la lampe que tu tenais, ne se trouvait même pas à la moitié du mur où elle a été pratiquée. »

L'abbé s'interrompit, en attendant peut-être que je parvienne moi-même à une conclusion. Mais je n'avais compris goutte à son discours, trop étouffé que j'étais par les figures géométriques que son raisonnement rigoureux avait employées et entassées les unes sur les autres. Il poursuivit donc : « Pourquoi gaspiller autant d'espace ? Pourquoi n'en a-t-on pas volé un peu au profit d'un réduit si étroit que nous avons grand-peine à y tenir à deux sans nous frôler ? »

Je gagnai à mon tour la fenêtre du deuxième étage, heureux de respirer une bouffée d'air frais.

J'écarquillai les yeux. C'était vrai. La clarté de la lampe à huile que j'entrevoyais derrière la grille du réduit était curieusement éloignée de l'arête extérieure, que la lueur de la lune soulignait. Je n'y avais jamais prêté attention, trop occupé le jour et trop fatigué la nuit pour paresser devant la fenêtre.

« Et connais-tu l'explication, mon garçon ? » m'annonça l'abbé Melani dès que je le rejoignis.

Sans attendre ma réponse, il passa le bras entre les étagères des outils et entreprit de palper avidement le mur du fond sur lequel elles s'appuyaient. En soufflant, il me pria de l'aider à déplacer le meuble.

L'opération ne fut point trop ardue. L'abbé ne sembla pas le moins du monde surpris par la révélation qui s'offrit à nos yeux : à moitié dissimulés par la saleté dont le temps avait irrespectueusement recouvert le mur, se détachaient les contours d'une porte.

« Et voilà ! » s'exclama-t-il d'une voix satisfaite.

Sans crainte, il poussa les vieilles planches, qui se mirent à grincer.

❦

La première chose que je sentis fut un courant humide et froid qui me soufflait sur le visage. Une cavité noirâtre s'était ouverte devant nos yeux.

« Il est entré là, conclus-je de manière évidente.

— C'est bien ce que je crois, répondit l'abbé en tendant le nez avec défiance. Ce maudit réduit avait un double fond. Veux-tu passer le premier ? »

Mon silence fut éloquent.

« D'accord, accepta Atto en brandissant la lampe pour se frayer un chemin. C'est toujours moi qui dois tout résoudre. »

Il n'avait point encore terminé sa phrase quand je le vis s'agripper désespérément à la vieille porte dont nous avions tout juste franchi le seuil, entraîné vers le bas par une force irrésistible.

« Aide-moi, vite ! » me pria-t-il.

Un puits. Melani était sur le point d'y choir, avec des conséquences sans nul doute fatales. Il était parvenu à grand-peine à s'accrocher au montant de la porte et à laisser pendre les jambes dans l'obscurité vorace qui s'ouvrait au-dessous de nous. Lorsqu'il se fut relevé, grâce à mon faible soutien, nous nous trouvions dans l'obscurité : s'échappant des mains de l'abbé, la lanterne avait été engloutie par le trou noir. J'allai donc en chercher une autre dans ma chambre, que je pris soin de fermer à clef. Pellegrino dormait d'un sommeil paisible, ignorant heureusement, pensai-je, ce qui se tramait dans son auberge.

Lorsque je regagnai le réduit, Atto s'apprêtait déjà à descendre dans la cavité. Il se montrait particulièrement agile pour son âge. Ainsi que j'aurais tout loisir de le remarquer par la suite, il possédait une force nerveuse, maîtrisée mais fluide, qui le soutenait sans cesse.

Il ne s'agissait pas à proprement parler d'un puits, me montra-t-il à l'aide de la lanterne, car plusieurs appuis en fer, pareils à des échelons, étaient fixés dans la pierre, ce qui permettait de descendre prudemment. Non sans crainte, nous nous glissâmes dans le trou vertical. Cela ne dura pas longtemps : bientôt, nous touchâmes un grossier soubassement de briques. Nous laissâmes nos regards errer sur les lieux en brandissant la lanterne et découvrîmes que le trajet ne s'était point interrompu, mais qu'il continuait sur l'un des côtés courts du palier, empruntant un escalier de pierre à plan carré. Nous nous penchâmes pour tenter, en vain, d'en distinguer l'extrémité.

« Nous sommes au-dessous du réduit, mon garçon. »

J'esquissai un faible gémissement pour tout commentaire, cette constatation ne me réconfortant guère.

Nous poursuivîmes notre chemin en silence. Cette fois, la descente paraissait interminable, d'autant plus qu'une fine couche de boue enveloppait toute chose et rendait notre progression fort périlleuse. Puis l'escalier changea totalement d'aspect : creusé dans le tuf, il se fit très étroit et tout aussi accidenté. L'air s'était alourdi, signe évident que nous étions sous terre.

Bientôt, nous débouchâmes dans une galerie sombre et hostile, pratiquée dans la terre humide. Nous n'avions pour seuls compagnons que l'air pesant et le silence. J'avais peur.

« Voilà où notre voleur est allé, murmura l'abbé Melani.

— Pourquoi parlez-vous si bas ?

— Il pourrait être tout près. Je veux le surprendre, et non être surpris. »

Mais le voleur ne se trouvait pas à quelques pas de là, ni plus loin encore. Nous nous engageâmes dans la galerie, où l'abbé était obligé d'avancer tête baissée à cause du plafond, si tant est qu'on pût l'appeler ainsi, bas et irrégulier. Il me regarda avancer sans difficultés devant lui : « Pour une fois, je t'envie, mon garçon. »

Nous cheminions lentement sur un sentier que des pierres et des briques disposées avec caprice rendaient çà et là compact. Nous parcourûmes plusieurs dizaines de mètres, pendant lesquels l'abbé répondit à ma curiosité muette, mais prévisible.

« Ce passage a sans doute été construit pour permettre à ceux qui l'empruntaient de rejoindre discrètement un endroit éloigné de la ville.

— Durant les épidémies de peste, peut-être ?

— Bien avant, je crois. Ces passages sont toujours utiles dans une ville pareille. Celui-ci a peut-être servi à un prince romain pour lancer ses braves contre un rival. Les familles romaines se sont toujours haïes et combattues de toutes leurs forces. Quand les lansquenets mirent Rome à sac, certaines maisons princières les aidèrent à dépouiller la ville dans le but de frapper leurs rivales. A l'origine, notre auberge était peut-être le quartier général de tueurs et de coupeurs de gorges. Pourquoi pas à la solde des Orsini, qui possèdent un grand nombre de maisons dans les environs.

— Mais qui a construit ce souterrain ?

— Regarde les parois. » L'abbé approcha sa lanterne du mur. « Elles sont en pierre et paraissent anciennes.

— Aussi anciennes que les catacombes ?

— Peut-être. Je sais qu'au cours des dernières décennies un prêtre savant a exploré les cavités situées dans certains lieux de Rome, et qu'il a découvert et dessiné d'innombrables peintures, tombes, restes de saints et de martyrs. En tous les cas, il ne fait aucun doute qu'il existe sous les maisons et les places de certains quartiers des galeries et des passages, parfois créés par les Romains anciens, parfois creusés à des époques plus récentes. »

Tandis que nous cheminions le long de passages étroits, l'abbé ne semblait pas renoncer, en dépit de notre condition périlleuse, à sa passion pour les récits. Il ajouta dans un murmure flûté que, depuis des temps fort éloignés, l'Italie regorge de passages secrets pratiqués dans la roche ou dans la terre, d'abord conçus pour échapper à des sièges et des assauts armés, tels que les conduits qui permettent de s'évader sans être vu de forteresses et de châteaux, mais aussi pour préparer des réunions secrètes, voire des rencontres amoureuses, comme celles de dame Lucrèce Borgia et de son frère César avec leurs multiples amants. L'on devait aussi se défier *massime* des galeries secrètes, car leur inviolabilité était garantie par le secret (qui avait parfois coûté la vie à ceux qui les avaient élaborées) mais également par de nombreux pièges : pour tromper et détourner les intrus, on édifiait parfois des passages sans issue, ou des portes invisibles commandées par des contrepoids et dissimulées dans les murs, qu'on ouvrait en actionnant des mécanismes occultes.

« On m'a parlé d'un labyrinthe souterrain que le grand empereur Frédéric a fait construire en Sicile, dont les couloirs cachent des tiges qui libèrent, lorsqu'on les piétine, des grilles métalliques, lesquelles tombent du plafond et emprisonnent les visiteurs, ou des lames aiguisées qui, vomies par d'invisibles meurtrières, sont en mesure de transpercer et de tuer les passants. D'autres mécanismes ouvrent subitement d'immenses puits dans lesquels se précipitent inévitablement ceux qui ignorent de telles menaces. On a produit des plans assez précis de certaines catacombes. On dit que le sous-sol de Naples possède aussi un nombre surprenant de galeries et de parcours souterrains, mais je n'en ai point l'expérience, contrairement à ceux de Paris, qui sont sans nul doute très étendus et qu'il m'est arrivé de visiter. Je sais aussi qu'au siècle dernier des centaines de paysans piémontais furent poursuivis dans un lieu du nom de Rovasenda par des soldats français, qui les poussèrent dans des cavernes, près du fleuve. On raconte que personne n'est jamais sorti de ces grottes, ni les assaillants ni les assaillis.

— Monsieur Pellegrino ne m'a jamais parlé de l'existence de ce passage, murmurai-je.

— Je veux bien le croire. On ne révèle pas ce genre de choses si ce n'est point indispensable. De plus, il n'en connaît probablement pas tous les secrets, puisqu'il s'occupe de cette auberge depuis peu.

— Alors, comment le voleur des clefs a-t-il trouvé le passage ?

— Ton bon maître a peut-être cédé à une offre d'argent. Ou de vin muscat », répondit l'abbé en ricanant.

Tandis que nous avancions, je fus lentement dominé

par une sensation d'oppression à la hauteur de la poitrine et à la tête. L'obscur chemin sur lequel nous nous étions aventurés menait dans une direction inconnue et, vraisemblablement, porteuse de dangers. L'obscurité, seulement brisée par la lanterne à huile que l'abbé tenait devant son front, était épouvantable et néfaste. A cause de leur dessin tortueux, les parois de la galerie nous interdisaient de regarder droit devant nous, et nous laissaient présager une désagréable surprise à chaque pas. Et si, apercevant de loin la lumière de notre lanterne, le voleur nous attendait derrière une saillie pour nous tendre une embuscade ? Je pensai en frissonnant aux menaces qui peuplaient les galeries dont avait parlé l'abbé Melani. Personne ne récupérerait jamais nos corps. Les pensionnaires de l'auberge auraient beau jeu de persuader les hommes d'armes et leurs propres personnes que l'abbé Melani et moi nous étions échappés de l'auberge en sautant nuitamment par la fenêtre.

Aujourd'hui encore, je suis incapable de préciser la durée de cette exploration. Vers la fin, nous remarquâmes que le sentier souterrain qui nous avait toujours conduits plus bas remontait lentement.

« Nous y sommes, dit l'abbé. Nous allons peut-être déboucher quelque part. »

J'avais mal aux pieds et l'humidité commençait à me tenailler. Nous avions cessé de discourir depuis longtemps, uniquement désireux de voir la fin de cette effroyable caverne. J'eus un mouvement de terreur lorsque je vis l'abbé trébucher avec un gémissement et risquer de tomber en avant, desserrant presque les doigts qui tenaient la lanterne : perdre notre unique source de lumière eût transformé en un cauchemar notre séjour en ces lieux. Je volai à son secours. La mine à la fois furieuse et soulagée face au risque tout juste encouru, l'abbé éclaira l'obstacle : une volée de marches en pierre, aussi hautes qu'étroites. Nous les gravîmes en rampant, ou presque, pour ne point risquer de tomber à la renverse. Pendant cette ascension, quantité de tournants obligea Atto à se baisser fâcheusement. Pour une fois, je m'en tirais mieux. Atto me regarda : « Je t'envie vraiment, mon garçon », répéta-t-il sans se soucier du fait qu'une telle constatation était loin de me plaire.

Nous étions souillés de boue, le front et le corps couverts de sueurs immondes. Soudain, l'abbé poussa un cri. Un être informe, rapide et furtif, me sauta sur le dos, dévala à grand-peine ma jambe droite avant de replonger dans l'obscurité. Terrifié, je me débattai en me protégeant la tête de mes bras, à la fois prêt à implorer la pitié et à me défendre aveuglement.

Atto comprit que le danger n'avait duré que le temps d'un éclair, si tant est qu'il eût vraiment existé. « Il est étrange que nous n'en ayons pas rencontré auparavant, commenta-t-il en se ressaisissant. A l'évidence, nous sommes loin des routes habituelles. »

Dérangé par notre arrivée, un énorme rat d'eau avait choisi de nous enjamber plutôt que de rebrousser chemin. Dans son fol élan, il s'était accroché au bras de l'abbé Melani, qui s'appuyait contre la paroi, et s'était abattu de tout son poids sur mon dos, me pétrifiant de terreur. Muets et apeurés, nous nous arrêtâmes le temps de prendre un peu d'haleine. Nous poursuivîmes ensuite notre ascension. Bientôt, les marches alternèrent avec des tronçons de briques horizontaux qui s'allongeaient de plus en plus. Heureusement, nous avions une bonne provision d'huile : enfreignant les avis répétitifs des camerlingues, j'avais décidé d'employer également de la bonne huile comestible.

Nous devinions que nous étions parvenus à la fin de notre parcours. Nous gravissions désormais une pente douce, qui chassait de nos esprit les efforts et les peurs dont nous avions subi l'atteinte. Nous débouchâmes soudain sur un terre-plein quadrangulaire non plus creusé mais en maçonnerie. On aurait dit un entrepôt, ou le souterrain d'un palais.

« Nous revoici parmi les hommes », dit l'abbé en saluant ces lieux.

Un dernier escalier, très raide, mais pourvu d'une rampe en corde, assurée à la paroi de droite par des anneaux en fer, menait vers le haut. Nous nous hissâmes jusqu'à son sommet.

« Malédiction ! » murmura l'abbé.

Et je compris aussitôt ce qu'il voulait dire. Au bout de l'escalier se dressait, comme prévu, une porte. Elle était très robuste. Et close.

Cet obstacle nous offrait une bonne occasion pour nous reposer, en dépit de l'hostilité de cet endroit, et de réfléchir à notre état. La petite porte en bois était fermée par une barre en fer rouillé. Ainsi que le bruissement du vent qui parvenait jusqu'à nos oreilles le laissait facilement entendre, elle s'ouvrait sur l'air libre.

« Je ne vais pas parler. C'est ton tour d'expliquer, m'invita l'abbé.

— La porte est fermée du dedans. Aussi, m'efforçai-je de déduire, le voleur n'a pas quitté la galerie. Mais puisque nous ne l'avons pas rencontré en chemin et que nous n'avons découvert aucune croisée, on peut en conclure qu'il n'a pas suivi le même chemin que nous.

— Bien. Et alors, où est-il allé ?

— Il est possible qu'il ne se soit même pas glissé dans le puits, derrière le réduit, hasardai-je sans ajouter foi à mes propres paroles.

— Hum ! grommela Atto. Dans ce cas-là, où serait-il allé ? »

Il redescendit les marches et arpenta rapidement l'entrepôt. Dans un coin, une vieille barque en bois à moitié pourri confirmait les soupçons que j'avais conçus à notre arrivée : nous étions proches des rives du Tibre. J'ouvris la porte en faisant coulisser le verrou non sans difficulté. Les faibles rayons de la lune éclairaient l'embouchure d'un sentier. Plus bas, coulait le fleuve. Je reculai instinctivement face au gouffre. Le vent frais et humide pénétra dans l'entrepôt, nous aidant à respirer. Juste derrière la porte, un autre sentier semblait bifurquer vers la droite, se perdant parmi les terres boueuses de la rive.

L'abbé me devança : « Si nous nous échappons maintenant, on nous prendra assurément.

— En somme, répondis-je avec un gémissement inconsolable, nous avons parcouru tout ce trajet pour rien.

— Bien au contraire, repartit Atto d'une voix impassible. Nous connaissons désormais cette issue, si besoin est. Nous n'avons point trouvé trace du voleur, ce qui explique qu'il n'a pas emprunté ce chemin. Nous avons donc négligé d'autres possibilités, à cause d'une méprise ou de notre incapacité. Maintenant, retournons sur nos pas avant qu'on remarque notre absence. »

꧁ৡৢ꧂

Le retour vers l'auberge fut tout aussi pénible, et deux fois plus fatigant que le premier voyage. Privés de l'instinct de la chasse qui nous avait animés à l'aller (il en était tout au moins ainsi pour l'abbé Melani), nous peinâmes en pâtissant encore plus des embûches du trajet, quoique mon compagnon de route ne souhaitât pas l'admettre.

Après être remontés en haut du puits et avoir abandonné avec soulagement l'infernale galerie souterraine, nous regagnâmes le réduit. Visiblement frustré par cette expédition inutile, l'abbé me congédia en me donnant des instructions hâtives pour le lendemain.

« Demain, si tu le veux, tu pourras annoncer aux autres pensionnaires qu'on a volé le double des clefs, ou qu'il a été égaré. Naturellement, tu ne diras point mot de notre découverte ni de la tentative que nous avons faite pour démasquer le voleur. Dès que nous en aurons l'occasion, nous en causerons à l'écart, à la cuisine ou dans un autre lieu sûr, afin de ne rien négliger. »

J'opinai avec paresse, en proie à la fatigue, mais aussi aux doutes que je nourrissais encore, en secret, sur le compte de l'abbé Melani. Pendant le voyage de retour dans la galerie, mes sentiments à son égard s'étaient derechef altérés : les bavardages le concernant étaient peut-être excessifs et malveillants, m'étais-je fait la réflexion, mais son passé était encore entaché d'ombres, et maintenant que la chasse au voleur des clefs avait échoué, je n'avais l'intention de lui servir ni de domestique ni d'informateur, de telles fonctions étant susceptibles de m'entraîner dans des affaires peu claires et peut-être périlleuses. S'il était vrai que le surintendant Fouquet, avec qui Melani avait entretenu de l'amitié, n'avait été autre qu'un mécène trop splendide, victime de la royale jalousie de Louis XIV et de l'envie de Colbert, il était toutefois indéniable, m'étais-je répété tandis que nous avancions, le souffle court, dans l'obscurité, que je me trouvais en compagnie d'un personnage accoutumé aux ruses, aux subtilités, aux mille astuces de la cour de Paris.

J'avais connaissance des graves brouilleries qui opposaient notre bon pape Innocent XI à la cour de France. A l'époque, je n'étais pas en mesure d'expliquer les raisons de tant d'aigreur entre Paris et Rome. Mais en écoutant les conversations du vulgaire et des hommes qui traitaient de choses politiques, j'avais compris que les partisans dévoués de notre pontife ne pouvaient et ne devaient en aucun cas avoir commerce avec la cour de Gaule.

Et puis la fougue avec laquelle il avait poursuivi le soi-disant voleur de clefs n'était-elle pas digne de soupçons ? Pourquoi se lancer dans une poursuite regorgeant d'inconnues et de dangers, au lieu d'attendre plus simplement les événements et d'annoncer aussitôt aux pensionnaires que les clefs avaient été dérobées ? Et si l'abbé en avait su plus long qu'il ne me l'avait confié ? Peut-être avait-il déjà une idée précise du lieu où elles étaient cachées. Et s'il était lui-même le voleur ? S'il avait tenté de détourner mon attention pour agir plus calmement, peut-être au cours de cette même nuit ? Mon maître affectionné m'avait bien dissimulé l'existence de cette galerie. Alors, pour quelle raison l'étranger qu'était l'abbé Melani se serait-il ouvert à moi ?

Par conséquent, je promis vaguement à l'abbé d'obéir à ses commandements, mais je fis en sorte de me libérer rapidement en reprenant ma lanterne et en m'enfermant aussitôt dans ma chambre, bien décidé à coucher sur mon journal les nombreux événements qui avaient émaillé la journée.

Monsieur Pellegrino dormait calmement, sa respiration s'était presque entièrement apaisée. Plus de deux heures s'étaient écoulées depuis notre entrée dans l'horrible galerie souterraine, le même laps de temps me séparait sans doute de l'heure du réveil, et j'étais à bout de forces. Ce fut par un pur hasard que je posai le regard sur la culotte de mon maître, avant d'éteindre la lanterne, et que j'aperçus les clefs disparues bien en vue à sa ceinture.

Troisième journée

13 SEPTEMBRE 1683

Les rayons bienfaisants du soleil filtraient à travers la fenêtre et inondaient la chambre de blancheur en répandant une lumière pure et bénie jusque sur le visage moite et souffrant du pauvre monsieur Pellegrino, abandonné sur son lit. La porte s'ouvrit et le visage souriant de l'abbé Melani apparut.

« Il est l'heure d'y aller, mon garçon.

— Où sont les autres pensionnaires ?

— Ils sont tous à la cuisine, où ils écoutent Devizé jouer du clairon. »

Etrange, j'ignorais que le guitariste était également un virtuose de cet instrument bruyant, et surtout je me demandais par quel mystère le son argentin et puissant du cuivre ne s'élevait pas jusqu'aux étages supérieurs.

« Où allons-nous ?

— Nous devons retourner en bas, nous n'avons pas assez bien cherché la nuit dernière. »

Une fois dans le réduit, j'ouvris la porte que dissimulaient les étagères. L'air humide vint incontinent lécher mon visage. J'avançai malgré moi sur le pas de la porte, éclairant l'embouchure du puits à l'aide de ma lanterne.

« Pourquoi ne pas attendre la nuit ? Les autres pourraient nous surprendre », protestai-je faiblement.

L'abbé ne répondit pas. Il tira de sa poche une bague et la déposa sur la paume de ma main en renfermant mes doigts autour du bijou comme pour souligner l'importance de son geste. J'opinai et entrepris de descendre.

Au moment même où nous atteignîmes le soubassement de briques, j'eus un sursaut. Dans l'obscurité, une
main s'était posée sur mon épaule droite. La terreur m'interdit aussi bien de crier que de bouger. Je compris vaguement
que l'abbé m'invitait à garder mon calme. Vainquant à
grand-peine la paralysie qui me tenaillait, je me retournai
et découvris le visage du troisième explorateur.

« N'oublie pas d'honorer les morts. »

Monsieur Pellegrino me mettait gravement en garde,
une expression douloureuse sur le visage. Je ne trouvai pas
de mots pour exprimer mon désarroi : qui était donc le dor-
meur que j'avais laissé dans son lit ? Comment Pellegrino
avait-il pu se transporter soudainement de notre chambre
ensoleillée à cette galerie sombre et humide ? Tandis que de
telles interrogations se formaient dans mon esprit, Pellegrino reprit la parole.

« Je veux plus de lumière. »

Soudain, je sentis que je glissai : la surface des briques
était visqueuse ; j'avais peut-être perdu l'équilibre, pensai-je
en me tournant vers Pellegrino. Je chus lentement, mais de
tout mon poids, dans l'escalier, le ventre vers le ciel (qui,
d'en bas, paraissait n'avoir jamais existé). Par miracle, je
dévalai les degrés sur le dos sans rencontrer la moindre
résistance : j'avais le sentiment de peser plus lourd qu'une
statue de marbre péperin. La dernière image qui s'offrit à
mes yeux fut celle d'Atto Melani et de Pellegrino assistant à
ma disparition avec indifférence et flegme, comme s'ils ne
connaissaient aucune frontière entre la vie et la mort.
Ecrasé par la stupeur et le désespoir, je tombai comme une
âme perdue qui, précipitant dans l'Abîme, a enfin connaissance de sa propre damnation.

Je fus sauvé par un hurlement qui semblait provenir
d'un repli inconnu de la Création, et qui me réveilla, m'arrachant à mon cauchemar.

J'avais rêvé et, en rêvant, j'avais crié. J'étais dans mon
lit, et je me tournai vers celui de mon maître, qui, évidemment, était resté là où je l'avais abandonné. La fenêtre ne
laissait pas entrer les beaux rayons de soleil de ma vision
onirique, mais la clarté rosâtre et bleuâtre qui annonce
l'aube. L'air mordant du petit matin m'avait transi de froid,
et je me couvris tout en sachant que je ne me rendormirais
pas aisément. Un lointain bruit de pas s'échappait de l'escalier, et je tendis l'oreille pour déterminer si l'on s'approchait

du réduit. Comme je le devinai, il s'agissait des pensionnaires qui descendaient à la cuisine ou au premier étage. Je
distinguai au loin la voix de Stilone Priàso et du père
Robleda, qui s'enquéraient de monsieur Pellegrino auprès
de Cristofano. Prévoyant l'arrivée rapide du médecin, qui
viendrait examiner mon maître, je me levai. Mais c'est Bedford qui frappa le premier à la porte.

En ouvrant, je me heurtai à son visage pâle. Ses yeux
étaient ourlés de demi-lunes sombres et ses épaules recouvertes d'un lourd manteau. En dépit de ses habits, Bedford
était en proie à des frissons qui parcouraient sa colonne
vertébrale. Il produisait d'inutiles et pitoyables efforts pour
les réprimer. Il me pria aussitôt de le laisser entrer, sans nul
doute pour ne pas être vu des autres pensionnaires. Je lui
offris un peu d'eau et les pilules que Cristofano nous avait
données. L'Anglais déclina mon offre car certaines pilules,
dit-il sur un ton inquiet, étaient en mesure de conduire le
patient à la mort. Cette réponse me prit au dépourvu, mais
je fus obligé d'insister.

« Je te dirai même, ajouta-t-il d'une voix brusquement
affaiblie, que l'opium et les purges des diverses humeurs
peuvent provoquer la mort. N'oublie pas, non plus, que les
nègres mettent sous leurs ongles un poison qui tue d'une
seule égratignure. Sans compter les serpents à sonnettes,
oui, et j'ai même lu quelque part l'histoire d'une araignée
qui projeta sur son assaillant un venin si puissant qu'il perdit la vue pendant fort longtemps... »

Il paraissait fébrile.

« Mais Cristofano ne fera rien de ce genre, protestai-je.

— ... ces substances, poursuivit-il comme s'il ne
m'avait même pas ouï, agissent au moyen de vertus
occultes, mais les vertus occultes ne sont autres que le
miroir de notre ignorance. »

Je remarquai que ses jambes tremblaient et qu'il devait
s'appuyer au montant de la porte pour ne pas tomber. A en
juger par ses paroles, il divaguait. Bedford s'assit sur le lit
et m'adressa un sourire triste.

« La fiente dessèche la cornée, récita-t-il en levant sévèrement l'index comme un maître qui réprimande ses élèves.
Porté au cou, le séneçon guérit les fièvres tierces. Mais il
faut appliquer sur les pieds des emplâtres de sel répétés
pour vaincre l'hystérisme. Et pour apprendre l'art de la
médecine, dis-le donc à monsieur Cristofano quand tu l'ap-

pelleras, lisez-donc *Don Quixote*, plutôt que Galien ou Paracelse. »

Puis il s'allongea, ferma les yeux, croisa les bras sur la poitrine, secoué par de légers tremblements. Je me précipitai dans l'escalier pour appeler à l'aide.

❧

Un gros bubon situé sous l'aine et un deuxième, de dimension légèrement inférieure, dans le creux de l'aisselle droite, avaient laissé peu de doutes à Cristofano. Hélas, il s'agissait à présent de contagion pestilentielle, et cette constatation jetait une ombre noire sur la mort de monsieur de Mourai, ainsi que sur la torpeur singulière qui avait saisi mon maître. Je n'y comprenais plus goutte : l'auberge était-elle habitée par un assassin habile et obscur, ou par la célèbre peste ?

La nouvelle de la maladie de Bedford plongea toute l'assistance dans le désarroi le plus profond. Nous ne disposions que d'une journée avant que les hommes du Bargello ne reviennent faire l'appel. Je remarquai que de nombreux pensionnaires m'évitaient : j'avais été le premier à entrer en contact avec Bedford quand la maladie l'avait assailli. Le soupçon régnait à nouveau dans l'auberge. Cristofano souligna toutefois que la veille encore nous conférions tous, mangions tous et, pour certains d'entre nous, jouions aux cartes avec l'Anglais. Voilà pourquoi personne ne pouvait se croire à l'abri. En vertu d'une bonne dose de témérité juvénile sans doute, je fus le seul à ne pas céder incontinent à la peur. En revanche, les plus craintifs, à savoir le père Robleda et Stilone Priàso, coururent à la cuisine prendre les quelques vivres que j'avais préparés et se dirigèrent ensuite vers leurs chambres. Je les arrêtai, m'étant ressouvenu qu'il fallait administrer également à Bedford le sacrement de l'extrême onction. Mais cette fois, le père Robleda ne voulut point entendre raison : « Il est anglais, et je sais qu'il adhère à la religion réformée. C'est un excommunié, un débaptisé », répondit-il sur un ton animé, ajoutant que l'huile des malades était réservée aux adultes baptisés et interdite aux enfants, aux fous, aux excommuniés dénoncés, aux pécheurs impénitents, aux forçats et aux parturientes, ainsi qu'aux soldats alignés en rang de bataille contre l'ennemi et à ceux qui risquaient le naufrage.

Stilone Priàso m'attaqua à son tour : « Ignores-tu que l'huile sainte accélère la mort, fait tomber les cheveux, provoque des accouchements plus douloureux, donne la jaunisse aux nouveau-nés et tue les abeilles qui volent autour de la maison du malade ? Que ceux qui l'ont reçue mourront s'ils dansent avant la fin de l'année ? Qu'ils doivent attendre très longtemps avant de se relaver les pieds ? Qu'il est péché de filer dans la chambre du malade car il périra si l'on s'interrompt, ou si le fil se brise ? Et qu'il mourra si l'on ne laisse pas une lanterne ou un cierge allumé dans sa chambre jusqu'à la fin de sa maladie ? »

Ils me plantèrent là et coururent s'enfermer dans leurs chambres respectives.

Environ une demi-heure plus tard, je regagnai la petite chambre du premier étage, où gisait Bedford, afin de contrôler son état. Je crus que Cristofano s'y trouvait, puisque le malheureux Anglais semblait discourir avec quelqu'un. Mais je me rendis bientôt compte qu'il était seul et en proie au délire. Il me parut terriblement pâle. Il transpirait tant qu'une mèche de cheveux s'était collée à son front ; à en juger par ses lèvres gercées, il avait le gosier brûlant et douloureux.

« Dans la tour... dans la tour », marmonna-t-il à grand-peine en me lançant un regard las. Il parlait à tort et à travers.

Sans raison apparente, il énuméra des noms qui m'étaient inconnus et que je gravai dans ma mémoire à force de les lui ouïr répéter parmi des expressions inintelligibles de son idiome natal. Il ne cessait de prononcer le nom d'un certain Guillaume, natif de la ville d'Orange, qui, imaginai-je, était de ses amis.

Craignant que le mal ne s'aggravât à l'improviste, conduisant le malade à une issue fatale, je m'apprêtai à appeler Cristofano. C'est alors qu'il arriva, attiré par les gémissements de Bedford. Il était accompagné de Brenozzi et de Devizé, qui se tinrent prudemment à l'écart.

Le pauvre Bedford poursuivait son monologue fou en mentionnant le nom d'un certain Charles, qui n'était autre que le roi Charles II d'Angleterre, ainsi que nous l'expliqua Brenozzi. Le Vénitien montra ainsi qu'il avait une bonne connaissance de la langue anglaise : d'après ce qu'il avait compris, Bedford avait récemment traversé les Etats de Hollande.

« Et pourquoi s'est-il rendu en Hollande ? demandai-je.

— Je ne le sais point, répondit Brenozzi en me faisant taire pour mieux prêter l'oreille aux divagations du malade.

— Vous connaissez bien la langue anglaise, observa le médecin.

— Un lointain cousin, né à Londres, m'écrit souvent pour des affaires de famille. Je suis moi-même très rapide dans l'art de me ressouvenir, et j'ai fait de nombreux voyages pour divers commerces. Regardez, on dirait qu'il se sent mieux. »

Le délire du malade semblait s'être apaisé, et Cristofano nous invita d'un signe à sortir dans le couloir. La plupart des pensionnaires nous y attendaient, impatients d'avoir des nouvelles.

Cristofano parla sans ambages. L'avancée de la maladie l'amenait à douter de ses propres capacités. D'abord, la mort obscure de monsieur de Mourai, puis l'accident dont avait été victime monsieur Pellegrino, encore dans un piteux état, enfin, le cas de peste manifeste qui avait frappé Bedford... tout cela plongeait dans le désarroi le médecin toscan qui, face à un tel concours d'infortunes et d'incidents, se déclarait inapte à affronter pareille situation. Blêmes et apeurés, nous nous regardâmes droit dans les yeux pendant d'interminables instants.

❧

Certains pensionnaires s'abandonnèrent à des gémissements de désespoir, tandis que d'autres se réfugiaient dans leur chambre. D'autres encore prenaient d'assaut le médecin pour qu'il soulage leurs propres craintes, enfin certains s'écroulaient par terre, le visage entre les mains. Cristofano lui-même se dirigea d'un pas rapide vers sa chambre, où il s'enferma à clef, nous demandant de le laisser un peu en repos afin qu'il puisse consulter un livre et réfléchir à la situation. Mais par cette retraite, il semblait plus désireux de se mettre à l'abri, que de fomenter une révolte. Notre incarcération forcée avait troqué le visage de la comédie contre celui de la tragédie.

L'abbé Melani, d'une pâleur mortelle, avait lui aussi assisté à cette scène d'abattement collectif. Mais plus que quiconque, j'étais en proie à un authentique désespoir. Monsieur Pellegrino, pensai-je entre les larmes, avait transformé son auberge en tombe. Et j'imaginais déjà les scènes de douleur qui suivraient l'arrivée de son épouse, quand elle découvrirait de ses propres yeux l'œuvre cruelle de la mort dans les appartements du *Damoiseau*. L'abbé me recueillit alors que, assis par terre dans le couloir, en face de la chambre de Cristofano, j'avais cédé aux sanglots et que je couvrais mon visage inondé de larmes. En me caressant la tête, il murmura à mon oreille un chant plaintif :

Piango, prego e sospiro,
E nulla alfin mi giova [1]...

Il attendit que je m'apaise en tentant faiblement de me consoler. Constatant l'inutilité de ces premières tentatives, il me souleva à bout de bras et me plaqua énergiquement contre le mur.

« Je n'ai point envie de vous ouïr », protestai-je.

Je lui répétai les paroles du médecin, auxquelles j'ajoutai que nous serions probablement plongés dans d'atroces souffrances d'ici quelques jours, ou même quelques heures, à l'instar de Bedford. L'abbé Melani m'agrippa avec force et, m'obligeant à gravir l'escalier, m'entraîna dans sa chambre. Cependant, rien ne pouvait ramener le calme dans mon esprit, si bien que l'abbé dut me donner un soufflet qui eut pour effet d'arrêter mes sanglots. Je me calmai un peu.

Atto passa un bras fraternel autour de mes épaules et essaya patiemment de me persuader de ne point céder au désespoir. L'important, c'était, avant tout, de réitérer l'habile mise en scène qui nous avait permis de dissimuler la maladie de Pellegrino aux hommes du Bargello. Révéler la présence d'un pestiféré (et cette fois, d'un vrai) à l'intérieur de l'auberge renforcerait et multiplierait les contrôles ; on nous conduirait sans doute dans un lazaret, improvisé dans un quartier moins populeux, peut-être sur l'île de San Bartolomeo, où l'on avait établi un hôpital au cours de la grande pestilence de trente années plus tôt. Nous disposions, tous deux, de l'issue souterraine que nous avions découverte la nuit précédente. Certes, il était fort ardu d'échapper aux recherches dans une pareille situation, mais cela demeurait une solution au cas où les événements se précipiteraient. Alors que j'avais presque retrouvé mon

---

1. Je pleure, je prie et je soupire/ et rien ne me réussit à la fin... Luigi Rossi. (*N.d.T.*)

calme, l'abbé récapitula les faits : si Mourai avait été empoisonné et si les soi-disant bubons de Pellegrino n'étaient que des pétéchies ou, mieux encore, de simples ecchymoses, il n'y avait qu'un seul pestiféré pour l'instant : Bedford.

Nous ouïmes frapper à la porte : Cristofano réunissait les pensionnaires dans les salles du rez-de-chaussée. Il avait, dit-il, des informations urgentes à nous communiquer. Dans l'entrée, nous vîmes tous les pensionnaires debout au pied de l'escalier, même s'ils observaient en raison des derniers événements de prudentes distances entre eux. Dans un coin, Devizé adoucissait l'instant grâce aux notes de son rondeau splendide et inquiétant.

« Le jeune Anglais aurait-il expiré ? » hasarda Brenozzi sans cesser de pincer son céleri.

Le médecin secoua la tête et invita tous les pensionnaires à prendre place. Son air renfrogné étouffa la dernière note sous les doigts du musicien français.

Je me rendis à la cuisine, où je commençai à m'escrimer avec les casseroles et les fourneaux pour préparer le repas.

Quand tout le monde se fut assis, le médecin ouvrit son sac, en tira un linge, essuya soigneusement sa transpiration (comme à son habitude, avant d'entamer un discours), et pour finir se racla la gorge.

« Très honorés messieurs, pardonnez-moi d'avoir déserté votre compagnie un peu plus tôt. Il était toutefois nécessaire de réfléchir à notre état présent, et j'ai conclu, dit-il dans le plus grand silence, j'ai conclu... répéta-t-il en roulant le linge en boule, que si nous ne voulons pas mourir, nous devons nous enterrer vivants. »

Le moment était arrivé, expliqua-t-il, de renoncer une fois pour toutes à déambuler dans l'auberge comme si de rien n'était. Nous ne pourrions plus nous entretenir l'un l'autre en aimables conversations, au mépris des recommandations qu'il nous faisait depuis quelques jours. Jusqu'à présent, le destin avait été presque trop bienveillant avec nous, et les mésaventures du vieux monsieur de Mourai et de Pellegrino s'étaient révélées étrangères à la peste ; mais désormais, les choses s'aggravaient et la peste que nous avions à tort évoquée s'était vraiment présentée au *Damoiseau*. Le calcul des minutes passées par tel ou tel autre pensionnaire en présence du pauvre Bedford était vain : il ne servait qu'à nourrir les soupçons. Le seul espoir de salut consistait à s'isoler volontairement dans des chambres séparées, afin d'éviter d'aspirer les humeurs d'autrui, ou d'être en contact avec les habits des autres pensionnaires, *et cetera, et cetera*. Nous devrions nous oindre et nous frotter régulièrement le corps avec des huiles et des baumes purifiants que le médecin préparerait, et nous ne nous assemblerions qu'à l'occasion des appels des hommes d'armes, comme celui du lendemain matin.

« Seigneur Jésus, se regimba le père Robleda, allons-nous attendre la Mort sur un coin du parquet, près de nos propres ordures ? Si je puis me permettre, ajouta le jésuite en adoucissant le ton, j'ai ouï dire que mon confrère Diego Guzman de Zamorra a fait une œuvre de préservation admirable à l'intention des jésuites missionnaires et de sa propre personne durant la peste de Perpignan, dans le royaume de Catalogne, au moyen d'un *remedium* très agréable au palais : un excellent vin blanc à boire à volonté, où l'on avait dissous une drachme de couperose et une demi-drachme de dictame blanc. Il faisait oindre tous ses frères d'huile de scorpion et leur servait de très bons repas. Personne ne tomba malade. Ne vaudrait-il pas la peine d'essayer ce remède avant de nous emmurer vivants ? »

Tandis que Robleda parlait, l'abbé Melani, dont l'enquête aurait été entravée par un possible isolement, opinait vigoureusement du chef : « Je sais, moi aussi, que le vin blanc de la meilleure qualité est considéré comme un excellent remède contre la peste et les fièvres putrides, confirma Atto avec force, même si l'eau-de-vie et la malvoisie le surpassent. L'eau que maître Anselmo Rigucci employa avec grand succès à Pistoia pour préserver les habitants contre l'épidémie est fort célèbre. Mon père racontait à mes frères et à moi-même que les évêques qui s'étaient succédé depuis des siècles dans l'administration pastorale de la ville en faisaient une grande consommation, et pas seulement pour se soigner. Il s'agissait, en effet, de cinq livres d'eau-de-vie aromatisée avec des herbes médicinales qu'on laissait ensuite reposer vingt-quatre heures dedans la cathédrale, dans un flacon hermétiquement clos. On ajoutait enfin six livres de très bonne malvoisie. Il en résultait une liqueur excellente, dont monseigneur l'évêque de Pistoia buvait deux onces chaque matin à jeun derrière le maître-autel, additionnées d'une once de miel. »

Le jésuite fit claquer sa langue de façon éloquente, tandis que Cristofano, la mine sceptique, secouait la tête et tentait en vain de reprendre la parole.

« Il me semble indéniable que de tels remèdes égayent les esprits, le devança Dulcibeni, mais je doute qu'ils parviennent à produire d'effets plus importants. J'ai, moi aussi, eu connaissance d'un savoureux électuaire que Ludovico Giglio da Cremona formula pendant l'épidémie de peste en Lombardie. Il consistait en un excellent condiment dont on devait étaler quatre drachmes sur du pain chaud, chaque matin à jeun : du miel rosé et un peu de sirop acéteux, additionnés d'agaric, de scammonée, de turbith et de safran. Mais tout le monde périt et si Giglio échappa à ses assaillants, ce ne fut que grâce à la petitesse du nombre et des forces des rescapés », conclut lugubrement le vieux gentilhomme des Marches en laissant entendre que nous avions, à son avis, bien peu de probabilités de nous en tirer.

« Eh oui, dit Cristofano, comme le cordial et stomachique tant loué de Tiberio Gariotto da Faenza. Une folie de maître confiseur : sucre rosé, eau-de-vie aromatisée, cinnamome, safran, santal et coraux rouges, à incorporer avec quatre onces de jus de cédrat et à laisser reposer quatorze heures. Il mélangeait ensuite le tout avec du miel cuit, bouillant et écumé. Et il y ajoutait autant de musc qu'il le fallait pour le parfumer. Mais lui, il fut assassiné. Ecoutez-moi donc, nous n'avons pas d'autre choix que de nous conformer à ce que je vous ai dit un peu plus tôt... »

Devizé ne le laissa pas terminer : « *Monsieur** Pompeo et notre chirurgien ont raison. Jean Gutierrez, médecin de Charles II de France, prétendait que ce qui est bon au palais ne peut purifier les humeurs. Toutefois, Gutierrez avait élaboré un électuaire qu'il vaudrait peut-être la peine d'essayer. Dites-vous bien que, pour récompenser les vertus de sa préparation, le roi lui donna une très grosse rente dans le duché de Lorraine. En effet, ce médecin incorporait dans son électuaire des douceurs telles que le miel cuit et écumé, vingt noix et quinze figues, ainsi qu'une grande quantité de rue, d'absinthe, de terre sigillée et de sel gemme. Il en administrait une demi-once soir et matin, commandait ensuite de boire une once d'un vinaigre blanc très fort pour accroître le dégoût. »

Il s'ensuivit une discussion animée entre les partisans des remèdes agréables au palais, menés par Robleda, et ceux du dégoût. J'y assistai, amusé (en dépit de la gravité du moment que nous traversions) de constater que chaque pensionnaire semblait avoir depuis toujours dans sa poche la recette résolutive contre la contagion.

Seul Cristofano continuait de secouer la tête : « Si vous le souhaitez, essayez donc tous ces remèdes, mais ne venez pas me chercher au prochain cas de peste !

— Ne pourrions-nous pas opter pour un isolement partiel ? proposa timidement Brenozzi. Ainsi, pendant la peste de 1556, on pouvait déambuler tranquillement dans les ruelles de Venise à la seule condition de tenir dans les mains les boules odoriférantes qu'avait conçues le philosophe et poète Girolamo Ruscelli. En effet, contrairement à l'estomac, le nez jouit des parfums, alors qu'il est contaminé par les mauvaises odeurs : musc du Levant, calament, clous de girofle, noix de muscade, lavande et huile de styrax pour le mélange. Ce philosophe en faisait des boules de la grosseur d'une noix avec sa coque, qu'il fallait tenir dans les deux mains, jour et nuit, durant l'épidémie. Elles furent infaillibles, mais seulement pour ceux qui réussirent à ne pas les lâcher un instant, et j'ignore combien ils furent. »

Cristofano s'impatienta et, se levant, déclara d'une voix de plus en plus grave et vibrante que peu lui importait que nous apprécions, ou pas, la réclusion : ce remède était le seul possible et, si nous le refusions, il s'enfermerait quant à lui dans sa chambre, où il me priait de lui apporter de quoi manger, et n'en sortirait qu'après avoir appris que tous les autres étaient morts, ce qui se produirait rapidement.

Un silence de mort s'abattit sur la pièce. Alors Cristofano continua en annonçant qu'au cas où nous nous déciderions à suivre ses commandements, il serait le seul, en qualité de médecin, à se mouvoir librement dans l'auberge pour assister les malades et examiner régulièrement les autres pensionnaires. Il lui faudrait un assistant pour veiller à l'alimentation et à l'hygiène des pensionnaires, étaler et faire pénétrer correctement les huiles et les baumes protecteurs. Mais il n'osait demander à l'un de nous de prendre autant de risques. Nous pouvions toutefois nous estimer heureux dans notre infortune, puisqu'il y avait parmi nous un individu – et il me jeta un coup d'œil tandis que je revenais de la cuisine – qui était, selon sa longue expérience de médecin, de nature très résistante aux maladies. Les regards se tournèrent vers moi : le médecin m'avait saisi par le bras.

« La condition particulière de cet apprenti, ajouta avec force le chirurgien de Sienne, le met, tout comme ses semblables, à l'abri de la peste. »

Tandis que la stupeur se peignait sur les visages, Cristofano énuméra les cas d'individus réfractaires constatés
durant les épidémies de peste et rapportés par les plus
grands auteurs. Les *mirabilia* se succédaient en augmentant
et prouvaient qu'un être de mon espèce pouvait aller jusqu'à
boire du pus de ganglion (c'est ce qui se passa réellement
pendant la peste noire, trois siècles plus tôt) sans en ressen-
tir d'autre effet que de légères brûlures à l'estomac.

« Fortunius Licetus rapproche leurs stupéfiantes propriétés à celles des monopodes, des cynocéphales, des
satyres, des cyclopes, des tritons et des sirènes. Selon les
catégories établies par le père Gaspard Schott, plus ces
sujets ont les membres proportionnés entre eux, plus ils
sont à l'abri de la peste, conclut Cristofano. Eh bien, nous
voyons tous que ce garçon est assez bien fait, dans son
genre : épaules solides, jambes droites, traits réguliers,
dents saines. La fortune a voulu qu'il rentre dans la catégorie des *mediocres* de sa race, et non des disgracieux *minores*
ou, Dieu nous en préserve, des malheureux *minimi*. Nous
pouvons donc être tranquilles. D'après Nierembergius, ceux
de son espèce naissent déjà pourvus des dents, des cheveux
et des parties honteuses des adultes. A sept ans, ils sont déjà
barbus, à dix ans aussi forts que des géants et en mesure
d'engendrer des enfants. Johannes Eusebius dit en avoir vu
un qui, à l'âge de quatre ans, possédait déjà une fort élé-
gante chevelure et une barbe. Pour ne pas parler du légen-
daire Popobawa, qui, avec ses énormes attributs, assaille et
sodomise dans leur sommeil les robustes mâles d'une petite
île africaine, lesquels présentent des contusions et des frac-
tures après leur vaine lutte. »

Le père Robleda fut le premier à choisir le camp du
médecin, lequel s'assit tout frémissant et à nouveau en
sueur. Le manquement d'autres solutions tout aussi
valables et la peur d'être abandonnés par Cristofano conduisirent les autres à accepter tristement l'isolement. L'abbé
Melani ne souffla mot.

Tandis que les pensionnaires se levaient pour se disper-
ser dans les étages, le médecin leur dit qu'ils pouvaient s'attarder à la cuisine, où je leur distribuerais un repas chaud
et du pain grillé. Il m'ordonna de ne servir le vin qu'après
l'avoir abondamment coupé, car il transiterait ainsi plus
facilement dans l'estomac.

J'imaginais combien les malheureux pensionnaires

auraient aimé l'aide culinaire de monsieur Pellegrino. Mais j'étais le seul à m'occuper de l'auberge et, malgré mes efforts, je me contentais de préparer les repas à l'aide de graines ramollies et de ce que je grappillais dans le vieux garde-manger en bois de la cuisine, sans entamer, ou presque, les riches réserves de la cave. D'habitude, je complétais ce plat avec des fruits, des légumes et le pain d'un baïoque qu'on nous livrait avec les outres d'eau. Au moins, me consolais-je, j'épargnais les provisions de mon maître, déjà exposées à la mise à sac continuelle qu'opérait Cristofano pour ses électuaires, baumes, huiles, trochisques, élixirs et boules curatives.

Toutefois, ce soir-là, afin de réconforter les pensionnaires, je m'étais un peu exercé et j'avais préparé un potage avec des œufs au bain-marie et des gesses ; pour l'accompagner, des paupiettes de pain trempé et des sardines au sel hachées avec des fines herbes et des raisins secs ; et pour terminer, des racines de chicorée bouillies avec du moût cuit et du vinaigre. Et j'avais saupoudré le tout d'une pincée de cannelle : la précieuse épice des riches surprendrait les palais et ragaillardirait les esprits.

« Elles sont brûlantes ! » annonçai-je avec une bonne humeur forcée à Dulcibeni et au père Robleda, qui s'étaient approchés d'un air sinistre pour lorgner les racines.

Mais je n'obtins pas de commentaire et ne lus aucune consolation dans leurs grimaces.

⚜

L'idée que ma condition particulière pût constituer, selon le médecin, une arme contre les assauts de l'épidémie me remplit pour la première fois de l'ivresse qui accompagne l'orgueil. Et si certains détails m'avaient laissé rêveur (à l'âge de sept ans, j'étais évidemment imberbe et je n'étais pas né pourvu de dents ni de gigantesques attributs), je me sentis soudain supérieur aux autres. Eh oui, me dis-je en repensant à la décision de Cristofano, c'était légitime. Les pensionnaires dépendaient de moi. Cela expliquait la légèreté avec laquelle le médecin m'avait autorisé à dormir dans la même chambre que mon maître, lorsque celui-ci était inconscient ! Je retrouvai un peu de bonne humeur, que je réprimai respectueusement.

A chi vive ogn'or contento
Ogni mese è primavera [1]...

J'ouïs chantonner à mes côtés. C'était l'abbé Melani.

« Quelle mine gaie, persifla-t-il. Garde-la jusqu'à demain. Nous en aurons besoin. »

L'idée de l'appel du matin me ramena sur terre.

« Voudrais-tu bien m'accompagner vers ma triste clôture ? demanda-t-il avec un petit sourire après avoir consommé son repas.

— Vous regagnerez votre chambre tout seul, l'apostropha Cristoforo. J'ai besoin de ce jeune homme, et sans différer. »

S'étant débarrassé aussi brusquement d'Atto Melani, le médecin me commanda de laver les assiettes et les couverts des pensionnaires. Dès lors, dit-il, je devrais le faire au moins une fois par jour. Il me manda chercher deux grosses bassines, des linges propres, des coques de noix, de l'eau pure et du vin blanc puis m'emmena au chevet de Bedford. Il se rendit ensuite dans sa propre chambre, à côté, pour prendre le coffret contenant ses instruments de chirurgien, ainsi que plusieurs besaces.

A son retour, je l'aidai à déshabiller le jeune Anglais, qui brûlait comme un chaudron dans la cheminée et qui se remettait de temps à autre à divaguer.

« Les ganglions sont trop chauds, observa Cristofano, tout alarmé. Il faudrait les enterrer.

— Les enterrer ?

— Il s'agit d'un grand et miraculeux secret pour guérir rapidement la peste, que le chevalier Marco Leonardo Fioravanti, illustre médecin de Bologne, a laissé sur son lit de mort. Que ceux qui ont déjà des bubons se fassent ensevelir dans une fosse, à la réserve du cou et de la tête, qu'ils y demeurent douze ou quatorze heures et qu'ils se fassent ensuite tirer dehors. Ce secret peut être employé dans tous les endroits du monde sans intérêt ni frais.

— Et quel effet a-t-il ?

— La terre est mère, elle purifie toutes les choses, elle enlève les taches sur le linge, ramollit les viandes dures en l'espace de quatre ou six heures. Enfin, il ne faut pas l'oublier, il existe à Padoue des bains de boue qui guérissent de nombreuses maladies. Un autre remède d'une grande auto-

---

1. Pour celui qui vit chaque heure content/ chaque mois est le printemps..., *A chi vive ognor contento*, Luigi Rossi. (*N.d.T.*)

rité consisterait à passer de trois à douze heures dans l'eau salée de la mer. Hélas, nous sommes cloîtrés et nous ne pouvons pas appliquer ces méthodes. Il ne nous reste plus qu'à faire au pauvre Bedford une saignée qui refroidira les bubons. Toutefois nous devons apaiser auparavant les humeurs corrompues. »

Il prit une boîte en bois.

« Ce sont mes muscadins impériaux, très attractifs pour l'estomac.

— Qu'est-ce que cela signifie ?

— Ils attirent tout ce qu'il y a dans l'estomac et le poussent au-dehors, affaiblissant la mauvaise résistance que le malade pourrait opposer aux opérations du médecin. »

Il saisit des deux doigts un trochisque – en d'autres termes, une de ces préparations sèches de diverses formes que préparent les apothicaires. Non sans effort, nous parvînmes à le faire avaler à Bedford, qui se tut incontinent et parut presque étouffer. Secoué de tremblements et de quintes de toux, il commença à baver et finit par régurgiter une quantité de choses malodorantes dans la cuvette que nous avions placée tout exprès sous son nez.

Cristofano examina et renifla le liquide d'un air satisfait.

« Prodigieux, ces muscadins, n'est-ce pas ? Et pourtant ils constituent une synthèse d'une grande simplicité : une once de sucre candi violet, cinq onces d'iris et autant de coquille d'œuf en poudre, une drachme de musc, une drachme d'ambre gris, des adragantes et de l'eau rose séchées au soleil, récitait Cristofano avec satisfaction tout en s'employant à contenir les éclaboussures du malade. Chez les sujets sains, ils combattent en revanche le manque d'appétit, même s'ils sont moins forts que l'*aromaticum*, ajouta-t-il. A propos, rappelle-moi de t'en donner pour la distribution des repas, au cas où l'un des pensionnaires refuserait de manger. »

Après avoir lavé et rhabillé le pauvre Anglais, qui, les yeux mi-clos, gardait maintenant le silence, le médecin entreprit de le piquer à l'aide de ses instruments.

« Ainsi que l'enseigne maître Eusebio Scaglione da Castello a Mare, dans le royaume de Naples, il faut prélever le sang dans les veines provenant des endroits où les ganglions sont apparus. La veine de la tête correspond au bubon du cou, et la veine commune à ceux du dos. Mais dans le cas présent, nous allons inciser la veine du poignet, qui arrive du ganglion situé sous son aisselle, puis celle du pied, qui correspond au gros bubon de l'aine. Donne-moi la cuvette propre. »

Il me commanda de chercher dans ses sacs les pots portant l'inscription dictame blanc et tormentille ; de prendre deux pincées de chaque produit, et de les administrer à Bedford après les avoir mélangés avec trois doigts de vin blanc. Il me dit ensuite de piler dans le mortier une herbe appelée pied de corbeau, avec laquelle je dus remplir deux demi-coquilles de noix que le médecin utilisa, après la saignée, pour boucher les trous sur le poignet et sur la cheville du pauvre pestiféré.

« Bande-le en serrant bien les noix. Je les changerai deux fois par jour jusqu'à ce que disparaissent les bulles, que je percerai ensuite pour en exprimer l'eau empoisonnée. »

Bedford commença à trembler.

« Ne l'avons-nous pas trop saigné ?

— Allons donc ! C'est la peste, qui gèle le sang dans les veines. Je l'avais prévu : j'ai préparé un mélange d'ortie, mauve, aigremoine, centaurée, origan, pouliot, gentiane, laurier, styrax liquide, benjoin et acore pour un bain de vapeur très salutaire. »

Et il tira d'un enchevêtrement de feutre noir un flacon en verre. Nous redescendîmes à la cuisine où il me commanda de faire bouillir le contenu du flacon avec beaucoup d'eau dans le chaudron le plus grand de l'auberge. Il contrôlait pendant ce temps la cuisson du mélange de farine de foin grec, graines de lin et racines d'althæa, auquel il ajouta du lard de porc trouvé dans la cave de monsieur Pellegrino.

De retour dans la chambre du malade, nous enveloppâmes Bedford dans cinq couvertures et le plaçâmes au-dessus du chaudron fumant que nous avions transporté jusque là au prix de grandes difficultés et au risque de nous brûler.

« Il faut qu'il transpire le plus possible : la sueur amenuise les humeurs, élargit les pores et réchauffe le sang gelé afin que la corruption de la peau ne tue pas brusquement. »

Mais le malheureux Anglais ne semblait pas d'accord. Il gémit de plus en plus fort en haletant et en toussant, en tendant les mains et en écartant les doigts de pied dans des spasmes de douleur. Puis il se calma soudain. On l'aurait cru évanoui. Sans l'éloigner du chaudron, Cristofano entreprit de perforer les bubons à l'aide d'une aiguille, à trois ou quatre endroits différents, avant d'y étaler l'emplâtre de lard de porc. Une fois l'opération menée à terme, nous le recouchâmes. Il n'eut pas le moindre mouvement, mais il respirait. Le fait que le détracteur le plus implacable des pratiques médicales de Cristofano y fût justement soumis était un véritable caprice du destin, me fis-je la réflexion.

« Maintenant, laissons-le en repos et confions nos espoirs à Dieu », dit gravement le médecin.

Il me mena dans sa propre chambre, où il me remit un sac contenant des onguents, des sirops et des fumigations, destinés aux autres pensionnaires. Il m'en illustra l'usage et les visées thérapeutiques, me fournissant aussi quelques notes. Certains *remedia* étaient plus efficaces sur certaines constitutions que sur d'autres. Ainsi, le père Robleda, toujours inquiet, risquait de contracter la peste la plus mortelle, au cœur ou au cerveau. Une attaque au foie serait moins grave, pour lui, car les ganglions soulageaient l'organe. Je devais commencer sans tarder, insista Cristofano.

❧

Je n'en pouvais plus. Je gravis l'escalier chargé de ces petits flacons que je haïssais déjà, pour rejoindre mon lit dans le grenier. Mais, arrivé au deuxième étage, je fus attiré par les murmures de l'abbé Melani. Il m'attendait en jetant des regards circonspects à travers l'ouverture de sa porte, au fond du couloir. Je m'approchai. Sans me laisser le temps d'ouvrir la bouche, il chuchota à mon oreille que le comportement étrange de certains pensionnaires, au cours de ces dernières heures, lui avait donné lieu de réfléchir grandement à notre situation.

« Craignez-vous peut-être pour la vie d'un de nous ? murmurai-je, aussitôt alarmé.

— C'est possible, mon garçon, c'est possible », répliqua-t-il hâtivement tout en m'entraînant par le bras dans sa chambre.

Après avoir tiré le verrou, il m'expliqua que le délire de Bedford, qu'il avait été en mesure d'ouïr à travers la porte de la chambre où gisait le pestiféré, révélait sans l'ombre d'un doute que l'Anglais était un fuyard.

« Un fuyard ? Fuyant quoi ?

— Un exilé, qui attend des temps meilleurs pour regagner sa patrie », pontifia l'abbé avec une mine impertinente en tapotant de l'index la fossette de son menton.

C'est ainsi qu'Atto me rapporta un certain nombre d'affaires et de circonstances qui auraient une grande importance au cours des jours à venir. Le mystérieux Guillaume que Bedford avait mentionné n'était autre que le prince d'Orange, candidat au trône d'Angleterre.

Comme notre conversation s'annonçait longue, je me relâchai un peu.

Le problème, disait Atto, c'était que le roi actuel n'avait pas eu d'enfants légitimes. Il avait donc désigné son frère comme successeur, mais celui-ci étant catholique, il ramènerait la Vraie Religion sur le trône d'Angleterre.

« Et alors ? intervins-je, en proie à un bâillement.

— Les nobles anglais, qui adhèrent à la religion réformée, ne veulent pas d'un roi catholique, ils tramment donc en faveur de Guillaume, qui est un protestant très ardent. Allonge-toi sur mon lit, mon garçon, dit l'abbé avec une petite voix douce en m'indiquant sa couche.

— Alors, l'Angleterre risque de redevenir à jamais hérétique ! m'exclamai-je en posant la besace de Cristofano et en obéissant sans me faire prier, tandis qu'Atto se dirigeait vers le miroir.

— Eh oui. C'est la raison pour laquelle il existe à présent deux factions en Angleterre. La première, protestante orangiste, et la seconde, catholique. Même s'il ne le confessera jamais, notre Bedford appartient sans doute à la première, expliqua-t-il alors que l'arc aigu de ses sourcils, dont je voyais le reflet dans le miroir, traduisait la faible satisfaction que leur propriétaire tirait de l'examen de sa propre image.

— Et vous, comment le déduisez-vous ? demandai-je en lui lançant un regard intrigué.

— D'après ce que j'ai pu comprendre, Bedford s'est attardé un moment en Hollande, terre des calvinistes.

— Mais il y a aussi des catholiques en Hollande. Certains de nos pensionnaires y ont passé un certain temps, et ils sont à l'évidence fidèles à l'église de Rome...

— Certes. Mais les provinces unies de Hollande sont également la terre de Guillaume. Il y a une dizaine d'années, le prince d'Orange a battu l'armée envahissante de

Louis XIV. Et maintenant la Hollande est la citadelle des conspirateurs orangistes, repartit Atto qui, s'étant pourvu d'un pinceau et d'une petite boîte avec un soupir d'impatience, peignait en rouge ses pommettes légèrement saillantes.

— Bref, vous pensez que Bedford est allé en Hollande pour conspirer en faveur du prince d'Orange, commentai-je en m'efforçant de ne pas trop le regarder.

— Mais non, n'exagère pas. » Il jeta un coup d'œil satisfait au miroir et se tourna vers moi. « Je crois que Bedford fait simplement partie de ceux qui voudraient Guillaume sur le trône, d'autant plus – ne l'oublie pas – que l'Angleterre regorge d'hérétiques. Il est sans doute l'un des nombreux messagers qui vont et viennent entre les deux rives de la Manche, au risque d'être tôt ou tard arrêtés et conduits dans la prison de la tour de Londres.

— En effet, Bedford a mentionné une tour dans son délire.

— Tu vois bien que nous approchons de la vérité, continua-t-il en saisissant une petite chaise et en s'asseyant près du lit.

— C'est incroyable », commentai-je tandis que le sommeil s'éloignait.

J'étais intimidé et échauffé par ces récits extravagants. Des conflits lointains et puissants entre les souverains d'Europe s'insinuaient dans l'auberge où je n'étais qu'un pauvre apprenti.

« Mais qui est ce prince Guillaume d'Orange, monsieur Atto ? demandai-je.

— Oh, un grand soldat, criblé de dettes. Un point c'est tout, répondit-il d'une voix sèche. Pour le reste, sa vie est absolument plate et terne, à l'instar de sa personne et de son esprit.

— Un prince sans le sou ?

— Eh oui. S'il n'était pas toujours à court d'argent, le prince d'Orange se serait peut-être déjà emparé du trône d'Angleterre par la force. »

Pensif, je me tus.

« En tous les cas, je n'aurais jamais soupçonné Bedford d'être un fuyard, repris-je un peu plus tard.

— Nous en avons un autre. Un individu qui vient de loin, et lui aussi d'une ville maritime, ajouta l'abbé avec un petit sourire, alors que son visage, de plus en plus proche, me dominait.

— Brenozzi, le Vénitien ? ! m'exclamai-je en me redressant brusquement et en assenant un coup de tête involontaire au nez crochu de l'abbé, qui poussa un gémissement.

— Tout juste. »

Il se leva en se frottant le nez.

« Comment pouvez-vous en être certain ?

— Si tu avais écouté Brenozzi avec plus de perspicacité, et surtout si ta connaissance des choses du monde était plus vaste, tu aurais sans nul doute décelé une bizzarerie dans ses propos, répondit-il sur un ton vaguement irrité.

— Eh bien, il a dit qu'un cousin...

— Qu'un lointain cousin natif de Londres lui avait appris l'anglais grâce à leur correspondance. Une explication pour le moins étrange, ne te semble-t-il pas ? »

Et il me rappela comment le verrier m'avait entraîné de force dans l'escalier et, presque hors de lui, m'avait soumis à quantité de questions sur l'assaut turc et l'épidémie qui pliait peut-être Vienne, avant de mentionner les marguerites.

Il ne s'agissait pas d'une fleur, poursuivit Atto, mais d'un des plus précieux trésors de la Sérénissime République de Venise, que celle-ci était prête à défendre de toutes les manières possibles et qui était la cause des difficultés présentes de notre Brenozzi. Les îles qui sont situées au cœur de la lagune vénitienne renferment en effet des richesses secrètes auxquelles les doges, qui sont depuis de nombreux siècles les chefs de cette République Sérénissime, tiennent particulièrement. C'est dans ces îles que se dressent les manufactures du verre et de perles, dites *margaritae* en latin. Leur travail repose sur des secrets transmis par de nombreuses générations, dont les Vénitiens sont fiers et extrêmement jaloux.

« Alors, les marguerites qu'il avait évoquées et les perles qu'il a ensuite glissées dans ma main ne sont qu'une seule et même chose ! m'exclamai-je, les idées brouillées. Mais quelle valeur pouvaient-elles avoir ?

— Tu ne peux même pas l'imaginer. Si tu avais fait le dixième des voyages que j'ai moi-même accomplis, tu saurais que le sang des Vénitiens coule et coulera encore pendant longtemps sur ces beaux joyaux de Murano », dit Atto en s'asseyant à sa table.

Les maîtres verriers et leurs apprentis jouissaient, par

tradition, d'une période de liberté à l'automne. Ils pouvaient alors suspendre le labeur de leurs manufactures, remettre à neuf les fours dans lesquels le verre était travaillé et se rendre à l'étranger pour le commerce. Mais nombreux étaient les maîtres verriers qui s'endettaient ou connaissaient des difficultés à cause de l'engourdissement périodique des ventes. Leurs voyages à l'étranger se transformaient alors en précieuses occasions pour fuir à la recherche d'un meilleur destin. Les maîtres verriers trouvaient à Paris, à Londres, à Vienne et à Amsterdam, mais aussi à Rome ou à Gênes, des patrons plus généreux et un commerce où la concurrence était moindre.

Cependant les magistrats du Conseil des Dix de Venise n'aimaient guère ces fuites : ils n'avaient nullement l'intention de perdre le contrôle d'un art qui avait apporté autant d'argent dans les caisses des doges. Ils avaient donc confié cette affaire aux inquisiteurs d'Etat, le conseil spécial chargé de veiller à ce qu'aucun secret susceptible de porter préjudice à la République Sérénissime ne fût divulgué.

Pour les inquisiteurs, il était presque trop aisé de deviner si un verrier s'apprêtait à prendre le large. Il suffisait d'observer les artisans de la lagune pour déterminer si la mauvaise humeur se répandait parmi eux et s'ils entretenaient des rapports avec les recruteurs de verriers que les puissances étrangères dépêchaient pour faciliter leur fuite. Suivis pas à pas, rue après rue, les recruteurs menaient directement les inquisiteurs à la porte de ceux qui se préparaient à fuir. Mais le jeu était également risqué pour les émissaires imprudents des étrangers, qu'il n'était pas rare de retrouver dans un canal, la gorge tranchée.

Si de nombreux Vénitiens parvenaient enfin à s'embarquer, on les débusquait rapidement à l'étranger grâce au réseau d'ambassadeurs et de consuls qu'avait la république vénitienne. Des intermédiaires discrets, mandés par Venise, tentaient de les persuader de rentrer en multipliant promesses et caresses. Ils offraient une amnistie à ceux qui avaient enfreint la loi (et même aux meurtriers), un délai de paiement à ceux dont la fuite était dictée par des dettes trop importantes.

« Et les verriers rentraient-ils ?

— Tu devrais dire "rentrent", car cette tragédie se répète encore, et je crois même dans cette auberge. »

Ceux qui n'acceptaient pas les offres insistantes de la république sérénissime, poursuivit l'abbé, étaient soudain

abandonnés à eux-mêmes. Les émissaires de Venise inter-
rompaient visites et propositions afin de troubler ou d'alarmer subtilement les verriers. Enfin, au bout d'un certain
temps, ils passaient aux menaces, aux poursuites, sacca-
geaient les boutiques nouvellement ouvertes en terre étrangère au prix de grands sacrifices.

Certains verriers cèdent, d'autres s'enfuient à nouveau
en emportant ailleurs les secrets du métier. D'autres encore
résistent là où ils se sont établis. C'est contre ces derniers
que les inquisiteurs s'acharnent. Leurs lettres sont systéma-
tiquement interceptées. Les membres de leur famille
demeurés à Venise se voient menacés et frappés de l'interdit
de s'expatrier. Leurs femmes épiées et sévèrement punies si
elles approchent un quai.

Les indomptables sont bannis sans aucun avertissement. L'on attend qu'ils soient au comble du désespoir pour
leur proposer le retour et le confinement à vie dans la petite
île de Murano.

Les récalcitrants sont livrés à des tueurs habiles et discrets. Un rebelle est tué, pensent les inquisiteurs, et cent
sont instruits. On préfère souvent le poison à l'arme
blanche, qui témoigne de la mort violente.

« Voilà pourquoi notre Brenozzi est aussi inquiet,
conclut l'abbé Melani. Le faiseur de perles, de verre ou de
miroirs qui fuit Venise est plongé dans un véritable enfer.
Il voit des crimes et des trahisons partout, ne dort que d'un
œil, marche en regardant toujours derrière lui. Et Brenozzi
a certainement connu les violences et les menaces des inquisiteurs.

— Et moi qui ai naïvement pris peur en entendant
Cristofano disserter sur les pouvoirs de mes perles ! m'exclamai-je non sans honte. Je comprends maintenant pourquoi Brenozzi m'a demandé, la mine méchante, si elles me
suffisaient. Avec ces trois perles, il comptait acheter mon
silence.

— Bien, tu as compris.

— Mais n'est-il pas étrange, à votre opinion, qu'il y ait
deux fuyards dans cette auberge ? dis-je en songeant à Bedford et Brenozzi.

— Non, pas vraiment. Ceux qui fuient Londres et
Venise sont nombreux depuis quelques années. Il est probable que ton maître renâcle à jouer l'espion, tout comme
madame Luigia Bonetti, qui tenait l'auberge avant lui. Le
Damoiseau est peut-être considéré comme un hôtel "tran-

quille", où ceux qui fuient de gros problèmes peuvent trouver refuge. Le nom de ce genre d'endroits court souvent sur les lèvres des exilés. N'oublie pas : le monde regorge d'individus désireux de fuir leur passé. »

Je m'étais levé. Après m'être emparé de la besace, je versai dans une écuelle le sirop pour l'abbé Melani que m'avait indiqué le médecin. Je lui expliquai brièvement ce dont il s'agissait, et Atto le but sans discuter. Puis, en chantonnant, il alla ranger les papiers qui encombraient sa table :

In questo duro esilio [1]...

L'abbé Melani savait étrangement puiser dans son répertoire poétique le morceau adapté à chaque situation. Il devait conserver une affection tendre et bien vive pour la mémoire de son maître romain, le *seigneur** Luigi, ainsi qu'il l'appelait.

« Le pauvre Brenozzi est donc très inquiet, reprit l'abbé Melani. Il est possible qu'il te demande une nouvelle fois de l'aide. A propos, mon garçon, tu as une goutte d'huile sur la tête. »

Il ôta la petite perle sur mon front du bout du doigt, qu'il suça après l'avoir porté à ses lèvres avec insouciance.

« Selon vous, le poison qui aurait tué Mourai est-il lié à Brenozzi ? lui demandai-je.

— J'exclurais cette hypothèse, répondit-il avec un sourire. A mon opinion, notre pauvre verrier est le seul à le craindre.

— Pourquoi m'a-t-il questionné à propos du siège de Vienne ?

— Et toi, plutôt, dis-moi où se trouve la République Sérénissime ?

— Près de l'empire, ou plutôt au sud et...

— Cela me suffit. Si Vienne capitule, les Turcs se répandront vers le sud et pénétreront à Venise, après quelques jours de marche. Notre Brenozzi a sans doute passé un certain temps en Angleterre, où il a pu apprendre discrètement l'anglais lui-même, et non avec l'aide d'une prétendue correspondance. Il aimerait probablement rentrer à Venise, mais il s'est rendu compte que le moment n'était pas favorable.

---

1. *Dans ce dur exil...* de Luigi Rossi. (*N.d.T.*)

— Oui, il risque de se retrouver dans la gueule des Turcs.

— Exactement. Il a sans doute poussé jusqu'à Rome en espérant y ouvrir une boutique et se mettre à l'abri. Mais il s'est aperçu que la peur règne également ici : si les Turcs l'emportent à Vienne, ils gagneront d'abord Venise puis le duché de Ferrare. Ils traverseront les terres de Romagne, les duchés d'Urbino et de Spolète, ils laisseront Viterbe sur leur droite, derrière les douces collines de l'Ombrie, pour se diriger sur...

— Sur nous, frissonnai-je en mesurant clairement, peut-être pour la première fois, le péril qui nous menaçait.

— Il est inutile que je t'explique ce qui se produirait dans un tel cas. Le sac de Rome qui a eu lieu il y a cent cinquante ans sera peu de chose en comparaison. Les Turcs dévasteront l'Etat pontifical en menant leur férocité naturelle à ses conséquences les plus extrêmes. Eglises et basiliques seront toutes rasées, à commencer par Saint-Pierre. Prêtres, évêques et cardinaux seront arrachés à leurs demeures et égorgés, les crucifix et autres symboles de la foi extirpés et incendiés. Le peuple sera dépouillé, les femmes horriblement violées, villes et campagnes seront à jamais ruinées. Et si cette première débâcle a lieu, toute la chrétienté sera à la merci du torrent turc. »

Sortant des forêts du Latium, l'armée des infidèles renverserait le grand-duché de Toscane et le duché de Parme puis, passant par la république sérénissime de Gênes et par le duché de Savoie, elle se répandrait (c'est alors, seulement, que je vis une pointe d'horreur authentique se peindre sur le visage de l'abbé Melani) dans les territoires français en direction de Marseille et de Lyon. Elle serait ensuite à même, théoriquement du moins, de marcher sur Versailles.

A nouveau, je cédai au découragement. Prenant congé d'Atto sous un prétexte quelconque, je ramassai la besace et m'éloignai en gravissant l'escalier en diligence jusqu'à la courte volée de marches qui menait à la petite tour.

❧

Je laissai déborder mon trouble, m'abandonnant à un soliloque inconsolable. J'étais prisonnier d'une auberge qui, soupçonnait-on de façon raisonnable désormais, abritait la maladie de la peste. Alors que les paroles du médecin, qui préfiguraient une résistance de ma personne aux maladies, m'avaient ragaillardi, Melani m'annonçait que je risquais, en sortant de l'auberge, de trouver Rome aux mains des fidèles sanguinaires de Mahomet. J'avais toujours su que je pouvais compter uniquement sur la bonté d'âme de quelques personnes, dont Pellegrino, qui m'avait arraché avec bienveillance aux dangers et aux difficultés de la vie. Désormais, je n'avais plus qu'un seul appui : la compagnie, sans doute intéressée, d'un abbé castrat doublé d'un espion, dont les enseignements n'étaient pour moi qu'une source d'angoisse. Et les autres pensionnaires de l'auberge ? Un jésuite au tempérament bilieux, un gentilhomme des Marches ombrageux et distant, un guitariste français aux manières brusques, un médecin toscan aux idées confuses et peut-être dangereuses, un verrier vénitien fuyant sa patrie, un séduisant poète napolitain, sans oublier mon maître et Bedford, qui gisaient, impuissants, dans leurs lits. Au moment où je percevais avec une acuité sans égale mon sentiment de solitude, mes chuchotements furent interrompus par une force invisible, qui me renversa sur le sol. Le pensionnaire que j'avais négligé, au cours de mon inventaire presque muet, se pencha sur moi.

« Tu m'as fait peur, imbécile. »

Ayant senti une présence étrangère derrière sa porte (contre laquelle j'étais effectivement appuyé), Cloridia l'avait brusquement ouverte, me faisant rouler dans sa chambre. Je me levai sans même tenter de me justifier et je m'essuyai le visage en toute hâte.

« Et puis, poursuivit-elle, il existe de pires malheurs que la peste ou les Turcs.

— Avez-vous entendu mes pensées ? répliquai-je avec surprise.

— Avant tout, tu ne pensais pas, car ceux qui pensent vraiment n'ont point de temps pour les lamentations. Et puis, nous sommes en quarantaine car l'on soupçonne ces lieux d'abriter une épidémie, et depuis quelques semaines personne ne dort, à Rome, sans rêver des Turcs qui entrent par la Porta del Popolo. Pour quelle raison devrais-tu donc gémir ? »

Elle me tendit une assiette sur laquelle reposait un verre d'eau-de-vie à moitié rempli et un biscuit à l'anis. Je m'apprêtai à m'asseoir timidement sur le bord de son haut lit.

« Non, pas là. »

Je me relevai incontinent, renversant une partie de la liqueur sur le tapis, rattrapant par miracle le biscuit, mais couvrant le lit de miettes. Cloridia ne dit rien. Je bredouillai une excuse et tentai de remédier à ce petit désastre, me demandant pourquoi elle ne m'avait pas âprement réprimandé, comme en avaient l'habitude monsieur Pellegrino et tous les pensionnaires de l'auberge (à l'exception, en vérité, de l'abbé Melani, qui avait eu à mon égard une attitude plus libérale).

La jeune femme qui se dressait devant moi était la seule personne sur le compte de laquelle je savais des choses aussi rares que certaines. Mes relations avec elle se limitaient aux repas que mon maître me commandait de lui préparer et de lui porter, aux billets scellés qu'elle me priait parfois de remettre à tel ou tel messager, aux jeunes servantes dont elle changeait souvent et qu'elle instruisait à chaque fois dans l'usage de l'eau et du garde-manger de l'auberge. Pour le reste, j'ignorais totalement comment elle vivait dans la petite tour, où elle recevait des invités par le passage qui donnait sur les toits, et je n'avais besoin de rien savoir.

Ce n'était pas une simple prostituée, c'était une courtisane : trop riche pour être une putain, trop avide pour ne pas l'être. Même si cela ne suffit pas pour deviner ce qu'est une courtisane et dans quels arts elle est passée maîtresse.

Car ce qu'on faisait dans les étuves – ces bains de vapeur chaude qu'un Allemand avait importés à Rome et qu'on recommandait pour éliminer les humeurs putrides par la sueur, des bains tenus principalement par des femmes de mauvaise vie (il y en avait un à deux pas du *Damoiseau* qu'on considérait comme le plus célèbre et le plus ancien de Rome et qui portait justement le nom d'Etuve des femmes) – était bien connu, tout comme les commerces qu'on pouvait avoir avec certaines femmes non loin de Sant'Andrea delle Fratte, ou près de la via Giulia, de Santa Maria in Via. Et il était de notoriété publique qu'un commerce identique se déroulait jusque dans les appartements de la paroisse, à Santa Maria in Monterone ; que les pontifes avaient dû interdire au clergé, au cours des siècles précédents, de vivre au contact de ces femmes, et que ces interdits avaient souvent été négligés ou contournés. Enfin, la nature des êtres qui se dissimulaient derrière les nobles prénoms latins de Lucrezia, Cornelia, Medea, Pentesilea, Flora, Diana, Vittoria, Polissena, Prudenzia ou Adriana, n'était un secret pour personne, tout comme l'identité de Duchesse et de Révérendissime – qui avaient osé voler leur titre à leurs illustres protecteurs –, les convoitises que Selvaggia ou Smeralda aimaient susciter, le vrai visage de Fleur de Crème, la raison pour laquelle Gravida portait ce prénom et le métier que faisait Lucrezia La Trompeuse.

A quoi bon enquêter ? Un siècle plus tôt, on avait recensé les catégories suivantes : prostituées, putains de cour, de lanterne, de chandelle, de jalousie, de châssis, femmes de parti ou de sort mineur, tandis que des comptines burlesques connaissaient aussi les dominicales, les bigotes, les osinianes, les guelfes, les gibelines et mille autres encore. Combien étaient-elles ? Assez pour que Léon X, au moment de rénover la rue qui mène à la piazza del Popolo, impose un tribut à celles qui peuplaient le quartier. Sous le pape Clément VII, certains juraient qu'il y avait une mercenaire pour dix Romains (à laquelle il fallait ajouter les entremetteurs et les souteneurs), et saint Augustin avait peut-être raison lorsqu'il affirmait que si les prostituées disparaissaient, tout serait bouleversé par des licences effrénées.

Or les courtisanes appartenaient à une tout autre catégorie. Avec elles, le jeu amoureux se transformait en sublime exercice, auquel pouvait se mesurer non plus l'appétit du marchand ou du soldat, mais l'esprit des ambassadeurs, des princes et des cardinaux. L'esprit. Car avec les hommes, la courtisane rivalise victorieusement en vers. C'est le cas de Gaspara Stampa, qui consacre un ardent chansonnier à Collatino di Collalto ; de Veronica Franco qui défie, au lit et en vers, les puissants de la famille Venier ; d'Imperia, la reine des courtisanes romaines, qui savait forger avec grâce des madrigaux et des sonnets, qui fut aimée par des talents aussi illustres et opulents que Tommaso Inghirami, Camillo Porzio, Bernardino Capella, Angelo Colocci et le très riche Agostino Chigi, et qui posa pour Raphaël, allant peut-être jusqu'à rivaliser avec la Fornarina elle-même (Imperia se donna la mort, mais avant qu'elle n'expire, le pape Jules II lui accorda l'absolution intégrale de ses péchés et Chigi lui fit élever un monument). La célèbre Mamèreneveutpas, ainsi surnommée en raison d'un insouciant refus juvénile, connaissait par cœur tout Pétrarque et Boccace, Virgile, Horace et cent autres auteurs.

Voilà, la femme qui se tenait devant moi appartenait, comme le dit L'Arétin, à cette armée d'effrontées dont le luxe affaiblit Rome, alors que nos femmes se promènent couvertes dans les rues en marmonnant des Pater.

« Es-tu venu, toi aussi, me demander ce que l'avenir te réserve ? m'interrogea Cloridia. Veux-tu la bonne nouvelle ? Les choses du futur, et je le dis à tous ceux qui entrent ici, ne sont pas toujours telles qu'on les désire. »

Perplexe, je gardai le silence. Je croyais tout connaître de cette femme, mais j'ignorais qu'elle était en mesure de prédire l'avenir.

« Je ne m'y entends guère en magie. Et si tu souhaites connaître les mystères des étoiles, il te faut aller consulter quelqu'un d'autre. En revanche, si l'on ne t'a jamais lu les lignes de la main, c'est Cloridia que tu cherchais. A moins que tu n'aies fait un songe et que tu ne veuilles savoir son sens caché ? Ne me dis pas que tu es venu sans le moindre désir, car je ne te croirai pas. Personne ne rend visite à Cloridia sans lui vouloir quelque chose. »

J'étais intrigué, ému et chancelant. Je me rappelai que je devais lui administrer, à elle aussi, les remèdes de Cristofano, mais je différai cette tâche. En revanche, je saisis l'occasion pour lui conter le cauchemar au cours duquel je m'étais vu choir dans l'obscure fosse du *Damoiseau*.

« Non, non, ce n'est pas clair, finit-elle par commenter en secouant la tête. La bague était-elle en or ou de vile matière ?

— Je l'ignore.

— Alors, l'interprétation est ambiguë. Car une bague en fer signifie un bien avec un chagrin. Une bague en or, un grand profit. Le clairon me semble intéressant car il représente les secrets, dissimulés ou révélés. Devizé est peut-être lié à un secret qu'il connaît, ou pas. Est-ce le cas ?

— Je sais que c'est un excellent guitariste, c'est tout, dis-je en me ressouvenant de la merveilleuse musique qui s'était échappée des cordes de son instrument.

— Il est évident que tu ne sais rien de plus, sinon le secret de Devizé n'en serait pas un ! répliqua Cloridia en riant. Mais Pellegrino est également présent dans ton songe. Tu l'as vu mort, puis comme ressuscité, et les morts qui ressuscitent signifient : tourments et dommages. Voyons donc : bague, secret, mort qui ressuscite. La bague complique la signification de ce songe. Nous n'avons que deux éléments clairs : le secret et le mort.

— Alors ce songe annonce un malheur.

— Ce n'est pas dit. En réalité, ton maître est malade et en mauvaise condition, mais pas mort. Et la maladie signifie simplement : oisiveté et peu de travail. Il est possible que tu craignes d'avoir négligé tes devoirs depuis que Pellegrino est souffrant. N'aie pas peur de moi, poursuivit Cloridia en tirant nonchalamment un biscuit d'une corbeille, je n'irai pas dire à Pellegrino que tu es un peu paresseux. En revanche, raconte-moi ce qu'on murmure en bas. A la réserve de Bedford, les pensionnaires jouissent d'une excellente santé, n'est-ce pas ? » Puis elle ajouta sur un ton vague : « Pompeo Dulceni, par exemple ? Je te le demande, car il fait partie des plus âgés... »

Voilà que Cloridia m'interrogeait de nouveau à propos de Dulcibeni. Je me ressaisis, brusquement assombri. Elle comprit incontinent : « Et n'aie pas peur de m'approcher, dit-elle en m'attirant vers elle et en m'ébouriffant les cheveux. La peste, je ne l'ai pas encore. »

Je me rappelai alors mon devoir sanitaire et lui annonçai que Cristofano m'avait déjà remis les remèdes à administrer à tous ceux qui étaient en bonne santé afin de prévenir le mal. En rougissant, je lui dis qu'il me fallait commencer par l'onguent à la violette de maître Giacomo Bortolotto da Parma, que je devais étaler sur son dos et ses hanches.

Elle garda le silence. Je souris faiblement : « Si vous le préférez, j'ai également les ballottes d'Orsolin Pignuolo da Pontremoli. Nous pouvons commencer par elles, puisque vous disposez d'une cheminée.

— D'accord, répondit-elle. Pourvu que ce ne soit pas long. »

Elle s'assit à sa table de toilette. Je la vis se découvrir les épaules et réunir ses cheveux dans une coiffe de mousseline blanche que soutenaient des rubans entrecroisés. Je m'employai pendant ce temps à raviver le feu et à recueillir les braises ardentes dans un pot en songeant avec un frisson à la nudité que celles-ci avaient sans doute veillée au cours de ces nuits tièdes de la mi-septembre.

Je me tournai à nouveau vers elle. Elle avait enroulé un double tissu en lin autour de son visage : on aurait dit une apparition sacrée.

« Caroubes, myrrhe, encens, storax calamite, benjoin, gomme ammoniaque, antimoine, mélangés avec de l'eau rose très fine, récitai-je à l'aide des notes de Cristofano, tandis que je posais rapidement sur la table le pot contenant les braises et que je brisais une ballotte à l'intérieur. Surtout, respirez bien la bouche ouverte. »

Je baissai la toile de lin au point de couvrir son visage. La chambre se remplit bientôt d'une odeur forte.

« Les fumées salutaires que font les Turcs sont bien meilleures, marmonna-t-elle au bout d'un moment de sous la toile.

— Mais nous ne sommes pas encore turcs, répondis-je malhabilement.

— Et me croirais-tu si je te disais que je le suis ? entendis-je en retour.

— Certainement pas, dame Cloridia.

— Et pourquoi donc ?

— Parce que vous êtes née en Hollande, à...

— A Amsterdam, bien. Et comment le sais-tu ? »

Je fus incapable de répondre. J'avais appris ce détail quelques jours plus tôt en écoutant derrière la porte de cette même chambre une conversation entre Cloridia et un visiteur inconnu, alors que je m'apprêtais à frapper pour remettre à la jeune femme une corbeille de fruits.

« C'est une de mes domestiques qui te l'a probablement révélé. Oui, je suis née sur une terre d'hérétiques il y a près de dix-neuf ans, mais Calvin et Luther ne m'ont jamais comptée parmi les leurs. Je n'ai pas connu ma mère. Mon père, en revanche, était un marchand italien très riche et un peu capricieux, qui voyageait énormément.

— Comme vous êtes fortunée ! » hasardai-je du bas de ma condition de simple enfant trouvé.

Elle se tut. A en juger par le mouvement de son buste, elle aspirait profondément les vapeurs. Elle toussa.

« Si tu as un jour commerce avec les marchands italiens, n'oublie jamais ceci : leur seul destin est de laisser les dettes aux autres et de garder les profits pour eux. »

Je ne pouvais pas encore comprendre qu'elle parlait en connaissance de cause. A une certaine époque, en effet, les Lombards, les Toscans et les Vénitiens avaient excellé dans le négoce au point de conquérir, pour employer le jargon militaire, les places les plus riches de Hollande, de Flandre, d'Allemagne, de Russie et de Pologne. Personne n'était autant dépourvu de scrupules que ces individus.

Ces gens-là, m'expliqua Cloridia (et je l'approfondirais au cours des années suivantes), descendaient pour la plupart de familles fort renommées, les Buonvisi, Arnolfini,

Calandrini, Cenami, Balbani, Balbi, Burlamacchi, Parenzi et Samminiati, qui s'y entendaient depuis une époque immémoriale dans le commerce des tissus et des céréales sur la place d'Anvers, alors le plus grand marché d'Europe, ainsi que dans la banque et le change à Amsterdam, Besançon et Lyon. A Amsterdam, Cloridia avait touché de près la renommée des Tensini, des Verrazzano, des Balbi et des Quingetti, ainsi que des Burlamacchi et des Calandrini, déjà présents à Anvers : Génois, Florentins, Vénitiens, ils étaient tous commerçants, banquiers et courtiers, et pour certains d'entre eux agents des principautés et des républiques italiennes.

« Vendaient-ils tous des grains ? » demandai-je en posant les coudes sur la table pour mieux entendre et me faire entendre.

Je commençais à être séduit par le récit de ces terres lointaines. Pour tous ceux qui, comme moi, étaient privés d'une image précise des côtes du Nord, ces contrées n'avaient pas de place sur le globe terrestre.

« Non, je te l'ai dit. Ils prêtaient, ils prêtent encore de l'argent, ils ont de nombreux commerces. Ainsi, les Tensini sont assureurs et loueurs de navires, ils achètent du caviar, du suif et des fourrures en Russie, procurent des médicaments au tsar. A présent, ils sont presque tous très riches, mais certains sont issus d'une condition misérable, ayant commencé comme brasseurs, ou simples teinturiers...

— Brasseurs ? » rétorquai-je incontinent non sans scepticisme, ne parvenant à croire qu'on pût accumuler des richesses de la sorte.

Mon visage était désormais tout près du sien : elle n'était pas en mesure de me voir, ce qui me donnait une grande assurance.

« Bien sûr. C'est le cas des Bartolotti, qui ont la plus belle maison de toute la ville sur l'Heerengracht, et qui comptent maintenant parmi les banquiers les plus puissants d'Amsterdam, actionnaires et financiers de la compagnie des Indes. »

Elle m'expliqua que des navires chargés de nourriture, de marchandises et d'or quittaient trois fois par an la Hollande, ou mieux les Sept provinces unies, ainsi que le voulait le nom officiel de cette république. Ils échangeaient leur cargaison sur la route des Indes et rentraient au bout de plusieurs mois avec des épices, du sucre, du salpêtre, de la soie, des perles, des coquillages, après avoir troqué de la soie chinoise contre du cuivre japonais, des étoffes contre du poivre, des éléphants contre de la cannelle. Pour rassembler la troupe et armer les *fluit* (c'est ainsi qu'on appelait les navires rapides que la compagnie employait), les seigneurs et les puissants de la ville fournissaient de l'argent à parts égales et, au retour des vaisseaux, tiraient souvent (mais pas toujours) d'énormes profits des marchandises. Par la suite, ils obtenaient des gains supérieurs puisque, selon la religion hérétique de ce peuple, ceux qui travaillent le plus durement et gagnent de l'argent sont récompensés par le paradis, même s'il n'est pas bien vu parmi ces gens de gaspiller ces gains, et si l'on estime important d'être frugal, modeste et probe.

« Et les Bartolotti, les brasseurs, sont-ils eux aussi des hérétiques ?

— Il est écrit sur la façade de leurs demeures *"Religione et Probitate"*, ce qui suffit à indiquer qu'ils sont des disciples de Calvin, d'autant plus que... »

J'avais désormais du mal à l'écouter : les exhalaisons de la fumigation me brouillaient peut-être les idées.

« Que signifie agent de change ? demandai-je soudain après m'être ressaisi, puisqu'au dire de Cloridia un certain nombre de ces marchands étaient passés à pareil métier du fait de son caractère plus lucratif.

— L'individu qui sert d'intermédiaire entre celui qui prête de l'argent et celui qui l'emprunte.

— Est-ce un bon métier ?

— Si tu veux savoir si les gens qui l'exercent sont bons, eh bien cela dépend. En revanche, il est certain qu'il s'agit d'un métier qui rend riche. Ou plutôt qui rend les riches très riches.

— Les assureurs et les loueurs sont-ils plus riches ? »

Cloridia souffla : « Puis-je me lever ?

— Non, dame Cloridia, pas tant qu'il y a de la fumée ! » Je ne voulais pas mettre fin aussi vite à notre conversation. J'avais commencé à mon insu, ou presque, à lisser du doigt le morceau de lin qui lui couvrait le chef : elle ne pouvait pas s'en apercevoir.

Elle soupira. Alors, mon excès de naïveté, joint à la faible connaissance que j'avais des choses du monde (et à des circonstances que j'ignorais à cet instant-là), eut pour effet de délier la langue de Cloridia. Soudain, elle invectiva contre les marchands et leur argent, mais surtout contre les banquiers, dont la richesse était à la source de toute scélératesse (en vérité, Cloridia employa des mots plus âpres et des accents bien différents) et à l'origine de tous les maux, en particulier lorsque les usuriers et les agents de change la prêtaient, et quand les rois et les papes en étaient les destinataires.

Maintenant que mon esprit n'est plus aussi inculte qu'à l'époque où j'étais apprenti, je mesure l'exactitude de ses paroles. Je sais que Charles-Quint acheta son élection au rang d'empereur grâce à l'argent des banquiers Fugger ; qu'à force d'avoir recours aux capitaux des prêteurs génois, les imprudents souverains espagnols durent déclarer une honteuse banqueroute, qui ruina nombre de leurs propres financiers. Sans parler de l'individu fort discuté qu'était Orazio Pallavicino, lequel réglait les dépenses d'Elisabeth d'Angleterre ; ou des Toscans Frescobaldi et Ricciardi qui, dès l'époque d'Henri III, prêtaient de l'argent à la couronne d'Angleterre et, faméliques, percevaient les dîmes pour le compte des papes.

Cloridia s'était écartée des braises et avait ôté le drap qui recouvrait son chef, m'obligeant à reculer brusquement, rouge de honte. Elle arracha également sa coiffe, et sa longue chevelure bouclée tomba en éventail sur ses épaules.

Pour la première fois, elle m'apparut sous une lumière nouvelle et ineffable, capable d'effacer ce que j'avais vu d'elle – et surtout ce que je n'avais pas vu, mais qui était à mes yeux encore plus ineffaçable –, je vis de mes pupilles et, je crois, de mon âme son teint de velours brun qui tranchait sur ses boucles épaisses d'un blond vénitien. Et peu importait alors de savoir que celles-ci étaient engendrées par la lie de vin blanc et l'huile d'olive, puisqu'elles entouraient ses grands yeux noirs et les perles serrées de sa bouche, son nez rond de fierté, ses lèvres riantes dont le fard léger suffisait à chasser la pâleur, sa silhouette petite mais fine et harmonieuse, la belle neige de sa poitrine, baisée par deux soleils, sur des épaules dignes d'un buste du Bernin – c'est tout au moins ce qui me semblait *et satis erat* –, sa voix qui, malgré la colère qui la brisait et l'enflait, ou peut-être grâce à elle, m'emplissait de désirs charnels, de soupirs langoureux, de frénésies rustiques, de rêves fleuris, de délires odorants. Et je croyais presque possible de devenir invisible aux yeux d'autrui tant j'étais enveloppé dans une brume de désir qui rendait Cloridia plus sublime qu'une Madone de Raphaël, plus inspirée qu'une devise de Thérèse d'Avila, plus merveilleuse qu'un vers du Cavalier Marin, plus mélodieuse qu'un madrigal de Monteverdi, plus lascive qu'un distique d'Ovide et plus salvatrice qu'un volume entier de Fracastori. Non, me disais-je, la poésie d'une Imperia, d'une Veronica, d'une Mamèreneveutpas n'était certainement pas aussi puissante (bien que mon esprit souffrît en sachant que des femmes viles étaient prêtes à satisfaire les envies de tous, y compris les miennes, à quelques mètres de l'auberge, dans l'Etuve des femmes, pour le prix de deux écus), et tandis que je l'écoutais encore, mon esprit fut traversé en un éclair aussi rapide que les chevaux du cardinal Chigi par la pensée de toutes les fois que j'avais monté devant sa porte une bassine contenant de l'eau très chaude pour son bain. J'étais incapable de comprendre par quel mystère cette femme m'avait été indifférente derrière ces quelques planches de bois, tandis que la domestique lui frottait doucement la nuque avec de l'eau de talc et de lavande, alors qu'elle m'incendiait à présent esprit et sens.

Ainsi plongé dans mes pensées, je perdais de vue (je n'en aurais toutefois pleine conscience que plus tard) l'étrangeté de ces invectives dirigées contre des marchands de la part de la fille d'un marchand, et surtout le caractère insolite des accents d'horreur que l'idée d'argent amenait sur les lèvres d'une courtisane.

J'étais non seulement aveugle à de telles bizarreries, mais aussi sourd aux battements rythmiques des articulations de Cristofano sur la porte de Cloridia, laquelle, en revanche, répondit promptement à l'autorisation d'entrer que le médecin demandait poliment. Il pénétra dans la chambre. Il m'avait cherché partout. Il avait besoin de mon aide pour préparer une décoction : Brenozzi se plaignait d'une forte douleur à la mâchoire et lui avait réclamé un remède. A contrecœur, je m'arrachai à mon premier entretien avec la seule pensionnaire féminine du *Damoiseau*.

Nous prîmes aussitôt congé. Avec les yeux de l'espérance, je voulus voir sur le visage de Cloridia une trace de tristesse causée par notre séparation, ce qui ne m'empêcha pas de remarquer sur son poignet, alors qu'elle refermait la porte, une abominable cicatrice qui courait presque jusqu'au dos de sa main.

Cristofano me ramena à la cuisine, où je fus chargé de

réunir des graines, des herbes et une bougie neuve. Puis il me commanda de faire chauffer une marmite avec un peu d'eau tandis qu'il mettait en poudre et tamisait les ingrédients. Nous les jetâmes dans l'eau quand celle-ci fut assez chaude, et ils dégagèrent incontinent un agréable parfum. Tout en préparant le feu pour la décoction, je lui demandai s'il était vrai, ainsi que je l'avais ouï dire, qu'on pouvait employer le vin blanc pour nettoyer et blanchir les dents.

« Bien sûr, et le résultat est excellent, mais seulement s'il s'agit de se laver la bouche. En revanche, si tu l'emploies avec du kaolin, tu obtiendras des effets remarquables, qui plairont au plus haut point aux jeunes femmes. Il faut le frotter sur les dents et les gencives, si possible avec un morceau d'écarlate, comme celui qui recouvrait le lit de Cloridia, sur lequel tu étais assis. »

Je feignis de ne pas saisir cette double allusion et me hâtai de dévier la conversation en demandant à Cristofano s'il avait jamais entendu parler de ses compatriotes toscans, les Calandri, les Burlamacchi, les Parenzi et bien d'autres (même si je déformais presque tous ces noms). Et tandis qu'il m'ordonnait de verser dans la marmite le hachis d'herbes et de cire, Cristofano me répondit que ces noms étaient pour la plupart célèbres en Toscane (même si, en réalité, certaines de ces maisons avaient décliné depuis longtemps), et qu'il connaissait lui-même ces familles pour en avoir soigné secrétaires, domestiques et serviteurs. Tout le monde savait que les Lucquois Burlamacchi et Calandrini avaient embrassé la religion de Calvin, quelques générations plus tôt, que leurs enfants et petits-enfants avaient fait leur patrie de Genève d'abord, puis d'Amsterdam, et que, sans aller aussi loin, les Benzi et les Tensini étaient si liés aux commerces avec la Hollande, où ils avaient acheté des terres, des villas et des palais, qu'on les qualifiait en Toscane de « flamandisés ». Ce que m'avait rapporté Cloridia était vrai : ils étaient souvent arrivés à Anvers et Amsterdam sans la moindre richesse, et avaient appris sur place l'art difficile et audacieux du négoce. Certains s'étaient enrichis, mariés et apparentés avec de nobles familles locales ; d'autres s'étaient écroulés sous le poids des dettes, et l'on n'avait plus jamais ouï parler d'eux. D'autres encore avaient péri sur des navires coulés parmi les glaces arctiques d'Archange, ou dans les eaux de Malabar. Enfin, certains, une fois enrichis, avaient préféré rentrer à un âge avancé dans leur patrie, où ils s'étaient gagné de justes honneurs : c'était le cas de

Francesco Feroni, un misérable teinturier d'Empoli qui avait débuté avec le commerce des vieux draps en Nouvelle-Guinée, celui des serges violettes à Delft, des toiles de coton, des perles à Venise, de l'eau-de-vie, du vin d'Espagne et de la bière. Il s'était tant enrichi qu'il s'était acquis une grande réputation dans le grand-duché de Toscane avant même d'y retourner, notamment parce qu'il avait brillamment servi le grand-duc, Côme III de Médicis, en qualité d'ambassadeur dans les Provi. es Unies. Enfin, quand il avait résolu de regagner la Toscane, le grand-duc lui-même avait fait de lui son dépositaire général, suscitant la jalousie de tout Florence. Feroni avait rapporté de grandes richesses en Toscane, il avait acheté une splendide villa dans la campagne de Bellavista, et malgré la malveillance des Florentins, pouvait se dire bien heureux d'être rentré dans sa patrie et d'avoir échappé au péril.

« Celui de couler avec son navire ?

— Pas seulement, mon garçon ! Certains commerces impliquent d'énormes risques. »

J'aurais aimé lui demander ce qu'il entendait par là, mais la décoction était prête et Cristofano m'ordonna de la porter à Brenozzi dans sa petite chambre, au deuxième étage. Suivant les indications du médecin, je recommandai au Vénitien d'aspirer bouche ouverte les fumigations encore chaudes : après un tel traitement, sa mâchoire serait moins douloureuse, ou plus du tout. Enfin, Brenozzi laisserait la marmite devant la porte pour me permettre de la reprendre. Grâce au mal de dents, sa loquacité me fut épargnée. J'eus ainsi la possibilité de regagner la cuisine pour poursuivre la conversation avec le médecin, avant qu'il ne retourne dans sa chambre. Hélas, c'est l'abbé Melani que j'y trouvai.

J'eus grand-peine à dissimuler ma consternation. Les moments que j'avais passés avec Cloridia, conclus par l'inquiétante vision de son poignet martyrisé, ainsi que par son singulier discours contre les marchands, avaient jeté en moi le besoin désespéré d'interroger une nouvelle fois Cristofano. Mais, conformément à ses propres prescriptions, le médecin avait prudemment regagné sa chambre sans attendre mon retour. Et voilà que mes pensées étaient à présent appesanties par Atto Melani, que je surpris furetant avec insouciance dans le garde-manger. Je lui marquai qu'il enfreignait les dispositions du médecin et nous mettait tous en péril, qu'il était de mon devoir d'avertir Cristofano, que l'heure du souper n'était pas encore arrivée, et que je me chargerais de satisfaire rapidement l'appétit de messieurs les pensionnaires si seulement (et je lançai un regard évocateur à la tranche de pain que Melani avait dans la main) je pouvais disposer librement du garde-manger.

L'abbé Melani tenta de masquer son propre embarras et répondit qu'il désirait me parler de certaines choses qui le laissaient songeur. Mais je l'arrêtai aussitôt, je lui dis que j'étais las de l'écouter alors que nous courions tous un danger manifeste et grave, que j'ignorais encore ce qu'il voulait vraiment, que je n'avais nullement l'intention de me prêter à des manèges aux visées inconnues, que le moment était venu, pour lui, de s'expliquer et de chasser tous les doutes, puisque j'avais entendu à son sujet des bavardages peu honorables, et que j'exigeais des explications suffisantes avant de me mettre à son service.

Ma rencontre avec Cloridia avait dû me doter de nouveaux talents, car mon audacieux discours parut prendre l'abbé à l'improviste. Il se déclara surpris qu'un individu crût bon de le déshonorer, dans cette auberge, sans en payer les conséquences, et m'invita non sans grande conviction à lui révéler le nom d'un tel effronté.

Il jura ensuite qu'il n'entendait en aucune façon abuser de mes services et affecta une immense stupeur : avais-je donc oublié que nous tentions de découvrir ensemble le voleur des clefs de Pellegrino et de mes perles ? Mieux, qu'il était urgent de déterminer si tout cela était en rapport avec l'assassinat de monsieur de Mourai, et de quelle manière ces faits étaient liés – si tel était réellement le cas – aux incidents dont mon maître et le jeune Bedford avaient été victimes ? Ne craignais-je donc plus, me réprimanda-t-il, pour la vie de nous tous ?

En dépit de sa loquacité impérieuse, l'abbé s'embrouillait, je le vis clairement.

Encouragé par le succès de ma réplique imprévue, je l'interrompis, la mine impatientée et, un coin du cœur encore tourné vers Cloridia, réclamai à Melani des explications immédiates sur son arrivée à Rome et sur ses véritables intentions.

Alors que les battements rapprochés de mon cœur retentissaient dans mes tempes, et que j'essuyais mentalement la sueur qui naissait sur mon front du fait de l'audace de mes revendications, je réprimai à grand-peine ma surprise face à la riposte de l'abbé Melani. Au lieu de repousser les exigences arrogantes d'un simple apprenti, il changea

soudain d'expression et m'invita avec simplicité et politesse
à m'asseoir avec lui dans un coin de la cuisine. Il donnait
ainsi satisfaction à mes justes remontrances. L'abbé attendit que nous eûmes pris place pour me représenter des circonstances qu'il me faut, à la lumière des événements
successifs, considérer comme vraies, ou largement vraisemblables, en dépit de leur caractère fabuleux, et que je rapporterai donc ici avec le plus de fidélité possible.

༒

L'abbé Melani commença par dire qu'à la fin du mois
d'août qui venait de s'écouler, Colbert était tombé malade.
Son état s'aggravant rapidement, l'on avait craint une mort
précoce. Comme cela se produit en pareilles occasions, à
savoir quand un homme d'Etat, dépositaire de nombreux
secrets, arrive au terme de sa vie terrestre, l'habitation de Colbert, dans le quartier Richelieu, devint soudain l'objet des
visites les plus disparates, certaines étant désintéressées,
d'autres pas. Celle d'Atto Melani comptait au nombre de ces
dernières : grâce aux excellentes relations qu'il entretenait
avec Sa Majesté Très-Chrétienne, il avait été en mesure de
s'introduire sans trop de difficultés entre les murs domestiques de son ministre. Les allées et venues incessantes des
courtisans qui rendaient hommage au moribond (ou qui faisaient tout simplement acte de présence) avaient permis à
l'abbé de quitter habilement un petit salon et, après avoir
trompé une surveillance paresseuse, de se glisser dans les
appartements privés du maître de maison. En vérité, il avait
risqué par deux fois d'être surpris par les domestiques tandis
qu'il se cachait derrière un rideau et sous une table.

S'étant sauvé par miracle, il avait enfin atteint le cabinet
de Colbert où, se sentant enfin en sécurité, il s'était mis à
fouiller avec hâte les lettres et les dossiers qui étaient le plus
facilement accessibles. A deux reprises, il avait dû interrompre cette inspection, alarmé par le passage d'étrangers
dans le couloir voisin. Tous les documents auxquels il avait
été à même de jeter un rapide coup d'œil semblaient presque
dénués d'intérêt. Correspondance avec le ministre de la
Guerre, affaires de la Marine, missives relatives aux manufactures de France, notes, comptes, brouillons. De l'ordinaire. Encore une fois, il avait entendu des visiteurs
approcher de la porte. Il ne pouvait courir le risque que se

répande la rumeur selon laquelle on avait surpris l'abbé Melani occupé à fouiller clandestinement parmi les papiers du ministre, en profitant de sa maladie. Il s'était donc emparé de liasses de lettres et de notes entassées dans les tiroirs du secrétaire et dans les armoires, dont il n'avait pas eu de mal à trouver les clefs, et il les avait fourrées dans sa culotte.

« En aviez-vous l'autorisation ?

— Le moindre geste destiné à veiller à la sécurité du roi est autorisé », répliqua sèchement l'abbé.

Il scrutait le couloir semi-obscur avant de quitter le cabinet (l'abbé avait choisi la fin de l'après-midi pour sa visite, afin de compter sur une luminosité plus faible) quand son instinct lui désigna une petite commode, étouffée entre les plis d'un lourd rideau et le flanc puissant d'une armoire en ébène.

Sur le meuble, une énorme pile de feuilles blanches, au sommet de laquelle se tenait difficilement un imposant pupitre au pied travaillé. Et sur le pupitre, un dossier attaché par une ficelle toute neuve.

« On aurait dit que personne ne l'avait jamais touché », expliqua Atto.

En effet, la maladie de Colbert, une violente colique rénale, était arrivée à son comble depuis quelques semaines seulement. Il avait interrompu, disait-on, son labeur quelques jours plus tôt, ce qui signifiait donc que le dossier était peut-être encore en attente d'un lecteur. La décision fut foudroyante : l'abbé se débarrassa de ce qu'il avait pris et emporta le dossier. Mais dès qu'il eut soulevé le pli, son regard tomba à nouveau sur la pile de feuilles blanches, déformée sous le poids du pupitre.

« "Drôle d'endroit pour ranger du papier à lettres", marmonnai-je à part moi, imputant une telle *bêtise** à un serviteur sot. »

Ayant glissé le pupitre sous son bras gauche, l'abbé voulut feuilleter rapidement les feuilles encore vierges, dans le cas où elles dissimuleraient un document intéressant. Rien. C'était un papier d'une excellente facture, très lisse et très lourd. Il remarqua toutefois qu'un certain nombre de feuilles avaient été coupées d'une façon aussi soignée que singulière : elles avaient toutes la même forme, qui évoquait une étoile aux pointes irrégulières.

« Je pensai tout d'abord à une manie sénile du *Colubra*. Puis je m'aperçus que certaines feuilles portaient des signes de froissement ainsi que de légères striures, comme de gras noir, sur le bord d'une des pointes. J'étais encore interdit, poursuivit Atto, quand mon bras commença à s'engourdir sous le poids du pupitre. Je me résolus à le poser sur le secrétaire et constatai avec horreur qu'un morceau des délicates dentelles qui ornaient ma manche s'était encastré dans une de ses grossières jointures. »

Une fois libérées, les dentelles étaient souillées de noir.

« Ah, petite couleuvre prétentieuse, tu croyais peut-être me jouer ? » avait pensé Melani dans un éclair d'intuition.

Il avait prestement saisi l'une de ces étoiles de papier encore neuves. En l'examinant attentivement, il la posa sur l'une des vieilles et la fit tourner jusqu'à ce qu'il trouve la bonne pointe. Il l'introduisit ensuite dans la jointure. Mais rien ne se produisit. Il tenta une nouvelle fois avec agitation, en vain. La pointe s'était repliée et il dut en prendre une autre. Cette fois, il la glissa avec une extrême délicatesse dans la jointure, tendant l'oreille comme les maîtres horlogers quand ils s'apprêtent à se réjouir du premier tic-tac de la pendule qu'ils ont ramenée à une nouvelle vie. Et l'abbé ouït, en effet, un bref déclic au moment où la pointe de la feuille effleura le fond de la fente : l'une des extrémités du pupitre était sortie comme un tiroir, révélant une petite cavité. Il y avait là une enveloppe à l'effigie d'un serpent.

« Prétentieuse couleuvre », avait répété l'abbé Melani en son for intérieur face à l'emblème du *Colubra*, qui s'était ainsi présenté à ses yeux.

C'est alors qu'Atto avait entendu dans le couloir un piétinement de pas qui semblaient s'approcher en diligence. Il s'empara de l'enveloppe, ajusta sa veste de façon à masquer autant que possible la protubérance que créait son butin et retint son souffle, caché derrière un rideau, tandis qu'un homme atteignait la porte du cabinet. L'homme franchit le seuil et dit à l'adresse de ses compères : « Il a déjà dû entrer ».

N'ayant pas entendu l'abbé Melani pénétrer dans la chambre du malade, les serviteurs de Colbert étaient partis incontinent à sa recherche. La porte se referma, le serviteur rebroussa chemin. L'abbé Melani sortit en grand silence et se dirigea sans hâte vers la porte. Il salua un valet d'un sourire désinvolte : « Il guérira vite », dit-il en le regardant droit dans les yeux pendant qu'il gagnait la sortie.

Au cours des jours suivants, aucune rumeur ne s'était répandue concernant la disparition du dossier, et l'abbé avait pu le lire bien calmement.

« Pardonnez-moi, monsieur Atto, l'interrompis-je, mais

comment aviez-vous compris quelle était la bonne pointe du papier à introduire dans la jointure ?

— Simple, toutes les étoiles en papier déjà employées portaient des traces de gras sur la même pointe. Le Serpent avait commis une grossière erreur en les abandonnant à cet endroit. A l'évidence, ses sens avaient commencé à s'émousser, les derniers temps.

— Et pourquoi le petit tiroir secret ne s'est-il pas ouvert incontinent ?

— Bêtement, j'avais imaginé un mécanisme grossier, soupira Atto, qui se serait actionné dès l'instant où l'on aurait touché le fond de la fente avec la bonne clef, c'est-à-dire avec la pointe de papier selon le bon degré d'inclinaison. Mais j'avais sous-évalué les maîtres ébénistes de France, capables de concevoir des engins toujours plus admirables. En vérité (voilà pourquoi il était important d'employer un matériel noble, tel que ces feuilles de papier d'excellente facture), il s'agissait de rouages métalliques multiples et très sensibles qui n'étaient pas placés directement sur le fond, mais le long du dernier tronçon de la fente, et qu'on ne pouvait actionner en parfaite succession que par un lent effleurement des côtés. »

Rempli d'admiration, je gardai le silence.

« J'aurais dû le comprendre tout de suite, conclut Atto avec une grimace. Les étoiles étaient noircies non pas sur le sommet exact, mais sur les bords des pointes. »

Son intuition ne l'avait pas déçu : à ses dires, il avait mis la main sur une affaire des plus extraordinaires. L'enveloppe frappée du visage du *Colubra* (il eut une expression appuyée) renfermait une correspondance en langue latine, mandée de Rome par un inconnu qui, à en juger par le style et par certains détails, était certainement un étranger, selon Melani. Le papier était jauni, il semblait dater de plusieurs années. Les missives faisaient allusion à des nouvelles secrètes que l'informateur avait précédemment communiquées au destinataire. Ce dernier, comme l'enveloppe le laissait entendre, était le surintendant général des Finances, Nicolas Fouquet.

— Et pourquoi étaient-elles en possession de Colbert ?

— Je t'ai déjà dit, et tu t'en ressouviens sûrement, qu'au moment de l'arrestation et durant les jours qui suivirent on avait confisqué tous les papiers et toutes les correspondances que possédait Fouquet à des fins aussi bien privées que publiques. »

Le langage du mystérieux prélat était si énigmatique qu'il fut impossible à Melani de comprendre ne fût-ce que la nature dudit secret. En outre, il remarqua qu'une des lettres commençait curieusement par *mumiarum domino*, mais il ne parvint pas à se l'expliquer.

Or la partie la plus intéressante du discours de l'abbé Melani devait encore arriver, et là, la matière épousait les contours de l'incroyable. Le pli qu'Atto avait trouvé en bonne vue sur le secrétaire contenait une correspondance très récente que, du fait de sa maladie, Colbert n'avait pas encore pu expédier. Il y avait là des écritures sans la moindre importance, deux lettres de Rome datées de juillet et destinées presque certainement (à en juger par les formules de politesse) à Colbert en personne. L'auteur, sans doute un homme de confiance du ministre, signalait la présence en ville de l'écureuil sur l'*arbor caritatis*.

« C'est-à-dire...

— Facile. L'écureuil est l'emblème de Fouquet, l'*arbor caritatis* ne peut être que la ville de la miséricorde, à savoir Rome. En effet, selon l'informateur, l'ancien surintendant Fouquet avait été aperçu et suivi à trois reprises : près d'un endroit du nom de piazza Fiammetta, aux environs de l'église Sant'Apollinare et sur la place Navone. Trois lieux, si je ne m'abuse, de la ville sainte.

— Mais ce n'est pas possible, objectai-je. Fouquet n'est-il pas mort en prison, à...

— Pignerol, bien sûr, il y a trois ans, et dans les bras de son fils, que l'on autorisa charitablement à pénétrer dans la prison à l'heure extrême. Et pourtant, les lettres de l'informateur de Colbert avaient beau être chiffrées, elle étaient éloquentes : il était ici, à Rome, il y a un peu plus d'un mois. »

L'abbé avait donc pris la résolution de partir aussitôt pour Rome afin de résoudre le mystère. Il existait deux possibilités : soit la nouvelle de la présence de Fouquet à Rome était vraie (ce qui eût dépassé toute imagination, puisqu'il était de notoriété publique que le vieux surintendant avait expiré à la suite d'une longue maladie après avoir vécu cloîtré dans une forteresse pendant près de vingt ans), soit elle était fausse, et il fallait alors déterminer si un individu, par exemple un agent infidèle, répandait de fausses rumeurs dans le but de troubler le roi et la cour, et d'aider les ennemis de la France.

Une fois encore je remarquai que les yeux de l'abbé Melani brillaient soudain d'une étincelle de joie malicieuse, d'une satisfaction solitaire, d'un plaisir muet, tandis qu'il livrait ces secrets et contait ces surprenantes histoires au pauvre apprenti que j'étais, totalement ignare en matière d'intrigues, de complots et d'affaires d'Etat occultes.

« Colbert est-il mort ?

— Evidemment, étant donné ses conditions. Même s'il ne s'est pas éteint avant mon départ. »

En effet, ainsi que je l'apprendrais plus tard, Colbert mourut le 6 septembre, une semaine avant que l'abbé Melani me relate son intrusion chez lui.

« Aux yeux du monde, il est mort en vainqueur, très riche et très puissant, ajouta Atto après avoir observé une pause. Il a acheté une grande quantité de titres de noblesse et de charges pour sa famille : son frère Charles est devenu marquis de Croissy et secrétaire d'Etat aux Affaires étrangères ; un autre frère, Edouard-François, a été élevé au rang de marquis de Maulévrier et de lieutenant général des armées du roi ; son fils Jean-Baptiste est le marquis de Seignelay, secrétaire d'Etat à la Marine. Sans compter les autres frères et fils qu'il a lancés dans de brillantes carrières militaires et ecclésiastiques, ainsi que les riches mariages qu'ont faits ses filles, toutes devenues duchesses.

— Mais Colbert n'avait-il pas crié au scandale, en accusant Fouquet d'être trop riche et d'avoir placé ses hommes partout ?

— Oui, et il s'est ensuite déshonoré par le népotisme le plus effronté. Plus que personne, il a introduit ses propres espions dans toutes les mailles du Royaume, chassant et conduisant à la ruine les amis les plus sincères du surintendant. »

Je savais que Melani faisait ici allusion à son propre exil, loin de Paris.

« Et ce n'est pas tout. Colbert a accumulé un patrimoine net de plus de dix millions de *livres**, dont la provenance n'a toutefois jamais soulevé le moindre doute. Mon pauvre ami Nicolas, en revanche, s'était personnellement endetté pour réunir les fonds nécessaires à Mazarin et à la guerre contre l'Espagne.

— Un homme rusé, ce monsieur de Colbert.

— Et privé de tous scrupules, renchérit Melani. Il a été loué toute sa vie pour les vastes réformes de l'Etat qui le feront passer, hélas, à l'histoire. Mais nous savons tous, à la cour, qu'il les a dérobées l'une après l'autre à Fouquet : les opérations sur les rentes et les domaines, l'allègement des tailles, les exemptions d'impôts, les grandes manufactures, la politique navale et coloniale. Ce n'est pas un hasard s'il s'est vite employé à brûler tous les écrits du surintendant. »

Fouquet, m'éclaircit l'abbé, avait été le premier armateur et colonisateur de France, le premier à reprendre le vieux rêve de Richelieu qui consistait à transformer la côte atlantique et le golfe du Morbihan en centre du renouveau économique et maritime du royaume. C'était lui qui, après avoir mis en scène la guerre victorieuse contre l'Espagne, avait découvert et réuni les tisserands du village de Maincy, qui devinrent ensuite les manufactures des Gobelins.

« D'ailleurs, le monde a vite compris que de telles réformes n'étaient pas de son cru. Pendant vingt-deux ans, Colbert a été contrôleur général, le nom qu'il avait modestement attribué, pour être agréable au roi, à la charge de surintendant, officiellement abolie. Fouquet, en revanche, n'était resté que huit ans au gouvernement. Et c'est là que résidait le problème : tant qu'il l'a pu, le Serpent a marché sur les traces de son prédécesseur, et le succès lui a souri. Par la suite, il a dû continuer tout seul le plan de réformes que Fouquet s'était vu soustraire par son arrestation. Dès lors, Colbert n'a cessé d'accumuler les faux pas : dans la politique industrielle et commerciale, où ni les nobles ni la bourgeoisie ne lui ont accordé le moindre crédit, dans la politique maritime, où les compagnies navales qu'il avait exhibées ont vite disparu, et personne n'a jamais réussi à arracher les suprématie aux Anglais et aux Hollandais.

— Le Roi Très-Chrétien ne s'est-il aperçu de rien ?

— Le roi veille jalousement sur ses propres retournements. Il paraît toutefois qu'au moment où les médecins déclarèrent Colbert perdu, il entama des consultations pour choisir son successeur et qu'il composa un groupe de ministres au naturel et à la formation fort différents de ceux de Colbert. A ceux qui le lui marquaient, le roi aurait répondu : "C'est justement pour cette raison que je les ai choisis."

— Colbert est-il donc mort en disgrâce ?

— N'exagérons pas. Je dirais plutôt que tout son ministère a été tenaillé par les colères incessantes du roi. Colbert et Louvois, ministre de la Guerre, les deux intendants les plus craints de France, étaient parcourus de tremblements et de sueurs chaque fois que le roi les convoquait en conseil. Ils jouissaient de la confiance du souverain, mais ils étaient ses deux premiers esclaves. Colbert dut comprendre rapidement qu'il était fort difficile de suppléer Fouquet et de satisfaire quotidiennement, comme lui, les demandes d'argent que lui faisait le roi pour ses guerres et ses bals.

— Comment s'y prit-il ?

— De la façon la plus pratique qui soit. Le *Colubra* commença à concentrer entre les mains d'un seul homme, le souverain, toutes les richesses qui avaient jusqu'alors appartenu à quelques individus. Il supprima d'innombrables charges et pensions, bref, dépouilla Paris et le royaume de tout lustre privé, accueillit toutes ces richesses dans les coffres-forts de la couronne. Les gens du peuple qui avaient jusqu'alors pâti la faim, en mouraient désormais.

— Colbert devint-il aussi puissant que Fouquet ?

— Mon garçon, il le fut beaucoup plus. Mon ami Nicolas a disposé les libertés dont son successeur a bénéficié. Colbert a mis les mains partout, intervenant dans des milieux restés hors de portée de Fouquet, qui avait connu de surcroît la difficulté de toujours agir en temps de guerre. Et pourtant, les dettes que le Serpent a laissées sont supérieures à celles pour lesquelles Fouquet fut désigné comme la ruine de l'Etat, lui qui s'était ruiné pour l'Etat.

— Personne n'a-t-il jamais inculpé Colbert ?

— Il y a eu plusieurs scandales. Par exemple, l'unique affaire de falsification de monnaie jamais connue en France au cours de ces derniers siècles, dans laquelle étaient impliqués tous les hommes du *Colubra*, y compris son neveu. Et encore la mise à sac et les commerces illicites des bois de Bourgogne, ou l'exploitation coupable des forêts de Normandie, où l'on retrouve le même homme de Colbert, Berryer, qui avait matériellement falsifié les papiers du procès Fouquet. Des manigances pour enrichir sa famille.

— Une vie fortunée, alors.

— Je ne crois pas. Il a passé toute son existence à afficher la plus haute intégrité, en accumulant des richesses dont il n'a jamais pu profiter. Il a souffert d'une jalousie démesurée et jamais apaisée. Il a toujours dû peiner pour trouver une petite idée qui n'était pas bonne à jeter. Victime de sa soif de pouvoir, il s'est astreint à établir le contrôle de tous les secteurs du pays, passant toute son existence assis à sa table de travail. Il n'a jamais badiné avec quoi que ce soit, et malgré tout il a toujours été haï par le peuple. Il a subi chaque jour les colères les plus funestes du souverain.

Il a été raillé et méprisé pour son ignorance. Ces colères et son ignorance ont fini par le tuer.

— Que voulez-vous dire par là ? »

L'abbé rit de bon cœur. « Sais-tu ce qui a conduit Colbert sur son lit de mort ?

— Une colique rénale, avez-vous dit.

— Exact. Et sais-tu pourquoi ? Irrité par sa dernière bévue, le roi l'avait convoqué puis abreuvé d'insultes et d'outrages.

— Une erreur dans l'administration ?

— Pis encore. Pour imiter les compétences de Fouquet, Colbert s'était immiscé dans la construction d'une nouvelle aile du palais royal de Versailles, imposant ses propres opinions aux constructeurs. Ceux-ci ne parvinrent pas à lui illustrer les risques que son intervention scélérate comportait.

— Mais comment ? Fouquet avait disparu en prison depuis trois ans et Colbert continuait de ne songer qu'à lui ?

— Tant que le surintendant fut en vie, quoique enseveli vivant à Pignerol, Colbert vécut dans la terreur que le roi ne le rappelle un jour ou l'autre. Après la mort de Fouquet, l'esprit du *Colubra* ne fut pas délivré du poids que constituait le souvenir de son prédécesseur, bien plus brillant, plus ingénieux, plus savant, plus aimé et plus admiré que lui. Colbert eut de nombreux enfants, sains et robustes ; il les enrichit tous, il posséda un immense pouvoir, tandis que la famille de son adversaire avait été dispersée loin de la capitale et condamnée à se battre sans répit contre ses créditeurs. Mais le *Colubra* ne réussit jamais à détourner ses pensées de la seule défaite que Mère Nature lui eût jamais infligée, lui refusant avec mépris ses présents pour les offrir avec tant de générosité à son rival Fouquet.

— Comment la construction de Versailles s'est-elle déroulée ?

— La nouvelle aile s'écroula et toute la cour se gaussa. Le roi fit un esclandre à Colbert qui, écrasé par l'humiliation, subit l'atteinte d'une violente attaque de colique. Après lui avoir arraché pendant quelques jours des hurlements de douleur, le mal le mena à l'agonie. »

J'étais ébahi, saisi par la puissance de la vengeance divine.

« Vous étiez vraiment un bon ami du surintendant Fouquet, fut la seule chose que je parvins à dire.

— J'aurais aimé être un meilleur ami. »

Nous ouïmes une porte s'ouvrir et se refermer au premier étage, et des pas se diriger vers l'escalier.

« Mieux vaut laisser le champ libre à la Science, déclara Atto en faisant allusion à l'arrivée de Cristofano, mais n'oublie pas qu'une tâche nous attend un peu plus tard. »

Il courut se blottir contre la rampe conduisant à la cave, pour grimper en diligence les marches de l'escalier après le passage du médecin.

❧

Cristofano était descendu afin de me demander de préparer le souper, à cause des protestations des autres pensionnaires.

« J'ai eu l'impression d'ouïr des pas. Quelqu'un est-il passé par là ?

— Pas du tout, vous avez dû m'entendre, car je préparais les feux », répondis-je en feignant de besogner avec les marmites.

J'aurais aimé retenir le médecin mais, satisfait de ma réponse, il regagna aussitôt sa chambre, me priant de servir le repas au plus vite. Heureusement, pensai-je, on avait résolu de n'en servir que deux par jour.

Je confectionnai un potage de semoule avec des fèves, de l'ail, de la cannelle et du sucre, auquel je comptais joindre du fromage et quelques herbes aromatiques, des galettes et une demi-chopine de vin coupé.

Tandis que je m'occupais de cette préparation, mille pensées troubles s'agitaient dans mon pauvre esprit d'apprenti. En premier lieu, le récit de l'abbé Melani. J'étais ému : voilà, pensai-je, toute la difficulté présente et passée de l'abbé, un homme capable de mensonge et de dissimulation (et qui ne l'est pas en une certaine mesure ?), mais peu enclin à renier son passé. Son ancienne familiarité avec le surintendant Fouquet était la tache que sa fuite juvénile à Rome et les humiliations successives n'avaient pu effacer, et qui, aujourd'hui, lui rendait peut-être incertaines les faveurs du roi. Cependant il continuait de défendre la mémoire de son bienfaiteur. Peut-être ne s'exprimait-il librement qu'en ma présence : certes, je n'aurais jamais l'occasion de rapporter ses propos à la cour de France.

Je réfléchis à ce qu'il avait découvert parmi les papiers de Colbert. Il m'avait confié en toute tranquillité qu'il s'était emparé de documents secrets dans le cabinet du *Colubra* en forçant les mécanismes qui auraient dû les protéger. Mais il n'y avait pas là matière à s'étonner, étant donné le tempérament de l'homme, ainsi que me l'avaient appris aussi bien les narrations d'autrui que ma propre expérience. Ce qui m'avait frappé, c'était la mission dont il s'était, à ses dires, chargé : retrouver à Rome son vieil ami et protecteur, le surintendant Fouquet. L'abbé Melani n'agissait sans doute pas à la légère, non seulement parce que l'on croyait le surintendant mort, mais aussi parce que c'était justement l'homme qui avait entraîné, quoique involontairement, Atto Melani dans le scandale. Selon l'abbé, j'étais l'unique dépositaire de cette mission secrète, que seule la fermeture subite de l'auberge pour quarantaine, pensai-je, avait momentanément interrompue. Je m'étais donc enfoncé dans la galerie souterraine qui courait sous l'auberge en compagnie d'un agent spécial du roi de France ! Je me sentis honoré de le voir s'attaquer avec autant de passion aux mystères du *Damoiseau*, et notamment au vol de mes perles. Ou plutôt, il avait lui-même réclamé mon aide avec insistance. Désormais, je n'aurais pas hésité à remettre à l'abbé le double des clefs des chambres de Dulcibeni et Devizé, alors que la veille encore je les lui refusais. Mais il était tard : à cause des dispositions de Cristofano, les deux hommes, comme les autres pensionnaires, demeuraient jour et nuit enfermés dans leur chambre, interdisant toute fouille. Et l'abbé m'avait déjà expliqué qu'il était inopportun de les questionner : je risquais d'éveiller ainsi leurs soupçons.

J'étais fier de partager tous ces secrets, mais cela n'était rien en comparaison des sentiments enchevêtrés que mon entretien avec Cloridia avait jetés en moi.

❧

Après avoir apporté le souper dans la chambre de chaque convive, je me rendis auprès de Bedford puis de Pellegrino, et m'appliquai avec Cristofano à nourrir les malades. L'Anglais bredouillait des mots incompréhensibles. Le médecin semblait soucieux. Il était même allé dans la chambre voisine en exposant à Devizé les conditions de Bedford et en le priant, par conséquent, de poser sa guitare pour le moment : en effet, le musicien s'exerçait bruyamment, répétant sur son instrument l'une de ses chaconnes préférées.

« Je vais faire mieux », répondit laconiquement Devizé.

Au lieu de s'interrompre, il se lança dans son rondeau. Cristofano s'apprêtait à protester quand l'enchantement mystérieux de cette musique l'enveloppa, lui éclairant le visage. Opinant débonnairement, le médecin franchit le seuil sans faire de bruit.

Un peu plus tard, tandis que je quittais la chambre de Pellegrino dans le grenier, j'entendis qu'on m'appelait en murmurant, au deuxième étage. C'était le père Robleda, dont la chambre jouxtait l'escalier. Depuis le pas de sa porte, il s'enquit des deux malades.

« Et l'Anglais ne se porte pas mieux.

— Pas vraiment, répondis-je.

— Et le médecin n'a rien de nouveau à nous dire.

— Pas vraiment. »

Le dernier écho du rondeau de Devizé s'élevait jusqu'à nous. En ouïssant ces notes, Robleda s'abandonna à un soupir langoureux.

« La musique est la voix de Dieu », se justifia-t-il.

Puisque j'avais les onguents, j'en profitai pour lui demander s'il m'accorderait un peu de temps afin que je lui administre les remèdes contre l'épidémie.

D'un geste, il m'invita alors à pénétrer dans sa petite chambre.

Je m'apprêtais à poser mes affaires sur une chaise, tout près de la porte.

« Non, non, attends, j'en ai besoin. »

Sans différer, il mit sur la chaise un coffret en verre dans un cadre en poirier noir, qui renfermait un Christ, des fruits et des fleurs. Le coffret reposait sur des petits pieds d'argent en forme d'oignon.

« Je l'ai acheté ici, à Rome. Il est très précieux, il est plus en sécurité sur la chaise. »

Le pauvre prétexte de Robleda me montra que son désir de converser, après de longues heures passées en solitaire, se doublait de la peur d'être en contact avec ceux qui touchaient Bedford chaque jour. Je lui rappelai qu'il me fallait lui appliquer les remèdes de mes propres mains, mais qu'il n'avait aucune crainte à avoir, puisque Cristofano lui-même avait rassuré les pensionnaires quant à ma résistance à la peste.

« Oui, oui, oui », se contenta-t-il de dire en signe de prudente confiance.

Je le priai de se découvrir le buste afin de me permettre

de l'oindre et de lui faire un emplâtre sur la région du cœur et *massime* autour du téton gauche.

« Et pourquoi donc ? » m'interrogea le jésuite d'un air troublé.

Telle était la recommandation de Cristofano, lui expliquai-je, car son naturel inquiet risquait de lui affaiblir le cœur.

Il se radoucit puis, tandis que j'ouvrais le sac et cherchais les bons pots, s'allongea sur le lit, que surmontait un portrait de Notre Seigneur Innocent XI.

Robleda commença aussitôt à se plaindre des balancements de Cristofano, du fait qu'on n'était pas encore parvenu à donner une explication certaine à la mort de Mourai et au malaise dont Pellegrino avait été victime. Il existait même des incertitudes à propos de la peste qui avait frappé Bedford. Ces motifs suffisaient à affirmer sans l'ombre d'un doute que le médecin toscan était incapable de remplir ses devoirs. Il en vint ensuite aux autres pensionnaires et à monsieur Pellegrino, qu'il rendit responsables de la situation présente. A ses dires, mon maître n'avait pas suffisamment veillé à l'hygiène de l'auberge. Il passa ensuite à Brenozzi et à Bedford qui, ayant voyagé longuement, avaient pu apporter un mal obscur dans l'auberge. Pour les mêmes motifs, il s'en prit à Stilone Priàso (qui était arrivé de Naples, ville où l'air était notoirement malsain), à Devizé (c'était également son cas), à Atto Melani (dont la présence en ces lieux et la mauvaise réputation imposaient sans nul doute le recours à la prière), à la femme de la petite tour (il jurait qu'il ignorait tout de son séjour dans l'auberge : autrement, il n'aurait jamais choisi de descendre au *Damoiseau*), et enfin il pesta contre Dulcibeni, dont il n'avait jamais aimé l'expression torve de janséniste.

« Janséniste ? » demandai-je, intrigué par ce mot que j'ouïssais pour la première fois.

Robleda m'apprit sommairement que les jansénistes formaient une secte fort dangereuse et fort pernicieuse. Ils tiraient leur nom de Jansénius, fondateur de leur doctrine (si l'on voulait vraiment la qualifier ainsi), et comptaient même un fou dans leurs rangs, un certain Pasqual ou Pascal, qui portait des bas trempés dans du cognac pour se réchauffer les pieds et qui avait écrit des lettres renfermant de graves offenses à l'encontre de l'Eglise, de Notre Seigneur Jésus-Christ et de toutes les personnes honnêtes, raisonnables et croyant en Dieu.

Soudain, le jésuite s'interrompit et grimaça : « Ton huile est d'une puanteur incroyable. Sommes-nous sûrs qu'il ne s'agit pas de poison ? »

Je le rassurai sur l'autorité de ce remède, élaboré par maître Antonio Fiorentino pour préserver les individus contre la peste à l'époque de la république de Florence. Les ingrédients, ainsi que me l'avait expliqué Cristofano, n'étaient autres que de la thériaque de Levant bouillie avec du jus de citron, de la carline, de l'impériale, de la gentiane, du safran, du dictame blanc et du sandaraque. Doucement accompagné par les frottements et les caresses que j'avais entamés, Robleda semblait se bercer dans le son des noms de ces simples, comme s'ils effaçaient la mauvaise odeur. Ainsi que je l'avais remarqué chez Cloridia, les vapeurs fortes et la façon dont j'appliquais les *remedia* de Cristofano pacifiaient les pensionnaires au plus profond de leur esprit et déliaient leur langue.

« Bref, ces jansénistes sont presque hérétiques ? repris-je.

— Plus que presque », répondit Robleda, la mine satisfaite.

D'autant que Jansénius avait mis au jour un livre dont le pape Innocent X avait âprement condamné les propositions quelques années plus tôt.

« Pourquoi croyez-vous donc que monsieur Dulcibeni appartient aux rangs des jansénistes ? »

L'après-midi qui avait précédé le début de la quarantaine, m'éclaircit Robleda, il avait vu Dulcibeni rentrer au *Damoiseau* en portant sous le bras des livres qu'il avait sans doute achetés dans une librairie, peut-être sur la voisine place Navone où de pareilles boutiques foisonnent. Parmi ces textes, Robleda avait distingué le titre d'un livre interdit qui versait justement dans ces doctrines hérétiques. Selon le jésuite, cela signifiait clairement que Dulcibeni comptait au nombre des jansénistes.

« Il est cependant étrange qu'on puisse acheter à Rome un livre de ce genre, objectai-je, puisque le pape Innocent XI a sans doute condamné à son tour les jansénistes. »

Une nouvelle expression se peignit sur le visage du père Robleda. Contrairement à ce que je pensais, souligna-t-il, le pape Odescalchi avait manifesté de nombreux actes de gracieuse attention à l'adresse des jansénistes, si bien que le Roi Très-Chrétien, qui considérait les jansénistes de France avec le plus grand soupçon, accusait depuis longtemps le pape d'entretenir des sympathies coupables à l'égard des disciples de cette doctrine.

« Comment est-il possible que Notre Seigneur le pape Innocent XI nourrisse des sympathies pour les hérétiques ? » demandai-je avec surprise.

Allongé, les bras sous la tête, le père Robleda me regarda de trois-quarts en faisant scintiller ses petits yeux.

« Tu sais peut-être que Louis XIV et Notre Seigneur le pape Innocent XI sont depuis longtemps brouillés.

— Voulez-vous dire que le pontife appuie les jansénistes dans le seul dessein de porter préjudice au roi de France ?

— N'oublie pas, répondit-il, la mine sournoise, qu'un pontife est également un prince à la tête d'un pouvoir temporel qu'il est de son devoir de défendre et de promouvoir en se servant de tous les moyens possibles.

— Mais tout le monde loue le pape Odescalchi, protestai-je. Il a aboli le népotisme, a purgé les comptes de la chambre apostolique, a tout fait pour favoriser la guerre contre les Turcs...

— Ce que tu dis n'est pas faux. En effet, il s'est bien gardé d'attribuer certaines charges à son neveu, Livio Odescalchi, qu'il n'a même pas élevé au rang de cardinal. En réalité, il a conservé ces charges pour sa propre personne. »

Cette réponse me parut malicieuse, même si elle ne niait pas littéralement mes affirmations.

« Comme tous ceux qui sont rompus au commerce, il connaît bien la valeur de l'argent. Il faut reconnaître, effectivement, qu'il a su investir l'entreprise que son oncle de Gênes lui avait léguée. Environ... cinq cent mille écus, dit-on. Sans compter les lambeaux d'autres legs qu'il a eu grand soin de disputer à ses parents », ajouta-t-il hâtivement en baissant le ton.

Avant même que je ne puisse vaincre ma surprise et lui demander si le pontife avait vraiment hérité d'une somme d'argent aussi énorme, Robleda poursuivit.

« Notre bon pontife n'est pas un cœur de lion. On murmure, mais attention, dit-il en appuyant la voix, ce ne sont que des médisances, qu'il s'est lâchement éloigné de Côme dans sa jeunesse pour ne pas avoir à jouer l'arbitre dans une dispute entre amis. »

Il se tut un instant avant de repartir à l'attaque : « Mais il possède le don sacré de la constance et de la persévérance ! Il écrit chaque jour à son frère et à tous ses parents pour s'enquérir des biens de la famille. Il est incapable, semble-t-il, de passer deux jours de suite sans contrôler, conseiller, insister... Au reste, les richesses familiales sont considérables. Elles ont augmenté subitement après la peste de 1630, si bien qu'on dit dans leur région, à Côme, que les Odescalchi ont profité de la grande mortalité des pestiférés, et qu'ils se sont adressés à des notaires complaisants pour s'approprier les biens des morts qui n'avaient pas d'héritiers. Mais ce sont des calomnies, pour l'amour de Notre Seigneur, dit Robleda en se signant. Quoi qu'il en soit, ajouta-t-il, ils possèdent tant de biens qu'ils en ont, à mon avis, perdu le compte : terrains, immeubles loués à des ordres religieux, offices vénaux, adjudications pour la perception des impôts. Sans oublier les créances, oui, je dirais surtout les prêts à de nombreuses personnes, y compris à des cardinaux, conclut le jésuite avec indifférence en feignant d'examiner une fissure dans le plafond.

— La famille du pontife s'enrichirait-elle avec les créances ? demandai-je, tout surpris. Mais le pape Innocent a interdit aux juifs de prêter de l'argent !

— Justement », répondit le jésuite sur un ton énigmatique.

Puis il me congédia brutalement en brandissant le prétexte de la prière du soir. Il fit mine de se lever.

« Je n'ai pas encore terminé, m'y opposai-je. Je dois vous appliquer maintenant un emplâtre. »

Il se rallongea sans protester. Il paraissait songeur.

En lorgnant les notes de Cristofano, je m'emparai d'un morceau d'arsenic cristallin et l'enveloppai dans un peu de soie. Je m'approchai du jésuite, étalai l'emplâtre sur son téton. Il fallait attendre qu'il sèche pour le liquéfier deux fois avec du vinaigre.

« Quoi qu'il en soit, je t'en prie, n'écoute pas les bavardages qu'on répand avec malveillance au sujet du pape Innocent depuis l'époque de dame Olimpia, reprit-il tandis que je procédais à cette opération.

— Quels bavardages ?

— Oh, rien, rien, ce ne sont que des poisons. Plus puissants encore que celui qui aurait tué notre pauvre Mourai. »

Il se tut en prenant un air mystérieux et, me sembla-t-il, suspect.

Je m'inquiétai. Pourquoi le jésuite avait-il parlé du poison qui avait peut-être assassiné le vieux Français ? Etait-ce seulement une comparaison fortuite ? Cette mystérieuse allusion dissimulait-elle quelque chose ? Avait-elle un rapport avec les souterrains, tout aussi mystérieux, du *Damoiseau* ? Je me traitai de sot, mais ce mot – poison – revint aussitôt bourdonner dans ma tête.

« Pardonnez-moi, père, qu'entendiez-vous dire par là ?

— Il vaut mieux, pour toi, que tu demeures dans ton ignorance, me répondit-il distraitement.

— Qui est dame Olimpia ? insistai-je.

— Ne me dis pas que tu n'as jamais ouï mentionner la papesse, murmura-t-il en posant sur moi un regard étonné.

— La papesse ? »

C'est ainsi que Robleda, se tournant sur le côté et s'appuyant sur un coude, commença à me raconter d'une voix presque inaudible, comme s'il me faisait une énorme concession, que le pape Odescalchi avait été élevé au rang de cardinal par le pape Innocent X Pamphili, près de quarante ans plus tôt. Ce dernier avait régné avec faste et magnificence, effaçant les événements désagréables qui s'étaient produits au cours du pontificat précédent, celui d'Urbain VIII Barberini. Mais certains avaient remarqué – le ton du jésuite s'atténua encore d'une octave – que le pape Innocent X, de la famille Pamphili, et la femme de son frère, Olimpia Maidalchini, entretenaient une grande sympathie l'un pour l'autre. On disait (il s'agissait de calomnies, voyons !) que la proximité de ces deux êtres était immodérée et suspecte, même s'ils étaient unis par des liens de parenté fort étroits, en vertu desquels l'affection, la chaleur et nombre d'autres sentiments sont totalement naturels, dit-il en me regardant un instant droit dans les yeux. Le pape Pamphili accordait à sa belle-sœur de telles aises qu'elle fréquentait ses appartements à toutes les heures du jour et de la nuit, se mêlait de ses affaires et s'ingérait même dans les choses de d'Etat : elle fixait les audiences, concédait des privilèges, prenait des résolutions au nom du pape. Dame Olimpia ne dominait certes pas à l'aide de son charme, car elle était particulièrement repoussante, mais avec l'incroyable force d'un naturel presque viril. Connaissant le pouvoir qu'elle exerçait au Saint-Siège, les ambassadeurs des puissances étrangères lui mandaient sans cesse des présents. Le pontife était, en revanche, faible, soumis, d'humeur mélancolique. Les bavardages enflaient, à Rome, et un messager anonyme avait même raillé le pape en lui adressant une médaille sur laquelle sa belle-sœur apparaissait revêtue de tous les attributs d'un pontife, tiare comprise, tandis que, sur le revers, Innocent X, coiffé comme une femme, maniait l'aiguille et le fil.

Les cardinaux s'étaient révoltés devant une situation si indigne, et ils étaient parvenus à éloigner la dame pendant une certaine période, mais elle avait fini par remonter en selle et avait accompagné le pape jusqu'à la tombe à sa façon : deux jours durant, elle avait dissimulé au peuple le décès du pontife, pour avoir le temps de dérober dans les appartements papaux tous les objets de valeur qu'ils contenaient. Le pauvre corps inanimé avait été abandonné dans une pièce à la merci des rats, sans que personne songe à préparer sa sépulture. Les funérailles s'étaient enfin déroulées dans l'indifférence des cardinaux, parmi les outrages et les railleries du vulgaire.

Eh bien, Olimpia aimait jouer aux cartes, et l'on prétend qu'un soir, dans une assemblée enjouée de dames et de chevaliers, elle s'était trouvée en compagnie d'un jeune clerc qui, après le retrait des autres concurrents, aurait accepté avec grâce le défi au jeu de dame Olimpia. Et l'on dit encore qu'une grande foule s'était rassemblée autour de la table pour assister à ce combat singulier. Pendant plus d'une heure, les deux concurrents se seraient affrontés, sans souci de temps ni d'argent, en offrant à leur auditoire une occasion de grande gaieté ; à la fin de la soirée, dame Olimpia serait rentrée chez elle avec une somme dont on n'a jamais su le montant exact, mais que tout le monde estime énorme. Selon d'autres rumeurs, le jeune inconnu, qui aurait presque toujours été en possession d'un meilleur jeu que son adversaire, se serait employé à exposer distraitement ses cartes au regard d'un serviteur de dame Olimpia, de façon à perdre toutes les mains décisives, sans pour autant (galanterie oblige) le montrer à personne, et encore moins à la gagnante, affrontant même sa grave défaite avec une magnifique indifférence. Eh bien, un peu plus tard, le pape Pamphili éleva au rang de cardinal ce clerc, qui répondait justement au nom de Benedetto Odescalchi, parvenu à la pourpre au fort jeune âge de trente-quatre ans.

Entre-temps, j'avais achevé de passer l'onguent.

« Mais n'oublie pas, m'avertit en toute hâte Robleda de sa voix coutumière tandis qu'il ôtait l'emplâtre de sa poitrine, ce ne sont que des médisances. Il n'existe, en effet, aucune preuve matérielle de cet épisode. »

Après avoir quitté la chambre du père Robleda, j'éprouvai un sentiment de gêne, que j'étais pourtant incapable de m'expliquer, en songeant à mon entretien avec ce prêtre flasque et cramoisi. Il n'était pas nécessaire de posséder un entendement surnaturel pour comprendre ce que le jésuite pensait : que Notre Seigneur le pape Innocent XI n'était pas un pontife probe, honnête et saint, mais l'ami et le partisan des jansénistes, qu'il favorisait dans le but de troubler les desseins du roi de France, avec qui il était brouillé. Pénétré d'appétits matériels fort malsains, d'avidité et d'avarice, il aurait même corrompu dame Olimpia pour obtenir le cardinalat. Mais si ce portrait était véridique, me fis-je réflexion, par quel mystère Notre Seigneur le pape Innocent XI avait-il ramené l'austérité, la dignité et la frugalité dans le cœur de la Sainte Mère l'Eglise ? En quoi était-il lié au prélat qui, depuis des décennies, distribuait l'aumône aux pauvres du monde entier ? A l'homme qui avait appelé tous les princes de l'Europe à unir leurs forces contre le Turc ? Personne n'ignorait que les pontifes précédents avaient couvert de présents leurs neveux et les membres de leurs familles, alors qu'il avait interrompu cette tradition inopportune ; qu'il avait rétabli le bilan de la chambre apostolique et, enfin, que Vienne résistait à l'avancée de la marée ottomane grâce aux efforts du pape Innocent.

Non, ce que ce jésuite peureux et bavard avait raconté n'était pas possible. Au reste, n'avais-je pas soupçonné dès le début ses propos et ses silences, ainsi que l'extravagante doctrine des jésuites qui autorisait le péché ? Et j'étais coupable, moi aussi, de m'être laissé entraîner à l'écouter et de l'avoir même, à un certain moment, exhorté à poursuivre, capturé par l'allusion fortuite et trompeuse de Robleda à l'empoisonnement de Mourai. Il fallait mettre en cause, songeai-je avec remords, l'inclination de l'abbé Melani à l'enquête et à l'espionnage, ainsi que mon désir de rivaliser avec lui. Passion stupide, qui m'avait précipité dans les filets du Malin et avait prédisposé mes oreilles à écouter ses murmures calomnieux.

Je regagnai la cuisine et trouvai sur le garde-manger un billet anonyme qui m'était clairement adressé :

TROIS COUPS SUR LA PORTE – TIENS-TOI PRÊT.

Troisième nuit

DU 13 AU 14 SEPTEMBRE 1683

En l'espace d'une heure, après que Cristofano eut lancé un dernier regard à mon maître, l'abbé Melani frappa trois fois à ma porte. J'étais plongé dans mon journal intime : je le dissimulai soigneusement sous mon matelas avant d'ouvrir.

« Une goutte d'huile », dit énigmatiquement l'abbé une fois entré.

Je me ressouvins soudain qu'au cours de notre dernière rencontre, il avait remarqué une goutte d'huile sur mon front et l'avait portée à sa langue, au bout de son doigt.

« Dis-moi un peu, quel genre d'huile emploies-tu ici pour les lanternes ?

— L'avis des camerlingues recommande d'employer exclusivement de l'huile mêlée à de la lie que...

— Je ne t'ai pas demandé ce que l'on doit employer, mais ce que tu emploies, toi, pendant que ton maître (et il l'indiqua) repose dans son lit. »

L'abbé Melani ne parvint pas à réprimer un petit sourire sournois. « Et maintenant, ne mens pas. De combien de lanternes disposes-tu ?

— Il y en avait trois, au début, mais nous en avons brisé une quand nous sommes descendus dans le souterrain. Il en est resté deux, dont une que je dois réparer...

— D'accord, prends la bonne, et suis-moi. Emporte cela également. »

Il me montra une canne, rangée verticalement dans un coin de la pièce, avec laquelle monsieur Pellegrino allait pêcher sur les rives du Tibre, derrière l'église de Santa Maria in Posterula, dans ses rares moments de liberté.

Quelques instants plus tard, nous étions déjà dans le trou qui menait à l'échelle et, de là, aux souterrains. Nous nous assurâmes aux appuis de fer plantés dans le mur jusqu'à ce que le sol de briques apparaisse sous nos pieds ; alors, nous empruntâmes l'escalier en pierre à plan carré. Comme la fois précédente, les marches se recouvrirent d'une couche de boue dès qu'elles s'enfoncèrent dans le tuf. L'air était plus lourd.

Nous atteignîmes enfin le souterrain, aussi profond et obscur que la nuit où nous l'avions découvert.

Devant moi, l'abbé Melani dut percevoir ma curiosité.

« Tu vas enfin savoir ce que l'étrange abbé Melani a dans la tête. »

Il s'arrêta.

« Donne-moi la canne. »

Ayant posé la tige sur son genou, il la brisa en deux d'un coup sec. Je m'apprêtais à protester mais Atto me devança.

« Ne t'inquiète pas. Tu pourras le rapporter à ton maître, et il comprendra qu'il s'agissait d'un cas d'urgence. Maintenant, fais ce que je te dis. »

Il m'invita à le précéder en tenant la moitié de canne à la verticale derrière moi et en laissant courir l'extrémité contre la voûte de la galerie, comme une plume qui glisse sur le papier.

Nous avançâmes de la sorte sur plusieurs dizaines de mètres. Tandis que nous cheminions, l'abbé m'adressait des questions étranges.

« L'huile mêlée à la lie a-t-elle un goût particulier ?

— Je suis incapable de le décrire, répondis-je alors que j'en connaissais parfaitement la saveur, car il m'était arrivé d'en arroser furtivement une tranche de pain dérobée dans le garde-manger lorsque monsieur Pellegrino dormait et que le souper avait été trop modeste.

— Le qualifierais-tu de rance, d'amer et d'acide ?

— Peut-être... je pense que oui, admis-je.

— Bien », répondit l'abbé.

Nous parcourûmes encore quelques mètres, puis l'abbé me commanda brusquement de m'arrêter.

« Nous y sommes ! »

Je le regardai d'un air perplexe.

« Tu n'as pas encore compris ? » me dit-il. Et son sourire grimaçant fut capricieusement déformé par la clarté de la lune. « Voyons si cela t'aide. »

Il m'arracha la canne et la poussa violemment contre la voûte de la galerie. J'ouïs un gémissement de gond, suivi d'un atroce vacarme, puis du murmure d'une petite pluie d'ordures et de cailloux.

La terreur se présenta ensuite : un gros serpent noir s'était jeté sur moi comme s'il voulait m'étreindre. Toutefois, il demeura grotesquement accroché au plafond à l'instar d'un pendu.

Je reculai d'instinct avec un frisson, tandis que l'abbé éclatait de rire.

« Viens ici, et approche la lanterne », me dit-il, la mine triomphale.

La voûte était percée d'un trou presque aussi large que toute la cavité, d'où pendait une corde robuste. C'était elle qui, vacillant de manière désordonnée à cause de l'ouverture de la trappe, m'avait frôlé et terrifié.

« Tu as eu peur du néant. Tu auras donc un petit châtiment : tu monteras le premier et tu m'aideras ensuite à te rejoindre. »

Heureusement, je réussis à m'élever sans trop de difficultés. Après m'être agrippé à la corde, j'y grimpai et atteignis la cavité supérieure. J'aidai ensuite l'abbé Melani à monter. Il rassembla toutes ses forces, risquant par deux fois de précipiter notre unique lanterne sur le sol.

Nous débouchâmes au milieu d'une autre galerie, qui semblait située obliquement par rapport à la précédente.

« Maintenant, c'est à toi de décider : à droite ou à gauche ? »

Je protestai (faiblement, effrayé que j'étais) : le moment n'était-il pas arrivé, pour l'abbé Melani, de m'expliquer ce qui l'avait conduit à un tel résultat ?

« Tu as raison, mais alors c'est moi qui vais choisir : allons à gauche. »

Ainsi que je l'avais moi-même confirmé, l'huile coupée de lie a d'habitude un goût beaucoup plus ingrat que celle dont on se sert pour la friture et pour les bons repas. La goutte que l'abbé avait trouvée sur mon front, le lendemain de la première exploration du souterrain (et qui, miraculeusement, n'avait pas touché mes couvertures, lorsque je m'étais couché), ne pouvait pas, à en juger par son goût, provenir des lanternes de l'auberge, que j'avais garnies de bonne huile. Elle ne provenait pas, non plus, des onguents médicinaux de Cristofano, tous de couleur différente. Elle venait donc d'une lanterne inconnue qui avait mystérieusement surplombé mon front. L'abbé avait ainsi conclu avec sa célérité coutumière qu'il y avait une ouverture dans la voûte du souterrain. Une ouverture qui avait également servi d'issue au voleur, lequel s'était, de manière inexplicable, évanoui dans le néant.

« L'huile tombée sur ton front a dû couler de la lanterne du voleur à travers une fissure des planches qui composent le couvercle de la trappe.

— Et la canne ? demandai-je.

— Si la trappe existait, elle devait être très bien cachée. Mais ce genre de canne est très sensible aux frémissements, et j'ai pensé que nous l'entendrions sans doute claquer au moment où elle passerait de la pierre de la galerie au bois de la trappe. C'est ce qui s'est passé. »

Je fus secrètement reconnaissant à l'abbé d'avoir attribué à nos deux personnes le mérite de cette découverte.

« Le mécanisme est très rudimentaire, continua-t-il, mais efficace. La corde, qui t'a tant effrayé en tombant, est simplement posée sur la porte de la trappe. Quand on ouvre la trappe en poussant la porte vers le haut, la corde tombe. L'important, pour l'avoir toujours à sa disposition, c'est de la replacer de la même manière quand on rebrousse chemin.

— Vous pensez donc que le voleur arpente ce souterrain.

— Je ne le sais pas, je le suppose. Et je suppose aussi, si tu veux tout savoir, que cette galerie mène à un autre endroit.

— Supposiez-vous également que nous trouverions la trappe avec la seule aide de la canne ?

— La nature fait le mérite, et la fortune le met en œuvre », pontifia l'abbé.

Et il entama l'exploration à la faible lueur de la lanterne.

❦

Dans cette galerie, comme dans celle que nous avions quittée, un individu de taille moyenne était contraint d'avancer légèrement penché à cause de la voûte basse.

Ainsi que nous l'observâmes aussitôt, le matériel dont elle était construite, un réseau de briques en losange, paraissait également identique à celui de la précédente. Le premier tronçon était constitué par une longue ligne droite qui semblait lentement gagner en profondeur.

« Si notre voleur a suivi cette route, il doit avoir du souffle, observa l'abbé Melani. Monter à cette corde n'est pas chose aisée, et le terrain est très glissant. »

Soudain, nous fûmes tous deux la proie de l'effroi le plus atroce.

Des pas légers mais très distincts, s'approchaient, venant d'on ne savait où. Atto m'arrêta en étreignant fortement mon épaule, en signe d'extrême prudence. C'est alors que retentit un vacarme, semblable à celui qu'avait accompagné l'ouverture de la trappe un peu plus tôt.

Dès que nous eûmes pris un peu d'haleine, nous nous regardâmes, les yeux encore remplis de crainte.

« A ton opinion, il venait du haut ou du bas ? murmura l'abbé Melani.

— Plus d'en haut que d'en bas.

— C'est ce que je pense, moi aussi. Ce ne pouvait donc pas être la trappe précédente.

— Combien de trappes croyez-vous qu'il y ait ?

— Qui peut le savoir ? Nous avons eu tort de ne pas continuer à sonder le plafond : nous aurions peut-être pu distinguer un autre trou. On nous a sans doute entendus arriver et l'on s'est certainement hâté de nous barrer le passage. L'écho était trop important, j'ignore s'il a retenti derrière nous ou sur le trajet qu'il nous faut encore parcourir.

— Peut-il s'agir du voleur de clefs ?

— Tu me poses des questions auxquelles il est impossible de répondre. Il a peut-être eu envie de se promener ce soir aussi. As-tu par hasard surveillé l'accès au réduit ? »

J'admis que je ne m'en étais point occupé.

« Bien, commenta l'abbé sur un ton cinglant, nous sommes donc descendus ici sans savoir si nous étions sur les traces de quelqu'un, ou le contraire, d'autant plus que... Regarde ! »

Nous nous trouvions au sommet d'un petit escalier. En baissant la lanterne jusqu'à nos pieds, nous remarquâmes que les marches étaient en pierre et habilement sculptées. Après un instant de réflexion, l'abbé soupira : « Je n'ai pas la moindre idée de ce qui nous attend là-dessous. La volée de marches est droite. Ainsi, en admettant qu'il y ait quelqu'un, il sait déjà que nous arrivons. *N'est-ce pas ?* » conclut-il en criant en direction du fond de l'escalier et en provoquant un horrible écho qui me fit sursauter. Seulement armés de notre faible lueur, nous entamâmes la descente.

Il y avait un dallage au bout des marches. A en juger par l'écho que nos pas émettaient, nous traversions une vaste cavité, une grotte peut-être. L'abbé Melani brandit sa lanterne. C'est alors qu'apparut le profil de deux grandes arcades de briques découpées dans un mur dont on ne percevait pas le sommet, et, entre les arcades, un passage vers lequel nous nous étions dirigés à notre insu.

Dès que nous nous arrêtâmes, le silence s'abattit à nouveau. Mais Atto le brisa incontinent en éternuant bruyamment deux, trois fois. La flamme de la lanterne s'affaiblit et faillit s'éteindre. Au même instant, je perçus un bruissement furtif sur notre gauche.

« As-tu entendu ? » murmura l'abbé, alarmé.

Nous ouïmes un nouveau bruissement, cette fois un peu plus loin. D'un signe, Atto me commanda de rester immobile, puis, au lieu de s'engager dans le passage qui s'ouvrait devant nous, il fila sur la pointe des pieds sous l'arcade de droite, où la lumière de la lanterne ne l'atteignait plus. Je demeurai sur le qui-vive, pétrifié. Le silence retomba.

Un nouveau bruissement, plus proche, dans mon dos. Je me retournai brusquement. Une ombre jaillit sur la gauche. Je me précipitai vers l'abbé Melani, plus pour me protéger que pour le mettre en garde.

« Nooon », murmura-t-il dès que ma lumière l'éclaira. Je compris que je l'avais trahi : sans un bruit, il avait parcouru quelques mètres vers la gauche et s'était accroupi sur le sol. A nouveau, une silhouette grise bondit et s'interposa rapidement entre nous en tentant de s'éloigner des arcades.

« Prends-le ! » cria l'abbé Melani en s'approchant à son tour. Il avait raison car l'individu ou la chose en question sembla trébucher et tomber. Je m'élançai à tâtons en priant Dieu qu'Atto arrive avant moi.

C'est alors que se répandit sur moi et partout autour de moi une pluie assourdissante et horrible de cadavres, de crânes et d'os humains, de mandibules, de mâchoires, de côtes et d'humérus mélangés à des ordures immondes. Emporté par ce flot, je tombai sur le sol. C'est alors, seulement, que je distinguai de près la matière ignoble et grinçante qui m'ensevelissait. Plus mort que vif, j'essayai d'échapper à cette monstrueuse bouillie mortifère ; son gargouillement infâme se mêlait à un double mugissement infernal dont je ne devinais ni la provenance ni la nature. Ce que je saurais à présent qualifier de vertèbre me bouchait la vue, et ce qui avait été jadis le crâne d'un être vivant m'observait d'un air menaçant, comme suspendu dans le vide. Je tentai de crier, mais ma bouche n'émit aucun son. Je sentis mes forces m'abandonner, et tandis que mes dernières pensées se rassemblaient péniblement en une ultime prière pour le salut de mon âme, j'entendis comme dans un songe la voix ferme de l'abbé résonner dans le vide.

« Ça suffit maintenant, je te vois. Ne bouge pas, ou je tire. »

⚜

Un certain temps (mais il ne s'agit en vérité que de quelques minutes) parut s'écouler avant que le son retentissant d'une voix étrange ne m'arrache au cauchemar informe dans lequel j'avais été précipité.

Non sans inquiétude, je vis qu'une main me soulevait la tête tandis qu'un individu (un troisième être ?) libérait mes pauvres membres de la masse effrayante qui m'avait écrasé. Je reculai instinctivement devant ces attentions étrangères mais je glissai et tombai la tête la première sur un membre (impossible de dire lequel) à l'odeur nauséabonde. Vaincu par les efforts de mon estomac, je vomis en quelques secondes tout mon repas. J'entendis l'étranger pester dans une langue qui semblait identique à la mienne.

Je n'avais pas encore réussi à prendre un peu d'haleine quand la main charitable de l'abbé Melani se plaça sous mon aisselle et me saisit.

« Courage, mon garçon. »

Je me relevai péniblement et, à la faible clarté de ma lanterne, entrevis un individu enroulé dans une sorte de froc, qui marmonnait, penché sur le sol, dans la tentative de démêler mes sécrétions gastriques d'avec le non moins vomitif entassement de restes humains.

« Chacun a ses trésors », se gaussa Atto.

L'abbé Melani tenait un petit engin à la main qui, à en juger par ce que je voyais, se terminait par un bout de bois brillant et une garniture de métal reluisant. Il le pointait d'un air menaçant sur le second individu, habillé comme son compagnon et assis sur une pierre sculptée.

A l'instant où la lanterne illumina correctement ce dernier, je fus foudroyé par l'image de son visage, si tant est qu'on pût le qualifier de visage. Car ce n'était, en vérité, qu'une symphonie de rides, un concert de plis, un madrigal de lambeaux de peau qui acceptaient de cohabiter, semble-t-il, parce qu'ils étaient trop vieux et trop las pour se rebeller à cette union forcée. Les pupilles grises et défiantes de l'homme étaient couronnées par le rouge intense de l'œil, qui faisait de cet ensemble l'une des visions les plus épouvantables qu'il m'eût jamais été donné de contempler. Les dents marron et pointues, dignes d'une vision infernale de Melozzo da Forli, complétaient le tableau.

« Pilleurs de tombes, murmura l'abbé avec dégoût en secouant la tête. Vous auriez au moins pu faire un peu attention, ajouta-t-il. Vous avez effrayé deux gentilshommes. »

Il baissa le petit engin avec lequel il avait tenu en respect le premier individu, et le coula dans sa poche en signe de paix.

Tandis que je me nettoyais tant bien que mal, en essayant de réprimer la nausée qui m'assaillait encore, j'eus tout loisir de contempler le visage du second sujet, qui s'était redressé un instant. Ou plutôt de l'entrevoir, car il portait un paletot crasseux aux manches trop longues et une capuche qui lui couvrait presque entièrement le visage, laissant une fente à travers laquelle il n'était possible d'apercevoir ses traits que rarement, lorsque la direction de la lumière le permettait. Et c'était mieux ainsi, puisque de nombreuses et patientes tentatives d'observation me révéleraient l'existence d'un œil à moitié fermé et blanchâtre, ainsi que d'un autre globe oculaire enflé, énorme et saillant, semble-t-il prêt à choir ; d'un nez évoquant un concombre déformé et pustuleux, d'une peau jaunâtre et luisante, d'une bouche dont je ne serais en mesure de certifier la présence qu'à travers les sons informes qu'elle émettait occasionnellement. Deux mains crochues aux ongles longs, aussi décrépites que violentes, dépassaient de temps à autre de ses manches.

L'abbé se tourna vers moi. Il intercepta mon regard effrayé et rempli d'interrogations urgentes. D'un signe, il indiqua au premier des deux hommes, impatient de recouvrer sa liberté, qu'il pouvait rejoindre son compagnon, lequel était absorbé par son tri dégoûtant entre os et matières stomacales.

« C'est drôle, dit Atto tout en époussetant soigneusement ses manches et ses épaules, je suis la proie d'éternuements incessants dans l'auberge alors qu'ici, avec toute la poussière que ces deux malheureux transportent, je n'en ai pas un seul. »

Les deux curieux êtres auxquels nous nous étions heurtés, m'expliqua-t-il, appartenaient à l'armée misérable et, hélas, fournie, de ceux qui se glissaient la nuit dans les innombrables cavités du sous-sol de Rome à la recherche de trésors. Non pas de joyaux ou de statues romaines, mais des reliques sacrées des saints et des martyrs dont regorgeaient les catacombes et les tombes de martyrs de la sainte église romaine, disséminées dans toute la ville.

« Je ne comprends pas, l'interrompis-je, est-il vraiment permis d'arracher aux tombes ces reliques sacrées ?

— C'est non seulement permis, mais, dirais-je, nécessaire, répondit l'abbé avec une pointe d'ironie. Il convient, en effet, de considérer les habitations des premiers chrétiens comme un terrain fécond de recherche spirituelle, et parfois de chasse, *ut ita dicam*, pour les âmes élevées. »

A leur époque, saint Philippe de Néri et saint Charles Borromée avaient l'habitude de se recueillir en prière dans les catacombes, avait rappelé l'abbé. Et à la fin du siècle dernier, un courageux jésuite, un certain Antonio Bosio, était descendu dans les recoins les plus secrets et les plus obscurs de Rome, dont il avait exploré toutes les grottes, faisant de nombreuses et merveilleuses découvertes et mettant au jour un livre qui s'intitulait justement *Roma subterranea*, lequel lui avait valu de grands et unanimes applaudissements bien mérités. En 1620 environ, le bon pape Grégoire XV avait donc établi qu'on arracherait aux catacombes les dépouilles des saints, de façon à en accueillir les précieux restes dans les églises de toute la chrétienté, et il avait chargé de ce saint programme le cardinal Crescenzi.

Je me tournai vers ces petits hommes bizarres qui peinaient autour de ces restes humains en poussant une sorte de grognement obscène.

« Je sais, il te semble étrange qu'une mission de grande spiritualité implique deux pareils êtres, reprit Atto. Le fait est que la descente dans les catacombes et dans les grottes artificielles qui pullulent à Rome n'est pas donnée à tout le monde. Il faut affronter des passages périlleux, des cours d'eau, des éboulements et des effondrements. Il convient aussi d'avoir l'estomac solide pour fouiller au milieu de ces corps...

— Il s'agit pourtant de vieux os !

— C'est vite dit, mais comment t'es-tu comporté un peu plus tôt ? Nos deux amis avaient achevé leur parcours, ainsi qu'il m'ont éclairci tandis que tu gisais plus mort que vif. Ils ont rassemblé leur butin dans cette cavité : les catacombes sont éloignées, il est donc impossible que leurs concurrents viennent rôder en ces lieux. Ils ne s'attendaient pas à rencontrer âme qui vive. Quand nous les avons surpris, ils ont été saisis de panique et se sont mis à courir de tous côtés. Dans le désordre, tu t'es approché du tas d'os, tu l'as heurté et il est tombé sur toi. Et tu as perdu connaissance. »

Je baissai les yeux et vis que les deux petits hommes avaient à présent démêlé les os d'avec le reste, et les avaient nettoyés sommairement. La montagne qui m'avait enseveli, à présent tout éparpillée sur le sol, devait être bien plus grande que ma personne. En réalité, ces quelques restes humains (un crâne, des os longs, trois vertèbres) étaient bien peu de choses, comparés à la matière restante : terre, tessons, cailloux, éclats, mousses et racines, chiffons, ordures diverses. Ce qui, avec la complicité de ma peur, m'était apparu comme un déluge de mort, correspondait seulement au contenu du sac d'un paysan qui a trop gratté la terre de son petit champ.

« Pour faire un sale travail de ce genre, poursuivit l'abbé, il faut vraiment disposer de tels sujets. Si leurs recherches s'avèrent infructueuses, ils vendent quelques cochonneries au nigaud de service. N'as-tu jamais vu vendre dans la rue, devant ton auberge, la clavicule de saint Jean ou la mâchoire de sainte Catherine, des plumes provenant des ailes des anges, des éclats de bois de la véritable et unique croix que portait notre seigneur ? Voilà, les pourvoyeurs sont nos deux amis, ou leurs camarades de travail. Si tout va bien pour eux, ils trouvent la tombe présumée d'un présumé martyr. Mais ce sont les cardinaux, ou ce vieux vantard de père Fabretti, qu'Innocent X a nommé, si je ne m'abuse, *custos reliquiarium ac coemeteriorum*, qui concentrent la gloire sur leur propre personne en annonçant la translation des dépouilles de saint Chose dans une église espagnole.

— Où sommes-nous, monsieur l'abbé ? demandai-je, égaré dans ces lieux hostiles et ténébreux.

— J'ai refait mentalement le parcours que nous avons suivi et j'ai posé quelques questions à ces deux-là. Ils appellent cette grotte "les archives", car ils y entassent leurs cochonneries. En vérité, nous devons être dans les ruines du vieux stade de Domitien, où se tenaient sous l'Empire romain les compétitions guerrières entre bateaux. Pour ton réconfort, je peux te dire que nous nous trouvons sous la place Navone, à l'extrémité la plus proche du Tibre. Si nous avions couvert en surface la distance séparant l'auberge de ces lieux, nous aurions mis un peu plus de trois minutes sans nous hâter.

— Alors, ces ruines appartiennent aux Romains.

— Bien sûr, ce sont des ruines romaines. Tu vois ces arcades ? Il doit s'agir des vieilles structures du stade où se déroulaient les jeux et les compétitions navales. L'on y a ensuite bâti les palais qui forment les contours de la place Navone, et qui épousent le vieux dessin en forme de cercle allongé.

— Comme celui du Circo Massimo ?

— Exactement. Sauf que, dans ce cas-là, tout est demeuré en plein jour. Ici, hélas, tout a été enseveli par le poids des siècles. Mais tu verras, l'on finira un jour par creuser en ces lieux. Certaines choses ne peuvent demeurer enterrées. »

Tandis que l'abbé Melani me contait ces faits qui m'étaient entièrement étrangers, je fus étonné de voir briller dans ses yeux, pour la première fois, l'étincelle de l'attirance pour les Arts et l'Antiquité, même si, en ces heures, il semblait avoir bien autre chose à cœur.

Une passion dont j'avais eu vent pour la première fois en découvrant dans sa chambre les livres qu'il possédait sur les antiquités et les trésors artistiques de Rome. Je ne pouvais point encore le savoir, mais cette inclination aurait dans cette histoire, et dans les suivantes, une importance non négligeable.

« Eh bien, nous serions curieux de pouvoir rapporter un jour le nom de nos relations nocturnes, dit enfin Melani aux deux pilleurs de tombes.

— Je m'appelle Ugonio », dit le plus grand.

Atto Melani lança à l'autre un regard interrogateur.

« Gfrrrlûlbh, entendîmes-nous s'échapper de son capuchon.

— Et voilà Ciacconio, se hâta de traduire Ugonio, couvrant en partie le gargouillement de son compère.

— Ne sait-il point parler ? insista l'abbé Melani.

— Gfrrrlûlbh, répondit Ciacconio.

— Je comprends, dit Atto en réprimant son impatience. Nous regrettons d'avoir interrompu votre promenade. Mais puisque nous l'avons fait, auriez-vous vu passer quelqu'un, un peu avant nous ?

— Gfrrrlûlbh ! s'écria Ciacconio.

— Il a bien aperçu quelqu'un, annonça Ugonio.

— Dis-lui que nous voulons tout savoir, m'interposai-je.

— Gfrrrlûlbh », répéta Ciacconio.

Nous lançâmes à Ugonio un regard inquisiteur.

« Ciacconio s'est glissé dans la galeresserie d'où vos seigneuries allaient ensuite bondir, et un individu tenant un lanterneron l'a perspicacé, alors Ciacconio a rebroussé ses arrière-pas, tandis que le lanterneré a sans doute enfilé une trappe car il a disparu comme s'il s'en était allé en fumée, et Ciacconio s'est protectionné ici, très effrayanté.

— Ne pouvait-il pas le raconter lui-même ? demanda l'abbé Melani, légèrement interdit.

— Mais il vient de le décrire et de l'avouer en personne, répondit Ugonio.

— Gfrrrlûlbh ! » opina Ciacconio, vaguement piqué.

Atto Melani et moi-même nous regardâmes, la mine perplexe.

« Gfrrrlûlhb ! » poursuivit avec animation Ciacconio, dont le rot sembla affirmer fièrement qu'un pauvre être des ténèbres pouvait, lui aussi, se rendre précieux.

Après sa rencontre avec l'inconnu, ainsi que son compère le traduisit opportunément, Ciacconio avait effectué une deuxième inspection du souterrain, la curiosité l'emportant sur la peur.

« C'est un grand fourreur-de-nez, expliqua Ugonio, qui paraissait réitérer un vieux reproche, il n'apporte que des problèmeries et des malheurons.

— Gfrrrlûlbh ! » l'interrompit toutefois Ciacconio en fouillant son pardessus.

Ugonio prit une mine hésitante.

« Qu'a-t-il dit ? lui demandai-je.

— Un rientisme, ou seulement que... »

Ciacconio brandit triomphalement un bout de papier

froissé. Ugonio lui attrapa l'avant-bras et lui arracha le papier avec la célérité de la foudre.

« Donne-le-moi ou je te fais éclater la tête », dit l'abbé Melani d'une voix calme en mettant la main à sa poche droite, où il avait rangé l'engin avec lequel il avait auparavant menacé les deux pilleurs de tombes.

Ugonio tendit lentement la main, remettant à mon compagnon la boule de papier. Soudain, il commença à assener à Ciacconio des coups de pied et de poing, l'appelant grosse houppelande, sale fourrure, nigaud, niaiseux, lourdaud, charlatan, tête plate, bossulard, cerveau étranglé, moche coup, maraud, scolopendre, gros baudet, antre noir, farinacée, fanfaron, pauvre courge, claque-dents, bégayeur, avale-mots, barbarismeur, coq-à-l'âneur, lycanthrope, val-drappeur, brutard, tas de fer, gros marteau, jupelard, four-chenpal, verrue géante, pied-bot, péderastreur, hâbleur, emplâtre, traîne-savate, avaricier, une-patte, simplet, langue-pendue, noir de naissance, rivaliseron, sycomoron, et autres épithètes que je n'avais jamais ouïes et qui paraissaient toutefois fort graves et fort offensives.

L'abbé Melani ne daigna même pas accorder un regard à cette scène fâcheuse, il lissa le bout de papier sur le sol en tentant de lui rendre sa forme originelle. Je tendis le cou et lus avec lui. Le côté gauche et le côté droit étaient, hélas, gravement déchirés, et le titre avait disparu. Heureusement, le reste de la page était parfaitement lisible :

« C'est une page de la Bible, dis-je, sûr de moi.

— Oui, c'est bien ce que je crois, confirma l'abbé Melani en tournant et retournant le bout de papier entre ses doigts. Je pense qu'il s'agit de...

— Malachie », devinai-je sans balancer, grâce au lambeau de nom que les événements avaient presque entièrement épargné dans la marge supérieure de la feuille.

Sur le dos du papier, s'étalait uniquement (je l'avais déjà aperçu en transparence) ce qui était à l'évidence une tache de sang. Du sang, encore, recouvrait en partie ce qui devait être un titre.

« Je crois comprendre, dit l'abbé Melani en posant le regard sur Ugonio, qui assenait à Ciacconio ses derniers coups de pied de façon nonchalante.

— Comprendre quoi ?

— Nos deux monstres croient avoir fait un beau coup. »

Et il m'expliqua que le butin le plus précieux, pour les

nda.

MALACHI

ut Primum.

VARICATUS eſt autem Moab in
el, poſtquam mortuus eſt Achab. Ce-
itque Ochozias per cancellos cœnaculi
, quod habebat in Samaria , & ægro-
it : miſitque nuncios , dicens ad eos :
, conſulite Beelzebub deum Accaron
rum vivere queam de infirmitate mea
m Domini locutus eſt ad Eliam Thesbi-
: & aſcende in occurſum nunciorum Re-
es ad eos : nunquid non eſt Deus in Iſrae
ulendum Beelzebub deum Accaron ? Qua
dicit Dominus : De lectulo ſuper quem aſc
eſcendes , ſed morte morieris . Et abiit El
ſunt nuncii ad Ochoziam. Qui dixit eis : Qu
s ? At illi reſponderunt ei : Vir occurrit nob
os : Ite & revertimini ad Regem , qui miſit
s ei : Hæc dicit Dominus : Nunquid,quia nor
in Iſrael , mittis ut conſulatur Beelzebub deus
? Idcirco de lectulo ſuper quem aſcendiſti, non c
, ſed morte morieris. Qui dixit eis : Cujus figur
us eſt vir ille , qui occurrit vobis & locutus
ec ? At illi dixerunt; Vir piloſus & zona pellic
ctus renibus . Qui ait: Elias Thesbites eſt. Miſitqu
quinquagenarium principem, & quinquaginta
ſub eo . Qui aſcendit ad eum : ſedentique in v
tis : ait : Homo Dei, rex præcepit ut deſcenc
denſque Eli · · · · quinquagenario: Si h

pilleurs de tombes, ne provenait pas des simples sépulcres des premiers chrétiens, mais des tombes glorieuses des saints et des martyrs. Cependant, il n'était pas aisé de les reconnaître. Le critère permettant de distinguer ces tombes avait fait l'objet d'une vieille querelle, qui avait entraîné dans la compétition de nombreux hommes savants de l'Eglise. Selon Bosio, le hardi jésuite qui avait exploré la Rome souterraine, des symboles tels que les palmes, les couronnes, les vases contenant du blé et les flammes de feu, gravés sur les tombes, pouvaient constituer des signes de reconnaissance des martyrs. Mais les ampoules de verre ou de terre cuite – trouvées dans les niches mortuaires, ou murées à la chaux sur leurs bords extérieurs – renfermant un liquide rougeâtre qu'on considérait en général comme le sang sacré des martyrs, étaient des preuves certaines. La question brûlante fut longuement débattue. Enfin, une sorte de commission avait libéré le champ de toute incertitude, établissant que *palmam et vas illorum sanguine tinctum pro signis certissimis habendas esse.*

« Ce qui signifie, conclut Atto, que les dessins de palmes, mais surtout la présence d'une petite ampoule pleine de liquide rouge prouvaient sans l'ombre d'un doute qu'on était en présence des dépouilles d'un héros de la foi.

— Les ampoules doivent donc valoir fort cher.

— Bien sûr, et elles ne sont pas toutes remises aux autorités ecclésiastiques. En effet, n'importe quel Romain peut se consacrer à la recherche des reliques : il lui suffit d'obtenir l'autorisation du pape (comme le prince Scipion Borghèse, sans doute parce que le pape était son oncle), de creuser et de prier un savant complaisant de déclarer authentiques les restes découverts. Ensuite, le sujet qui n'est pas confit en dévotion les vend. Mais il n'existe pas de critères certains pour distinguer les vrais des faux. Celui qui déniche un morceau de cadavre proclamera toujours que ce sont les restes d'un martyr. S'il s'agissait seulement d'un problème d'argent, on pourrait passer outre. Or, ces morceaux sont ensuite bénis, ils deviennent des objets d'adoration, le but de pèlerinages et ainsi de suite.

— N'a-t-on donc jamais essayé de faire la lumière sur ce sujet ? demandai-je non sans incrédulité.

— La compagnie de Jésus a toujours joui de facilités particulières pour fouiller dans les catacombes, et elle s'est employée à transporter des corps et des reliques en Espagne, où les restes sacrés sont reçus avec une grande solennité.

Ceux-ci ont ainsi échoué dans le monde entier, y compris aux Indes. Mais les disciples de saint Ignace ont fini par s'en apercevoir et ont confessé au pontife que rien ne permettait d'affirmer que ces dépouilles sacrées appartenaient vraiment à des saints et des martyrs. Dans certains cas, comme celui des squelettes d'enfants, il était en effet difficile de le prétendre. Ainsi, les jésuites ont dû demander qu'on introduise le principe *adoramus quod scimus*, à savoir que seules les reliques ayant appartenu mathématiquement, ou tout au moins raisonnablement, à un saint ou à un martyr, seraient des objets de vénération. »

Voilà pourquoi, m'expliqua Atto Melani, on avait décidé que seules les ampoules contenant du sang pouvaient constituer une preuve décisive.

« Ainsi, conclut-il, les ampoules sont destinées, elles aussi, à enrichir les pilleurs de tombes et à échouer dans un cabinet des merveilles, ou dans les appartements d'un marchand très riche et très naïf.

— Naïf, et pourquoi donc ?

— Parce que personne ne peut jurer que ces ampoules renferment le sang des martyrs, ou tout simplement du sang. En mon particulier, je conçois beaucoup de doutes à ce sujet. J'en ai examiné une, achetée à prix d'or à un être dégoûtant semblable à, comment s'appelle-t-il ? Ciacconio.

— Et qu'en avez-vous conclu ?

— Une fois diluée dans l'eau, la boue rougeâtre que contenait l'ampoule se révélait être un mélange de terre brunâtre et de mouches. »

Le problème, m'éclaircit l'abbé Melani en revenant au présent, c'était qu'après s'être heurté à notre fameux voleur, Ciacconio avait trouvé le bout de Bible souillé d'une matière qui ressemblait fort à du sang.

« Trouver, ou mieux vendre l'*incipit* d'un chapitre de la Bible couvert du sang de saint Calliste, par exemple, peut rapporter beaucoup d'argent. Voilà pourquoi son ami lui reproche aimablement de nous avoir communiqué l'existence de ce papier.

— Mais comment le sang millénaire d'un martyr pourrait-il se trouver sur un livre moderne ?

— En guise de réponse, je te conterai cette histoire que j'ai ouïe l'année dernière à Versailles. Un homme essayait de vendre au marché un crâne, qu'il affirmait être celui du célèbre Cromwell. L'un des membres de l'assistance lui marqua que ce crâne était trop petit pour être celui du grand soldat, dont la tête avait, de notoriété publique, des dimensions considérables.

— Et le vendeur ?

— Il répondit : bien sûr, c'est le crâne de Cromwell lorsqu'il était enfant ! Ce crâne, m'assure-t-on, fut toutefois vendu à prix d'or. Alors, tu peux bien imaginer avec quelle facilité Ugonio et Ciacconio auraient réussi à vendre leur bout de Bible taché du sang de Saint Calliste.

— N'allons-nous pas leur restituer cette feuille, monsieur Atto ?

— Pas pour l'instant. Nous allons la garder, dit-il en haussant le ton, à l'adresse des pilleurs de tombes. Et nous ne vous la rendrons qu'en échange de quelques services. »

Il leur expliqua ensuite de quoi nous avions besoin.

« Gfrrrlûlbh », finit par opiner Ciacconio.

⁂

Après avoir distribué ses instructions aux pilleurs de tombes, qui s'évanouirent dans l'obscurité, Atto Melani décida que le moment était arrivé de regagner le *Damoiseau*.

Je lui demandai alors si la découverte, dans ces souterrains, d'une page de la Bible souillée de sang ne lui paraissait pas insolite.

« A mon opinion, c'est le voleur de tes perles qui a égaré ce papier, me dit-il pour toute réponse.

— Et comment pouvez-vous en être si sûr ?

— Je n'ai pas affirmé que j'en étais sûr. Mais réfléchis un peu : ce bout de papier a tout l'air d'être neuf. La tache de sang (s'il s'agit de sang, ce que je crois) est trop vive pour être ancienne. Ciaccono l'a trouvée, s'il a dit, *pardon**, s'il a roté la vérité, aussitôt après sa rencontre avec un inconnu dans le souterrain où le voleur a disparu. Cela me paraît suffisant, n'est-ce pas ? Et quand on parle de bibles, quel est le nom qui te vient à l'esprit ?

— Le père Robleda.

— Exact. Bible égale prêtre.

— Toutefois, le sens de certains détails m'échappe, objectai-je.

— C'est-à-dire ?

— "Ut primum" est ce qu'il reste de "Caput primum". Tandis que "Malachi" est à l'évidence la dépouille de "Malachiæ". Cela m'amène à penser que la tache recouvre le mot "prophetia". Il s'agit d'un chapitre de la Bible concernant le prophète Malachie, observai-je en puisant dans l'instruction que j'avais reçue au cours de mon enfance quasiment monastique. En revanche, je ne m'explique pas "nde", à la première ligne. Avez-vous une idée à ce sujet, monsieur Atto ? Pour ma part, je n'en ai pas la moindre. »

L'abbé Melani haussa les épaules : « Je ne peux certes pas me considérer comme un expert. »

Une telle profession d'ignorance en matière de Bible dans la bouche d'un abbé me parut singulière. En y réfléchissant bien, son affirmation « Bible égale prêtre » semblait, elle aussi, particulièrement grossière. Quel genre d'abbé était-ce donc ?

Tandis que nous regagnions la galerie, Melani reprit le fil de ses considérations : « N'importe qui peut être en possession d'une bible. Au reste, l'auberge en a au moins un exemplaire, n'est-ce pas ?

— Elle en a même deux, pour être exact. Mais je les connais bien et je sais que le bout de papier que vous tenez ne peut en provenir.

— D'accord. Tu conviendras cependant qu'il pouvait appartenir à la bible de n'importe quel pensionnaire du *Damoiseau*, qui n'aurait aucune difficulté à voyager avec un exemplaire des Ecritures. Dommage que la déchirure ait ôté la grande lettre capitale ornée, sans doute placée au début du chapitre de Malachie, et qui nous aurait aidés à déterminer la provenance de notre pièce. »

Je n'étais point de son opinion. Il y avait bien d'autres bizarreries sur cette feuille, et je les lui marquai : « Avez-vous jamais vu une page de la Bible imprimée d'un seul côté ?

— C'était sans doute la fin du chapitre.

— Mais il vient juste de commencer !

— Il est possible que la prophétie de Malachie soit extrêmement courte. Nous ne pouvons pas le savoir, car les dernières lignes ont été arrachées, elles aussi. A moins qu'il ne s'agisse d'un usage d'imprimerie. Ou d'une erreur, qui sait ? Quoi qu'il en soit, Ugonio et Ciacconio nous apporteront leur aide : ils craignent trop de ne plus revoir leur bout de papier crasseux.

— A propos de peur, j'ignorais que vous possédiez un pistolet, dis-je, me ressouvenant l'arme avec laquelle il avait menacé les deux pilleurs de tombes.

— Je l'ignorais, moi aussi », répondit-il.

Il me regarda de biais avec une grimace amusée, avant de tirer de sa poche le canon de bois luisant terminé par du métal, dont la crosse m'avait semblé disparaître inexplicablement dans sa main au moment où il avait brandi l'engin.

« Une pipe ! m'exclamai-je. Par quel mystère Ugonio et Ciacconio ne s'en sont-ils pas aperçus ?

— La lumière était faible, et mon visage assez menaçant. Les deux pilleurs de tombes n'avaient sans doute pas envie de connaître le mal que je risquais de leur faire. »

J'étais stupéfait par la simplicité de ce stratagème, par le naturel avec lequel l'abbé l'avait mis en œuvre et par le succès inattendu qu'il avait obtenu.

« Un jour, peut-être, il t'arrivera, à toi aussi, de devoir agir comme je l'ai fait, mon garçon.

— Et si mes adversaires ont des soupçons ?

— Prends exemple sur moi, la nuit que j'ai dû affronter deux bandits parisiens. Crie bien fort : *"Ceci n'est pas une pipe*"* », me répondit en riant l'abbé Melani.

Quatrième journée

14 SEPTEMBRE 1683

Le lendemain matin, je me réveillai dans mon lit, les os rompus et les idées pour le moins embrouillées, et ce, à l'évidence, à cause du sommeil bref et agité que les aventures de la journée précédente avaient engendrées. La longue descente dans le souterrain, les efforts nécessaires à franchir trappes et escaliers, ainsi que le terrifiant corps à corps avec les pilleurs de tombes m'avaient épuisé la chair et l'esprit. Toutefois, une chose me surprenait autant qu'elle me réjouissait : malgré les épouvantables visions mortifères que la rencontre avec Ugonio et Cicconio m'avait réservées, aucun cauchemar n'était venu troubler ces quelques heures de sommeil. Et pourtant la désagréable (quoique nécessaire) recherche de celui qui m'avait volé le seul objet de valeur que j'eusse jamais possédé avait troublé mon repos nocturne.

Après avoir ouvert les yeux, je fus, au contraire, plaisamment assailli par de fort douces réminiscences oniriques : elles semblaient toutes vouloir me parler de Cloridia et de sa beauté suave. Je n'étais pas en mesure de recomposer dans un tableau ce concert béat de sensations illusoires, et pourtant presque vraies : le beau visage de ma Cloridia (je l'appelais déjà ainsi !), sa voix poignante et céleste, ses mains douces et sensuelles, ses réflexions vagues et légères...

Heureusement, je fus arraché à ces rêveries mélancoliques avant que la langueur ne m'envahisse irrémédiablement, mettant à exécution les événements solitaires qui auraient pu me priver des quelques forces qui me restaient.

En effet, un gémissement à ma droite attira mon attention. Je me tournai et vis monsieur Pellegrino assis sur son lit, le buste appuyé contre le mur, la tête entre les mains. Extrêmement surpris et heureux de le trouver dans de meilleures conditions (depuis le début de sa maladie, il n'avait jamais soulevé la tête de l'oreiller), je me précipitai à ses côtés, le pressant de questions.

Pour toute réponse, il glissa péniblement sur le bord de sa couche et m'adressa un regard absent, sans émettre le moindre son.

Déçu et alarmé par son inexplicable silence, je courus appeler Cristofano.

Le médecin m'emboîta le pas. Il entreprit d'examiner fébrilement Pellegrino. Mais alors que le Toscan observait ses yeux de près, mon maître émit un *flatus ventris* crépitant. Ce fut ensuite le tour d'un léger rot, puis d'un nouveau vent. Ces quelques minutes suffirent à Cristofano pour comprendre.

« Il est ensommeillé, inerte dirais-je, il n'est peut-être pas encore très bien réveillé. Son teint est encore blême. Certes, il ne parle pas, mais je ne désespère pas de le voir se ressaisir bientôt. L'hématome qu'il a à la tête semble s'être dégonflé, il ne m'inquiète plus vraiment. »

Pour l'heure, l'état de Pellegrino se résumait à un fort engourdissement. Sa fièvre avait disparu. Toutefois, il était encore impossible d'être totalement rassuré sur son cas.

« Et pourquoi ? demandai-je en devinant que le médecin était peu enclin à me confier les mauvaises nouvelles.

— Ton maître est victime d'un excès d'air dans le ventre. Il est de tempérament bilieux, et il fait plutôt chaud aujourd'hui, cela doit nous induire à la prudence. Il conviendra d'effectuer un lavement, ainsi que je le craignais, au reste. »

Il ajouta que désormais, étant donné les soins et les traitements purgatifs auxquels il était contraint de le soumettre, Pellegrino aurait besoin d'être seul dans sa chambre. Nous décidâmes donc que je placerais ma couche dans la pièce voisine, l'une des trois chambres demeurées intactes depuis la mort de l'ancienne aubergiste, madame Luigia.

Tandis que je me préparais à ce déménagement, Cristofano tira d'un sac en cuir une pompe à soufflet aussi grande que mon avant-bras. Il introduisit à l'extrémité de cet instrument un premier tube, long et fuselé ; celui-ci se rattachait perpendiculairement à un second, qui se terminait par un petit trou. Il essaya le mécanisme plusieurs fois pour s'assurer que le soufflet insufflât bien l'air dans le conduit et le rejetât par le trou.

Pellegrino assistait d'un regard vide à cette opération. Je l'observais avec un mélange de contentement, le voyant enfin ouvrir les yeux, et de crainte à cause de son étrange état de santé.

« Voilà », déclara Cristofano, la mine satisfaite au terme de ses essais. Il me commanda ensuite de réunir de l'eau, de l'huile et un peu de miel.

En rentrant dans la pièce avec les ingrédients requis, je fus surpris de trouver le médecin s'agitant autour du corps à demi dévêtu de Pellegrino.

« Il ne coopère pas. Aide-moi à le tenir. »

Je fus contraint d'aider le médecin à dénuder les rondeurs postérieures de mon maître, qui accueillit de mauvais gré une telle initiative. Dans le corps à corps qui s'ensuivit (causé, en vérité, par le manquement de coopération de la part de Pellegrino, plus que par de la résistance à proprement parler), j'interrogeai Cristofano sur ses desseins.

« C'est simple, me répondit-il. Je veux qu'il expulse un bon peu d'air inutile. »

Le modèle qu'il détenait, m'expliqua-t-il, permettait, grâce à des tubes disposés à angle droit, de se soigner seul en ménageant ainsi sa pudeur. Mais Pellegrino ne semblait pas en mesure de veiller à sa santé, ce qui nous obligeait à le faire pour lui.

« Cela l'aidera-t-il à se sentir mieux ? »

Presque étonné par ma question, Cristofano me dit que le clystère (tel était le nom que portait ce traitement) est toujours profitable, jamais nuisible : comme le dit Redi, il évacue les humeurs du corps avec une grande placidité sans affaiblir les entrailles, et sans qu'elles vieillissent, comme avec les médicaments administrés par la bouche.

Tandis qu'il versait sa préparation dans le soufflet, Cristofano vanta les vertus des lavements non seulement purgatifs, mais aussi altérants, anodins, lithotropiques, carminatifs, sarcotiques, épulotiques, détergents et même astringents. Les ingrédients favorables étaient infinis : on pouvait pratiquer des infusions de fleurs, de feuilles, de fruits ou de graines d'herbes, employer aussi des pieds ou de la tête de mouton, des intestins d'animaux, ainsi que du bouillon de vieux coqs lassés d'être fouettés.

« Très intéressant, dis-je en essayant de masquer mon dégoût pour satisfaire Cristofano.

— A propos, ajouta le médecin au terme d'une dissertation aussi utile, dans les jours qui viennent le convalescent devra suivre un régime à base de bouillons, de brouets et d'eaux cuites afin de se remettre d'une tel épuisement. Voilà pourquoi tu lui administreras aujourd'hui une demi-tasse de chocolat, une poule au pot et des biscuits au miel trempés dans du vin. Demain, une tasse de café, un potage de bourrache et six paires de testicules de poulets. »

Après avoir assené à Pellegrino quelques vigoureux coups de piston, Cristofano l'abandonna à moitié nu et me chargea de le veiller jusqu'à ce que l'effet bénéfique du lavement se produise. Ce qui arriva incontinent, et avec une telle violence, que je compris pourquoi le médecin m'avait ordonné de transporter mes affaires dans la chambre d'à côté.

⚜

Je descendis préparer un dîner léger, mais nourrissant, ainsi que le médecin me l'avait recommandé : de l'épeautre bouilli dans le lait d'amandes ambrosiennes, avec du sucre et de la cannelle, un potage de raisin épineux dans un bouillon de poisson sec avec du beurre, des fines herbes et des œufs battus, que je servis avec des tranches de pain coupées en dés et de la cannelle. Je distribuai ces mets aux pensionnaires et demandai à Dulcibeni, Brenozzi, Devizé et Stilone Priàso de m'indiquer le moment qui leur convenait le mieux pour que je leur applique les remèdes prescrits par Cristofano contre la peste. Ils saisirent leur repas avec agacement, après l'avoir reniflé, et me répondirent tous quatre en soupirant qu'ils voulaient être laissés en repos. Je songeai que leur paresse et leur irritation étaient peut-être dues à mon inexperte cuisine : probablement, les doux effluves de la cannelle ne l'ennoblissaient pas assez. Et je me proposai d'en augmenter les doses à l'avenir.

Après le repas, Cristofano m'apprit que le père Robleda avait réclamé ma présence car il avait besoin d'eau à boire. Je m'emparai d'une carafe pleine et frappai à la porte du jésuite.

« Entre, mon garçon », me dit-il en m'accueillant avec une urbanité inattendue.

Après s'être abondamment rafraîchi le gosier, il m'invita à m'asseoir. Intrigué par un tel comportement, je lui demandai s'il avait passé une bonne nuit.

« Oh, tant d'efforts, mon garçon, tant d'efforts... répondit-il sur un ton laconique qui me poussa à me mettre encore plus sur mes gardes.

— Je comprends », dis-je avec défiance.

Robleda avait le teint étrangement pâle, les paupières lourdes, et des poches sombres sous les yeux. A l'évidence, il n'avait point dormi.

« Hier, nous avons tous deux conversé, se décida-t-il enfin, mais je te prie ne pas accorder trop d'importance aux discours que nous avons trop librement menés. La mission pastorale nous amène souvent à employer des figures rhétoriques impropres, une distillation conceptuelle excessive et une syntaxe désordonnée pour permettre aux jeunes esprits d'atteindre des visées nouvelles et plus fécondes. En outre, les jeunes ne sont pas toujours prêts à accueillir ces stimulations bénéfiques de l'esprit et du cœur. La situation que nous subissons tous dans cette auberge peut également nous pousser à mal interpréter les pensées d'autrui et à formuler les nôtres d'une manière malheureuse. Voilà, je te prie simplement d'oublier notre conversation, et en particulier ce que nous avons dit au sujet de sa Béatitude notre cher pape Innocent XI. Enfin et surtout, j'aimerais que tu évites de rapporter ces dissertations passagères et futiles aux pensionnaires de cette auberge. Notre séparation physique pourrait nous induire en erreur, je crois que tu comprends...

— Ne vous alarmez point, mentis-je. Je me ressouviens fort peu de cette causerie.

— Ah oui ? s'exclama Robleda, un instant piqué. Eh bien, c'est encore mieux. En repensant à ce que nous avions dit, je me suis senti presque oppressé par le poids de ces discours. Comme lorsqu'on s'enfonce dans les catacombes et que l'on se retrouve sous terre, hors d'haleine. »

Tandis qu'il se dirigeait vers la porte pour me congédier, je fus comme foudroyé par cette phrase que je jugeai fort révélatrice. Robleda s'était trahi. Je tentai d'inventer en toute hâte un sujet de conversation pour l'amener à se découvrir encore plus.

« Je respecte la promesse de ne plus en parler, et cependant j'ai encore une question à vous poser sur Sa Béatitude

Innocent XI, ou plutôt sur les papes en général, dis-je juste avant qu'il n'ouvre la porte.

— Parle donc.

— Eh bien, voilà... balbutiai-je en m'efforçant d'improviser, je me demandais s'il existe une manière de distinguer parmi les pontifes ceux qui ont été bons, ceux qui ont été excellents, et enfin ceux qui ont été saints.

— Il est curieux que tu m'interroges à ce propos. C'est exactement ce à quoi je songeais cette nuit, répondit-il presque pour lui-même.

— Alors, je suis certain que vous aurez également une réponse pour moi », ajoutai-je dans l'espoir de prolonger notre conversation.

Le jésuite m'invita une nouvelle fois à m'asseoir, m'expliquant qu'un grand nombre de réflexions et de prophéties s'étaient succédé au cours des siècles au sujet des pontifes présents, passés et futurs.

« La raison en est, m'expliqua-t-il, que tout le monde, et en particulier les habitants de cette ville, connaissent, ou croient connaître les qualités du pape régnant. Mais ils regrettent aussi les papes passés, espèrent que le prochain sera meilleur, voire que ce sera le pape angélique.

— Le pape angélique ?

— Celui qui ramènera l'Eglise de Rome à la sainteté de ses origines.

— Je ne comprends pas, l'interrompis-je en contrefaisant le naïf. Si l'on regrette toujours les pontifes passés, qui, lorsqu'ils étaient en vie, ont eux-mêmes fait regretter leurs prédécesseurs, alors les papes sont de moins en moins bons. Comment peut-on donc espérer en l'avènement d'un meilleur pape ?

— C'est le contresens des prophéties. Depuis toujours, Rome a été la cible de la propagande que les ennemis hérétiques de la papauté ont répandue. Ainsi, le *Super Hieremiam* et l'*Oraculum Cyrilli* prédirent, il y a fort longtemps, la chute de la ville, Tommaso da Pavia annonça les visions qui préparaient l'effondrement du palais du Latran, Robert d'Uzès et Johannes Rupescissa déclarèrent tous deux que la ville où Pierre avait posé la première pierre était devenue la ville des deux colonnes, siège de l'Antéchrist. »

Soudain, je me sentis coupable d'avoir abordé de tels thèmes dans le seul but d'obtenir plus de renseignements sur un vol de clefs et de quelques bijoux. Mais Robleda n'en était qu'au début : il soutenait, en effet, qu'il fallait mentionner la seconde prophétie de Charlemagne. Selon cette mystérieuse et insondable prophétie, l'empereur accomplirait le jour du Jugement un glorieux voyage en Terre Sainte, où il serait couronné par le pape angélique. Enfin, les visions de sainte Brigitte assuraient que Rome serait détruite à raison par la descendance germanique.

Mais ces rêves de destruction et de purification d'une Rome corrompue par l'avidité et la luxure n'étaient autre que de pâles artifices de l'imagination lorsqu'on les comparait à l'*Apocalipsis nova* du bienheureux Amedeo, dans laquelle l'on apprenait enfin que le Seigneur élirait pour son troupeau un pasteur qui libérerait l'Eglise de tous ses péchés, expliquerait tous les mystères et guiderait les vœux de tous. Les rois accourraient pour l'adorer, l'Eglise d'Orient et l'Eglise d'Occident ne feraient plus qu'une, les infidèles seraient reconquis par la seule et unique foi, et l'on aurait enfin un *unum ovile et unus pastor*.

« Et ce pape serait le pape angélique, dis-je dans la tentative de clarifier mes idées, en sentant que le jésuite voulait arriver à une autre conclusion.

— Exact, répondit-il.

— Et vous y ajoutez foi ?

— Voyons, mon fils, ce ne sont pas des questions à poser. Nombre de ces présumés voyants ont franchi les frontières de l'hérésie.

— Ainsi, vous ne croyez pas à un pape angélique.

— Bien sûr que non. Ceux qui voulaient créer l'attente d'un pape angélique étaient hérétiques, ou pire encore. Ils souhaitaient instiller l'idée qu'il faut démolir l'Eglise et que le pape n'est pas digne de rester à sa place.

— Quel pape ?

— Hélas, des attaques blasphématrices de ce genre ont été lancées contre tous les pontifes.

— Contre Sa Béatitude notre pape Innocent XI aussi ? »

Robleda prit un air sérieux. Je distinguai une ombre de suspicion dans ses yeux.

« Disons que certaines prédictions voudraient enseigner le passé depuis le début des temps, et l'avenir jusqu'à la fin du monde. Voilà pourquoi elles comprennent tous les papes et, donc Sa Béatitude Innocent XI.

— Et que prévoient-elles ? »

Je m'aperçus que Robleda revenait sur ce sujet avec un étrange mélange de réticence et de volupté. Il choisit un ton légèrement plus grave et m'expliqua que l'une de ces nombreuses prophéties prétendait connaître tous les papes qui s'étaient succédé de l'année 1100 environ jusqu'à la fin des temps. Et comme s'il n'avait point d'autre occupation depuis des années, il se mit à réciter une énigmatique kyrielle de mots latins : « *Ex castro Tiberis, Inimicus expulsus, Ex magnitudine montis, Abbas suburranus, De rure albo, Ex tetro carcere, Via transtiberina, De Pannonia Tusciae, Ex ansere custode, Lux in ostio, Sus in cribro, Ensis Laurentii, Ex schola exiet, De rure bovensis, Comes signatus, Canonicus ex latere, Avis ostiensis, Leo sabinus, Comes laurentius, Jerusalem Campaniae, Draco depressus, Anguineus vir, Cocionator gallus, Bonus comes...*

— Mais ce ne sont pas les noms des papes, l'interrompis-je.

— Eh bien si. Un prophète les avait lus dans l'avenir avant qu'ils ne viennent au monde, et les avait indiqués à l'aide des expressions chiffrées que je viens de t'énumérer. Le premier était ainsi *Ex castro Tiberis*, ce qui signifie : "d'un château sur le Tibre". Eh bien, le pape en question, Célestin II, était effectivement né à Città di Castello[1], sur les rives du Tibre.

— La prévision était donc exacte.

— Oui. Et la suivante aussi. *Inimicus expulsus* ne peut être que Lucien II, de la famille Caccianemici, la traduction de l'expression latine Chasse-ennemis. L'expression *Ex magnitudine montis* désigne le troisième pape, Eugène III, né au château de Grammont. Le quatrième pape...

— Il doit s'agir de papes très anciens, l'interrompis-je. C'est la première fois que j'ouïs leurs noms.

— Oui, c'est vrai. Mais les papes modernes ont été prévus avec la même exactitude. *Jucunditas crucis*, le numéro 82 de la prophétie, n'est autre qu'Innocent X. Qui a été élevé au rang de pape le 14 septembre, fête de la Sainte-Croix. *Montius custos*, le gardien des monts, le numéro 83, désigne Alexandre VII, qui a, en effet, fondé les monts de piété. *Sydis olorum*, à savoir l'astre des cygnes, le numéro 84, est Clément IX, qui habitait la chambre des Cygnes au Vatican. Clément X, le numéro 85, se cache sous l'expression *De flumine magno*, c'est-à-dire, "au grand fleuve". Il est né, en effet, dans une maison sur les rives du Tibre, à l'endroit même où le fleuve débordait.

---

1. Littéralement : Ville du Château. (*N.d.T.*)

— La prophétie s'est donc toujours avérée.

— Certains le soutiennent. Ils sont, à vrai dire, fort nombreux », répondit Robleda en clignant de l'œil.

Puis il se tut, sans doute dans l'attente d'une question. En effet, en dévidant la liste des papes que la prophétie avait prévus, il s'était arrêté au pape Clément X, le numéro 85. Il avait compris que je n'aurais pas résisté à la tentation de l'interroger sur le suivant : il s'agissait de Sa Béatitude Innocent XI, notre pape.

« Et quelle est la devise du numéro 86 ? l'interrogeai-je tout échauffé.

— Eh bien, puisque c'est toi qui me le demandes... dit le jésuite en soupirant. Sa devise est pour le moins curieuse.

— Quelle est-elle donc ?

— *Belua insatiabilis*, dit Robleda d'une voix incolore, "insatiable bête sauvage". »

J'eus grand-peine à masquer ma surprise et mon effroi. Si d'innocentes devises désignaient tous les autres papes, une expression atroce et menaçante qualifiait notre bien-aimé pontife.

« La devise de Notre Seigneur ne se rapporte peut-être pas à ses qualités morales ! objectai-je avec indignation, comme pour me donner du courage.

— C'est sans doute possible, en convint paisiblement Robleda. En effet, maintenant que j'y pense, le blason de la famille du pape comporte un lion léopardé et un aigle. Deux bêtes sauvages, justement. Oui, c'est possible, ou plutôt, c'est certain, conclut le jésuite avec un flegme plus railleur que tout sourire. Quoi qu'il en soit, il ne faut pas que cela t'empêche de dormir, conclut-il, car selon la prophétie, nous aurons en tout cent onze papes, et nous en sommes aujourd'hui au quatre-vingt-sixième.

— Mais qui sera le dernier pape ? » insistai-je.

Robleda se fit à nouveau sombre et pensif.

« L'énumération compte cent onze papes à partir de Célestin II. Vers la fin, viendra *Pastor angelicus*, c'est-à-dire le pape angélique dont je te parlais plus tôt, mais ce ne sera pas le dernier. En effet, selon la prophétie, cinq papes se succéderont ensuite *in extrema persecutione Sacræ Romanae Ecclesiae sedebit Petrus romanus, qui pascet oves in multis tribulationibus ; quibus transactis, civitas septicollis diruetur, et judex tremendus judicabit populum.*

— Ce qui signifie que saint Pierre reviendra, que Rome sera détruite et qu'il y aurait le Jugement dernier.

— Bien, c'est exact.

— Et quand cela arrivera-t-il ?

— Je te l'ai déjà dit, dans un laps de temps très long, selon la prophétie. Mais il faut maintenant que tu me laisses : je ne voudrais point que tu négliges les autres pensionnaires pour écouter ces fables sans importance. »

Déçu par la fin subite de notre entretien, je franchis le seuil de la chambre sans avoir pu arracher à Robleda d'autres renseignements utiles. Je m'aperçus alors que je devais satisfaire une dernière et, cette fois, sincère curiosité.

« A propos, quel est l'auteur de la prophétie des papes ?

— Oh, un saint moine qui a vécu en Irlande, dit en toute hâte Robleda tandis que la porte se refermait. Il se nommait, je crois, Malachie. »

⁂

Echauffé par ces nouvelles volcaniques et inattendues, je courus sans différer chez Atto Melani, dont la chambre était située à l'autre extrémité de l'étage, afin de les lui livrer. Dès qu'il m'ouvrit la porte, je m'aperçus que sa chambre était plongée dans une mer de papiers, de livres, de vieilles gravures et de liasses de lettres, posés en désordre par terre et sur son lit.

« Je travaillais, expliqua-t-il en m'accueillant.

— C'est lui », dis-je, hors d'haleine.

Et je lui contai mon entrevue avec Robleda au cours de laquelle le jésuite avait mentionné les catacombes sans raison apparente. Après que je l'y eus opportunément incité, il s'était ensuite lancé dans une longue réflexion sur les vaticinations annonçant l'avènement du pape angélique, et sur une prophétie concernant la fin du monde au terme d'une succession de cent onze pontifes, dans laquelle on parle d'une « insatiable bête sauvage » qui ne serait autre que Notre Seigneur le pape Innocent XI. Enfin, il avait admis que la prédiction avait été écrite par le prophète irlandais Malachie...

« Du calme, du calme, m'interrompit Atto. Je crains que tu ne confondes un peu les choses. Saint Malachie est un moine irlandais qui vécut mille ans après le Christ, il n'a rien à voir avec le prophète Malachie de la Bible. »

Je l'assurai que je le savais fort bien, et que je ne confondais rien, puis je lui répétai les faits plus en détail.

« Intéressant, finit par commenter Atto. Deux Malachie, tous deux prophètes, apparaissent sur notre chemin à quelques heures d'intervalle. C'est trop pour n'être qu'un simple concours de circonstances. Le père Robleda t'a rapporté qu'il songeait à la prophétie de saint Malachie la nuit dernière, nuit au cours de laquelle nous avons retrouvé le chapitre biblique du prophète Malachie dans les souterrains. Il feint de ne pas bien se rappeler le nom du saint, dont la renommée est cependant universelle. Et puis il parle des catacombes. Je ne serais pas surpris de découvrir qu'un jésuite a volé les clefs : ils ont fait bien pire. J'aimerais toutefois savoir pour quelle raison il est allé fureter dans ces souterrains. C'est un point bien plus intéressant.

— Pour avoir la certitude qu'il s'agit bien de Robleda, nous devrions vérifier sa bible, observai-je, afin de voir si la page arrachée en provient.

— Exact, et nous n'avons qu'une seule possibilité de le faire. Cristofano a annoncé que l'appel de la quarantaine aurait bientôt lieu. Tu profiteras de la sortie de Robleda pour t'introduire dans sa chambre à la recherche de sa bible. Si je ne m'abuse, tu sais déjà où trouver le livre de Malachie dans l'Ancien Testament.

— Après les livres des Rois, parmi les douze prophètes mineurs, répondis-je avec promptitude.

— Bien. Quant à moi, je n'aurai pas les mains libres, car Cristofano m'épiera. Il doit avoir flairé quelque chose : il m'a demandé un peu plus tôt si j'avais, par hasard, quitté ma chambre durant la nuit. »

A cet instant précis, j'entendis le médecin m'appeler. Je le rejoignis en diligence à la cuisine, où il m'informa que les hommes du Bargello venaient de crier, dans la rue, qu'ils allaient effectuer le deuxième appel. L'espoir que nous nourrissions tous, à savoir que nos contrôleurs eussent été distraits par la bataille de Vienne, dont ils attendaient l'issue, s'était donc évanoui.

Cristofano était inquiet. Si Bedford ne passait pas l'examen, nous serions certainement menés dans un autre lieu et soumis à des mesures bien plus sévères. Ceux d'entre nous qui possédaient des biens devraient s'en séparer afin qu'ils soient purifiés des miasmes maléfiques par le biais d'une exposition aux vapeurs de vinaigre. Ainsi que Cristofano nous l'avait expliqué, il était rare qu'on revoie plus d'un quart des biens dont on avait été privé, sous un régime de peste.

En suivant les commandements de Cristofano, tous les pensionnaires se rassemblèrent avec angoisse au premier étage, devant la chambre de Pompeo Dulcibeni. Je fus pris d'un tendre tressaillement en apercevant la douce Cloridia qui m'adressait, elle aussi, un sourire triste (c'était tout au moins ce que j'imaginais) à l'idée qu'aucune intimité, ni verbale ni d'autre sorte, ne nous serait possible au cours de ces instants. Le médecin arriva le dernier en compagnie de Devizé et d'Atto Melani. Contrairement à ce que j'avais espéré, ils ne soutenaient pas le corps presque inerte de Bedford : l'Anglais (on le comprenait au visage consterné de Cristofano) n'était pas encore en mesure de tenir debout, ni a fortiori de répondre à un appel. Tandis qu'ils s'approchaient, je vis qu'Atto et le guitariste concluaient une confabulation intense par des signes de complicité.

Cristofano nous précéda dans la chambre et se montra le premier à la fenêtre, en face de laquelle les sbires du Bargello tendaient déjà le cou dans la tentative de nous observer. Le médecin s'annonça et se présenta aux côtés de la silhouette jeune et, à l'évidence, en bonne santé de Devizé. Les hommes d'armes convoquèrent ensuite et examinèrent brièvement l'abbé Melani, Pompeo Dulcibeni et le père Robleda. Il y eut une courte pause, au cours de laquelle ils conversèrent entre eux. Cristofano et le père Robleda semblaient asservis par la peur. Quant à Dulcibeni, il assistait à cette scène avec flegme. Seul Devizé s'était éloigné de la pièce.

Nos inquisiteurs (qui, à mes yeux de profane, ne paraissaient pas particulièrement experts en art médical) posèrent à Cristofano des questions d'ordre général. Celui-ci s'était hâté de me conduire à la fenêtre, afin que je fusse convenablement observé. L'arrivée de Cloridia suscita ensuite les railleries des hommes du Bargello ainsi que des allusions à de vagues maladies que la courtisane aurait pu transmettre.

Nos craintes furent à leur comble quand vint le tour de monsieur Pellegrino. Cristofano le mena fermement à la fenêtre, sans lui infliger toutefois l'humiliation d'être poussé et secoué. Nous savions tous que le médecin tremblait : le seul acte de conduire mon maître à la fenêtre en présence des autorités, sans manifester la moindre réserve, signifiait qu'il se portait garant le premier de sa bonne santé.

Pellegrino sourit faiblement aux trois inconnus. Deux

d'entre eux échangèrent un regard interrogateur. Quelques mètres seulement les séparaient de mon maître et du médecin. Pellegrino chancela.

« Je t'avais prévenu ! » s'exclama Cristofano d'une voix rageuse tandis qu'il tirait une flasque vide de la culotte de l'aubergiste. Pellegrino rota.

« Il a trop parlé avec le Grec », plaisanta l'un des trois hommes du Bargello en faisant allusion à l'inclination, à présent évidente, de mon maître pour le vin de Greco. Cristofano avait réussi à dissimuler la maladie de Pellegrino derrière une prétendue ivrognerie.

C'est alors (et je ne l'oublierai jamais) que je vis Bedford apparaître par miracle parmi nous.

Il gagna la fenêtre à grands pas, accueilli avec empressement par Cristofano, et s'offrit à la vue du redoutable triumvirat. Comme les autres, j'étais terrifié et obnubilé, comme si je venais d'assister à une résurrection. Il semblait si bien libéré des souffrances de sa chair que j'avais l'impression d'être en présence à son esprit. Les trois sbires n'étaient pas aussi surpris, car ils ignoraient les tristes succès du mal qui l'avait frappé au cours des heures précédentes.

Bedford proféra quelques mots dans sa langue, que nos inquisiteurs parurent déçus de ne pas posséder.

« Il a répété qu'il voulait s'en aller », expliqua Cristofano.

Les trois hommes, qui se ressouvenaient des protestations de Bedford à l'occasion du précédent appel et qui étaient certains de ne pas être compris, le raillèrent avec un plaisir triomphal et vulgaire.

Bedford, ou mieux son miraculeux simulacre, répondit aux moqueries des trois sbires en lançant pareille kyrielle d'insultes, avant d'être vivement emmené par Cristofano. Tout le groupe rentra. Certains pensionnaires échangeaient des regards incrédules face à l'inexplicable guérison de l'Anglais.

Une fois dans le couloir, je cherchai Atto Melani dans l'espoir d'obtenir une explication. Je le rejoignis tandis qu'il s'apprêtait à s'engager dans l'escalier et à gagner le deuxième étage. Il me lança un regard amusé, devinant aussitôt ce que je brûlais de savoir, et se gaussa de moi en chantonnant :

Fan battaglia i miei pensieri,
e al cor dan fiero assalto.

Così al core, empi guerrieri,
fan battaglia, dan guerra I miei pensieri [1]...

« Tu as vu comme notre Bedford s'est bien remis ? demanda-t-il sur un ton ironique.

— Mais ce n'est pas possible ! »

Atto s'arrêta au milieu de la volée de marches.

« Croyais-tu donc qu'un agent spécial du roi de France se serait laissé jouer comme un gamin ? murmura-t-il, la mine narquoise. Bedford est jeune, il est petit et a le teint clair. Et tu as effectivement vu un jeune homme petit et blond. Le Britannique a les yeux bleus, et notre Bedford de ce soir avait, lui aussi, les yeux pers. Au cours de l'appel précédent, Bedford avait protesté parce qu'il voulait partir, et il l'a également fait ce soir. Bedford parle une langue que les trois hommes du Bargello ne comprennent pas et, en effet, ils n'ont rien compris cette fois non plus. Où est le mystère ?

— Mais ce ne pouvait pas être lui...

— Bien sûr que non. Bedford gît encore plus mort que vif dans son lit, et nous prions pour qu'il se ressaisisse un jour. Mais si tu avais bonne mémoire (c'est obligatoire pour un gazetier), tu te ressouviendrais du désordre qu'il y a eu au cours du précédent appel. Lorsqu'on a prononcé mon nom, c'est Stilone Priàso que Cristofano a conduit à la fenêtre, quand on a appelé Dulcibeni, le médecin y a mené Robleda, et ainsi de suite, en feignant de se tromper. A ton opinion, après ce petit ballet, les hommes du Bargello pouvaient-ils être certains de reconnaître tous les pensionnaires de l'auberge ? Dis-toi bien que le Bargello ne possède l'effigie de personne, car il n'y a parmi nous ni le pape ni le roi de France. »

Mon silence parla pour moi.

« Ils ne pouvaient reconnaître personne, répéta l'abbé, à l'exception du jeune gentilhomme à la chevelure blonde qui proteste en langue anglaise.

— Et donc Bedford... »

J'eus une illumination en voyant Devizé disparaître derrière la porte de sa chambre.

« ... joue de la guitare, parle français, et fait parfois

---

1. Mes pensées livrent bataille/ et fièrement assaillent mon cœur./ Funestes guerrières, mes pensées,/ livrent bataille et font la guerre au cœur... *Fan battaglia i miei pensieri* de Luigi Rossi. (*N.d.T.*)

semblant de savoir l'anglais, dit Atto en adressant un sourire complice à Devizé. Ce soir, il s'est contenté de porter des habits semblables à ceux du pauvre Bedford. Il pouvait aussi les lui emprunter, mais l'ami Cristofano nous aurait mandés directement au lazaret : ne jamais employer les couvertures et les habits des pestiférés.

— Alors monsieur Devizé s'est montré une deuxième fois à la fenêtre, à la place de Bedford, et je ne m'en suis pas aperçu !

— Tu ne t'en es pas aperçu parce que c'était absurde, et les choses absurdes ont beau être vraies, elles sont plus difficiles à distinguer.

— Et pourtant, les hommes du Bargello nous avaient déjà convoqués un par un, contestai-je, quand l'auberge a été fermée.

— Oui, mais ce premier appel était confus et convulsif car les sbires devaient également veiller à bloquer la rue et à fermer l'auberge. Et puis, plusieurs jours se sont écoulés depuis. L'obstacle visuel, à savoir les grilles des fenêtres du premier étage, s'est chargé du reste. Je serais moi-même incapable d'identifier nos geôliers sans crainte de faire erreur, de derrière cette grille. A propos d'yeux, comment sont ceux de Bedford ? »

Je réfléchis un instant. Sans parvenir à réprimer un sourire, je répondis : « Ils sont... de travers.

— Exact. Si tu réfléchis bien, le strabisme est hélas sa caractéristique la plus visible. Lorsque les trois sbires ont vu deux pupilles bleues et convergentes pointées sur eux (et, là, notre Devizé a été fort habile), ils n'ont pas eu le moindre doute : c'est l'Anglais. »

Je remâchai ses mots avec étonnement.

« Maintenant, va retrouver Cristofano, me congédia Atto, car il va certainement te réclamer. Ne lui parle pas des petites astuces qu'il m'a aidé à mettre en œuvre : il en a honte, parce qu'il craint de trahir les principes de son art. Il se trompe, mais mieux vaut lui laisser penser ce qu'il veut. »

⚜

Dès que je l'eus rejoint, Cristofano me communiqua des nouvelles rassurantes : il s'était entretenu avec les hommes du Bargello, auxquels il avait assuré que notre groupe était en bonne santé. Il leur avait personnellement garanti qu'il rapporterait tout événement important à l'émissaire qui se rendrait tous les matins devant l'auberge pour représenter, avec lui, la situation. Cela nous libérait donc de l'obligation de comparaître pour l'appel à laquelle nous avions obéi (miraculeusement) jusqu'alors.

« Pareille légèreté n'aurait point été possible en d'autres moments, dit le médecin.

— Que voulez-vous dire ?

— Je sais comment l'on se comporta à Rome pendant la peste de 1656. Dès que l'on sut qu'il y avait eu des cas suspects de contagion à Naples, l'on bloqua toutes les routes reliant les deux villes, et l'on interdit tout commerce d'individus ou de marchandises avec les terres environnantes. L'on manda dans les quatre parties des Etats pontificaux autant d'émissaires pontificaux afin qu'ils veillent à l'application des mesures de santé, l'on renforça le contrôle des côtes pour limiter ou interdire l'abordage des bateaux, et l'on condamna un certain nombre de portes à Rome, tandis que l'on éleva aux autres des herses insurmontables pour limiter le passage des personnes.

— Et tout cela ne suffisait-il pas à enrayer l'épidémie ? »

Il était déjà trop tard, expliqua tristement le médecin. Un poissonnier napolitain, un certain Antonio Ciothi, était arrivé à Rome au cours du mois de mars pour échapper à une accusation de meurtre que l'on avait lancée contre lui à Naples. Il était descendu dans une auberge du Trastevere, près de Montefiore, où il était soudain tombé malade. La femme de l'aubergiste (Cristofano avait appris ces détails en conversant avec des vieillards qui avaient assisté à ces événements) avait aussitôt conduit le poissonnier à l'hôpital de San Giovanni, où le jeune homme était mort quelques heures après. L'autopsie n'avait révélé aucun motif d'inquiétude. Mais quelques jours plus tard, l'épouse de l'aubergiste mourut, bientôt suivie dans la tombe par sa mère et sa sœur. Là encore, les médecins n'avaient décelé aucun signe de contagion pestilentielle, mais l'on avait toutefois résolu, au vu d'un concours de circonstances si évident, de mander au lazaret l'aubergiste et tous ses apprentis. On éleva des herses pour séparer le Trastevere du reste de la ville, et l'on rassembla la Congrégation de la santé pour affronter cette situation d'urgence. L'on créa pour chaque quartier des commissions formées de prélats, de gentilshommes, de médecins chirurgiens et de notaires, qui recensèrent tous les habitants de la ville, notant leur métier, leurs nécessités, leur état de santé, afin d'offrir à la Congrégation de la santé un tableau de la situation qui leur permettrait également d'examiner, ou de secourir, les maisons qui en avaient besoin, un jour sur deux.

« Mais à présent, toute la ville ne pense, semble-t-il, qu'à la bataille de Vienne, observa Cristofano. Nos trois inquisiteurs m'ont révélé qu'on a récemment vu le pape, prostré à terre devant le crucifix, pleurer d'effroi et d'angoisse face au destin de toute la chrétienté. Et si le pape pleure, pensent les Romains, nous devons tous trembler. »

La responsabilité qu'il avait assumée, ajouta le médecin, était d'une extraordinaire gravité, elle retombait aussi sur mes épaules. Désormais, il nous faudrait scruter avec une attention majeure toute variation de santé parmi les pensionnaires. Une erreur de notre part (puisqu'il rapporterait certainement mes possibles erreurs) nous attirerait de graves sanctions. Nous devrions veiller en particulier à ce que personne ne quitte l'auberge avant la fin de la quarantaine. Quoi qu'il en soit, les deux rondes, destinées à empêcher quiconque d'arracher les planches et de sauter par la fenêtre, garantissaient le contrôle nécessaire.

« Je vous servirai en tout », dis-je à Cristofano pour l'adoucir, alors que j'attendais avec impatience le retour de la nuit.

La suppression de l'appel avait beau être agréable, elle avait compromis le projet, concerté avec Atto Melani, d'interroger la bible du père Robleda. J'en informai discrètement l'abbé en glissant un billet sous sa porte, avant de regagner la cuisine, car je craignais que Cristofano (qui allait de chambre en chambre pour examiner ses patients) ne me surprît en conversation avec Melani.

Mais c'est Cristofano qui m'appela depuis la chambre de Pompeo Dulcibeni, au premier étage. Le gentilhomme de Fermo avait une attaque du mal de sciatique. Je le trouvai au lit, allongé sur le côté, tout endolori, tandis qu'il suppliait le médecin de le remettre sur pied au plus vite.

La mine pensive, Cristofano s'escrimait autour des jambes de Dulcibeni. Il en soulevait une et m'ordonnait de replier l'autre, observant l'effet de ces mouvements sur le malade. Lequel hurlait, tandis que Cristofano hochait la tête solennellement.

« J'ai compris. Il nous faut un cataplasme magistral

associé à des cantharides. Mon garçon, pendant que je le prépare, enduis-lui tout le côté gauche de ce baume », dit-il en me tendant un petit pot.

Il informa ensuite Dulcibeni qu'il lui faudrait porter ce cataplasme huit jours durant.

« Huit jours ! Voulez-vous dire que je devrais rester alité aussi longtemps ?

— Bien sûr que non. La douleur s'atténuera bien avant, rétorqua le médecin. Il est évident que vous n'êtes pas en mesure de courir. Mais qu'importe ? Tant que durera la quarantaine, vous n'aurez pas d'autre occupation que de ne rien faire. »

Dulcibeni grommela, de très méchante humeur.

« Consolez-vous, ajouta Cristofano. Certaines personnes, plus jeunes que vous, sont déjà percluses de douleurs. C'est le cas du père Robleda qui subit depuis quelques jours les atteintes des rhumatismes, même s'il ne le montre pas. Il doit être de santé délicate, car l'auberge ne me paraît pas humide. De plus, le temps est beau et sec. »

Je sursautai. Les soupçons que je concevais au sujet de Robleda s'aiguisèrent. Je m'aperçus alors, non sans dégoût, que le médecin avait extrait de son sac un flacon rempli de coléoptères morts. Il en saisit deux, d'un vert doré.

« Cantharides, dit-il en agitant les insectes sous mon nez, morts et séchés. Aussi miraculeux que des sangsues. Et, qui plus est, aphrodisiaques. »

Cela dit, il entreprit de les piler au-dessus d'une gaze mouillée.

« Ah, le jésuite a des rhumatismes ! s'exclama Dulcibeni au bout d'un moment. Tant mieux, il arrêtera ainsi de fureter partout.

— Que voulez-vous dire par là ? demanda Cristofano tout en hachant les coléoptères à l'aide d'un petit couteau.

— Ignorez-vous que la compagnie de Jésus est un nid d'espions ? »

Mon cœur bondit. Je devais en savoir plus. Mais Cristofano ne semblant pas attiré par ce sujet, l'affirmation de Dulcibeni n'allait pas avoir de suite.

« Vous n'êtes pas sérieux ? intervins-je alors avec force.

— Et comment ! » rétorqua Dulcibeni sur un ton convaincu.

A ses dires, non seulement les jésuites étaient maîtres dans l'art d'espionner, mais ils exigeaient aussi d'en faire le privilège de leur ordre, de façon que quiconque s'y appliquât sans leur autorisation expresse fût rigoureusement châtié. Avant que les jésuites ne s'introduisent dans le monde, d'autres religieux avaient participé aux intrigues du siège apostolique. Mais depuis que les disciples de saint Ignace s'étaient consacrés à l'exercice de l'espionnage, ils les avaient tous supplantés. Et ce, parce que les pontifes ont toujours éprouvé la nécessité absolue de pénétrer les affaires les plus secrètes des princes. Sachant que personne n'avait surpassé les jésuites en matière d'espionnage, les papes les transformèrent en héros : ils les mandèrent dans les villes les plus importantes, les favorisèrent au moyen de bulles et de privilèges, leur accordèrent leur préférence sur tous les autres ordres.

« Pardonnez-moi, objecta Cristofano. Mais comment les jésuites pourraient-ils exceller dans l'espionnage ? Il leur est interdit de fréquenter les femmes, qui bavardent toujours trop, d'être vus aux côtés de criminels, ou de personnes de vile condition, en outre... »

L'explication était simple, répondit Dulcibeni : les pontifes avaient concédé aux jésuites le sacrement de la confession, non seulement à Rome, mais dans toutes les villes d'Europe. Les confessions permettaient aux jésuites de s'insinuer dans l'esprit de tous, riches et pauvres, rois et paysans. Mais surtout, elles leur offraient l'occasion de sonder l'inclination et l'humeur de tous les conseillers ou ministres d'Etat : au moyen d'une rhétorique bien étudiée, ils arrachaient à leurs victimes les résolutions et les réflexions qu'elles mûrissaient secrètement.

Afin de pouvoir se consacrer entièrement aux confessions, et d'en retirer des profits toujours plus importants, les jésuites avaient obtenu du Saint-Siège l'exemption des autres offices. Pendant ce temps-là, les victimes donnaient dans le panneau. Les rois d'Espagne, par exemple, avaient toujours employé des confesseurs jésuites et avaient exigé que leurs ministres fassent de même dans toutes les terres soumises à l'Espagne. Les autres princes, qui avaient vécu jusqu'alors en bonne foi et qui ignoraient la malice des jésuites, commencèrent ainsi à croire que ces pères possédaient des dons particuliers pour la confession. Ils suivirent peu à peu l'exemple des rois d'Espagne, et les choisirent eux aussi comme confesseurs.

« Mais l'on a bien dû les démasquer, contesta le médecin, tandis que les carcasses des cantharides crépitaient sous son petit bistouri.

— Bien sûr. Cependant, quand leur jeu a été découvert, ils se sont mis au service de tel ou tel prince, selon les occasions, toujours prêts à les trahir. »

Voilà pourquoi ils sont unanimement aimés et détestés, dit Dulcibeni : on les déteste parce qu'ils sont des espions ; on les aime car l'on ne sait où trouver de meilleurs espions pour servir ses propres fins ; on les aime parce qu'ils proposent volontiers leurs services d'espions ; on les déteste car ils obtiennent ainsi les plus grands bénéfices pour leur ordre, et la plus grande perte des autres.

« Au fond, il est vrai, conclut le gentilhomme des Marches, que les jésuites méritent le privilège de l'espionnage : les autres échouent avant même de commencer. Quand les jésuites décident d'épier un malheureux, ils s'accrochent à lui comme de la poix et ne s'en détachent plus. Du temps de la révolte de Naples, il était vraiment plaisant de les voir espionner Masaniello pour le compte du vice-roi d'Espagne, et le vice-roi d'Espagne pour le compte de Masaniello. Ils avaient une telle habileté que personne, dans les deux camps, ne s'apercevait de rien ; et pendant ce temps, il mangeaient aussi bien la chèvre que le chou... »

Cristofano appliqua à Dulcibeni le cataplasme magistral saupoudré de petits bouts de coléoptères. Nous prîmes ensuite tous deux congé de lui. J'étais plongé dans un fatras de pensées : l'allusion du médecin aux étranges rhumatismes de père Robleda d'abord, puis la révélation selon laquelle le jésuite espagnol avait appris, dès le petit séminaire, à espionner plus qu'à prier, confirmaient de plus en plus mes soupçons à son égard.

Je m'apprêtais enfin à regagner ma chambre (en vérité, j'avais besoin de repos après les efforts de la nuit précédente) quand je remarquai que le jésuite avait quitté la sienne en compagnie de Cristofano, afin de rejoindre la fosse, voisine de la cuisine, où il était possible de déposer ses déjections organiques. Je n'hésitai pas devant une telle occasion : je montai silencieusement au dernier étage et poussai avec délicatesse la porte du jésuite, pour me glisser à l'intérieur. Trop tard : j'eus l'impression d'entendre Robleda gravir l'escalier.

Je m'esquivai et me dirigeai d'un pas hâtif vers ma chambre, déçu de cet insuccès.

Mais d'abord j'allai trouver mon maître, qui était à moitié allongé sur son lit. Je dus l'aider à se libérer les intestins. Il m'adressa un certain nombre de questions confuses et résignées à propos de son état de santé puisque, bredouillat-il, le médecin siennois l'avait traité comme un marmot, lui dissimulant la vérité. Je tentai à mon tour de l'apaiser, après quoi je lui donnai à boire, remontai ses couvertures, et lui caressai longuement la tête jusqu'à ce qu'il s'assoupisse.

Il me fut enfin possible de m'enfermer dans ma chambrette. Je m'emparai de mon petit cahier et, fort las, y consignai – sans beaucoup d'ordre, en vérité – les derniers événements.

A mon tour, je m'abandonnai sur mon lit. Il me fallut alors combattre entre le besoin de dormir et les pensées qui se pressaient dans mon esprit, essayant en vain de se recomposer en un ensemble raisonnable et ordonné. La page de la bible qu'Ugonio et Ciacconio avaient ramassée avait peut-être appartenu à Robleda avant qu'il ne l'égare dans les galeries souterraines qui s'étendaient sous la place Navone : il était sans doute le voleur des clefs, et il avait, quoi qu'il en soit, accès auxdites galeries. L'aide que j'avais apportée à l'abbé Melani m'avait valu une frayeur ineffable, ainsi qu'un corps à corps avec deux pilleurs de tombes nauséabonds. Toutefois, c'était l'abbé qui avait résolu le problème, à l'aide d'une pipe qu'il avait déguisée en pistolet. Il avait obtenu un second succès en concevant et effectuant la mise en scène qui avait dupé les trois émissaires du Bargello. Grâce à lui, l'état de peste n'avait pas été déclaré ; mieux, nos inquisiteurs avaient décidé de réduire considérablement leurs contrôles. Le sentiment de gratitude et d'admiration que m'inspirait l'abbé Melani atténuait la défiance que j'avais nourrie à son égard, et j'attendais avec un brin de transport le moment de poursuivre, sans doute cette nuit-là, notre chasse au voleur. Le fait qu'on soupçonnât l'abbé d'espionner et de participer à des intrigues politiques nous désavantageait-il ? C'était plutôt le contraire, pensai-je : grâce à ses astuces, il avait protégé le groupe des pensionnaires contre la terrible perspective d'un internement dans un lazaret. Et il m'avait révélé sa mission, ce qui témoignait de la confiance qu'il avait en moi. Il s'était, certes, approprié comme un voleur les lettres de Colbert, mais ce genre de tâches, expliquait-il, étaient la conséquence directe et inéluctable de son dévouement pour la cour de France, et il n'existait point de preuves pour affirmer le contraire. Avec un frisson, je chassai l'image qui s'était soudain glissée dans mes pensées : celle des horribles restes humains que le tas de Ciacconio m'avait vomis dessus. Un fleuve de reconnaissance pour l'abbé Melani déborda de mon cœur. Tôt ou tard, pensai-je en laissant désormais le champ libre à ma torpeur, je révélerais aux autres pensionnaires l'habileté avec laquelle il avait eu raison des deux pilleurs de tombes et les avait occupés en leur distribuant en égale mesure promesses et menaces : je ne pourrais pas m'en empêcher. C'est ainsi, m'imaginais-je, que devait agir un agent spécial du roi de France, et je regrettais seulement de ne point posséder encore le savoir et l'expérience nécessaire pour illustrer de manière appropriée ces admirables entreprises. Un réseau de souterrains secrets sous le sol de la ville ; un agent du roi de France engagé dans une chasse aux bandits aussi généreuse que périlleuse ; un groupe de gentilshommes enfermés à la suite d'une mort mystérieuse, qui était peut-être l'œuvre de la peste. Enfin, le surintendant Fouquet, que tout le monde croyait mort et que les informateurs de Colbert avaient aperçu à plusieurs reprises dans les rues de Rome. Harassé, je priai le ciel afin qu'il me permette un jour de représenter des événements aussi merveilleux en qualité de gazetier.

La porte (que je n'avais sans doute pas fermée assez soigneusement) s'ouvrit dans un grincement. En me tournant vers elle, j'eus tout juste le temps de distinguer une ombre, qui se cachait en toute hâte derrière le mur.

Je me levai d'un bond afin de surprendre l'intrus et me penchai dans le couloir. J'entrevis une silhouette à quelques pas de là. Elle appartenait à Devizé, qui tenait sa guitare à la main.

« Mais voyons, je dormais, protestai-je. De plus, Cristofano a interdit aux pensionnaires de quitter leurs chambres.

— Regarde », dit-il en montrant sur le sol la raison de sa visite.

Soudain, je m'aperçus que je marchais sur un tapis de petites pierres, dont le faible crissement avait accompagné mes pas dès l'instant où j'avais abandonné mon lit. Je passai la main sur le sol.

« On dirait du sel », hasarda Devizé.

Je portai un minuscule caillou à ma langue.

« C'est vraiment du sel, confirmai-je sur un ton alarmé, mais qui l'a répandu par terre ?

— D'après moi, il s'est agi de... »

Au même instant, il me tendit sa guitare, et ses derniers mots se perdirent dans le silence de la nuit.

« Qu'avez-vous dit ?

— Je te la donne, dit-il avec un petit rire ironique en m'offrant son instrument, puisque tu aimes ma manière de jouer. »

Je me sentis vaguement touché. J'imaginais que j'étais en mesure de produire des sons agréables, voire une mélodie caressante, sur ces spires de boyaux. Pourquoi ne pas m'attaquer à la mélodie ineffable que le musicien français avait exécutée devant moi ? Je décidai de m'y essayer devant lui, tout en sachant que je m'exposai sans nul doute à ses railleries. J'explorais le manche de la main gauche et exprimentais de la droite la douce résistance des cordes non loin de la bouche sonore de cet instrument qu'aimait tant le Roi Très-Chrétien, quand je fus interrompu par une étreinte aussi familière qu'inattendue.

« Il est venu te voir », commenta Devizé.

Un beau chat tigré aux yeux verts, implorant un peu de nourriture, m'assaillait en frottant avec insistance sa queue contre mon mollet. Cette visite insolite m'alarma encore plus. Si le chat avait pénétré dans l'auberge, pensai-je, il existait peut-être une voie de communication avec l'extérieur que l'abbé Melani et moi-même n'avions pas encore découverte. Je levai les yeux afin de partager mes pensées avec Devizé. Il avait disparu. Une main me secoua délicatement l'épaule.

« Ne devais-tu pas t'enfermer ? »

❦

J'ouvris les paupières : j'étais dans mon lit. Cristofano m'avait arraché à mon songe, il me priait de confectionner et de distribuer le repas. Tout ensommeillé, j'abandonnai à regret mes visions oniriques.

Après avoir rapidement rangé la cuisine, je préparai une soupe de trognons d'artichauts dans un bouillon de poisson séché avec de la bonne huile et des petits pois, ainsi que des rouleaux de thon fourrés à la laitue. Je l'accompagnai d'un généreux morceau de fromage et d'une demi-chopine de vin rouge coupé. Ainsi que je me l'étais promis, je saupoudrai le tout d'une bonne dose de cannelle. Cristofano m'apporta son aide en veillant personnellement à

nourrir Bedford à la cuiller, me permettant ainsi de distribuer le repas aux autres pensionnaires, et surtout de faire
souper mon maître.

Après avoir donné la becquée à Pellegrino, je ressentis
le besoin pressant de respirer un peu d'air pur. Les longues
journées de réclusion, essentiellement passées dans la cuisine, dont la porte était condamnée et les fenêtres barrées
par une grille, parmi les fumées de cuisson qui s'élevaient
sans cesse de la cheminée, m'avaient oppressé la poitrine.
Je décidai donc de m'attarder brièvement dans ma chambrette. J'entrouvris la fenêtre et lorgnai la ruelle, au-dessous : il n'y avait pas âme vive dans cet après-midi ensoleillé
de l'été finissant. Seule, la sentinelle dormait d'un sommeil
paisible, blottie au coin de la demeure et de la via dell'Orso.
Je m'accoudai au rebord et inspirai profondément.

« Tôt ou tard, les Turcs devront affronter les princes les
plus puissants d'Europe.

— Ah oui ? C'est-à-dire ?

— Eh bien, le Roi Très-Chrétien, par exemple.

— Alors, ils en profiteront pour se serrer la main sans
plus avoir à se cacher. »

Ces voix animées et prudemment étouffées appartenaient sans nul doute à Brenozzi et Stilone Priàso. Elles
provenaient du deuxième étage, où leurs chambres voisines
disposaient de fenêtres très rapprochées. Je me penchai
pour les épier : ces nouveaux Pyrame et Thisbé avaient
inventé une manière fort simple de communiquer, à l'abri
de l'étroite surveillance de Cristofano. Dotés tous deux d'un
tempérament inquiet et curieux, amants du bavardage, ils
se soulageaient réciproquement de leur angoisse irrésistible.

Je me demandai s'il était opportun de profiter de cette
occasion inespérée, et de recueillir sans être vu d'autres renseignements sur ces deux personnages singuliers, puisque
l'un d'eux s'était déjà révélé être un fuyard. J'apprendrais
peut-être des détails utiles aux recherches compliquées que
j'aidais l'abbé Melani à mener.

« Louis XIV est le véritable ennemi de la chrétienté. Je
vous en donnerai des Turcs ! proclama Brenozzi sur un ton
âpre et impatient. Vous n'ignorez pas qu'on se bat à Vienne
pour sauver le monde chrétien. Tous les souverains auraient
dû secourir la ville. Hélas, le roi de France n'a pas voulu
apporter son aide. Ce n'est pas un hasard, ah non ! ce n'est
pas un hasard. »

Comme je l'ai déjà dit – et ainsi que me l'avaient grossièrement appris, au cours de ces derniers mois, les bavardages du peuple et les nouvelles qu'apportaient les
voyageurs qui fréquentaient l'auberge –, Notre Seigneur
Innocent XI avait produit d'énormes efforts pour former
une sainte Ligue contre le Turc. Le roi de Pologne avait
répondu à son appel en mandant quarante mille hommes,
qui s'ajoutaient aux soixante mille soldats que l'empereur
avait rassemblés à Vienne, avant de fuir honteusement sa
ville. Le valeureux duc de Lorraine s'était joint à cette juste
croisade, et l'on disait qu'onze mille soldats bavarois
s'étaient élancés vers Vienne. Mais les Turcs disposaient de
l'aide des kouroutz, les redoutables hérétiques hongrois qui,
après avoir rompu la trêve avec l'empereur, martyrisaient
les villages inermes de la plaine, entre Budapest et Vienne.
Sans compter l'appui fatal que les Ottomans allaient peut-
être trouver dans la peste : en effet, un foyer semblait s'être
déclaré parmi les assiégés, que la dysenterie rouge avait
déjà épuisés.

Paris était en mesure d'apporter une aide décisive aux
chrétiens. Mais le roi de France, rappelait Brenozzi, n'avait
pris aucune initiative.

« C'est une honte, acquiesça Stilone Priàso. C'est le plus
puissant souverain d'Europe, et il n'agit qu'à sa guise. Il
invente chaque jour une nouvelle invasion en Lorraine, en
Alsace...

— Et quand la force ne suffit pas, il emploie la corruption. Nul ne l'ignore : grâce à son argent, le roi de France
achète les autres rois, comme cette mollasse de Charles
d'Angleterre.

— C'est ignoble, ignoble. Vous avez peut-être raison :
les souverains chrétiens redoutent plus la France que les
Turcs, commenta Stilone Priàso.

— Mais bien sûr ! Mieux vaut Mahomet que les Français. Ils ont tiré mille coups de canon sur Gênes pour le seul
motif que la ville n'avait pas envoyé de salut à leurs vaisseaux, qui passaient devant. »

Brenozzi s'interrompit. Il savourait sans doute l'expression inconsolable qui, je l'imaginais, s'était peinte sur le
visage du Napolitain. De son côté, Stilone ne tarda pas à
reprendre la parole, il exposa des observations tout aussi
pressantes, nourrissant ainsi la conversation.

Je me penchai avec prudence pour mieux les épier, surplombant leurs têtes depuis ma cachette : plongés dans la chaleur de leur dissertation, les deux hommes retrouvaient la vitalité qu'ils avaient perdue dans l'obscurité de la solitude, et leur passion politique chassait presque la peur de la peste. N'en était-il pas de même chez les autres pensionnaires de l'auberge quand ma visite et celle du médecin – parfois accompagnées de vapeurs fortes, d'huiles épicées et de légères pressions – leur déliaient la langue et engendraient les réflexions les plus intimes ?

« Le prince Guillaume d'Orange, reprit Stilone Priaso, qui est pourtant toujours à la chasse de prêts, est le seul souverain européen à avoir arrêté les Français, qui, eux, regorgent d'argent, et imposé la paix de Nimègue. »

Voilà que réapparaissait, dans les discours de nos pensionnaires, le Hollandais Guillaume d'Orange, dont le nom avait d'abord émaillé les divagations de Bedford pour m'être ensuite illustré par l'abbé Melani. Ce David noble et pauvre, dont la gloire militaire était associée à la renommée de ses dettes, m'intriguait.

« Tant que le désir de conquête du Roi Très-Chrétien ne sera pas satisfait, insista Brenozzi, il n'y aura pas de paix en Europe. Et savez-vous quand cela se produira ? Lorsque la couronne d'empereur scintillera sur le crâne du roi de France.

— Vous voulez dire le Saint-Empire romain, j'imagine.

— Evidemment ! Devenir empereur, tel est son souhait. Il veut la couronne que Charles de Habsbourg avait volée à François Ier, son aïeul, grâce à des manœuvres financières.

— Oui, oui, en corrompant les princes électeurs, je crois...

— Bien, bonne mémoire. Si Charles de Habsbourg ne les avait pas achetés, aujourd'hui l'empereur serait français. Mais maintenant, Louis XIV veut reprendre la couronne. Et se venger par la même occasion des Habsbourg. Voilà pourquoi l'invasion des Turcs sert la France : s'ils font pression sur Vienne, l'empire s'affaiblit à l'orient, tandis que la France s'étend à l'occident.

— C'est vrai ! Il s'agit d'une manœuvre en tenaille.

— Exactement. »

Ainsi, expliqua Brenozzi, quand Innocent XI avait appelé les puissances européennes à se liguer contre les

Turcs, le Roi Très-Chrétien, fils aîné de l'Eglise, avait refusé d'envoyer des troupes, en dépit des prières de tous les souverains chrétiens. Pis, le roi de France avait imposé à l'empereur un accord odieux : la garantie de sa neutralité contre la reconnaissance de toutes ses conquêtes frauduleuses.

« Il a même eu le toupet de qualifier ses exigences de "modérées". Mais l'empereur, qui a toutefois le couteau sous la gorge, ne s'est pas plié à ce marché. A présent, le Roi Très-Chrétien s'abstient de participer aux hostilités, et vous croyez qu'il agit par scrupules ? Non ! Il a fait un choix stratégique. Il attend que Vienne soit épuisée. Ainsi, il ne rencontrera aucune difficulté. On murmurait, fin août, que les troupes françaises étaient de nouveau prêtes à s'élancer contre les Pays-Bas. »

Si seulement Brenozzi avait lu sur mon visage les sombres pensées que ses réflexions jetaient dans mon esprit ! Blotti sur mon perchoir, duquel j'écoutais en cachette les discours des deux hommes, je ruminais ma colère : le souverain qu'Atto Melani avait juré de servir était vraiment abominable ! Inutile de le nier, je m'étais inexorablement attaché à l'abbé ; entre les hauts et les bas, je n'avais pas encore renoncé à le considérer comme mon maître et seigneur.

Et voilà qu'une fois encore, victime de mon envie d'enquêter et de savoir, j'apprenais malgré moi des choses dont j'aurais préféré ne point ouïr le moindre mot.

« Ah, mais ce n'est rien, ajouta Brenozzi avec un sifflement de vipère. Vous connaissez la dernière ? A présent, les Turcs protègent les navires marchands des Français contre les pirates. De cette façon, le commerce avec l'Orient est aux mains des Français.

— Et les Turcs ? Qu'ont-ils obtenu en échange ? demanda Stilone.

— Oh, rien, ricana Brenozzi avec ironie, peut-être seulement... la victoire à Vienne. »

Dès que les habitants s'étaient barricadés dedans la ville, expliqua Brenozzi, les Turcs avaient creusé un réseau de tranchées et de souterrains qui s'étendaient jusque sous les murailles. Ils y avaient ensuite placé de puissantes mines, qui leur avaient permis d'enfoncer à plusieurs reprises l'enceinte fortifiée. Eh bien, c'était la technique dans laquelle excellaient les ingénieurs et les artificiers français.

— En somme, vous voulez dire que les Français sont d'intelligence avec le Turc, conclut Priàso.

— Ce n'est pas moi qui l'affirme. C'est l'opinion de tous les experts militaires du camp chrétien, à Vienne. Les armées du Roi Très-Chrétien avaient été instruites dans l'art d'employer tranchées et galeries par deux soldats au service de Venise durant la défense de Candie. Le secret est ensuite parvenu aux oreilles de Vauban, un ingénieur militaire du Roi Très-Chrétien. Vauban l'a perfectionné : tranchées verticales permettant de porter les mines en avant, tranchées horizontales pour déplacer les troupes d'un point à l'autre du camp. C'est une arme meurtrière : après avoir créé une bonne brèche, on pénètre dans la ville assiégée. Et voilà que les Turcs sont passés maîtres dans cette même technique, à Vienne. S'agit-il d'un hasard, d'après vous ?

— Parlez plus bas, lui conseilla Stilone Priàso. N'oubliez pas que l'abbé Melani n'est pas loin.

— Ah oui. Cet espion de la France, qui n'est pas plus abbé que le comte Dönhoff. Vous avez raison, restons-en là », dit Brenozzi. Les deux hommes se saluèrent avant de quitter leurs fenêtres.

Voilà que d'autres ombres s'étendaient sur Atto. Qui sait ce que signifiait la dernière réflexion, qui mentionnait un personnage inconnu ? Tandis que je refermais la fenêtre, l'ignorance de Melani en matière de bible me revint à l'esprit. Très étrange, pensai-je, pour un abbé.

« Guitare, chat et sel, dit Cloridia avec un rire amusé. Nous avons maintenant des éléments plus solides. »

J'avais rangé la cuisine avec une seule pensée en tête : retourner la voir. Les dures affirmations de Brenozzi exigeaient sans nul doute une nouvelle confrontation avec l'abbé Melani, mais elle aurait lieu dans la nuit, quand il frapperait à ma porte pour me ramener dans les galeries souterraines. J'avais porté en diligence leur repas aux autres pensionnaires, me soustrayant à ceux qui (comme Robleda et Devizé) avaient tenté de me retenir sous divers prétextes. Mon désir de bavarder une nouvelle fois avec la belle Cloridia était bien plus pressant, et je lui donnai libre cours en prétextant le songe curieux que j'avais fait : le deuxième depuis que les portes de l'auberge avaient été fermées par les hommes du Bargello.

« Commençons par le sel répandu, dit Cloridia. Je te préviens que ce n'est pas un bon signe. Il est synonyme d'assassinat, ou d'opposition à nos desseins. »

Elle lut la déconvenue sur mon visage.

« Il est toutefois à propos d'évaluer chaque cas, ajouta-t-elle, car il n'est pas dit qu'une telle signification vaut pour le rêveur. Ainsi, dans ton songe, elle pourrait se rapporter à Devizé.

— Et la guitare ?

— C'est le symbole d'une grande mélancolie, ou d'un travail sans réputation. Comme un paysan qui besogne toute l'année, sans jamais en retirer la moindre satisfaction. Comme un excellent peintre, architecte, ou musicien, dont personne ne connaît les œuvres et qui demeure éternellement négligé. Tu vois qu'elle est le synonyme de la mélancolie. »

J'étais consterné. Mon songe renfermait deux mauvais symboles. Et déjà Cloridia m'en annonçait un troisième.

« Le chat est un signe très clair : adultère et luxure, déclara-t-elle.

— Mais je n'ai point d'épouse.

— Le mariage n'est pas nécessaire pour l'exercice de la luxure, rétorqua Cloridia en entortillant malicieusement une mèche de cheveux autour de son doigt. En ce qui concerne l'adultère, n'oublie pas : chaque signe doit être attentivement examiné et soupesé.

— Et comment ? Je ne suis pas marié ! Je suis célibataire, un point c'est tout.

— Mais alors, tu ignores tout ! me gourmanda gentiment Cloridia. Les songes peuvent être interprétés de façon diamétralement opposée à leurs apparences. Ils sont donc infaillibles, car l'on peut envisager aussi bien le pour que le contre.

— On peut donc dire tout et le contraire de tout à propos d'un songe... objectai-je.

— Le crois-tu ? » répondit-elle en tirant ses cheveux derrière sa nuque et en dressant, par ce large geste circulaire des bras, les coupoles rondes et fermes de ses seins.

Elle s'assit sur un tabouret, me laissant debout.

« S'il te plaît, dit-elle en dénouant un petit ruban de velours, orné d'un camée, qu'elle portait autour du cou, suspends-le bien, car je n'y arrive pas devant le miroir. Attache-le un peu plus bas, mais pas trop. Doucement ! Ma peau est délicate. »

Comme s'il était besoin de me faciliter la tâche, elle écarta excessivement les bras, derrière la tête, exposant ainsi à ma vue sa poitrine, cent fois plus florissante que les pelouses du Quirinal, et mille fois plus parfaite que la voûte de Saint-Pierre.

Remarquant que je changeais de couleur face à ce spectacle soudain, Cloridia en profita pour éluder mon objection. Elle continua comme si de rien n'était, tandis que je m'escrimais avec le ruban.

« Selon certains, les songes qui précèdent le lever du soleil se rapportent à l'avenir ; ceux qui se produisent tandis que le soleil se lève font allusion au présent ; enfin, ceux qui suivent le lever du soleil se réfèrent au passé. Les songes sont plus sûrs en été et en hiver qu'à l'automne et au printemps, et au lever du soleil plutôt qu'à n'importe quelle autre heure de la journée. D'après d'autres, les songes que l'on fait pendant la période de l'Avent et de l'Annonciation prédisent des événements solides et durables ; ceux que l'on fait pendant les fêtes mobiles (telles que Pâques) désignent des choses variables, sur lesquelles nous ne devons pas trop compter. D'autres encore... Aïe, non, cela ne va pas, c'est trop serré. Comment se fait-il que tes mains tremblent ? demanda-t-elle avec un petit sourire sournois.

— Vraiment, j'ai presque terminé, je ne voulais pas...

— Du calme, du calme, nous avons tout le temps que nous voulons, dit-elle avec un clin d'œil en voyant que j'avais failli pour la cinquième fois. D'autres encore, reprit Cloridia en découvrant excessivement le cou et en dressant encore plus les seins, disent qu'on trouve en Bactriane une pierre du nom d'Eumetris qui, posée sous la tête pendant le sommeil, transforme les songes en prédictions solides et assurées. Certains n'emploient que des préparations chimériques : parfum de mandragore et de myrte, eau de verveine ou feuilles de laurier réduites en poudre et appliquées derrière le crâne. Mais d'autres recommandent aussi de la cervelle de chat avec de la boue de chauve-souris ayant vieilli dans du cuir rouge, ou farcissent une figue de fiente de pigeon et de poudre de corail. Crois-moi, pour ce qui est des visions nocturnes, ces remèdes sont très, très échauffants... »

Soudain, elle me saisit les mains et me regarda avec amusement : je n'étais pas encore parvenu à nouer le ruban. Mes doigts, entrelacés maladroitement avec le ruban, étaient glacés ; les siens, bouillants. Le ruban tomba dans son décolleté et disparut. Il fallait le reprendre.

« Bref, continua-t-elle en me serrant les mains, son regard planté dans le mien, il est important de faire des songes clairs, certains, durables, véridiques, et il y a un moyen pour chaque visée. Si tu rêves que tu n'es plus marié, cela peut signifier tout le contraire, c'est-à-dire que tu vas bientôt l'être. Ou que tu ne l'es pas, un point c'est tout. As-tu compris ?

— Dans mon cas, n'est-il pas possible de comprendre si la vérité se situe du côté de la lettre, ou de son contraire ? demandai-je avec un filet de voix, les joues en feu.

— Bien sûr que si.

— Et pourquoi ne me le dites-vous pas ? l'implorai-je en baissant involontairement les yeux sur le gouffre parfumé qui avait englouti le ruban.

— C'est simple, mon cher. Parce que tu n'as pas payé. »

Son sourire s'éteignit, elle éloigna brusquement mes mains de sa poitrine, repêcha le ruban et le noua en un éclair autour de son cou, comme si elle n'avait jamais eu besoin d'aide.

Je m'engageai dans l'escalier, en proie aux pensées les plus tristes que l'âme humaine fût capable d'engendrer, maudissant le monde entier, qui refusait de se plier à mes désirs, et me souhaitant d'aller en enfer, puisque je n'avais point su interpréter le monde. Les songes que j'avais confiés à Cloridia, misérable que j'étais, étaient tombés, nus et inermes, dans le giron d'une courtisane : par quel mystère l'avais-je oublié ? Comment avais-je été aussi sot pour m'imaginer conquérir ses grâces sans suivre la grand-route du paiement ? Et comment pouvais-je espérer, nigaud que j'étais, qu'elle ouvrirait *liberaliter* son esprit, et plus encore, à ma personne plutôt qu'à d'autres êtres bien plus courageux, plus méritants et plus admirables ? Et puis, comment son invitation à m'allonger sur son lit, pour ses deux consultations oniriques, tandis qu'elle s'asseyait sur une chaise, dans mon dos, n'avait-elle pas éveillé mes soupçons ? Cette requête incompréhensible et suspecte aurait dû me rappeler la nature, hélas, mercenaire, de nos brèves rencontres.

A cause de ces tristes pensées, il me fut fort agréable

de retrouver au bout des marches, devant ma porte, l'abbé Melani, que sa courte attente avait déjà impatienté. A mon arrivée, il fut incapable de réprimer un éternuement sonore, risquant ainsi de révéler notre rendez-vous à Cristofano.

Quatrième nuit

DU 14 AU 15 SEPTEMBRE 1683

Cette fois, nous parcourûmes avec plus d'assurance et de célérité les souterrains qui passaient sous le *Damoiseau*. J'avais emporté la canne à pêche brisée de Pellegrino, mais l'abbé Melani refusa d'inspecter la voûte des galeries qui nous avait permis de découvrir la trappe conduisant à la cavité supérieure. Nous étions attendus à un rendez-vous important, me rappela Melani, et les circonstances de cette rencontre étaient telles qu'il ne valait mieux pas tarder. Il remarqua ensuite mon visage sombre et se ressouvint qu'il m'avait vu descendre de la petite tour de Cloridia. Il eut un sourire amusé et entonna dans un murmure :

> *Speranza, al tuo pallore*
> *so che non speri più.*
> *E pur non lasci tu*
> *di lusingarmi il cuore* [1]...

Je n'avais pas la moindre envie d'être raillé, aussi résolus-je de lui clore le bec en lui posant la question qui m'encombrait la gorge depuis que j'avais ouï Brenozzi. L'abbé s'arrêta brusquement.

« Si je suis un abbé ? Mais quel genre de question me poses-tu donc ? »

Je le priai d'accepter mes excuses et ajoutai que je n'aurais jamais eu l'idée de lui adresser des questions inoppor-

---

1. *Speranza, al tuo pallore*, de Luigi Rossi. « Espoir, à ta pâleur/ je sais que tu n'espères plus./ Et pourtant tu ne cesses/ mon cœur de leurrer... » (*N.d.T.*)

tunes si je n'avais point entendu monsieur Angiolo Brenozzi s'entretenir longuement à la fenêtre avec Stilone Priàso, contant des histoires et exprimant des considérations variées qui avaient touché nombre d'affaires, dont la conduite du Roi Très-Chrétien à l'égard de la Sublime Porte et du Saint-Siège, et émettre parmi de multiples discours l'opinion selon laquelle lui, Melani n'était pas plus abbé que le comte Dönhoff.

« Le comte Dönhoff... belle trouvaille ! murmura Atto Melani d'une voix sardonique, se hâtant ensuite de s'expliquer. Evidemment, tu ignores qui est Dönhoff. Il suffit que tu saches qu'il s'agit du résident diplomatique de Pologne à Rome. En ces mois de guerre contre le Turc, il est fort, fort occupé. Afin de t'éclaircir, je te dirais que l'argent qu'Innocent XI envoie à la Pologne pour la guerre contre les Turcs passe également entre ses mains.

— Quel rapport entretient-il donc avec vous ?

— C'est une insinuation basse et insultante, rien de plus. Le comte Jan Kazimierz Dönhoff n'est pas le moins du monde abbé, il est commandeur de l'Ordre du Saint-Esprit, évêque de Cesena et cardinal du titre de San Giovanni a Porta Latina. Moi, en revanche, je suis abbé de Beaubec par décret de sa Majesté Louis XIV, confirmé par le conseil royal. En d'autres termes, selon Brenozzi, je ne suis abbé que par la volonté du roi de France, et non par celle du pape. Et comment en sont-ils venus à parler des abbés ? » demanda-t-il en reprenant sa route.

Je lui rendis un bref compte de la conversation des deux hommes, lui dis comment Brenozzi avait illustré la puissance croissante du roi de France, comment le souverain comptait se lier à la Sublime Porte pour mettre en difficulté l'empereur et avoir les mains libres dans ses aspirations de conquête, comment, enfin, ce dessein lui avait aliéné le Saint-Père.

« Intéressant, commenta-t-il. Notre verrier déteste la couronne de France, et, à en juger par ses appréciations hostiles, ne conçoit pas, non plus, une grande sympathie pour ma personne. Il est à propos de ne pas l'oublier. »

Puis il m'observa en plissant les paupières, à l'évidence fâché. Il savait qu'il me devait une explication sur son titre d'abbé.

« Tu sais ce qu'est le droit régalien ?

— Non, monsieur Atto.

— C'est le droit de nommer évêques et abbés, et de disposer de leurs biens.

— C'est donc un droit du pape.

— Non, non, non, un instant ! Ouvre bien tes oreilles, car cela te servira plus tard, lorsque tu seras gazetier. C'est une question délicate : qui dispose des biens de l'Eglise si ceux-ci se trouvent sur le sol de France ? Le pape ou le roi ? Attention, il ne s'agit pas seulement du droit de nommer les évêques, d'accorder des bénéfices et des prébendes ecclésiastiques, mais aussi de la possession matérielle des couvents, des abbayes, des terrains.

— En effet, c'est difficile à déterminer.

— Je le sais. De fait, les pontifes et les rois de France se battaient déjà sur ce sujet il y a quatre cents ans, car, évidemment, aucun roi n'aime céder une partie de son territoire au pape.

— Ce problème a-t-il été résolu ?

— Oui, mais la paix a été rompue à l'arrivée de notre présent pape, Innocent XI. En effet, au cours du siècle dernier, les juristes ont enfin résolu que le droit régalien revenait au roi de France. Par la suite, plus personne n'a remis en question cette affirmation. Or, voilà que deux évêques français (deux jansénistes, quel hasard !) ont rouvert les débats, et Innocent XI les a aussitôt soutenus. La dispute a donc recommencé.

— Bref, sans notre seigneur le pape, il n'y aurait plus eu de discussion au sujet du droit régalien.

— Bien sûr ! Qui d'autre que lui pouvait avoir l'idée de troubler de façon aussi malhabile les relations entre le Saint-Siège et le fils aîné de l'Eglise ?

— Je crois comprendre, monsieur Atto, que c'est le roi de France qui vous a nommé abbé, et non le pape », conclus-je en masquant à grand-peine ma surprise.

Il me répondit par un marmonnement d'acquiescement en accélérant le pas.

J'eus la nette impression qu'Atto Melani ne voulait point approfondir la question. Mais je m'étais enfin libéré du doute qui s'était formé dans mon esprit lorsque j'avais ouï à la cuisine Cristofano, Stilone Priàso et Devizé se conter l'un l'autre l'obscur passé d'Atto. Un doute qui s'était renforcé quand nous avions examiné le lambeau de Bible que les pilleurs de tombes sacrées avaient retrouvé. Désormais, son manquement de familiarité avec les Saintes Ecritures allait de pair avec ses révélations sur le droit régalien, qui permettait au roi de France de nommer abbé qui lui plaisait.

Je n'étais donc pas en présence d'un véritable ecclésiastique, mais d'un simple castrat auquel Louis XIV avait accordé un titre et une pension.

« Ne te fie pas trop aux Vénitiens, reprit Atto à cet instant précis. Il suffit de voir comment ils se comportent avec les Turcs pour comprendre leur nature.

— Qu'entendez-vous dire par là ?

— Avec leurs galées bourrées d'épices, d'étoffes et de toutes sortes de marchandises, les Vénitiens ont toujours entretenu de solides relations avec les Turcs, voilà la vérité. Leurs commerces ont été ruinés par l'arrivée de meilleurs concurrents, au nombre desquels comptent les Français. Je peux facilement imaginer ce qu'a ajouté Brenozzi : que le Roi Très-Chrétien espère que Vienne tombera afin d'avoir tout loisir d'envahir les électorats allemands et l'Empire, avant de tout partager avec la Sublime Porte. En mentionnant Dönhoff, Brenozzi comptait insinuer que je suis à Rome à la seule fin de prêter main-forte aux Français dans le complot qu'ils ourdissent. C'est, en effet, de cette ville qu'afflue à Vienne, par la volonté d'Innocent XI, l'argent destiné à nourrir les assiégés.

— En réalité, il n'en est rien, ajoutai-je en réclamant presque une confirmation.

— Je ne suis pas ici pour tendre des embûches aux chrétiens, mon garçon. Et le Roi Très-Chrétien n'intrigue pas avec le Divan, répondit-il gravement.

— Le Divan ?

— C'est une façon de désigner la Sublime Porte, les Turcs, en somme. »

Puis il ajouta : « N'oublie pas, les corbeaux se déplacent en bandes, alors que l'aigle vole en solitaire.

— Qu'est-ce que cela signifie ?

— Cela signifie : pense avec ta tête. Si tout le monde te dit d'aller à droite, va à gauche.

— Mais, selon vous, est-il licite, ou non, de s'allier avec les Turcs ? »

Il s'écoula un long instant, au bout duquel Melani déclara, sans jamais lever les yeux vers moi : « Aucun scrupule ne devrait empêcher Sa Majesté de renouveler aujourd'hui les alliances que nombre de rois chrétiens ont nouées avant lui avec la Porte. »

Les rois et les princes chrétiens qui avaient conclu des pactes avec la Porte ottomane se comptaient désormais par dizaines, expliqua-t-il ensuite. Ainsi, Florence avait appelé Mahomet II à l'aide contre Ferdinand Ier, roi de Naples. Et pour chasser du Levant les Portugais qui gênaient ses commerces, Venise s'était servie des forces du sultan d'Egypte. L'empereur Ferdinand de Habsbourg avait été non seulement l'allié, mais aussi le feudataire et le tributaire de Soliman, qu'il avait prié avec une soumission indigne de lui accorder l'investiture du trône de Hongrie. Quand Philippe II était parti à la conquête du Portugal, il avait offert des domaines à son voisin, le roi du Maroc, afin de l'amadouer, mettant ainsi des terres chrétiennes dans des mains infidèles, et ce, dans le seul but de dépouiller un roi catholique. Les papes Paul III, Alexandre VI et Jules II avaient, eux aussi, réclamé l'aide du Turc lorsqu'elle s'était révélée nécessaire.

Certes, les casuistes et les écoles catholiques s'étaient souvent demandé si ces princes chrétiens avaient commis un péché en agissant de la sorte. Mais presque tous les auteurs italiens, allemands et espagnols pensaient qu'il n'en était rien. Ils en étaient même arrivés à admettre qu'un prince chrétien peut secourir un infidèle en guerre contre un autre prince chrétien.

« Leur opinion, pontifia l'abbé, repose sur l'autorité et la raison. L'autorité vient de la Bible : Abraham s'est battu pour le roi de Sodome, et David contre les fils d'Israël. Sans compter les alliances de Salomon avec le roi Hiram, ainsi que celles des Maccabées avec les Lacédémoniens et les Romains, qui étaient des peuples païens. »

Comme Atto connaissait bien la Bible, pensai-je, lorsqu'elle était en rapport avec la politique...

« La raison, en revanche, continuait l'abbé, la mine convaincue, se fonde sur le fait que Dieu est l'auteur de la nature et de la religion. Il est donc impossible de dire que ce qui est juste pour la nature ne l'est point pour la religion, à moins qu'un précepte divin ne nous oblige à le croire. Dans le cas présent, aucun précepte divin ne condamne de telles alliances, en particulier quand elles sont nécessaires, et le droit de nature rend honnêtes tous les instruments raisonnables dont dépend notre conservation. »

Ayant terminé son discours doctrinal, l'abbé Melani me considéra à nouveau en fronçant les sourcils de manière didactique.

« Voulez-vous dire par là que le roi de France peut s'allier avec le Divan par légitime défense ? demandai-je, un tantinet hésitant.

— Certes, pour protéger ses Etats et la religion catholique contre l'empereur Léopold Ier, dont les desseins mesquins bouleversent toutes les lois divines et humaines. En effet, Léopold s'est allié avec la Hollande hérétique, trahissant ainsi le premier la vraie foi. Mais personne n'a dit mot, à l'époque. En revanche, tout le monde est prêt à invectiver contre la France, dont la seule faute a été de se révolter contre la menace durable des Habsbourg et des autres princes d'Europe. Depuis le début de son règne, Louis XIV se bat comme un lion pour éviter d'être écrasé.

— Ecrasé par qui ?

— Par les Habsbourg avant tout, qui l'entourent d'est en ouest. D'un côté, l'empire de Vienne, et de l'autre : Madrid, les Flandres et les possessions espagnoles en Italie. Tandis que menacent, au nord, l'Angleterre et la Hollande, les hérétiques maîtresses des mers. Et comme si cela ne suffisait pas, le pape aussi lui est hostile.

— Mais si de nombreux Etats prétendent que le Roi Très-Chrétien est un péril pour la liberté de l'Europe, il doit bien y avoir un fond de vérité. Vous m'avez dit, vous aussi, que...

— Ce que je t'avais dit du roi est étranger à ce qui nous occupe à présent. Ne juge pas une fois pour toutes, et considère chaque cas comme s'il était le premier de ton existence. N'oublie pas que le mal absolu n'existe pas dans les relations entre Etats. Surtout, ne déduis pas l'honnêteté d'un camp de la condamnation de l'autre : en général, les deux camps sont coupables. Et dès qu'elles prennent la place des bourreaux, les victimes commettent les mêmes atrocités qu'eux. Ne l'oublie pas, autrement tu feras le jeu de Mammon. »

L'abbé se tut, comme s'il voulait réfléchir, et poussa un soupir mélancolique.

« Ne poursuis pas le soleil trompeur de la justice humaine, reprit-il avec un sourire amer, car lorsque tu le rejoindras, tu n'y trouveras que ce que tu croyais avoir fui. Seul Dieu est juste. Garde-toi le plus possible de ceux qui se proclament justes et charitables, alors qu'ils indiquent le Démon parmi leurs adversaires. Ce n'est pas un roi, mais un tyran ; ce n'est pas un souverain, mais un despote ; il n'est pas fidèle à l'Evangile de Dieu, mais à celui de la haine.

— C'est si difficile à distinguer ! m'exclamai-je d'une voix inconsolable.

— Moins que tu ne le penses. Je te l'ai déjà dit : les corbeaux se déplacent en bandes, l'aigle vole en solitaire.

— La connaissance de toutes ces choses-là m'aidera-t-elle à être gazetier ?

— Non. Elle te créera des obstacles. »

Nous avançâmes sans plus ouvrir la bouche. Les maximes de l'abbé m'avaient ébahi, et je les remâchais silencieusement. J'avais été particulièrement surpris par la fougue avec laquelle il avait défendu le Roi Très-Chrétien, dont il m'avait présenté un visage sombre et arrogant quand il m'avait conté l'affaire Fouquet. J'admirais Atto même si mon jeune âge m'interdisait encore de comprendre pleinement les précieux enseignements qu'il venait de me dispenser.

« Sache enfin, ajouta l'abbé Melani, que le roi de France n'a nul besoin d'intriguer contre Vienne : si l'empire tombe, la lâcheté de l'empereur Léopold en sera responsable. En effet, quand les Turcs se sont rapprochés de Vienne, il s'est enfui au crépuscule comme un voleur, alors que le peuple désespéré et rageur tapait des poings sur son carrosse. Notre Brenozzi devrait bien le savoir, puisque l'ambassadeur vénitien à Vienne assistait à cette pitoyable scène. Ecoute donc Brenozzi, si tu le veux, mais n'oublie pas ceci : quand le pape Odescalchi a battu le rappel de l'Europe contre les Ottomans, une seule puissance, en dehors de la France, s'est dérobée. Venise. »

C'est ainsi que je fus doublement contraint au silence. Atto Melani avait non seulement démonté de manière convaincante les accusations de Brenozzi contre la France, les retournant contre Léopold Iᵉʳ et Venise, mais il m'avait aussi dévoilé clairement les soupçons que le verrier avait clairement laissé entendre à son égard. Je n'eus toutefois pas le temps de méditer cette dernière preuve de sagacité : nous étions à présent arrivés dans l'antre sombre où, la veille, Ugonio et Ciacconio nous avaient tendu un guet-apens. Conformément à notre pacte, les deux pilleurs de tombes se montrèrent quelques minutes plus tard.

Il n'était jamais possible de déterminer avec exactitude l'endroit d'où bondissaient ces deux êtres obscurs – j'aurais l'occasion de le remarquer à plusieurs reprises par la suite. Leur venue était en général annoncée par une pénétrante odeur de chèvre, de nourriture moisie, de foin humide, ou plus simplement par la puanteur typique des mendiants qui se traînaient dans les rues de Rome. On voyait alors apparaître leurs silhouettes obscures, qui ressemblaient à première vue à la manifestation de créatures sorties de l'Averne.

❧

« Et tu qualifies cela de plan ? s'écria l'abbé Melani en proie à la colère. Vous n'êtes que deux abrutis, voilà tout. Prends ça, mon garçon, et sers-t'en pour torcher le cul de Pellegrino. »

Nous nous étions à peine assis autour de la lanterne pour conclure l'affaire que nous avions établie au cours de la nuit précédente, quand l'abbé Melani s'était furieusement emporté. Il me tendit le bout de papier que Ciacconio lui avait remis : à son examen, je ne pus moi-même retenir un élan de déconvenue.

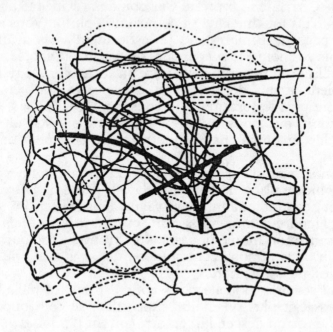

Nous avions fait un accommodement avec les pilleurs de tombes : nous leur rendrions le bout de Bible auquel ils tenaient tant à la seule condition qu'ils nous préparent un plan soigné des galeries qui se déroulaient dans les entrailles de la ville à partir du sous-sol de l'auberge. Nous étions prêts à honorer notre engagement (Atto jugeait que les pilleurs de tombes nous seraient peut-être utiles en d'autres occasions) et avions emporté le morceau de papier ensanglanté. Or, nous n'avions reçu en échange qu'une chose crasseuse, dont la nature de papier n'était plus qu'un vague souvenir. On n'y lisait qu'un fol enchevêtrement de centaines de lignes tremblantes et inextricables, dont on ne parvenait souvent à distinguer que le début, et qui se perdaient fréquemment dans les rides naturelles de la chose. Laquelle, à bien y regarder, ne résisterait pas longtemps avant de s'émietter en mille morceaux. Atto était furibond, il s'adressait à moi comme si les deux individus qui se tenaient devant nous, balayés par son mépris, n'existaient même pas.

« Nous aurions dû l'imaginer. Des êtres grognant sous terre toute la journée comme des bêtes sont forcément limités. A présent, nous aurons besoin de leur aide pour déambuler dans ces souterrains.

— Gfrrrlûlbh ! protesta Ciacconio, à l'évidence blessé.

— Tais-toi, âne bâté ! Ecoutez-moi, plutôt. Vous aurez votre page de Bible quand je le déciderai, pas avant. Je connais vos noms, je suis un ami du cardinal Cybo, le secrétaire d'Etat du pape. Je peux faire en sorte que vos reliques ne soient jamais déclarées authentiques et que personne n'achète plus les ordures que vous ramassez ici-bas. Voilà pourquoi vous nous prêterez vos services, avec ou sans Malachie. Et maintenant, montrez-nous comment on sort d'ici. »

Un sursaut d'effroi secoua les pilleurs de tombes. Puis Ciacconio se plaça tristement à l'avant-garde de notre quatuor et nous indiqua un point vague dans l'obscurité.

« J'ignore comment ils font, murmura Atto Melani en saisissant mon inquiétude, mais ils trouvent toujours leur chemin dans le noir, comme des rats, sans lanterne. Suivons-les, ne crains rien. »

La sortie à laquelle nous conduisirent les pilleurs de tombes était plus ou moins située dans le coin opposé à l'escalier qu'on descendait en arrivant du *Damoiseau*. Pour l'emprunter, il fallait toutefois se glisser dans un trou si exigu qu'elle était également peu praticable pour Ugonio et Ciacconio : malgré la bosse qui leur donnait une allure penchée et difforme, ils devaient d'abord s'accroupir péniblement sur le sol. Atto pesta à cause de l'effort et parce qu'il avait sali ses manches et ses beaux bas rouges sur ce terreau humide.

Il était étrange de voir l'abbé, qui passait ses journées reclus dans sa chambre et ses nuits dans le sous-sol, revêtir invariablement les étoffes les plus précieuses : satin de Gênes, serge, ratine d'Espagne, burat, papeline rayée, camelot de Flandre, droguet, drap d'Irlande. Le tout ponctué de fines broderies, lamelles métalliques, disques, cannetilles, et orné de franges, dentelles, pompons, rubans et galons. En vérité, n'ayant point d'habits ordinaires dans ses malles, il destinait ces splendides vêtements à une fin misérable et précoce.

En ressortant du trou, nous débouchâmes dans une galerie semblable à celles qui s'éloignaient du *Damoiseau*. A l'instant même où je quittais (plus aisément que les autres) l'étroit passage, je fus assailli par une question. Jusqu'à présent l'abbé Melani s'était montré fort désireux d'attraper le voleur des clefs et des perles, qui était peut-être lié à la mort de monsieur de Mourai. Cependant, il m'avait confié ensuite qu'il était venu à Rome dans le dessein de résoudre le mystère que constituait la présence certaine de Fouquet en ville. Le premier motif, me demandai-je soudain, suffisait-il à justifier l'empressement qu'il manifestait au cours de nos pérégrinations nocturnes ? Et je faillis douter du second. Ravi par la proximité de cet individu, aussi extraordinaire que les circonstances dans lesquelles je l'avais rencontré, je décidai que le moment n'était point arrivé de répondre à de telles interrogations. C'est alors que nous nous ébranlâmes dans l'obscurité, légèrement aidés par la faible clarté de nos deux lanternes.

Après avoir parcouru plusieurs dizaines de mètres dans le nouveau souterrain, nous nous heurtâmes à une croisée : la première galerie se dédoublait, donnant lieu à un second souterrain de même grandeur, à notre gauche. Quelques pas plus loin, un autre carrefour : une sorte de caverne s'ouvrait sur notre droite, sans révéler ce qu'elle dissimulait.

« Gfrrrlûlbh, dit Ciacconio en brisant le silence qui s'était abattu sur notre groupe depuis le début de la marche.

— Explique ! commanda Atto à Ugonio d'une voix sèche.

— Ciacconio dit qu'on peut sortiroir par cette échappataire.

— Bien. Alors, pourquoi ne le faisons-nous pas ?

— Ciacconio se demande si vous voulez sortiroir à la surfacère de cette échappataire ou, en diminuant les scrupels pour ne pas augmenter les scrupules[1], si vous souhaitez profiter d'un sortoir moins risqué.

— Tu veux savoir si nous préférons sortir par ici ou par un autre côté. Et comment le saurais-je ? Donnons un coup d'œil dans les environs et tentons de comprendre ce qu'il convient de faire. Il ne doit pas être très compliqué de se faire une idée de ces maudites galeries.

— Gfrrrlûlbh ? demanda Ciacconio à son compagnon d'un air curieux.

— Ciacconio doutise d'avoir droitement compréhensé, traduisit Ugonio.

— J'ai dit : examinons brièvement ces galeries, puisque cela ne doit pas être très difficile. Vous êtes tous d'accord ? »

C'est alors qu'Ugonio et Ciacconio éclatèrent d'un rire gras, bestial et presque démoniaque, que renforçaient d'obscènes et joyeuses contorsions dans la boue ignoble que nous piétinions, des grognements gutturaux et des échappements aériens du ventre. Des larmes grotesques et presque douloureuses complétaient le tableau des pilleurs de tombes, incapables d'opposer le moindre frein à leurs personnes.

« Très drôle », commenta avec colère l'abbé Melani, comprenant sans doute, tout comme moi, que les deux individus se vengeaient par cette hilarité animale du mauvais accueil que nous avions réservé à leur plan de la Rome souterraine.

Lorsque les culbutes bestiales prirent fin et que les deux chasseurs de reliques se furent calmés, nous obtînmes des éclaircissements.

Avec la langue colorée qui lui était propre, Ugonio expliqua que l'idée d'explorer *breviter et commoditer* les souterrains des environs et peut-être ceux de toute la ville leur avait semblé surprenante car, à l'instar d'innombrables autres pilleurs de tombes, ils se demandaient depuis fort longtemps si les voies de la ville ensevelie avaient un début, un milieu et une fin, si l'esprit humain était en mesure d'embrasser la cité selon un ordre rationnel ou, plus modestement, s'il était possible de trouver un salut certain lorsque

---

1. Jeu de mots entre « scrupule », l'unité de poids représentant la vingt-quatrième partie de l'once, utilisée en pharmacie (ici « scrupel » selon l'ancienne orthographe pour les nécessités du jeu de mots), et notre « scrupule » courant. Cette expression signifie en quelque sorte : « donner moins de médicaments pour faire moins de morts ». (*N.d.T.*)

l'on s'égarait par malheur dans ses profondeurs. Voilà pourquoi, poursuivit Ugonio, le plan que les deux pilleurs de
tombes nous avaient préparé aurait dû nous être utile et
agréable. Jusqu'alors, personne ne s'était lancé dans l'entreprise audacieuse de représenter la Rome souterraine dans
son intégralité, et rares étaient ceux qui pouvaient, comme
Ugonio et Ciacconio, se vanter de posséder une connaissance approfondie de son réseau de galeries et de cavernes.
Mais cette précieuse moisson de connaissances (dont, certainement, personne d'autre ne disposait, souligna encore
Ugonio) n'avait, hélas, pas été de notre goût, et donc...

Atto et moi nous lançâmes un coup d'œil.

« Où est le plan ? nous interrogeâmes-nous de conserve.

— Gfrrrlûlbh, dit Ciacconio en écartant les bras d'un
air inconsolable.

— Ciacconio respectise la refusance colérique de votre
décisionnité morgueuse et cosmique », déclara Ugonio sur
un ton impassible, tandis que son compère baissait la tête
et, avec une horrible régurgitation, vomissait dans la paume
de sa main droite une bouillie où l'on reconnaissait, hélas,
des lambeaux de la chose sur laquelle le plan était dessiné.

Personne n'osa voler au secours du plan.

« Etant plus père que parricide, Ciacconio finit toujours
par mangeailler quand il n'approuvise pas », expliqua
Ugonio.

Nous étions consternés. Le plan (dont nous venions de
saisir l'importance) avait été dévoré par Ciacconio qui, aux
dires de son compagnon, avait coutume d'engloutir tout ce
qui ne plaisait ni à ses relations ni à lui-même. Le précieux
dessin, presque digéré, était à jamais perdu.

« Mais que mange-t-il d'autre ? demandai-je, ébahi.

— Gfrrrlûlbh », dit Ciacconio en haussant les épaules,
ce qui signifiait à l'évidence qu'il accordait peu d'importance à ce qui franchissait le seul de ses crocs.

Ciacconio nous communiqua que la seconde bifurcation, celle qui débutait par une sorte de petite grotte avant
de dévier vers la droite, menait certes à la surface, mais au
terme d'un trajet assez long. Atto décida qu'il valait la peine
d'explorer la première déviation, qui conduisait vers la
gauche. Nous rebroussâmes chemin et nous engageâmes
dans la galerie. Nous avions à peine parcouru quelques
dizaines de mètres lorsque Ugonio réclama l'attention
d'Atto en le secouant.

« Ciacconio a reniflairé un présentant dans la gale-
riette.

— Les deux monstres pensent qu'il y a quelqu'un dans
les environs, chuchota Atto.

— Gfrrrlûlbh, confirma Ciacconio en indiquant la galerie d'où nous venions.

— Nous sommes peut-être suivis. Ciacconio et moi restons ici, dans le noir, décida l'abbé Melani. Vous deux,
continuez lentement avec les deux lanternes. Nous pourrons ainsi l'intercepter pendant qu'il suivra vos lumières. »

La perspective de demeurer en tête à tête avec Ugonio
ne me réjouissait guère, mais j'obéis comme les autres sans
mot dire. Melani et Ciacconio restèrent cachés dans la
pénombre. Soudain, je sentis les battements de mon cœur
accélérer et le souffle me manquer.

Ugonio et moi avançâmes sur une vingtaine de mètres
avant de nous arrêter, l'oreille tendue. Rien.

« Ciacconio a reniflairé un présentant et une feuillerie,
murmura Ugonio.

— Tu veux dire une feuille ? »

Il opina du chef.

Une silhouette se détacha faiblement dans la galerie. Je
bandais tous mes muscles dans un but que j'ignorais : attaquer, me préparer à un assaut ou, plus probablement,
m'enfuir.

C'était Atto. D'un geste de la main, il nous invita à le
rejoindre.

« L'inconnu ne nous suivait pas, annonça-t-il à notre
arrivée. Il chemine tout seul, et il s'est engagé dans le souterrain principal, celui qui observe une ligne droite après le
trou étroit. En vérité, c'est nous qui le suivons. Mais nous
devons nous hâter, car nous courons le risque de le perdre. »

Nous marchâmes jusqu'à Ciacconio, qui nous attendait,
aussi immobile qu'une statue, le bout de son gros nez tendu
dans l'obscurité.

« Gfrrrlûlbh.

— Masculifère, jeunet, salutifère, épouvantassé,
déclara Ugonio.

— De sexe masculin, jeune, en bonne santé, effrayé,
traduisit Atto en marmonnant dans sa barbe. Je ne supporte
pas ces deux individus. »

Nous tournâmes à gauche, nous engageâmes à nouveau
dans le conduit principal, ne conservant qu'une lanterne

très faiblement allumée. Après quelques minutes de marche, nous entrevîmes enfin une lointaine clarté, devant nous. Elle provenait de notre proie. Atto me pria d'éteindre ma lanterne. Nous cheminâmes sur la pointe des pieds en veillant à ne produire aucun bruit.

Nous suivîmes le voyageur un long moment sans réussir toutefois à le distinguer, car le tracé de la galerie s'incurvait légèrement vers la droite. Si nous avancions trop, il risquait de nous apercevoir, et par conséquent de s'enfuir.

Soudain, un petit crépitement s'échappa de sous mon pied. J'avais piétiné une feuille morte.

Nous nous pétrifiâmes en retenant notre souffle. L'individu s'était également arrêté. Nous ouïmes un bruissement rythmique augmenter. Une ombre se rapprochait de nous. Nous nous préparâmes à l'affrontement. Impénétrables sous leurs capuchons, les deux pilleurs de tombes ne bougèrent point. J'entrevis un éclat dans la main d'Atto et souris en dépit de mes craintes : il s'agissait sans doute de sa pipe. C'est à un tournant du souterrain que la découverte se produisit.

Nous avions emboîté le pas à un monstre. La lumière de sa lanterne nous révéla, du côté gauche de la galerie, un horrible bras crochu. Puis un crâne aigu et oblong, sur lequel se dressait une fourrure atrocement fournie et robuste. Le corps était informe et disproportionné. Un être infernal, que nous avions cru surprendre, rampait de manière menaçante en se dirigeant vers notre groupe. Nous étions pétrifiés. La silhouette du monstre fit un, deux, puis trois pas. Alors qu'elle s'apprêtait à sortir du virage, elle s'arrêta.

« Va-t'en ! »

Nous sursautâmes tous, et je sentis que mes forces m'abandonnaient. On avait crié. L'ombre grandit sur le mur, se déformant au-delà des attentes les plus logiques. Puis elle se dégonfla, prenant des proportions communes tandis que l'individu apparaissait en chair et en os devant nos yeux.

C'était un rat de la taille d'un petit chien, à l'allure hésitante et maladroite. Au lieu de bondir rapidement à notre vue (comme le rat d'égout auquel Atto et moi-même nous étions heurtés au cours de notre première incursion souterraine), le gros animal avançait laborieusement, indifférent à notre présence. Il semblait en très mauvais état. La lanterne avait projeté son profil, l'agrandissant de manière gigantesque, sur la paroi de la galerie.

« Horrible traînée, tu m'as fait peur », dit encore la voix. La lanterne s'éloigna à nouveau. Avant que l'obscurité ne nous enveloppe totalement, j'échangeai un regard avec Atto. Comme moi, il n'avait eu aucune difficulté à reconnaître la voix de Stilone Priàso.

⁕

Après avoir abandonné le rat agonisant, nous continuâmes patiemment notre chemin. La voix de Stilone Priàso avait jeté dans mon esprit un tourbillon d'hypothèses et de soupçons. Je savais peu de choses au sujet du Napolitain, à la réserve des quelques informations qu'il avait laissées échapper. Il se disait poète, et pourtant il ne vivait manifestement pas de ses seuls vers. Ses habits n'étaient pas luxueux, mais ils trahissaient une aisance bien supérieure à celle d'un rimailleur de circonstance. Dès le début, j'avais pensé qu'il convenait de chercher ailleurs sa véritable source d'argent. Maintenant, sa présence inexplicable dans les galeries souterraines ravivait tous mes doutes.

Nous le suivîmes encore un moment. Bientôt, apparurent les premiers degrés d'un escalier étroit et étouffant, qui s'élevait. Nous étions désormais plongés dans l'obscurité. Nous nous disposâmes l'un derrière l'autre, menés par Ciacconio, qui n'avait aucune peine à distinguer les traces de Stilone Priàso. Il devinait aussi les variations du terrain, qu'il me communiquait (je lui emboîtais le pas) par de petites tapes sur l'épaule.

Ciacconio s'arrêta un instant avant de repartir. Les marches avaient pris fin. Un air différent soufflait sur mon visage. A en juger par l'écho, certes léger, que provoquaient nos pas, nous nous trouvions dans un lieu assez vaste. Ciacconio balançait. Atto me pria d'allumer ma lanterne.

Grande fut ma stupeur quand, à moitié aveuglé par la lumière, je jetai un coup d'œil autour de moi. Nous étions dans une énorme grotte artificielle aux parois entièrement recouvertes de fresques. Au centre, un grand objet en marbre, que je ne parvenais pas encore à distinguer clairement. Ugonio et Ciacconio semblaient, eux aussi, dépaysés par ces lieux inconnus.

« Gfrrrlûlbh, se plaignit Ciacconio.

— L'odeuranteur dissimulise le présentant », expliqua Ugonio.

Il faisait allusion à la forte odeur d'urine rance qui régnait dans cette salle. Atto laissait son regard errer avec fascination sur les peintures qui nous dominaient. On y remarquait des oiseaux, des visages féminins, des athlètes, de riches décorations florales et, partout, des etoiles joyeuses.

Toutefois, Melani s'arracha bien vite à cette contemplation : « Nous n'avons pas le temps, il ne peut pas disparaître de la sorte. »

Nous découvrîmes sans tarder deux sorties. Ciacconio s'était ressaisi, il nous indiqua celle qu'il jugeait la bonne. Il nous conduisit d'un pas frénétique à travers un dédale d'autres salles, qu'il nous fut impossible d'examiner à cause de notre hâte et de la faible lumière que notre lanterne répandait. L'absence de fenêtres, d'air frais et de présence humaine prouvait cependant que nous étions encore sous terre.

« Ce sont des ruines romaines, déclara Atto avec un brin d'échauffement. Nous nous trouvons peut-être sous le palais de la Chancellerie.

— Qu'est-ce qui vous le fait dire ?

— Nous déambulons au dedans d'un grand labyrinthe, ce qui atteste de l'existence d'un édifice aux dimensions considérables. N'oublie pas que l'on a démoli une partie du Colisée et tout l'arc de Giordano pour obtenir la pierre nécessaire à construire la Chancellerie.

— Y êtes-vous déjà entré ?

— Certes. Je connaissais bien le vice-chancelier, le cardinal Barberini, qui m'a également demandé des services. Le palais est splendide et ses salles grandioses, ses façades en travertin ne sont pas laides non plus, bien que... »

Il dut s'interrompre car Ciacconio nous entraînait dans un escalier raide, qui, insidieusement privé de rampe, s'élevait dans le vide sinistre et sombre d'une autre cavité. Nous nous tenions tous quatre par la main. L'escalier paraissait interminable.

« Gfrrrlûlbh ! » finit par s'exclamer victorieusement Ciacconio en poussant une porte qui donnait sur la rue. C'est ainsi que, harassés et effrayés, nous débouchâmes enfin à l'extérieur.

D'instinct, je gonflai mes poumons, réconforté par l'air

frais et subtil de la nuit, après cinq jours de quarantaine dedans le *Damoiseau*.

Pour une fois, je pus être utile. En effet, je reconnus incontinent les lieux dans lesquels nous nous trouvions, m'y étant rendu à plusieurs reprises avec Pellegrino, qui y achetait les denrées alimentaires destinées au *Damoiseau*. C'était l'Arco degli Acetari, voisin de campo di Fiore et de la place Farnèse. Le nez tendu, Ciacconio nous mena vers le vaste espace de campo di Fiore. Une pluie fine s'abattait silencieusement sur nous. La place n'était occupée que par deux mendiants, blottis sur le sol avec leurs pauvres choses, et par un garçon qui se dirigeait vers une ruelle, pourvu d'une charrette. Alors que nous atteignions l'extrémité opposée, Ciacconio nous indiqua un petit bâtiment. La rue m'était familière, mais j'avais oublié son nom.

Aucune lumière ne filtrait à travers les fenêtres de la demeure, dont une porte semblait toutefois entrouverte sur la rue. Bien que celle-ci fût déserte, Ugonio et Ciacconio se placèrent par précaution à nos côtés. Tandis que nous nous rapprochions, nous ouïmes une voix étouffée et lointaine s'échapper de l'édifice. Je poussai prudemment une porte. Quelques marches menaient à l'étage inférieur, où l'on devinait, derrière une seconde porte entrebâillée, une pièce éclairée. C'est de là que provenait la voix. Elle conférait à présent avec une autre.

Atto me précéda dans l'escalier. Bientôt, nous remarquâmes que nous marchions sur un véritable tapis de feuilles de papier éparses. Atto en ramassait une quand les voix se firent soudain plus proches. Les individus auxquels elles appartenaient se tenaient maintenant derrière la porte.

« ... et voilà quarante écus », disait l'un d'eux.

Nous remontâmes l'escalier en toute hâte et gagnâmes l'entrée en veillant toutefois à repousser la porte qui donnait sur la rue afin de ne point éveiller les soupçons. Accompagnés d'Ugonio et de Ciacconio, nous nous cachâmes ensuite au coin de la demeure.

Nous avions vu juste : la petite porte s'ouvrit sur la silhouette de Stilone Priàso. Celui-ci examina les alentours avant de se diriger rapidement vers l'Arco degli Acetari.

« Et maintenant ?

— Maintenant, nous allons ouvrir la cage », me répondit Atto.

Il murmura quelques mots à l'oreille d'Ugonio et de

Ciacconio qui lui répondirent par un sourire sordide et cruel. En trottant, ils se lancèrent sur les traces de Stilone.

« Et nous ? demandai-je d'une voix pleine d'effroi.

— Nous rentrons, mais calmement. Ugonio et Ciacconio nous attendront dans les souterrains après avoir expédié un petit travail. »

Nous allongeâmes le trajet en évitant de passer au milieu de campo di Fiore. Nous nous trouvions non loin de l'ambassade de France, remarqua justement Atto, et nous risquions d'être surpris par un garde nocturne. Grâce à ses relations, il aurait certes pu y demander asile. Mais à l'heure qu'il était, les Corses qui montaient la garde devant l'entrée auraient préféré nous voler et nous égorger plutôt que de nous arrêter.

« Comme tu le sais peut-être, il existe à Rome ce qu'on appelle la liberté de quartier : les sbires du pape et le Bargello n'ont le droit d'arrêter personne dans les quartiers des ambassades. Mais ce système étant devenu trop commode pour les voleurs et les assassins en fuite, les gardes corses ne se perdent pas en subtilités. Hélas, mon frère Alessandro, qui est maître de chapelle du cardinal Pamphili, a quitté Rome depuis quelques jours. Il aurait pu nous fournir une escorte. »

Nous regagnâmes les souterrains. Grâce au Ciel, les lanternes n'étaient pas abîmées. Nous nous engageâmes dans le labyrinthe à la recherche de la salle ornée de fresques. Nous étions sur le point de nous y égarer lorsque les pilleurs de tombes réapparurent mystérieusement à nos côtés.

« Votre conversation a-t-elle été plaisante ? les interrogea Atto.

— Gfrrrlûlbh ! répondit Ciacconio avec un ricanement satisfait.

— Qu'avez-vous fait ? dis-je avec appréhension.

— Gfrrrlûlbh. »

Son rot me tranquillisa. J'avais la curieuse impression de commencer à saisir le langage monocorde du pilleur de tombes.

« Ciacconio a seulement épouvantassé, affirma Ugonio.

— Imagine que tu n'as jamais rencontré nos deux amis, m'expliqua Atto, et que tu les vois t'assaillir en hurlant dans la pénombre, au beau milieu d'un souterrain. S'ils te demandent une faveur, en échange de laquelle ils te laisseront en paix, que fais-tu ?

— Je la leur rends sans hésiter !

— Voilà, ils ont juste demandé à Stilone ce qu'il est allé faire cette nuit, et pourquoi. »

Le résumé d'Ugonio nous apprit les informations suivantes : le pauvre Stilone Priàso s'était rendu dans la boutique d'un certain Komarek, qui travaillait de temps à autre à l'imprimerie de la congrégation de Propaganda Fide et qui, la nuit, arrondissait son salaire par de petits travaux clandestins. Komarek imprimait des gazettes, des lettres anonymes et, peut-être, des ouvrages mis à l'Index, bref, des publications interdites qu'il se faisait payer à prix d'or. Stilone Priàso lui avait commandé d'imprimer des lettres renfermant des pronostics politiques pour un ami de Naples. En échange, les deux hommes se partageraient les gains. Voilà ce qui expliquait sa présence à Rome.

« Et la Bible, alors ? » demanda Atto.

Non, répondit Ugonio, Stilone était totalement étranger à la Bible. Et il n'avait rien pris dans la boutique de Komarek, pas même une feuille de papier.

« Ce n'est donc pas lui qui a égaré la page ensanglantée dans le souterrain. Êtes-vous certains qu'il ait dit la vérité ?

— Gfrrrlûlbh, ricana Ciacconio.

— Le présentant épouvantassé s'est pisseauté », expliqua gaiement Ugonio.

Pour compléter leur œuvre, les deux pilleurs de tombes avaient fouillé Stilone Priàso et trouvé sous ses vêtements un livret minuscule et usé dont, à l'évidence, il ne se séparait jamais. Atto l'approcha de la lanterne tandis que nous nous engagions sur le chemin du retour :

TRAITÉ
ASTROLOGIQUE
DE L'INFLUENCE DES ÉTOILES DU CIEL
au profit et au détriment des choses inférieures pendant toute
l'année 1683
CALCULÉ SUR LA LONGITUDE ET LA LATITUDE
de la sérénissime ville de Florence
PAR BARTOLOMMEO ALBIZZINI FLORENTIN
Et par celui-ci dédié
A l'illustrissime seigneur et maître très respectable

GIO :CLAUDIO BUONVISI
Ambassadeur de l'illustrissime et excellentissime République de Lucques
Auprès du sérénissime Côme III Grand duc de Toscane

« Tiens, une gazette astrologique », s'exclama Atto d'une voix amusée.

Son faci le Stelle
che spirano ardore [1]...

Il chanta en effectuant des roulades mélodieuses qui suscitèrent les grognements d'admiration de Ciacconio.

« Ooohh, chanteuron castrisé ! applaudit servilement Ugonio.

— J'avais compris que Stilone Priàso était un gazetier, poursuivit Atto sans accorder la moindre attention aux deux pilleurs de tombes. Mais je n'aurais jamais imaginé qu'il s'adonnait à l'astrologie judiciaire.

— Pourquoi soupçonniez-vous Stilone d'être un gazetier ?

— L'instinct. Il ne pouvait être poète. Les poètes sont d'humeur mélancolique. Privés de la protection d'un prince ou d'un cardinal, on les reconnaît aussitôt. Ils cherchent le moindre prétexte pour vous lire leurs sales vers, ils sont mal habillés, tentent inexorablement de se faire inviter à votre table. Stilone possède, en revanche, les vêtements, l'éloquence et le regard de ceux qui ont "la panse bien remplie", ainsi qu'on le dit dans sa région. Mais il est aussi d'un naturel réservé, comme Pompeo Dulcibeni, par exemple, et, contrairement à Robleda, n'aime point parler à tort et à travers.

— Que signifie l'astrologie judiciaire ?

— Tu sais ce que font plus ou moins les astrologues, n'est-ce pas ?

— Plus ou moins. Ils essaient de prévoir l'avenir au moyen des étoiles.

— C'est le cas, en général. Mais il y a plus. Il est à propos que tu graves dans ta mémoire ce que je m'apprête à te dire, si tu tiens vraiment à devenir gazetier. Les astrologues se divisent en deux catégories. D'une part, les astrologues purs et simples ; de l'autre, les astrologues judiciaires. Ils

---

1. *Amanti, sentite* de Luigi Rossi. Des flambeaux sont les étoiles/ qui respirent l'ardeur. (*N.d.T.*)

s'accordent tous pour affirmer que les étoiles et les planètes ne se contentent pas d'émettre de la lumière et de la chaleur : elles possèdent des vertus occultes grâce auxquelles elles produisent des effets sur les corps inférieurs. »

Nous parcourions en sens opposé la longue galerie dans laquelle l'ombre du rat d'égout nous avait terrifiés.

« Les astrologues judiciaires vont toutefois plus loin, s'adonnant à un jeu dangereux », affirma l'abbé Melani.

En effet, ils ne se limitaient pas à accepter l'influence des étoiles et des planètes sur la nature, ils croyaient qu'elle s'étendait aussi aux hommes. Ainsi, en se fondant uniquement sur le lieu et la date de naissance d'un individu, ils tentaient de prévoir les effets que le ciel aurait sur sa vie, notamment son caractère, sa santé, sa bonne et sa mauvaise fortune, le jour de sa mort, ainsi de suite.

« Je ne vois pas le rapport avec les gazetiers.

— Et pourtant il y en a un. Certains astrologues sont également gazetiers, ils se servent de l'influence des étoiles pour forger des prévisions politiques. C'est le cas de Stilone Priàso qui se promène imprudemment avec un petit journal d'horoscopes et, la nuit, fait imprimer des pronostics.

— Est-ce donc interdit ?

— Et comment ! Les cas de punitions infligées aux astrologues judiciaires, ou à leurs amis, ecclésiastiques compris, sont innombrables. Il y a plusieurs années, cette question m'avait intrigué et je m'étais informé en la matière. J'ai ainsi appris que le pape Alexandre III suspendit pendant un an un prêtre qui avait recouru à l'astrologie dans le but pourtant sacro-saint de retrouver les objets qu'on avait dérobés dans son église. »

Alarmé, je tournai et retournai entre mes mains, à la lumière de la lanterne, le petit volume que les pilleurs de tombes avaient confisqué à Stilone.

« J'ai déjà vu des dizaines d'almanachs de ce genre, dit Atto. Certains d'entre eux s'intitulent *Plaisanteries astrologiques*, ou *Fantaisies astrologiques*, pour éloigner le soupçon qui voudrait y voir des choses plus sérieuses, comme l'astrologie judiciaire, capable, quant à elle, d'influer sur les décisions politiques. Il s'agit, certes, de manuels innocents renfermant des conseils et des conjectures pour l'année en cours, mais notre Stilone ne doit pas être bien malin s'il court les imprimeries clandestines armé de ce genre d'ouvrages ! »

Effrayé, je tendis immédiatement à Atto le petit livret.

« Mais non, tu peux le garder. »

Par prudence, je le coulai dans ma culotte, le cachant sous ma veste.

« Croyez-vous que l'astrologie puisse apporter une aide véritable ? demandai-je.

— Non. Mais de nombreux médecins lui accordent une grande importance. Galien a ainsi écrit un ouvrage *De diebus chriticis* sur les traitements à appliquer aux malades selon la position des planètes. Je ne suis pas astrologue, mais je sais que certains affirment, par exemple, qu'il convient de soigner la bile quand la lune se trouve...

— Dans le Cancer. »

Nous fûmes tous deux surpris par l'intervention d'Ugonio.

« La lune étant dans le Cancer, avec signe céleste, de trin, ou Mercure, continua le pilleur de tombes en marmonnant, l'on purge avec bonheur la bile ; avec sixtile, ou trin dans le Soleil, le flegme ; avec aspect de Jupiter, la mélancolie ; dans le signe du Dragon, Capricorne, Bélier, signes ruminants, elle provoquera la subversion d'autant plus qu'elle s'approchera de la constitution septentrionale, australe, car les humeurs viciées coulent par deux, et les boréaux entraînent davantage par impression et compression la fluxion et la distillation, ne devant pas tenter l'évacuation dans ceux qui sont assiégés par les flux ; il sera donc nécessaire d'observer ensuite les aspects signifiés pour ne pas être médecin de peu, pour être plus *benefice* que *malefice*, être plus père que parricide, apaiser la conscience, car c'est dans la satisfaction des devoirs que la joie du baptisé s'accroît, c'est en diminuant les scrupels qu'on augmente les scrupules, en appliquant les évacuations idoines et indigentes, par exemple, si l'on met en pratique l'enseignement de Scialappa. »

Nous étions tous deux bouche bée et interdits.

« Eh bien, nous avons parmi nous un véritable expert en astrologie médicale, commenta bientôt l'abbé Melani. Et où as-tu donc appris toutes ces précieuses notions ?

— Gfrrrlûlbh, intervint Ciacconio.

— Nous avons multiplicié les savoirances par les lecturelles de feuilletables.

— Feuilletables ? » demanda Atto.

Ciacconio indiqua le livret que j'avais dans les mains.

« Ah, tu veux dire les livres... Courage, mon garçon, continuons : j'ai bien peur que Cristofano ne veuille examiner les pensionnaires. Il serait difficile d'expliquer notre absence.

— Stilone Priàso était absent, lui aussi.

— Plus maintenant, je pense. Après avoir rencontré nos deux jolis monstres, il a certainement filé à toutes jambes à l'auberge. »

C'était donc son métier d'astrologue judiciaire qui avait conduit Stilone Priàso à Rome, expliqua encore Atto. Pour mener à bien ses obscurs desseins, il lui fallait disposer d'une sortie discrète pendant la nuit. Il devait déjà connaître l'existence du chemin souterrain, puisqu'il avait, à ses dires, séjourné au *Damoiseau* par le passé.

« A votre opinion, Stilone est-il lié à l'assassinat de monsieur de Mourai et au vol de mes perles ?

— Il est trop tôt pour l'affirmer. Nous devons concentrer nos pensées sur lui. Il a sans doute emprunté les souterrains à de nombreuses reprises. Ce qui n'est pas notre cas. Malédiction ! si nous avions le plan qu'Ugonio et Ciacconio nous avaient dessiné, tout crasseux et embrouillé qu'il était, nous disposerions d'un énorme avantage ! »

Heureusement, nous avions un autre avantage : nous savions que Stilone s'était rendu dans les souterrains, alors qu'il ignorait tout de notre présence en ces mêmes lieux.

« Quoi qu'il en soit, ajouta l'abbé, va lui jeter un coup d'œil avant de te coucher, je n'ai pas grande confiance en ces deux individus », dit-il en se retournant pour désigner les visages grimaçants des pilleurs de tombes, derrière nous.

Nous parcourûmes tout le passage souterrain jusqu'au trou étroit qui conduisait aux ruines du stade de Domitien, sous la place Navone. Atto congédia les deux pilleurs de tombes en leur donnant rendez-vous la nuit suivante, une heure après le coucher du soleil et en leur promettant une récompense.

« Gfrrrlûlbh », protesta Ciacconio.

Les deux pilleurs de tombes réclamaient la page de la Bible qu'Atto leur avait promise. Mais celui-ci refusa de la leur restituer, car nous n'avions pas encore déterminé son origine. Il me la tendit afin que je la garde soigneusement. En revanche, il offrit aux pilleurs de tombes une somme d'argent.

« Ce qui est juste est juste, dit Atto d'un air aimable en tirant sa bourse. Au fond, vous l'aviez dessiné, ce plan. »

Soudain, l'abbé Melani écarquilla les yeux. Il ramassa une poignée de terre, à ses pieds, et la projeta sur l'épaule de Cacconio, qui se pétrifia sous l'effet de la surprise. Puis il s'empara de la page de la Bible, l'ouvrit et l'appuya contre la capote rustique de Cacconio, à l'endroit même qu'il venait de salir.

« Espèces d'ânes bâtés ! » dit-il en leur lançant un regard de mépris. Immobiles, les deux hommes attendaient humblement leur punition. Comme par miracle, une sorte de labyrinthe à la forme familière était apparu sur la feuille.

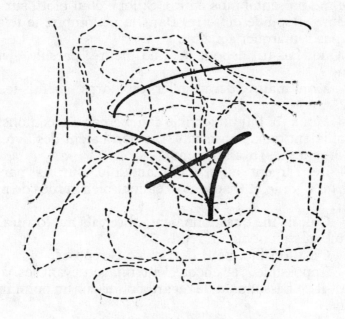

« Ne refaites jamais cela ! Jamais ! »

Il se tut, coulant la bourse dans sa poche.

« Tu comprends ? me dit-il après le départ des deux hommes. Ils voulaient nous jouer comme deux niais. Ils ont pressé la feuille sur l'espèce de peau de chèvre dont ils se couvrent. Ils ont ensuite ajouté quelques gribouillages, et voilà le plan des souterrains de Rome ! Mais non, hein, je ne me laisserai duper de la sorte. J'ai reconnu la figure centrale du plan, parce qu'elle était identique à un ravaudage situé sur l'épaule de Cacconio. Voilà comment je les ai démasqués ! »

Epuisés, nous pénétrâmes en silence au *Damoiseau* au cœur de la nuit.

Je gravissais l'escalier après avoir quitté Atto quand j'entrevis une faible clarté au second étage : elle provenait de la chambre de Stilone Priàso. L'abbé Melani m'ayant prié d'examiner brièvement le jeune Napolitain, je m'approchai de la porte légèrement entrebâillée et tentai de lorgner au dedans.

« Qui va là ? » l'entendis-je demander d'une voix tremblante.

Je me présentai puis entrai. Stilone était blotti sur son lit, blême et souillé de terre. Dans la pénombre, je feignis de ne pas remarquer son état.

« Que fais-tu debout à une heure pareille, jeune homme ?

— Mon maître devait aller du corps, mentis-je. Et vous ?

— Moi... j'ai fait un terrible cauchemar. Deux monstres m'assaillaient dans l'obscurité, me dérobaient des livres et tout l'argent que j'avais sur moi.

— De l'argent aussi ? demandai-je, surpris par ce détail, qu'Ugonio et Ciacconio s'étaient bien gardés de nous révéler.

— Oui, ils me questionnaient... bref, ils me torturaient et ne me laissaient aucun répit.

— C'est terrible. Vous devriez vous reposer.

— Impossible, j'ai encore leur image devant les yeux, repartit-il en frissonnant, le regard pointé sur un point indéterminé.

— Moi aussi, dis-je pour le réconforter, j'ai fait ces derniers temps des songes bizarres, dont il était impossible de comprendre le sens.

— Le sens... répéta Stilone Priàso, la mine interdite, on ne peut comprendre le sens des songes, à moins d'être un expert en oniromancie. Un véritable expert toutefois, et non un charlatan ou une putain qui essaie de te soutirer de l'argent. »

A ces mots, je rougis et tentai de détourner la conversation.

« Si vous n'avez point sommeil, je peux vous tenir compagnie un moment. Moi non plus, je n'ai pas envie de retourner me coucher, proposai-je dans l'espoir d'engager la conversation avec le Napolitain et de lui arracher des informations utiles aux recherches de l'abbé Melani.

— Cela ne me déplairait pas. J'aimerais aussi que tu brosses mes vêtements pendant que je me lave. »

Il se leva, se déshabilla et se dirigea vers la bassine où il entreprit de débarrasser ses mains et son corps de la boue qui les souillait. Sur le lit, où il m'avait laissé habits et brosse, je découvris un carnet, dans lequel étaient tracés des signes étranges. Non loin de là, de vieux livres dont j'examinai les frontispices : *Myrotecium, Protolumière chimique retentissante*, et enfin *Antilueur physique horoscopante*.

« Concevez-vous de l'intérêt pour l'alchimie et les horoscopes ? demandai-je, frappé par ces titres à la signification obscure.

— Mais non, s'exclama Stilone en se retournant brusquement. Vois-tu, ils sont écrits en rimes, et je les consultais pour en tirer un peu d'inspiration. Tu sais que je suis poète, n'est-ce pas ?

— Ah oui. » Je contrefis le naïf et entrepris de brosser ses vêtements. « Et puis, si je ne m'abuse, l'astrologie est interdite.

— Ce n'est pas vrai, rétorqua-t-il, visiblement fâché. Seule l'astrologie judiciaire l'est. »

Pour éviter de l'alarmer, je feignis la plus totale ignorance en la matière. Voilà pourquoi Stilone Priàso me répéta sur un ton doctoral, en se frottant énergiquement la tête, tout ce qu'Atto m'avait déjà appris.

« Enfin, il y a environ cinquante ans, conclut-il, le pape Urbain VIII a répandu toute sa colère sur les astrologues judiciaires, lesquels avaient toutefois joui, pendant les trente années précédentes, d'une tolérance et d'une renommée croissantes notamment auprès des cardinaux, des princes et des prélats désireux d'obtenir des pronostics favorables. Ce fut un tremblement de terre, et aujourd'hui encore ceux qui lisent le destin dans les étoiles courent de sérieux périls.

— Dommage, il serait fort utile de savoir ce que le destin nous réserve au cours de cette épreuve : si nous périrons dans un lazaret ou quitterons le *Damoiseau* sains et saufs. »

C'était une provocation, que Stilone Priàso ne releva point.

« Avec l'aide d'un astrologue, nous pourrions peut-être comprendre également si monsieur de Mourai a été victime de la peste, ou s'il a été empoisonné, ainsi que le soutient Cristofano, hasardai-je encore. Et nous pourrions nous protéger contre les possibles menaces de l'assassin.

— Inutile d'y compter. Plus que toute autre arme mortelle, le poison échappe au regard vigilant des astres.

Aucune tentative de divination et de prévision ne peut déjouer ses plans. Si je devais tuer quelqu'un, c'est justement le poison que je choisirais. »

A ces mots, je blêmis. Mes soupçons semblaient se confirmer.

Astrologues et poison. Soudain, je me rappelai la conversation qui avait animé nos prisonniers devant le cadavre du pauvre monsieur de Mourai le soir même de la fermeture. N'avaient-il point affirmé que les maîtres dans l'art de préparer des potions fatales comptaient justement parmi les astrologues et les parfumeurs ? Stilone Priàso, pensai-je avec un frisson, était un gazetier doublé d'un astrologue, ainsi que l'abbé Melani venait de le découvrir.

Je simulai un intérêt candide pour les propos de Priàso : « En êtes-vous sûr ? Avez-vous entendu parler d'empoisonnements que les étoiles n'ont pu prévoir ?

— Il existe un exemple parfait : l'abbé Morandi. C'est le cas le plus célèbre.

— Et qui était l'abbé Morandi ? demandai-je en dissimulant à grand-peine mon impatience.

— Un moine. Et le plus grand astrologue de Rome, répondit-il sur un ton laconique.

— Un moine astrologue, est-ce donc possible ?

— Je te dirai plus. A la fin du siècle dernier, l'évêque Luca Gaurico fut astrologue officiel à la cour de quatre papes, rien de moins. Une époque dorée ! Hélas, à jamais achevée... » soupira-t-il.

Sa langue se déliait.

« Après l'histoire de père Morandi ? renchéris-je.

— Exact. Il faut que tu saches que le père Orazio Morandi, abbé du monastère de Santa Prassede, possédait, il y a environ soixante ans, la meilleure bibliothèque astrologique de Rome, un véritable phare pour les astrologues de l'époque. Il entretenait des correspondances avec les hommes de lettres les plus connus de Rome, Milan, Florence, Naples, ainsi que d'autres villes en Italie et en l'étranger. Nombreux étaient les hommes de lettres et de sciences qui lui demandaient son avis sur les astres. Le malheureux Galilée avait même été son hôte durant son séjour à Rome.

A l'époque de ces faits, continua Stilone, l'abbé Morandi avait un peu plus de cinquante ans : il était disert, toujours gai, plutôt grand, doté d'une fière barbe de la couleur des châtaignes et d'une chevelure qui commençait à blanchir. En ce temps-là, l'astrologie était tolérée. Bien sûr, il existait des lois qui s'opposaient à sa pratique, mais elles étaient pratiquement ignorées. Certaines rumeurs peu honorables couraient toutefois sur le compte de l'abbé Morandi : on le soupçonnait, et à raison, d'exercer le métier de gazetier en profitant des nombreuses relations qu'il avait dehors Rome. En effet, l'on colportait dans la papauté de multiples opuscules anonymes, imprimés ailleurs et regorgeant d'informations secrètes concernant la cour de Rome. Selon l'avis général, ces médisances étaient rassemblées et répandues par Morandi, dont l'intérêt pour les intrigues politiques et les jeux de palais était de notoriété publique. Mais personne n'avait pu le prouver. Non seulement parce qu'il était difficile d'identifier l'auteur de ces gazettes, mais aussi parce que le métier de gazetier et de rédacteur était alors largement toléré en dépit des interdictions qui le frappaient. De fait, il était rare que l'on recherchât vraiment les auteurs des placards et des gazettes. Au reste, étant donné le caractère des informations que ces écrits médisants renfermaient, il était évident que leurs sources comptaient parmi des esprits raffinés, tels que les secrétaires des princes et des cardinaux, et surtout leurs maîtres.

La renommée d'Orazio Morandi était parvenue à son apogée quand (nous étions en 1630) l'abbé avait cru bon d'affirmer, en se fondant sur ses calculs astrologiques, que le pape Urbain VIII Barberini mourrait avant la fin de l'année. Avant de divulguer cette prévision, l'abbé avait consulté d'autres astrologues renommés, lesquels avaient refait les calculs et obtenu les mêmes résultats.

Il n'y avait eu qu'une voix discordante, celle du père Raffaello Visconti, qui enseignait les mathématiques à Rome. Selon lui, si le pape évitait de s'exposer aux dangers, il ne mourrait pas avant treize ans, c'est-à-dire en 1643 ou 1644. Mais l'avis du professeur n'avait pas convaincu ses collègues, qui s'accordaient tous sur la disparition imminente du pape Barberini. La prévision de l'abbé de Santa Prassede se répandit dans Rome et les autres capitales à la vitesse de l'éclair. Il jouissait en qualité d'astrologue d'une renommée si grande que certains cardinaux espagnols se hâtèrent de partir pour Rome afin de participer au conclave, qui, selon l'opinion générale, n'allait pas tarder à se tenir. La rumeur atteignit aussi en France, si bien que le cardinal de Richelieu dut prier la cour de Rome de prendre des mesures d'urgence pour mettre fin à une situation aussi fâcheuse.

C'est ainsi que ce bruit arriva aux oreilles d'Urbain VIII. Le Saint-Père ne fut pas aise d'apprendre – qui plus est de cette manière – que sa dernière heure venait. Le 13 juillet, il ordonna qu'on intente un procès à l'abbé Morandi et ses complices. Deux jours plus tard, Morandi fut enfermé dans la prison de Tor di Nona, tandis que sa bibliothèque et ses appartements étaient scellés et fouillés.

« Et voilà la surprise. On trouve certes des traités d'astrologie en ces lieux, mais point de gazettes ni de prédictions astrologiques, les seuls documents à pouvoir démontrer la réelle volonté de l'abbé de mettre à exécution des crimes, voire des maléfices. Morandi et ses moines avaient été prévoyants. L'humiliation fut immense. Le pape était destiné à être la risée de l'Europe entière, ajouta Stilone Priàso en ricanant.

— Et alors ? le pressai-je, impatient d'entendre la suite de l'histoire, dans l'espoir d'y déceler enfin un élément intéressant pour mes recherches souterraines.

— Alors son avocat est entré en scène. Qui peut réussir à trahir et ruiner l'individu le plus prudent, le plus vif et le plus intelligent qui soit ? Son avocat. Ne l'oublie point, mon garçon. Il en a toujours été ainsi, et il n'y aucune raison que cela change. »

L'illustrissime maître Teodoro Amayden, poursuivit Stilone Priàso non sans sarcasmes, avocat du monastère de Santa Prassede depuis fort longtemps, vola au secours du pape. Quelques jours après l'arrestation de Morandi, Amayden se rendit à la librairie de la Lune, piazza Pasquino, et, la mine la plus naïve du monde, révéla candidement à plusieurs personnes qu'on n'avait rien découvert au cours de la perquisition pour la seule raison que les moines avaient pénétré en temps voulu dans le cabinet de l'abbé à travers un passage secret auquel on avait accès en déclouant une cloison bien précise (qu'il représenta avec force détails) ; ils avaient ainsi emporté les écrits susceptibles d'accuser l'abbé, les avaient en partie brûlés et en partie cachés. Ces circonstances, ajouta l'avocat, lui avaient été confessées par un domestique de Morandi. Après avoir pétrifié l'assistance par de telles informations et par la manière téméraire dont il les avait divulguées, Amayden rentra tranquillement chez lui.

Bien sûr, cette nouvelle parvint incontinent sur la table du juge, qui fit arrêter les douze moines de Santa Prassede et convoqua Amayden.

« Ce serpent d'avocat, murmura Stilone avec dégoût, eut le courage diabolique de confirmer dans le procès-verbal qu'il avait révélé publiquement le secret de la cloison déclouée : "Deux jours après l'emprisonnement de l'abbé Morandi, Alessandro, serviteur dudit abbé, m'apprit en venant chez moi que les pères avaient enlevé une partie du bureau, auquel ils avaient soustrait des documents, qu'ils avaient ensuite brûlés. Il me dit, la mine gaie, que la cour ne trouverait rien contre l'abbé, car il ne restait plus aucun écrit, toutes les écritures ayant été brûlées" », dit Stilone en parlant du nez pour contrefaire l'avocat traître.

Ce fut la fin. Bientôt, tous les frères confessèrent. Morandi déclara même qu'il avait travaillé à l'horoscope du pape et exercé le métier de gazetier. Pressé par les questions du juge, il dénonça des confrères et des amis, qui en entraînèrent d'autres dans le piège.

« C'est ainsi que le procès prit fin, dis-je.

— Non, répondit Stilone Priàso, c'est alors que les choses commencèrent à se compliquer. »

Le jeu des citations de complicité risquait de révéler des noms embarrassants. En effet, ayant appris la mort prochaine d'Urbain VIII, des cardinaux et leur entourage avaient interrogé les étoiles sur les probabilités qu'ils avaient de monter sur le trône de saint Pierre. Dès le début, Morandi avait donné en pâture à ses accusateurs des noms de personnalités haut placées : un petit livre de satires que le secrétaire du consistoire lui avait remis serait ainsi passé entre les mains du maître du saint palais du Vatican ; et il avait donné au bibliothécaire de l'excellentissime cardinal de Médicis un discours en forme de lettre renfermant la génération du pape, qu'il avait copié chez le père Raffaello Visconti. Ce discours avait été lu par de nombreuses personnalités, dont le cardinal Antonio Barberini, neveu du pape...

Urbain VIII comprit sans tarder ce qui se présentait à l'horizon : un scandale qui jetterait l'opprobre sur tout le consistoire, et en premier lieu sur sa propre famille. Il prit donc des mesures d'urgence, obligeant les autorités judiciaires à omettre les noms des pontifes, des cardinaux, des prélats et même des laïques dans les procès-verbaux : il déciderait lui-même s'il était à propos de les inscrire ensuite en langage chiffré dans la marge, ou de remplir les blancs qu'on avait laissés dans le texte à cet effet.

Dès que les interrogatoires allaient un peu trop loin, les

omissis qu'avait voulus le pape intervenaient : « Je connais de nombreuses personnes qui s'intéressent à l'astrologie. Vincenzo Bottelli fut mon maître. Il m'apprit que nombre des membres du Palais possédaient un savoir solide en matière d'astrologie : les cardinaux ***, *** et ***, ainsi que ***, ***, ***, et encore *** ou ***. »

« Bref, des cardinaux de tous côtés, s'exclama Stilone. Le juge, qui sursautait en entendant ces noms, savait fort bien que le commerce astrologique se déroulait pour le compte des prélats. Lesquels risquaient le déshonneur si leurs domestiques laissaient échapper un mot de trop. Adieu, alors, leurs espoirs d'être un jour élu pape.

— Et comment cela se termina-t-il ? demandai-je, impatient de connaître le rapport qui liait cette histoire au poison.

— Oh... la providence s'en est chargée, répondit Stilone avec une grimace éloquente. Le 7 novembre 1630, l'abbé Morandi fut retrouvé inanimé dans sa cellule, allongé sur son petit lit, vêtu du modeste froc et des sandales qu'il avait portés toute sa vie.

— Assassiné !

— Eh bien, sa mort est constatée par l'un de ses moines, qui n'a point de doute : il ne voit "aucun signe du mal". Selon ses dires, le défunt est décédé, je cite, "de mort naturelle, victime de la fièvre, et je le sais parce que j'ai toujours été son assistant lorsqu'il était emprisonné". Et il ajoute que l'abbé était malade depuis quelques jours. »

Six jours plus tard, le médecin de la prison rédige son rapport : Morandi s'est éteint au terme de douze jours de maladie, victime d'une fièvre virale devenue maligne puis fatale. « Je n'ai, ni n'ai vu, de soupçon de poison », certifia le médecin, dont deux confrères confirmèrent l'opinion. Mais personne ne révéla qu'un autre prisonnier, enfermé avec Morandi, avait expiré deux jours plus tôt dans les mêmes souffrances après avoir mangé en sa compagnie un gâteau à la mystérieuse origine. Les rumeurs et les soupçons d'empoisonnement furent colportés pendant des mois.

Qu'importait désormais ? Le père Morandi était mort en emportant sur ses seules épaules le terrible fardeau que constituaient les vices de la cour pontificale. Au grand soulagement général, le voile, imprudemment soulevé, fut rabaissé en toute hâte.

Urbain VIII commanda au juge, par le biais d'une courte obligation manuscrite, de suspendre la conclusion du procès en accordant l'impunité aux copistes, aux astrologues et aux moines, et d'abandonner toute action judiciaire à leur encontre.

Stilone Priàso se tut et me regarda droit dans les yeux. Il se coula dans le lit en attendant en silence ma réplique.

Ainsi, considérais-je en mon for intérieur tout en déposant ses vêtements brossés sur une chaise, dans le cas de l'abbé Morandi comme dans celui de monsieur de Mourai, le poison s'était d'abord dissimulé derrière les fausses apparences d'une maladie.

« Tous ces hommes n'étaient-ils point coupables ? objectai-je, charmé par sa triste narration.

— A bien y réfléchir, les copistes avaient copié, les moines avaient occulté les preuves et les astrologues avaient spéculé sur la mort du pape. Et surtout, les cardinaux avaient appuyé ce commerce. Il n'était donc pas injuste de les punir, observa Stilone Priàso, mais il fallait pour cela en passer par une sentence qui aurait causé un scandale. Ce que le pape ne voulait surtout pas.

— Urbain VIII ne mourut donc pas cette année-là.

— Non. Morandi avait fait une grossière erreur dans ses prévisions.

— Et quand mourut-il ?

— En 1644.

— N'était-ce donc pas la date que le père Visconti, le mathématicien, avait calculée ?

— Bien sûr, répondit Stilone Priàso. Si seulement l'abbé de Santa Prassede avait accordé plus d'attention à son ami le professeur, il aurait vraiment prévu la mort d'Urbain VIII. Au lieu de ça, il a prévu la sienne.

— Qu'est-il arrivé aux astrologues après la mort de Morandi ? demandai-je, assombri par cette lugubre réflexion.

— La liste est vite faite : l'abjuration de Galilée, l'exil d'Argoli, la fuite de Campanella, le bûcher de Centini. Le tout en l'espace de quelques années. »

Stilone se tut comme s'il observait un moment de deuil.

« Et l'astrologie se retrouva écrasée sous le poids des brefs papaux, conclut-il.

— Morandi aurait-il pu se mettre à l'abri s'il avait su que sa fin approchait ? demandai-je, désormais détourné des intentions inquisitrices en vertu desquelles j'avais encouragé le récit de Stilone Priàso.

— Tu me demandes si l'on peut s'opposer à l'influence des étoiles. Question ardue ! Un moine dominicain, Tommaso Campanella, un homme doté d'un grand savoir et d'un esprit supérieur encore, a écrit le *De Fato Siderali vitando*, dans lequel il enseigne justement l'art d'échapper au chemin que les astres nous préparent. Et pourtant, il semble suggérer au fil de ces pages que, dans les cas extrêmes, il n'existe d'issue pour personne, pas même pour les astrologues.

— Pas même pour ceux qui lisent les étoiles avant et mieux que les autres ? Dans ce cas, l'on ne peut contrecarrer la volonté des astres ! m'exclamai-je avec un frisson.

— Peut-être pas, répondit Stilone Priàso, un sourire ambigu sur les lèvres.

— Alors, pourquoi Notre Seigneur est-il venu sur terre ? Si le pouvoir des sphères célestes domine toute chose (et je tremblai en m'entendant prononcer ces mots), la rédemption n'existe pas.

— Que dirais-tu si je te racontais qu'on a également établi la génération de notre très saint Sauveur ? » me dit Stilone Priàso, nullement troublé.

Et il m'expliqua que des armées de glorieux savants tels qu'Albert Le Grand, Pierre d'Ailly ou Albumasar s'étaient penchés sur l'horoscope de Notre Seigneur. Par la suite, des esprits de plus en plus vils s'adonnèrent à ce passe-temps blasphématoire : on compta parmi eux Jérôme Cardan, pourtant excellent, ainsi que d'insignifiants prélats de campagne.

« Et que lit-on dans l'horoscope du Christ ?

— Beaucoup de choses, crois-moi. Sa génération est des plus admirables. D'après Jérôme Cardan, la comète qui apparut à sa naissance est le symbole de la splendeur éternelle de la célébrité ; Jupiter explique son accoutumance à des manières fort douces, son essence juste et paisible ; l'Epi de la Vierge donne grâce, éloquence et prévoyance ; enfin, son ascendant qui réunit les extrémités de la Balance des huitième et neuvième sphères, et le point d'Equinoxe automnal donnent à l'ensemble un caractère exceptionnel des plus divins. En revanche, selon Campanella, le tableau astral du Messie ne serait pas aussi unique qu'on le présente. Son propre horoscope était, à ses dires, encore plus exceptionnel.

— Son propre horoscope ? Campanella se plaçait-il donc au-dessus du Christ ?

— Plus ou moins. L'Inquisition l'accusa de contrefaire

le Messie, car il soutenait que ses planètes étaient aussi singulièrement alignées que celles de Jésus au moment de sa naissance.

— Cette accusation était-elle fondée ?

— Elle était en partie fausse car, d'après ce que je sais, Campanella n'a jamais songé qu'il était le Christ, il pensait qu'il était un prophète. Elle était en partie vraie, car il avait commis l'erreur d'affirmer, notamment en prison, que la présence de sept planètes sur l'ascendant (nombre de rois et d'empereur n'en avaient pas plus de trois) était si exceptionnelle qu'il s'élèverait bientôt, ainsi que des astrologues juifs et allemands le lui avaient assuré, au rang de monarque du monde. Une prévision pour le moins audacieuse, n'est-ce pas ?

— Comment cela s'acheva-t-il ?

— D'une façon bien différente des attentes de Campanella. Il passa de longues années en prison à cause de ses affirmations. Urbain VIII le libéra pour profiter de ses dons astrologiques. En effet, les prévisions de l'abbé Morandi regardant sa mort imminente se répandaient, et le pape était effrayé.

— Alors, Urbain VIII croyait à l'astrologie qu'il combattait si ardemment !

— Bien sûr ! Je t'avais pourtant dit que tout le monde, sans réserve, a rendu hommage à dame Astrologie à toutes les époques, dit Stilone Priàso en ricanant. Même Galilée, quand il avait besoin d'argent, s'abaissait à calculer les ascendants. »

Lorsque la prédiction de sa mort se mit à courir sur toutes les lèvres, le pape Barberini, reprit Stilone, fut assailli par la terreur la plus atroce. Alors qu'il manifestait en public du mépris pour les prévisions de l'abbé Morandi, il convoqua secrètement Campanella et le pria en tremblant de conjurer la menace. Le dominicain s'y évertua comme il le put par l'aspersion d'arômes et de parfums contre les effluves maléfiques, en invitant le pontife à porter des vêtements blancs qui remédiaient aux effets des éclipses, en allumant des torches, symboles des sept planètes, et ainsi de suite.

« La fortune semblait d'abord du côté de Campanella. Le danger fut écarté, offrant ainsi au dominicain l'occasion de jouir enfin de la reconnaissance du pape. Mais sa mauvaise étoile frappa une nouvelle fois : il fut trahi, et c'est en cela qu'il égala Jésus-Christ. Un de ses manuscrits secrets, le *De Fato Siderali vitando*, fut mandé à son insu en France, à son imprimeur habituel. Les traîtres en question étaient deux dominicains, dont la jalousie avait été allumée par les rumeurs selon lesquelles leur confrère serait bientôt élevé au rang de consulteur du Saint-Office. L'imprimeur français donna dans le panneau, il crut que Campanella (qui avait passé au cours de ces années-là plus de temps dans les cachots qu'en liberté) n'avait pu joindre de lettre à son traité. C'est ainsi que le *De Fato Sideralis vitando* fut publié.

— Mais ce *De Fato Sideralis vitando* n'est-il pas le livre qui enseigne à éviter les influences malignes des étoiles ?

— Justement, et ce fut le coup de grâce pour Campanella. Car il avait représenté dans son ouvrage les pratiques auxquelles il avait soumis le pape afin d'éloigner ces influences. Des cérémonies qu'on décriait depuis longtemps à Rome et dont on n'avait aucune preuve, mais qui dissimulaient selon certains des rites démoniaques. Le *De Fato* semblait rédigé dans le seul but de ruiner le Saint-Siège. Pour apaiser le scandale et la colère du pape, Campanella dut mettre au jour en toute hâte un autre libelle dans lequel il tentait de démontrer que ces rituels n'étaient ni des superstitions ni des compromis avec le démon, qu'ils s'expliquaient selon les critères de la philosophie naturelle et de l'expérience des sens. Mais le dominicain fut contraint de s'enfuir en France, où il trouva refuge contre les persécutions et put enseigner à la Sorbonne. La reine lui demanda même de calculer l'horoscope du dauphin, qui venait juste de naître.

— De Louis XIV ?

— Oui. Heureusement, Campanella ne fit pas d'erreur dans ce qui fut la dernière grande prédiction de son existence. Il dit que le futur roi régnerait longtemps, avec dureté et succès. C'est exactement ce qui est arrivé. Mais il vaut mieux que je m'interrompe. Grâce au Ciel, j'ai retrouvé l'envie de dormir. »

C'était l'aube. Avec soulagement, je saluai la fin de cet entretien tout en me reprochant de l'avoir encouragé. En effet, non seulement je n'avais rien découvert sur l'empoisonnement de Mourai et sur le vol de mes perles, mais cette longue discussion avait encore plus ébranlé mes idées.

Je me demandai si mon désir d'entrer dans le cercle des gazetiers n'était pas porteur de trop nombreux dangers : la proximité excessive de personnages semblables à l'abbé Morandi, qui confiait ses prévisions aux gazettes et aux placards, exposait le gazetier au risque d'être pris pour un astrologue, voire un nécromancien ou un hérétique.

Mais ma poitrine se gonflait aussi d'une colère justifiée : était-il juste d'être puni, ainsi que l'avait été l'abbé de Santa Prassede, pour un péché auquel les cardinaux et les pontifes eux-mêmes semblaient s'adonner ? Si l'astrologie n'était qu'un passe-temps innocent, un délire découlant de l'oisiveté, pourquoi un tel acharnement contre Morandi et Campanella ? Mais si, au contraire, il s'agissait d'un péché digne d'être gravement châtié, par quel mystère avait-il entraîné une grande partie de la cour de Rome ?

Cependant, il m'était fort difficile de mettre moi-même à l'épreuve la science des planètes et des constellations. Pour rédiger ma génération, il m'aurait fallu disposer de ce qu'il était impossible de donner à l'enfant trouvé que j'étais : une date et une heure de naissance.

Cinquième journée

15 SEPTEMBRE 1683

Après avoir abandonné Stilone Priàso, j'étais retourné, harassé, dans ma chambre. J'ignore où j'avais puisé la force de rédiger mon journal, mais j'y étais parvenu. Je parcourus les pages déjà noircies, récapitulai désespérément le résultat des timides recherches que j'avais entreprises auprès des pensionnaires du *Damoiseau* : qu'avais-je découvert ? Trois fois rien. Chaque occasion s'était révélée une fausse alarme. J'avais appris des événements et des circonstances qui n'avaient pas grand rapport avec la triste fin de monsieur de Mourai et qui avaient même achevé de m'embrouiller les idées.

Mais que savais-je de Mourai ? me demandai-je, assis à ma table, tout en m'écroulant lentement sur un bras. Enveloppées dans les draps du sommeil, mes pensées roulaient au loin, sans pour autant se résigner.

Mourai était français, vieux, malade et presque aveugle. Il avait entre soixante et soixante-dix ans. Il voyageait en compagnie de Devizé, le jeune musicien français, et de Pompeo Dulcibeni. Il semblait d'une condition fort relevée et plus qu'aisée, ce qui s'opposait à son très mauvais état de santé. On aurait dit qu'il avait subi de longues souffrances par le passé.

Et puis par quel mystère un gentilhomme de son espèce était-il descendu au *Damoiseau* ?

Pellegrino m'avait dit que le quartier du Pont, où était situé notre pension, n'abritait plus depuis longtemps les grands hôtels, qui se trouvaient maintenant dans les environs de la place d'Espagne. Les clients qui choisissaient le *Damoiseau* disposaient donc de peu de moyens, ou voulaient éviter la compagnie de voisins d'un haut lignage. Mais pourquoi ?

De plus, Mourai ne quittait l'auberge qu'à la tombée de la nuit, et seulement pour de brèves promenades dans les alentours, certes pas plus loin que la place Navone ou la piazza Fiammetta...

Place Navone, piazza Fiammetta. Tandis que je prononçais mentalement ces noms, mes tempes se firent douloureuses. Abandonnant ma chaise au prix d'un grand effort, je m'affaissai sur mon lit comme une poupée de chiffon.

Je me réveillai le lendemain, en plein jour, dans la même posture. On avait frappé à la porte : d'une voix courroucée, Cristofano me reprochait de ne pas avoir encore vaqué à mes occupations.

Je me dressai sur mon lit avec une extrême indolence, après quelques heures de sommeil. Je découvris dans ma culotte la gazette d'horoscopes que les pilleurs de tombes avaient dérobée à Stilone Priàso. J'étais encore sous le choc des événements extraordinaires qui avaient ponctué la nuit précédente : le trajet semé d'incertitudes et de surprises dans les souterrains, la poursuite de Stilone et, pour terminer, les terribles histoires de l'abbé Morandi et de Campanella que le Napolitain m'avait contées aux premières lueurs de l'aube. Cette luxuriante moisson d'impressions sensuelles et spirituelles était encore bien vivante en moi, en dépit de la fatigue qui m'envahissait, quand j'ouvris paresseusement le petit livre. A cause d'un puissant mal de tête sans doute, je ne résistai point à la tentation de m'allonger une nouvelle fois ; au moins quelques minutes, pensai-je. Et j'entrepris de feuilleter l'ouvrage.

On y lisait d'abord une longue et savante dédicace à un certain ambassadeur Buonvisi, suivie d'une introduction tout aussi fournie à l'intention du lecteur.

Venait alors un tableau intitulé *Calcul d'entrée du soleil*, sur lequel je ne m'attardais pas. Enfin, je trouvai un *Discours général sur l'année 1683* :

Elle débutera selon l'usage de la sainte Eglise catholique de Rome le vendredi, premier janvier, et, selon l'ancien style astronomique, lorsque le soleil, après avoir parcouru les douze signes du Zodiaque, retournera à la première limite du signe du Bélier, car, Fundamentum principale in revolutionibus annorum mundi et introitus Solis in primum punctum Arietis. C'est donc au moyen du système tychonien...

J'abandonnai avec impatience cet étalage de savoir astronomique. Un peu plus loin, je lus qu'il y aurait quatre éclipses au cours de l'année (mais aucune visible d'Italie), j'examinai ensuite un tableau rempli de chiffres fort obscurs et intitulé *Ascension droite de la figure céleste de l'Hiver*.

J'étais découragé. Tout cela me paraissait galimatias. J'étais seulement à la recherche d'une prévision concernant l'année en cours, et, qui plus est, je ne disposais pas de beaucoup de temps. Je dénichai enfin un titre prometteur : *Lunaisons, combinaisons et autres aspects des planètes pour toute l'année 1683.* Il s'agissait d'hypothèses détaillées, divisées en saisons et en mois, relatives à toute l'année. Je feuilletai l'ouvrage jusqu'à ce que je trouve les quatre semaines de septembre :

La huitième maison est gouvernée par Saturne, qui menace aussi les vieillards de périls mortels.

Je fus troublé. Cette prédiction se rapportait à la première semaine du mois, et le vieux Mourai s'était mystérieusement éteint quelques matins plus tard. Je cherchai les prévisions de la deuxième semaine, puisque Mourai était mort le 11. Je découvris bientôt :

En ce qui concerne les maladies, la sixième maison est gouvernée par Jupiter, qui tentera d'apporter la santé à de nombreux malades ; mais Mars, dans le signe de feu opposé à la Lune, semble vouloir soumettre nombre d'individus à des fièvres malignes et à des maladies vénéneuses, *car il est écrit sur cette position Lunam opposito Martis morbos venenatos inducit, sicut in signis igneis, terminaturque cito, & raro ad vitam. La huitième maison est gouvernée par Saturne, qui* menace grandement l'âge sénile.

Non seulement l'auteur de cet ouvrage avait vu que les vieillards étaient à nouveau menacés par Saturne, affirmation pleinement confirmée par la mort de monsieur de Mourai, mais il avait également annoncé les souffrances que mon maître et Bedford endureraient à cause de « fièvres malignes et de maladies vénéneuses ». De plus, l'allusion au poison concernait tout particulièrement le vieux Français.

Je retournai à la première semaine et repris ma lecture, bien décidé à la continuer en dépit des éventuels rappels de Cristofano.

Les périls urgents qui découlent de l'examen des astres au cours de la semaine nous seront mandés par Jupiter en qualité de maître de la maison royale, qui, se trouvant dans la quatrième maison avec le Soleil et Mercure, tente avec une belle ruse de découvrir un trésor caché ; *ce même Mercure, aidé par Jupiter dans le signe de terre, signifie* éclatement de feux souterrains, tremblements avec terreur, effrois du genre humain ; *voilà pourquoi il fut écrit : eo item in terrae cardine, & in signo terreo fortunatis ab eodem cadentibus dum Mercurius investigat eumdem, terraemotus nunciat, ignes de terra producit, terrores, & turbationes exauget, minerias & terrae sulphura corrumpit. Saturne dans la troisième maison, maître de la septième, promet une* grande mortalité causée par des batailles et des assauts contre les Villes, *et, flanqué de Mars, annonce* une reddition de place considérable, *ce que veulent Ali et Léopold Autrichien.*

Malgré quelques difficultés (notamment les évocations savantes des maîtres de la doctrine astrologique), je parvins à comprendre. Et je frissonnai une nouvelle fois. En effet, je vis sans le moindre doute dans la « découverte d'un trésor caché et l'éclatement de feux souterrains, de tremblements de terre avec terreur et effroi du genre humain » les événements qui s'étaient nouvellement produits au *Damoiseau*.

Que pouvait donc dissimuler le « trésor caché » qu'on découvrirait au début du mois, sinon les lettres énigmatiques qu'Atto avait dénichées et volées dans le cabinet de Colbert juste avant que le ministre ne s'éteigne, le 6 septembre justement ? La prévision semblait fort claire – et terrible dans son caractère inéluctable. Surtout, la date du décès de Colbert, qui n'était certes pas mort en bas âge, correspondait aux « menaces mortelles pour les vieillards » dont la gazette parlait.

Les « tremblements de terre et feux souterrains » m'étaient également familiers. D'instinct, je pensai au grondement qui s'était échappé de la cave au début du mois. En ouïssant son terrible écho, nous avions tous craint l'arrivée d'un tremblement de terre, mais il n'avait heureusement produit qu'une fissure dans la cage d'escalier au premier étage. Cependant, monsieur Pellegrino avait failli avoir un coup au cœur.

Et que dire de la « grande mortalité causée par des batailles et des assauts contre les villes », ainsi que l'ont prévu « Ali et Léopold Autrichien » ? Impossible de ne pas reconnaître ici la bataille contre le Turc et le siège de Vienne. Les noms mêmes des deux grands astrologues rappelaient de façon inquiétante l'empereur Léopold d'Autriche et les disciples de Mahomet. Je fus saisi par la crainte d'en lire plus, et je feuilletai aussitôt les pages précédentes. Je m'arrêtai au mois de juillet où, ainsi que je m'y attendais, l'on prévoyait l'avancée ottomane et le début du siège :

Le Soleil dans la dixième maison signifie... soumission de peuples, de républiques et de proches à un voisin supérieur, ainsi que le veut Ali...

C'est alors que Cristofano frappa à ma porte.

Je cachai la gazette astrologique sous mon matelas et sortis en diligence. L'appel du médecin s'était présenté comme une libération, ou presque : la précision avec laquelle l'auteur de la gazette avait deviné les événements (notamment les faits tristes et violents) m'avait ému.

Une fois à la cuisine, je remâchai mes pensées tout en préparant le repas et en aidant Cristofano à élaborer des remèdes destinés à Bedford. J'étais impatient de comprendre. J'avais le sentiment d'être prisonnier des planètes : notre vie à tous, au *Damoiseau* comme à Vienne, semblait s'agiter vainement dans un fatal cul-de-sac, dans un entonnoir invisible qui nous mènerait là où nous n'avions peut-être pas envie d'aller, alors que nos prières tristes et confiantes erraient dans l'oubli d'un Ciel noir et désert.

« Tu as de ces yeux, mon garçon... Aurais-tu de l'insomnie ces temps-ci ? m'interrogea Cristofano. Il est grave de ne point dormir : si l'esprit et le cœur ne cessent de veiller, les pores ne s'ouvrent pas et ne laissent pas s'évaporer les humeurs corrompues par les efforts de la journée. »

J'admis que je ne dormais pas assez. Cristofano me réprimanda et me dit qu'il ne pouvait se passer de mes services, d'autant plus que, grâce à mon aide, les pensionnaires jouissaient maintenant d'une excellente santé. En vérité, ajouta-t-il pour m'encourager, ils avaient tous loué mon œuvre d'assistance.

A l'évidence, le médecin ignorait que je n'avais encore appliqué ses remèdes ni à Pompeo Dulcibeni ni au jeune Devizé, ni même à Stilone Priàso, malgré notre nuit de veille commune. Ainsi, la santé de ces trois pensionnaires au moins était due à mère Nature, et non à ses thérapies.

Mais Cristofano comptait aller plus loin : il s'apprêtait à me confectionner un remède conciliant le sommeil.

« Toute l'Europe a expérimenté cette préparation des milliers de fois. Elle est utile pour le sommeil et la plupart des maladies intrinsèques du corps, elle guérit également toutes sortes de plaies. Si je voulais te raconter ici les miracles que j'ai accomplis grâce à elle, tu ne me croirais pas, m'assura le médecin. On l'appelle grande liqueur, et on la fabrique aussi à Venise, dans l'Epicerie de l'Ours, sur la place de Santa Maria Formosa. Son élaboration est assez longue, il est impératif de l'achever au mois de septembre. »

Avec un sourire, il tira de ses besaces, dont le contenu avait déjà envahi la table de cuisine, un curieux flacon d'argile.

« Il est d'usage de préparer la grande liqueur au printemps, en faisant bouillir vingt livres d'huile commune avec deux livres de vin blanc mûr... »

Tandis que Cristofano énumérait avec son application coutumière la composition et les vertus miraculeuses de son remède, mon esprit continuait d'errer.

« ... maintenant que le mois de septembre est arrivé, nous y ajouterons de l'herbe balsamine ainsi qu'une grande quantité de la très fine eau-de-vie de maître Pellegrino. »

La nouvelle selon laquelle le médecin avait une fois de plus puisé dans la cave de mon maître à des fins thérapeutiques m'arracha à mes pensées. Cristofano s'aperçut de ma distraction.

« Mon garçon, qu'est-ce qui t'occupe autant le cœur et l'esprit ? »

Je lui racontai que je m'étais réveillé ce matin-là en proie à de tristes pensées : si, comme certains l'affirment, notre vie est gouvernée par les planètes et les étoiles, alors tout est vain, y compris les médicaments qu'il s'escrimait tant à préparer. Mais je le priai aussitôt de m'excuser, justifiant mes divagations par la fatigue.

Cristofano me lança un regard perplexe dans lequel je devinai une ombre d'inquiétude : « Je me demande par quel mystère ces questions t'ont traversé l'esprit. Quoi qu'il en soit, tu n'as pas divagué, bien au contraire. En mon particulier, j'accorde une grande importance à l'astrologie. Je sais que de nombreux médecins se moquent de cette science, et je leur réplique ce que Galien leur écrivit, à savoir : *medici Astrologiam ignorantes sunt peiores spiculatoribus et homicidis*. En d'autres termes, les médecins qui ignorent l'astrologie sont pires que les spéculateurs et les meurtriers. Sans oublier ce qu'ont dit Hippocrate, Schott, et bien d'autres écrivains fort experts, auxquels je me joins pour railler à mon tour mes confrères sceptiques. »

Tout en achevant la préparation de la grande liqueur, Cristofano me rapporta que la peste était, selon l'opinion de certains, le résultat d'une conjonction de Saturne, Jupiter et Mars qui s'était produite le 24 mars 1345. De même, la première épidémie du mal français aurait été causée par la conjonction de Mars et de Saturne.

« *Membrum ferro ne percutito, cum Luna signum tenuerit, quod membro illi dominatur*, déclama-t-il. Puisse chaque chirurgien éviter de couper le membre qui correspond au signe zodiacal dans lequel se trouve la Lune ce jour-là, en particulier si elle est offensée par Saturne et Mars, qui sont des planètes maléfiques pour la santé. Ainsi, si la génération du malade prévoit un résultat négatif pour une maladie particulière, le médecin peut tenter à raison de le sauver en le soignant les jours que les astres indiquent comme les plus opportuns.

— Cela signifie donc qu'à chaque constellation du Zodiaque correspond une partie du corps ?

— Bien sûr. Lorsque la Lune se trouve dans le Bélier, et que Mars et Saturne lui sont contraires, on doit négliger les opérations concernant la tête, le visage et les yeux ; dans le Taureau, le cou, la nuque et la gorge ; dans les Gémeaux, les épaules, les bras et les mains ; dans le Cancer, la poitrine, le poumon et l'estomac ; dans le Lion, le cœur, le dos et le foie ; dans la Vierge, le ventre ; dans la Balance, les tibias, les reins, le nombril et les intestins ; dans le Scorpion, la vessie, le pénil, l'os du dos, les organes génitaux et le cul ; dans le Sagittaire, les cuisses ; dans le Capricorne, les genoux ; dans le Verseau, les jambes ; dans les Poissons, si je ne m'abuse, les pieds et les talons. »

Il ajouta ensuite qu'il n'y a pas de moment plus opportun pour une bonne purge que lorsque la Lune se trouve dans le Scorpion ou les Poissons. On devrait, en revanche, éviter d'administrer un médicament lorsque la Lune est dans les signes ruminants, unie à une planète rétrograde, car le patient court alors le risque de le vomir et d'être victime d'altérations nuisibles.

« "Lune dans les signes ruminants, accidents extravagants chez les malades", ainsi que l'a enseigné le très savant Hermès. C'était particulièrement le cas cette année, car il y a eu au printemps et en hiver quatre planètes rétrogrades, dont trois dans les signes ruminants, conclut-il.

— Mais alors, notre vie se réduit à une lutte entre planètes !

— Non, cela prouve qu'avec les astres, comme avec tout le reste de la Création, l'homme peut bâtir sa fortune ou sa ruine. C'est à lui qu'il revient de bien employer l'intuition, l'intelligence et la sagesse que Dieu lui a données. »

Il m'expliqua que pour son expérience de médecin, les influences planétaires indiquaient une propension, une disposition ou une inclination, jamais une voie obligatoire.

L'interprétation de Cristofano ne niait pas l'influence des étoiles mais affirmait le jugement des hommes et en particulier la prééminence de la volonté divine. Je me sentis peu à peu soulagé.

J'avais achevé mes devoirs. Pour le déjeuner, j'avais confectionné une panade avec de la farine de riz, des petits morceaux d'esturgeon fumé, du jus de citron et une grosse pincée de cannelle. Mais le repas étant prévu quelques heures plus tard, Cristofano me libéra de mes obligations. Non sans m'avoir toutefois confié une bouteille de sa grande liqueur, dont il convenait de boire une goutte et de m'asperger la poitrine avant de me coucher, afin d'en respirer les vapeurs salutaires et de jouir d'un bon sommeil.

« N'oublie pas que ce remède est excellent pour soigner les blessures et toutes les douleurs. A l'exception des plaies du mal français qui, jointes à la grande liqueur, provoquent des spasmes aigus. »

Je remontais dans ma chambre lorsque j'ouïs à la hauteur du premier étage l'écho des notes pincées de Devizé : il exécutait une nouvelle fois le rondeau qui me charmait tant et qui semblait tout aussi admirablement pacifier l'esprit des pensionnaires.

Alors que j'atteignais le second étage, mon nom murmuré parvint à mes oreilles. Je me penchai dans le couloir et entrevis à son extrémité les bas rouges de l'abbé Melani, dans l'entrebâillement de sa porte.

« J'ai besoin de ton sirop. Il m'a fait grand bien la dernière fois », déclara-t-il d'une voix forte, redoutant la présence de Cristofano dans les environs, tandis qu'il m'invitait par des gestes frénétiques à entrer dans sa chambre où m'attendaient, en réalité, non l'administration du sirop, mais des nouvelles importantes.

Avant de refermer la porte derrière moi, l'abbé prêta une dernière fois son oreille ensorcelée par les échos du rondeau.

« Ah, le pouvoir de la musique ! » soupira-t-il, la mine enchantée.

Puis il se dirigea vivement vers la table : « Revenons à nous, mon garçon. Vois-tu ceci ? Il y a dans ces quelques papiers plus de travail que tu ne peux l'imaginer. »

La liasse de feuilles manuscrites que je l'avais vu enfermer avec appréhension au cours de ma dernière visite reposait à présent sur la table.

Il m'expliqua qu'il écrivait depuis longtemps un guide de Rome à l'intention des visiteurs français, car, à son opinion, les ouvrages de ce genre que l'on trouvait dans le commerce n'étaient point appropriés aux exigences des voyageurs et ne rendaient pas justice à l'importance des antiquités et des œuvres d'art qu'on pouvait admirer au siège de la papauté. Il me montra les dernières pages qu'il avait rédigées à Paris d'une écriture minuscule et serrée. Le chapitre en question était consacré à l'Eglise de Sant'Attanasio dei Greci.

« Et alors ? demandai-je d'une voix interdite en m'asseyant.

— J'espérais employer mes heures de liberté, pendant ce séjour à Rome, pour achever mon guide. Je m'apprêtais ce matin à y mettre la main, lorsque j'ai eu une illumination. »

Quatre ans plus tôt, en 1679, me conta-t-il, il avait fait une rencontre étrange et inattendue dans l'église de Sant'Attanasio justement. Après s'être attardé dans la contemplation de la noble façade due à Martino Longhi, il s'était dirigé vers le dedans. Tandis qu'il admirait un beau tableau de Trabaldesi, dans une chapelle latérale, il s'aperçut soudain, avec un mouvement d'effroi, qu'un étranger était présent à ses côtés.

Dans la pénombre, il distingua un prêtre âgé, qui, à en juger par son couvre-chef, devait être jésuite. Il était fort voûté, avait le buste et les bras parcourus d'un tremblement léger mais incessant. S'il s'appuyait sur une canne, il disposait de deux jeunes servantes, qui lui donnaient le bras et l'aidaient à marcher. Sa barbe blanche était extrêmement soignée, les rides avaient creusé avec miséricorde son front et ses joues. Ses prunelles bleues, aussi aiguisées que deux poignards, laissaient entendre qu'il n'avait point manqué d'entendement et d'éloquence par le passé.

Le jésuite avait regardé Atto droit dans les yeux et affirmé avec un faible sourire : « Votre œil... oui, il est magnétique. »

Vaguement inquiet, l'abbé Melani avait lancé un regard interrogateur aux deux jeunes filles qui accompagnaient le vieux prêtre. Mais celles-ci avaient gardé le silence, comme si elles n'osaient point parler sans l'autorisation du vieillard.

« L'art magnétique est fort important dans ce vaste monde, avait poursuivi le jésuite, et si tu deviens maître dans la Gnomonique catoptrique, ou dans l'*Horologiographia Nova*, tu pourras éviter tous les prodromes coptes. »

Les deux servantes observaient un silence consterné, comme si cette situation embarrassante s'était déjà produite à plusieurs reprises.

« Si tu as déjà entrepris l'Iter extatique céleste, reprit le vieillard d'une voix éraillée, tu n'auras pas besoin des observatoires astronomiques maltais ou des discussions physiques et médicales car le grand art de la lumière et de l'ombre, fondu dans la diatribe des prodigieuses croix et de la nouvelle *polygraphia* t'apportera toute l'arithmologie, la *musurgia* et la *phonurgia* qui te seront nécessaires. »

L'abbé Melani était demeuré immobile, sans mot dire.

« Toutefois on ne peut apprendre l'art magnétique, car il appartient au naturel humain, avait ajouté le vieux prélat. L'aimant est magnétique. Oui, cela oui. Mais la *Vis Magnetica* se libère aussi des visages. Et des musiques, tu le sais bien.

— Me connaissez-vous donc ? avait demandé Atto

Melani en pensant que le vieillard avait ouï parler de sa
carrière de chanteur.

— Le pouvoir magnétique de la musique s'observe chez
les tarentules, continua l'inconnu comme si Atto n'avait pas
prononcé le moindre mot. Il peut guérir le tarentulisme et
bien d'autres choses. As-tu bien compris ? »

Et sans qu'Atto eût le temps de répondre, le vieux prêtre
s'abandonna à un rire sourd, qui le secouait de l'intérieur.
Le tremblement s'empara puissamment de tout son corps,
et les jeunes filles furent contraintes de resserrer leur prise
pour l'empêcher de perdre l'équilibre. Son fol éclat d'hilarité
semblait confiner à la souffrance, il déforma monstrueuse-
ment les traits de son visage tandis que ses larmes jaillissaient avec abondance.

« Mais attention, poursuivit à grand-peine le jésuite
dans ses divagations, l'aimant se niche aussi dans l'éros, et
c'est de là que peut naître le péché. Toi, tu as le regard
magnétique, mais le seigneur refuse **le péché**, le seigneur le
refuse ! » Il leva alors sa canne et **tenta** malhabilement de
frapper l'abbé Melani.

C'est alors que les deux servantes l'avaient arrêté. L'une
d'elles l'avait calmé en le conduisant vers l'entrée de l'église.
Détournés de leurs prières, certains fidèles observaient la
scène d'un regard intrigué. L'abbé avait demandé à l'une des
jeunes filles : « Pourquoi est-il venu me trouver ? »

Vainquant la timidité des simples, la jeune fille avait
expliqué que le vieillard abordait fréquemment des inconnus et les importunait avec ses élucubrations.

« Il est allemand. Il a écrit de nombreux livres, et maintenant qu'il a perdu l'esprit, il en répète continuellement les
titres. Ses frères éprouvent de la honte pour lui, il confond
souvent les vivants et les morts, et il est rare qu'il ait l'autorisation de sortir. Mais il n'est pas toujours dans cet état : ma
sœur et moi, qui avons coutume de l'accompagner dans ses
promenades, constatons parfois qu'il recouvre la raison. Il
lui arrive même d'écrire des lettres, qu'il nous prie de mander. »

D'abord irrité par l'agression du vieillard, l'abbé Melani
fut radouci par cette histoire pitoyable.

« Comment s'appelle-t-il ?

— Il est fort connu à Rome. C'est le père Athanasius
Kircher. »

La surprise eut pour effet de me secouer de la tête aux
pieds.

« Kircher ? Mais n'est-ce pas le scientifique jésuite qui proclamait avoir trouvé le secret de la peste ? m'exclamai-je avec ardeur, me ressouvenant que les pensionnaires avaient discuté avec animation de Kircher au début de notre emprisonnement.

— Exact, confirma Atto. Il est peut-être temps que tu saches qui était vraiment Kircher. Sans quoi, tu ne comprendrais pas la suite de cette histoire. »

Atto Melani me révéla alors que l'astre de Kircher et de son infinie doctrine avait jadis brillé avec splendeur, et que l'on avait pendant de longues années considéré le moindre de ses mots comme le plus sage des oracles.

Le père Athanasius Kircher était venu à Rome sur l'invitation du pape Urbain VIII Barberini, lequel avait ouï d'admirables propos sur son érudition par ceux qui fréquentaient les universités de Würzburg, de Vienne et d'Avignon. Il parlait vingt-quatre langues, qu'il avait en partie apprises après avoir longuement séjourné en Orient. Il avait emporté à Rome de très nombreux manuscrits arabes et chaldéens, ainsi qu'une très vaste exposition de hiéroglyphes. Nombreuses étaient les sciences qu'il possédait parfaitement : théologie, métaphysique, physique, logique, médecine, mathématiques, éthique, ascétique, jurisprudence, politique, interprétation des Ecritures, controverse, théologie morale, rhétorique et art combinatoire. Rien n'est plus beau que la connaissance de Tout, avait-il coutume de dire, et il avait en effet révélé en toute humilité et *ad maiorem Dei gloriam* les mystères de la gnomonique, de la *polygraphia*, du magnétisme, de l'arithmologie, de la *musurgia* et de la *phonurgia*, avait éclairé grâce aux secrets du symbole et de l'analogie les brumeuses énigmes de la cabale et de l'hermétisme, les réduisant à la mesure universelle de la science première.

Il effectuait aussi des expériences extraordinaires sur des mécanismes et des machines merveilleuses de son invention. Il avait ainsi réuni dans le musée qu'il avait lui-même fondé dans le Collège Romain une horloge actionnée par une racine végétale, qui suit le chemin du soleil, une machine qui transforme la lumière d'une bougie en des formes humaines et animales des plus admirables, enfin d'innombrables instruments catoptriques, des fourneaux spagyriques, des orgues mécaniques et des cadrans sciathériques.

Le très savant jésuite se glorifiait à raison d'avoir également inventé une langue universelle au moyen de laquelle il était possible de communiquer avec le monde entier, une langue si claire et si parfaite que l'évêque de Vigevano lui avait écrit une lettre enthousiaste dans laquelle il lui assurait qu'il l'avait apprise en un peu moins d'une heure.

Le vénérable professeur du Collège Romain avait aussi révélé la véritable forme de l'arche de Noé, établissant le nombre et les espèces des animaux qu'elle contenait, la manière dont on avait disposé au dedans cages, tréteaux, mangeoires et auges, ainsi que l'endroit exact où les portes et les fenêtres étaient placées. Il avait en outre démontré *geometrice et mathematice* que si la tour de Babel avait été construite elle aurait été si lourde qu'elle aurait fait pencher le globe terrestre sur un côté.

Mais surtout Kircher était un grand connaisseur des langues anciennes et inconnues, au sujet desquelles il avait publié plusieurs ouvrages et résolu de la sorte des mystères séculaires, dont l'origine des religions des Anciens ; pour la première fois, il rendait intelligibles le chinois, le japonais, le copte et l'égyptien. Il avait déchiffré les hiéroglyphes de l'obélisque d'Alexandre qui se dressait à présent sur la fontaine que le Cavalier Bernin avait édifiée place Navone. L'histoire de l'obélisque, que le même Bernin avait restauré en suivant les instructions de Kircher, comptait au nombre des légendes extraordinaires qui couraient sur le compte du jésuite. Quand l'énorme vestige de pierre avait été retrouvé parmi les ruines du Circo Massimo, Kircher avait été aussitôt appelé sur les lieux. En dépit du fait que seulement trois des quatre faces de l'obélisque étaient visibles, il avait décrit les symboles qui apparaîtraient sur la face encore enterrée. Et sa prévision s'était révélée exacte jusque dans ses détails les plus obscurs.

« Mais lorsque vous l'avez rencontré, il était... comment dire... objectai-je alors.

— Tu peux le dire, il était sénile », opina Atto.

Eh bien oui, le grand génie était devenu sénile à la fin de son existence. Son esprit, expliqua Atto, s'était évaporé, et son corps avait bientôt subi le même sort : le père Kircher mourut un an plus tard.

« La folie est la même pour tout le monde, pour le roi et pour le paysan », déclara l'abbé Melani. Les jours qui avaient suivi cette rencontre, ajouta-t-il, il était allé trouver des relations bien introduites et avait eu confirmation de la pénible situation de Kircher, malgré les efforts des jésuites pour la dissimuler le plus possible.

« Mais j'en arrive au fait, conclut l'abbé. Si tu as bonne mémoire, tu te ressouviens que j'ai trouvé dans le cabinet de Colbert une correspondance en provenance de Rome, adressée à l'origine au surintendant Fouquet, rédigée selon le style ecclésiastique, où l'on parlait d'une nouvelle secrète sans, hélas, la mentionner.

— Bien sûr, je m'en ressouviens.

— Eh bien, ces lettres étaient de Kircher.

— Et comment en êtes-vous si certain ?

— Tu as raison de douter, car je dois encore t'expliquer l'illumination que j'ai eue aujourd'hui. J'en suis encore tout ému. Et l'émotion est fille du chaos, alors que nous avons besoin d'ordonner les faits. Ainsi que tu te le rappelles sans doute, en examinant les missives j'avais remarqué que l'une d'elles débutait curieusement par *mumiarum domino*, expression que je n'avais pas saisie sur-le-champ.

— C'est vrai.

— *Mumiarum domino* signifie "au maître des momies" et se rapporte certainement à Fouquet.

— Que sont les momies ?

— Ce sont les dépouilles des Egyptiens anciens contenues dans des sarcophages, préservées de la corruption par le biais de bandages et de mystérieux traitements.

— Je ne comprends toujours pas. Pourquoi Fouquet serait-il le "maître des momies" ? »

L'abbé s'empara d'un livre et me le tendit. C'était un recueil de poèmes de monsieur de La Fontaine, l'homme qui avait exalté dans ses vers le chant d'Atto Melani. Il ouvrit une page où il avait placé un signet et souligné quelques lignes.

Je prendrai votre heure et la mienne.
Si je vois qu'on vous entretienne,
J'attendrai fort paisiblement
En ce superbe appartement
Où l'on a fait d'étrange terre
Depuis peu venir à grand-erre
(Non sans travail et quelques frais)
Des rois Céphrim et Kiopès
Le cercueil, la tombe ou la bière :
Pour les rois, ils sont en poussière.

...
Je quittai donc la galerie,
Fort content parmi mon chagrin,
De Kiopès et de Céphrim
D'Orus et de tout son lignage
Et de maint autre personnage.

« C'est un poème dédié à Fouquet. Tu as compris ?

— Pas grand-chose, répondis-je, irrité par ce poème verbeux et incompréhensible.

— Et pourtant, c'est simple. Céphrim et Kiopès sont deux momies égyptiennes que le surintendant Fouquet avait achetées. La Fontaine, qui était un de ses grands admirateurs, en parle dans ce petit poème fort spirituel. Et maintenant, je te demande : qui, à Rome, s'intéressait à l'Egypte ancienne ?

— Je le sais. Kircher.

— Exact. En effet, Kircher avait étudié personnellement les momies de Fouquet, se rendant à Marseille où elles venaient d'être débarquées. Il avait ensuite rapporté les résultats de cet examen dans un traité intitulé *Œdipus Ægiptiacus.*

— Alors, Kircher et Fouquet se connaissaient.

— Bien sûr. Je me ressouviens d'avoir admiré dans ce traité un beau dessin des deux sarcophages, que Kircher avait réclamé à l'un de ses confrères jésuites. L'auteur des lettres et Kircher ne font donc qu'un. Mais c'est seulement aujourd'hui que j'ai établi le rapport et que j'ai tout saisi.

— Je commence, moi aussi, à comprendre. Dans une des lettres, Fouquet est nommé *dominus mumiarum,* c'est-à-dire "maître des momies", car il a acquis les deux sarcophages que Kircher a cités.

— Très bien, tu es arrivé au fait. »

La situation, en effet, était fort compliquée. L'abbé Melani avait compris que Kircher avait été en relation avec le surintendant Fouquet à travers les momies que celui-ci avait achetées à Marseille et emportées à Paris. En le rencontrant en personne, ou peut-être par d'autres voies, Kircher avait confié à Fouquet un secret. Mais la correspondance que les deux hommes avaient entretenue et qu'Atto Melani avait dérobée chez Colbert se contentait de le mentionner, sans l'expliquer.

« Alors, vous êtes venu à Rome non seulement pour enquêter sur la présence de Fouquet, mais aussi pour comprendre le secret de ces lettres. »

L'abbé Melani prit une mine pensive comme si une pensée fâcheuse avait traversé son esprit.

« Pas au début. Mais je ne puis nier à présent que l'affaire se fait très intrigante.

— Vous n'êtes pas venu à l'auberge du *Damoiseau* par hasard, n'est-ce pas ?

— Très bien. Comment l'as-tu compris ?

— J'y ai réfléchi un peu. Et puis, je me suis ressouvenu que d'après les lettres que vous aviez trouvées, les espions de Colbert avaient aperçu le surintendant piazza Fiammetta, non loin de l'église Sant'Appollinare, sur la place Navone. A deux pas d'ici.

— Très bien, encore une fois. J'ai tout de suite deviné tes capacités. »

C'est alors que, encouragé par ce compliment, j'osai. Ma voix trembla légèrement quand je lui demandai :

« Monsieur de Mourai n'était autre que Fouquet, n'est-ce pas ? »

Atto Melani s'abstint de répondre, car son visage constituait à lui seul une réponse. Cette admission muette fut suivie, naturellement, de mes éclaircissements. Comment avais-je compris ? J'étais moi-même incapable de le dire. Le concours de plusieurs faits, insignifiants en soi, m'avait peut-être mis sur la bonne voie. Fouquet était français, et Mourai aussi. Mourai était vieux et malade, presque aveugle. Au bout de vingt années de prison, le surintendant ne jouissait certainement pas d'un meilleur état de santé. Les deux hommes avaient le même âge : environ soixante ans, peut-être soixante-dix. Mourai était accompagné par monsieur Devizé, qui ne connaissait cependant pas l'Italie aussi bien que son propre pays et qui n'avait à son arc que des cordes musicales. Un fuyard avait besoin d'un guide plus habile, qu'il trouvait peut-être en la personne de Pompeo Dulcibeni. En effet, les observations du vieux gentilhomme (le prix des tissus à Rome, le droit de mouture, le ravitaillement par la campagne romaine) trahissaient une grande familiarité avec le commerce.

Et ce n'était pas tout. Si Fouquet avait vraiment été caché ou de passage à Rome, il ne se serait pas beaucoup éloigné de son logement. S'il avait été un pensionnaire de notre auberge, où se serait-il promené à la tombée de la nuit ? Place Navone, ou piazza Fiammetta, en passant devant Sant'Appolinare. En outre, comme je l'avais deviné ce matin-là de manière certes confuse dans mon lit, l'on choisissait de séjourner au *Damoiseau* lorsque l'on était privé de grandes ressources ; en effet, notre quartier, qui abritait autrefois les meilleures auberges, subissait à présent un déclin inexorable. Mais le vieux Français ne semblait pas à court d'argent, au contraire. Il craignait donc, probablement, de rencontrer des gentilshommes de son rang. Des Français, peut-être, susceptibles, en dépit des années, de reconnaître un visage aussi célèbre que celui du surintendant.

« Pourquoi m'avez-vous celé la vérité ? demandai-je d'une voix brisée au terme de mon exposé, tandis que je tentais de réprimer mon émotion.

— Parce qu'il n'était pas encore indispensable que tu la saches. Si je te répétais toujours ce que je connais, tu aurais fort mal au crâne », répondit-il sur un ton effronté.

Mais bientôt, son humeur s'altéra et son esprit s'émut.

« J'ai encore beaucoup de choses à t'apprendre, à la réserve de l'art des déductions », dit-il, bouleversé.

Pour la première fois, je fus certain que l'abbé Melani ne simulait pas : il me confessait même le chagrin que jetait en lui le triste destin de son ami. Ainsi, en retenant à grand-peine ses larmes, il m'apprit qu'il n'était pas seulement venu à Rome dans le but de vérifier l'exactitude des informations concernant la présence de Fouquet en ville, et donc d'établir si l'on avait répandu sciemment de faux bruits pour troubler le Roi Très-Chrétien et la France entière. En effet, l'abbé Melani avait affronté le long voyage qui, de France, menait en Italie en nourrissant l'espoir de revoir son vieil ami, dont il ne gardait plus que des souvenirs douloureux et lointains. Si Fouquet était vraiment à Rome, avait-il fait réflexion, il courait sans nul doute un grave danger : l'informateur qui avait annoncé sa présence à Colbert recevrait tôt ou tard des instructions de Paris. On lui commanderait de capturer Fouquet ou, en cas d'insuccès, de le supprimer.

Voilà pourquoi l'abbé Melani, ainsi qu'il l'expliqua lui-même, s'était présenté à Rome en proie à un enchevêtrement déchirant de sentiments contraires : l'espoir de revoir, bien vivant, l'ami qu'il croyait mort au terme de longues années d'un dur enfermement, le désir de servir fidèlement le roi et enfin la crainte, au cas où il retrouverait vraiment Fouquet, d'être entraîné dans ce qui s'ensuivrait.

« Que voulez-vous dire par là ?

— Tout le monde sait, à Paris, que le roi n'a jamais conçu plus de haine qu'à l'égard du surintendant. S'il avait découvert que Fouquet n'était pas mort à Pignerol, mais qu'il était vivant et libre, sa colère se serait certainement déchaînée une nouvelle fois. »

Atto m'apprit qu'un de ses hommes de confiance l'aidait, comme par le passé, à dissimuler son départ.

« C'est un copiste d'un talent extraordinaire, il sait imiter mon écriture à la perfection. C'est un brave homme, qui se nomme Buvat. Chaque fois que je quitte Paris en cachette, il se charge de ma correspondance. On m'écrit de toutes les cours d'Europe pour obtenir les derniers renseignements, et les princes exigent des réponses immédiates, dit-il avec vanterie.

— Comment votre Buvat sait-il ce qu'il doit écrire ?

— Avant de partir, je lui ai laissé des informations totalement prévisibles en matière de politique. Quant aux nouvelles qui concernent la cour, il se les procure lui-même en payant quelques serviteurs, lesquels constituent le meilleur système de renseignement de toute la France. »

J'étais curieux de savoir comment Atto était également parvenu à dissimuler son départ au roi, mais il ne me permit pas de l'interrompre. Une fois à Rome, raconta-t-il, il avait enfin retrouvé la trace de Fouquet et notre auberge. Mais le matin même où il avait posé le pied au *Damoiseau*, l'homme que nous appelions encore monsieur de Mourai était tragiquement décédé. Ainsi, l'abbé Melani avait tout juste eu le temps de voir son ancien bienfaiteur expirer dans ses bras.

« Vous a-t-il reconnu ?

— Hélas non. Quand je suis entré dans sa chambre, il respirait déjà à grand-peine, émettant des gargouillements privés de sens. J'ai essayé de le ranimer de toutes mes forces, je l'ai attrapé par les épaules et l'ai secoué, je lui ai parlé, mais il était trop tard. Un grand homme a expiré dans ton auberge. »

L'abbé Melani détourna les yeux, comme s'il voulait cacher une larme furtive. Je l'entendis entonner d'une voix tremblante une mélodie poignante.

Ma, quale pena infinita,
sciolta hai ora la vita[1]*...*

J'étais hébété. Je fus envahi par une vague d'émotion lorsque je vis Atto se blottir dans un coin de sa chambre. Je tentai de me ressouvenir des traits et des gestes du vieux Mourai, tel que je l'avais connu au *Damoiseau*. J'essayai de me rappeler les paroles, les expressions et les accents qui pouvaient le rattacher à la grande et malheureuse figure du surintendant, ainsi que je me l'étais imaginé à travers les narrations de l'abbé Melani. Je revis son œil glauque et désormais privé de la vue, son vieux corps pâle et tremblant, ses lèvres gercées et haletantes ; mais rien, rien qui ne fût en mesure d'évoquer la vivacité proverbiale de l'Ecureuil. A moins que... voilà que Mourai se dressait dans ma mémoire, avec sa silhouette menue et délicate, ses joues ridées mais non desséchées par l'âge. Et puis, son profil courbé, ses mains fines et nerveuses... un vieil écureuil, oui, voilà ce à quoi ressemblait monsieur de Mourai. Plus de geste, plus de phrase, plus d'éclat dans les yeux : l'Ecureuil se résignait à son repos éternel. Il avait produit son dernier effort en grimpant à l'arbre de la liberté : cela pouvait suffire. Enfin, conclus-je en mon for intérieur, alors que des larmes silencieuses ruisselaient sur mes joues, qu'importait la façon dont Fouquet était mort. Il était mort libre.

L'abbé se tourna vers moi, les traits bouleversés par l'émotion.

« Maintenant, mon ami est assis à la droite du Très-Haut, parmi les justes et les martyrs, s'exclama-t-il sur un ton emphatique. Tu dois savoir une chose : la mère de Fouquet suivait avec appréhension l'ascension de son fils, qui le comblait de puissance dans les choses du monde, mais affaiblissait son âme. Chaque jour, elle priait Dieu pour qu'il altère le destin du surintendant, le pousse vers la voie du rachat et de la sainteté. Quand La Forêt, son fidèle serviteur, vint lui apporter la nouvelle de son arrestation, la mère de Fouquet s'agenouilla, remplie de joie, et remercia le Seigneur par ses mots : "Il va enfin devenir saint !" »

Atto s'interrompit un instant pour ravaler l'angoisse qui lui serrait la gorge et amputait ses mots.

« La prédiction de cette bonne dame, reprit-il, s'avéra.

---

1. Mais quel immense chagrin/ ta vie vient de s'enfuir... *Ma quale pena infinita !* de Luigi Rossi. (*N.d.T.*)

Selon un de ses confesseurs, Fouquet avait admirablement purgé son âme au cours des derniers temps. Il avait même écrit, semble-t-il, des méditations spirituelles. Dans ses lettres à son épouse, il répétait souvent combien il était reconnaissant à la prière de sa mère. Il était heureux qu'elle se fût exaucée. » L'abbé sanglota. « Oh, Nicolas ! Le Ciel t'a réclamé le prix le plus élevé, mais il t'a accordé une seconde grâce. Il t'a soustrait à ce misérable destin de gloire terrestre qui conduit immanquablement à un vain cénotaphe. »

Après avoir octroyé à l'abbé et à ma propre personne quelques minutes pour apaiser nos esprits respectifs, je tentai de dévier la conversation : « Je sais que vous ne serez peut-être pas d'accord, mais il est sans doute temps d'interroger Pompeo Dulcibeni ou Devizé.

— Pas du tout, rétorqua-t-il vivement, abandonnant soudain toute trace de désespoir. S'ils ont quelque chose à cacher, la moindre question les mettrait sur leurs gardes. »

Il se leva pour essuyer son visage. Puis il fouilla dans ses papiers et me tendit enfin une feuille.

« Nous avons d'autres soucis pour le moment : il nous faut venir à bout des indices que nous avons réunis. Quand nous sommes entrés dans l'imprimerie clandestine de Komarek, tu t'en ressouviens sans doute, le sol était jonché de papiers. Eh bien, j'ai eu le temps d'en ramasser deux. Dis-moi si cela te rappelle quelque chose. »

Caractère Texte Comparaison Italique
LIBER JOSVE.

Hebraice Jehoshua.

Caput primum.

ET factum est post mortem Moysi servi Domini, ut loqueretur Dominus ad Josue filium Nun, ministrum Moysi, & diceret ei ; Moyses seruus meus mortuus est surge & transi Jordanem istum tu & omnis populus tecum, in terram, quam ego dabo filiis Israel. Omnem locum, quem calcaverit vestigium pedis vestri, vobis tradam, sicut locutus sum Moysi. A deserto & Libano usque ad fluvium magnum contra Solis occasum erit terminus vester. Nullus poterit vobis resistere cunctis diebus vitae tuae : sicut fui cum Moyse, ita ero tecum : non dimittam, nec derelinquam te. Confortare & esto robustus : tu enim sorte divides populo huic terram...

« On dirait le début d'un autre morceau de la Bible.

— Et puis ? »

Je le tournai et le retournai entre mes mains : « Celui-ci aussi n'est imprimé que d'un côté !

— Exact. Ma question est donc la suivante : imprimer les bibles sur un seul côté serait-il la nouvelle mode à Rome ? Je ne le crois point, car l'on aurait besoin de deux fois plus de papier. Les livres pèseraient deux fois plus lourd et coûteraient peut-être deux fois plus cher.

— Alors ?

— Alors, ces pages ne font pas partie d'un livre.

— De quoi s'agit-il donc ?

— D'un essai d'habileté, pour ainsi dire.

— Vous voulez parler d'une épreuve typographique ?

— Pas seulement. C'est l'exemple de ce que l'imprimeur est en mesure d'offrir au client. Souviens-toi de ce que Stilone Priàso a raconté aux pilleurs de tombes. Komarek a besoin d'argent. Il a un travail fort humble à l'imprimerie de la congrégation de Propaganda Fide, et effectue, par ailleurs, des petites besognes clandestines. Mais il doit bien chercher des clients, pour ainsi dire, réguliers. Il a peut-être demandé l'autorisation d'exercer ce métier à son compte. Il a donc dû préparer un échantillon pour montrer à ses futurs clients la qualité de son travail. Et pour exhiber un échantillon de caractères, une seule page suffit.

— Je crois que vous avez raison.

— Je le crois moi aussi. Et je t'en donne la preuve : que dit la première ligne de notre nouvelle page ? "Caractère Texte Comparaison Italique." Je ne m'y entends guère, mais je pense que "Comparaison" est le nom du caractère d'imprimerie utilisé dans ce texte. Sur l'autre page, au même endroit je lis "nde". On y indiquait probablement le nom d'une écriture ro*nde*.

— Tout cela signifie-t-il que nous devons à nouveau concentrer nos soupçons sur Stilone Priàso ? demandai-je tout échauffé.

— Peut-être que oui, peut-être que non. Mais une chose est certaine : pour trouver notre voleur, il nous faut chercher un client de Komarek. Et Stilone Priàso en est un. En outre, le voleur de tes perles ne doit pas être riche, tout comme notre gazetier. Qui, enfin, est originaire de Naples, la ville même que le vieux Fouquet avait quittée pour se rendre au *Damoiseau*. Etrange, n'est-ce pas ? Mais...

— Mais ?

— Tout cela est trop évident. L'individu qui a empoisonné mon pauvre ami est, en revanche, rusé et habile, il s'est sans doute ingénié à se mettre au-dessus de tout soupçon et à ne pas attirer l'attention sur lui. Peux-tu imaginer dans ce rôle un être aussi angoissé que Stilone Priàso ? S'il était l'assassin, crois-tu qu'il se promènerait, une gazette astrologique sous le bras ? Se proclamer astrologue n'est certes pas une bonne couverture pour un tueur. Voler tes *margaritae* comme un vulgaire voleur de poules l'est encore moins. »

Eh oui. Et Stilone semblait vraiment être astrologue. Je rapportai à Atto avec quelle tristesse et quelle douleur il m'avait conté l'histoire de l'abbé Morandi.

Tandis que je quittais sa chambre, je pris la résolution de poser à Melani la question que je brûlais de lui adresser depuis longtemps.

« Monsieur Atto, croyez-vous qu'il y ait un rapport entre le mystérieux voleur et la mort du surintendant Fouquet ?

— Je l'ignore. »

⋘⋙

Il mentait. J'en étais certain. Alors que, déjà couché après avoir distribué le repas, je rassemblais mes idées, je sentais un rideau froid et lourd s'abattre entre l'abbé Melani et moi. A l'évidence, il me taisait encore un secret, de même qu'il m'avait celé la présence de Fouquet dans l'auberge sous une fausse identité, et, un peu plus tôt, les lettres découvertes dans le cabinet de Colbert. Et avec quelle impudence m'avait-il conté l'histoire de Fouquet ! A l'ouïr, il n'avait pas vu le surintendant depuis plusieurs années, alors qu'il avait assisté à sa mort quelques heures plus tôt (et je soupesai mentalement ces terribles circonstances) en compagnie de monsieur Pellegrino. Il avait également eu l'audace d'insinuer que Dulcibeni et Devizé dissimulaient quelque chose à propos de Mourai, *alias* Fouquet. Et c'était lui qui parlait ! Lui, le prêtre du mensonge, le virtuose de la simulation ! Je me maudis pour l'inconscience avec laquelle j'avais écarté les renseignements que j'avais appris à son sujet en écoutant la conversation de Cristofano, Devizé et Stilone Priàso. Je me maudis aussi pour la fierté que j'avais éprouvée tandis qu'il vantait ma perspicacité.

J'étais extrêmement irrité, et encore plus désireux de me mesurer avec l'abbé pour mettre à l'épreuve ma capacité de prévoir ses mouvements, de démasquer ses omissions, de déchiffrer ses silences et d'annihiler sa faconde.

Tout en me berçant dans la rancœur subtile et envieuse que Melani jetait en moi, je m'endormis doucement, éreinté par ma nuit blanche. Tandis que je m'apprêtais à céder au sommeil, je chassai à contrecœur la pensée de Cloridia.

Pour la seconde fois au cours de la même journée, je fus réveillé par Cristofano. J'avais dormi quatre heures de suite. Je me sentais bien, en raison de ce court repos, ou peut-être grâce à la grande liqueur que je n'avais pas oublié de boire et d'étaler sur ma poitrine avant de m'assoupir – je l'ignore. Ayant vérifié que je m'étais ressaisi, le médecin repartit tranquillement. Je m'aperçus alors que je n'avais pas achevé de distribuer aux pensionnaires les remèdes contre la peste. Je me rhabillai et saisis la besace contenant les pots de médicaments. Je comptais administrer une thériaque stomacale et une décoction d'ivette au sirop à Brenozzi, ainsi qu'une fumigation à Stilone Priàso, avant de descendre au premier étage chez Devizé et Dulcibeni. Je passai à la cuisine pour réchauffer un peu d'eau dans le chaudron.

Je fis en sorte d'en finir rapidement avec le Vénitien : je ne souffrais plus l'insistance avec laquelle il m'interrogeait, me posant des questions auxquelles il fournissait lui-même une réponse brève et immédiate, m'empêchant d'ouvrir la bouche. De plus, j'avais du mal à détourner les yeux de ses parties basses, qu'il ne cessait de se pincer en un contrepoint nerveux, ainsi qu'on l'observe chez les jeunes gens qui, ayant nouvellement perdu leur innocence sans pour autant être rompus dans l'art de vivre, heurtent leur petit céleri à coups de vaines et digitales interrogations. Je vis qu'il n'avait point touché son repas, mais j'évitai de le questionner dans la crainte de provoquer un nouveau flot de paroles.

Je frappai donc à la porte du Napolitain. Il m'invita à entrer. Tandis que je disposais les médicaments, je m'aperçus qu'il n'avait point mangé, lui non plus. Je lui demandai s'il ne se sentait pas bien.

« Sais-tu d'où je viens ? m'interrogea-t-il pour toute réponse.

— Oui, monsieur, répondis-je avec perplexité. Du royaume de Naples.

— Y as-tu déjà séjourné ?

— Hélas non. Je n'ai jamais visité la moindre ville depuis que je suis au monde.

— Eh bien, sache que le Ciel n'a jamais distribué aussi généreusement ses influx bénéfiques à aucune autre cité, en toutes saisons, commença-t-il sur un ton emphatique tandis que je préparais ses fumigations. Naples, capitale aimable et peuplée des douze provinces du royaume, a le bord de mer pour majestueux théâtre et s'appuie sur de douces collines et des plaines vagues. Bâtie par une sirène du nom de Parthénope, elle jouit grâce à la plaine voisine, dite Poggio Reale, d'innombrables fruits, de sources fort pures, de fenouils célèbres et de toutes sortes d'herbes, dont les sommets peuvent raisonnablement atteindre en ces lieux des arcs de stupeur. Sur la fertile plage de Chiaia, comme sur les collines de Pausilippe, on cueille des choux-fleurs, des petits pois, des cardons et des artichauts, des radis, des racines ainsi que les salades et les fruits les plus délicieux du monde. Et je ne crois pas qu'on puisse trouver de lieu plus fertile et plus agréable, regorgeant d'autant de charmes, que les bords de mer hautains de Mergellina, seulement troublés par de suaves zéphires, qui méritent de recueillir les cendres immortelles du grand Marone et de l'incomparable Sannazzaro. »

Ce n'était donc pas inconsidérément, pensai-je, que Stilone Priàso se proclamait poète. Il poursuivait son énumération, de sous le drap dont je lui avais couvert le visage, plongé dans les vapeurs balsamiques : « Plus loin, se trouve l'ancienne ville de Pozzuoli, qui regorge d'asperges, d'artichauts, de petits pois et de courges en dehors de la saison ; et au mois de mars, du verjus nouveau, à la stupeur des gens. Des fruits à Procida ; à Ischia, des azeroles blanches et rouges, d'excellents vins de Greco et des faisans en quantité. A Capri, de magnifiques génisses et de sublimes cailles. De la viande de porc à Sorrente, du gibier à Vico, des oignons doux à Castell'a Mare, des muges à Torre del Greco, des rougets à Granatiello, des vignes de Lacrima sur le Monte di Somma, jadis appelé Vésuve. Des pastèques et des cervelas à Orta, du vin qu'on appelle le Vernotico à Nola, du touron à Aversa, des melons à Cardito, des agneaux à Arienzo, de la *provola* à Acerra, des cardons à Giugliano, des lamproies à Capoue, des olives à Gaeta, des légumes secs à Venafro. Des truites, du vin, de l'huile et du gibier à Sora... »

Je compris enfin.

« Monsieur, vous voulez peut-être me dire que votre estomac n'aime guère ma cuisine ? »

Il se leva et me considéra avec un brin d'embarras.

« Euh, à dire la vérité, on ne mange ici que des potages. Mais là n'est pas la question... dit-il en cherchant ses mots avec peine. Bref, la manie que tu as de mettre de la cannelle sur toutes tes bouillies, tes fumets et tes soupes finira par accomplir l'œuvre d'extermination que nous réservait la peste ! » Et il éclata d'un rire subit.

J'étais troublé et humilié. Je le priai de parler moins fort afin que les autres pensionnaires ne l'ouïssent pas. Mais il était trop tard. Dans la chambre d'à côté, Brenozzi avait déjà saisi la protestation de Stilone, et ses rires frénétiques retentirent bientôt. Leur écho s'étendit à la chambre du père Robleda, qui rejoignit le Vénitien dans le couloir. A son tour, Stilone Priàso ouvrit sa porte, entraîné par cette hilarité chorale : en vain, je le suppliai de rentrer. Je fus enseveli par un échange de moqueries et de rires jusqu'aux larmes sur le caractère prétendument dégoûtant de mes plats qui, sans l'accompagnement charitable des notes de Devizé, n'eussent point été digestibles. Le père Robleda réprima, lui aussi, à grand-peine ses ricanements.

Si les pensionnaires ne m'avaient point encore confessé la vérité, m'expliqua le Napolitain, c'était parce que Cristofano leur avait appris le réveil de Pellegrino ; ils comptaient donc sur le retour de mon maître et avaient, quoi qu'il en soit, bien d'autres soucis au cours de ces jours-là. L'augmentation récente des doses de cannelle avait toutefois rendu la situation insoutenable. Priàso s'interrompit alors en remarquant mon visage humilié et blessé. Les deux autres se retirèrent enfin dans leurs chambres respectives. Le Napolitain posa une main sur mon épaule.

« Allez, mon garçon, ne le prends pas mal : la quarantaine ne favorise pas les bonnes manières. »

Je lui demandai pardon de l'avoir torturé avec ma cannelle, repris mes pots d'onguent et m'en allai. J'étais furieux et malheureux, mais je pris la résolution de ne point le montrer.

Je descendis au premier étage pour frapper chez

Devizé. Cependant, une fois parvenu à destination, je balançai.

Des notes encore incertaines s'échappaient de derrière sa porte. Il accordait son instrument. Puis il attaqua une danse, peut-être une villanelle, qui fut suivie par ce que je qualifierais aujourd'hui de gavotte sans crainte de faire erreur.

Je préférai donc frapper à la porte de Pompeo Dulcibeni, juste à côté : si le gentilhomme de Fermo était prêt à être oint, je pourrais savourer en même temps les échos de la guitare de Devizé.

Dulcibeni accepta mon offre. Comme à l'accoutumée, il m'accueillit avec une mine austère et lasse, une voix ténue mais ferme, le regard perçant et glauque.

« Entre, mon cher. Pose donc ton sac ici. »

Il me donnait fréquemment le dénominatif qu'on réserve d'habitude aux serviteurs, il est vrai. Nul autre pensionnaire du *Damoiseau* ne m'intimidait autant que lui. Son ton, paisible lorsqu'il s'adressait à ses inférieurs et totalement privé de chaleur, semblait toujours sur le point de trahir une impatience ou un geste de mépris, lesquels, cependant, ne se manifestaient jamais, mais poussaient le prochain à revêtir une apparence excessivement réservée en sa présence et, enfin, à se taire. Voilà pourquoi, sans doute, il était le plus solitaire d'entre tous. Jamais il ne m'avait adressé la parole, au cours des repas. Il ne paraissait pas subir les atteintes de la solitude, bien au contraire. Et pourtant, je remarquais sur son front étroit et ses joues rougies un pli amer fort profond et le tourment caractéristique de ceux qui sont contraints de porter un fardeau en solitaire. Une seule note de gaieté : son faible pour la bonne cuisine de mon maître, la seule à lui arracher un rare mais authentique sourire et quelques mots d'esprit.

Je me demandais si ma cannelle avait également constitué un désagrément pour lui, avant de chasser aussitôt cette pensée.

Voilà que je me voyais, pour la première fois, obligé de passer en sa compagnie une heure, voire plus. Je me sentais fort embarrassé.

J'avais ouvert ma besace et sorti les flacons qui m'étaient nécessaires. Dulcibeni m'interrogea sur leur contenu et leur mode d'application, feignit un intérêt courtois pour mes éclaircissements. Je le priai ensuite de dénuder son dos et ses côtés, de se placer à califourchon sur la petite chaise.

Tandis qu'il ouvrait son habit noir dans le dos et ôtait sa drôle de fraise, je remarquai qu'une longue cicatrice courait en travers de son cou : voilà pourquoi, me fis-je réflexion, Dulcibeni ne se départait jamais de son vieil ornement. Après qu'il se fut assis ainsi que je le lui avais suggéré, je commençai à étaler les huiles que Cristofano m'avait indiquées. Les premières minutes s'écoulèrent en bavardages légers. Nous savourions tous deux les notes de Devizé : une allemande, puis une gigue peut-être, une chaconne et un menuet *en rondeau**. Je retournai mentalement aux paroles que Robleda avait prononcées au sujet des doctrines jansénistes auxquelles Dulcibeni semblait adhérer.

Soudain, il voulut se lever. Il avait l'air souffrant.

« Vous sentez-vous mal ? L'odeur de l'huile vous gêne-t-elle ?

— Non, non, mon cher. Je veux juste prendre un peu de tabac. »

Il fit tourner la clef dans la serrure de la commode et en tira trois petits livres joliment reliés en cuir vermillon et arabesques d'or, tous trois identiques. Puis il s'empara d'une tabatière de belle facture, en cerisier marqueté. Il l'ouvrit, prit une pincée de poudre et l'approcha de son nez, la reniflant à deux, puis trois reprises. Il demeura en suspens un instant, et respira ensuite très profondément. Alors, il me regarda et esquissa une expression plus cordiale. Il paraissait apaisé. Il s'enquit avec un sincère intérêt des autres pensionnaires. Après quoi, la conversation se mit à languir. De temps à autre, il poussait un soupir, fermait les yeux et caressait brièvement sa chevelure blanche, qui devait jadis être blonde.

En l'observant, je me demandai ce qu'il savait sur la véritable histoire de son défunt compagnon de chambre. Je ne pouvais détourner mon esprit des informations qu'Atto m'avait révélées un peu plus tôt au sujet de Mourai-Fouquet. Je fus tenté de lui poser une vague question à propos du vieux Français qu'il avait (sans en connaître peut-être l'identité) accompagné depuis Naples. Les deux hommes se connaissaient peut-être depuis un certain temps et s'étaient peut-être longuement fréquentés, contrairement à ce que Dulcibeni avait prétendu devant le médecin et les officiers du Bargello. S'il en était ainsi, il me serait fort difficile d'en arracher la confirmation aux lèvres du gentilhomme des

Marches ; il convenait donc, conclus-je en mon for intérieur, d'engager la conversation sur un sujet quelconque et
de l'amener à parler le plus longtemps possible, dans l'espoir de lui soutirer un indice utile. C'était exactement ce
que j'avais fait – obtenant, certes, de bien maigres résultats
– avec les autres pensionnaires.

Je m'efforçai de solliciter l'opinion de Dulcibeni sur un
événement important, comme il est d'usage lorsque l'on
s'entretient avec des vieillards qui vous intimident. Je lui
demandai donc, me répandant moi-même en considérations, ce qu'il pensait du siège de Vienne, où se jouait le
destin de toute la chrétienté, et s'il croyait que l'empereur
finirait par l'emporter sur les Turcs.

« L'empereur Léopold d'Autriche ne peut battre personne, il a pris l'escampette », répondit-il d'une voix sèche
avant de se taire, laissant entendre que la conversation était
close.

Je continuais cependant d'espérer qu'il proférerait
d'autres jugements, tout en cherchant désespérément au
fond de moi une réplique qui eût été en mesure de restaurer
notre dialogue. Mais je ne trouvai rien, et un silence pesant
s'abattit à nouveau entre nous.

J'achevai alors rapidement ma tâche et pris congé de
lui. Dulcibeni garda le silence. Je m'apprêtais à sortir quand
une dernière question me vint à l'esprit : je ne résistais pas
à la tentation de lui demander s'il accueillait, lui aussi, ma
cuisine par un impitoyable pouce renversé.

« Non, mon cher, pas du tout, répondit-il sur un ton
redevenu las. Je dirais même que tu as de l'étoffe. »

Je le remerciai, réconforté. Mais tandis que je tirais la
porte derrière moi, je l'entendis ajouter à part lui dans un
murmure étrange qui semblait s'échapper de son ventre :
« Si tu ne préparais pas tes brouets de merde et n'avais pas
la main si lourde sur cette damnée cannelle. *Pomilione* de
serviteur, voilà ce que tu es ! »

Cela me suffit. Jamais je ne m'étais senti aussi humilié.
Ce que Dulcibeni pensait de moi était vrai, me dis-je : me
démener ne m'aurait point permis de m'élever d'un seul
pouce aux yeux d'autrui, pas même à ceux de Cloridia,
hélas. J'éprouvai un sursaut de rage et de fierté. Ainsi, je
nourrissais de grandes aspirations (devenir un jour gaze-

tier) sans être capable de passer du simple rang de marmiton à celui de cuisinier.

Tandis que je me plaignais en pensée, j'eus l'impression d'ouïr un marmonnement s'échapper de la chambre de Dulcibeni. Je collai l'oreille à la porte : quelle ne fut pas ma surprise d'entendre qu'il conversait avec un autre !

« Vous sentez-vous mal ? L'odeur de l'huile vous gêne-t-elle ? » demandait l'autre voix avec empressement.

Je fus troublé : n'était-ce point la question que j'avais posée à Dulcibeni un peu plus tôt ? Qui avait pu se cacher dans la chambre pour nous écouter ? Et pourquoi cet individu répétait-il mes mots ? Mais un détail me fit sursauter : il s'agissait d'une voix de femme. Et elle n'appartenait pas à Cloridia.

Un instant de silence s'ensuivit.

« L'empereur Léopold d'Autriche ne peut battre personne, il a pris l'escampette ! » s'exclama soudain Dulcibeni.

J'avais déjà ouï cette phrase, prononcée à mon adresse. Je continuai d'écouter, suspendu entre la stupéfaction et la crainte d'être découvert.

« Vous êtes injuste, vous ne devriez pas... répondit timidement la voix de femme, au timbre étrangement faible et rauque.

— Silence ! l'interrompit Dulcibeni. Si l'Europe éclate, nous ne pourrons que nous en réjouir.

— J'espère que vous n'êtes pas sérieux.

— Ecoute alors, reprit Dulcibeni sur un ton plus conciliant. Nos terres sont à présent, pour ainsi dire, une seule et grande maison. Une maison qui héberge une seule et grande famille. Mais que se passera-t-il si les frères se multiplient excessivement ? Que se passera-t-il si leurs femmes sont toutes unies par des liens de fraternité, et leurs fils, par conséquent, par des liens de cousinage ? Ils ne cesseront de se disputer, ils se haïront, se dénigreront les uns les autres. Ils noueront parfois des alliances, qui seront toutes fragiles. Leurs enfants s'assembleront charnellement en un festin obscène, ils engendreront à leur tour une descendance folle, faible et corrompue. Que peut espérer une famille aussi malheureuse ?

— Je l'ignore, peut-être que... quelqu'un vienne lui apporter la paix. Et surtout que leurs enfants ne se marient plus entre eux, répondit en balançant la voix de femme.

— Eh bien, si le Turc conquiert Vienne, repartit alors Dulcibeni en riant, dents serrées, nous aurons enfin un peu de sang nouveau sur les trônes d'Europe. Evidemment, après avoir vu le vieux couler à flots.

— Pardonnez, mais je n'y comprends goutte, hasarda timidement son invitée.

— C'est simple. Les rois chrétiens entretiennent tous des liens de parenté.

— Comment, de parenté ? demanda la petite voix.

— C'est bon, il te faut des exemples. Louis XIV, Roi Très-Chrétien de France est deux fois le cousin de son épouse, Marie-Thérèse, infante d'Espagne. Leurs parents, en effet, étaient frères et sœurs. Car la mère du Roi-Soleil, Anne d'Autriche était la sœur du père de Marie-Thérèse, Philippe IV, roi d'Espagne. Et le père du Roi-Soleil, Louis XIII, était le frère de la mère de Marie-Thérèse, Elisabeth de France, première épouse de Philippe IV. »

Dulcibeni s'interrompit quelques instants. Il s'empara de sa tabatière, dont il mélangea avec soin le contenu tout en continuant son discours.

« Les beaux-parents respectifs du roi et de la reine de France sont donc leurs oncle et tante par les liens du sang. Et maintenant, je te pose une question : quel effet cela fait-il d'être les neveux de ses propres beaux-parents, ou, si tu préfères, le gendre et la belle-fille de ses propres oncle et tante ? »

Je ne résistais pas. Je devais absolument savoir qui conférait avec Dulcibeni. Comment diable cette femme avait-elle pénétré au *Damoiseau*, en dépit de la quarantaine ? Et pourquoi Dulcibeni lui parlait-il avec autant de fougue ?

J'essayai d'entrebâiller tout doucement la porte, qui ne s'était pas bien encastrée dans les montants. Une fente s'étant formée, je m'approchai en retenant mon souffle. Accoudé à la commode, Dulcibeni jouait avec sa tabatière. Il tournait le regard vers le mur de droite, devant lequel se trouvait sans doute sa mystérieuse invitée. Hélas, je ne pus l'atteindre du regard. En poussant encore la porte, je risquais d'être démasqué.

Après avoir respiré avec force ce qu'il avait puisé dans sa tabatière, Dulcibeni commença à s'agiter et à enfler, comme s'il voulait gonfler ses poumons pour une apnée.

« Les Anglais ont pour roi Charles II Stuart, poursuivit-il. Son père avait épousé Henriette de France, une sœur du père de Louis XIV. Ainsi, le roi d'Angleterre est par deux fois le cousin du roi de France et de son épouse espagnole.

Lesquels, comme tu l'as vu, sont doublement cousins l'un de l'autre. Et que dire de la Hollande ? Henriette de France, mère du roi Charles II, n'était pas seulement la tante paternelle du Roi-Soleil, elle était aussi la grand-mère maternelle du jeune prince de Hollande Guillaume d'Orange. En effet, une sœur du roi Charles et du duc Jacques, Marie, épousa en Hollande Guillaume d'Orange, et il naquit de leur union le prince Guillaume III justement, lequel, à la surprise générale, s'est marié il y a six ans avec la fille aînée de Jacques, sa cousine germaine. Quatre souverains, donc, ont mêlé par huit fois leur propre sang. »

Il remua le contenu de la tabatière et l'approcha de ses narines. Il inspira avec frénésie comme s'il avait été contraint de se priver de tabac pendant une longue période. Puis il reprit sa harangue, le visage blême et la voix enrouée : « Une autre sœur de Charles II épousa l'un de ses cousins, frère du roi Louis XIV. Ils mélangèrent eux aussi leur sang. »

Il fut interrompu par une quinte de toux. Il porta un mouchoir à sa bouche comme s'il avait un haut-le-cœur, et s'appuya à la commode.

« Mais allons à Vienne, recommença-t-il, hors d'haleine. Les Bourbons de France et les Habsbourg d'Espagne sont respectivement quatre et six fois cousins des Habsbourg d'Autriche. La mère de l'empereur Léopold Ier d'Autriche est une sœur de Louis XIV. Mais elle est aussi une sœur du roi Philippe IV d'Espagne, père de Marie-Thérèse et donc beau-père du Roi-Soleil. Elle est également une fille de la sœur du défunt empereur Ferdinand III, père de son époux. La sœur de Léopold Ier a épousé son oncle maternel, toujours Philippe IV d'Espagne. Et Léopold Ier s'est marié avec sa nièce Marguerite Thérèse, fille du même Philippe IV et sœur de l'épouse de Louis XIV. Donc, le roi d'Espagne est l'oncle, le beau-frère et le beau-père de l'empereur d'Autriche. Trois familles de souverains ont ainsi mêlé mille fois le même sang ! »

La voix de Dulcibeni était à présent plus aiguë, et son regard plus halluciné.

« Qu'en penses-tu ? s'écria-t-il soudain. Aimerais-tu être la tante et la belle-sœur de ton gendre ? »

Avec rage et fureur, il balaya d'un geste du bras les quelques objets qui reposaient sur la commode (un livre et une bougie), les projetant contre le mur et sur le sol. Le silence s'abattit dans la pièce.

« Mais en a-t-il toujours été ainsi ? » balbutia enfin la voix de femme.

Dulcibeni reprit l'attitude sévère qui le caractérisait et fit une grimace amère : « Non, ma chère, dit-il sur un ton didactique. Aux lointaines origines, les souverains s'assuraient leur descendance en mariant leurs rejetons à la meilleure noblesse féodale. Chaque nouveau roi était la synthèse la plus pure du sang le plus noble de sa propre terre : en France, le souverain était plus français que les Français. En Angleterre, il était plus anglais que tous les Anglais. »

C'est alors que, mû par une trop grande curiosité, je perdis l'équilibre et poussai la porte. Seul un miracle me permit de m'appuyer contre le montant, et m'évita de basculer la tête la première dans la pièce. En vérité, la fente ne s'était que légèrement ouverte. Dulcibeni n'avait rien ouï. En nage et tremblant de peur, je jetai un coup d'œil à la droite du gentilhomme des Marches, où devait se trouver son invitée.

Il me fallut attendre quelques minutes pour me remettre de la surprise : il n'y avait pas de silhouette humaine à l'endroit en question, mais seulement un miroir. Dulcibeni conversait tout seul.

Au cours des instants qui suivirent, j'eus encore plus de mal à comprendre l'épanchement aigu auquel il avait cédé à propos des rois, des princes et des empereurs. Ecoutais-je donc un fou ? Avec qui Dulcibeni feignait-il de conférer ?

Peut-être était-il obsédé par le souvenir d'un être cher (une sœur, une épouse) qui avait expiré. Un souvenir fort déchirant s'il lui inspirait une mise en scène aussi triste et aussi inquiétante. J'étais gêné et attendri par ce lambeau de souffrance intime et solitaire, que j'avais dérobé comme un voleur. Quand j'avais amené la conversation sur ce sujet, remarquai-je, Dulcibeni s'était esquivé. Il avait peut-être préféré la compagnie d'un mort à celle des vivants.

« Et puis ? reprit le gentilhomme des Marches en prenant une voix de jeune fille aux accents innocents et troublés.

— Et puis, et puis... psalmodia Dulcibeni. Et puis ils ont tous été emportés par leur soif de pouvoir, qui les a poussés à nouer des liens de parenté avec les autres souverains de la terre. Prends par exemple la maison d'Autriche. Aujourd'hui, son sang fétide souille les sépulcres de ses vaillants aïeux : Albert le Sage, Rodolphe le Magnanime, Léopold le Brave et son fils Ernest Ier l'Implacable, jusqu'à Albert le Patient et Albert l'Illustre. Un sang qui a commencé à pourrir il y a trois siècles, quand il a engendré le malheureux Frédéric aux Poches Vides, Frédéric à la Grosse Lèvre ainsi que son fils Maximilien Ier, décédés misérablement après s'être empiffrés de melon. C'est justement de ces deux individus que naît le désir malsain de réunir toutes les possessions des Habsbourg, que Léopold le Brave avait pourtant sagement partagées avec son frère. Ces terres ne pouvaient pas plus subsister ensemble qu'un corps auquel un chirurgien fou aurait voulu infliger trois têtes, quatre jambes et huit bras. Pour étancher sa soif de terres, Maximilien Ier se marie trois fois, rien de moins : ses épouses lui apportent en dot les Pays-Bas et la Franche-Comté, mais aussi l'horrible menton en galoche qui défigure le visage de ses descendants. Au cours de ses brèves vingt-huit années de vie, son fils, Philippe le Bel, met la main sur l'Espagne en épousant Jeanne la Folle, fille et héritière de Ferdinand d'Aragon et d'Isabelle de Castille, et mère de Charles V et de Ferdinand Ier. Charles V couronne et fit également échouer le dessein de son grand-père Maximilien Ier : il abdique et répartit son royaume, sur lequel le soleil ne se couchait jamais, entre son fils Philippe II et son frère Ferdinand Ier. Il partage son royaume, mais il ne parvient pas à partager son sang. La folie court inexorablement parmi ses descendants : le frère convoite la sœur, et tous deux veulent s'unir avec leurs propres enfants. Le fils de Ferdinand Ier, Maximilien II empereur d'Autriche, se maria avec la sœur de son père et engendra avec cette tante-épouse une fille, Anne-Marie d'Autriche, qui épousa Philippe II roi d'Espagne, son oncle et cousin, puisqu'il était le fils de Charles V. De ces funestes noces naquit Philippe III, roi d'Espagne, qui se maria avec Marguerite d'Autriche, fille du frère de son grand-père, Maximilien II ; il eut avec elle le roi Philippe IV d'Autriche et Marie-Anne d'Espagne, laquelle épousa Ferdinand III, empereur d'Autriche, son cousin germain, puisqu'il s'agissait du fils du frère de sa mère, mettant ensuite au monde l'actuel empereur, Léopold Ier d'Autriche et sa sœur Marie-Anne... »

Je fus soudain saisi par le dégoût. Cette orgie d'incestes m'avait donné le vertige. L'écœurant entrelacement de mariages entre oncles, neveux, beaux-parents, beaux-frères et cousins avait quelque chose de monstrueux. Après avoir découvert que Dulcibeni s'adressait à son miroir, je l'avais écouté distraitement. Mais son discours secret et lugubre m'avait autant intrigué qu'outré.

Dulcibeni, échauffé et cramoisi, avait désormais le regard perdu dans le vide, comme si son excès de colère lui étranglait la voix.

« N'oublie pas, réussit-il enfin à gémir à l'adresse de sa compagne imaginaire. La France, l'Espagne, l'Autriche, l'Angleterre et la Hollande, des terres jalouses depuis des siècles des membres de lignées opposées, sont à présent assujetties à la domination d'une seule lignée privée de terres et de serment. Un sang *autàdelphos*, deux fois frère de lui-même, comme les enfants d'Œdipe et de Jocaste. Un sang étranger à l'histoire de chaque peuple, mais qui dicte l'histoire de tous les peuples. Un sang privé de terre et de serment. Un sang traître. »

Brouet de merde. Une fois à la cuisine, je me rappelai que Pompeo Dulcibeni avait qualifié de la sorte mes efforts culinaires, assaisonnés à la précieuse cannelle.

Remis du dégoût que les hautes et solitaires considérations du gentilhomme des Marches avaient suscité en moi, je me ressouvenais de la nausée que j'avais moi-même provoquée à mon insu dans les estomacs des pensionnaires de l'auberge. Je décidai d'y remédier.

Je descendis à la cave. Je poussai jusqu'au niveau inférieur, très enfoui dans le sous-sol, et y demeurai plus d'une heure, je crois, me refroidissant presque à cause de l'air frais et mordant qui y régnait toujours. Je passai en revue cet espace au plafond bas, en explorai à la lumière de ma lanterne les recoins les plus secrets, où je ne m'étais jamais aventuré ou attardé, les étagères les plus haut perchées et les caisses de neige au point d'en toucher le fond. Dans une large anfractuosité, dissimulée derrière quantité de jarres contenant du vin, de l'huile, toutes sortes de graines et de légumes secs, des fruits confits, de légumes en bocaux, des sacs de macaronis, de *gnochetti*, de lasagnes et de merveilles, je découvris une grande variété de viandes salées, fumées, séchées et en pot, qui reposaient sous des toiles de jute, ou au frais dans la neige. Monsieur Pellegrino y conservait comme un amant jaloux des langues en potage, des cochons de lait, des morceaux de divers animaux : ris de cerf et de chevreau ; tripe de mongane ; pieds, rognons et cervelle de porc-épic ; mamelles de vaches et de chèvres ; langues de mouton et de sanglier ; cuisses de biche et de chamois ; foie, pattes, cou et gorge d'ours ; flanchet, côtes et filet de chevreuil.

Il y avait aussi du lièvre, du coq de montagne, des poulardes des Indes, du poulet sauvage, des poussins, des pigeons, des colombins sauvages, des faisans et des faisandeaux, des perdrix et des perdreaux, des bécasses, des paons, des panneaux et des vanneaux, des canards et poules d'eau, des oisons, des oies, des bécassines, des cailles, des tourterelles, des mauvis, des francolins, des ortolans, des hirondelles, des loriots, des moineaux, des becfigues de Chypre et de Candie.

Le cœur serré, j'imaginai comment mon pauvre maître aurait préparé ces viandes : bouillies, rôties, en soupe, en consommé, à la broche, frites, en pâtés simples ou en croûte, en arme, en bouillons, en bouchées, en tourtes, avec des sauces, des vinaigres, des fruits et des triomphes.

Attiré par la forte odeur de fumé et d'algue sèche, je continuai mon inspection et, ainsi que je m'y attendais, trouvai sous de la neige pressée et de la toile de jute, au sel dans des bocaux, pendus en petits bouquets et dans des filets : orphies, couteaux de saint Jacques, solens, mulets, mérous, escargots, corbeaux, dentés, crevettes, coques, crabes, aloses, lamproies, blanchaille, soles, brochets, pagelles, merlans, ombrines, patelles, filets d'espadon et de grondin, barbues, turbot, reines, poissons nus, sardines, rascasses, maquereaux, esturgeons, tortues, tellines et tanches.

Jusqu'alors, j'avais eu essentiellement connaissance des vivres frais que les fournisseurs nous livraient chaque fois que je leur ouvrais la porte de service. En revanche, je n'avais entrevu que fugacement la plus grande partie des provisions lorsque (rarement, hélas) mon maître me chargeait d'aller chercher des aliments dans la cave, et quand j'avais dû accompagner Cristofano.

Je fus saisi par un doute : quand et à qui Pellegrino pensait-il servir ces vivres ? Peut-être espérait-il héberger l'un des somptueux cortèges d'évêques arméniens dont s'enorgueillissait le *Damoiseau* du temps de feue madame Luigia, comme on le racontait encore dans le voisinage. Je soupçonnai mon maître d'avoir habilement puisé dans le garde-manger du cardinal avant d'être chassé de son poste d'aide écuyer tranchant.

Je choisis un bocal de mamelles de vache et regagnai la cuisine. Je les débarrassais du sel, les liai et les blanchis. J'en coupai une première partie en tranches fines, que je farinai, dorai et fricassai, avant de les recouvrir de sauce. Je fis un ragoût de la deuxième avec des herbes parfumées et des épices, un peu de bouillon gras et de l'œuf. Je cuisis la troisième au four avec du vin blanc, des grains de raisin, du jus de citron, des fruits frais, des raisins secs, des pignons et des tranches de jambon. Je coupai la quatrième en morceaux que je trempai dans du vin cuit et enfermai dans de la pâte brisée avec des épices, du jambon, de la mie de pain, du bouillon et du sucre. Je lardai le reste de grosses tranches de jambon et de clous de girofle, enveloppai le tout dans un filet et le passai à la broche.

J'étais épuisé. Cristofano, qui avait fait irruption dans la cuisine après que j'eus achevé mon long labeur, me trouva à moitié évanoui, blotti dans un bain de sueur au coin de la cheminée. Il examina et renifla les plats alignés sur la table, puis il m'adressa un regard paternel et satisfait.

« Je me charge de la distribution, mon garçon. Va te reposer. »

Ayant goûté généreusement et fréquemment mes plats tandis que je les confectionnais, j'étais repu lorsque je montai au grenier. Mais je ne me rendis pas dans ma chambre. Assis sur les marches, je savourai sans être vu mon succès mérité : pendant une bonne demi-heure, des tintements, des gémissements et des claquements de langue satisfaits retentirent dans les couloirs du *Damoiseau*. Un chœur d'estomacs qui toussaient bruyamment l'air qu'ils avaient accumulé déclara ensuite qu'on pouvait venir chercher la vaisselle. La revanche que j'avais prise me ravit presque jusqu'aux larmes.

❧

Je m'apprêtai donc à faire le tour des chambres : je ne voulais pas renoncer aux compliments des pensionnaires du *Damoiseau*. Mais, une fois devant la porte de l'abbé Melani, je reconnus son chant triste. Le ton déchirant de sa voix me frappa tant que je tendis l'oreille.

Ahi, dunqu'è pur vero ;
dunque, dunqu'è pur vero [1]*...*

Il répétait cette strophe avec douceur en dévidant une longue et surprenante suite de variations mélodiques.

Je fus troublé par ces mots, que j'avais l'impression d'avoir déjà ouïs à une époque et dans un lieu inconnus. Soudain, j'eus une illumination : mon maître Pellegrino ne m'avait-il pas rapporté qu'avant d'expirer, le vieux monsieur de Mourai, *alias* Fouquet, avait bredouillé au prix d'un ultime effort une phrase en langue italienne ? Je m'en ressouvenais maintenant, le mourant avait proféré les mots de la chanson qu'Atto entonnait à présent : « Ah, c'est donc vrai. »

Pourquoi le vieux Fouquet avait-il prononcé ses derniers mots en italien ? Je me rappelai encore que Pellegrino avait vu Atto, penché sur le visage du vieillard, lui parler en français. Alors, pourquoi Fouquet avait-il choisi l'italien pour sa dernière phrase ?

Pendant ce temps, Melani continuait :

Dunque, dunqu'è pur vero,
anima del mio cor,
che per novello Amor
tu cangiasti, cangiasti pensiero [2]*...*

A la fin de ce chant, j'entendis Melani ravaler à grand-peine ses sanglots. Balançant entre la gêne et la compassion, je n'osais ni bouger ni parler. Je fus envahi par une vague de chagrin pour cet eunuque qui n'était plus tout jeune : le massacre que l'avidité paternelle avait opéré sur son corps d'enfant lui avait valu la célébrité, mais l'avait aussi condamné à une solitude honteuse. Fouquet était peut-être étranger à sa peine, pensai-je. La phrase que le surintendant avait proférée au moment d'expirer était peut-être une exclamation de surprise devant le Trépas ; ce qui n'était point rare parmi les moribonds, disait-on.

L'abbé s'était lancé dans une autre chanson avec des accents de plus en plus lugubres et angoissés.

---

1. Ah, c'est donc vrai ;/ c'est donc, c'est donc vrai... *Ahi, dunqu'è pur vero* de Luigi Rossi. (*N.d.T.*)

2. C'est donc, c'est donc vrai,/ âme de mon cœur,/ que pour un nouvel Amour/ tu changeas, changeas d'idée... (*N.d.T.*)

Lascia speranza, ohimé
ch'io mi lamenti,
lascia ch'io mi quereli,
non ti chiedo mercé,
no, no, non ti chiedo mercé[1]*...*

Il martelait la dernière phrase et la répétait à l'infini. Par quoi était-il tourmenté, me demandai-je, tandis qu'il déclarait, plein de tristesse, à travers son chant doux et discret, qu'il ne voulait pas de pitié ? C'est alors que Cristofano apparut dans mon dos. Il rendait visite à tous ses patients.

« Le pauvre, murmura-t-il en faisant allusion à Atto. Il traverse un moment d'abattement. Comme nous tous, au reste, dans cet infâme enfermement.

— Oui, répondis-je en songeant au monologue de Dulcibeni.

— Laissons-le s'épancher en paix. Je l'examinerai plus tard et je lui donnerai une infusion calmante. »

Nous nous éloignâmes tandis qu'Atto poursuivait.

Lascia ch'io mi disperi[2]*...*

_____

1. Espoir, laisse-moi, hélas/ me plaindre,/ laisse-moi me quereller./ Je ne te demande pas grâce,/ non, non, je ne te demande pas grâce... *Lascia speranza, ohimé*, Luigi Rossi. (*N.d.T.*)
2. Laisse-moi désespérer... (*N.d.T.*)

Cinquième nuit

DU 15 AU 16 SEPTEMBRE 1683

J'étais d'humeur fort mélancolique lorsque l'abbé vint me quérir pour gagner une nouvelle fois les souterrains. Le souper composé de mamelles de vache avait ragaillardi les esprits des pensionnaires. Mais point le mien, hélas, accablé qu'il était de la succession de révélations et de découvertes concernant Mourai et Fouquet, ainsi que des sombres réflexions de Dulcibeni. Et la rédaction de mon journal n'avait certes pas amélioré les choses.

L'abbé remarqua sans doute mon méchant état d'esprit, car il ne tenta en aucune façon de nourrir notre conversation tandis que nous avancions. Au reste, il n'était pas non plus très bien luné, quoiqu'il semblât visiblement adouci depuis l'instant où je l'avais ouï pousser ses gémissements désespérés. Il paraissait porter le fardeau d'un souci inavoué qui le rendait curieusement taciturne, lui aussi. Ainsi qu'on pouvait le prévoir, Ugonio et Ciacconio se chargèrent d'animer notre trajet.

Les deux pilleurs de tombes nous attendaient depuis un certain temps quand nous les joignîmes dans le sous-sol de la place Navone.

« Cette nuit, nous devrions nous éclaircir un peu sur la Rome souterraine », annonça Melani.

Il tira de sa poche une feuille de papier sur laquelle il avait tracé grossièrement quelques lignes.

« Voilà ce que j'exigeais de ces deux malheureux. Nous allons devoir agir par nous-mêmes. »

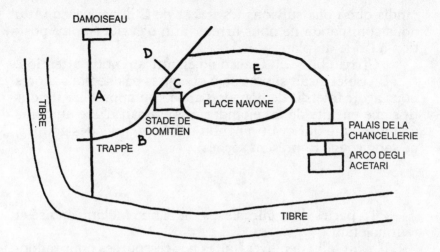

C'était un plan sommaire des souterrains que nous avions parcourus jusqu'alors. La première nuit, nous avions quitté l'auberge du Damoiseau pour parvenir à l'embouchure du Tibre en empruntant la galerie qu'Atto avait indiquée par la lettre A. Sur la voûte de cette galerie, nous avions ensuite découvert la trappe à travers laquelle nous avions débouché sur le passage qui menait aux ruines du stade de Domitien, dans le sous-sol de la place Navone, et qui répondait à la lettre B. De la place Navone, on s'engageait dans le trajet C en se glissant tout avec peine à travers un trou étroit. C'est à cet endroit que débutait la longue galerie courbe (distinguée par la lettre E) dans laquelle nous avions suivi Stilone Priàso et qui nous avait conduits aux souterrains remplis de fresques, qui se dévidaient sans doute au-dessous du palais de la Chancellerie. Nous étions alors arrivés à l'Arco degli Acetari. Enfin, le tronçon D démarrait au point C sur la gauche.

« Nous connaissons le début de trois souterrains, B, C et D, mais non la fin. Il serait sage de les explorer avant d'affronter une autre poursuite. Voyons d'abord le bras gauche de la galerie, que l'on prend en franchissant la trappe. Il se dirige plus ou moins vers le Tibre, mais c'est tout ce que nous savons. La deuxième galerie s'éloigne de la place Navone et va tout droit. La troisième est la bifurcation de gauche qu'on rencontre ici même. Nous commencerons pas la troisième galerie, la D. »

Nous avançâmes d'un pas prudent jusqu'au point où Ugonio et moi-même avions patienté la nuit précédente, tandis que nous suivions les traces de Stilone Priàso. Atto nous commanda de nous arrêter afin d'évaluer notre position à l'aide du plan.

« Gfrrrlûlbh », dit Ciacconio en attirant notre attention.

Un objet gisait sur le sol, à quelques pas de nous. Après nous avoir interdit de bouger, l'abbé s'en approcha. Il nous fit signe ensuite de le rejoindre. Il s'agissait d'une ampoule en terre cuite qui avait répandu des flots, puis des gouttes, de sang rouge (à présent séchés).

❧

« Tu parles d'un miracle... » dit l'abbé Melani, épuisé et tout haletant.

Il avait fallu déployer toutes nos ressources pour radoucir les pilleurs de tombes, persuadés qu'ils avaient découvert l'une des reliques qu'ils ne cessaient de chercher. Ciacconio avait commencé par courir à petits pas autour de l'ampoule, gargouillant frénétiquement. Ugonio avait tenté de s'en emparer, et Atto avait dû le repousser sans lésiner sur les coups. Les pilleurs de tombes avaient toutefois fini par s'apaiser et nous avions tous pu rassembler nos idées. Bien entendu, il ne s'agissait pas du sang d'un martyr : le souterrain D, dans lequel nous avions déniché l'ampoule n'était ni un tombeau ni un columbarium, rappela l'abbé Melani en invitant au calme les deux chercheurs de trésors. Mais surtout, le sang qu'elle contenait était tout juste sec, il avait même coulé par terre : il appartenait donc à un vivant, ou à un individu récemment décédé, non à un martyr ayant vécu de nombreux siècles plus tôt. Atto enveloppa l'ampoule dans un linge fin et la coula dans son pourpoint, balayant d'un geste du pied les traces de liquide noirâtre demeurées sur le sol. Nous résolûmes de poursuivre notre exploration : peut-être trouverions-nous un peu plus loin l'explication de ce mystère.

Melani se taisait, mais il était par trop facile de deviner ses pensées. Une fois de plus, nous avions fait une trouvaille inattendue : un objet dont il était, une fois de plus, ardu d'établir la provenance. Une fois de plus, nous étions en présence de sang.

Comme la nuit précédente, le trajet souterrain vira peu à peu vers la gauche.

« Etrange, commenta l'abbé Melani. Je ne m'y attendais guère. »

Enfin, la galerie parut nous ramener au dehors. Non par le biais d'une volée de marches, mais d'une pente assez douce, cette fois. Soudain, un escalier à colimaçon, dont les marches de pierre étaient habilement plantées dans le terrain, se dressa devant nous. Les pilleurs de tombes ne semblaient guère enthousiastes à l'idée de s'y engager. Ugonio et Ciacconio étaient fort mal lunés : après avoir renoncé à leur page de Bible, ils s'étaient vu soustraire l'ampoule.

« D'accord, restez là jusqu'à notre retour », leur dit Melani à contrecœur.

Tandis que nous commencions notre montée, je demandai à l'abbé les motifs de sa surprise lorsqu'il avait constaté que le souterrain D virait vers la gauche.

« C'est simple. Si tu as bien examiné le plan que je t'ai montré, tu as remarqué que nous retournons au point de départ, c'est-à-dire à proximité de notre auberge. »

Nous gravîmes l'escalier d'un pas lent. Bientôt, j'ouïs un bruit sec, aussitôt suivi des plaintes de l'abbé Melani. Son crâne avait heurté une trappe. Je dus l'aider à pousser les planches de bois qui, seulement appuyées, finirent par s'ouvrir.

Nous débouchâmes ainsi dans un lieu clos, où régnait une odeur âcre et humide d'urine et de vapeurs animales. Nous nous trouvions dans une remise.

Il y avait là une petite voiture à deux roues, que nous examinâmes promptement. Elle était recouverte d'une pièce de cuir, protégée par de la toile cirée et tendue sur des montants de métal que des pommeaux en fer lisses embellissaient. A l'intérieur, un beau ciel rose ornait le plafond, tandis que des coussins paraient les deux sièges. Il y avait aussi une voiture plus commune, mais plus grande, à quatre roues, également recouverte de vachette. A côté, deux chevaux assez vieux et en mauvais état, que notre présence alarmait.

Je soulevai ma lanterne pour examiner le dedans de la voiture à sa faible lumière. Je découvris ainsi un gros crucifix, accroché au dos du siège arrière. Une sorte de cage en bois contenant une sphère en verre, dans laquelle on distinguait une petite masse brunâtre, pendait à la croix de bois.

Atto s'était, lui aussi, approché pour unir sa lanterne à la mienne.

« Ce doit être une relique, dit-il. Mais ne perdons pas de temps. »

Il y avait tout autour des voitures des seaux (sur lesquels je faillis trébucher) destinés à les laver, des peignes, des étrilles et des brosses.

Désireux de ne point nous attarder, nous nous dirigeâmes vers une porte qui menait probablement à une habitation. J'essayai de l'ouvrir non sans précaution. Elle était verrouillée.

Je me tournai, la mine déçue, vers l'abbé Melani. Il paraissait balancer. Nous ne pouvions certes pas forcer la serrure : nous risquerions ainsi d'être surpris et peut-être doublement condamnés pour fuite et tentative de vol.

Je songeais que nous avions déjà été assez fortunés car nous n'avions rencontré personne dans la remise quand je vis une main monstrueuse aux ongles longs se poser sur l'épaule de l'abbé Melani. Par miracle, je réprimai un cri, tandis que Melani se raidissait, s'apprêtant à affronter ledit assaillant. Je résolus de saisir un bâton, un seau, un objet quelconque, pour frapper le dangereux inconnu. Trop tard, il s'était glissé entre nous.

C'était Ugonio. Je vis Atto blêmir de terreur. Il faillit à s'évanouir et il fut contraint de s'asseoir quelques minutes.

« Idiot. Tu as failli me tuer. Je t'avais dit de rester en bas.

— Ciacconio a reniflairé un présentant. Il pensonge que c'est un instructionné.

— Bon, nous allons redescendre... qu'est-ce que tu as dans la main ? »

Ugonio tendit les bras et observa ses deux mains d'un regard interrogateur comme s'il ignorait de quoi Atto parlait. Il tenait toutefois dans la droite le crucifix à relique que nous avions aperçu au dedans de la voiture.

« Remets-le tout de suite là où tu l'as trouvé, commanda l'abbé Melani. Personne ne doit comprendre que nous sommes entrés ici.

— Rejoins ensuite Ciacconio et dis-lui que nous n'allons point tarder, car il n'y a, semble-t-il, pas grand-chose à faire ici », ajoutai-je en indiquant la porte.

Après avoir déposé le crucifix à contrecœur, Ugonio s'approcha de la porte et se pencha sur le petit trou de la serrure.

« Pourquoi perds-tu ton temps, âne bâté ? Tu ne vois donc pas qu'elle est fermée et qu'il n'y a pas de lumière de l'autre côté ? le rabroua Atto.

— En hypothisant, la portette peut être décleffée. En étant plus *benefice* que *malefice*, bien entendu », répondit Ugonio sans se troubler, tirant comme par enchantement de son pardessus crasseux un énorme anneau de fer auquel étaient accrochées des dizaines, ou plutôt des centaines de clefs aux formes et aux dimensions les plus variées.

Atto et moi étions stupéfaits. Avec la célérité d'un fauve, Ugonio entreprit de tâter ce collier tintant. Quelques instants plus tard, ses griffes se refermèrent sur une vieille clef à moitié rouillée.

« Maintenant, Ugonio décleffise et, comme il n'est pas médecin de peu, c'est en satisfaisant ses devoirs que la joie du baptisé s'accroît », dit-il en ricanant tandis qu'il tournait la clef dans la serrure. Le mécanisme s'ouvrit avec un déclic.

⁂

Plus tard, les pilleurs de tombes nous expliqueraient aussi cette surprise. Pour avoir accès aux souterrains de la ville, ils étaient souvent obligés de traverser des caves, des entrepôts ou des portes barrées par des cadenas et des serrures. Afin de résoudre ce problème (« et en diminuant les scrupels pour augmenter les scrupules », avait souligné Ugonio), les deux hommes s'étaient employés à corrompre méthodiquement des dizaines de domestiques, de servantes et de valets. Sachant que les maîtres des villas ou des demeures ne leur donneraient jamais les doubles de leurs clefs, les deux pilleurs de tombes avaient marchandé ces derniers avec leurs domestiques. Ils leur fournissaient en échange des exemplaires de leurs précieuses reliques. Certes, Ugonio et Cicconio avaient veillé à ne point céder leurs meilleures pièces. Mais ils avaient parfois dû se plier à de douloureux sacrifices. Ainsi, ils avaient troqué un fragment de la clavicule de saint Pierre contre la clef d'un jardin qui menait aux catacombes situées près de la via Appia. Il était difficile de comprendre comment ces commerces compliqués avaient pu se dérouler parmi les gargouillements de Ciacconio et les circonvolutions verbales d'Ugonio. Mais une chose était certaine : les deux hommes possédaient les clefs des caves et des entrepôts de la plupart des demeures romaines. Et ils en avaient tant qu'ils parvenaient toujours à ouvrir les serrures restantes.

La porte de l'écurie s'étant donc ouverte grâce à la clef

d'Ugonio, nous eûmes la certitude de nous trouver dans une maison habitée. Des voix et des bruits s'échappaient des étages supérieurs, atténués par la distance. Avant d'éteindre notre seule lanterne encore allumée, nous lançâmes un regard à la ronde. Nous avions pénétré dans une grande cuisine qui regorgeait d'assiettes, de chaudrons, de poêles en fer, de cuves, de marmites, de casseroles en cuivre, de moulés aux anses de fer, de bassines, de cafetières et de brocs. Tous ces ustensiles, pendus au mur ou conservés dans un bahut en bois blanc et un petit buffet, étaient d'excellente qualité, contrairement à ceux dont je disposais au *Damoiseau*. Nous traversâmes cette pièce en veillant à ne point trébucher – sur un moule, par exemple, ou sur d'autres obstacles.

A l'autre extrémité de la cuisine se découpait une porte. En la franchissant, nous entrâmes dans une autre pièce. Nous fûmes contraints de rallumer quelques instants notre lanterne, que je couvris prudemment à l'aide de ma main.

Devant nous, se dressait un lit à baldaquin, pourvu d'une couverture en satin rayé jaune et rouge. Des deux côtés, une table de nuit en bois ; dans un coin, une chaise privée de bras et garnie de cuir usé. A en juger par ce vieil ameublement et par l'odeur de renfermé, il s'agissait d'une pièce abandonnée.

D'un signe, nous commandâmes à Ugonio de rebrousser chemin et de nous attendre dans la remise : en cas de retraite rapide, deux intrus pourraient facilement s'enfuir, mais pas trois.

La chambre inhabitée possédait, elle aussi, une deuxième issue. Après avoir éteint la lanterne, nous tendîmes l'oreille. Les voix des habitants semblaient assez lointaines pour nous inviter à oser : nous ouvrîmes la porte avec délicatesse et pénétrâmes dans la pièce suivante, la quatrième. C'était le vestibule. Ainsi que nous le devinâmes malgré l'obscurité dans laquelle nous étions plongés, la porte d'entrée se trouvait à notre gauche. Face à nous, au bout d'un petit couloir, s'élevait un petit escalier en colimaçon encastré dans le mur. Une faible clarté, en haut des marches, nous permettait tout juste de nous orienter.

Nous nous déplaçâmes avec une extrême prudence. Les bruits et les conversations que nous avions ouïs avaient presque cessé. Bien que cette idée me paraisse aujourd'hui folle et excessivement audacieuse, Atto s'engagea alors dans l'escalier. Je lui emboîtai le pas.

A mi-chemin entre le rez-de-chaussée et le premier étage, nous débouchâmes sur un petit salon, éclairé par un chandelier et orné de beaux objets, que nous examinâmes un moment. Jamais je n'avais vu de décoration aussi luxueuse : la demeure que nous visitions appartenait sans nul doute à un homme riche. L'abbé alla vers une petite table en noyer sculpté, recouverte d'une étoffe verte. Il leva les yeux et découvrit des tableaux de bonne facture : une Annonciation, une Pietà, un Saint François entouré d'anges dans un cadre de noyer bandé d'or, un Saint Jean-Baptiste, un petit tableau de papier au cadre en écaille de tortue et or, enfin, un bas-relief en plâtre de forme octogonale représentant Marie-Madeleine. Je remarquai un lave-mains, au trépied sans doute en poirier, fait au tour avec grand art et habileté. Au-dessus, un crucifix en cuivre et or, à croix d'ébène. Enfin, une petite table en bois clair pourvue de deux jolis tiroirs, et deux chaises.

Quelques marches plus haut, nous atteignîmes le premier étage. Il paraissait à prime abord désert et sombre dans le noir. Atto Melani me montra les degrés suivants, sur lesquels pleuvait une lumière plus forte et plus franche. Nous découvrîmes sur le mur qui longeait l'escalier une applique à quatre grands cierges, au-delà de laquelle on parvenait au second étage, où se trouvaient sans doute les habitants de cette demeure.

Nous demeurâmes un instant immobiles, à l'écoute. Aucun bruit. Nous continuâmes donc notre chemin. Mais un écho retentit soudain, et nous sursautâmes. Une porte avait été ouverte au premier étage et rudement refermée, laissant ouïr deux voix masculines, trop confuses toutefois pour être intelligibles. Des pas se rapprochèrent. Atto et moi nous regardâmes, en proie à l'anxiété : d'un bond, nous gravîmes quatre ou cinq autres marches. Après avoir passé l'applique, nous débouchâmes sur une nouvelle petite pièce, à mi-palier, où nous nous arrêtâmes en espérant que les pas ne se dirigeraient pas vers notre cachette momentanée. La fortune nous assista. Une porte se ferma, puis une autre, enfin les pas s'évanouirent, tout comme les deux voix d'homme.

Malhabilement accroupis dans la petite pièce, à mi-étage, Atto et moi échangeâmes un regard de soulagement. Ici aussi, un chandelier nous offrait une lumière suffisante. Après avoir ravalé notre panique et repris un peu d'haleine, nous examinâmes les lieux. Les murs étaient recouverts d'une grande et riche bibliothèque, remplie de volumes alignés en bon ordre. L'abbé Melani en saisit un, qu'il ouvrit pour en lire le frontispice.

C'était une *Vie de la bienheureuse Marguerite de Cortone*, d'un auteur inconnu. Atto referma l'ouvrage sans tarder et le remit à sa place. Il s'empara ensuite du premier volume d'un *Theatrum Vitae Humanae* en huit tomes, d'une *Vie de saint Philippe de Néri*, d'un *Fundamentum Doctrinae motus gravium Vitali Iordani*, d'un *Tractatus de Ordine Iudiciorum*, puis d'une belle édition d'*Institutiones ac meditationes in Graecam linguam*, enfin d'une grammaire française et d'un livre où l'on exposait *L'art d'apprendre à bien mourir*.

Après avoir prestement feuilleté cet étrange ouvrage à fond moral, l'abbé secoua la tête avec irritation.

« Que cherchez-vous ? lui demandai-je le plus bas que je pus.

— C'est évident, voyons : le maître de maison. Aujourd'hui, tout le monde inscrit son nom sur les livres, en particulier sur les ouvrages de valeur. »

Je prêtai donc secours à Atto. C'est ainsi que défilèrent rapidement entre mes mains le *De arte Gymnastica* de Girolamo Mercuriale, un *Vocabularium Ecclesiasticum* et une *Pharetra divini Amoris*, tandis qu'Atto écartait dans un soupir les *Œuvres* de Platon ainsi qu'un *Théâtre de l'Homme* de Gaspard da Villa Lobos, avant de saluer avec surprise un exemplaire du *Bacchus en Toscane* de son très cher Francesco Redi.

« Je ne comprends pas, finit-il par chuchoter sur un ton impatient. Il y a de tout ici : histoire, philosophie, doctrine chrétienne, langues anciennes et modernes, livres de dévotion, curiosités diverses et même un peu d'astrologie. Voilà, regarde : *Les Arcanes des Etoiles* d'un certain Antonio Carnavale, et les *Ephemerides Andreae Argoli*. Mais le nom du propriétaire n'apparaît sur aucun de ces livres. »

En considérant que la fortune nous avait jusqu'à présent assistés et que nous avions failli être surpris par le maître de maison, je résolus de proposer à Atto de partir. C'est alors que je me heurtai à un livre de médecine, le premier.

En explorant une autre étagère, j'avais en effet déniché un volume de Vallesius, la *Medecina Septentrionalis* et l'*Anatomia pratica* de Bonetus, un *Recueil d'antidotes romain*, un *Liber observationum medicarum Ioannes Chenchi*, un *De*

Mali Ipocondriaci de Paolo Tacchia, un *Commentarium Ioannis Casimiri in Hippocratis Aphorismos*, une *Enciclopedia Chirurgica Rationalis* de Giovanni Doleo, ainsi que d'autres textes de médecine, chirurgie et anatomie. Je fus notamment frappé par quatre volumes d'une édition en sept tomes des œuvres de Galien, très joliment reliés en cuir vermeil orné d'arabesques d'or ; les trois autres n'étaient pas à leur place. J'en saisis un, admirant au toucher sa précieuse couverture, et l'ouvris. Une petite inscription, placée sur la droite, au bas du frontispice, indiquait : *Ioannis Tiracordae*. Après une rapide vérification, je la débusquai sur les autres livres de médecine.

« Je sais ! murmurai-je avec transport. Je sais où nous sommes. »

Je m'apprêtais à annoncer ma découverte à Atto lorsque nous fûmes à nouveau surpris par le bruit d'une porte qui s'ouvrait au premier étage, accompagné d'une voix âgée.

« Paradisa ! Descends ! Notre ami s'en va. »

Une voix de femme répondait du second étage qu'elle arrivait incontinent.

Nous allions donc être pris entre deux feux : d'un côté, la femme qui descendait du deuxième étage ; de l'autre, le maître de maison qui l'attendait au premier. La pièce où nous nous trouvions étant privée de portes et trop petite pour nous permettre de nous cacher, nous serions découverts.

Comme des lézards poursuivis par un rapace, nous dévalâmes l'escalier, mus par le désespoir, espérant rejoindre le rez-de-chaussée avant les deux hommes. Dans le cas contraire, nous n'aurions pas d'issue.

Le moment de vérité se présenta rapidement : nous venions de descendre quelques degrés quand nous ouïmes le maître de maison.

« Demain, n'oubliez pas de m'apporter votre petite liqueur ! » dit-il tout bas, mais sur un ton fort jovial, sans doute à l'adresse de son invité, avec qui il atteignait le pied de l'escalier. Nous étions perdus.

Chaque fois que je repense à ces instants de terreur, je me répète que seule la Divine Clémence nous évita les nombreux châtiments que nous méritions sans nul doute. Je me fais aussi la réflexion que si l'abbé Melani n'avait pas mis en œuvre l'une de ses machinations, les choses se seraient conclues d'une tout autre façon.

Atto avait eu, en effet, l'idée fulminante de souffler énergiquement sur les quatre cierges qui éclairaient ce tronçon d'escalier. Nous nous étions ensuite réfugiés dans la petite bibliothèque, où nous avions gonflé nos poumons de conserve et également éteint le chandelier. Quand le maître de maison s'était présenté devant l'escalier, il s'était heurté à une épaisse obscurité, ainsi qu'à la voix féminine qui le priait de rallumer les cierges. Cet expédient nous avait donc permis de nous cacher tandis que les deux hommes retournaient sur leurs pas, armés d'une lampe à huile, à la recherche d'une bougie. Durant ce court laps de temps, nous avions filé à tâtons dans l'escalier.

Après avoir atteint le rez-de-chaussée, nous nous précipitâmes dans la chambre abandonnée, d'où nous gagnâmes la cuisine et enfin la remise des carrosses. Dans la hâte, je trébuchai et tombai la tête la première sur le mince tapis de foin, au grand énervement d'un des roncins. Atto avait refermé avec diligence la porte, qu'Ugonio n'eut aucune difficulté à verrouiller.

Nous demeurâmes immobiles dans le noir, haletants, l'oreille collée à la porte. Nous eûmes l'impression d'entendre au moins deux personnes descendre dans la cour. Leurs pas foulaient le pavé en se rapprochant de la porte qui donnait sur la rue. Le lourd battant s'ouvrit avant de se refermer dans un bruit sourd. D'autres pas rebroussèrent chemin, puis se perdirent dans l'escalier. Pendant deux ou trois minutes, nous observâmes un silence de mort. Le danger semblait écarté.

Nous pûmes ainsi rallumer notre lanterne et nous glisser dans la trappe. Lorsque son lourd couvercle en bois se fut rabattu, j'eus enfin tout loisir d'annoncer ma découverte à l'abbé Melani. Nous avions pénétré dans la demeure de Giovanni Tiracorda, vieil archiatre des papes.

« En es-tu certain ? m'interrogea l'abbé Melani tandis que nous nous enfoncions dans les cavités souterraines.

— Sûr et certain, répondis-je.

— Tiracorda, quel hasard ! commenta Atto avec un petit rire.

— Le connaissez-vous ?

— Un hasard extraordinaire. Tiracorda était le médecin du conclave durant lequel mon concitoyen Rospigliosi fut élu pape sous le nom de Clément XI. J'étais également présent. »

Pour ma part, je n'avais jamais adressé la parole au vieil archiatre. Ayant été le médecin de deux papes, Tiracorda recevait les honneurs des habitants du quartier, qui continuaient de le qualifier d'archiatre, alors qu'il n'occupait plus, désormais, que la fonction de remplaçant. Il vivait dans un petit immeuble appartenant au duc Salviati, qui se dressait dans la via dell'Orso, à deux portes de distance du *Damoiseau*, au coin de la via della Stufa delle Donne. Le plan souterrain qu'Atto Melani avait établi s'était révélé exact : de galerie en galerie, nous étions presque retournés à notre point de départ en abordant la remise des chevaux de Tiracorda. Nous savions fort peu de choses au sujet du médecin : qu'il avait une femme (peut-être cette Paradisa que nous l'avions entendu appeler un peu plus tôt), qu'il hébergeait deux ou trois jeunes filles qui aidaient aux besognes domestiques, enfin qu'il exerçait son art à l'Hôtel-Dieu de Santo Spirito in Sassia.

Il était plus rond que haut, bossu et presque privé de cou, avait un estomac proéminent sur lequel il lui arrivait de poser fréquemment ses mains jointes, semblant incarner par cette attitude les vertus de la patience et de la tolérance, et trahissant en réalité un tempérament flegmatique et lâche. Plus d'une fois, je l'avais vu par la fenêtre trotter dans la via dell'Orso, vêtu d'une robe longue jusqu'aux pieds, et je l'avais observé tandis qu'il conférait avec des boutiquiers en lissant sa petite moustache et sa mouche. Comme il n'aimait guère les perruques, en dépit de sa calvitie, et tenait toujours son chapeau à la main, son crâne couvert de bosses luisait au soleil, surmontant un front bas et ridé ainsi que des oreilles en pointe. En le croisant, j'avais été frappé par ses pommettes joviales et son regard débonnaire, ses sourcils tombant sur ses yeux enfoncés, ses paupières lasses de médecin accoutumé, mais jamais résigné, à examiner les souffrances d'autrui.

La partie la plus difficile du retour ayant été surmontée, l'abbé Melani demanda à Ugonio s'il pouvait lui procurer un double de la clef qui lui avait permis d'ouvrir la porte de la remise.

« J'assicurise vostrissime décisionité que je n'oublimettrai pas cette exigentesse, et avant toujours. Même si, pour être plus père que parricide, il aurait été plus perfectiontement de le fataire au cours de la nocturine passée.

« — Tu dis qu'il aurait mieux valu faire un double des clefs hier soir ? Et où ? »

Ugonio parut surpris par cette question.

« Naturement dans la ruette des Chiavari, où Komarek imprimatise. »

Atto fronça les sourcils. Il plongea la main dans sa poche et en tira la page de Bible, sur laquelle il passa plusieurs fois sa paume. Puis il plaça la feuille de papier en biais près de la lanterne que je tenais. Je le vis examiner attentivement les ombres que les froissures produisaient à la lueur de la lampe.

« Malédiction ! Comment cela a-t-il pu m'échapper ? » pesta l'abbé.

Il m'indiqua alors une forme que je crus entrevoir au milieu de la feuille : « Si tu regardes attentivement, commença-t-il à m'expliquer, tu pourras, malgré le mauvais état de ce bout de papier, distinguer au milieu la silhouette d'une grosse clef à la tête oblongue, identique à celle du réduit de l'auberge. Ici, à l'endroit où la feuille est restée plus lisse, tandis qu'elle a été froissée des deux côtés.

— Ce bout de papier n'est donc que l'emballage d'une clef ? conclus-je avec surprise.

— Justement. C'est en effet dans la via dei Chiavari, où se trouvent toutes les échoppes de clefs et de verrous, que nous avons découvert l'imprimerie clandestine de Komarek, dont Stilone Priàso est client.

— J'ai compris. Stilone Priàso a dérobé les clefs, dont il est allé commander un double dans la via dei Chiavari, non loin de chez Komarek.

— Non, mon cher. Certains pensionnaires, ainsi que tu me l'as toi-même rapporté, t'en ressouviens-tu ?, ont prétendu avoir déjà séjourné dans l'auberge du *Damoiseau*.

— C'est vrai. Stilone Priàso, Bedford et Angiolo Brenozzi, me rappelai-je, du temps de feue madame Luigia.

— Bien. Très probablement, Stilone disposait déjà de la clef du réduit qui mène de l'auberge aux souterrains. En outre, il avait une raison plus que suffisante d'aller chez Komarek, à savoir l'impression d'une gazette clandestine. Non, nous ne devons plus chercher un client de Komarek, mais un autre pensionnaire, qui avait besoin d'un double de la clef et qui avait à cette fin momentanément soustrait son trousseau à Pellegrino.

— Alors, le voleur n'est autre que le père Robleda ! Il a fait allusion à Malachie afin d'observer l'effet que ce mot aurait sur moi. S'étant aperçu qu'il avait perdu la feuille de la prophétie dans les souterrains, il a tenté de me démasquer en élaborant un plan digne des meilleurs espions, selon l'expression de Dulcibeni, m'exclamai-je en résumant ensuite à l'intention d'Atto le discours que Dulcibeni avait tenu contre la vocation d'espions des jésuites.

— Eh oui. Robleda est peut-être le voleur, d'autant plus que...

— Gfrrrlûlbh ! intervint Ciacconio.

— Argumentises erronnetées et trompeuteuses, traduisit Ugonio.

— Comment ? s'interrompit l'abbé Melani, l'air incrédule.

— Ciacconio assécurise que la feuillette ne proviente pas de Malachie, ainsi que votre décisioneté l'affirmise, en diminuant les scrupels pour augmenter les scrupules, évidemment. »

Ciacconio extirpa de sous ses vêtements une petite bible, sale et poisseuse, mais lisible.

« Tu ne t'en sépares jamais ? demandai-je.

— Gfrrrlûlbh.

— Ce trigote est très religiophone », expliqua Ugonio.

Nous cherchâmes dans l'index le prophète Malachie. Comme il s'agissait du dernier livre des douze prophètes mineurs, il se trouvait dans les pages de conclusion de l'Ancien Testament. Je feuilletai avec diligence le livre et dénichai enfin le titre, que je commençai à lire à grand-peine, du fait des minuscules caractères avec lesquels le texte était imprimé.

PROPHETIA
MALACHIÆ
CAPVT I.

Onus verbi Domini ad Israel in manu Malachiae.

Dilexi vos, dicit Dominus & dixistis : in quo dilexisti nos ? Nonne frater erat Esau Iacob, dicit Dominus, & dilexi Iacob, Esau autem odio habui ? & posui montes ejus in solitudinem, & hereditatem ejus in dracones deserti.

Quod si dixerit Idumaea : Destructi sumus, sed revertentes aedificabimus quae destructa sunt : Haec dicit Dominus exercituum : Isit aedificabunt, & ego destruam : & vocabuntur terminis impietatis, & populus cui iratus est Dominus usque in aeternum.

Et oculi vestri videbunt : & vos dicetis : Magnifice-
tur Dominus super terminum Israel.

Filius honorat patrem, & servus dominum suum :
si ergo Pater ergo sum, ubi est honor meus ? & si
Dominus ego sum, ubi est timor meus ? dicit Dominus
exercituum ad vos, & sacerdotes, qui despicitis nomen
meum, & dixitis : In quo despeximus nomen tuum ?...

Je m'interrompis. Melani me tendit le bout de papier
qu'Ugonio et Ciacconio avaient retrouvé et nous le compa-
râmes au texte de la Bible. On y lisait, quoique mutilés, les
noms d'Ochozias, d'Accaron et de Belzébuth, absents de la
Bible que Ciacconio nous avait fournis. Pas un seul mot ne
correspondait.

« C'est... bref, c'est un autre texte de Malachie, observai-
je non sans balancer.

— Gfrrrlûlbh, rétorqua Ciacconio en secouant la tête.

— La feuillette, ainsi que le suggérise Ciacconio en faisant appel au scalpel de vostrissime décisioneté, pour se
faire plus auspice qu'aruspice, et pour être plus médecin
que mendiant, est le second chapitre du Livre des Rois. »

Il expliqua que « Malachi », le mot amputé qu'on pouvait lire sur le lambeau de Bible, n'était pas le reste de « Malachie », mais de « Malachim », qui signifie « des Rois » en
hébreu. En effet, dans de nombreuses bibles, expliqua-t-il
patiemment, le titre apparaît également dans la version des
juifs, qui ne correspond pas toujours à celle des chrétiens.
Ceux-ci, par exemple, n'englobent pas les deux livres des
Macchabées dans les Saintes Ecritures. Par conséquent, le
schéma complet du titre, mutilé par les déchirures et la
tache de sang, était à l'origine, selon les pilleurs de tombes :

Caractère Lecture Ronde
LIBER REGUM.
SECUNDUS MALACHIM.
Caput Primum.

« Liber Regum » signifiait « Livre des Rois » ; « Secundus Malachim », « Deuxième Livre des Rois », et non « de
Malachie ». Nous cherchâmes alors le Deuxième Livre des
Rois dans la bible des pilleurs de tombes. En effet, le titre
et le texte correspondaient parfaitement à la page arrachée,
ainsi qu'au dessin d'Ugonio et de Ciacconio. L'abbé Melani
s'assombrit.

« Je n'ai qu'une seule question : pourquoi ne l'avez-vous pas dit plus tôt ? demanda-t-il tandis que j'imaginais déjà la réponse des pilleurs de tombes.

— Nous n'avons pas eu l'honoration d'être demandifiés, répondit Ugonio.

— Gfrrrlûlbh », s'associa Ciacconio.

Robleda n'avait donc pas dérobé les clefs et les perles, il n'avait pas emprunté les souterrains et n'avait pas perdu la feuille volante de la Bible, il ignorait tout de la via dei Chiavari, de Komarek et, à plus forte raison, de monsieur de Mourai, alias Nicolas Fouquet. Mieux, rien ne nous permettait de le soupçonner plus qu'un autre, son long discours sur la prophétie de saint Malachie ayant entièrement relevé du hasard. Bref, voilà que nous nous retrouvions à notre point de départ.

En revanche, nous avions appris que le souterrain D débouchait dans une grande et spacieuse demeure, dont le propriétaire était archiatre pontifical. Un autre mystère s'était toutefois présenté à nous, au cours de la nuit : la découverte d'une ampoule de sang qu'un individu avait égarée par inadvertance (ou peut-être volontairement) dans le souterrain qui menait chez Tiracorda.

« Pensez-vous que l'ampoule a été perdue par le voleur ? » demandai-je à l'abbé Melani.

Tandis que je m'adressais à lui, l'abbé trébucha sur un caillou et chut violemment. Nous l'aidâmes à se relever, bien qu'il refusât tout secours. Il épousseta ses vêtements en toute hâte, irrité par cette chute, vitupéra contre ceux qui avaient creusé la galerie, contre la peste, les médecins, la quarantaine et, pour finir, contre les deux malheureux pilleurs de tombes qu'il assaillit par des insultes si injustes que ceux-ci échangèrent un regard lourd d'humiliation.

Grâce à cet incident, à prime abord insignifiant, je pus contempler clairement le changement inattendu que j'avais aperçu depuis un certain temps chez l'abbé Melani. Si, au début, ses yeux lançaient des éclairs, ils étaient désormais souvent songeurs. Sa démarche avait abandonné la fierté au profit de la prudence, ses gestes sûrs étaient devenus hésitants. Ses réflexions vives et insinuantes cédaient parfois le pas aux doutes et à la réticence. Certes, nous avions pénétré avec succès dans la demeure de Tiracorda, en nous exposant à de graves périls. Certes, nous osions explorer de nouvelles galeries à tâtons, ou presque, aidés par le flair de Ciacconio plus que par nos lanternes. Mais j'avais parfois le sentiment de voir la main de l'abbé trembler légèrement, et ses paupières se baisser en une prière muette pour notre salut.

Ces dispositions d'esprit, qui n'affleuraient encore que de temps à autre, telle une épave de mer à moitié immergée, s'étaient manifestées récemment, ou plutôt très récemment. Il était difficile d'en retracer avec certitude la genèse, car elles n'avaient point été engendrées par un événement particulier, mais par des histoires anciennes et nouvelles qui s'unissaient à grand-peine en une unique forme. Une forme encore fuyante, toutefois. En revanche, la substance était noire et sanglante, comme la peur qui, j'en étais persuadé, agitait les pensées de l'abbé Melani.

❧

Nous avions quitté le souterrain D et nous nous étions glissés dans la galerie C, qui méritait sans doute d'être explorée de fond en comble. Pour l'heure, laissant à notre droite la dérivation E, qui conduisait au palais de la Chancellerie, nous nous apprêtions à avancer tout droit.

La mine pensive et surtout le silence de l'abbé Melani me frappèrent. Devinant qu'il méditait nos découvertes, je pris la résolution de l'interroger avec la curiosité qu'il avait jetée dans mon esprit quelques heures plus tôt.

« Vous avez dit que Louis XIV n'a jamais conçu autant de haine qu'à l'égard du surintendant Fouquet.

— Oui.

— Et que sa colère se serait déchaînée s'il avait appris que Fouquet n'était pas mort, mais vivant et libre, à Rome.

— Exactement.

— Mais pourquoi autant d'acharnement ?

— Ce n'est rien en comparaison avec la fureur que le souverain a nourrie au cours de l'arrestation et durant le procès.

— Le fait d'avoir chassé Fouquet ne suffisait-il pas au roi ?

— Tu n'es pas le seul à t'interroger de la sorte. Et tu n'as pas à t'en étonner, car personne n'a jamais trouvé la réponse à cette question. Pas même moi. Tout au moins pour l'instant. »

Le mystère que constituait la haine de Louis XIV à l'égard de Fouquet, expliqua l'abbé Melani, était, à Paris, l'objet d'incessants débats.

« Il y a des choses que je ne t'ai pas encore contées, par manque de temps. »

Je feignis de croire cette justification. Mais je devinais qu'en vertu de son nouvel état d'esprit Atto était maintenant disposé à m'apprendre les détails qu'il m'avait tus. C'est ainsi qu'il évoqua les jours terribles durant lesquels la corde de la conjuration s'était resserrée autour du cou du surintendant.

Colbert commence à tisser sa trame dès le jour où le cardinal Mazarin s'éteint. Il sait qu'il lui faudra toujours agir derrière le paravent du bien de l'Etat et de la gloire de la monarchie. Il sait aussi qu'il dispose de peu de temps : il doit se hâter, car le roi est encore inexpert en matière de finances. Louis ignore ce qui s'est vraiment passé sous le gouvernement de Mazarin, dont les mécanismes occultes lui échappent. Etant le seul à manier les papiers du cardinal, Colbert est maître de mille secrets. Tandis qu'il ouvre les documents et falsifie les preuves, le Serpent ne perd pas l'occasion d'instiller dans l'esprit du souverain, comme un subtil poison, de la défiance à l'égard du surintendant. Entre-temps, il flatte ce dernier par de fausses attestations de fidélité. La machination est couronnée de succès : trois mois avant la fête de Vaux, le roi songe déjà à frapper le surintendant des Finances. Il existe pourtant un dernier obstacle : Fouquet, qui occupe la charge de procurateur général, jouit de l'immunité parlementaire. Alléguant les besoins d'argent urgents du roi, le *Colubra* persuade l'Ecureuil de vendre sa charge.

Le pauvre Nicolas donne dans le panneau : il en retirera un million quatre cent mille livres. Sans différer, il verse le million d'avance au roi.

« Une fois l'argent reçu, le roi dit : "Il s'est passé les chaînes de ses propres mains", rappela amèrement Atto en débarrassant ses manches de la terre qui les souillait et en examinant avec déconvenue les dentelles gâchées de ses poignets.

— C'est horrible ! ne pus-je m'empêcher de m'écrier.

— Pas autant que tu le crois, mon garçon. Le jeune roi mettait pour la première fois sa puissance à l'épreuve. Chose qu'on ne peut faire qu'en imposant l'arbitraire royal et donc l'injustice. Favoriser les meilleurs, que leurs qualités destinent déjà aux sommets, ne permet en rien d'étaler son pouvoir. En revanche, placer le médiocre et le mauvais à la tête des sages et des bons, renversant par le seul caprice le cours naturel des choses, est une preuve de puissance.

— Mais Fouquet n'a-t-il jamais rien soupçonné ?

— C'est un mystère. On l'avertit à plusieurs reprises qu'il se tramait quelque chose en secret. Mais il avait bonne conscience. Je me ressouviens qu'il me répondait souvent en employant les termes d'un de ses prédécesseurs : "Les surintendants sont faits pour être haïs." Haïs par les rois, qui réclament toujours plus d'argent pour les guerres et les bals ; haïs par le vulgaire, qui doit s'acquitter des impôts. »

Fouquet, continua Atto, apprit même qu'il se produirait bientôt un événement important à Nantes, où l'on n'allait pas tarder à lui passer les chaînes, mais il refusa de regarder la réalité en face : il se persuada que le roi s'apprêtait à arrêter Colbert. A son arrivée à Nantes, il obéit à ses amis, qui lui conseillaient de loger dans une demeure disposant d'un passage souterrain. Il s'agissait d'un vieil aqueduc, qui débouchait sur la plage, où un bateau entièrement équipé serait toujours prêt à lever les amarres pour le mettre en sécurité. Les jours suivants, Fouquet s'aperçoit, en effet, que les rues avoisinantes se remplissent de mousquetaires. Il commence à ouvrir les yeux, mais il repartit à ses partisans qu'il ne s'enfuira jamais : « Je dois courir le risque, je ne puis croire que le roi veuille ma perte. »

« Erreur fatale ! s'exclama Atto. Le surintendant ne connaissait que la politique de la confiance. Il ne s'était jamais aperçu que son époque avait été balayée par la rude politique du soupçon. Mazarin était mort, et tout avait changé.

— Mais avant que Mazarin ne s'éteigne, comment était la France ? »

L'abbé Melani soupira : « Comment était-elle, comment était-elle... C'était la vieille et bonne France de Louis XIII. Un monde, comment te dire ? plus ouvert et plus mobile, où la liberté de parole et de jugement, une joyeuse originalité, l'audace des comportements et l'équilibre moral semblaient devoir à jamais régner. Dans les cercles précieux de madame de Sévigné et de son amie, madame de Lafayette, de même que dans les maximes de La Rochefoucauld et dans les vers de Jean de la Fontaine. Personne ne pouvait prévoir la domination glaciale et absolue qu'exercerait le nouveau roi. »

Six mois suffirent au Serpent pour détruire l'Ecureuil. Arrêté, Fouquet pourrit trois mois en prison avant d'obtenir un procès. En décembre 1661, la chambre de Justice qui allait le juger est enfin instituée. Elle rassemblait le chancelier Pierre Séguier, le président Lamoignon, ainsi que vingt-six membres choisis dans les parlements régionaux et parmi les référendaires.

Le président Lamoignon ouvrit la première séance en représentant avec une tragique emphase la misère qui tourmentait le peuple de France, grevé chaque année de nouveaux impôts, épuisé par la faim, les maladies, le désespoir. Cette terrible situation avait été aggravée par les mauvaises récoltes agricoles des dernières années. Dans de nombreuses provinces, l'on mourait littéralement de faim, tandis que la main rapace des percepteurs ne connaissait aucune pitié et se refermait sur les pauvres villages avec une avidité croissante.

« La misère du peuple était-elle donc liée par un rapport à Fouquet ? demandai-je.

— Bien sûr. Elle servait à introduire et confirmer un théorème : on mourait de faim dans les campagnes car Fouquet s'était outrageusement enrichi aux dépens de l'Etat.

— Etait-ce faux ?

— Certes. D'abord, Fouquet n'était pas riche à proprement parler. Deuxièmement, après son enfermement à Pignerol, la misère des villages français s'est accrue. Mais écoute donc la suite. »

Tandis que le procès débutait, les citoyens furent invités, par un avis lu dans toutes les églises du royaume, à dénoncer les gabelous, les percepteurs et les financiers qui avaient commis des abus. Un deuxième avis interdisait à ces intrigants de quitter leurs villes. S'ils n'obéissaient pas, ils seraient accusés incontinent de péculat, un crime passible de la mort.

L'effet obtenu avait été énorme. Tous les financiers, les adjudicataires et les percepteurs avaient été montrés du doigt au peuple en qualité de criminels ; le très riche surintendant des Finances, Nicolas Fouquet, devenait par là même le chef d'une bande de brigands, affameurs de paysans.

« Il n'y avait rien de plus faux. Fouquet n'avait toujours eu de cesse de signaler à la couronne, mais en vain, le péril que constituait l'accroissement des impôts. Lorsqu'il avait été mandé dans le Dauphiné en qualité d'intendant des Finances, dans le dessein de pressurer davantage les habitants de cette province, Mazarin l'avait même chassé. En effet, au terme d'enquêtes soignées, Fouquet avait conclu que les impôts qu'on levait en ces lieux étaient insupportables, et avait osé présenter à Paris une requête officielle d'exemption. Les parlementaires du Dauphiné le défendirent en masse. »

Mais plus personne ne semblait se ressouvenir de cette époque. Durant le procès contre le surintendant, on lut les chefs d'accusation, pas moins de quatre-vingt-seize au début, que le juge rapporteur réduisit sagement à une dizaine : avant tout, avoir accordé au roi de faux prêts, sur lesquels il avait injustement perçu des intérêts. Deuxièmement, avoir confondu illicitement l'argent du roi avec le sien, l'employant à des fins privées. Troisièmement, avoir reçu des adjudicataires plus de trois cent mille livres pour leur octroyer des conditions de faveur, et avoir encaissé personnellement, sous des noms d'emprunt, le montant de ces tributs. Quatrièmement, avoir donné à l'Etat de vieilles lettres de change arrivées à expiration en échange d'argent comptant.

Au début des débats, la haine du peuple se déchaîne avec ardeur contre Fouquet. Dès le lendemain de son arrestation, les gardes qui l'escortaient avaient dû éviter certains villages, où la foule furieuse était prête à l'écorcher vif.

Enfermé dans sa minuscule cellule, isolé de tout et de tous, le surintendant est incapable de mesurer la profondeur de l'abîme dans lequel il a chu. Sa santé se détériorant, il demande qu'on lui envoie un confesseur ; il adresse des requêtes de disculpation au roi ; par trois fois, il le prie de le recevoir, en vain ; il répand des lettres dans lesquelles il plaide sa cause avec fierté ; il se berce dans l'illusion que l'incident puisse être clos honorablement. Toutes ses requêtes sont rebutées, et force lui est de constater qu'aucune brèche ne s'ouvre dans le mur d'hostilité que le roi et Colbert ont élevé.

Pendant ce temps, Colbert intrigue secrètement : il convoque les membres de la chambre de justice en présence du roi, les presse de suggestions, de contraintes, de menaces. Pire, il soumet nombre de témoins à des enquêtes.

Nous fûmes interrompus par Ugonio. Il nous indiqua

une trappe, dans laquelle Ciacconio et lui-même s'étaient glissés quelques semaines plus tôt, découvrant ainsi le souterrain que nous parcourions.

« Où débouche la trappe ?

— Dans l'arrièrefond du souspanthéon.

— Ne l'oublie pas, mon garçon, me dit Atto. Si j'ai bien compris, cette trappe mène à une galerie derrière le Panthéon. L'on se retrouve ensuite dans une cour privée, l'on emploie une de vos clefs pour ouvrir la grille et l'on sort dans la rue, n'est-ce pas ? »

Ugonio opina avec un sourire rustre et satisfait, précisant toutefois qu'il était inutile de recourir à ses clefs, la grille demeurant toujours ouverte. Après avoir gravé ces renseignements dans notre mémoire, nous reprîmes tous notre route, et l'abbé Melani son récit.

A son procès, Fouquet se défendit seul, sans avocat. Son élocution fut torrentielle, ses réflexes aiguisés, son argumentation subtile et insinuante, sa mémoire infaillible. Ses papiers avaient été confisqués et probablement purgés de tout ce qui pouvait servir sa cause. Mais le surintendant riposta mieux que quiconque. Il eut pour chaque contestation une réponse. Impossible de le contredire.

« Comme je te l'ai laissé entendre, on découvrit que certaines preuves avaient été falsifiées par Berryer, un homme de Colbert. A la fin, le dossier du procès (une montagne de papiers) ne permit de prouver *aucun* chef d'accusation contre Fouquet ! En revanche, on établit la responsabilité et l'implication de Mazarin, dont la mémoire devait toutefois demeurer sans tache. »

Colbert et le roi, qui comptaient sur une justice totalement asservie, rapide et féroce, n'avaient point prévu que nombre des juges de la chambre, de vieux admirateurs de Fouquet, refuseraient de transformer ce procès en une simple formalité.

Le temps passa rapidement : entre une audience et l'autre, trois longues années s'étaient déjà écoulées. Les harangues passionnées de Fouquet étaient devenues une attraction pour tous les Parisiens. Le vulgaire, qui voulait abattre le surintendant au moment de son arrestation, l'avait peu à peu regretté. Colbert n'avait reculé devant rien pour percevoir les impôts qui devaient financer de nouvelles guerres, ainsi que l'achèvement du château de Versailles. Les paysans avaient été de plus en plus fréquemment exaspérés, poursuivis, pendus. Le Serpent avait accru la pression fiscale plus que Fouquet n'avait jamais osé le faire. En outre, l'inventaire des biens que possédait Fouquet au moment de son arrestation prouvait que les comptes du surintendant étaient en déficit. La splendeur dont il s'entourait n'avait servi qu'à jeter de la poudre aux yeux des créditeurs, avec qui il s'était exposé personnellement, ne sachant plus comment régler les dépenses de guerre de la France. Il avait ainsi contracté personnellement plusieurs prêts pour seize millions de livres, contre un patrimoine en terres, maisons et charges seulement estimé à quinze millions.

« Rien, en comparaison des trente-trois millions que Mazarin avait légués à ses neveux ! commenta Atto, tout enflammé.

— Alors, Fouquet aurait pu se sauver, observai-je.

— Oui et non, répondit l'abbé tandis que nous garnissions l'une de nos lampes à huile. Avant tout, Colbert fit en sorte que les juges ne puissent avoir accès à l'inventaire des biens de Fouquet. Le surintendant supplia en vain qu'on les englobe dans le dossier du procès. Et puis, la découverte qui le perdit avait eu lieu juste après son arrestation. »

Tel était le dernier chef d'accusation, qui n'avait aucun rapport avec des malversations financières, ou d'autres questions d'argent. Il s'agissait d'un document que les agents chargés de fouiller la maison de Fouquet à Saint-Mandé avaient retrouvé derrière un miroir. Une lettre datée de 1657, quatre ans avant l'arrestation, adressée à ses amis et sa famille. Dans cette missive, le surintendant exprimait l'angoisse que jetait en lui la défiance croissante de Mazarin à son encontre et les intrigues avec lesquelles ses ennemis tentaient de le détruire. Fouquet donnait ensuite des instructions à suivre au cas où Mazarin le ferait emprisonner : un plan non pas d'insurrection, mais d'agitation politique destiné à inquiéter le cardinal et à le pousser aux négociations, sachant que Mazarin avait coutume de revenir sur ses décisions pour se tirer d'embarras.

Bien que ce document ne mentionnât jamais le moindre soulèvement contre la couronne, il fut présenté par l'accusation comme un projet de coup d'Etat évoquant la Fronde, dont tous les Français se ressouvenaient trop bien. Toujours selon l'accusation, les rebelles auraient été hébergés dans l'île fortifiée de Belle-Île, qui appartenait à Fouquet. Les enquêteurs mandèrent donc sur la côte bretonne des émissaires qui s'efforcèrent de représenter les travaux de fortification, les canons, les dépôts de poudre et de munitions comme les preuves d'un complot.

« Pourquoi Fouquet avait-il fortifié l'île ?

— C'était un génie de la mer et de la stratégie maritime, il projetait de faire de Belle-Île une base d'appui contre l'Angleterre. Il avait même pensé à y construire une ville, dont le port naturel, particulièrement bien placé, détournerait d'Amsterdam tous les échanges commerciaux du Nord, rendant ainsi un fier service au roi et à la France. »

Arrêté pour péculat, Fouquet fut donc jugé comme s'il avait fomenté une révolte. Et ce n'était pas tout. On avait également découvert, à Saint-Mandé, un coffret en bois fermé par un cadenas, qui contenait la correspondance secrète du surintendant. Les commissaires du roi y trouvèrent les noms des fidèles de l'accusé, et nombreux furent ceux qui se mirent à trembler. Les lettres, confiées en partie au roi, finirent toutes par échouer dans les mains de Colbert. Conscient des jeux périlleux auxquels elles pourraient donner lieu, ce dernier en conserva une grande partie. Le reste, calmement choisi par ses soins, fut brûlé pour éviter de compromettre des noms illustres.

« Pensez-vous que les lettres de Kircher que vous avez découvertes dans le cabinet de Colbert, provenaient de cette cassette ?

— Peut-être.

— Et comment le procès se termina-t-il ? »

Fouquet avait demandé la récusation de certains juges. Par exemple de Pussort, oncle de Colbert, qui s'opiniâtrait à qualifier le Serpent de « ma partie ». Pussort attaquait Fouquet avec une telle grossièreté qu'il l'empêchait de répondre, échauffant ainsi les autres juges.

Le chancelier Séguier, qui, pendant la Fronde, avait pris le parti des insurgés contre la couronne, siégeait également à la chambre de justice. Fouquet fit l'observation suivante : comment Séguier pouvait-il juger un crime d'Etat ? Le lendemain, tout Paris applaudit la brillante attaque de l'accusé, à qui, toutefois, la récusation ne fut pas accordée.

Le public commençait à gronder : pas un jour ne passait sans qu'on ne lance à Fouquet une nouvelle accusation. Ses accusateurs avaient tellement grossi la corde qu'elle risquait maintenant d'être trop épaisse pour l'étrangler.

C'est ainsi qu'arrivèrent les heures décisives. Le roi en personne invita certains juges à négliger le procès. Talon, qui avait montré beaucoup de zèle mais peu de succès dans son réquisitoire, dut céder la place à un autre avocat général, Chamillart. C'est ce dernier qui, le 14 novembre 1664, exposa à la Chambre de justice ses propres conclusions. Chamillart demanda qu'on condamne Fouquet à la potence et à la restitution des sommes illicitement soustraites à l'Etat. Les rapporteurs du procès se chargèrent ensuite de la plaidoirie. Le juge Olivier d'Ormesson, inutilement intimidé par Colbert, parla cinq jours durant avec fougue, se déchaînant contre le faussaire Berryer et ses commanditaires. Il conclut en réclamant une condamnation à l'exil, la meilleure solution possible pour Fouquet.

Le second rapporteur, Sainte-Hélène, tint un discours aux accents plus faibles et plus dociles, mais il requit la peine de mort. Chaque juge émit ensuite son propre verdict.

La cérémonie fut longue, déchirante – et fatale pour certains. Le juge Massenau se fit conduire dans la salle malgré un grave malaise, en murmurant : « Mieux vaut mourir ici. » Il vota pour l'exil. Le juge Pontchartrain avait résisté aux séductions et aux menaces de Colbert : à son tour, il vota pour l'exil, ruinant ainsi sa carrière et celle de son fils. Quant au juge Roquesante, il acheva la sienne en exil, car il n'avait pas pris parti pour la peine capitale.

Seuls neuf des vingt-six commissaires choisirent la condamnation à mort. La tête de Fouquet était sauve.

Dès que Paris apprit le verdict qui sauvait la tête de Fouquet et lui rendait sa liberté, certes hors de France, le soulagement et la joie furent grands.

Mais c'est ici que Louis XIV entra en scène. Fou de colère, il s'opposa résolument à l'exil. Il annula la sentence de la chambre de justice, réduisant à néant les trois longues années de procès. Avec une décision sans précédent dans l'histoire du royaume de France, le Roi Très-Chrétien appliqua à l'envers le droit régalien de commuer les sentences, jusqu'alors employé pour accorder la grâce : il condamna Fouquet à une peine de prison à vie à purger dans l'isolement le plus complet dans la lointaine forteresse de Pignerol.

« Paris fut atterré. Personne n'a jamais compris la raison de ce geste. Le roi semblait concevoir pour Fouquet une haine invincible et secrète », dit l'abbé Melani.

Louis XIV ne se contenta pas de destituer, d'humilier, de dépouiller Fouquet de tous ses biens et de l'emprisonner aux confins du sol français. Il saccagea le château de Vaux et la résidence de Saint-Mandé, transportant dans son palais les meubles, les collections, les tentures, les ors et les tapisseries de Fouquet, et donnant à la bibliothèque royale les treize mille précieux volumes que le surintendant avait amoureusement choisis au cours de ses nombreuses années d'études et de recherches. Le tout ne valait pas moins de quarante mille livres.

Les créanciers de Fouquet, qui s'étaient soudain présentés, n'eurent droit qu'aux miettes. L'un d'eux, un ferrailleur dénommé Jolly, pénétra à Vaux et dans les autres résidences, arrachant furieusement de ses propres mains toutes les garnitures de cuir précieux ; il déterra et emporta les conduites hydrauliques en plomb, fort modernes, dont l'absence privait de toute leur valeur le parc et les jardins de Vaux. Stucs, ornements et lampes furent hâtivement dérobés par des centaines de mains rageuses. Au terme de cette incursion, les glorieuses résidences de Nicolas Fouquet ressemblaient à deux coquillages vides : la preuve des merveilles qu'elles contenaient ne dort plus que dans les inventaires de ses persécuteurs. Les possessions de Fouquet aux Antilles furent, en revanche, mises en pièces par ses employés d'Outre-mer.

« Le château de Vaux était-il aussi beau que le palais royal de Versailles ? demandai-je.

— Vaux devance Versailles de cinq années, répondit Atto avec une emphase calculée. Il en est, sous divers aspects, l'inspiration. Si tu pouvais imaginer la tristesse qui s'empare de ceux qui fréquentèrent Fouquet et qui, se promenant aujourd'hui dans le palais royal de Versailles, reconnaissent les tableaux, les statues et les autres merveilles qui appartinrent au surintendant, savourent encore son goût raffiné et sûr... »

Il se tut et je me demandai s'il n'allait pas s'abandonner aux larmes.

« Il y a quelques années, madame de Sévigné se rendit en pèlerinage au château de Vaux, reprit Atto. On l'a vue pleurer longuement sur la ruine de tous ces trésors et sur leur grand maître. »

Le supplice de Fouquet fut aggravé par le régime carcéral. Le roi ordonna qu'on lui interdise d'écrire ou de communiquer avec quiconque, à l'exception de ses geôliers. Ce que le prisonnier avait dans la tête et sur le bout de la langue demeurerait son secret. Le roi était le seul à pouvoir entendre sa voix, niché dans les oreilles des gardiens. Et si Fouquet ne voulait pas parler à son bourreau, il n'avait qu'à se taire.

A Paris, de nombreux individus commençaient à entrevoir une explication. Si Louis XIV voulait imposer un silence définitif à son prisonnier, il lui ferait servir une soupe opportunément assaisonnée : à Pignerol, les occasions ne manquaient pas...

Mais le temps passait, et Fouquet demeurait en vie. Le problème était peut-être plus compliqué. Le souverain convoitait peut-être un secret que le prisonnier, dans le silence froid de sa cellule, s'opiniâtrait à ne point révéler. Un jour, pensait-il, les privations de la réclusion l'amèneraient à parler.

Ugonio attira notre attention. Distraits par notre conversation, nous avions oublié que Ciacconio avait deviné une présence étrangère pendant que nous nous trouvions chez Tiracorda. Le nez du pilleur de tombes avait à nouveau humé quelque chose.

« Gfrrrlûlbh.

— Présentant transpirassé, vieillardeux, épouvantassé, expliqua Ugonio.

— Pourrait-il nous dire ce qu'il a mangé au repas ? » demanda Atto Melani d'un air moqueur.

Je craignis que le pilleur de tombes ne se froissât : son odorat extrêmement fin nous avait été utile et continuerait sans doute de l'être à l'avenir.

« Gfrrrlûlbh, répondit en revanche Ciacconio, après avoir tendu son nez difforme et pustuleux.

— Ciacconio a nariné mamelle de vache, traduisit son compagnon, avec probablité d'œuf, de jambon et de vin blanc, accompagnée de bouillon et de sucre. »

Atto et moi nous lançâmes un regard stupéfait. C'était justement le plat que j'avais confectionné avec grand soin à l'intention des pensionnaires du *Damoiseau*. Ciacconio n'en savait rien, et pourtant il avait été en mesure de distinguer dans le sillage de l'inconnu non seulement l'odeur des mamelles de vaches, mais aussi l'arôme de certains ingrédients que j'y avais ajoutés. Si les narines des pilleurs de tombes ne se trompaient point, conclûmes-nous avec incrédulité, nous suivions un pensionnaire du *Damoiseau*.

Le récit du procès de Fouquet s'était excessivement prolongé, et nous avions entre-temps exploré le souterrain C sur un tronçon plutôt étendu. Difficile de dire la distance que nous avions parcourue depuis que nous avions quitté le sous-sol de la place Navone. Mais à la réserve de légères sinuosités, le trajet ne nous avait révélé aucune déviation : nous avions donc pris la seule direction possible. Une fois ces observations exposées, tout changea.

Le terrain se fit humide et glissant, l'air encore plus dense et plus pesant, tandis qu'on ouïssait un lointain bruissement dans le silence de la galerie. Nous avançâmes prudemment. Ciacconio secouait la tête comme pour manifester son mécontentement. Une odeur nauséabonde, qui m'était familière mais que je ne reconnaissais pas encore, flottait dans l'air.

« Egout, dit Atto Melani.

— Gfrrrlûlbh », acquiesça Ciacconio avec mauvaise humeur.

Ugonio expliqua que les déjections gênaient considérablement son compère et l'empêchaient de distinguer d'autres odeurs avec la clarté nécessaire.

Nous nous retrouvâmes un peu plus loin dans un véritable marais. La légère puanteur du début s'était fortement accrue. Nous en découvrîmes bientôt le motif. Dans la paroi de gauche s'ouvrait une large et profonde fente d'où jaillissait un flux d'eau fétide et noire. La rigole suivait ensuite la pente de la galerie en coulant notamment sur les côtés, avant d'être engloutie par l'obscurité, apparemment infinie, de notre souterrain. Je touchai la paroi opposée : elle était humide et déposait une boue légère sur les doigts. Notre attention fut attirée par un détail. Devant nous, un gros rat gisait dans l'eau, indifférent à notre présence.

« Mortiféré », déclara Ugonio en lui donnant un petit coup de pied.

Ciacconio resserra deux doigts sur la queue du rat et le laissa pendre. Un filet de sang s'échappa de la bouche de l'animal et coula dans l'eau grisâtre. Ciacconio baissa la tête, observant d'un air interdit ce phénomène inattendu.

« Gfrrrlûlbh, commenta-t-il pensivement.

— Mortiféré, sanguinolé, malsanisé, expliqua Ugonio.

— Comment peut-il savoir qu'il était malade ? demandai-je.

— Ciacconio aime beaucoup ces sales bêtes, n'est-ce pas ? » intervint l'abbé Melani.

Ciacconio opina du chef, découvrant dans un sourire naïf et bestial ses horribles dents jaunâtres.

Nous poursuivîmes notre chemin, dépassant le tronçon de galerie que le conduit d'égout avait détrempé. Tout portait à croire que l'infiltration était récente, et que nous n'aurions pas trouvé de trace d'eau en temps ordinaire. Nous découvrîmes bientôt trois autres rats morts, plus ou moins de la même taille que le premier. Ciacconio contrôla : ils présentaient tous la même perte de sang, que les pilleurs de tombes attribuèrent à une vague maladie. Le sang ne cessait de nous accompagner : sur la page de Bible d'abord, dans l'ampoule, et enfin sur les rats.

Notre exploration fut brutalement interrompue par un nouveau fait imprévu. Cette fois, il ne s'agissait pas d'une infiltration, mais d'un véritable cours d'eau, qui coulait impétueusement au fond d'une galerie perpendiculaire à la nôtre. Une rivière souterraine, à l'évidence, à laquelle s'étaient mêlées les déjections que charriaient d'habitude les égouts. Mais elle ne dégageait pas la mauvaise odeur qui avait tant dérangé Ciacconio, un peu plus tôt.

Bien que déçus, nous dûmes nous déclarer vaincus. Il était impossible de continuer notre route. De plus, un laps de temps plutôt long s'étant écoulé depuis que nous avions quitté le *Damoiseau*, il n'était pas raisonnable de s'attarder loin de l'auberge, et de courir le risque que notre absence fût remarquée. C'est ainsi que nous prîmes la résolution, las et éprouvés, de retourner sur nos pas.

Tandis que nous rebroussions chemin, Ciacconio renifla une dernière fois.

Atto Melani éternua.

Sixième journée

16 SEPTEMBRE 1683

Le retour au *Damoiseau* avait été long, triste et fatigant. Nous avions regagné nos chambres, les mains, le visage et les vêtements souillés de terre, ruisselant d'humidité. Ereinté, je m'étais jeté sur mon lit, m'enfonçant aussitôt dans un sommeil de plomb.

Quand je me réveillai, le lendemain matin, je découvris que je gisais dans la même posture qu'à mon coucher. Mes jambes semblaient avoir été passées par mille épées. Je tendis un bras pour me redresser, et ma paume buta contre un objet à la surface rugueuse, avec lequel j'avais à l'évidence partagé ma couche. C'était la gazette astrologique de Stilone Priàso, dont j'avais abandonné la lecture en toute hâte près de vingt-quatre heures plus tôt, quand Cristofano m'avait prié de reprendre mon travail.

La nuit m'avait heureusement aidé à oublier les terribles événements que la gazette avait, selon des voies occultes, prévus avec exactitude : la mort de Colbert, celle de Mourai (ou plutôt de Fouquet), ainsi que la présence d'un poison ; les « fièvres malignes », les « maladies vénéneuses » que mon maître et Bedford subiraient ; le « trésor caché » qu'on retrouverait au début du mois, à savoir les lettres dissimulées dans le cabinet de Colbert et dérobées par Atto ; les « tremblements de terre et incendies souterrains » qui avaient retenti dans la cave. Enfin, la prévision du siège de Vienne : selon la gazette, les « batailles et assauts à la ville » voulus par « Ali et Léopold Autrichien ».

Désirais-je apprendre ce qu'il arriverait les prochains

jours ? Non, pensai-je, l'estomac serré, non, pas pour l'instant. Je feuilletai plutôt les pages précédentes. Mon regard tomba sur la dernière semaine de juillet, du 22 au dernier jour du mois.

Les dépêches du monde de cette semaine seront envoyées par Jupiter, maître de la maison royale, qui, se retrouvant dans la troisième maison, mande de nombreux courriers ; par la maladie d'un puissant peut-être, un royaume devient vaquant dans les larmes.

Un souverain devait donc mourir à la fin du mois de juillet. Je n'avais aucune connaissance d'un tel fait, et je saluai donc avec satisfaction l'arrivée de Cristofano : je lui poserais la question.

Mais Cristofano n'en savait rien. Une fois encore, il se demanda, et me demanda, où je puisais de tels soucis, fort éloignés de notre situation actuelle : d'abord l'astrologie, puis le destin des souverains. Grâce au Ciel, je m'étais employé à dissimuler en toute hâte la gazcttc astrologique dans mon lit. Je me sentais satisfait d'avoir relevé des erreurs, pour le moins importantes qui plus est, dans les prévisions par trop exactes de la gazette. Une vaticination ne s'était pas vérifiée : cela signifiait donc que les étoiles n'étaient pas infaillibles. Je poussai secrètement un soupir de soulagement.

Cristofano scrutait mes yeux d'un air pensif. La jeunesse, me dit-il, était une saison fort heureuse de la vie humaine, elle conduisait à l'éclosion toutes les forces de l'âme et du corps. Toutefois, ajouta-t-il sur un ton emphatique, il ne fallait point abuser de cette floraison subite et parfois désordonnée en dissipant ces nouvelles et incontrôlables énergies. Et tandis qu'il tâtait avec inquiétude les poches qui soulignaient mes yeux, il me rappelait que la dissipation était avant tout un péché, de même que le commerce avec les femmes de mauvaise vie (d'un geste de la tête, il indiqua la tour où logeait Cloridia), lequel pouvait notamment apporter le mal français. Il était bien placé pour le savoir, lui qui avait dû le soigner à maintes reprises avec des remèdes aussi puissants que le grand onguent et le bois sacré. Malgré tout, ce commerce était moins funeste pour la santé que la dissipation solitaire.

« Pardonnez-moi, dis-je pour détourner la conversation

de ce sujet épineux, j'ai une autre question à vous poser : sauriez-vous, par hasard, de quelles maladies souffrent les rats ? »

Cristofano eut un petit rire : « Cela suffit, j'imagine déjà tout. Des pensionnaires t'ont demandé s'il y a des rats dans l'auberge, n'est-ce pas ? »

Je me limitai à un petit sourire hésitant, qui n'affirmait ni ne niait rien.

« Eh bien, je te le demande : y a-t-il des rats dans cette auberge ?

— Doux Jésus, j'ai toujours nettoyé avec grand soin...

— Je le sais, je le sais. Dans le cas contraire, si j'avais moi-même trouvé un rat mort, je vous aurais tous mis en garde...

— Et pourquoi ?

— Mais, mon pauvre garçon, les rats sont les premiers pestiférés. Hippocrate recommandait de ne point les toucher, il fut suivi en cela par Aristote, Pline et Avicenne. Pendant l'époque romaine, rapporte le géographe Strabon, tout le monde savait que l'apparition de rats malades dans les rues était le funeste présage d'une épidémie. Strabon rappelle aussi que les Italiens et les Espagnols récompensaient ceux qui en tuaient le plus grand nombre. Dans l'Ancien Testament, les Philistins, tourmentés par une pestilence qui s'attaquait aux parties postérieures, propulsant hors de l'anus les intestins putréfiés, remarquèrent que les champs et les villages étaient infestés par les rats. Ils interrogèrent les devins et les prêtres, lesquels répondirent que les rats avaient dévasté la terre et qu'il fallait offrir au dieu d'Israël un ex-voto représentant des anus et des rats afin d'apaiser sa colère. Apollon lui-même, divinité qui déchaînait la peste lorsqu'elle était courroucée et qui en arrêtait le cours quand elle se calmait, portait, en Grèce, le nom de Sminthée, à savoir tueur de rats. De fait, dans l'*Iliade*, c'est Apollon Sminthée qui tue les Achéens pendant le siège de Troie en les frappant de la peste. Pendant ces épidémies, on représentait Esculape avec un rat mort aux pieds.

— Alors, les rats sont porteurs de peste ! m'exclamai-je en songeant avec horreur aux petits cadavres que nous avions vus dans les souterrains pendant la nuit.

— Du calme, mon garçon. Ce n'est pas ce que j'ai dit. Je viens seulement de t'exposer les croyances des Anciens. Aujourd'hui, nous nous trouvons heureusement en 1683, et la science moderne a accompli d'énormes progrès. La peste n'est pas causée par le vil rat mais, comme j'ai déjà eu l'occasion de te le dire, par la corruption des humeurs naturelles et, avant tout, par la colère du seigneur notre Dieu. En revanche, les souris et les rats contractent la peste et en meurent, exactement comme les humains. Il suffit toutefois de ne point les toucher, ainsi que le recommandait Hippocrate.

— Comment reconnaît-on un rat pestiféré ? demandai-je en redoutant la réponse du médecin.

— En mon particulier, je n'en ai jamais vu. D'après mon père, qui les avait observés, ils ont des convulsions, leurs yeux rougissent et enflent, ils tremblent et poussent de petits cris d'agonie.

— Comment peut-on démêler cette maladie d'avec une autre ?

— C'est simple. Ils tombent raides morts en crachant du sang et en effectuant une pirouette. Leurs cadavres gonflent et leur moustache se raidit. »

Je blêmis. Tous les rats que nous avions rencontrés dans les galeries avaient perdu du sang, dont on voyait un filet couler de leur museau pointu. Ciacconio en avait même saisi un par la queue !

Je ne nourrissais point de crainte pour ma personne, puisque j'étais réfractaire à la maladie, mais l'apparition de ces petites charognes signifiait peut-être que la peste se répandait en ville. On avait peut-être fermé d'autres maisons et d'autres auberges où de pauvres malheureux subissaient une angoisse identique à la nôtre. Isolés par la quarantaine, nous ne savions rien. Je demandai donc à Cristofano si, à son opinion, l'épidémie s'était étendue.

« Ne crains rien. Ces derniers jours, j'ai interrogé à plusieurs reprises l'une des sentinelles qui montent la garde devant l'auberge. Aucun autre cas suspect n'a été relevé en ville. Et il n'y a aucune raison de douter de ces informations. »

Tandis que nous descendions, le médecin me commanda de me reposer quelques heures dans l'après-midi, après m'être enduit la poitrine de sa grande liqueur, naturellement.

Cristofano était venu me chercher dans ma chambre pour me dire qu'il se chargerait lui-même de préparer un repas à base de mets simples et purgatifs. Pour l'heure, il avait besoin de moi : après avoir absorbé les mamelles de vache, au dîner, certains pensionnaires s'étaient mis à roter violemment.

A la cuisine, une grande cloche de verre, pourvue d'un bec, en forme d'alambic, était posée sur un feu : elle commençait à distiller de l'huile. Dessous, quelque chose brûlait dans une petite marmite en dégageant une grande puanteur de soufre. Le médecin saisit un flacon en forme de luth, qu'il entreprit de frapper délicatement de la pointe des doigts, produisant ainsi un son subtil.

« Tu entends ? Parfaitement accordé. Il sert à calciner l'huile de vitriol que j'appliquerai sur les bubons du pauvre Bedford. Espérons qu'ils mûriront et se rompront enfin. Le vitriol est très corrosif, très âpre, d'humeur noire et onctueuse, il refroidit grandement toutes les chaleurs intrinsèques. La variété romaine, que j'avais heureusement achetée avant la quarantaine, est la meilleure parce qu'elle est réfrigérée au fer, contrairement à l'allemande, réfrigérée au cuivre. »

Je n'avais rien compris, à l'exception du fait que la santé de Bedford ne s'était point améliorée. Le médecin poursuivit : « Pour la bonne digestion de nos pensionnaires, tu m'aideras à préparer mon électuaire angélique, qui, grâce à ses vertus attractives et non modifiées, résout toutes les indispositions de l'estomac, l'évacue, purifie les plaies ulcérées, délie le corps et apaise les humeurs altérées. Il est également recommandé pour le catarrhe et les maux de dents. »

Il me tendit deux enchevêtrements de feutre châtain, dont il tira deux flacons de verre travaillé.

« Ils sont fort beaux, commentai-je.

— Pour garder les électuaires en bonne forme, selon l'art des apothicaires, on les conserve dans du verre très fin. Les autres récipients ne se prêtent en rien à ce remède », expliqua-t-il, tout fier.

Le premier renfermait sa quinte essence, mélangée avec un électuaire de feu de roses, dit-il. Le second des coraux rouges, du safran, du cinnamome, de l'oriola, ainsi que le *lapis filosoforum Leonardi*, réduit en poudre.

« *Misce*, m'ordonna-t-il, et distribues-en deux drachmes à chaque pensionnaire. Hâte-toi, car ils ne pourront pas avaler d'aliment pendant quatre heures au moins. »

Après avoir versé l'électuaire angélique dans une bouteille, je fis le tour des chambres. Je gardai Devizé pour la fin, ne lui ayant point encore appliqué les remèdes pour prévenir la peste.

Tandis que j'approchai de sa porte, la besace contenant les petits flacons de Cristofano à l'épaule, j'ouïs un entrelacement de sons fort gracieux, dans lequel je n'eus point de difficulté à reconnaître le morceau que le guitariste avait déjà joué à maintes reprises, et dont la douceur m'avait ravi. Je frappai timidement. Le musicien m'invita de bon gré à entrer. Je lui exposai le motif de ma visite, tandis qu'il opinait du chef sans cesser de jouer. Je m'accroupis silencieusement sur le sol. Devizé avait posé sa guitare, il tâtait maintenant les cordes d'un instrument plus grand et plus long, au manche large, pourvu de nombreuses cordes graves à pincer dans le vide. Il s'interrompit et m'expliqua qu'il s'agissait d'un théorbe : pour cet instrument, continuat-il, il avait composé plusieurs *suites** de danses avec une succession vigoureuse de préludes, allemandes, gavottes, courantes, sarabandes, menuets, gigues, passacailles et chaconnes.

« Avez-vous également composé le morceau que vous jouez si souvent ? Si vous saviez comme il enchante l'auberge !

— Il n'est pas de mon cru, répondit-il, la mine distraite. La reine me l'a offert afin que je le joue pour elle.

— Connaissez-vous donc personnellement la reine de France ?

— Je la connaissais. Sa Majesté Marie-Thérèse d'Autriche est morte.

— Je regrette, je...

— Je jouais souvent pour elle, dit-il sans s'interrompre, mais aussi pour le roi, à qui j'ai eu l'occasion d'enseigner quelques rudiments de guitare. Le roi l'a toujours beaucoup aimée.

— Qui, la reine ?

— Non, la guitare, répondit Devizé avec une grimace.

— Eh oui, le roi voulait épouser la nièce de Mazarin », récitai-je. Je m'en repentis aussitôt : désormais, il n'aurait aucune peine à deviner que j'avais écouté ses conversations avec Stilone Priàso et Cristofano.

« Je vois que tu n'es point ignorant, dit-il, légèrement surpris. J'imagine que tu tiens ces informations de l'abbé Melani. »

Quoique pris au dépourvu, je parvins à contrebalancer les soupçons de Devizé : « Je vous en prie, monsieur. Je m'efforce d'éviter cet étrange individu, pardonnez-moi de m'exprimer de la sorte, depuis que... » Je contrefis la honte. « ... depuis que, voilà...

— J'ai compris, j'ai compris, inutile d'ajouter quoi que ce soit, m'interrompit le musicien avec un petit sourire. Moi non plus, je n'aime guère les pédérastes.

— Avez-vous l'occasion de vous indigner, vous aussi, contre Melani ? » demandai-je, implorant mentalement le pardon du Seigneur pour l'ignominieuse calomnie que je proférais sur le compte de l'abbé.

Devizé éclata de rire : « Heureusement pas ! Il ne m'a jamais... hum, importuné. En vérité, nous ne nous sommes jamais adressé la parole à Paris. On dit que Melani était un soprano exceptionnel du temps de Luigi Rossi, de Cavalli... Il chantait pour la reine mère, qui aimait particulièrement les voix mélancoliques. A présent, il n'exerce plus son art : il se sert de sa langue pour répandre des mensonges, hélas, ou des délations », dit-il avec aigreur.

Tout était fort clair : Devizé n'aimait pas Atto et connaissait sa réputation d'intrigant. Mais en prononçant une calomnie sur le compte de l'abbé, et en me feignant plus rustre que je ne l'étais, je créais un peu de complicité avec le guitariste. En déliant ses muscles, il me serait sans doute facile de lui délier la langue, comme cela s'était produit avec les autres pensionnaires, et je lui arracherais peut-être quelques renseignements au sujet du vieux Fouquet. L'important, pensai-je, c'était qu'il me considère comme un apprenti naïf, privé de cerveau et de mémoire.

Je choisis dans ma besace les essences les plus parfumées : santal blanc, clous de girofle, aloès, benjoin. Je les mélangeai, selon la recette de maître Nicolo dalla Grottaria Calabrese, avec du thym, du storax calamite, du laudanum, de la noix de muscade, des mastics, de la lavande, du styrax liquide et un léger vinaigre distillé. J'en fis une boule odorante à frotter sur les épaules et les côtés du jeune musicien jusqu'à ce qu'elle s'émiette, en exerçant de légères pressions sur les muscles.

Après s'être dénudé le dos, Devizé s'assit à califourchon sur la petite chaise, le visage tourné vers la grille de la fenêtre : la contemplation de la lumière du jour constituait, affirma-t-il, son seul soulagement en ces jours pénibles. Il se tut tandis que je me mettais à l'œuvre. Je fredonnai maladroitement le refrain qui me ravissait tant. « Vous avez dit que la reine Marie-Thérèse vous l'a offert. L'aurait-elle composé elle-même ?

— Mais non, à quoi penses-tu ? Sa Majesté ne composait pas. Et puis, ce rondeau n'est pas un petit jeu de profane, il a été écrit par mon maître, Francesco Corbetta, qui l'avait appris lors d'un de ses voyages et qui en fit don à Marie-Thérèse avant de mourir.

— Ah, votre maître était italien, commentai-je vaguement. De quelle ville était-il originaire ? Je sais que monsieur de Mourai venait de Naples, comme un autre de nos pensionnaires, monsieur Stilone...

— L'amour qui liait le Roi Très-Chrétien à la nièce de Mazarin est connu de tous, même du vulgaire apprenti que tu es. Quelle honte ! En revanche, personne ne sait rien de la reine, à l'exception du fait que Louis la trompait. Et le plus grand tort qu'on puisse faire à une femme, en particulier à Marie-Thérèse, c'est de s'arrêter aux apparences. »

Je fus profondément frappé par ces paroles, que le jeune musicien semblait avoir prononcées avec une sincère aigreur : pour juger du sexe féminin, ne jamais se contenter de ce que l'on voit à prime abord. Bien que la blessure de notre dernière rencontre me brûlât encore cruellement, je pensai aussitôt à l'instant où Cloridia m'avait reproché sans la moindre pudeur de ne pas lui avoir donné l'obole qu'elle attendait. Toutefois, la considération de Devizé ne pouvait-elle pas s'appliquer également à son cas ? J'éprouvai alors une pointe de honte en songeant que j'osais comparer deux femmes, la reine et la courtisane. Mais, plus que tout, je ressentis la morsure de la nostalgie, de la solitude et de la distance qui me séparait de Cloridia. Dans l'incapacité de les combler, je cédai à l'impatience d'en apprendre davantage sur le compte de Marie-Thérèse, dont le destin, à en croire Devizé, était triste et tourmenté. Cette narration, je l'espérais obscurément, me réconcilierait d'une certaine façon avec l'objet de mes désirs.

Je tendis un piège à Devizé en prononçant un mensonge véniel : « En effet, j'ai ouï parler de Sa Majesté Marie-Thérèse. Mais seulement par des pensionnaires de passage dans l'auberge. J'ai peut-être...

— Pas peut-être, tu as certainement besoin de meilleures leçons, m'interrompit-il brusquement, et il vaut mieux que tu oublies ces bavardages de courtisans, si tu souhaites vraiment comprendre qui était Marie-Thérèse et ce qu'elle a signifié pour la France, ou plutôt pour l'Europe entière. »

Il avait mordu à l'hameçon, et il entreprit de raconter.

L'entrée nuptiale de la très jeune Marie-Thérèse, infante d'Espagne, à Paris, m'apprit Devizé tandis que je frottais la boule odorante contre ses omoplates, avait constitué l'un des événements les plus joyeux de toute l'histoire de France. Par une tiède journée de septembre 1660, Louis et Marie-Thérèse arrivèrent de Vincennes. La jeune reine était assise sur un char triomphal encore plus beau que si Apollon lui-même y eût siégé ; ses cheveux épais et bouclés étaient aussi lumineux que les rayons du soleil, ils brillaient sur sa belle robe noire brodée d'or et d'argent, constellée d'innombrables pierres d'une valeur inestimable ; l'argent des bijoux semés dans sa chevelure et la blancheur de son teint se mariaient parfaitement avec le bleu de ses grands yeux, la parant d'une splendeur qu'on n'avait encore jamais vue, et qu'on ne revit jamais plus. Enflammés par la vision de la jeune fille, emportés par la joie et l'amour dévoué que seuls les sujets fidèles savent éprouver, les Français lui adressèrent mille bénédictions. Louis XIV, roi de France et de Navarre, était tel que les poètes nous représentent les mortels une fois divinisés ; son habit tissé d'or et d'argent n'était surpassé que par la dignité de celui qui le portait. Il chevauchait une superbe monture, suivi par un grand nombre de princes. La paix entre la France et l'Espagne, que le roi venait d'offrir à la France par un hymen aussi heureux, renouvela dans le cœur du peuple zèle et fidélité ; tous ceux qui eurent la grâce de voir le roi ce jour-là se sentirent heureux de l'avoir pour seigneur et souverain. La reine mère, Anne d'Autriche, assista à cette entrée d'un balcon de la rue Saint-Antoine : il suffisait de regarder son visage pour deviner la joie qu'elle éprouvait. Les deux jeunes gens s'unissaient pour exalter la grandeur de leurs royaumes respectifs, enfin pacifiés.

Le cardinal de Mazarin triomphait, lui aussi : son œuvre de politicien subtil, qui avait ramené à la France calme et prospérité par la paix des Pyrénées, se voyait magnifiquement couronnée par cette cérémonie. Celle-ci précédait des mois de fêtes, de bals, d'opéras, et la cour ne manifesta jamais autant de joie, de galanterie, d'opulence.

« Et puis ? demandai-je, charmé par cette histoire.

— Et puis, et puis... », chantonna Devizé.

Et puis, reprit-il, quelques mois suffirent à Marie-Thérèse pour saisir la teneur de son véritable destin, et mesurer la fidélité dont son époux était capable.

Les premiers appétits du jeune roi avaient été satisfaits par les demoiselles de compagnie de Marie-Thérèse. Dans le cas où son épouse n'eût point compris de quelle étoffe Louis était fait, les rencontres érotiques que le roi eut, sans se cacher outre mesure, avec madame de La Vallière, la demoiselle d'honneur de sa belle-sœur Henriette Stuart, finirent par éclairer sa lanterne. Vint ensuite le tour de madame de Montespan, qui donna à Louis cinq enfants. Cette intense activité adultérine se déroulait en plein jour, si bien que le peuple surnommait Marie-Thérèse, madame de La Vallière et la Montespan « les trois reines ».

Le roi ne connaissait point de frein : il avait éloigné de la cour et menacé d'emprisonnement le pauvre époux de la Montespan, Louis de Gondrin, lequel avait osé protester contre son sort en revêtant des habits de deuil et en fixant de grosses cornes aux coins de sa voiture. En revanche, Louis avait fait construire pour sa maîtresse deux splendides châteaux, abondamment pourvus de jardins et de fontaines. En 1674, la Montespan était demeurée sans rivale, Louise de La Vallière s'étant retirée au couvent. La nouvelle favorite disposait pour ses voyages de deux voitures à six chevaux, toujours talonnées par un char de vivres et des dizaines de serviteurs. Racine, Boileau et La Fontaine la célébraient par leurs vers, et toute la cour considérait comme un grand honneur le fait d'être reçu dans ses appartements, alors que l'hommage rendu à la reine ne dépassait pas les simples convenances que dictait l'étiquette.

La fortune de la Montespan s'était toutefois gâtée à l'instant où les yeux du roi s'étaient posés sur Marie-Angélique de Fontanges, aussi belle qu'un ange et aussi sotte qu'une jeune pintade. Mais Marie-Angélique semblait avoir quelques difficultés à embrasser les limites que sa position lui imposait : elle exigeait d'apparaître en public aux côtés du roi et refusait de saluer qui que ce soit, y compris la reine, à la suite de laquelle elle avait toutefois appartenu.

Enfin, le roi fut séduit par madame de Maintenon, à qui il confia ses enfants légitimes et les nombreux bâtards qu'il avait eus de ses autres maîtresses. Mais les affronts qu'avait à souffrir Marie-Thérèse ne s'arrêtaient pas là. Le Roi Très-Chrétien manifestait une forte préférence pour ses enfants illégitimes et méprisait le dauphin, son fils aîné. Il l'avait marié avec Marie-Anne-Victoire, fille de l'électeur de Bavière, qui était particulièrement laide. Les belles femmes, voyons, étaient réservées à sa seule Majesté !

Devizé s'interrompit.

« Et la souveraine ? l'interrogeai-je, incrédule face à ce tourbillon de femmes, et impatient de connaître la riposte de Marie-Thérèse.

— Elle supportait tout en silence, répondit le musicien d'une voix grave. Personne ne saura jamais ce qui animait vraiment son esprit. »

Les adultères, les humiliations, les petits rires impitoyables de la cour et du vulgaire... avec le temps, Marie-Thérèse avait appris à tout accepter, le sourire aux lèvres. Le roi la trompait ? Elle se montrait encore plus charitable et frugale. Le roi exhibait ses conquêtes ? Elle multipliait les prières et les dévotions. Le roi faisait la cour à mademoiselle de Théobon, ou à mademoiselle de La Mothe, dames de compagnie de son épouse ? Marie-Thérèse distribuait sourires, conseils de sagesse, regards caressants.

Du temps où la reine mère Anne d'Autriche était encore en vie, Marie-Thérèse avait, il est vrai, osé battre froid à Louis deux jours durant. Bien peu de choses, en comparaison des outrages subis. Malgré tout, il avait fallu au roi des semaines et des semaines pour qu'il daignât poser à nouveau les yeux sur elle, et ce, grâce à l'intervention de la reine mère qui s'était employée jour et nuit à le radoucir. A l'époque, Marie-Thérèse avait déjà compris qu'elle devrait accepter tout ce que son mariage lui apportait, tout, et en particulier le malheur. Sans rien attendre, sinon le peu que son époux lui accordait.

En amour aussi, Louis l'avait emporté. Comme il connaissait et vénérait l'art de vaincre, il avait élaboré ce qui constituait, à ses yeux, la conduite la meilleure et la plus confortable. Il traitait sa femme, la reine de France, avec tous les honneurs de son rang : il prenait ses repas et dormait en sa compagnie, remplissait toutes ses obligations familiales, conversait avec elle comme si ses maîtresses n'eussent jamais existé.

En dehors des pratiques religieuses, Marie-Thérèse ne se permettait que de rares et timides distractions. Elle était entourée d'une demi-douzaine de bouffons, qu'elle appelait Pauvre garçon, Mon cœur, ou Mon fils, et d'une meute de chiens pour lesquels elle montrait une tendresse excessive et immodérée. Pour ses promenades, elle avait fait doter ces absurdes compagnons d'une voiture particulière. Nains et petits chiens mangeaient fréquemment en compagnie de la reine, et Marie-Thérèse dépensait des sommes folles pour les entretenir.

« N'aviez-vous pas dit que c'était une femme frugale et charitable ? demandai-je, interdit.

— Bien sûr, mais tel était le prix de sa solitude. »

De huit heures à dix heures du soir, poursuivit Devizé, Marie-Thérèse se consacrait au jeu, en attendant que le roi vînt la chercher pour le souper. Quand la reine jouait aux cartes, princesses et duchesses se disposaient en demi-cercle autour d'elle, tandis que la noblesse inférieure se pressait dans son dos en soupirant et en transpirant. La reine aimait tout particulièrement le jeu de l'*hombre*, mais elle était trop naïve et perdait à tous les coups. Parfois, la princesse d'Elbeuf se sacrifiait et la laissait ostensiblement gagner : un spectacle triste et gênant. Jusqu'à la fin, la reine n'avait cessé d'éprouver un sentiment de solitude accru, ainsi qu'elle le confiait à ses quelques intimes. Avant de mourir, elle avait résumé son chagrin en une phrase : « Le roi ne s'attendrit pour moi que parce que je m'en vais. »

Cette narration, qui m'avait tant apitoyé, me remplissait désormais d'impatience : j'avais espéré entendre bien d'autres informations de la bouche du musicien. Tandis que je continuais de lui frotter le dos, je regardai la table qui se trouvait tout près de nous. Distraitement, j'avais posé quelques flacons de médicament sur des feuilles de partitions musicales. J'en demandai pardon à Devizé, lequel eut un sursaut et se leva brusquement en craignant que ses partitions ne se fussent graissées. Il remarqua, en effet, une petite tache d'huile sur l'une d'elles et s'emporta violemment :

« Tu n'es pas un apprenti, tu es un âne bâté ! Tu as abîmé le rondeau de mon maître. »

Je fus saisi d'horreur : j'avais souillé le merveilleux rondeau que j'aimais tant. Je m'offris de répandre sur la feuille une poudre fine et sèche afin d'absorber le gras, tandis que Devizé multipliait les imprécations et m'abreuvait d'insultes. Je m'employai avec ardeur à nettoyer la feuille de musique, sur laquelle étaient tracés les sons qui m'avaient tant ravi. C'est alors que mon regard fut attiré par une inscription dans la marge supérieure : « *à Mademoiselle** ».

« Est-ce une dédicace d'amour ? demandai-je, trahis-

sant par mes balbutiements l'embarras dans lequel cet incident m'avait plongé.

— Mais qui veux-tu qui aime Mademoiselle... la seule
femme au monde à être plus seule et plus triste que la
reine !

— Qui est Mademoiselle ?

— Oh, une pauvrette, une cousine de Sa Majesté. Elle
avait pris le parti des rebelles pendant la Fronde, et elle l'a
payé cher. Rends-toi compte que Mademoiselle avait fait
tirer les canons de la Bastille contre les troupes du roi.

— A-t-elle été condamnée à la potence ?

— Pire, au "célibat", ricana Devizé. Le roi lui interdit
de se marier. Mazarin disait : "Ces canons ont tué son
mari."

— Le roi n'a de pitié pour personne, pas même pour sa
famille, commentai-je.

— Eh oui. Quand Marie-Thérèse est morte, en juillet
dernier, sais-tu ce qu'a dit Sa Majesté ? "C'est le premier
chagrin qu'elle me cause." C'est tout. Il a accueilli avec la
même indifférence la mort de Colbert, qui l'avait fidèlement
servi pendant vingt ans. »

Devizé poursuivait ses divagations, mais je ne l'écoutais
plus. Un seul mot retentissait dans ma tête : juillet.

« Vous disiez que la reine s'est éteinte en juillet ? l'interrompis-je brusquement.

— Comment ? Oui, le 30 juillet, des suites d'une maladie. »

Je m'en tins là. J'avais achevé de nettoyer la feuille ;
j'ôtai rapidement l'onguent en excès sur le dos de Devizé et
lui tendis enfin sa chemise. Je pris congé et quittai la
chambre, le souffle coupé par l'agitation, je refermai la
porte et m'appuyai contre le mur pour réfléchir.

Une souveraine, la reine de France, avait expiré à la
suite d'une maladie, au cours de la dernière semaine de juillet. Exactement ce qu'avait prévu la gazette astrologique.

On aurait dit que Devizé m'avait lui-même réprimandé :
une nouvelle remontant à plusieurs mois (que j'étais le seul
à ignorer, pauvre apprenti que j'étais) confirmait l'infaillibi-
lité de la gazette astrologique et l'inexorabilité du Destin
sidéral.

Cristofano m'avait assuré que l'astrologie n'est pas
nécessairement contraire à la foi, et qu'elle apporte même
une aide fort utile au médecin. Mais à cet instant précis, le
souvenir des réflexions indéchiffrables de Stilone Priàso, de

la sombre histoire de Campanella et du tragique destin du père Morandi l'emporta dans mon esprit. Je priai le Ciel de m'envoyer un signe qui me libérât de la peur et me montrât la route.

C'est alors que j'ouïs les notes du merveilleux rondeau s'élever sur les tons graves du théorbe : Devizé s'exerçait à nouveau. Je joignis les mains en un geste de prière et demeurai immobile, les yeux clos, déchiré entre l'espoir et la peur, jusqu'à ce que la musique prenne fin.

M'étant traîné jusqu'à ma chambre, je m'effondrai sur mon lit, l'esprit vide de toute volonté et de toute vigueur, tourmenté par des événements dont je ne distinguais ni le sens ni l'ordre. Tandis que je cédais à la torpeur, je fredonnai la douce mélodie que je venais d'entendre, comme si elle pouvait me faire la grâce d'une clef secrète qui m'eût permis de déchiffrer le labyrinthe de mes souffrances.

⁂

Je fus réveillé par des bruits qui montaient de la via dell'Orso. J'étais demeuré assoupi quelques minutes, pas plus. Cette fois, ma première pensée vola vers la gazette, en se mêlant toutefois à un concert à la fois doux et amer de désir et de privation, dont je n'eus aucune difficulté à distinguer la première cause. Pour trouver calme et soulagement, il me fallait frapper à une certaine porte.

Depuis quelques jours, je déposais les repas devant la chambre de Cloridia, me contentant de frapper pour lui annoncer leur arrivée. Et seul Cristofano avait eu accès à sa chambre. Mais à présent, ma conversation avec Devizé avait réveillé la blessure que cet éloignement avait provoquée.

Qu'importait qu'elle m'eût blessé par sa requête vénale ? La peste se répandant parmi nous, il était fort probable qu'elle s'éteigne d'ici un jour ou deux, me disais-je, le cœur serré. Dans les moments extrêmes, l'orgueil est le pire des conseillers. Certes, les prétextes pour me présenter à elle ne manquaient point : j'avais beaucoup de choses à lui conter, et tout autant à lui demander.

« Mais je ne connais rien à l'astrologie, je te l'ai déjà dit », se défendit Cloridia après que je lui eus montré la gazette et lui eus expliqué que ses prévisions s'étaient révélées précises et exactes. « Je sais lire les songes, les nombres et les lignes de la main. Pour les étoiles, tu dois t'adresser ailleurs. »

Je regagnai ma chambre, les idées embrouillées. Mais ce n'était pas grave. Une seule chose comptait : que le dieu aux petites ailes m'eût à nouveau transpercé la poitrine. Peu m'importait que Cloridia ne me laissât aucun espoir. Peu importait qu'elle s'aperçût de ma passion et se moquât de moi. Je m'estimais fortuné, quoi qu'il en soit : il m'était possible de la voir et même de converser avec elle quand et autant que je le voulais, tout au moins aussi longtemps que la quarantaine durerait. Une occasion unique pour le pauvre apprenti que j'étais, des moments inestimables dont je me ressouviendrais et que je regretterais pendant le restant de mes jours gris. Je me promis de retourner la voir au plus vite.

Dans ma chambre, je trouvai un petit rafraîchissement que Cristofano avait déposé à mon intention. En proie à l'ivresse amoureuse, je sirotai un verre de vin comme s'il s'agissait du plus pur nectar d'Eros, avalai un morceau de pain et de fromage comme si je savourais une manne délicate que la tendre Aphrodite eût laissée tomber sur mon crâne.

La douce aura que ma rencontre avec Cloridia avait placée dans mon esprit finit par s'évanouir. Repu, je réfléchis une nouvelle fois à l'entretien que j'avais eu avec Devizé : je n'étais pas parvenu à lui arracher le moindre renseignement concernant la mort du surintendant Fouquet. L'abbé Melani avait raison : Devizé et Dulcibeni ne parleraient pas volontiers de cette étrange affaire. J'avais toutefois réussi à ne pas jeter le soupçon dans l'esprit du jeune musicien. Mieux, en lui posant des questions naïves et en abîmant malhabilement sa précieuse partition, je m'étais gagné l'image indélébile d'un serviteur rustre et stupide.

J'allai voir mon maître, dont l'état, je le découvris, s'était amélioré. Cristofano était présent, il lui avait tout juste donné la becquée. Pellegrino s'exprimait désormais avec plus de facilité et semblait comprendre ce qu'on lui disait. Certes, il n'était pas en excellente santé et dormait une bonne partie de la journée, mais, conclut Cristofano, il n'était pas hasardeux de prévoir qu'il pourrait bientôt déambuler correctement.

Après m'être attardé avec Pellegrino et le médecin, je regagnai ma chambre et m'autorisai enfin un somme digne de ce nom. Je dormis longuement et, quand je descendis à

la cuisine, l'heure du dîner avait sonné. Je me hâtai de préparer le repas pour les pensionnaires : quelques quartiers
de limon saupoudrés de sucre pour préparer l'estomac. J'en-
chaînai sur une crème à la milanaise. La recette indiquait
de mélanger des jaunes d'œufs, du muscat dans lequel on
avait trempé des pignons pilés, du sucre, de la cannelle à
volonté (je préférai ne pas m'y hasarder) et un peu de
beurre. On broyait le mélange dans un mortier, le tamisait
et le versait dans un peu d'eau bouillante jusqu'à ce qu'il
épaississe. J'y ajoutai des poires bergamote.

Après avoir achevé la distribution, je retournai à la cuisine et préparai une demi-tasse d'une boisson chaude à base
de café brûlé. Puis je montai à la petite tour sur la pointe
des pieds pour éviter que Cristofano ne me surprenne.

« Merci ! s'exclama d'un air radieux Cloridia en ouvrant
la porte.

— Je ne l'ai préparé que pour vous, eus-je le courage
de dire, le visage cramoisi.

— J'adore le café ! s'écria-t-elle en fermant les yeux et
en reniflant, l'air enivré, les effluves qui s'échappaient de la
tasse et se répandaient dans la pièce.

— Boit-on beaucoup de café là d'où vous venez, en Hollande ?

— Non, mais j'aime énormément la façon dont tu l'as
préparé : dilué et abondant. Cela me rappelle ma mère.

— Je suis content. J'avais cru comprendre que vous ne
l'aviez pas connue.

— C'est presque le cas, répondit-elle hâtivement. J'ai
perdu le souvenir de son visage, mais celui du parfum du
café qu'elle savait, dit-on, préparer à merveille, est demeuré
gravé dans mon esprit.

— Etait-elle italienne, comme votre père ?

— Non. Mais serais-tu venu me torturer par des questions ? »

Cloridia s'était assombrie : j'avais tout gâché. Cependant, je la vis bientôt chercher mon regard et m'offrir un
beau sourire.

Elle m'invita gentiment à m'asseoir, m'indiquant une
petite chaise.

Ouvrant un tiroir, elle s'empara de deux coupes et d'une
fougasse séchée à l'anis, puis me versa du café. Elle s'assit
ensuite devant moi, sur le bord du lit, savourant avidement
sa boisson.

Je ne savais que dire pour combler ce silence, je n'osais pas poser d'autres questions. Cloridia semblait agréablement occupée à tremper un morceau du biscuit dans le café chaud, avant de le mordre avec grâce et voracité. Cette vision m'attendrit, et mes yeux se remplirent de larmes tandis que je m'imaginais plongeant le nez dans ses cheveux, lui effleurant le front des lèvres.

Cloridia leva le regard : « Cela fait plusieurs jours que nous parlons, et je ne sais encore rien de ta vie.

— Elle est si peu intéressante, dame Cloridia.

— Ce n'est pas vrai. Par exemple, d'où viens-tu ? quel âge as-tu ? comment et quand as-tu échoué ici ? »

Je lui représentai brièvement mon passé d'enfant trouvé, les études que j'avais faites grâce à la vieille religieuse et la bienveillance de monsieur Pellegrino à mon égard.

« Tu as donc reçu de l'instruction. Tes questions me l'avaient laissé entendre. Tu as été très fortuné. Moi, en revanche, j'ai perdu mon père à l'âge de douze ans et j'ai dû me contenter du peu de choses qu'il avait eu le temps de m'enseigner, dit-elle, sans perdre le sourire toutefois.

— Votre père a été le seul à vous apprendre la langue italienne. Et pourtant, vous la parlez fort bien.

— Non, il n'a pas été le seul. Nous vivions à Rome quand je l'ai perdu. D'autres marchands italiens m'ont ramenée en Hollande.

— Cela a dû être bien triste.

— C'est la raison de ma présence ici. J'ai pleuré pendant des années, à Amsterdam, en me rappelant combien j'avais été heureuse à Rome. Je lisais et étudiais seule pendant le peu de temps que me laissaient... »

Il n'était pas nécessaire de terminer. Elle évoquait sans doute les souffrances que la vie inflige aux orphelins et qui l'avaient conduite sur la voie de l'abominable prostitution.

« Mais je suis parvenue ainsi à m'affranchir, continua-t-elle comme si elle avait deviné mes pensées, et suivre la voie qui est cachée dans mes nombres...

— Vos nombres ?

— C'est vrai, tu ne connais pas la numérologie, dit-elle avec une politesse affectée qui me mit subtilement mal à l'aise. Eh bien, tu dois savoir que les nombres de notre date de naissance, mais aussi ceux d'autres dates importantes de la vie, renferment toute notre essence. Le philosophe grec Pythagore disait que les nombres peuvent tout expliquer.

— Et les nombres de votre date de naissance vous conduisaient-ils ici, à Rome ? demandai-je, vaguement incrédule.

— Pas seulement. Rome et moi ne sommes qu'une seule et même chose. Nos destins sont liés.

— Mais comment est-ce possible ? l'interrogeai-je, fasciné.

— Les nombres sont éloquents. Je suis née le 1er avril 1664. Alors que l'anniversaire de Rome...

— Comment ? Une ville peut fêter, elle aussi, son anniversaire ?

— Bien sûr. Connais-tu l'histoire de Romulus et de Remus, de la louve et du vol des oiseaux, de la manière dont la ville a été fondée ?

— Certainement.

— Eh bien, Rome fut fondée un jour précis : le 21 avril de l'an 753 avant Jésus-Christ. Et les deux dates de naissance, celle de Rome et la mienne, donnent le même résultat. A condition qu'on les écrive correctement, comme on le fait en numérologie, c'est-à-dire en comptant les mois à partir dc mars, mois du printemps et donc du début de la nouvelle vie, selon l'usage des Romains anciens et, aujourd'hui, du calendrier astrologique, qui débute justement par le signe du Bélier. »

Je compris qu'elle s'avançait sur un terrain glissant, où les confins séparant l'hérésie de la sorcellerie s'amincissent.

« Avril est donc le deuxième mois de l'année, poursuivit Cloridia en prenant du papier et de l'encre. Et les deux dates s'écrivent de la sorte : 1/2/1664 et 21/2/753. Si tu additionnes les deux groupes de nombres, tu obtiens d'abord : $1 + 2 + 1 + 6 + 6 + 4 = 20$. Et puis : $2 + 1 + 2 + 7 + 5 + 3 = 20$. Tu vois ? Le même nombre. »

Sans répondre, je scrutai ces chiffres hâtivement griffonnés sur la feuille de papier. C'était, en effet, surprenant.

« Et ce n'est pas tout, renchérit Cloridia en plongeant la plume dans l'encrier et en continuant ses calculs. Si j'additionne le jour, le mois et l'année sans détacher les nombres, j'ai $21 + 2 + 753 = 776$. Et les chiffres du total, une fois additionnés, $7 + 7 + 6$, me donnent 20 une nouvelle fois. Mais en additionnant $1 + 2 + 1664$, j'arrive à 1667, dont la somme fait 20. Et connais-tu le sens du nombre 20 ? C'est le jugement, l'arcane majeur des tarots, qui porte le nombre 20, et il signifie : réparation des torts subis et jugement égal des descendants. »

Comme ma Cloridia était habile... Si habile que je n'avais pas compris grand-chose à ses calculs divinatoires, sans parler de la raison pour laquelle elle s'y appliquait avec autant de ferveur. Mais son ingéniosité avait balayé peu à peu ma défiance. J'étais enchanté : les grâces de Vénus rivalisaient avec l'intelligence de Minerve.

« Alors, vous êtes venue à Rome pour obtenir la réparation d'un tort subi ?

— Ne m'interromps pas, répondit-elle brusquement. La science des nombres affirme que la réparation des torts amènera un jour les descendants à revoir leur jugement. Mais ne me demande pas ce que cela signifie exactement, car je ne le sais pas encore.

— Etait-il écrit dans les chiffres que vous descendriez à l'auberge du *Damoiseau* ? l'interrogeai-je, attiré par l'idée que notre rencontre était prédestinée.

— Non, pas dans les chiffres. A mon arrivée à Rome, j'ai choisi cette auberge en suivant la *virga ardentis*, la verge ardente, ou tremblante, ou saillante, comme tu le veux. Tu vois ce que je veux dire ? » dit-elle en se levant et en tendant le bras à hauteur de son ventre comme s'il s'agissait d'un long bâton.

Cela m'avait tout l'air d'une allusion obscène. Humilié, je gardai le silence.

« Mais nous en parlerons une autre fois, si tu en as envie », conclut-elle avec un sourire qui me parut ambigu.

Je pris congé, m'apprêtant tristement à faire le tour des chambres pour reprendre les écuelles dans lesquelles j'avais servi le dîner. Qu'est-ce que Cloridia avait bien voulu dire par son geste vulgaire ? Etait-ce une invitation lascive et, pis encore, mercenaire ? Je n'étais pas aussi stupide : étant donné mon humble condition, il était inutile d'espérer, je le savais, qu'elle me considérerait autrement que comme un pauvre serviteur. Mais n'avait-elle pas compris que je ne possédais pas un sou ? Espérait-elle peut-être que je soutirerais de l'argent à mon maître pour elle ? Je chassai cette pensée avec horreur. Cloridia avait évoqué un tort subi, lié à son retour à Rome. Non, il était impossible qu'elle eût parlé de prostitution à un moment aussi grave. Je m'étais sans doute trompé.

Je me réjouis en voyant les pensionnaires visiblement satisfaits de leur repas. Quand je frappai à sa porte, Pompeo

Dulcibeni savourait la crème, désormais froide, la faisant claquer avec plaisir entre langue et palais.

« Assieds-toi, mon cher. Je te demande pardon, mais l'appétit m'est venu aujourd'hui en retard. »

J'obéis en silence, en attendant qu'il termine son repas. Je contemplai les objets éparpillés sur la commode qui se dressait près de la chaise, et m'attardai sur trois petits volumes à couverture vermeille ornée d'arabesques en or. Ils étaient fort beaux, me dis-je. J'avais le sentiment de les avoir déjà vus, mais où ?

Dulcibeni me regardait d'un air intrigué : il avait fini son repas et me tendait son écuelle. Je m'en saisis avec le plus naïf des sourires et sortis, les yeux bas.

Au lieu de redescendre à la cuisine, je me précipitai au second étage. Je frappai, hors d'haleine, à la porte d'Atto Melani, les bras chargés de vaisselle.

« Pompeo Dulcibeni ? » s'exclama l'abbé sur un ton incrédule tandis que j'achevais mon récit.

La veille, en effet, je m'étais rendu dans la chambre de Dulcibeni pour l'oindre. Pendant le traitement, il avait émis le désir de priser un peu de tabac. Il avait donc ouvert le tiroir de la commode à la recherche de sa tabatière en cerisier marqueté. Pour se faciliter la tâche, il avait extrait du meuble quelques petits livres fort bien reliés en cuir vermeil et arabesques d'or. Eh bien, j'avais remarqué les mêmes ouvrages dans la bibliothèque de Tiracorda : il s'agissait d'une édition des œuvres de Galien en sept tomes, dont trois étaient toutefois manquants. Les exemplaires que je venais de voir dans la chambre de Dulcibeni étaient justement au nombre de trois. Sur le dos, on pouvait lire l'inscription *Galeni opera* : nul doute, il s'agissait de l'*opera omnia* de Galien en sept tomes, dont quatre se trouvaient chez Tiracorda.

« Certes, se mit à réfléchir l'abbé, il est toujours possible que Dulcibeni et Tiracorda se soient rencontrés pour la dernière fois avant le début de la quarantaine. C'est à ce moment-là, peut-être, que Tiracorda a prêté ces livres à Dulcibeni. »

Toutefois, objecta-t-il lui-même, nous étions tous deux témoins du fait que l'archiatre avait reçu un invité en pleine nuit : une heure étrange pour une visite ! Ce n'était pas tout. Les deux hommes s'étaient donné rendez-vous le lendemain à la même heure. Le mystérieux hôte de Tiracorda se promenait donc dans la ville durant les heures où nous pouvions également sortir discrètement du *Damoiseau*. L'invité et Pompeo Dulcibeni ne devaient donc faire qu'un.

« Par quel mystère Tiracorda et Dulcibeni se connaissent-ils ?

— Tu me poses cette question, répondit Atto, parce qu'il te manque un élément. Tiracorda est originaire des Marches.

— Comme Dulcibeni !

— Je te dirai même plus : Dulcibeni est né à Fermo, et il me semble que c'est de cette ville que vient aussi Tiracorda.

— Ils sont donc concitoyens.

— Exactement. Rome a toujours hébergé un grand nombre d'illustres médecins issus de cette vieille et noble ville. C'est le cas de Romolo Spezioli, le médecin personnel de la reine Christine de Suède, mais aussi de Giovan Battista Benci, protomédecin général, et, si mes souvenirs sont bons, de Cesare Macchiati qui, comme Tiracorda, a été médecin du conclave. Les gens de Fermo vivent presque tous dans le même quartier, autour de l'église San Salvatore in Lauro, où se réunit leur confraternité.

— Mais Tiracorda habite à quelques mètres du *Damoiseau*, objectai-je, et il sait certainement que nous sommes en quarantaine. Ne craint-il pas d'être contaminé par Dulcibeni ?

— A l'évidence, non. Dulcibeni lui a peut-être rapporté que Cristofano ne croit pas à la thèse de la peste, il lui a tu la maladie de Bedford et l'étrange accident dont ton maître a été victime.

— Alors, Pompeo Dulcibeni est le voleur des clefs de mon maître ! Lui qui est si sévère !

— Ne jamais se fier aux apparences. Pellegrino lui a certainement appris comment se servir des souterrains.

— Et dire que je ne me suis jamais aperçu de rien... C'est incroyable... »

Noi siam tre donzellette
semplicette semplicette
oh, oh, senza fallo [1]...

Il se moqua de moi en prenant une drôle d'attitude et

---

[1]. *Noi siam tre donzellette* de Luigi Rossi. « Nous sommes trois donzelles/ toutes simples toutes simples/ oh, oh, sans défaut... » (*N.d.T.*)

une petite voix. « Réveille-toi, mon garçon ! Et n'oublie pas : les secrets sont faits pour être vendus. Pellegrino lui a sans doute ouvert le passage secret en échange d'une somme d'argent. Puis, au début de la quarantaine, ton maître est tombé malade. Dulcibeni lui a donc dérobé son trousseau pour commander un double de la clef du réduit à un artisan de la via dei Chiavari, la rue, comme le dit Ugonio, où Komarek imprimatise.

— Quel est donc le rapport avec Komarek ?

— Il n'y en a pas, je te l'ai déjà expliqué, t'en ressouviens-tu ? Un concours de circonstances qui nous a égarés.

— Ah oui, répondis-je, rempli d'inquiétude en constatant que je ne parvenais plus à suivre le fatras des découvertes, des démentis, des intuitions et des fausses pistes qui se succédaient au cours des derniers jours. Mais pourquoi Pellegrino n'a-t-il pas donné un double des clefs à Dulcibeni ?

— Parce que, comme je te l'ai déjà dit, ton maître se fait payer chaque fois qu'un client souhaite emprunter les souterrains. Les clefs ne sont donc à la disposition de personne.

— Alors pourquoi Stilone Priàso en possède-t-il un double ?

— N'oublie pas qu'il a séjourné pour la dernière fois à l'auberge du temps de feue madame Luigia, à qui il a sans doute réclamé ou dérobé la clef.

— Mais rien n'explique pourquoi Dulcibeni a volé mes perles : il n'est point pauvre, observai-je.

— J'ai, pour ma part, une question plus difficile encore. Si Dulcibeni est le mystérieux voleur que nous nous sommes donné tant de mal à poursuivre, comment est-il parvenu chaque fois à être cent fois plus rapide que nous, et à effacer ses propres traces ?

— Il connaît peut-être les galeries mieux que nous. Mais, maintenant que j'y pense, il ne peut cheminer très vite : il y a deux jours, il a été victime d'une attaque de sciatique. Et Cristofano lui a dit qu'il en souffrirait pendant plusieurs jours.

— A plus forte raison. Si l'on ajoute également le fait que Dulcibeni n'est plus très jeune, qu'il est plutôt lourd et qu'il se met à souffler dès qu'il parle un peu plus que de coutume, par quel mystère se hisse-t-il toutes les nuits le long de la corde qui conduit à la trappe ? » conclut Atto avec une pointe d'aigreur, lui qui transpirait et soufflait chaque fois que nous étions aux prises avec ladite corde, dans les souterrains.

Je rapportai ensuite à Atto ce que j'avais récemment appris sur le compte de Dulcibeni. Au dire du père Robleda, le vieux gentilhomme des Marches appartenait à la secte des jansénistes. Je lui parlai aussi du jugement cinglant que Dulcibeni avait proféré à propos de l'espionnage auquel les jésuites s'adonnaient, et de son soliloque enflammé contre les mariages consanguins qui se produisaient depuis un siècle entre les familles régnantes d'Europe. Il semblait tellement outré par ces usages, soulignai-je, il s'était tant échauffé qu'il en était arrivé à souhaiter à voix haute – lors d'une conversation imaginaire avec une femme, devant son miroir – la victoire des Turcs à Vienne : un peu de sang frais et non corrompu monterait ainsi sur les trônes, avait-il conclu.

« Un discours, *pardon**, un soliloque typiquement janséniste. Tout au moins en partie, commenta l'abbé Melani en plissant son front pensif. Eh oui, désirer une invasion turque en Europe pour se venger des Bourbons et des Habsbourg me paraît toutefois un peu excessif, même pour le disciple le plus fanatique de Jansénius. »

Quoi qu'il en fût, ajouta Atto, ma découverte était un motif de plus pour retourner dans la demeure de Tiracorda. Comme nous l'avions entendu la nuit précédente, Dulcibeni s'y représenterait également.

Sixième nuit

DU 16 AU 17 SEPTEMBRE 1683

Comme à l'accoutumée, nous attendîmes le moment où tous les pensionnaires, y compris Cristofano, semblaient s'être définitivement retirés dans leurs chambres pour nous glisser dans le puits qui menait aux méandres souterrains.

Nous parcourûmes le trajet sans rencontrer d'obstacles jusqu'au sous-sol de la place Navone, où nous avions rendez-vous avec Ugonio et Ciacconio. Mais lorsque nous retrouvâmes les pilleurs de tombes, Atto Melani dut affronter quantité de demandes ainsi qu'une discussion animée.

A cause des aventures dans lesquelles nous les avions entraînés, se plaignaient nos deux étranges compagnons, ils n'avaient pas pu se consacrer librement à leurs activités. A leurs dires, j'avais, qui plus est, endommagé une partie des précieux os qu'ils avaient soigneusement empilés, et qui s'étaient écroulés sur moi lors de notre première rencontre. C'était difficile à croire, mais Ciacconio avait agité sous le nez de l'abbé Melani un énorme os à l'odeur nauséabonde, d'où pendait encore un peu de chair, qui s'était soi-disant abîmé au cours de l'incident. Ne fût-ce que pour voir disparaître ce fétiche crasseux et puant, Atto préféra céder.

« Soit. Mais je ne veux plus rien savoir de vos problèmes. »

Il tira de sa poche un petit tas de pièces, qu'il tendit à Ciacconio. Le pilleur de tombes referma avidement ses doigts crochus sur l'argent, griffant presque les mains de l'abbé Melani.

« Je ne les supporte pas, ces deux-là, murmura Atto en se frottant la paume, la mine dégoûtée.

— Gfrrrlûlbh, gfrrrlûlbh, gfrrrlûlbh..., commença à scander Ciacconio en transvasant d'une main à l'autre les pièces de monnaie.

— Il totatalise la valoration de l'argentère, me dit Ugonio à l'oreille avec un sourire veule et évocateur. Il est pingronome.

— Gfrrrlûlbh », commenta Ciacconio, enfin satisfait, en coulant l'argent dans une besace sale et graisseuse, où il chut en tintant sur un tas de pièces qu'on devinait fort important.

« Après tout, ces deux monstres nous sont précieux, me dit un peu plus tard l'abbé Melani tandis qu'Ugonio et Ciacconio s'évanouissaient dans la pénombre. Cette chose vomitive que Ciacconio m'a mise sous le nez était, en réalité, un déchet de boucherie. Tu parles de reliques... Parfois il vaut mieux ne pas trop tirer sur la corde, et payer. Sinon, nous risquons de nous en faire des ennemis. N'oublie pas : à Rome, il convient de gagner, mais pas totalement. Cette ville sainte révère les puissants tout en se réjouissant de leur ruine. »

Après avoir obtenu leur récompense, les pilleurs de tombes avaient remis à Atto ce dont nous avions besoin : le double de la clef ouvrant la remise des chevaux de Tiracorda, ainsi que la cuisine. Une fois que nous eûmes franchi la trappe, pénétrant ainsi dans la petite écurie du médecin, il nous fut aisé d'entrer dans la demeure. L'heure tardive nous permettait de supposer que seul le vieil archiatre veillait encore, dans l'attente de son hôte.

Nous traversâmes la cuisine, la chambre au vieux lit à baldaquin, puis le vestibule. Nous poursuivîmes notre chemin dans le noir, nous orientant à l'aide de notre mémoire et de la faible lumière que dégageait la lune. Nous nous engageâmes dans l'escalier à colimaçon, sur lequel pleuvait la lumière fort agréable des grandes bougies qu'Atto avait dû éteindre au cours de la nuit précédente pour nous ménager une issue. Nous dépassâmes le petit salon à mi-étage, où les objets que nous avions admirés la veille se montraient dans toute leur splendeur. Nous atteignîmes ainsi le premier étage qui, une fois encore, semblait plongé dans l'obscurité. Mais la porte d'accès à l'étage était ouverte. Tout baignait dans le silence. L'abbé et moi échangeâmes un regard complice : nous nous apprêtions à dépasser ce seuil presque fatidique, et je me sentis animé d'un courage aussi insolite que bête. Tout s'était bien passé, la nuit précédente, pourquoi en irait-il autrement cette nuit-là ?

Soudain, trois coups retentirent dans le vestibule du rez-de-chaussée, nous glaçant le sang. On avait frappé à la porte d'entrée. Nous nous réfugiâmes aussitôt sur les marches, entre le premier et le second étage, à hauteur de la petite pièce qui abritait la bibliothèque.

Nous ouïmes un bruissement à l'étage supérieur, puis des pas lointains et traînants, en bas. Nous étions donc, une fois encore, pris entre deux feux. Atto s'apprêtait à souffler de nouveau sur le lustre (ce qui risquait toutefois d'éveiller les soupçons des maîtres de maison) quand la voix de Tiracorda parvint à nos oreilles.

« J'y vais, Paradisa, j'y vais. »

A en juger par l'écho de ses pas, il descendit l'escalier, traversa le vestibule, ouvrit la porte d'entrée. C'est alors qu'il poussa une exclamation d'agréable surprise. Le visiteur entra sans prononcer le moindre mot.

« Entrer ici muet, commenta Tiracorda d'une voix joviale en refermant la porte. Meurtre incité.

— Pardonnez-moi, Giovanni, je ne suis pas d'humeur, ce soir. J'ai dû être suivi, ce qui m'a obligé à emprunter un autre passage.

— Venez, venez, mon ami, mon cher ami. »

Collés comme deux escargots contre le mur de l'escalier, Atto et moi retînmes notre souffle. Malgré sa brièveté, ce dialogue nous avait permis de reconnaître sans l'ombre d'un doute la voix de Pompeo Dulcibeni.

❧

Tiracorda conduisit son invité au premier étage. Nous entendîmes les deux hommes s'éloigner et pousser une porte. Une fois seuls, nous quittâmes notre abri pour descendre à notre tour dans la grande pièce menant au premier. J'avais mille choses à demander et à commenter avec l'abbé Melani, mais le silence était notre unique espoir de salut.

Nous pénétrâmes dans une vaste chambre où, malgré la pénombre, je réussis à distinguer deux lits à baldaquin et plusieurs autres meubles. La conversation de Tiracorda et de Dulcibeni parvenait à nos oreilles, atténuée par la distance. Un véritable miracle m'empêcha de trébucher sur un coffre. Mais quand mes pupilles se furent accoutumées à l'obscurité, je m'aperçus avec horreur que deux visages froids et courroucés nous tendaient une embuscade dans le noir.

Glacé par la peur, je mis quelques secondes à comprendre qu'il s'agissait en réalité de deux bustes, l'un en cuivre et l'autre en pierre, posés à ma hauteur sur deux piédestaux. A leurs côtés, on entrevoyait un Hercule de plâtre ainsi qu'un gladiateur.

En tournant à gauche, nous passâmes dans une première antichambre, dont les murs étaient bordés par une longue file de chaises, puis dans une deuxième, plus spacieuse, plongée dans la pénombre. Les voix de Tiracorda et de son concitoyen s'échappaient de la pièce adjacente. Redoublant de prudence, nous allâmes jusqu'à la porte, qui n'était pas fermée, mais seulement poussée. Transpercés par le mince rai de lumière qui filtrait à travers la fente, nous assistâmes à un étrange entretien.

« Entrer ici muet, meurtre incité, martela Tiracorda comme un peu plus tôt, lorsqu'il avait accueilli son hôte à la porte d'entrée.

— Meurtre incité, meurtre incité... répéta Dulcibeni.

— Oui. Réfléchissez calmement. N'est-ce pas la raison de votre présence ? »

Le médecin se leva et se dirigea en trottant vers la gauche, sortant ainsi de notre champ de vue. Dulcibeni demeura assis, nous présentant le dos.

La pièce était éclairée par deux grosses bougies en cire dorées, placées sur la table à laquelle les deux hommes étaient assis. La magnificence de l'ameublement me remplit une nouvelle fois de surprise et d'admiration. Une petite corbeille argentée regorgeant de fruits en cire était posée sur la table, près des bougies. Deux grands chandeliers, l'un sur une petite table en bois de santal et l'autre au-dessus d'un secrétaire en ébène à corniches noires et blasons en cuivre doré, contribuaient à éclairer la pièce. Les murs étaient tendus d'une riche tapisserie en satin cramoisi ; partout, de beaux tableaux montrant de gracieux sujets, paysages, animaux, fleurs et personnages. Je reconnus ainsi une Vierge à l'enfant, une Pietà, une Annonciation, un Saint Sébastien et peut-être un Ecce Homo.

Mais la pièce était dominée par un tableau au cadre doré, orné d'arabesques, de ramages et de petits festons en cristal gravé. Suspendu au centre du mur le plus long, juste devant nos yeux, il représentait notre seigneur Innocent XI. Au-dessous, sur un haut piédestal, j'aperçus un reliquaire octogonal en cuivre argenté et doré, qui renfermait sans doute une quantité de reliques sacrées. A gauche, un lit et une chaise percée recouverte de brocart rouge. Ce détail me parut révélateur : nous nous trouvions sans doute dans le cabinet de Tiracorda, où il recevait ses patients.

Nous entendîmes le médecin revenir au milieu de la pièce, après avoir ouvert et refermé une porte.

« Quel imbécile, je l'ai mise de l'autre côté. »

Il rasa le mur auquel était accroché le portrait de sa Sainteté, énorme et menaçant. Devant nos yeux ébahis, il ouvrit une autre porte dans le mur qui nous faisait face : deux battants invisibles, revêtus de la même étoffe cramoisie que les murs. La porte secrète dissimulait un réduit contenant les instruments du métier. Je pus distinguer pinces, forceps, et bistouris, ainsi que des pots contenant des herbes officinales, quelques livres et des liasses de feuilles, sur lesquelles étaient peut-être inscrites les conclusions des consultations médicales.

« Elles y sont toujours ? demanda Dulcibeni.

— Oui, oui, et elles se portent bien, dit Tiracorda en s'escrimant dans le réduit. Je ne fais que chercher deux jolies petites choses que j'avais notées à votre intention. Ah, voilà. »

Il quitta le réduit en brandissant triomphalement un lambeau de papier froissé, referma la porte secrète et s'assit.

« Ecoutez ça. Si un père a sept filles... »

C'est alors que, me remplissant de stupeur, Atto Melani plaqua brusquement ses deux mains sur sa bouche. Il ferma les yeux en soulevant ses talons et en enflant. Puis il se plia désespérément sur le ventre, le visage entre le bras et l'aisselle. Je fus saisi de panique, ignorant s'il était en proie à des douleurs, à une crise d'hilarité ou de colère.

Les yeux angoissés et impuissants qu'il posa sur moi me laissèrent entendre qu'il s'apprêtait à éternuer.

J'ai déjà eu moyen de rappeler que l'abbé Melani souffrait en cette période de brefs mais irrésistibles éternuements. Cette occasion fut heureusement l'une des rares où il réussit à retenir l'un de ses bruyants épanchements. Un instant, je craignis qu'il ne perdît l'équilibre et ne basculât sur la porte entrebâillée. Mais il parvint miraculeusement à s'appuyer contre le mur, et le péril fut écarté.

Toutefois, cet incident avait, pendant quelques instants,

détourné notre attention de la conversation que nous écoutions. Après avoir constaté qu'Atto avait recouvré l'empire qu'il avait d'accoutumée sur lui-même, je saisis une phrase qui me sembla aussi incompréhensible que les précédentes.

« Quatorze ? demandait Dulcibeni d'une voix lasse.

— Huit ! Et vous savez pourquoi ? Un frère est frère de toutes les filles. Ha, ha, ha, ha, ha ! Ha ha haaaaa ! »

Tiracorda s'était abandonné à un rire asthmatique et impérieux, auquel son invité ne s'était cependant pas associé. Une fois le médecin calmé, Dulcibeni tenta de dévier la conversation.

« Alors, comment l'avez-vous trouvé aujourd'hui ?

— Hé, comme ci, comme ça. S'il persiste à se tourmenter, nous n'aurons aucune amélioration, et il le sait. Il faudra peut-être laisser de côté les sangsues et intervenir d'une autre façon, dit Tiracorda en reniflant et en essuyant, à l'aide d'un mouchoir, les larmes que ses rires avaient déchaînées un peu plus tôt.

— Vraiment ? Je croyais...

— Je pensais, moi aussi, employer jusqu'au bout les moyens habituels, rétorqua le médecin en indiquant la porte secrète, dans son dos. Mais à présent, je n'en suis plus si sûr...

— Permettez-moi de dire, Giovanni, l'interrompit Dulcibeni, bien que je n'appartienne pas à votre art : il faut laisser le temps nécessaire à chaque remède.

— Je sais, je sais, nous verrons comment les choses se passeront... répondit Tiracorda sur un ton absent. Hélas, monsieur Santucci est en fort mauvaise santé et il ne peut soigner le patient comme au bon vieux temps. On m'a proposé de le remplacer, mais je suis trop vieux. Heureusement, nous disposerons bientôt d'une relève. Peut-être en la personne du jeune Lancisi, que je me suis employé, et que je m'emploierai, à aider de tous les moyens possibles.

— Il est, lui aussi, originaire des Marches, me semble-t-il.

— Non, il est né ici, à Rome. Mais je l'ai pour ainsi dire adopté. Il a d'abord fréquenté notre collège des Marches, puis j'ai fait en sorte qu'il devienne mon assistant à l'Hôtel-Dieu de San Spirito in Sassia.

— Bref, changerez-vous de traitement ?

— Nous verrons, nous verrons. Un peu d'air campagnard suffira peut-être à obtenir une amélioration. A propos, dit-il en posant à nouveau les yeux sur la feuille de papier froissée. Dans une ferme...

— Giovanni, écoutez-moi, s'écria Dulcibeni en s'échauffant. Vous savez très bien que j'aime nos réunions, mais...

— Avez-vous rêvé une nouvelle fois de votre fille ? dit l'autre, la mine inquiète. Ce n'est pas votre faute, je vous l'ai déjà répété.

— Mais non, ce n'est pas ça. Voyez...

— J'ai compris : la quarantaine vous préoccupe encore. Je vous l'ai déjà dit, c'est une bê-ti-se. Si les choses ont suivi le cours que vous m'avez décrit, vous ne risquez en aucun cas d'être contaminé, et encore moins d'être enfermé dans un lazaret. Il faut croire votre, comment s'appelle-t-il... Cristogeno... il a raison.

— Cristofano, il s'appelle Cristofano. Mais ce n'est pas de cela que je veux parler. Je pense que j'ai été suivi pendant que je venais ici, dans les souterrains.

— Ah, pour ça, c'est sûr et certain mon ami ! Et par un beau rat de rivière, ha ha ha ! A propos, j'en ai trouvé un dans l'écurie, l'autre jour. Il était gros comme ça... », dit Tiracorda en écartant démesurément ses bras courts et ronds.

Dulcibeni garda le silence. Bien qu'il nous fût impossible de voir son visage, j'eus le sentiment qu'il s'impatientait.

« Je sais, je sais, dit alors Tiracorda, vous ruminez encore cette histoire. Je ne comprends pas pourquoi vous vous torturez encore au bout de toutes ces années. Est-ce votre faute, peut-être ? Non. Et pourtant, vous le croyez, et vous pensez : ah, si seulement j'avais servi un autre maître ! Ah, si j'avais été peintre, écuyer tranchant, poète, forgeron ou palefrenier ! Tout, sauf marchand.

— Eh bien oui, il m'arrive de le penser, confirma Dulcibeni.

— Vous savez ce que je vous dis ? S'il en était ainsi, vous n'auriez jamais rencontré la mère de votre fille, Maria.

— C'est vrai. Il aurait suffi de beaucoup moins : que Francesco Feroni ne croisât pas mon chemin.

— Nous y revoilà ! Êtes-vous vraiment certain qu'il s'est agi de lui ?

— C'est lui qui a soutenu les sordides visées de ce pourceau, Huygens.

— Vous auriez au moins pu dénoncer les faits, réclamer une enquête...

— Une enquête ? Je vous l'ai déjà expliqué. Qui se serait mis à la recherche de la fillette bâtarde d'une esclave turque ? Non, non, dans les cas difficiles, il ne faut pas demander l'aide des sbires du Bargello, mais celle des coquins, des canailles.

— Et les canailles vous ont dit qu'il n'y avait rien à faire.

— Exact, rien à faire. Feroni et Huygens l'avaient conduite là où vivait ce scélérat. Je suis parti à sa recherche, mais en vain. Vous voyez cette vieille tunique noire ? Je la porte depuis cette époque, je l'ai achetée dans une boutique du port alors que j'étais à bout de forces et d'espoir. Je ne m'en séparerai plus... j'ai cherché encore et encore, j'ai payé des informateurs et des espions dans le monde entier. Deux des meilleurs m'ont affirmé qu'il n'y avait plus la moindre trace de Maria, qu'elle avait dû être vendue, ou, comme je le crains, qu'elle avait expiré. »

Les deux hommes se turent quelques instants. Atto et moi nous regardâmes, et je pus lire dans ses yeux une surprise et des questions identiques aux miennes.

« Je vous l'ai dit, c'est une histoire sans solution ni consolation, reprit tristement Dulcibeni. Une goutte ? demanda-t-il ensuite en tirant une flasque de sa poche et en la posant sur la table.

— Quelle question ! » s'écria Tiracorda, le visage brusquement éclairé.

Il se leva, ouvrit une nouvelle fois la porte secrète et pénétra dans le réduit. Se haussant avec un gémissement sur la pointe des pieds, il atteignit une étagère proche du plafond, sur laquelle ses doigts dodus puisèrent deux petits verres d'un beau verdâtre.

« C'est un miracle. Paradisa n'a pas encore découvert ma nouvelle cachette, expliqua-t-il en refermant la porte du réduit. Si elle trouvait mes petits verres, nous aurions une belle tragédie. Vous savez ce qu'elle pense du vin, des péchés de gourmandise, de Satan... Mais, retournons à vous. Qu'est-il advenu de la mère de Maria ? demanda Tiracorda.

— Je vous l'ai déjà dit. Elle avait été vendue peu avant l'enlèvement de Maria. Et j'ai perdu également toutes ses traces.

— N'avez-vous point pu contrecarrer cette vente ?

— Elle appartenait aux Odescalchi, pas à moi, tout comme ma fille, hélas.

— Ah oui, vous auriez dû l'épouser.

— Bien sûr. Mais dans ma position... avec une esclave... bref, balbutia Dulcibeni.

— De cette manière, vous auriez obtenu la puissance paternelle sur votre fille.

— C'est vrai, mais vous comprenez... »

Un bruit de verre brisé nous fit sursauter. Dulcibeni pesta tout bas.

« Je suis fort marri, oh, comme je suis marri, dit Tiracorda. Espérons que Paradisa n'a rien entendu, mon Dieu, quelle situation embarrassante... »

En déplaçant l'une des grosses bougies en cire qui éclairaient la table, le médecin avait heurté la flasque de Dulcibeni, qui avait chu sur le sol et s'était brisée en mille morceaux.

« Peu importe, je dois en avoir encore un peu à l'auberge, dit Dulcibeni sur un ton conciliant en se baissant pour ramasser les fragments de verre les plus grands.

— Attention, vous allez vous blesser. Je vais prendre un torchon. Ne vous hâtez point, comme lorsque vous serviez les Odescalchi, ha ha haaaa ! »

Tout en ricanant, il se dirigea vers la porte entrouverte, derrière laquelle nous étions cachés.

Nous disposions seulement de quelques secondes pour inventer une parade. Tandis que Tiracorda ouvrait la porte, nous nous aplatîmes contre le mur, des deux côtés, raidis par la peur. Le médecin passa entre nous, comme il serait passé entre deux sentinelles. Il traversa l'antichambre et sortit à l'autre extrémité.

Le génie de l'abbé Melani vola alors à notre secours, à moins que ce ne fût son inclination malsaine pour les embuscades. Aussi silencieux et rapides que deux petites souris, nous courûmes à l'autre bout de la pièce et nous plaquâmes à nouveau à droite et à gauche de la porte, qui nous offrait cette fois ses battants ouverts en guise de cachette.

« Le voici », annonçait Tiracorda, qui avait à l'évidence déniché un torchon.

L'archiatre pénétra dans l'antichambre. Si nous étions restés du côté opposé, compris-je alors, nous l'aurions vu apparaître en face de nous, et nous n'aurions pas eu la moindre issue.

Tiracorda retourna dans la pièce où l'attendait son invité, repoussant la porte derrière lui. Tandis que la dernière goutte de lumière s'évaporait, j'eus le temps d'apercevoir Dulcibeni, encore assis, qui tordait son buste vers l'entrée. Avec un froncement de sourcils soupçonneux, il scruta l'obscurité de l'antichambre, posant les yeux, sans le savoir, sur mon visage effrayé.

❧

Nous demeurâmes immobiles pendant quelques minutes, durant lesquelles je n'osai même pas essuyer la sueur de mon front. Dulcibeni annonça qu'il se sentait brusquement fatigué, et décida de prendre congé pour regagner le *Damoiseau*. L'incident qui l'avait empêché de trinquer semblait avoir privé sa visite de tout sens. Nous entendîmes les deux hommes se lever. Nous n'eûmes pas d'autre solution que de nous précipiter vers la première pièce, celle qui donnait sur l'escalier, et de nous cacher derrière les statues de plâtre. Tiracorda et Dulcibeni passèrent tout près de nous, sans soupçonner notre présence. Dulcibeni tenait une lanterne, dont il se servirait sur le chemin du retour. Le médecin le priait encore de l'excuser d'avoir brisé sa flasque, et gâché ainsi la soirée.

Les deux hommes s'engagèrent dans l'escalier et descendirent au vestibule. Mais nous n'entendîmes pas la porte d'entrée s'ouvrir : Dulcibeni rentrait sans doute au *Damoiseau* par la voie souterraine, la seule possible, puisque des agents montaient la garde nuit et jour devant l'auberge.

Un peu plus tard, Tiracorda se glissa dans l'escalier et monta jusqu'au deuxième étage. Nous étions plongés dans l'obscurité la plus complète, et nous regagnâmes la cuisine puis l'écurie avec mille précautions, bien décidés à emboîter le pas à Dulcibeni.

« Il n'y a pas de danger. Comme Stilone Priàso, il ne nous échappera pas », murmura Atto.

Hélas, il n'en alla point ainsi. Dans le souterrain D, nous aperçûmes bien vite la lumière que dégageait la lanterne de Dulcibeni. Le gentilhomme des Marches, au physique lourd et corpulent, marchait d'un pas modéré. Une surprise nous attendait toutefois au point de jonction avec la galerie C : au lieu de tourner à droite, en direction du *Damoiseau*, Dulcibeni continua tout droit.

« Mais c'est impossible », me dit l'abbé Melani en employant le langage des gestes.

Après avoir cheminé un long moment, nous arrivâmes à proximité du cours d'eau qui interrompait la galerie. Plus loin, régnait l'obscurité : on aurait dit que Dulcibeni avait éteint sa lampe à huile. Privés de tout repère, nous avançâmes à tâtons.

Craignant de nous heurter à notre proie, nous ralentîmes et tendîmes l'oreille. On n'ouïssait que le ruissellement de la petite rivière souterraine. Nous résolûmes de poursuivre notre route.

C'est alors que l'abbé Melani trébucha et tomba, heureusement sans conséquence.

« Au diable ! Donne-moi ta maudite lanterne ! » pesta-t-il.

Il alluma lui-même notre lampe. Ebahis, nous constatâmes que la galerie prenait fin quelques pas plus loin, coupée transversalement par le cours d'eau. Dulcibeni avait disparu.

❦

« Par où veux-tu commencer ? » demanda l'abbé Melani d'une voix irritée tandis que, sur le chemin du retour, nous essayions de discerner un ordre logique parmi les derniers événements. J'exposai dans les grandes lignes ce que nous avions appris.

Pompeo Dulcibeni s'était rendu à plusieurs reprises chez Giovanni Tiracorda, son concitoyen, le médecin du pape, afin de s'entretenir d'affaires mystérieuses dont nous n'avions point réussi à saisir l'essence. Tiracorda avait évoqué de confus problèmes de frères et de sœurs, de fermes, et prononcé des expressions incompréhensibles, telles que « meurtre incité ».

Tiracorda soignait, en outre, un patient qui semblait lui causer des soucis, et qu'il espérait guérir rapidement.

Nous avions entendu des informations importantes au sujet de Pompeo Dulcibeni : il avait (ou, à ses dires, avait eu) une fille du nom de Maria. La mère était une esclave, dont il avait bien vite perdu toute trace : la femme avait été vendue.

La fillette de Pompeo Dulcibeni avait été enlevée, selon lui, par un certain Huygens, bras droit d'un dénommé Feroni (un nom qui, en vérité, me paraissait familier), lequel aurait participé à l'enlèvement. Dulcibeni n'avait pas pu s'y opposer, il considérait que la jeune fille était morte.

« C'était sans doute à sa fille perdue, observai-je, que Dulcibeni croyait s'adresser tout au long de son soliloque, le pauvre. »

Mais l'abbé ne m'écoutait déjà plus.

« Francesco Feroni, murmura-t-il. Je le connais de nom. Il s'est enrichi en vendant des esclaves aux colonies espagnoles du Nouveau Monde, puis il est rentré à Florence, au service du grand-duc Cosme.

— Un négrier, donc.

— Eh oui. Il semble dépourvu de tout scrupule. On dit beaucoup de mal de lui, à Florence. Maintenant que je m'en ressouviens, l'on colportait sur son compte une histoire assez ridicule, ajouta Atto avec un petit rire. Feroni brûlait de s'apparenter avec un noble florentin, mais sa fille et héritière avait littéralement perdu la santé par amour de ce Huygens. Or, Huygens était l'homme de confiance de Feroni, et il menait en son nom les affaires les plus délicates et les plus importantes.

— Qu'est-il advenu ? Feroni l'a-t-il chassé ?

— Bien au contraire. Le vieux marchand ne voulait ni ne pouvait s'en passer. Huygens continua donc à travailler pour Feroni, lequel s'employait frénétiquement à satisfaire tous les désirs du jeune homme. Afin de l'éloigner de sa fille, il lui procurait toutes les femmes qu'il voulait. Même les plus coûteuses.

— Et comment cela s'est-il terminé ?

— Je l'ignore, ce n'est pas important. Mais je crois que Huygens et Feroni ont posé les yeux sur la fillette de Dulcibeni, la pauvre enfant », soupira Atto.

Dulcibeni, repris-je ensuite, et telle était la découverte la plus surprenante, avait exercé le métier de marchand au service des Odescalchi, la famille du pape.

« Et maintenant, passe aux questions, dit Melani, devinant que j'en avais une quantité au bout des lèvres.

— Avant tout, dis-je tandis que nous nous engagions dans le souterrain D avec une petite culbute, quel genre de services Dulcibeni a-t-il bien pu rendre à la famille du pape ?

— Il existe diverses possibilités, répondit Atto. Dulcibeni a dit "marchand", mais ce terme est peut-être inexact. Un marchand travaille pour son compte, alors que Dulcibeni avait un maître. Il a peut-être occupé pour les Odescalchi la fonction de secrétaire, de comptable, de trésorier ou de procurateur. Il a peut-être accompli des voyages en leur nom : pendant des décennies, cette famille a acheté et vendu des céréales et des tissus dans l'Europe entière.

— Le père Robleda m'a dit que les Odescalchi prêtent de l'argent contre des intérêts.

— Ainsi, tu as également abordé ce sujet avec Robleda ? C'est bien, mon garçon. Il t'a dit la vérité. Les Odescalchi se sont ensuite retirés du commerce pour se consacrer essentiellement aux prêts. J'ai appris qu'ils ont enfin presque tout investi en achetant des charges publiques et des titres d'épargne.

— Monsieur Atto, quel est le patient dont parlait Tiracorda ?

— C'est la question la plus facile. Réfléchis donc, il s'agit d'un patient dont la maladie doit demeurer secrète, et Tiracorda est médecin pontifical.

— Doux Jésus, ce doit être... osai-je déduire en avalant ma salive, Notre Seigneur Innocent XI.

— C'est bien ce que je crois. Mais cela m'a surpris. En général, quand un pontife tombe malade, la nouvelle se répand à la vitesse de l'éclair. Tiracorda veut la garder secrète. A l'évidence, le Vatican craint que le moment ne soit trop délicat, puisqu'on ne sait pas encore qui l'emportera à Vienne. Avec un pape sur le déclin, des mécontentements et des désordres pourraient éclater à Rome ; à l'étranger, l'ardeur des Turcs en serait renforcée, et celle des alliés chrétiens affaiblie. Or, comme l'a dit Tiracorda, la santé du pape ne s'améliore pas, au point que le médecin devra bientôt modifier son traitement. C'est la raison pour laquelle il ne faut pas que cela se sache.

— Tiracorda s'est pourtant ouvert à son ami, observai-je.

— Il doit penser que Dulcibeni sait garder le secret. De plus, Dulcibeni, comme nous, est prisonnier d'une auberge fermée pour quarantaine. Il n'a donc guère d'occasion de révéler la moindre information. Mais il y a plus intéressant.

— Et quoi ?

— Dulcibeni voyageait avec Fouquet. A présent, il rend visite au médecin du pape pour causer de mystérieux

sujets : des fermes, des frères et sœurs, d'un meurtre incité...
Je donnerais un œil pour savoir de quoi ils parlaient. »

Tandis que nous regagnions le *Damoiseau*, nous retrouvâmes les pilleurs de tombes dans leurs archives, parmi les
ruines de la place Navone.

Je remarquai que les deux hommes avaient reconstitué
leur ignoble tas d'os, qui semblait, cette fois, plus haut et
plus massif. Les pilleurs de tombes ne saluèrent notre arrivée en aucune façon : ils étaient occupés par une discussion
animée et paraissaient se disputer la propriété d'un objet.
Ciacconio l'emporta. D'un geste brutal, il arracha l'objet en
question des mains d'Ugonio, avant de le tendre avec un
sourire par trop servile à Atto Melani. C'étaient des fragments de feuilles mortes.

« Qu'est-ce que c'est ? dit Atto. Je ne peux tout de même
pas te payer pour toutes les bagatelles que tu veux me
donner.

— C'est du feuillame bizétrange, dit Ugonio. Parce qu'il
est plus médecin que mendiant, Ciacconio l'a grattaché
dans l'environnement des raterons mortifères et sanguifiés.

— Une bien étrange plante près des rats morts...
curieux, commenta Atto.

— Ciacconio dit qu'elle olphatise de maniération éton-
nantaire, poursuivit Ugonio, c'est une plante échauffeuse,
curiosante, aliénique... En somnie, parce qu'il est plus *benefice* que *malefice*, il vous l'attribuse, car c'est en satisfaisant
ses devoirs que la joierie du baptisé s'accroît. »

Atto Melani s'empara d'une feuille ; tandis qu'il l'approchait de la lanterne pour mieux l'examiner, mon esprit fut
traversé par un souvenir subit.

« Maintenant que j'y pense, monsieur Atto, je crois bien
avoir vu, moi aussi, des feuilles mortes dans les souterrains.

— Diantre ! commenta-t-il avec un air amusé.
Comment les galeries pourraient-elles regorger de feuilles
mortes, alors que les arbres ne poussent pas sous terre ? »

Pendant que nous suivions Stilone Priàso, lui expliquai-
je, j'avais piétiné des feuilles. Si je m'en ressouvenais à présent, c'est que j'avais craint que Priàso ne me remarque.

« Quel petit sot ! Tu aurais pu me le dire. Il ne faut rien
négliger dans de telles situations. »

Je saisis ces végétaux très friables et me promis de
remédier à mon étourderie. Puisque j'étais incapable d'aider
Atto à déchiffrer l'énigme des fermes, des frères et sœurs et

du meurtre incité, dont avaient débattu Tiracorda et Dulcibeni au cours de leur incompréhensible conversation, j'en-
quêterais au moins sur la plante dont ces feuilles
provenaient, ce qui me permettrait de retrouver l'individu
qui les avait disséminées dans les galeries souterraines.

Nous abandonnâmes les pilleurs de tombes à leurs os.
Pendant le trajet du retour, je me rappelai que je n'avais pas
encore rapporté à l'abbé Melani la conversation que j'avais
eue avec Devizé. Dans le tourbillon des découvertes
récentes, j'avais oublié de le faire, d'autant plus que je
n'avais réussi à soutirer aucun renseignement important au
musicien. Je contai donc notre entrevue à Atto. En lui
cachant, naturellement, que j'avais dû salir son honneur
pour conquérir la confiance du guitariste.

« Rien d'important ? m'interrompit l'abbé Melani. Tu
me dis que la reine Marie-Thérèse a entretenu des relations
avec le célèbre Francesco Corbetta et avec Devizé, et tu
juges que ce n'est guère important ? »

Cette réplique me prit au dépourvu : l'abbé semblait
céder à un accès de panique. Tandis que je parlais, Atto
s'arrêtait, écarquillait les yeux, me priait de répéter, avant
de se remettre en route sans mot dire, et de s'arrêter à nouveau, la mine pensive et songeuse. Il m'invita enfin à tout
récapituler.

En me rendant chez Devizé pour le soigner, lui redis-je
donc, j'avais ouï le rondeau qu'il avait coutume de jouer et
qui avait charmé les autres pensionnaires du *Damoiseau*
avant la quarantaine. Je lui avais demandé s'il en était l'auteur. Il m'avait répondu que son maître, un certain Corbetta, avait appris la mélodie de ce rondeau au cours d'un
de ses nombreux voyages. Corbetta l'avait remaniée et
l'avait offerte à la reine ; celle-ci avait ensuite donné la
tablature musicale à Devizé, qui l'avait à son tour retouchée.
Bref, on ne savait plus très bien qui était l'auteur de cette
musique, même si l'on connaissait les individus qui l'avaient
eue entre les mains.

« Sais-tu qui était Corbetta ? » me demanda l'abbé, dont
les yeux n'étaient plus que deux fentes.

L'Italien Francesco Corbetta, m'expliqua-t-il, avait été

le plus grand de tous les guitaristes. Mazarin l'avait appelé en France afin qu'il enseignât la musique au jeune Louis XIV, lequel adorait le son de la guitare. Sa renommée s'était rapidement accrue, et le roi d'Angleterre, Charles II (qui aimait également cet instrument), l'avait emmené à Londres, où il l'avait doté d'une riche épouse et élevé au rang de pair d'Angleterre. Corbetta n'était pas seulement un musicien raffiné, c'était aussi un chiffreur très habile, chose fort rare.

« Ecrivait-il des lettres en code ?

— Mieux. Il composait des musiques chiffrées, qui dissimulaient des messages secrets. »

Corbetta était un individu hors du commun : fascinant et intrigant, amant du jeu, il avait voyagé une grande partie de son existence entre Mantoue, Venise, Bologne, Bruxelles, l'Espagne et la Hollande, et avait été entraîné dans plusieurs scandales. Il était mort deux ans plus tôt, à l'âge de soixante ans.

« Peut-être ne se contentait-il pas d'exercer le métier de musicien et s'adonnait-il aussi à celui de... conseiller ?

— En vérité, je dirais qu'il était très impliqué dans les affaires politiques des pays que je t'ai nommés, répondit Atto Melani, admettant de la sorte que Corbetta avait dû prendre part à des affaires d'espionnage.

— Et il se servait des tablatures de guitare dans ce but ?

— Oui, mais il n'avait rien inventé. En Angleterre, le célèbre John Dowland, luthiste de la reine Elisabeth, composait ses musiques de façon que ses maîtres puissent mander des informations secrètes par leur biais. »

En un rien de temps, Atto Melani me persuada que la notation musicale pouvait renfermer des significations totalement étrangères à l'art des sons. Et pourtant, il en avait toujours été ainsi : les maisons régnantes tout comme l'Etat de l'Eglise recouraient depuis des siècles à la cryptographie musicale. Et ce sujet était bien connu aux hommes de doctrine : pour citer un exemple à la portée de tous, dit-il, Della Porta avait illustré dans *De furtivis litterarum notis* une quantité de systèmes permettant de dissimuler derrière l'écriture musicale des messages secrets de toutes sortes et de n'importe quelle longueur. Ainsi, grâce à une clef opportune, il était facile d'associer chaque lettre de l'alphabet à une note musicale. La succession des notes, inscrite sur la portée, fournirait des mots et des phrases entières à ceux qui en possédaient la clef.

« Mais l'on crée de la sorte les *saltus indecentes*, c'est-à-dire des dissonances et des enharmonies désagréables, qui *ictu oculi* peuvent éveiller les soupçons de celui qui lirait accidentellement la musique. C'est pourquoi des systèmes plus raffinés ont été inventés.

— Par qui ?

— Par notre Kircher, notamment, dans la *Musurgia universalis*. Au lieu d'attribuer une lettre à chaque note, il a distribué l'alphabet parmi les quatre voix d'un madrigal, ou d'un orchestre, de façon à mieux gouverner la matière musicale, à rendre la composition moins grossière et moins désagréable, ce qui, dans le cas où le message serait intercepté, jetterait les soupçons dans l'esprit de n'importe quel lecteur. Il existe enfin d'innombrables emplois possibles du texte chanté et des notes à entonner. Par exemple, si la note musicale – « fa », « la » ou « ré » – correspond au texte, on ne prend en considération que ces syllabes. On peut également ne conserver que le texte chanté, lequel montrera alors sa signification cachée. Corbetta avait certainement connaissance de l'invention de Kircher.

— Pensez-vous que Devizé ait appris de Corbetta non seulement la guitare mais aussi cet... art de communiquer en secret ?

— C'est ce que l'on murmurait à la cour de Paris. D'autant plus que Devizé était l'élève préféré de Corbetta, et surtout l'un de ses bons amis. »

Dowland, Melani, Corbetta et son élève Devizé... je commençais désormais à croire que la musique était indissociablement liée à l'espionnage.

« De plus, continua l'abbé Melani, Corbetta connaissait bien Fouquet, puisqu'il fut guitariste à la cour de Mazarin jusqu'en 1660. C'est alors seulement que Corbetta s'expatria à Londres, même s'il revenait très souvent à Paris, où il rentrerait définitivement une dizaine d'années plus tard.

— Mais alors, conclus-je sans croire à mes propres paroles, ce rondeau pourrait également dissimuler un message secret !

— Du calme, du calme, voyons d'abord le reste. Tu m'as dit que ce rondeau avait été offert par Corbetta à Marie-Thérèse, qui l'aurait donné à son tour à Devizé. Eh bien, cela nous fournit une précieuse indication. J'ignorais, en effet, que la reine fût en relation avec les deux guitaristes. Et j'ai grand-peine à y ajouter foi.

— Je vous comprends, l'interrompis-je. Marie-Thérèse menait une vie presque monacale... »

Je lui rapportai ainsi le long monologue au fil duquel Devizé m'avait représenté les humiliations que le Roi Très-Chrétien infligeait à sa pauvre épouse.

« Monacale ? Pour ma part, je n'emploierais pas ce terme », rétorqua Atto, la mine sournoise.

Selon Melani, Devizé avait brossé à mon intention un portrait sans doute trop immaculé de la défunte reine de France. A l'instant même où il parlait, il était encore possible de rencontrer à Versailles une jeune fille mulâtre qui ressemblait étrangement au dauphin. L'explication de ce prodige remontait à vingt ans plus tôt, quand les ambassadeurs d'un Etat africain avaient séjourné à la cour de Versailles. Pour manifester leur dévouement à l'épouse de Louis XIV, les ambassadeurs avaient offert à la reine un page noir dénommé Nabo.

Quelques mois plus tard, en 1664, Marie-Thérèse avait mis au monde une petite fille robuste et vive à la peau noire. Le chirurgien Félix jura au roi que la couleur du bébé était un inconvénient momentané dû à la congestion de l'accouchement. Cependant les jours passaient, et la peau de la fillette ne s'éclaircissait toujours pas. Le chirurgien royal déclara alors que la grossesse de la reine avait sans doute été troublée par les regards trop insistants d'un négrillon de cour. « Un regard ? avait répliqué le roi. Il devait être bien pénétrant ! »

Quelques jours plus tard, Louis XIV fit discrètement assassiner le page Nabo.

« Et Marie-Thérèse ?

— Elle ne dit rien. On ne la vit ni pleurer ni sourire. En vérité, on ne la vit pas du tout. Quoi qu'il en soit, on n'était jamais parvenu à soutirer à la reine que des paroles de bonté et de pardon. Elle avait toujours veillé à rapporter au roi la moindre minutie afin de l'assurer de sa fidélité, en dépit du fait qu'il osait lui attribuer ses maîtresses en guise de demoiselles de chambre. On aurait dit que Marie-Thérèse ne savait se montrer que terne, opaque, privée de volonté. Elle était trop bonne. Trop. »

La phrase de Devizé me revint à l'esprit : on eût commis une erreur à juger Marie-Thérèse sur ses apparences.

« Pensez-vous qu'elle dissimulait ? demandai-je alors.

— C'était une Habsbourg. Et elle était espagnole. Deux races très fières, ennemies jurées de son époux. Quel sentiment crois-tu qu'éprouvait Marie-Thérèse d'Autriche en se voyant humiliée sur le sol français ? Son père l'aimait énormément, il n'avait accepté de la perdre qu'au prix de la paix des Pyrénées. J'étais présent à l'île des Faisans, mon garçon, quand France et Espagne conclurent le traité et décidèrent de marier Louis à Marie-Thérèse. Quand le roi Philippe d'Espagne dut se séparer de sa fille, sachant qu'il ne la reverrait jamais, il l'embrassa et pleura à chaudes larmes. C'en était presque gênant. Au banquet qui suivit l'accord, l'un des plus somptueux qui fût jamais donné, il ne mangea rien. Le soir, on l'ouït gémir entre ses sanglots, alors qu'il s'apprêtait à se retirer : "Je suis un homme mort" et d'autres bêtises de ce genre. »

Les paroles de Melani m'avaient stupéfait : jamais je n'avais imaginé que les puissants souverains, maîtres du destin de l'Europe, pouvaient accueillir avec autant de souffrance et d'amertume la perte d'un être cher.

« Et Marie-Thérèse ?

— Elle contrefit d'abord l'indifférente, comme à l'accoutumée. Elle avait aussitôt laissé entendre que son futur époux ne lui plaisait guère. Elle souriait, conversait aimablement et se montrait heureuse de partir. Mais cette nuit-là, nous l'entendîmes tous pousser des hurlements de déchirement dans sa chambre : *"Ay, mi padre, mi padre !"*

— C'est donc certain, il s'agissait d'une dissimulatrice.

— Exact. Elle dissimulait la haine et l'amour, elle simulait la pitié et la fidélité. Il n'est donc pas étonnant que personne n'eût connaissance des gracieux échanges de tablatures entre Marie-Thérèse, Corbetta et Devizé. Lesquels se sont peut-être déroulés sous les yeux mêmes du roi !

— Croyez-vous que la reine Marie-Thérèse se soit servie des guitaristes pour cacher des messages dedans leur musique ?

— Ce n'est pas impossible. Je me ressouviens d'avoir lu quelque chose de ce genre, il y a quelques années, dans une gazette hollandaise. Une revue d'écrivassiers, publiée à Amsterdam mais rédigée en français dans le seul but de répandre du fiel sur le Roi Très-Chrétien. Elle parlait d'un jeune valet de la cour de Paris, un certain Belloc si mes souvenirs sont bons, qui écrivait des morceaux à déclamer, qu'on ajoutait ensuite aux ballets. Ces vers dissimulaient les reproches et les souffrances que le roi infligeait à la reine en la trompant. Et leur commanditaire n'était autre que Marie-Thérèse.

— Monsieur Atto, lui demandai-je alors. Qui est Mademoiselle ?

— Où as-tu entendu ce nom ?

— Je l'ai lu dans la marge de haut de la tablature de Devizé. Il y avait écrit : *"à Mademoiselle*"*. »

Bien que la lumière de la lanterne fût particulièrement faible, je vis l'abbé Melani blêmir. Soudain, je lus dans ses yeux la peur qui avait commencé à le ronger silencieusement depuis deux jours.

Je lui racontai ainsi le reste de mon entretien avec le musicien français. Je lui dis que j'avais par inadvertance taché d'onguent la tablature du rondeau, et qu'en essayant de la nettoyer j'avais lu la dédicace *"à Mademoiselle*"*. Je lui relatai aussi les quelques informations que Devizé m'avait apprises au sujet de Mademoiselle : c'était une cousine du roi, que le monarque avait condamnée au célibat, à cause de son passé de rebelle.

« Qui est Mademoiselle, monsieur Atto ? répétai-je.

— L'important, ce n'est pas qui elle est, mais qui elle a épousé.

— Epousé ? Mais ne devait-elle pas rester fille par punition ? »

La description de Devizé n'était pas entièrement conforme à la vérité, m'expliqua Atto : la situation était, en effet, un peu plus compliquée. La Grande Mademoiselle, qui s'appelait en réalité Anne-Marie-Louise, et qui était duchesse de Montpensier, était la femme la plus riche de France. Mais son argent ne lui suffisait point : elle voulait à tout prix épouser un roi, et Louis XIV s'était amusé à lui gâcher son existence en lui interdisant le mariage. La Grande Mademoiselle finit par revenir sur son jugement, elle déclara qu'elle refusait de devenir reine et d'être soumise, comme Marie-Thérèse, à un roi cruel sur une lointaine terre étrangère. A l'âge de quarante-huit ans, elle s'amouracha d'un obscur petit seigneur de province, un pauvre cadet gascon bon à rien, qui avait eu la fortune, quelques années plus tôt, de se gagner la sympathie du roi, lequel l'avait élu camarade de jeux et nommé comte de Lauzun.

Lauzun était un séducteur minable, dit Atto avec mépris, il avait courtisé la Grande Mademoiselle pour son argent. Mais le Roi Très-Chrétien avait autorisé leurs noces. Lauzun, qui était un grand présomptueux, exigeait des célébrations qui fussent dignes d'un mariage royal. « Comme d'une couronne à l'autre », répétait-il à ses amis, gonflé d'orgueil. Entre-temps, Louis XIV s'était ravisé. Les deux fiancés supplièrent, conjurèrent, menacèrent. Ils n'obtinrent rien et furent contraints de se marier secrètement. Le roi l'apprit et ce fut la ruine de Lauzun : il se retrouva en prison, dans une forteresse, très loin de Paris.

« Une forteresse... répétai-je en commençant à saisir.

— A Pignerol, termina l'abbé.

— Avec...

— Exact, avec Fouquet. »

Jusqu'à ce moment-là, expliqua Melani, Fouquet avait été le seul prisonnier de cette immense forteresse. Mais il connaissait déjà Lauzun, qui avait accompagné le roi à Nantes pour l'arrêter. Lorsque Lauzun fut conduit à Pignerol, le surintendant languissait dans sa cellule depuis neuf ans.

« Combien de temps Lauzun y demeura-t-il ?

— Dix ans.

— Mais c'est énorme !

— Cela aurait pu être pire. N'ayant pas déterminé la durée de sa peine, le roi avait tout loisir de l'emprisonner autant de temps qu'il le voulait.

— Comment se fait-il alors qu'il l'a libéré au bout de dix ans ? »

C'était un mystère, répondit Atto Melani. Une seule chose était certaine : Lauzun fut libéré quelques mois après la disparition de Fouquet.

« Monsieur Atto, je n'y comprends plus goutte », déclarai-je, incapable de freiner le tremblement qui secouait mes membres. Nous avions regagné l'auberge, crasseux et transis de froid.

« Pauvre garçon, me plaignit l'abbé Melani. En quelques nuits, je t'ai forcé à apprendre une bonne partie de l'histoire de France et d'Europe. Mais c'est utile ! Si tu étais déjà gazetier, tu aurais de quoi écrire pendant les trois prochaines années.

— Cependant, au milieu de tous ces mystères, vous ne voyez plus clair, vous non plus, dans notre situation, osai-je rétorquer d'une voix inconsolable, le souffle coupé par la fatigue. Plus nous nous efforçons de comprendre, plus les choses se compliquent. Mais je le sais, vous n'êtes mû que par un seul intérêt : établir pourquoi le Roi Très-Chrétien fit condamner votre ami Fouquet, il y a vingt ans. Quant à mes perles, elles sont à jamais perdues.

— Aujourd'hui, tout le monde s'interroge sur les mystères du passé, m'interrompit Atto sur un ton sévère, car ceux du présent sont trop effrayants. Mais, toi et moi, nous les résoudrons tous. Je te le promets. »

Des promesses faciles, songeai-je. Je tentai de résumer à l'abbé ce que nous avions appris en six jours de cohabitation forcée au *Damoiseau*. Quelques semaines plus tôt, le surintendant Fouquet s'était présenté à notre auberge en compagnie de deux gentilshommes. Le premier, Pompeo Dulcibeni, connaissait le système des galeries souterraines et l'employait pour se rendre chez le médecin Tiracorda, son concitoyen, qui soignait le pape. Dulcibeni, en outre, avait conçu avec une esclave une fille, qu'un certain Huygens, épaulé par un certain Feroni, avait enlevée quand Dulcibeni était au service des Odescalchi, la famille du pape.

Le second compagnon de Fouquet, Robert Devizé, guitariste, entretenait des relations peu claires avec la reine de France, Marie-Thérèse ; il était également l'élève de Francesco Corbetta, personnage intrigant qui avait écrit, et donné avant de mourir à Marie-Thérèse, le rondeau que Devizé jouait souvent. La musique du rondeau était toutefois dédiée « *à Mademoiselle** », cousine du Roi Très-Chrétien et épouse du comte de Lauzun. Ce dernier avait été dix ans durant compagnon de cachot de Fouquet à Pignerol, avant que le surintendant ne meure...

« Tu veux dire "qu'il ne s'évade", me corrigea Atto, puisqu'il s'est éteint ici, au *Damoiseau*.

— Exact. Et puis...

— Et puis, nous avons un jésuite, un Vénitien en fuite, une putain, un aubergiste porté sur le vin, un astrologue napolitain, un réfugié anglais et un médecin siennois tueur de pauvres individus sans défense, à l'instar de tous ses confrères.

— Et pour terminer, deux pilleurs de tombes.

— Ah oui, les deux monstres. Et nous deux, qui nous creusons la tête tandis qu'un pensionnaire a la peste, qu'on trouve dans les souterrains des pages de Bible souillées de sang, des ampoules pleines de sang, des rats qui vomissent du sang... trop de sang, à bien y réfléchir.

— Qu'est-ce que cela peut donc signifier, monsieur Atto ?

— Bonne question. Combien de fois dois-je te le répéter ? N'oublie jamais la fable des corbeaux et de l'aigle. Et suis l'exemple de l'aigle. »

Nous nous hissâmes sur l'échelle qui conduisait au réduit secret du *Damoiseau*, et nous séparâmes bientôt en nous donnant rendez-vous le lendemain.

Septième journée

17 SEPTEMBRE 1683

Malgré les émotions qui ponctuaient mes nuits et mes journées, il m'arrivait de repenser à un principe édifiant qu'avait coutume de chantonner d'une voix traînante, ainsi qu'on le fait avec les enfants, la vieille femme qui m'avait affectueusement élevé et instruit : ne jamais abandonner un livre entamé.

L'esprit tourné vers ce sage précepte, je pris la résolution, le matin suivant, d'achever la lecture de la gazette astrologique de Stilone Priàso. Ma scrupuleuse éducatrice ne se trompait point : mieux vaut ne pas lire un livre, que le lire seulement en partie, n'en conservant ainsi qu'un souvenir incomplet et un jugement erroné. Les pages que je lirais ce matin-là m'aideraient peut-être à donner une juste mesure, pensais-je, à la portée des pouvoirs obscurs que j'avais jusqu'alors attribuée au mystérieux ouvrage.

En outre, j'étais moins las à mon réveil que les matins précédents : j'avais réussi à dormir suffisamment, après le carrousel de poursuites et de fuites qui nous avait amenés à pourchasser Dulcibeni en parcourant une nouvelle fois la galerie C jusqu'à la petite rivière souterraine. Et surtout, après les surprenantes découvertes sur le compte de Devizé (et sur son mystérieux rondeau) auxquelles l'abbé et moi étions parvenus durant le trajet du retour vers l'auberge.

Mon esprit se refusait de méditer une nouvelle fois cette histoire compliquée. Mais voilà que se présentait l'occasion de terminer la lecture de la gazette astrologique que les pilleurs de tombes avaient soustraite à Stilone Priàso. Je la conservais encore sous le matelas de mon petit lit.

Ce mince ouvrage de pronostics semblait avoir prévu avec exactitude les événements des mois passés. Je voulais savoir maintenant ce que l'avenir nous réservait.

C'est ainsi que je découvris les prévisions pour la troisième semaine du mois de septembre : les jours prochains.

Les vaticinations que les astres nous dictent, cette semaine, nous seront d'abord données par Mercure, récepteur des deux Luminaires dans ses domiciles, qui, se retrouvant dans la troisième maison conjoint au soleil, promet voyages de princes, passage d'épais courriers et diverses ambassades royales.

Jupiter et Vénus conjoints tentent d'ordonner avec le trigone de feu une assemblée de virtuoses pour négocier une ligue, ou une paix de grande importance.

Mon attention fut aussitôt attirée par les « voyages de princes et d'épais courriers » et sur les « ambassades royales », et je n'eus aucun doute : il s'agissait des dépêches qui annonçaient l'issue de la bataille de Vienne, laquelle avait atteint en ce moment même son point décisif.

Bien vite, en effet, des bandes de messagers à cheval, peut-être conduites par les souverains et les princes mêmes qui avaient participé au combat, parcourraient l'Europe pour apporter l'issue en trois jours à Varsovie, en cinq à Venise, en huit ou neuf à Rome ou à Paris, et plus tard encore à Londres et à Madrid.

Encore une fois, l'auteur de la gazette avait visé juste ; il avait prévu non seulement la grande bataille, mais aussi la diffusion frénétique des nouvelles au lendemain de l'affrontement final.

Et l'« assemblée de virtuoses pour négocier une paix de grande importance » dont parlait la gazette astrologique n'était-elle pas, peut-être, le traité de paix qui serait certainement conclu entre vainqueurs et vaincus ?

Je poursuivis par la lecture de la quatrième et dernière semaine :

De mauvaises nouvelles de malades pourraient être divulguées en cette quatrième semaine, la sixième maison étant gouvernée par le Soleil, lequel en a donné le soin à Saturne, raison pour laquelle régneront fièvres quartes, fluxions, hydropisies, gonflements, sciatiques, podagres, et douleurs de calculs. *Cependant la Huitième maison est gou-*

vernée par Jupiter, qui rendra bientôt la santé à de nombreux patients.

La santé serait donc à nouveau menacée : fièvres, problèmes dans la circulation des humeurs, excès d'eau dans l'estomac, douleurs aux os, aux jambes et aux viscères.

Des menaces graves mais, disait la gazette, surmontables. En effet, le pire devait encore venir :

Les avertissements de cette semaine pourraient être très violents, car ils seront envoyés par Mars, maître de l'Ascendant qui, se retrouvant dans la huitième maison, pourrait répandre la mort des hommes au moyen de poisons, de fer et de feu, c'est-à-dire au moyen d'armes à feu. Saturne dans la Sixième maison, gouverneur de la Douzième, promet la mort de nobles enfermés.

Ces derniers mots me coupèrent le souffle. Je jetai la gazette et, les poings serrés, adressai au Ciel une prière emplie de tristesse. Aucune autre lecture, peut-être, ne marquerait mon existence autant que ces quelques lignes énigmatiques.

En effet, des événements « violents » se préparaient, tels que la « mort d'hommes au moyen de poisons, de fer et de feu, c'est-à-dire au moyen d'armes à feu ». La mort était destinée à des « nobles enfermés » : certains pensionnaires du *Damoiseau* étaient des gentilshommes, et nous étions tous « enfermés » à cause de la quarantaine !

En admettant que j'eusse encore besoin d'une preuve établissant que cette gazette (œuvre diabolique !) prédisait la vérité, je l'avais à présent : elle parlait de nous, prisonniers du *Damoiseau* pour des raisons sanitaires, et de la mort de certains gentilshommes parmi nous.

Mort violente, au moyen du poison : le surintendant Fouquet n'avait-il pas été empoisonné ?

Je savais qu'un bon chrétien ne devait pas céder au désespoir, pas même lorsqu'il subissait l'atteinte de la plus tragique des mésaventures. Mais je mentirais si j'affirmais que j'affrontai ces révélations incroyables avec une dignité virile. Jamais, en dépit de la solitude que m'avait réservée ma condition d'orphelin, je ne m'étais senti aussi abandonné, à la merci des astres qui avaient décidé de mon destin depuis des siècles, peut-être même depuis l'origine de leur cours.

Accablé de terreur et de désespoir, je saisis le vieux chapelet que m'avait offert la pieuse femme qui m'avait élevé, le baisai passionnément et le coulai dans ma poche. Je récitai trois Pater et m'aperçus que, dans la crainte des étoiles, j'avais douté de la divine providence que tout bon chrétien est censé reconnaître comme sa seule maîtresse. Je fus envahi par le besoin urgent de purifier mon âme et de recevoir le réconfort de la foi : le moment était venu de se confesser à Dieu. Et, grâce au Ciel, il y avait dans cette auberge un individu dont l'aide me serait bénéfique.

« Eh bien, entre, mon fils, tu as raison de te purifier l'âme en ces moments difficiles. »

En ouïssant la raison de ma visite, le père Robleda m'accueillit avec une grande bienveillance dans sa chambre. Le secret de la confession me libéra le cœur et la langue, j'honorai ce sacrement avec enthousiasme et ardeur.

Une fois qu'il m'eut donné l'absolution, le père Robleda me demanda l'origine de doutes si coupables.

Passant sous silence la gazette, je rappelai au jésuite qu'il m'avait parlé un peu plus tôt des prédictions concernant le pape angélique : cette conversation, lui expliquai-je, m'avait fait longuement réfléchir sur le destin et la prédestination. Je m'étais ainsi ressouvenu que l'influence des astres pouvait, aux dires de certains, déterminer les choses terrestres, ce qui rendait donc ces dernières tout à fait prévisibles. Je savais que l'Eglise rejetait ces affirmations, lesquelles comptaient, en vérité, au nombre des doctrines qu'elle condamnait ; mais le médecin Cristofano m'assurait que l'astrologie aidait grandement la pratique médicale, et qu'elle était donc bonne et utile. Voilà pourquoi, en me débattant parmi des thèses aussi contradictoires, j'avais pensé demander à Robleda ses éclaircissements et ses conseils.

« C'est bien, mon garçon, il convient toujours de s'adresser à la sainte mère l'Eglise pour affronter les incertitudes multiformes de l'existence. Etant donné le va-et-vient des voyageurs qui anime cette auberge, je devine que tu as souvent entendu parler des illusions que magiciens, astrologues et nécromanciens de tout acabit vendent aux esprits les plus simples. Mais il ne faut point que tu prêtes l'oreille à tous ces bavardages. Il existe deux astrologies : une fausse et une vraie. La première s'efforce de prévoir, en se fondant sur la date de naissance des hommes, leurs faits et leurs comportements futurs. C'est une doctrine mensongère et hérétique qui, comme tu le sais, est interdite depuis longtemps. En revanche, la vraie et bonne astrologie tente d'étudier le pouvoir des étoiles par l'observation de la nature à des fins de connaissance, et non de prévision. Et le fait que les étoiles influent sur les choses d'ici-bas est fort certain. »

Il y avait d'abord, expliqua Robleda, heureux de parler et d'étaler sa science, le flux et le reflux des marées, que tout le monde connaissait et qui était engendré par la vertu occulte de la lune. Pareille chose s'appliquait aux métaux dans les profondes entrailles de la terre, que la lumière et la chaleur du soleil n'atteignent pas, et qui sont donc produits grâce à l'influence des étoiles. Il est impossible d'expliquer de nombreuses autres expériences (qu'il était en mesure de rappeler *ad abundantiam*) si l'on n'admet pas l'intervention des influx célestes. Même la modeste plante de pouliot, d'après ce que nous rapporte Cicéron dans *De Divinatione*, ne fleurit que le jour du solstice d'hiver, le plus court de toute l'année. La météorologie démontre, elle aussi, le pouvoir des objets célestes sur les objets terrestres : le lever et le coucher des sept étoiles situées dans la constellation du Taureau que les Grecs appelèrent Hyades, sont ainsi ponctués d'abondantes pluies. Et que dire des animaux ? Personne n'ignore qu'au lever et au coucher de la lune, les huîtres, les crabes et d'autres animaux de ce genre perdent leur force vitale et leur vigueur. De plus, ce que Cristofano m'avait affirmé était vrai : Hippocrate et d'autres médecins fort illustres savaient qu'on observait pendant les solstices et les équinoxes des évolutions dramatiques dans les maladies. Ces thèses étaient confirmées, dit le jésuite, par l'angélique docteur Saint-Thomas, par Aristote dans *Météores*, par de nombreux philosophes et auteurs dont Domenico Soto, Iavello, Domenico Bagnes, Capreolo et d'autres encore, et j'apprendrais beaucoup d'autres choses en lisant *La vraie et la fausse astrologie*, ouvrage sage et véridique de son confrère Giovanni Battista Grassetti, publié quelques mois plus tôt.

« Mais si, comme vous le dites, la bonne astrologie ne contredit pas les enseignements de la religion chrétienne, objectai-je, il devrait donc y avoir une astrologie chrétienne.

— C'est le cas, répondit Robleda, satisfait de son étalage de savoir. Dommage que je n'aie pas emporté le *Zodiaque Chrétien enrichi ou les douze signes de la Divine Prédestination*, livre de très pure doctrine dû à l'esprit de mon confrère Jérémie Drexel et publié en cette sainte ville il y a près de quarante ans. »

Dans ce livre, expliqua Robleda, les douze signes de la tradition astrologique étaient enfin suppléés par autant de symboles de la véritable et unique religion : un cierge ardent, un crâne, un ciboire en or de l'Eucharistie, un autel nu et dévoilé, un rosier, un figuier, un plant de tabac, un cyprès, deux hampes unies par une couronne d'olives, un fléau avec des verges, une ancre et une cithare.

« Tels sont les signes du zodiaque chrétien ? demandai-je en contrefaisant l'étonné.

— Plus encore. Chacun d'eux est le symbole des valeurs éternelles de la foi. Le cierge ardent représente la lumière intérieure de l'âme immortelle, puisqu'il est écrit *Lucerna pedibus meis verbum tuum et lumen semitis meis*, le crâne est le symbole de la méditation de la mort, le ciboire en or indique la fréquence de la confession et de la communion, l'autel... regarde, tu as perdu quelque chose. »

En tirant mon chapelet de ma poche, j'avais fait tomber les quelques feuilles trouvées par Ugonio et Ciacconio.

« Oh, ce n'est rien, tentai-je de mentir. C'est une... une étrange épice qu'on m'a offerte au marché de la place Navone, il y a quelques semaines.

— Montre-la-moi », dit Robleda en s'emparant violemment d'une de ces feuilles.

Il la tourna et la retourna entre ses mains. « C'est curieux, finit-il par dire, je me demande comment elle a échoué ici.

— Pourquoi ?

— Cette plante ne pousse pas en Europe. Elle vient de loin, des Indes orientales, du Pérou.

— Et comment se nomme-t-elle ?

— *Mamacòca*. »

Le père Robleda me conta ainsi la surprenante histoire de la *mamacòca*, petite plante insolite qui prendrait beaucoup d'importance au cours des jours suivants.

Une fois les Indes occidentales conquises et les sauvages défaits (disciples de fausses religions et amateurs du blasphème), m'expliqua-t-il, alors que les missionnaires jésuites se lançaient dans leur sainte œuvre d'évangélisation, on s'attela incontinent à l'étude des innombrables variétés de végétales qui poussaient dans le Nouveau Monde. Un univers immense : si la vieille et importante *Matière médicale* de Dioscoride mentionnait en tout et pour tout trois cents plantes, le médecin Francisco Hernández était parvenu à dénombrer trois mille espèces végétales dans les dix-sept volumes de son *Historia natural de las Indias*.

Ces merveilleuses découvertes dissimulaient toutefois de graves embûches. Les colonisateurs étaient, en effet, incapables de distinguer les plantes des drogues, les tisanes des poisons, ainsi que, dans la population indigène, les médecins des nécromanciens. Les villages regorgeaient de sorciers qui, juraient-ils, étaient en mesure d'évoquer le démon ou de deviner l'avenir grâce au pouvoir des herbes et des racines.

« Comme les astrologues ! m'exclamai-je en espérant découvrir un lien avec les événements qui s'étaient succédé au *Damoiseau*.

— Mais non, l'astrologie n'est pas en cause ici, répondit Robleda, trompant mes attentes. Je parle de choses beaucoup plus graves. »

Selon les sorciers, en effet, il était possible d'employer chaque plante de deux façons : pour soigner une maladie ou pour voir le diable. Et les plantes adaptées à ce second but semblaient abonder dans les Indes occidentales.

Selon les indigènes, qui l'appelaient « champignon merveilleux », le *donanacal* (c'est ainsi que le père Robleda parut prononcer ce nom exotique) mettait celui qui l'absorbait en communication avec Satan. Le même soupçon pesait sur les graines d'*oliuchi* et sur un autre champignon, dit *peyote*. Les sorciers se servaient d'une plante dénommée *pate* pour écouter les oracles fallacieux des Enfers.

L'Inquisition décida donc de brûler les champs où l'on cultivait ces plantes interdites et, de temps à autre, un sorcier. Mais les champs étaient trop vastes, et les sorciers trop nombreux.

« On commença à craindre pour l'intégrité de la doctrine chrétienne ! » murmura Robleda d'une voix affligée, agitant la petite feuille de *mamacòca* sous mon nez, comme pour m'inviter à prendre garde du Malin.

A cause des plantes maudites, poursuivit-il, les sauvages christianisés et baptisés allaient jusqu'à blasphémer le nom sacré des docteurs de l'Eglise. A en croire certains, saint Bartolomé ne s'était rendu en Amérique que dans le dessein de découvrir ces plantes aux pouvoirs miraculeux. Saint Thomas avait également prêché au Brésil, où il avait trouvé des arbres dont les feuilles renfermaient des poisons mortels ; cependant, il les avait grillées et transformées en un médicament miraculeux. Les indigènes convertis à notre Foi absorbaient de puissantes drogues pendant la prière, ce qui était évidemment interdit par la doctrine. Bref, c'est ainsi que se répandirent de nouvelles hérésies, insolites et très dangereuses.

« Certains enseignaient même de nouveaux évangiles, dit Robleda d'une voix tremblante en me rendant la petite feuille d'un air dégoûté comme si elle était pestiférée. Ces évangiles blasphèmes, continua-t-il en se signant, affirmaient que le Christ avait dû s'enfuir, une fois devenu adulte, car les diables l'avaient assailli pour lui prendre son âme. Ne trouvant point son fils à son retour chez elle, Marie monta sur un petit âne et partit à sa recherche. Bien vite, elle perdit son chemin et pénétra dans une forêt, où, victime des atteintes de la faim et du froid, elle se sentit défaillir. Jésus la vit dans cet état et lui vint en aide : il bénit un arbuste de *mamacòca*, qui se dressait non loin de là. Le petit âne fut attiré par l'arbuste et refusa de s'en éloigner. Alors, Marie comprit que cet arbuste avait été béni pour elle. Elle en mastiqua quelques feuilles. Aussitôt, sa faim et sa fatigue s'évanouirent. Elle se remit en route et atteignit un village, où quelques femmes lui offrirent de la nourriture. Marie répondit qu'elle n'avait pas faim et montra le rameau béni de *mamacòca*. Elle en tendit une feuille aux femmes en disant : "Semez-la, elle produira des racines et engendrera un arbuste." Les femmes obéirent aux commandements de Marie. Quatre jours plus tard naquit un arbuste regorgeant de fruits. Et des fruits s'échappèrent des graines pour la culture de la *mamacòca*, à laquelle les femmes se consacrent encore.

— Mais c'est abominable, commentai-je. Blasphémer ainsi la Vierge et notre seigneur Jésus-Christ, dire qu'ils se nourrissaient des plantes des sorciers...

— Oui, tu l'as bien dit, c'est abominable, confirma le père Robleda en essuyant la sueur de ses joues et de son front. Mais il y a plus. »

Les espèces interdites étaient, en effet, si nombreuses que les colonisateurs (et les jésuites aussi, affirma Robleda avec résignation) n'y virent bientôt plus goutte. Qui savait reconnaître à coup sûr *oliuchi* et *donanacal*, *peyote* et *cocoba*, *pate* et *cola*, *iopo* et *maté*, *guaraná* et *mamacòca* ?

« La *mamacòca* était-elle également employée pour la prière ?

— Non, non, répondit-il avec un léger embarras. Elle servait à autre chose. »

Les feuilles de cet arbuste à l'aspect innocent, déclara le jésuite, possédaient le pouvoir stupéfiant de chasser la lassitude, d'éloigner la faim, de rendre joyeux et vigoureux ceux qui l'absorbaient. En outre, ainsi que l'avaient constaté les jésuites, la *mamacòca* affaiblit les douleurs, renforce les os brisés, réchauffe les membres et guérit les vieilles plaies qui commencent à se couvrir de vers. Enfin (c'était peut-être plus important, affirma Robleda), grâce à cette plante, travailleurs, ouvriers et esclaves étaient capables de besogner des heures et des heures sans se fatiguer.

Certains conquérants eurent donc l'idée d'exploiter le fléau, au lieu de l'extirper. La *mamacòca* permettait aux indigènes de résister à des efforts ineffables ; et les missions jésuites des Indes, observa Robleda, avaient un besoin incessant de travailleurs.

La consommation de cette plante fut donc légalisée. Les ouvriers indigènes furent payés en feuilles de *mamacòca*, qui avaient, à leurs yeux, plus de valeur que les pièces de monnaie, l'argent et même l'or. Le clergé reçut l'autorisation d'imposer des dîmes sur cette culture, et un grand nombre de rentes destinées aux prêtres et aux évêques furent acquittées grâce à la vente de ce produit.

« Mais n'était-ce pas un instrument de Satan ? objectai-je, interdit.

— Hep, bref... hésita Robleda, la situation était très compliquée, et il fallait choisir. En accordant plus de liberté aux indigènes dans l'usage de la *mamacòca*, on pouvait construire d'autres missions, mieux civiliser, bref gagner de plus en plus d'âmes à la cause du Christ. »

Je tournai et retournai la petite feuille sur la paume de ma main. Je la froissai et la portai à mes narines. Elle n'avait rien de particulier.

« Et comment cette feuille a-t-elle pu arriver à Rome ? demandai-je.

— Un navire espagnol en a probablement apporté un chargement au Portugal. Elle a pu ensuite prendre la route de Gênes ou des Flandres. C'est tout ce que je sais. J'ai reconnu cette plante, car l'un de mes confrères m'en a jadis montré un exemplaire, et j'ai vu les représentations que les missionnaires en ont fait dans les missives qu'ils envoyaient des Indes. Celui qui te l'a offerte en sait sans doute plus long que moi. »

Je m'apprêtais à prendre congé quand une dernière question me revint à l'esprit.

« Une seule question, père. Comment consomme-t-on la *mamacòca* ?

— Voyons, mon garçon, j'espère que tu n'as pas l'intention d'en faire usage !

— Non, père, c'était juste par curiosité.

— En général, les sauvages la mastiquent, après avoir pétri les feuilles avec de la salive et un peu de cendre. Mais il est fort possible qu'on l'absorbe d'une autre manière. »

✿❀❁✿

Je descendis préparer le repas, non sans m'être présenté auparavant à l'abbé Melani pour lui rapporter ce que le père Robleda m'avait appris.

« Intéressant, très intéressant, commenta Atto, le regard pensif. Même si je ne comprends pas encore où cela pourra nous mener. Nous devrons y réfléchir. »

A la cuisine, je trouvai Cristofano, allant et venant, comme à l'accoutumée, entre la cave et les fourneaux. Il était occupé à préparer des remèdes variés et, en vérité fort singuliers, contre la peste qui tenaillait Bedford. J'avais assisté, au cours de ces derniers jours, à un bouillonnement croissant de son labeur pharmaceutique ; désormais, le médecin siennois s'attachait à tout essayer. Je l'avais même vu piller la réserve de gibier de mon maître, sous prétexte qu'elle pourrirait et qu'en dissimuler la puanteur, ainsi que le faisait Pellegrino, était une coutume fatale à la santé. Il s'était ainsi emparé de perdrix grises, colombins, bécassines, francolins et cailles dans le seul dessein de les farcir de prunes damasquines et de griottes, puis, une fois les volatiles enfermés dans un sac en toile blanche, d'en écraser les chairs délicates sous une presse et d'en tirer un sirop qui, l'espérait-il, améliorerait la santé du pauvre Anglais. Jusqu'alors, ses tentatives d'élaborer un *remedium* efficace avaient toutes été vouées à l'échec. Quoi qu'il en soit, le jeune Bedford survivait.

Cristofano m'annonça que les autres pensionnaires lui

avaient paru en bonne santé, à l'exception de Domenico Stilone Priàso et de Pompeo Dulcibeni : le Napolitain s'était réveillé, la lèvre attaquée par les premiers symptômes du mal de fourmillement, tandis que le vieux gentilhomme de Fermo avait été victime d'une crise d'hémorroïdes, sans doute engendrée par le dîner que j'avais préparé à base de mamelles de vache. A ces deux maux, le même remède ; et nous allions confectionner du caustique.

« Il mortifie les ulcères putrides et corrosives, telles que l'herpès de fourmillement et les hémorroïdes, déclara-t-il avant de m'ordonner : *Recipe* du vinaigre très fort. »

Il mélangea ensuite le vinaigre avec de l'arsenic cristallin, des sels d'ammoniaque et de l'argent vif sublimé. Il broya le tout et le porta à ébullition dans un flacon.

« Bien. Il faut maintenant attendre que la moitié du vinaigre évapore. J'irai ensuite chez Stilone Priàso essuyer ses petites bulles à l'aide de ce caustique. Pendant ce temps, prépare le repas : j'ai déjà choisi à la cave des poules d'Inde appropriées aux conditions de nos pensionnaires. Fais-les cuire avec des racines de persil jusqu'à ce qu'elles prennent une couleur léonine et accompagne-les d'un potage de chapelure. »

Je me mis à l'ouvrage. Quand le caustique fut prêt, Cristofano me donna ses dernières instructions avant de monter chez Stilone Priàso. « J'aurai besoin de toi pour soigner Dulcibeni. Je t'aiderai donc à distribuer les repas. Cela t'évitera de perdre du temps, puisque les pensionnaires de cette auberge ont une propension à te retenir un peu trop avec leurs bavardages », conclut-il sur un ton significatif.

Après le dîner, nous allâmes nourrir Bedford. Nous fûmes ensuite grandement occupés par mon maître. Pellegrino ne semblait guère aimer le repas purifiant que le médecin avait préparé tout spécialement à son intention, une étrange bouillie grisâtre. Au moins, mon maître paraissait un peu plus vif. Les améliorations lentes et progressives de ces dernières heures ne contredisaient pas mes espoirs de le voir se ressaisir complètement. Il renifla la bouillie, puis il jeta un regard à la ronde, referma la main droite et la leva en rythme, pouce tendu, vers sa bouche. Pellegrino avait coutume de mimer par ce geste son désir d'une bonne beuverie.

Je m'apprêtai à l'inviter à plus de raison et de patience quand Cristofano m'arrêta d'un signe de la main.

« Ne vois-tu pas que son esprit est plus présent ? L'esprit appelle l'esprit : nous pouvons l'autoriser à boire un demi-verre de vin rouge.

— Mais il a bu autant qu'il a voulu jusqu'au jour où il est tombé malade !

— Justement. Le vin doit être consommé avec modération : il nourrit, fait digérer, revigore, réconforte, adoucit, égaie, éclaircit les idées et ravive l'esprit. Va donc prendre un peu de vin rouge à la cave, mon garçon, dit-il avec une trace d'impatience dans la voix. Un petit verre sera très profitable à Pellegrino. »

Tandis que je m'engageai dans l'escalier, le médecin s'écria : « Veille à ce qu'il soit frais ! A Messine, l'usage de la neige pour refroidir vin et nourriture a arrêté net les fièvres pestilentielles que causaient les obstructions des premières veines. Depuis, il meurt mille personnes de moins chaque année ! »

Je rassurai Cristofano : la neige pressée nous était tout aussi régulièrement fournie que le pain et les outres d'eau.

Je revins de la cave avec une petite carafe d'un bon vin rouge et un verre. Dès que je l'eus rempli, le médecin m'expliqua que le tort de mon maître avait résidé dans l'usage immodéré du vin, qui rend l'homme forcené, étourdi, luxurieux, babillard et homicidaire. On trouvait des buveurs modérés en les personnes d'Auguste et de César ; des buveurs immodérés en celles de Claudius Tiberius Nero et Alexandre, l'ivresse poussant parfois ce dernier à dormir deux jours de suite.

Après quoi, il attrapa le verre et en avala plus de la moitié d'une seule gorgée : « Il n'est pas mauvais, plutôt robuste et doux, dit-il en examinant la belle couleur rubis des quelques gouttes que son verre contenait encore. Comme je te le disais, la bonne dose de vin transforme les vices de la nature en leur contraire, raison pour laquelle l'homme impie devient pie ; l'avare, généreux ; le hautain, humble ; le nonchalant, zélé ; le timide, audacieux ; l'esprit taciturne et paresseux, rusé et disert. »

Il acheva de boire, remplit à nouveau son verre et en avala en toute hâte le contenu.

« Mais malheur si l'on boit après s'être plié aux fonctions corporelles ou avoir accompli l'acte sexuel, m'avertit-il en s'essuyant les lèvres du dos d'une main et en se servant, de l'autre, une troisième dose. Mieux vaut boire après avoir consommé des amandes amères et des choux ou, après le repas, des coings, des cotignacs, des grains de myrte, ou autre nourritures astringentes. »

Enfin, il administra quelques gouttes au pauvre Pellegrino.

Nous nous rendîmes ensuite auprès de Dulcibeni, que ma présence sembla légèrement contrarier. J'en compris bien vite la raison : le médecin l'avait prié de se découvrir les parties honteuses. Le vieux pensionnaire me jeta un coup d'œil et grommela. Devinant que j'avais troublé son intimité, je me retournai. Cristofano lui assura qu'il ne serait pas contraint de s'exposer à mon regard, et qu'il n'avait pas à se sentir gêné devant un médecin. Il l'invita ensuite à se placer à quatre pattes sur le lit, en s'appuyant sur les coudes afin que ses hémorroïdes puissent à être facilement accessibles. Dulcibeni obéit, certes à contrecœur, non sans avoir saisi auparavant sa tabatière. Cristofano m'ordonna de m'accroupir face au gentilhomme des Marches et de le tenir fermement par les épaules. En effet, le médecin ne tarderait pas à appliquer son caustique sur les hémorroïdes, et un mouvement brusque du patient risquait de faire couler le liquide sur ses bourses ou sa queue, qui seraient cruellement atteintes. En ouïssant l'avertissement du médecin, Dulcibeni réprima à grand-peine un frisson et prit nerveusement une pincée de son inséparable poudre.

Cristofano se mit à l'ouvrage. Comme prévu, Dulcibeni se débattait sous l'effet de la brûlure en poussant des gémissements brefs et pleins de retenue. Pour le distraire, le médecin tenta d'engager la conversation, lui demandant de quelle ville il était originaire, pour quelle raison il était descendu au *Damoiseau* en venant de Naples et ainsi de suite, des questions que la prudence m'avait interdit de lui poser. Dulcibeni (ainsi que l'abbé Melani l'avait prévu) répondit invariablement par des monosyllabes, laissant les sujets de conversation s'éteindre les uns après les autres sans fournir la moindre indication qui pût m'être utile. Le médecin aborda alors ce dont on ne cessait de discourir au cours de ces jours-là, à savoir le siège de Vienne. Il lui demanda ce qu'on en pensait à Naples.

« Je l'ignore, répondit Dulcibeni d'une voix laconique, ainsi que je l'avais imaginé.

— Mais voyons, on en parle depuis des mois dans l'Europe entière ! D'après vous, qui l'emportera ? Les fidèles ou les infidèles ?

— Les deux camps et aucun d'entre eux », dit-il avec une irritation manifeste.

Je me demandai si, une fois encore, Dulcibeni entamerait, après notre départ, un soliloque enflammé sur le thème qui paraissait tant le contrarier.

« Que voulez-vous dire par là ? insista toutefois Cristofano tandis que ses attouchements arrachaient un petit cri rauque à son patient. Dans une guerre, si l'on ne conclut pas de traité, il y a toujours un vainqueur et un vaincu. »

Le patient se cabra et il me fallut l'attraper par le col pour parvenir à le retenir. Je ne sus déterminer si la douleur l'avait agacé, ou si ce fut un autre motif. Quoi qu'il en soit, Dulcibeni préféra cette fois s'adresser à un être en chair et en os plutôt qu'à sa propre image réfléchie dans le miroir.

« Mais qu'en savez-vous ! On ne cesse de parler des chrétiens et des Ottomans, des catholiques et des protestants, des fidèles et des infidèles, comme si fidèles et infidèles existaient vraiment. En vérité, ils répandent tous le germe de la haine parmi les membres de l'Eglise : ici, les catholiques romains, là les gallicans, et ainsi de suite. Mais la cupidité et la soif de pouvoir ne professent pas d'autre foi que celle qu'elles ont en elles-mêmes.

— Voyons ! intervint Cristofano. Dire que chrétiens et turcs sont la même chose... si le père Robleda vous ouïssait ! »

Mais Dulcibeni ne l'écoutait pas. Tandis qu'il aspirait rageusement par les narines le contenu de sa tabatière, dont une partie tombait toutefois par terre, sa voix se colorait de temps à autre de rage comme pour riposter aux douloureuses brûlures que Cristofano lui infligeait. Tandis que je le tenais bien fermement, j'essayais de détourner les yeux de sa personne, ce qui n'était point aisé dans la posture qui était la mienne.

Soudain, l'austère patient se déchaîna contre les Bourbons et les Habsbourg, mais aussi contre les Stuart et les Orange, ainsi qu'il l'avait fait dans son invective aigre et solitaire contre leurs noces incestueuses. Le médecin défendant, en bon Toscan, les Bourbons (apparentés avec le duc de Toscane, son prince), il le repoussa en s'acharnant avec une haine particuliere contre la France.

« Qu'est devenue l'ancienne noblesse féodale, dont s'enorgueillissait tant cette nation ? Les nobles qui se pressent aujourd'hui à Versailles ne sont autres que des bâtards du roi ! Condé, Conti, Beaufort, le duc du Maine, le duc de Vendôme, le duc de Toulouse... On les nomme princes de sang. Mais de quel sang s'agit-il donc ? Celui des putains qui ont couché avec le Roi-Soleil ou avec son grand-père, Henri de Navarre ! »

Ce dernier, poursuivit Dulcibeni n'avait marché sur Chartres que dans le but d'obtenir Gabrielle d'Estrées, laquelle exigeait, avant de céder au roi, que son père fût nommé gouverneur de la ville, et son frère archevêque. Gabrielle d'Estrées, réussit à se vendre à prix d'or au roi, même si elle était déjà passée dans le lit d'Henri III (ce qui avait rapporté six mille ducats au vieux d'Estrées), du banquier Zamet, du duc de Guise, du duc de Longueville et du duc de Belleguarde. Et ce, malgré la réputation ambiguë de sa grand-mère, maîtresse de François Ier, du pape Clément VI et de Charles de Valois.

« Il n'y a donc rien d'étonnant, s'écria Dulcibeni, à ce que les grands feudataires de France aient voulu purger le royaume de ces cochonneries en poignardant Henri de Navarre. Mais il était trop tard ! Le pouvoir aveugle des souverains les aurait désormais spoliés et écrasés sans pitié.

— Il me semble que vous exagérez », rétorqua Cristofano en détournant les yeux de sa délicate opération et en examinant avec inquiétude son patient échauffé.

Je trouvais, moi aussi, que Dulcibeni y allait un peu fort. Certes, il était éreinté par les douloureuses brûlures que le caustique lui infligeait. Mais les observations paisibles et presque distraites du médecin ne méritaient pas sa colère bouillante. Le tremblement presque fébrile de ses membres montrait, en réalité, que Dulcibeni était victime d'un singulier état d'agitation nerveuse. Et le tabac qu'il prisait ne le radoucissait en rien. Je me promis de tout rapporter, dès que possible, à l'abbé Melani.

« A vous ouïr, ajouta Crirstofano, on croirait qu'il n'y a rien de bon à Versailles, ni dans aucune autre cour.

— Versailles, vous parlez de Versailles, où l'on offense chaque jour le noble sang des pères ! Que sont devenus les anciens chevaliers ? Les voilà, entassés par le Roi Très-Chrétien et par Colbert, son usurier, dans un seul palais royal, occupés à gaspiller leur apanage entre bals et parties de chasses, au lieu de défendre les fiefs de leurs glorieux ancêtres !

— En agissant de la sorte, Louis XIV a mis fin aux

conjurations, protesta Cristofano. Le roi, son grand-père, est mort poignardé, son père a été empoisonné, et il a été lui-même menacé par les nobles de la Fronde révoltés lorsqu'il était enfant !

— C'est vrai. Mais il s'est ainsi approprié leurs richesses. Et il n'a pas compris que les nobles, jadis éparpillés dans toute la France, menaçaient certes le souverain, mais en demeuraient la meilleure protection.

— Que voulez-vous dire par là ?

— Chaque souverain ne peut contrôler son royaume que s'il possède un vassal dans chaque province. Le Roi Très-Chrétien a fait le contraire : il a réuni toute l'aristocratie dans un sol corps. Et un corps n'a qu'une gorge : quand viendra le jour où le peuple voudra la trancher, un seul coup suffira.

— Voyons ! Cela ne se produira jamais, dit Cristofano d'une voix forte. Le peuple de Paris ne coupera jamais la tête aux nobles. Et le roi... »

Dulcibeni continua sans plus prêter l'oreille au médecin : « L'histoire, hurla-t-il presque, me faisant sursauter, n'aura pas pitié de ces chacals pourvus d'une couronne, qui se nourrissent depuis toujours de sang humain et d'infanticide, ces oppresseurs malfaisants d'un peuple d'esclaves, qu'ils ont mandés à la boucherie chaque fois qu'une de leurs viles passions incestueuses a déchaîné leur furie meurtrière. »

Il avait martelé toutes ses syllabes avec une fureur enflammée, les lèvres blêmes et contractées, le nez empoussiéré par ses nombreux reniflements.

Cristofano renonça à lui répondre : on aurait dit qu'on assistait à l'épanchement d'un esprit obscurci. En outre, le médecin avait achevé sa douloureuse tâche. Sans un mot, il glissa des linges de toile fine entre les fesses du gentilhomme des Marches qui, avec un grand soupir, s'affaissa, épuisé, sur le côté. Et il demeura ainsi, sans culotte, jusqu'à notre départ.

❧

Dès que je lui eus rapporté la longue harangue de Dulcibeni, Atto n'eut pas de doute : « Le père Robleda avait vu juste. S'il n'est pas janséniste, personne ne l'est.

— Pourquoi en êtes-vous si sûr ?

— Deux raisons. Primo, les jansénistes haïssent les jésuites. Et le discours de Dulcibeni contre la compagnie de Jésus que tu m'as conté l'autre jour me semble fort clair. Les jésuites sont des espions, des traîtres, favorisés par les papes, et ainsi de suite... la propagande habituelle contre l'ordre de Saint-Ignace.

— Vous voulez dire que c'est faux ?

— Au contraire, c'est entièrement vrai. Mais seuls les jansénistes ont le courage de le clamer. Et notre Dulcibeni n'a pas peur, d'autant plus qu'il n'y a qu'un seul jésuite dans les environs, ce poltron de père Robleda.

— Et les jansénistes ?

— Les jansénistes prétendent qu'aux origines l'Eglise était aussi pure que les ruisseaux qui coulent à proximité de la source. D'après eux, les vérités des Evangiles ne sont plus aussi évidentes qu'autrefois. Pour retourner à l'Eglise des origines, il faut donc se soumettre à des épreuves fort sévères : pénitences, humiliations, renoncements. Et tandis qu'on les supporte, on doit se rendre aux mains pitoyables de Dieu en renonçant à jamais au monde et en se sacrifiant à l'amour divin.

— Le père Robleda m'a dit que les jansénistes aiment la solitude...

— Exact. Ils sont enclins à l'ascèse, aux coutumes sévères et châtiées. Tu as sans doute remarqué combien Dulcibeni bouillonne de mépris chaque fois que Cloridia l'approche... ricana l'abbé. Il va de soi que les jansénistes haïssent au souverain degré les jésuites, lesquels s'autorisent toute liberté de conscience et d'action. Je sais qu'il y a un cercle important de disciples de Jansénius à Naples.

— C'est donc pour cette raison que Dulcibeni s'est établi dans cette ville.

— Possible. Dommage que les jansénistes aient été immédiatement accusés d'hérésie pour des questions théologiques que je ne vais pas t'expliquer aujourd'hui.

— Oui, je le sais. Dulcibeni pourrait donc être un hérétique.

— Ce n'est pas le plus important. Examinons plutôt notre deuxième motif de réflexion.

— C'est-à-dire ?

— La haine qu'il déverse sur les princes et les souverains. C'est un sentiment, comment dire ? par trop janséniste. La préoccupation des rois qui commettent des incestes, épousent des putains, engendrent des bâtards ; des nobles qui trahissent leur haut destin et se ramollissent. Ce sont des thèmes qui poussent à la rébellion, au désordre, aux échauffourées.

— Et alors ?

— Rien. Cela me paraît étrange. D'où viennent et surtout où peuvent mener ces paroles ? Nous savons beaucoup de choses à son sujet, et en même temps trop peu.

— C'est peut-être à ces idées que se rapportent le meurtre incité, les frères et sœurs, ainsi que la ferme.

— Tu veux dire les formules bizarres que nous l'avons entendu prononcer en compagnie de Tiracorda ? C'est possible. Nous le verrons cette nuit. »

Septième nuit

DU 17 AU 18 SEPTEMBRE 1683

La lumière vacillante des bougies filtrait à travers le cabinet de Tiracorda tandis que Dulcibeni s'asseyait et posait sur la table une bouteille remplie d'un liquide verdâtre. Le médecin fit claquer sur le bois les petits verres qui étaient demeurés vides lors de la dernière visite, la flasque de Dulcibeni s'étant brisée.

Comme la nuit précédente, Atto et moi nous étions blottis dans l'ombre de la pièce attenante. Notre intrusion chez Tirarcorda s'était révélée plus compliquée que prévu : pendant un long moment, l'une des donzelles qui vivaient chez le médecin avait rangé la cuisine, nous interdisant de quitter les écuries. Une fois que celle-ci fut montée au premier étage, nous patientâmes le temps de nous assurer que plus personne ne rôdait. C'est alors que Dulcibeni avait frappé à la porte d'entrée ; le maître de maison l'avait accueilli et mené à son cabinet, au premier étage, où nous les épions à présent.

Le début de leur conversation nous avait échappé. Voilà que les deux hommes se hasardaient à nouveau dans des considérations incompréhensibles. Tiracorda sirotait paisiblement sa boisson verdâtre.

« Alors, je répète, dit le médecin. Un champ blanc, une semence noire, cinq hommes sèment sous la direction de deux autres. C'est é-vi-dent.

— Inutile, inutile », se défendit Dulcibeni.

A mon côté, Atto Melani eut un léger sursaut, puis je le vis pester en silence.

« Alors, je vous le dis, reprit Tiracorda. L'écriture.

— L'écriture ?

— Mais oui ! Le champ blanc représente le papier, la semence n'est autre que l'encre, les cinq hommes qui travaillent sont les doigts de la main, et les deux qui dirigent : les yeux. Pas mal, n'est-ce pas ? Ha ha ha ha ha ! Haaaaaa ha ha ha ha ! »

Le vieil archiatre s'était à nouveau abandonné à son rire fangeux.

« Remarquable, oui », se contenta de commenter Dulcibeni.

C'est alors que je compris : Tiracorda et Dulcibeni badinaient avec des énigmes. A l'évidence, les mystérieuses phrases que nous avions entendues la nuit précédente appartenaient, elles aussi, à ce passe-temps innocent. Je regardai Atto et lus sur son visage la même déconvenue que la mienne : encore une fois, nous nous étions creusé la tête pour rien. Dulcibeni semblait toutefois moins aimer ces jeux que son compère ; tout comme la dernière fois, il tenta de changer de sujet de conversation.

« Très bien, Giovanni, très bien, reprit-il en remplissant à nouveau les verres. Et maintenant, dites-moi : comment se portait-il aujourd'hui ?

— Oh, rien de nouveau. Et vous, avez-vous bien dormi ?

— Le pcu que j'ai pu, répondit Dulcibeni sur un ton grave.

— Je comprends, je comprends, fit Tiracorda en avalant le contenu du petit verre et en se servant une nouvelle fois. Vous êtes si agité... Cependant vous ne m'avez pas tout raconté. Pardonnez-moi de remuer toujours le passé, mais pourquoi n'avez-vous pas demandé l'aide des Odescalchi pour votre fille ?

— Je l'ai fait, je l'ai fait, je vous l'ai déjà dit. Mais ils me répondirent qu'ils n'y pouvaient rien. Et puis...

— Ah oui, il y eut ensuite cette triste affaire, les coups de bâton, la chute... rappela Tiracorda.

— Ce ne fut pas une chute, Giovanni. Ils me frappèrent sur le cou et me jetèrent du second étage. C'est un miracle si je me suis sauvé, dit Dulcibeni, légèrement impatienté, versant encore un peu de vin dans le verre de son ami.

— Oui, oui, pardonnez-moi, votre fraise aurait dû me le rappeler. C'est la lassitude... » Tiracorda avait la bouche pâteuse.

« Ne vous excusez pas, Giovanni, écoutez-moi plutôt. Maintenant, c'est votre tour. J'en ai trois. »

Dulcibeni tira de sa poche un petit livre qu'il commença à lire d'une voix chaude et ronde :

Je compte bien vous dire de A à Z
ce que je suppose toujours nommer,
et si je prétends avoir assez de voix,
je ne suis à la fin que chiffon et fumée.
Mais il importe que des enfants je m'occupe,
car c'est pour eux que je me consume.
Et vous, maîtres, qui me rendez service,
vous savez bien que fils de moine je suis.

La lecture se poursuivit par deux, trois, quatre poèmes étranges, entrecoupés de brèves pauses.

« Qu'en dites-vous, Giovanni ? » finit par demander Dulcibeni après avoir lu toutes ces énigmes.

Il n'obtint pour réponse qu'un murmure courroucé et rythmique. Tiracorda dormait.

C'est alors que se produisit un fait imprévu. Au lieu de réveiller son ami, qui avait à l'évidence bu quelques verres de trop, Dulcibeni coula le livre dans sa poche et se dirigea sur la pointe des pieds vers le placard secret qui se trouvait dans le dos du médecin, lequel y avait puisé les deux petits verres, la nuit précédente. Dulcibeni l'ouvrit et s'agita autour de divers récipients contenant des épices. Il s'empara ensuite d'un pot en céramique sur lequel étaient dessinés les eaux d'un lac, des plantes aquatiques et des animaux bizarres que je ne parvins pas à distinguer. Il était perforé çà et là comme pour permettre à l'air de le transpercer. Dulcibeni approcha le pot de la bougie, en souleva le couvercle, en examina le contenu et le replaça dans le réduit, qu'il se remit à fouiller.

« Giovanni ! »

Une voix féminine stridente et fort désagréable, résonna dans l'escalier et parut se rapprocher. Paradisa, la redoutable épouse de Tiracorda arrivait sans nul doute. Dulcibeni se pétrifia pendant quelques instants. Tiracorda, qui semblait endormi, eut un sursaut. Dulcibeni réussit probablement à refermer le réduit secret avant que le médecin ne se réveille et ne le découvre la main dans le sac. Atto et moi ne pûmes toutefois assister à la scène : pris encore une fois entre deux feux, nous nous jetâmes un regard désespéré.

« Giovanniiii ! » répéta Paradisa, de plus en plus proche. L'inquiétude devait être également à son comble dans le cabinet de Tiracorda : nous entendîmes un remue-ménage contenu mais frénétique de chaises, tables, bouteilles et verres. Le médecin occultait les preuves de son méfait.

« Giovanni », déclama enfin Paradisa d'une voix qui évoquait un ciel nuageux, tandis qu'elle faisait son entrée dans l'antichambre à l'instant même où Melani et moi nous allongions, face contre terre, sous une rangée de chaises, alignées contre le mur.

« Ô pécheurs, ô malheureux, ô âmes perdues ! répétait Paradisa en avançant aussi solennellement qu'une prêtresse jusqu'à l'entrée du cabinet de Tiracorda.

— Mais, ma femme, nous avons l'ami Pompeo parmi nous...

— Tais-toi, fils de Satan ! cria Paradisa. Mon nez ne me trompe pas. »

Ainsi que nous parvînmes à l'entendre depuis notre inconfortable posture, la femme commença à fouiller le cabinet, bougeant chaises et tables, ouvrant et refermant avec fracas portes, battants et coffrets, frappant bibelots et objets d'ornement, à la recherche des preuves du méfait. Tiracorda et Dulcibeni tentaient inutilement de la radoucir, lui assurant que personne n'avait jamais songé à boire autre chose que de l'eau en ces lieux.

« La bouche, fais-moi sentir ta bouche ! » s'écria Paradisa. Le refus de son époux provoqua quantité de crieries et un grand vacarme.

C'est alors que nous résolûmes de quitter notre cachette et de fuir en silence, mais à toutes jambes.

* * *

« Les femmes, les femmes, malédiction ! Et nous, nous sommes pires qu'elles. »

Deux ou trois minutes s'étaient écoulées, et nous commentions déjà, dans les souterrains, les faits auxquels nous avions assisté. Atto était furibond.

« Je vais te dire ce qu'étaient les mystères de Tiracorda et Dulcibeni. Le premier, celui de la nuit dernière, tu t'en souviens ? consistait à deviner le rapport entre "entrer ici muet" et "meurtre incité". Solution : une anagramme.

— Une anagramme ?

— Bien sûr. Les lettres d'une phrase disposées dans un ordre différent pour en former une autre. Le deuxième jeu est une épreuve d'intelligence : un père a sept filles ; si chacune d'elles a un frère, combien d'enfants a ce père ?

— Sept par deux, quatorze.

— Pas du tout. Il en a huit, comme l'a dit Tiracorda, car le frère de l'une est le frère de toutes les autres. Ce ne sont que des sornettes. L'énigme que Dulcibeni a lue ce soir, et qui commence par "Je compte bien vous dire de A à Z" est extrêmement facile : la solution est le dictionnaire.

— Et les autres ? demandai-je, surpris par la célérité d'Atto.

— Qu'est-ce que ça peut faire ? s'écria-t-il. Je ne suis tout de même pas un voyant ! Une seule chose nous intéresse : pourquoi Dulcibeni a-t-il soûlé Tiracorda et fouillé dans son placard secret ? Et nous l'aurions appris si cette folle de Paradisa n'était pas arrivée. »

Je me ressouvins à cet instant qu'on ne savait pas grand-chose de Paradisa dans la via dell'Orso. A la lumière de ce que nous avions vu et entendu chez Tiracorda, je compris pourquoi elle ne sortait presque jamais de chez elle.

« Et maintenant, que faisons-nous ? demandai-je en observant le pas rapide avec lequel Atto me précédait sur le chemin de l'auberge.

— Il n'y a qu'un moyen pour éclairer notre lanterne : allons explorer la chambre de Pompeo Dulcibeni. »

Le seul risque de cette opération consistait, naturellement, dans le retour subit de Dulcibeni. Mais nous nous fiions à la rapidité de notre pas, ainsi qu'à la lenteur du vieux gentilhomme des Marches, qui aurait sans doute fort à faire pour quitter la demeure de Tiracorda.

« Pardonnez-moi, monsieur Atto, l'interpellai-je au bout de quelques minutes, mais que croyez-vous trouver dans la chambre de Pompeo Dulcibeni ?

— Tu me poses parfois des questions vraiment stupides. Nous nous attachons à résoudre l'un des mystères les plus terribles de l'histoire de France, et tu me demandes ce que nous allons trouver ! Qu'est-ce que j'en sais ? Une information sur ce galimatias sans doute : Dulcibeni ami de Tiracorda, Tiracorda médecin du pape, le pape ennemi de Louis XIV, Devizé élève de Corbetta, Corbetta ami de Marie-

Thérèse et de la Grande Mademoiselle, Louis XIV ennemi de Fouquet, Kircher ami de Fouquet, Fouquet ami de Dulcibeni, Fouquet qui voyage avec Devizé, Fouquet ami de l'abbé que tu as devant toi... cela ne te suffit pas ? »

Atto avait besoin de s'ouvrir à moi, et donc de parler.

« Et puis, la chambre de Dulcibeni, poursuivit-il, a également été celle du surintendant. L'aurais-tu oublié ? »

Il ne me laissa point le temps de répondre. Déjà, il ajoutait : « Pauvre Nicolas, son destin est d'être sondé, même après sa mort.

— Que voulez-vous dire par là ?

— Durant les vingt années que Fouquet passa à Pignerol, Louis XIV n'eut de cesse de faire fouiller sa cellule de toutes les manières possibles.

— Et que cherchait-il donc ? » demandai-je dans un murmure de surprise.

Melani s'arrêta et entonna un air fort triste du maître Rossi :

Infelice pensier,
chi ne conforta ?
Ohimé !
Chi ne consiglia [1] *?*

En soupirant, il lissa son pourpoint, s'essuya le front et tendit ses bas rouges.

« Si seulement je savais ce que le roi cherchait ! répondit-il ensuite d'une voix inconsolable. Mais il faut que je t'explique. Il y a encore des choses que tu dois apprendre », ajouta-t-il après avoir retrouvé son flegme.

C'est ainsi que, pour combler mon ignorance, Atto Melani me conta le dernier chapitre de l'histoire de Nicolas Fouquet.

Le 27 décembre 1664, une fois le procès clos et la sentence de détention à perpétuité proclamée, Fouquet quitte définitivement Paris pour la forteresse de Pignerol, entre deux ailes d'une foule qui l'acclame en pleurant. Le mousquetaire d'Artagnan l'accompagne. Pignerol est situé sur le territoire piémontais, aux confins du royaume. Nombreux furent ceux qui s'interrogèrent sur le choix d'un lieu aussi

---

1. Pensée malheureuse/ qui m'en console ?/ Hélas !/ Qui me conseille ? (*N.d.T.*)

éloigné et, qui plus est, dangereusement voisin de la frontière avec les Etats du duc de Savoie. En vérité, plus que la fuite, le roi craignait les amis de Fouquet, et Pignerol représentait la seule opportunité de le soustraire à jamais à leur aide.

On lui attribue pour geôlier l'un des mousquetaires de l'escorte qui l'avait conduit d'une prison à l'autre pendant le procès : Benigne d'Auvergne, seigneur de Saint-Mars, que d'Artagnan a personnellement recommandé au roi. Saint-Mars sera doté de quatre-vingts soldats pour veiller sur un seul prisonnier, Fouquet. Il en référera directement au ministre de la Guerre, François-Michel Le Tellier, marquis de Louvois.

Les conditions de détention de Fouquet sont extrêmement dures : on lui interdit toute communication avec le monde extérieur, qu'elle soit orale ou écrite. Pas le moindre visiteur de quelque sorte que ce soit pour aucune raison au monde. Il n'a même pas le droit de respirer un peu d'air frais dans l'enceinte de la forteresse. Il pourra lire, mais seulement les ouvrages que le roi lui autorisera, et un ouvrage après l'autre. En revanche, il ne pourra pas écrire : chaque fois que le prisonnier restituera un livre, celui-ci sera feuilleté page après page par le fidèle Saint-Mars pour le cas où Fouquet y aurait noté quelque chose, ou souligné un mot. Il faudra veiller à ce qu'aucun objet servant à écrire ne soit introduit dans sa cellule. Sa Majesté se chargera de pourvoir à sa garde-robe, qui sera mandée à Pignerol à chaque changement de saison.

Dans cette citadelle perdue, le climat est âpre. Fouquet n'a pas le droit de se dégourdir les jambes ; contrainte à l'immobilité, la santé du surintendant se détériore rapidement. Malgré tout, on lui refuse les soins de son médecin personnel, Pecquet. Fouquet obtient toutefois des herbes pour se soigner. On lui accorde également la compagnie de deux valets, qui avaient accepté par fidélité de partager le sort de leur maître.

Louis XIV connaît la fascination que l'esprit de Fouquet exerce sur ceux avec qui il s'entretient. S'il lui est impossible de refuser au prisonnier le réconfort de la foi, il recommande que son confesseur soit fréquemment changé, de façon à éviter que le surintendant ne l'attire dans son camp et ne le transforme en lien avec le monde extérieur.

En juin 1665, la foudre s'abat sur la forteresse et fait voler en éclat un dépôt de poudre. C'est un massacre. Fouquet et ses valets se jettent par la fenêtre. Les probabilités d'échapper à ce saut dans le vide sont minces, et pourtant les trois hommes sont sains et saufs. Dès que la nouvelle parvient à Paris, l'on colporte des poèmes et l'on crie au miracle : Dieu a voulu épargner le surintendant et donner au roi un signe de sa volonté. Fouquet libre ! invoquent nombre de Parisiens. Mais le roi ne cède pas, au contraire : il persécute les auteurs du tumulte.

La forteresse doit être reconstruite. Fouquet passe donc un an chez le commissaire à la guerre de Pignerol, puis dans une autre prison.

Pendant les travaux, les cendres des meubles de Fouquet révèlent à Saint-Mars ce dont l'intelligence du surintendant est capable. Il mande sans différer à Louvois et au roi les petits trésors d'ingéniosité que la cellule de l'Ecureuil a livrés : des billets que Fouquet a rédigés en employant des os de chapon en guise de plume et du vin mélangé à de la suie en guise d'encre. Le prisonnier a même réussi à confectionner une encre sympathique et à se pratiquer une cachette pour ses écrits dans le dossier de sa chaise.

« Mais qu'essayait-il donc d'écrire ? demandai-je, surpris et ému par ces pitoyables stratagèmes.

— On ne l'a jamais su, répondit Atto. Tout ce qui fut intercepté fut mandé au roi en grand secret. »

Le roi commande alors, continua Melani, qu'on fouille quotidiennement Fouquet. Il ne lui reste plus que la lecture. On lui permet de consulter une Bible, une histoire de France, quelques livres italiens, un dictionnaire de rimes françaises ainsi que les œuvres de saint Bonaventure (mais on lui refuse saint Jérôme et saint Augustin). Il commence à apprendre le latin et des rudiments de pharmacie à l'un de ses valets.

Mais Fouquet est en tout et pour tout un écureuil : sa ruse et son habileté ne s'arrêtent pas là. Aiguillonné par Louvois, qui connaît bien le surintendant et ne parvient pas à croire qu'il ait baissé les bras, Saint-Mars inspecte soigneusement son linge. Il trouve sur lui des rubans de passementerie remplis d'une écriture minuscule et découvre grande quantité d'inscriptions sur la doublure de son gilet. Le roi ordonne immédiatement qu'on remette à Fouquet des vêtements et du linge de couleur noire. Nappes et serviettes seront numérotées afin qu'il ne se les approprie pas.

Saint-Mars s'en prend aux deux valets, qui le pressent

de requêtes et tentent sans cesse de favoriser leur maître, auquel ils sont dévoués corps et âme.

Les années passent, ce qui n'amenuise cependant pas la peur du roi que Fouquet ne lui échappe. Il n'a pas tort : vers la fin 1669, une tentative d'évasion est déjouée. On ignore qui l'a fomentée, peut-être sa famille, mais d'après certaines rumeurs, madame de Sévigné et mademoiselle de Scudéry n'y seraient pas étrangères. C'est un vieux serviteur, émouvant exemple de fidélité, qui se sacrifie. Il se nommait La Forêt et avait accompagné le surintendant au moment de son arrestation à Nantes. Après l'arrestation, il avait marché des heures et des heures pour éviter les mousquetaires qui bloquaient Nantes et rallier ainsi le relais de poste le plus proche, d'où il avait joint Paris en galopant à bride abattue. Et ce, pour être le premier à annoncer la funeste nouvelle à la pieuse mère de Fouquet. Ensuite, La Forêt était allé attendre sur la route la voiture qui conduisait son maître à Pignerol, afin de pouvoir le saluer une dernière fois. Emu par ce geste, d'Artagnan avait fait arrêter le convoi pour permettre aux deux hommes d'échanger quelques mots.

La Forêt est donc le seul à ne pas avoir perdu espoir. Il arrive à Pignerol sous une fausse identité et parvient à se procurer un informateur à l'intérieur de la forteresse, à communiquer par gestes avec son maître adoré, à travers la fenêtre. Mais sa tentative est déjouée, et le pauvre homme pendu sans différer. La vie de Fouquet s'obscurcit : on condamne ses fenêtres. Il lui sera désormais impossible de voir le ciel.

Son état de santé se détériore. En 1670, sur l'ordre du roi, Louvois se rend en personne à Pignerol. Au terme de six années de refus et d'interdits, Louis consulte enfin le vieux médecin du surintendant, Pecquet.

« C'est étrange. Le roi ne voulait-il donc pas que Fouquet meure ?

— Une seule chose est certaine. Dès lors, Louis semble se soucier de la santé du pauvre Ecureuil. Les amis du surintendant qui n'étaient pas tombés en disgrâce, tels que Pomponne (tout juste nommé secrétaire d'Etat), Turenne, Chéqui, Bellefonds et Charost, reviennent à l'attaque et adressent des pétitions au Roi Très-Chrétien. Mais le tournant de l'affaire doit encore arriver. »

En 1671, les prisonniers spéciaux de Pignerol sont

désormais au nombre de deux. Soudain, la forteresse accueille un autre personnage illustre : le comte de Lauzun.

« Parce qu'il avait épousé en cachette la Grande Mademoiselle, la cousine du roi, intervins-je en me ressouvenant de la précédente narration de l'abbé.

— Bien, je vois que tu as bonne mémoire. C'est maintenant que l'histoire devient intéressante. »

Après avoir soumis Fouquet à plusieurs années d'isolement, voilà que le roi lui accorde un compagnon de cachot, une résolution véritablement inexplicable. Plus étrange encore : la cellule qu'on attribue à Lauzun dans l'immense forteresse jouxte celle de Fouquet.

On pouvait tout dire sur le compte de Lauzun, si ce n'est que c'était un personnage ordinaire. Cadet gascon, à l'origine, bon à rien, vantard et imbu de lui-même, il avait eu la fortune d'être sympathique au roi alors que Louis était encore très jeune, et de devenir son compagnon de jeux. Séducteur de quatre sous, il avait toutefois réussi à circonvenir la Grande Mademoiselle, la très riche et très laide cousine du roi, alors âgée de quarante-quatre ans. C'est un prisonnier difficile, et il tient à le montrer sans différer, faisant preuve d'un comportement tempétueux, bruyant, insultant. Dès son arrivée, il met le feu à sa cellule, endommageant par la même occasion une poutre de celle de Fouquet. Il entreprend ensuite de simuler pitoyablement des maladies, ou la folie, dans le but manifeste de s'évader. Saint-Mars, dont l'expérience de geôlier se limite au surintendant, est incapable de dompter Lauzun et, face à autant de furie, rebaptise Fouquet « l'agnelet ».

Bien vite (mais on ne le découvrirait que beaucoup plus tard), Lauzun parvient à communiquer avec Fouquet à travers un trou creusé dans le mur.

« Comment est-il possible que personne ne s'en soit aperçu, protestai-je avec incrédulité, en considérant la surveillance dont Fouquet faisait quotidiennement l'objet ?

— Je me le suis demandé moi aussi à plusieurs reprises », en convint l'abbé Melani.

Une année s'écoule. En octobre 1672, Sa Majesté autorise Fouquet et son épouse à tenir une correspondance. Mais leurs lettres seront d'abord lues par le roi, qui s'arroge le droit de les transmettre ou de les détruire. Ce n'est pas tout. Sans aucune raison logique, après douze mois de détention de plus, le roi fait livrer à Fouquet des ouvrages consacrés à la situation politique récente. Peu après, Louvois envoie à Saint-Mars une lettre destinée au surintendant et lui ordonne de fournir au prisonnier du papier si celui-ci lui en réclame pour sa réponse. C'est ce qui se produisit : le surintendant écrivit et manda à Louvois deux mémoires.

« Que contenaient-ils ?

— Personne ne réussit à le savoir, même si l'on murmura à Paris que les deux écrits avaient été remis en ville. Mais on apprit ensuite que Louvois les avait renvoyés en prétendant qu'ils ne présentaient aucun intérêt pour le roi.

— Un geste inexplicable, commenta Melani. Premièrement, parce qu'un mémoire se jette s'il se révèle inutile. Deuxièmement, parce qu'il est évident que Fouquet avait donné de bons conseils au roi.

— Le roi a peut-être voulu l'humilier encore une fois, imaginai-je.

— A moins que le roi n'exigeât une information que Fouquet s'était gardé de lui donner. »

Cependant, les concessions ne s'interrompent pas. En 1674, Louis autorise les époux Fouquet à s'écrire deux fois par an, même si leurs lettres continuent de passer entre ses mains. L'état de santé du surintendant se détériore encore, ce qui effraie le roi : s'il ne lui permet pas de quitter sa cellule, il lui dépêche un médecin de Paris.

A partir de novembre 1677, Fouquet obtient enfin le droit de prendre l'air pendant une heure. Et en compagnie de qui ? Mais de Lauzun, naturellement, et les deux hommes auront aussi tout loisir de converser ! A condition cependant que Saint-Mars écoute leurs paroles et les rapporte fidèlement.

Les gracieuses concessions du roi se multiplient. Désormais, on livre même à Fouquet des numéros du *Mercure galant* et autres gazettes. Il semble que Louis ait l'intention de tenir le surintendant à connaissance des événements importants qui se succèdent en France et en Europe. Louvois recommande à Saint-Mars de mettre l'accent sur les victoires militaires du Roi Très-Chrétien, lors de ses entretiens avec le prisonnier.

En décembre 1678, Louvois communique à Saint-Mars sa volonté d'établir une libre correspondance avec Fouquet : leurs lettres seront rigoureusement closes et secrètes, raison pour laquelle Saint-Mars devra seulement veiller à ce qu'elles parviennent à destination.

Un mois plus tard, le geôlier ébahi reçoit un mémoire rédigé de la main même du roi à propos des conditions de détention à appliquer à Fouquet et Lauzun. Les deux hommes pourront se rencontrer et bavarder à leur guise, se promener non seulement dans l'enceinte de la forteresse, mais aussi dans toute la citadelle. Ils pourront lire ce qu'ils souhaiteront, et, s'ils le désirent, les officiers de la garnison seront contraints de leur tenir compagnie. Ils pourront réclamer et obtenir n'importe quel jeu de société et de hasard.

Plusieurs mois s'écoulent. Une autre ouverture se présente : Fouquet se voit autoriser à correspondre librement avec toute sa famille.

« Nous étions désormais au comble de l'émotion, à Paris, dit Atto Melani. Et nous étions presque sûrs que le surintendant serait bientôt libéré. »

Quelques mois plus tard, en mai 1679, une autre annonce imprévue : le roi permet à la famille de Fouquet de lui rendre visite. Ses amis exultent. Les mois se succèdent, une année passe. Le souffle court, on attend la libération de l'Ecureuil, en vain. On commence à craindre un piège, peut-être élaboré par l'habituel Colbert.

La grâce n'arrivera pas. En revanche, la nouvelle de la mort subite de Nicolas Fouquet dans sa cellule de Pignerol, dans les bras de son fils, s'abat comme la foudre et calcine les cœurs. C'était le 23 mars 1680.

« Et Lauzun ? demandai-je tandis que nous nous engagions dans le puits vertical qui conduisait à l'auberge.

— Eh oui, Lauzun. Il demeura quelques mois encore en prison. Puis il fut libéré.

— Je ne comprends pas. Il semble avoir été emprisonné dans le seul but de cohabiter avec Fouquet.

— Bien deviné. Mais pourquoi ?

— Eh bien, je ne sais pas... peut-être pour le faire parler. Pour soutirer à Fouquet ce que le roi voulait savoir, quelque chose qui...

— Suffit. Tu as maintenant compris pourquoi nous allons fouiller la chambre de Pompeo Dulcibeni. »

La fouille à laquelle nous nous livrâmes fut beaucoup moins ardue que nous ne l'avions prévu. Je me postai dans le couloir tandis qu'Atto pénétrait dans la chambre du gentilhomme des Marches, armé d'une bougie. Je l'entendis s'agiter longuement, s'interrompant de temps à autre. Je le rejoignis au bout de quelques minutes, rongé aussi bien par la crainte que par la curiosité.

Atto avait déjà passé au peigne fin une grande partie des objets personnels de Pompeo Dulcibeni : vêtements, livres (dont les trois petits volumes provenant de la bibliothèque de Tiracorda), des restes de nourriture, un passeport permettant à son propriétaire d'aller du royaume de Naples à l'Etat de l'Eglise, ainsi que des gazettes. L'une d'elles s'intitulait *Relation de ce qui s'est produit entre les armées de l'empereur et celle des Ottomans le 10 juillet 1683.*

« Elle parle du siège de Vienne », murmurai-je à l'oreille de l'abbé Melani.

Les autres gazettes, plus d'une douzaine, étaient également consacrées à ce sujet. Nous achevâmes d'examiner la chambre en toute hâte ; aucun objet d'importance ne semblait arrêter nos regards. J'invitais l'abbé Melani à abandonner nos recherches quand je le vis se pétrifier au centre de la pièce, se grattant le menton d'un air pensif.

Soudain, il s'élança vers l'armoire et, trouvant le coin des vêtements sales, s'y jeta littéralement, tâtant et froissant le linge à laver. Il s'empara de deux caleçons longs en mousseline et entreprit de les palper. Bientôt, ses mains se concentrèrent sur l'une des bandes passantes où l'on glissait le ruban qui soutenait l'ensemble.

« Voilà. Ils puaient, mais cela en valait la peine », dit-il avec satisfaction en extrayant des culottes de Dulcibeni un petit serpentin plat. Il s'agissait de feuilles de papier pliées et comprimées. L'abbé les déroula et entreprit de les lire à la lueur de sa bougie.

Je mentirais au lecteur de ces pages si je lui cachais que l'image de ces instants demeure aussi vive que confuse dans ma mémoire.

Nous commençâmes à feuilleter avidement, presque de concert, la lettre que ces quelques feuilles formaient. C'était un long discours en latin, rédigé d'une main sénile et hésitante.

« *Optimo amico Nicolao Fouquet... mumiarum domino... tributum extremum... secretum pestis... secretum morbi... ut lues debelletur...* c'est incroyable, vraiment incroyable », murmura l'abbé Melani.

Ces mots m'étaient en partie familiers. Toutefois, l'abbé me pria de retourner dans le couloir de manière à l'avertir en temps voulu du possible retour de Dulcibeni. Je me postai donc au dehors, les yeux braqués sur l'escalier. J'ouïssais Atto marmonner des expressions de surprise et d'incrédulité pendant qu'il achevait sa lecture.

Hélas, ce que j'étais accoutumé à redouter se produisit. Se bouchant le nez et la bouche, les yeux gonflés et écarquillés, l'abbé Melani sortit brusquement de la chambre et me glissa la lettre entre les mains. Il se démena à plusieurs reprises, réprimant un éternuement désespéré et fort dangereux.

Mes yeux se posèrent sur la fin de la missive, qu'Atto Melani n'avait sans doute pas eu le temps de lire. Mais l'agitation et les pirouettes bizarres avec lesquelles l'abbé tentait de résister à son épanchement bénéfique, me brouillaient les idées, et je ne compris pas grand-chose à ce que je lisais. Mon regard alla directement à la conclusion : des mots qui, cette fois, ne m'étaient pas inconnus, *mumiarium domino*. Enfin, presque incrédule, je déchiffrai la signature : *Athanasius Kircher I.H.S.*

A la limite de ses forces, Atto m'indiqua le caleçon de Dulcibeni, à l'intérieur duquel je me hâtai de replacer la lettre. Nous ne pouvions, évidemment, la dérober : Dulcibeni s'en apercevrait et sa riposte serait imprévisible. Ayant quitté la chambre et refermé la porte à clef, Atto Melani céda enfin à un éternuement sonore, libératoire et triomphal. La porte de Cristofano s'ouvrit.

Je dévalai l'escalier et me précipitai dans la cuisine. J'ouïs le médecin apostropher l'abbé Melani : « Que faites-vous donc dans le couloir ? »

L'abbé dut recourir à toute sa faconde pour mettre sur pied une excuse maladroite : il allait justement trouver le médecin car une crise d'éternuement l'empêchait de respirer.

« Ah oui, alors pourquoi vos chaussures sont-elles toutes souillées ? demanda Cristofano, la voix brisée.

— Oh, euh, hum... en effet, elles se sont un peu salies pendant le voyage de Paris jusqu'ici... et je ne les ai pas fait nettoyer, voilà, avec tout ce qui est arrivé... balbutia Atto. Mais je vous en prie, ne parlons pas ici. Nous risquons de réveiller Bedford. »

En effet, l'Anglais dormait non loin de là. Le médecin marmonna quelques mots et j'entendis sa porte se refermer. Il avait sans doute invité l'abbé à l'accompagner dans sa chambre. Ils en ressortirent quelques minutes plus tard.

« Cette histoire ne me plaît guère. Nous allons voir qui s'amuse à jouer le somnambule », murmura Cristofano en frappant à une porte.

La voix ensommeillée de Devizé lui répondit, du dedans.

« Ce n'est rien, pardonnez-moi, juste un petit contrôle », dit le médecin.

J'avais des sueurs froides. C'était maintenant le tour de Dulcibeni. Cristofano frappa à sa porte.

Celle-ci s'ouvrit : « Oui ? »

Pompeo Dulcibeni était rentré.

⁂

Dès que les eaux se furent calmées, je montai dans ma chambre pour attendre Atto Melani. Ce que nous craignions s'était, hélas, produit : Cristofano avait surpris Atto déambulant dans l'auberge et, pis encore, Dulcibeni avait assisté à ce remue-ménage nocturne. Il avait sans doute regagné sa chambre pendant qu'Atto se trouvait dans celle de Cristofano, et moi-même un peu plus bas, dans l'escalier, ce qui m'avait empêché de l'ouïr. Le gentilhomme des Marches avait dû descendre la volée de marches qui séparait le réduit de sa chambre, au premier étage, d'un pas feutré en se déplaçant dans le noir. Un épisode bizarre, mais possible.

En revanche, il était incroyable que Dulcibeni ait pu rentrer à temps après avoir erré dans les souterrains, s'être attardé chez Tiracorda et avoir à nouveau parcouru les galeries en se hissant de ses propres forces à travers la trappe, en cheminant dans le noir et en gravissant des escaliers raides, sans aucune aide. Il avait un physique robuste et beaucoup de souffle. Trop de souffle, pensai-je, pour un homme de son âge.

Je n'eus pas à patienter longtemps avant de revoir l'abbé Melani. Il était courroucé d'avoir été surpris par Cristofano d'une façon aussi stupide et grotesque, et d'avoir éveillé de la sorte les soupçons de Dulcibeni.

« Et si Dulcibeni s'enfuit ?

— Je ne crois pas qu'il le fera. Il craint que Cristofano ne donne l'alarme et que, de peur des châtiments du Bargello, nous nous unissions à lui, dévoilant ainsi le passage souterrain et la trappe qui mènent directement chez son ami Tiracorda. Ce qui pourrait compromettre irrémédiablement ses mystérieux plans. Après cette nuit, Dulcibeni tentera de mettre rapidement ses projets en pratique. Nous devons demeurer vigilants.

— Mais nous avons fait une grande découverte en dénichant la lettre dans son caleçon, ajoutai-je en reprenant ma bonne humeur. A propos, par quel mystère avez-vous trouvé aussi rapidement sa cachette ?

— Je constate que tu n'aimes pas réfléchir. En compagnie de qui Dulcibeni s'est-il présenté à l'auberge ?

— De Devizé. Et de Fouquet.

— Bien. Et où Fouquet cachait-il ses billets quand il était emprisonné à Pignerol ? »

Je songeai à la narration que l'abbé Melani m'avait faite une heure plus tôt : « Dans les chaises, dans la doublure de ses vêtements et dans son linge de corps !

— Justement.

— Cela signifie donc que Dulcibeni sait tout de Fouquet. »

L'abbé acquiesça avec évidence.

« Ainsi, il a menti en racontant aux hommes du Bargello, le matin où nous avons été enfermés, qu'il avait fait la connaissance du vieux Français peu de temps auparavant.

— Exactement. Ce degré d'intimité nous apprend que Dulcibeni et le surintendant se connaissaient, en réalité, depuis longtemps. N'oublie pas que Fouquet était en mauvaise santé, au terme de vingt années de prison. Je ne crois pas qu'il se soit beaucoup promené avant de s'établir à Naples. Il a sans doute cherché un abri anonyme dans un cercle de jansénistes, des ennemis acharnés de Louis XIV, qui sont fortement enracinés dans cette ville.

— C'est là qu'il aurait fait la connaissance de Dulcibeni, à qui il aurait révélé ensuite son identité, conclus-je.

— Exactement. Leur amitié remonte donc à environ trois ans, et non à deux mois ainsi que Dulcibeni voudrait nous le laisser entendre. Et maintenant, si Dieu nous assiste, nous viendrons à bout de cette affaire. »

Il me fallut alors confesser à l'abbé Melani que je n'étais pas certain d'avoir compris la signification de la lettre que nous avions furtivement lue dans la chambre de Dulcibeni.

« Mon pauvre garçon, tu ne peux te passer d'un maître à penser. Mais peu importe. Il en sera également ainsi quand tu seras gazetier. »

Ainsi qu'il me l'avait conté les jours précédents, Atto avait rencontré Kircher quatre ans plus tôt, alors que le vieillard avait perdu l'esprit. La lettre que nous venions de lire dans la chambre de Dulcibeni était, semblait-il, le résultat des pitoyables conditions mentales dans lesquelles versait le grand scientifique : elle était adressée au surintendant des Finances Nicolas Fouquet, comme s'il n'était jamais rien arrivé au pauvre Ecureuil.

« Il avait perdu le sens du temps, expliqua Atto, comme ces vieillards qui se croient redevenus enfants et qui réclament leur maman. »

Toutefois, le contenu de la lettre ne laissait guère de place au doute. Sentant qu'il s'éloignait des choses terrestres, il adressait à son ami Fouquet un dernier remerciement. En effet, rappelait le jésuite, Fouquet avait été le seul puissant à croire en sa théorie. Mieux, sous l'effet de l'admiration, le surintendant s'était jeté aux pieds de Kircher, quand celui-ci lui avait exposé la grande découverte de sa vie : le *secretum pestis*.

« J'ai peut-être compris ! me hâtai-je de conclure. C'est le traité que Kircher consacre à la peste. Dulcibeni en a parlé au début de la quarantaine : selon Kircher, la peste ne dépend pas des miasmes et des humeurs malsaines, mais de petits êtres, *vermiculi animati*, ou quelque chose de ce genre. Tel est peut-être le secret de la peste : les *vermiculi* invisibles.

— Tu fais une lourde erreur, rétorqua Atto. La théorie des *vermiculi* n'a jamais été un secret. Kircher l'a publiée il y a près de trente ans dans le *Scrutinium phisico-medicum contagiosae luis quae pestis dicitur*. La lettre que possède Dulcibeni est beaucoup plus importante : Kircher y annonce qu'il sait *praevenire, regere* et *debellare*.

— C'est-à-dire prévenir, régler et vaincre la peste.

— Très bien. Tel est le *secretum pestis*. Mais pour ne pas oublier ce que je suis parvenu à lire, je suis passé dans ma chambre avant de venir ici et j'ai consigné par écrit les phrases les plus importantes. »

Il montra un papier sur lequel il avait griffonné des mots et des bouts de phrases en latin :

secretum morbi
morbus crescit sicut mortales
augescit patrimonium
senescit ex abrupto
per vices pestis petit et regreditur

ad infinitum renovatur
secretum vitae arcanae obices celant

« Selon Kircher, expliqua Atto, la maladie de la peste
naît, vieillit et meurt de la même façon que les hommes.
Mais elle se nourrit à leurs dépens : lorsqu'elle est jeune et
forte, elle s'efforce d'accroître le plus possible ses richesses,
à l'instar d'un prince cruel qui exploite ses sujets, et provoque des victimes et des massacres infinis avec l'épidémie.
Puis elle s'affaiblit et décline comme un pauvre vieillard au
bout de ses forces. Enfin, elle meurt. L'épidémie est
cyclique : elle assaille les peuples, se repose, repart à l'attaque
quelques années plus tard, et ainsi de suite *ad infinitum*.

— Alors, c'est une sorte de... bref, une chose qui ne
cesse de tourner en rond.

— Exact. Une chaîne circulaire.

— Mais alors, la peste ne pourra jamais être extirpée,
contrairement aux promesses de Kircher.

— Il n'en va pas ainsi. On peut altérer le cycle en recou-
rant au *secretum pestis*.

— Et comment agit-il ?

— D'après ce que j'ai lu, il se divise en deux : le *secretum morbi*, pour répandre la peste, et le *secretum vitae*, pour
la soigner.

— Un maléfice pestilentiel et son antidote !

— Exactement.

— Mais, bref, comment agissent-ils ?

— Je ne l'ai pas compris. Ou plutôt, Kircher ne l'a pas
expliqué. Dans la lettre, il n'insiste que sur un seul point.
Le cycle de la peste présente, à son terme, quelque chose
d'inattendu, de mystérieux, d'étranger à la doctrine médicale : après être parvenue à son comble, la maladie *senescit
ex abrupto*, décline brusquement.

— Je n'y comprends goutte, c'est tellement bizarre,
commentai-je. Pourquoi Kircher n'a-t-il pas publié ses
découvertes ?

— Peut-être craignait-il qu'on en fasse mauvais usage.
Il est facile d'être dépouillé d'une chose aussi précieuse, une
fois le manuscrit remis à l'imprimeur. Et si ces secrets
avaient échoué dans de mauvaises mains, tu peux imaginer
les désastres que cela aurait entraînés pour le monde entier.

— Il devait donc nourrir une grande estime pour Fouquet s'il ne se confiait qu'à lui !

— Il suffisait de converser une seule fois avec l'Ecureuil pour être conquis. Kircher ajoute toutefois que le *secretum vitae* est dissimulé par des *arcanae obices*.

— *Arcanae obices*, Cela signifie "mystérieux obstacles". A quoi fait-il donc allusion ?

— Je n'en ai pas la moindre idée. Ce terme appartient peut-être au jargon des alchimistes, des nécromanciens ou des disciples de la spagirie. Kircher connaissait les religions, les rites, les superstitions et les diableries du monde entier. A moins que *arcanae obices* ne soit une expression codée, que Fouquet pouvait déchiffrer après avoir lu la lettre.

— Mais Fouquet ne pouvait pas la recevoir, objectai-je, lorsqu'il était à Pignerol.

— Bonne observation. Et pourtant, quelqu'un a bien dû la lui remettre puisque nous l'avons trouvée dans les affaires de Dulcibeni. Il n'y a qu'une seule explication : l'homme qui contrôlait toute sa correspondance a résolu de la lui donner. »

Je gardai le silence, n'osant point tirer de conclusion.

« Et cet homme n'est autre que Sa Majesté le roi de France, ajouta Atto en avalant sa salive comme s'il était épouvanté par ses propres paroles.

— Mais alors, balançai-je, le *secretum pestis*...

— Tel était ce que le roi exigeait de Fouquet. »

En prononçant son nom, Atto semblait avoir déchaîné dans l'auberge le Roi Très-Chrétien, fils aîné et préféré de l'Eglise, le projetant avec une rafale de vent glaciale et rageuse à travers une lucarne, prêt à emporter ce qu'il restait encore du pauvre Fouquet entre les murs du *Damoiseau*.

« *Arcanae obices, arcanae obices* », chantonnait Melani la mine songeuse en tapotant sur ses genoux.

— Monsieur Atto, l'interrompis-je, croyez-vous que Fouquet ait fini par révéler le *secretum pestis* au roi ?

— *Arcanae...* comment ? Je l'ignore, je l'ignore vraiment.

— C'est peut-être parce qu'il a confessé, que Fouquet est sorti de prison.

— Eh bien, la nouvelle de son évasion aurait dû se répandre immédiatement. Les choses se sont peut-être passées de la sorte : quand Fouquet est arrêté, on trouve sur lui des lettres d'un mystérieux prélat qui parlent du secret de la peste. Ces missives ont sans doute été conservées par Colbert. Si j'avais disposé de plus de temps lorsque j'ai pénétré dans le cabinet du *Colubra*, je les aurais probablement dénichées.

— Et puis ?

— Et puis, le procès de Fouquet a commencé. Et nous savons maintenant pourquoi le roi et Colbert ont tout fait pour que Fouquet ne soit pas condamné à l'exil : ils voulaient qu'il soit emprisonné afin de lui extorquer le *secretum pestis*. En outre, n'ayant point démasqué le mystérieux ecclésiastique, ils ne pouvaient s'adresser qu'au surintendant. S'ils avaient su qu'il s'agissait de Kircher...

— A quoi le secret de la peste leur aurait-il servi ? »

C'était parfaitement évident, s'enflamma Atto : le contrôle de la peste aurait permis à Louis XIV de régler ses comptes une fois pour toutes avec ses ennemis. Le rêve d'exploiter la peste à des fins militaires n'était pas nouveau, ajouta-t-il, il remontait même à plusieurs siècles. Thucydide racontait déjà que lorsque leur ville avait été anéantie par la maladie, les Athéniens soupçonnaient leurs ennemis du Péloponnèse de l'avoir déchaînée en empoisonnant leurs puits. En des temps plus récents, les Turcs s'étaient efforcés (mais sans grands résultats) de s'emparer de villes assiégées en projetant des cadavres de pestiférés au dedans de leurs enceintes.

Fouquet avait eu entre les mains l'arme secrète dont le Roi Très-Chrétien aurait pu se servir avec une joie sans pareille pour ramener à la raison l'Espagne et l'Empire, pour écraser la Hollande de Guillaume d'Orange.

Si les conditions de détention de Fouquet avaient été si cruelles, c'était seulement dans le dessein de lui arracher son secret et de l'empêcher de le révéler à l'un de ses nombreux amis. Voilà pourquoi il lui était interdit d'écrire. Mais Fouquet ne cédait pas.

« Pourquoi aurait-il dû ? s'interrogea pompeusement l'abbé Melani. Garder le secret était sa seule garantie de demeurer en vie ! »

Le surintendant avait peut-être nié pendant des années qu'il savait réellement répandre la peste. A moins qu'il n'eût esquissé un certain nombre de demi-vérités afin de gagner du temps et d'obtenir des conditions de détention moins cruelles.

« Mais alors, pourquoi a-t-il été libéré ? demandai-je.

— La lettre du vieux Kircher, désormais sénile, était arrivée à Paris, et Fouquet n'avait plus pu nier, au risque de sa vie et de celle de sa famille. Il est possible que le surintendant ait fini par céder et qu'il ait promis au roi le *secretum pestis* en échange de sa libération. Mais il n'a pas respecté le pacte, semble-t-il. Voilà pourquoi... pourquoi les informateurs de Colbert l'ont poursuivi.

— Le contraire ne pourrait-il pas être vrai ? hasardai-je.

— Que voudrais-tu dire par là ?

— C'est peut-être le roi qui n'a pas respecté le pacte...

— Cela suffit. Je ne puis te permettre de croire que Sa Majesté... »

Brusquement emporté par un tourbillon de mystérieuses pensées, Atto n'acheva pas sa phrase. Je compris que sa fierté ne pouvait souffrir l'exposition de mon hypothèse, à savoir que le roi avait promis au surintendant de le libérer en échange du secret, dans l'intention toutefois de le faire tuer incontinent après. Ce qui ne s'était pas produit pour une seule raison : ainsi que je commençais à l'imaginer fébrilement, Fouquet avait prévu cette manœuvre et, sans doute aidé par ses amis, était parvenu de manière extravagante à échapper à l'embuscade. Mais mon imagination m'entraînait peut-être trop loin. Je scrutai le visage de l'abbé. Le regard droit devant lui, il suivait le même raisonnement que moi, j'en étais certain.

« ... En tous les cas, une seule chose est sûre, dit-il soudain.

— Quoi ?

— D'autres individus sont impliqués dans la fuite de Fouquet et dans le *secretum pestis*. Et ils sont nombreux. Tout d'abord, Lauzun, qui a certainement été envoyé à Pignerol dans le dessein d'obtenir la confession de Fouquet. En échange, il retrouverait sa riche petite femme. Devizé, ensuite, qui a accompagné Fouquet ici, au *Damoiseau*. Peut-être Corbetta, le maître de Devizé, qui était, comme son élève, dévoué à la pauvre reine Marie-Thérèse et féru de cryptographie. N'oublie pas, en effet, que le *secretum vitae* a été d'une certaine façon occulté par les *arcanae obices*. Et puis, Devizé a menti dès le début : te ressouviens-tu de ses mensonges à propos des théâtres vénitiens ? Enfin, Dulcibeni, confident de Fouquet, qui dissimule dans ses caleçons la lettre consacrée au *secretum pestis*, et qui, malgré sa condition de marchand, parle de la peste comme s'il était Paracelse en personne. »

Il s'interrompit pour reprendre un peu d'haleine. Il avait la bouche sèche.

« A votre opinion, Dulcibeni connaît-il le *secretum pestis* ?

— C'est possible. Quoi qu'il en soit, il est tard désormais pour poursuivre cette conversation.

— Toute cette histoire me paraît absurde, dis-je pour tenter de l'adoucir. Ne craignez-vous point d'élaborer trop de suppositions ?

— Je te l'ai déjà dit. Pour comprendre les affaires d'Etat, il faut considérer les faits sous un angle différent. Ce qui importe, ce n'est pas ce que tu penses, mais pourquoi tu le penses. Personne ne sait tout, pas même les rois. Et dans l'ignorance des faits, tu dois apprendre à supposer, même les vérités qui semblent à prime abord les plus absurdes. Ainsi, tu découvriras sans faire erreur que tout est dramatiquement vrai. »

Le visage terreux, il sortit en scrutant le couloir à droite et à gauche, comme s'il craignait qu'on lui tendît un piège. Mais la peur d'Atto Melani, qui avait fini par se manifester sans frein, ne me semblait plus aussi mystérieuse. Je ne lui enviais plus sa mission secrète, ses accointances dans les cours, son savoir d'homme d'action et d'intrigues.

Il était venu à Rome afin de servir le roi de France et d'enquêter sur un mystère. Pour le résoudre, il savait à présent qu'il devait enquêter sur le roi.

Huitième journée

18 SEPTEMBRE 1683

Le lendemain, je me réveillai en proie à une inquiétude aussi certaine que fébrile. En dépit des longues réflexions qu'Atto et moi avions mûries, la nuit précédente, et le peu de sommeil qui m'était encore une fois autorisé, j'étais parfaitement vigilant et prêt à l'action. En réalité, je ne savais guère en quoi je pouvais être utile : les innombrables mystères qui flottaient dans le *Damoiseau* nous interdisaient de prendre la moindre résolution. Des présences menaçantes ou inaccessibles (Louis XIV, Colbert, la reine Marie-Thérèse et Kircher) avaient fait irruption dans l'auberge et dans nos vies. Le fléau de la peste ne cesserait de nous tourmenter et de nous affliger ; en outre, certains pensionnaires arboraient des apparences et des comportements indéchiffrables ou suspects. Comme si cela ne suffisait pas, la gazette astrologique de Stilone Priàso promettait pour les jours à venir des événements désastreux et mortels.

Tandis que je descendais l'escalier pour me rendre à la cuisine, j'ouïs l'abbé Melani chanter d'une voix faible mais chagrinée :

Infelice pensier, chi ne conforta ?
Ohimé ! Chi ne consiglia ?...

Atto devait se sentir, lui aussi, égaré et abattu. Et bien plus que moi ! Je poursuivis en toute hâte, évitant de m'attarder sur ces décourageantes réflexions. Comme à l'accoutumée, je prêtai une aide diligente à Cristofano dans la préparation et la distribution des repas. J'avais bouilli et frit dans de l'huile des escargots avec de l'ail écrasé, de la menthe, du persil, des épices et un quartier de citron. Ce plat plut aux pensionnaires.

Je travaillai avec ardeur, comme soutenu par un excès de chaleur vitale. Ces dispositions d'âme et de corps si bénéfiques furent couronnées par un événement aussi joyeux qu'inattendu.

« Cloridia t'a réclamé, annonça Cristofano après le dîner. Tu devrais te rendre chez elle sans différer. »

La raison d'une telle convocation (Cristofano le savait) était totalement futile. Je trouvai Cloridia occupée à se laver les cheveux, la tête penchée sur une bassine, son bustier à moitié délacé. La pièce baignait dans des effluves de douces essences. Je fus ébahi quand elle me pria de verser sur sa tête le vinaigre que renfermait une ampoule, posée sur sa table de toilette. Ainsi que je l'apprendrais plus tard, elle l'employait pour faire luire sa chevelure.

Tandis que je m'exécutais, je me ressouvins des doutes que les derniers mots de Cloridia avaient jetés dans mon esprit au terme de notre précédente rencontre. En me parlant des nombreux et extraordinaires caractères communs qu'elle avait relevés, en matière de numérologie, entre sa date de naissance et celle de Rome, elle avait évoqué un tort subi, lié à son retour dans cette ville. Elle m'avait ensuite expliqué qu'elle était descendue au *Damoiseau* en obéissant à une certaine *virga ardentis*, une verge ardente, également qualifiée de tremblante et de saillante. Ce que j'avais pris pour une allusion obscène, ne fût-ce qu'en raison du geste équivoque qui avait accompagné ses paroles. Je m'étais alors promis de tirer cette histoire au clair. Et voilà que Cloridia m'en fournissait elle-même l'occasion en me convoquant soudain.

« Passe-moi la serviette. Non, pas celle-là. L'autre, la plus petite, en lin épais », me commanda-t-elle en se tordant les cheveux.

J'obéis. Elle enveloppa sa tête dans ce linge après s'être essuyé les épaules.

« Accepterais-tu de me coiffer ? demanda-t-elle sur un ton doucereux. Mes cheveux sont tellement bouclés qu'il m'est presque impossible de les démêler toute seule sans les arracher. »

Je fus heureux de me charger d'une besogne aussi

agréable. Cloridia s'assit en me tournant son dos encore à moitié libéré des liens qui le comprimaient, et m'expliqua qu'il me faudrait commencer par les pointes pour remonter ensuite jusqu'à la racine des cheveux. C'était le moment approprié, me sembla-t-il, pour l'interroger sur les raisons de sa venue au *Damoiseau*. Je lui rappelai donc ce qu'elle m'avait déjà laissé entendre. Cloridia se plia à ma demande.

« Qu'est-ce que la verge ardente ou tremblante, dame Cloridia ? demandai-je.

— "Votre verge et votre bâton m'ont consolé", récita-t-elle. Psaume 22. »

Je poussai un soupir de soulagement.

« Tu ne sais pas ce que c'est ? Une simple branche de coudrier en forme de fourche, d'un pied et demi de long, grosse comme le doigt, et qui n'est pas de plus d'une année autant que cela se peut. On la nomme aussi verge de Pallas, caducée de Mercure, baguette de Circée, verge d'Aaron, bâton de Jacob. Et aussi verge divine, luisante, saillante, transcendante, tombante, supérieure, noms que lui donnèrent des Italiens qui travaillaient dans les mines d'argent vif de Trente et du Tyrol. On la compare au bâton augural des Romains, qui leur servait de sceptre, à la verge que Moïse employa pour faire jaillir l'eau du rocher ; au sceptre d'Assur, roi des Perses et des Mèdes, dont Esther obtenait tout ce qu'elle demandait, après en avoir baisé l'extrémité. »

Elle se lança dans une explication de rare et lucide doctrine. Car, je ne l'avais pas oublié, Cloridia n'était pas une simple prostituée, c'était une courtisane, et il n'y avait point d'autres femmes qui sussent joindre aux arts de l'amour une telle érudition.

« On emploie la verge depuis plus de deux cents ans pour découvrir des métaux, et depuis un siècle pour l'eau. Mais tout le monde le sait. En revanche, on l'emploie depuis des temps immémoriaux pour capturer les criminels et les assassins dans grand nombre de pays lointains, dans les terres d'Idumée de Sarmatie, Gétulie, Gothie, Rhétie, Raphia, Ibérie, Sileste, Basse Cyrénaïque, Marmaride, Mantiane, Confluence, Prufuik, Alexandrie Majeure, Argenton, Phrygie, Galatie, Cuspie, Livonie, Caspérie, Sérique, Brixia, Trapézonte, Syrie, Cilicie, Mutina, Arabie heureuse, Malignes dans le Brabant, Liburnie, Schiavonia, Ossiana, Pamphylie, Garamantes et enfin Lydie, qui s'appelait *olim* Méonie, où se trouvent les fleuves Hermès et Pactole, que les poètes ont tant célébrés. En Gédrosie, un assassin a

même été suivi pendant plus de quarante-cinq lieues terrestres et plus de trente lieues marines, avant d'être capturé.
La verge avait permis de retrouver le lit où il avait dormi,
la table où il avait mangé, sa vaisselle et ses vases. »

Cloridia m'apprit ainsi que cette mystérieuse verge agit
en vertu de la porosité des corps, lesquels ne cessent de se
séparer en particules impalpables à travers des émanations
continuelles. En effet, il existe entre les corps visibles et les
êtres inconcevables et inintelligibles un genre intermédiaire
d'agents volatils, très fins et très actifs qu'on nomme corpuscules, ou particules de la matière, atomes, matière subtile. Ces corpuscules sont fort mystérieux mais très utiles. Il
s'agit parfois d'une émanation de la substance même dont
ils tirent leur origine ; ou d'une substance tierce, qui
conduit la vertu de la matière irradiante vers la matière
absorbante. Les esprits animaux, par exemple, ont une substance tierce, que le cerveau (qui en est le réservoir) distri-
bue dans les nerfs et de là dans les muscles afin de produire
dans l'animal les divers mouvements que nous y admirons.
Parfois, en revanche, ces corpuscules se trouvent dans l'air
qui environne la matière irradiante, laquelle exploite cet air
comme un véhicule pour amener sa propre empreinte à la
matière absorbante.

« C'est ainsi, par exemple, qu'agissent la cloche et son
battant. Le battant agite l'air voisin. Celui-là pousse, à son
tour, l'air qui le jouxte, et ainsi de suite jusqu'à ce qu'il
vienne heurter, comme un marteau, au tympan de l'oreille
et y produise le son, dont nous avons alors le sentiment »,
expliqua Cloridia.

Eh bien, c'étaient ces corpuscules qui produisaient la
sympathie et l'antipathie, ainsi que l'amour.

« En effet, la recherche du voleur et de l'assassin se
fonde sur l'antipathie. Il m'est arrivé de voir au marché
d'Amsterdam un troupeau de pourceaux grogner contre un
boucher qui les avait approchés, et se lancer sur lui autant
que la corde qu'ils avaient au cou le leur permettait. Et ce,
parce que ces pourceaux avaient perçu les corpuscules
d'autres pourceaux fraîchement tués par le boucher, corpuscules qui avaient rempli les habits de l'homme, agitant
l'air tout autour de lui et irritant le groupe de pourceaux
vivants. »

De même, appris-je non sans stupeur, le sang d'un
homme assassiné ou seulement blessé (ou d'une femme à
qui l'on a fait violence) se met en mouvement et coule de la

plaie en la présence du malfaiteur. Les esprits et les corpuscules qui jaillissent du sang de la victime enveloppent le
bourreau et s'agitent fortement à cause de l'horreur que suscite un individu aussi cruel et sanguinaire, permettant ainsi
à la verge de le poursuivre et de le retrouver facilement.

La verge est dotée de telles qualités même lorsque le
crime a été commis indirectement ou à distance, par exemple s'il a été incité, ou s'il découle d'actes et de décisions
ayant entraîné la mort ou des blessures sur une ou plusieurs
personnes. Mais il faut pour cela qu'elle parte du lieu où le
crime a été perpétré. En effet, l'esprit des coupables est
agité par les alarmes mortelles que cause l'horreur de leur
crime, et par la peur éternelle de l'ultime supplice qui,
comme le disent les Saintes Ecritures, monte toujours la
garde devant la porte de l'âme scélérate.

« *Fugit impius nemine persequente* : l'impie fuit, même
si personne ne le poursuit », cita Cloridia avec une doctrine
inattendue, soulevant la tête et laissant ses pupilles briller.

De même, c'est en vertu de l'antipathie qu'une queue
de loup, suspendue dans une étable, empêche les bœufs de
manger ; que la vigne fuit le chou ; que la ciguë s'écarte de
la rue, et quoique le suc de la ciguë soit un poison mortel,
qu'il ne nuit nullement si, après l'avoir bu, on avale du suc
de rue. Telle est l'antipathie qui rend inconciliables le scorpion et le crocodile, l'éléphant et le pourceau, le lion et le
coq, le corbeau et le hibou, le loup et la brebis, le crapaud
et la belette.

« Mais ainsi que je l'ai dit, les corpuscules produisent
aussi de la sympathie et de l'amour, continua Cloridia, qui
déclama :

Il est des nœuds secrets, il est des sympathies
dont par le doux accord les âmes assorties
s'aiment et l'une et l'autre et se laissent piquer
par ces je ne sais quoi qu'on ne peut expliquer.

« Eh bien, mon cher, ce sont les corpuscules que nous
n'arrivons pas à expliquer. Selon Jean-Baptiste Porta, il
existe une grande sympathie entre le palmier mâle et le palmier femelle, entre la vigne et l'olivier, entre le figuier et le
myrte. Et c'est par sympathie qu'un taureau en furie
s'apaise sur-le-champ si on l'attache à un figuier, et qu'un
éléphant s'adoucit à la vue d'un bélier. Sache aussi, dit-elle
sur un ton plus doux, que, selon Cardan, le lézard a de la

sympathie pour l'homme. Il se plaît à le voir et à chercher sa salive, qu'il boit avec avidité. »

Tout en parlant, elle avait tendu le bras, saisi la main avec laquelle je la peignais en m'attirant à son côté.

« De même, poursuivit-elle comme si de rien n'était, l'affection, ou la secrète attirance, qui nous envahit impérieusement en présence de certaines personnes dès les premières rencontres, est engendrée par les esprits ou les corpuscules que l'autre émet et qui impriment doucement l'œil ou les nerfs au point d'arriver au cerveau et de procurer une sensation agréable. »

Les mains tremblantes, j'entrepris de lui peigner les tempes.

« Et tu sais quoi ? ajouta-t-elle d'une voix suave. Une telle attirance a le pouvoir magnifique de transformer l'objet de nos désirs en un être parfait et vertueux, à nos yeux. »

Personne sans doute ne me jugerait jamais parfait, me répétais-je mentalement en essayant de réprimer ma violente émotion. J'étais incapable de dire un mot.

Cloridia appuya légèrement la tête contre ma poitrine et soupira.

« Il faut maintenant que tu démêles les cheveux de ma nuque, sans me faire mal : les mèches y sont plus entrelacées, mais aussi plus fragiles et plus sensibles. »

Elle m'invita à m'asseoir devant elle, sur son haut lit, et posa la tête sur mes cuisses, le visage vers le bas, montrant son cou. Encore étourdi et confus, je sentis la chaleur de son souffle sur mon aine. Je me remis à peigner ses boucles, la tête totalement vide.

« Je ne t'ai pas encore exposé la manière d'employer la verge avec succès, continua-t-elle d'une voix lente tout en se mettant plus à son aise. Sache avant tout que la nature n'a qu'un seul mécanisme dans toutes ses opérations, et c'est la seule qui puisse expliquer le mouvement de la verge. Il convient, avant tout, de tremper la pointe de la verge dans une matière, si possible humide et chaude (comme le sang ou d'autres humeurs) ayant un rapport avec ce que l'on cherche. En effet, le toucher est parfois plus révélateur que les yeux. On saisit ensuite la verge entre deux doigts en la plaçant à la hauteur de son ventre. On peut également la porter sur le dos de la main en équilibre, mais, à mon opinion, cela n'est point efficace. Il faut ensuite marcher doucement dans la direction où l'on croit que se trouve l'objet de nos recherches. On doit aller en avant et en arrière, en bas et en haut, à plusieurs reprises, jusqu'à ce que la verge se soulève. On obtient ainsi l'assurance de s'être engagé dans la bonne direction. En effet, la verge a la même inclination que l'aiguille d'une boussole : elle répond à l'attraction de l'aimant. Il est important de ne pas aller brusquement, parce que l'on romprait le vol des vapeurs et des exhalaisons qui s'élèvent du lieu recherché, qui imprègnent la verge et la soulèvent dans cette direction. Il est bon, de temps en temps, de tenir les deux cornes situées à la base de la verge, mais sans trop serrer, de façon que le dos de la main soit tourné vers la terre, et en veillant à ce que la pointe de la verge aille toujours devant. Tu dois aussi savoir que la verge ne tourne pas dans toutes les mains. Il faut posséder un don particulier et beaucoup d'art. Elle refusera ainsi de bouger dans des mains qui exsudent une transpiration d'une matière grossière, âcre et abondante, car ces corpuscules brisent la colonne des vapeurs, des exhalaisons et des fumées. Parfois, elle refuse aussi de se mouvoir dans les mains de la même personne qui l'a employée souvent avec succès. Bien sûr, cela ne s'est jamais produit avec moi. Mais il arrive qu'un élément dérange la constitution de celui qui doit manier la verge et fasse fermenter son sang plus violemment. Quelque chose, dans les aliments ou dans l'air, peut produire des sels âcres et acides. Un travail trop violent, des veilles ou des études peuvent aussi engendrer une transpiration âcre et raide qui passe dans les interstices de la verge et y fait rebrousser le chemin aux vapeurs, l'empêchant de se mouvoir. Et cela, parce que la verge agit sur les corpuscules invisibles, à l'instar d'un microscope. Si tu voyais le spectacle, quand elle parvient enfin à... »

Cloridia s'était interrompue. Cristofano frappait à la porte.

« J'ai cru entendre un cri. Tout va bien ? demanda en haletant le médecin, qui avait gravi l'escalier en courant.

— Rien d'inquiétant. Notre pauvre apprenti s'est blessé en m'aidant, mais ce n'est rien du tout. Je vous salue bien, monsieur Cristofano, et merci », répondit Cloridia avec un rire subtil.

J'avais crié. Et je gisais maintenant, épuisé par le plaisir et la honte, sur le lit de Cloridia.

J'ignore quand et comment je pris congé. Je me ressouviens seulement du sourire de Cloridia et de la tendre tape qu'elle me donna sur la tête avant de refermer la porte.

En proie aux sentiments les plus discordants, je filai avec la rapidité de l'éclair dans ma chambre pour changer de culotte. Je ne pouvais courir le risque d'être surpris par Cristofano souillé de façon si obscène. C'était un bel après-midi tiède et, presque à mon insu, je m'assoupis à moitié dévêtu sur ma couche.

⁂

Je me réveillai une heure plus tard. Je passai chez l'abbé Melani pour lui demander s'il avait besoin de quelque chose. En vérité, le souvenir de son chant affligé me remplissait de peine et je désirais soulager sa solitude. Mais c'est de bonne humeur que je le trouvai.

> *A petto ch'adora*
> *è solo un bel guardo.*
> *É solo un bel guardo* [1] *!...*

Gazouilla-t-il d'un air joyeux en guise de salutation. Je le regardai sans comprendre.

« Il me semble t'avoir entendu au lointain, hum, souffrir ce matin. Tu as effrayé Cristofano, le sais-tu ? Il était sur le pas de la porte en ma compagnie, lorsque ton cri a retenti là-haut, dans la petite tour de Cloridia...

— Oh, mais ne croyez pas, monsieur Atto, protestai-je en rougissant, dame Cloridia ne...

— Mais oui, bien sûr, fit l'abbé en prenant brusquement un ton sérieux. La blonde Cloridia n'a rien fait. Il suffit d'un regard captivant à "une poitrine qui adore", comme l'a bien dit le *seigneur** Luigi, mon maître. »

Accablé par la honte, je m'éloignai, concentrant toute ma haine sur Melani.

À la cuisine, je me heurtai à un Cristofano pâle et inquiet.

« L'Anglais se porte mal. Très mal, articula-t-il à ma vue.

— Mais tous les soins que vous lui avez dispensés...

— Rien. Mystère. Inutiles, mes prodigieux *rimedia*. Tu as compris ? Bedford se meurt. Et nous ne sortirons plus

---

1. À une poitrine qui adore/ ce n'est qu'un beau regard./ Ce n'est qu'un beau regard !... (*N.d.T.*)

d'ici. Notre sort est scellé. Notre sort à tous », dit-il d'une voix qui n'avait rien de naturel.

Non sans inquiétude, je remarquai ses terribles poches, son regard vide et égaré ; il semblait avoir perdu l'usage des verbes et s'exprimait de manière irrégulière.

En effet, la santé de l'Anglais ne s'était guère améliorée, et le patient n'avait pas repris connaissance. Je jetai un coup d'œil à la ronde : la cuisine était sens dessus dessous. Pots, flacons, réchauds allumés, alambics et coupes de toutes sortes recouvraient les meubles et envahissaient les moindres recoins de la cuisine, jusqu'au sol. Deux marmites bouillaient dans la cheminée, ainsi qu'un grand nombre de casseroles. Avec horreur, j'aperçus sur le feu les meilleures réserves de saindoux, de viandes, de poissons et de fruits secs de la cave, horriblement mêlées à des préparations alchimiques qui dégageaient une terrible odeur. Sur la table, sur le vaisselier, sur la crédence et sur les diverses étagères du bahut ouvert gisait une quantité innombrable d'écuelles contenant des huiles et des petits tas de poudres aux teintes variées. A côté de chaque écuelle et de chaque tas, un billet : safran, galanga, poivre blanc, poivre noir, graines de genièvre, écorces de cédrat et d'orange, sauge, basilic, marjolaine, baies de laurier, pouliot, gentiane, calament, feuilles de sureau, roses rouges et blanches, lavande, cubèbe, romarin, menthe, cinnamome, calamatus odoratus, chamidrys stocis, cham epythis, melegote, maris, thuris albi, aloès hépatique, graines d'artémise, bois aloès, cardamome, huile de laurier, galbanum, gomme de lierre, encens, clous de girofle, consoude majeure, noix de muscade, gingembre, dictame blanc, benjoin, cire jaune, térébenthine fine et cendre du feu.

Je me tournai vers le médecin pour lui réclamer une explication, mais je me retins : pâle, le regard perdu, Cristofano errait d'un bout à l'autre de la pièce, s'occupant de mille opérations sans en achever aucune.

« Il faut que tu m'aides. Nous allons tenter le tout pour le tout. Maudits ganglions, ils ne se sont pas ouverts ! Ils n'ont même pas mûri, immondes qu'ils sont. Alors, tac ! nous allons les couper net.

— Oh non ! m'exclamai-je, sachant qu'inciser les bubons immatures pouvait entrer la mort du pestiféré.

— De toute façon, il crèvera, m'interrompit-il avec une dureté inaccoutumée. Voici mon plan. Primo, il doit vomir. Mais assez de muscadins impériaux. Quelque chose de plus fort. Par exemple, mon aromaticum pour des maladies aussi bien intrinsèques qu'extrinsèques. Deux drachmes à jeun, et hop. Il délie le corps. Décharge la tête. Et fait cracher. Signe qu'il tue toutes les maladies. *Recipe !* hurla soudain Cristofano, me faisant sursauter. Sucre fin, perles broyées, musc, crocus, bois d'aloès, cinnamome et pierre philosophale. *Misce* et réduis tout en tablettes, qui sont incorruptibles, miraculeuses contre la peste. Elles affaiblissent les humeurs grosses et corrompues qui engendrent les ganglions. Elles réconfortent l'estomac. Et réjouissent le cœur. »

Bedford n'allait pas badiner. D'autre part, nous n'avions pas le choix. Tout espoir de salut reposait dans les mains de Cristofano, et dans celles de notre Seigneur.

Emporté par sa fougue, le médecin me pressait d'instructions sans me laisser le temps de les mettre à exécution, et répétait comme un automate les recettes qu'il avait sans doute lues dans des textes de pratique médicale.

« Deuxième point : *elixir vitae* pour reconstituer. Un grand succès ici, à Rome, lors de la peste de 56. Grande qualité : guérit de nombreuses maladies graves et malignes. Très pénétrante de nature. Possède des vertus dessicatives, réconforte tous les lieux assaillis par n'importe quel maladie. Conserve toutes les choses incorruptibles ; résout catarrhe, toux, serrement de poitrine, et autres matières de ce genre. Soigne et guérit toutes les espèces crues d'ulcères putrides, résout toutes les douleurs que cause la frigidité, *etcetera*. »

Un instant, il sembla vaciller, le regard dans le vide. Je me précipitais à son secours quand il reprit : « Troisième point : pilules contre la peste de maître Alessandro Cospio da Bolsena. Imola, 1527 : grand succès. Bol arménien. Terre sigillée. Camphre. Tormentille. Aloès hépatique. Quatre drachmes chacun. Le tout mélangé avec du jus de choux. Et un soupçon de safran. Quatrième point : médicament de bouche de maître Roberto Coccalino da Formigine. Grand médecin au royaume de Lombardie en 1500. *Recipe !* criat-il une nouvelle fois d'une voix étranglée.

Il me commanda ainsi une décoction d'ellébore noire, senne, coloquinte et rhubarbe.

« Nous lui ferons remonter par le cul le médicament de bouche de maître Coccalino. Eh oui ! Ainsi, il rencontrera à mi-chemin les pilules de maître Cospio. Ils affronteront ensemble cette ignoble peste. Et ils vaincront. »

Nous nous rendîmes ensuite dans la chambre de Bedford, qui gisait à présent plus mort que vif. En frémissant d'horreur, j'aidai Cristofano à mettre en pratique ce qu'il avait élaboré.

Au terme de ces cruelles opérations, la chambre évoquait un abattoir : vomissures, sang et excréments mêlés offraient des effluves et un spectacle dévastateurs. Nous incisâmes les ganglions en étalant sur les plaies du sirop acéteux avec de l'huile *filosoforum*, qui, au dire du médecin, apaiserait la douleur.

« Pour terminer, bander avec du sparadrap *gratiadei* », conclut Cristofano en haletant en rythme.

Et oui, priai-je, c'était bien de la *gratiadei*, la grâce de Dieu, dont nous avions besoin : le traitement n'avait eu aucun effet sur le jeune Anglais. Indifférent à tout, il ne s'était même pas ressaisi pour gémir de douleur. Nous le scrutâmes en attendant en vain un signe, bon ou mauvais qu'il fût.

Les poings serrés, Cristofano m'invita à le suivre en toute hâte à la cuisine. En transpirant et marmonnant, il entreprit de piler grossièrement une grande quantité d'arômes. Il les mélangea avec une eau de vie très fine qu'il porta à ébullition dans une retorte, posée sur un four à vent qu'il alimenta doucement.

« Et maintenant, nous allons obtenir de l'eau, de l'huile et du flegme, séparés l'un de l'autre ! » annonça-t-il sur un ton emphatique.

Bien vite, le récipient se mit à distiller une eau laiteuse, qui devint fumante et jaunâtre. Cristofano la versa dans un pot en fer bien fermé.

« Première eau de baume ! » s'exclama-t-il en agitant le récipient avec une joie excessive et grotesque.

Il augmenta le feu sous la retorte, où bouillait un liquide qui se transforma en une huile aussi noire que de l'encre.

« Mère de baume ! » s'écria-t-il en versant le jus dans une fiasque.

Il poussa alors le feu au maximum jusqu'à ce que toute la substance sorte de la carafe. « Liqueur de baume ! » hurla-t-il avec une joie sauvage me tendant le liquide dans une bouteille avec les deux autres remèdes.

« Je le monte chez Bedford ?

— Non ! » s'exclama-t-il, outré, pointant son index

comme on le fait avec un chien ou un enfant et me regardant de haut en bas.

Ses yeux étaient écarquillés et injectés de sang. « Non, mon garçon, ce n'est pas pour Bedford. C'est pour nous. Nous tous. Trois excellentes eaux-de-vie. Très fines. »

Avec une grossière frénésie, il se versa une coupe de la première liqueur.

« Mais à quoi cela sert-il ? » demandai-je, intimidé.

Pour toute réponse, il remplit la coupe de la seconde préparation qu'il avala aussi.

« A baiser la peur, ha ha ! » dit-il en engloutissant également une coupe de la troisième eau-de-vie.

Il m'obligea ensuite à trinquer avec la retorte vide que j'avais à la main.

« Comme ça, quand on nous emmènera crever au lazaret, nous ne nous en apercevrons même pas ! Ha ha ha ! »

Il lança alors la coupe derrière lui et rota deux fois avec vigueur. Il tenta de marcher, mais ses jambes s'entrecroisèrent. Il s'écroula sur le sol, effroyablement pâle, perdant connaissance.

Terrifié, je m'apprêtais à appeler à l'aide. Mais je me retins : si la panique se répandait, l'auberge plongerait dans le désordre le plus complet, ce qui risquerait d'attirer, qui plus est, l'attention de la sentinelle de service. Je courus donc demander secours à l'abbé Melani. Avec une grande prudence (et d'immenses efforts), nous parvînmes à transporter discrètement le médecin dans sa chambre, au premier étage. Je relatai à l'abbé l'agonie du jeune Anglais et l'état de choc qui caractérisait Cristofano avant qu'il ne s'évanouisse.

Pendant que je parlais, le médecin, immobile et blême, gisait sur son lit en haletant bruyamment.

« Il râle, monsieur Atto ? » demandai-je, la gorge nouée.

L'abbé se pencha pour mieux examiner le visage du malade.

« Non, il ronfle, répondit-il sur un ton amusé. Au reste, j'ai toujours pensé que les potions médicales étaient marquées de la patte de Bacchus. Et puis, il a trop travaillé. Laissons-le dormir, mais ne le perdons pas de vue. On n'est jamais trop prudent. »

Nous nous assîmes au chevet de Cristofano. En chuchotant, Melani s'enquit encore une fois de Bedford. Il paraissait très inquiet : la perspective du lazaret se rapprochait horriblement. Nous énumérâmes les issues que les souterrains nous offraient et arrivâmes à la conclusion suivante : tôt ou tard, on nous capturerait.

Inconsolable, je tentai de détourner mes pensées de ce sujet brûlant. Il fallait encore que je nettoie les souillures du pauvre pestiféré. D'un signe, je dis à l'abbé qu'il pourrait me trouver chez l'Anglais, juste à côté, et je me dirigeai vers la tâche ingrate qui m'attendait. Quand je regagnai la chambre, Atto était assoupi. Il dormait, les bras croisés, les jambes allongées sur la chaise que j'avais abandonnée. Je me penchai sur Cristofano : semblant tirer bénéfice de ce sommeil lourd, son visage reprenait un peu de couleur.

Légèrement rassuré, je m'étais blotti dans un coin, au bord du lit, quand j'entendis un marmonnement. C'était Atto. Malhabilement juché sur les deux chaises, il s'agitait dans son sommeil. Sa tête bougeait en rythme. Ses poings, repliés sur sa poitrine, étaient refermés sur les dentelles de ses manches. Son gémissement insistant évoquait celui d'un petit enfant courroucé par les réprimandes d'un de ses parents.

Je tendis l'oreille. Le souffle court et hésitant, comme s'il était sur le point de sangloter, Atto s'exprimait en français.

« *Les barricades, les barricades...* », gémit-il doucement.

Je me ressouvenais qu'à l'âge de vingt ans, Atto avait dû fuir Paris pendant les tumultes de la Fronde avec la famille royale et son maître, le *seigneur** Luigi Rossi. Et voilà qu'il bredouillait des propos sur les barricades : sans doute revivait-il en songe les révoltes de ces journées-là.

Je me demandai s'il était opportun de le réveiller et de l'arracher à ces mauvais souvenirs. Je quittai prudemment le lit et approchai mon visage du sien. Je balançai. Pour la première fois, j'avais la possibilité d'étudier Atto de près sans être soumis à son œil vigilant de censeur. Le visage de l'abbé, enflé et marbré par le sommeil, m'émut : ses joues glabres et tombantes trahissaient la solitude et la mélancolie de l'eunuque. Une vieille mer de chagrin, au milieu de laquelle, pareille à un naufragé, la fossette hautaine et capricieuse du menton s'efforçait encore de flotter, réclamant de la révérence et du respect pour le diplomate de Sa Majesté Très-Chrétienne. Mon cœur se serra, mais je fus bientôt détourné de mes sentiments.

« *Barricades... mystérieuses, mystérieuses. Barricades.*

Mystérieuses. Les barricades... » murmura soudain l'abbé Melani.

Il divaguait. Pour une raison que j'ignorais, ces mots m'avaient toutefois frappé. Je m'interrogeais sur le sens qu'ils avaient dans l'esprit de Melani. Barricades mystérieuses. Ces deux mots m'évoquaient quelque chose, mais quoi ? Ils me paraissaient curieusement familiers...

C'est alors qu'Atto se réveilla. Le chagrin qui l'habitait un peu plus tôt semblait s'être évanoui. A ma vue, son visage fut éclairé par un sourire. Il se mit à chantonner :

> *Chi giace nel sonno*
> *non speri mai Fama.*
> *Chi dorme codardo*
> *è degno che mora* [1]*...*

« Voilà comment mon maître, le *seigneur** Luigi, m'aurait gourmandé, dit-il d'une voix badine en s'étirant et se grattant ici et là. Ai-je manqué quelque chose ? Comment le médecin se porte-t-il ? demanda-t-il ensuite, me voyant soucieux.

— Rien de nouveau, monsieur Atto.

— Je crois que je te dois des excuses, mon garçon, dit-il au bout d'un instant.

— Et pourquoi, monsieur Atto ?

— Eh bien, je n'aurais peut-être pas dû me gausser quand nous étions dans ma chambre, cet après-midi. En ce qui concerne Cloridia, j'entends. »

Je lui répondis que ses excuses n'étaient pas nécessaires, même si son admission me comblait de surprise et de joie. L'esprit mieux disposé, je lui contai alors ce que Cloridia m'avait expliqué en m'attardant sur la surprenante et magique science des nombres, dans lesquels se dissimule le destin de chaque être. Je passai ensuite aux pouvoirs inquisiteurs de la verge ardente.

— Je comprends. La verge ardente est un sujet, comment dire, insolite et passionnant, commenta Atto, que Cloridia possède sans doute à la perfection.

— Bref, elle m'avait fait appeler pour que je démêle ses cheveux, qu'elle venait de laver », dis-je en repoussant la subtile ironie d'Atto.

---

1. Celui qui gît dans le sommeil/ Jamais ne sera célèbre./ Celui qui dort lâchement/ Mourra comme de juste... (*N.d.T.*)

*O biondi tesori
inanellati,
chiome divine, cori,
labirinti dorati*[1]...

M'apostropha-t-il en chantant tout bas. Je rougis d'abord de rage et de honte, avant d'être conquis par la beauté de cet air, dépouillé désormais de toute moquerie.

*... tra i vostri splendori
m'è dolce smarrire
la vita e morire*[2]...

Je me laissai emporter par cette mélodie d'amour : je me berçai dans l'image de la chevelure blonde et bouclée de Cloridia, me ressouvins de sa douce voix. Au fond de mon cœur, je me demandais ce qui avait conduit Cloridia au *Damoiseau*. Elle avait parlé de la verge ardente. Mais elle avait aussi ajouté que la verge se meut par « antipathie » ou par « sympathie ». A quel principe l'instrument avait-il obéi dans son cas ? Cloridia était-elle descendue à l'auberge sur les traces d'un individu qui lui avait infligé un tort grave et dont elle voulait se venger ? Ou, hypothèse charmante !, avait-elle été attirée par le magnétisme qui nous pousse à découvrir l'amour, auquel la verge est, à ce qu'il paraît, fort sensible ? Je commençais à pencher pour la deuxième solution...

*Su tutto allacciate,
legate, legate
gioir et tormento*[3] !...

Le chant d'Atto, en hommage aux boucles dorées de ma brune courtisane, servait de contrepoint à mes pensées.

Au reste, me disais-je en poursuivant mes réflexions d'amour, Cloridia ne m'avait-elle pas donné ces moments de... délassement de manière désintéressée, sans jamais évoquer l'argent, contrairement à ce qu'elle avait fait (hélas !) à la fin de la consultation onirique ?

---

1. *O biondi tesori* de Luigi Rossi. Ô blonds trésors/ bouclés,/chevelures divines, cœurs,/labyrinthes dorés... (*N.d.T.*)
2. Parmi vos splendeurs/ il m'est doux de perdre/ la vie et de mourir... (*N.d.T.*)
3. Sur tout vous nouez/ attachez, attachez/ jouissance et tourment !... (*N.d.T.*)

Entraîné par le tourbillon du chant, Atto oubliait de brider sa voix, et Cristofano avait ouvert les yeux.

Il observa l'abbé, le sourcil froncé, sans l'interrompre toutefois. Au bout d'un instant de silence, il le remercia même de l'avoir secouru. Je poussai un soupir de soulagement : à en juger par son regard et son teint, le médecin semblait rétabli. Son élocution, qui avait recouvré sa fluidité et sa régularité, acheva de me rassurer sur son état. Il s'était agi d'une crise passagère.

« Une voix encore splendide, monsieur l'abbé Melani, commenta le médecin en se levant et en se rajustant. Même vous avez manqué de prudence en la faisant ouïr aux occupants de cet étage. J'espère que Dulcibeni et Devizé ne me poseront pas de questions sur la raison de votre présence et de votre chant dans ma chambre. »

Après avoir remercié une nouvelle fois l'abbé Melani de lui avoir prêté un secours aussi empressé, Cristofano se rendit en ma compagnie dans la chambre voisine pour examiner le pauvre Bedford, tandis qu'Atto regagnait sa propre chambre, au deuxième étage.

Comme à l'accoutumée, Bedford gisait sans bouger dans son lit. Le médecin secoua la tête : « Je crains que l'heure ne soit venue de communiquer aux autres pensionnaires l'état de ce malheureux jeune homme. Il faut éviter que la panique ne se répande dans l'auberge, dans le cas où il mourrait. »

Nous résolûmes d'avertir sans différer le père Robleda, afin qu'il pût administrer l'extrême onction au mourant. J'évitai de rapporter au médecin que Robleda avait déjà refusé de donner de l'huile sainte au jeune Anglais quand je le lui avais demandé, sous prétexte que Bedford était protestant, et donc excommunié.

Nous frappâmes ainsi à la porte du jésuite. J'imaginais sans difficulté la réplique du lâche Robleda à l'énoncé de la mauvaise nouvelle : nul doute qu'il serait envahi par l'angoisse, qu'il se mettrait à balbutier et à railler l'incompétence du médecin. Curieusement, il n'en fut rien.

« Comment ? Vous n'avez pas encore essayé de soigner Bedford à l'aide du magnétisme ? » demanda-t-il à Cristofano quand celui-ci eut achevé de lui exposer la triste situation dans laquelle nous nous trouvions.

Cristofano demeura interdit. Robleda lui rappela alors que, selon le père Kircher, toute la création était dominée par le magnétisme, si bien que le savant jésuite avait consacré tout un ouvrage à l'explication de cette doctrine, et avait établi une fois pour toutes que le monde n'était autre qu'une grande chaîne magnétique au centre de laquelle se tient Dieu, premier et unique Aimant Originel, vers lequel tout objet et tout être vivant tend irrémédiablement. L'amour (aussi bien divin qu'humain) n'est-il pas, peut-être, l'expression d'une attirance magnétique, de même que toutes sortes de fascination ? Tout le monde sait que les planètes et les étoiles sont sujettes à un magnétisme réciproque ; les corps célestes sont également habités par une force magnétique.

« Eh bien, effectivement, intervint Cristofano, je connais l'exemple de la boussole.

— ... qui permet aux navigateurs et aux voyageurs de s'orienter, bien sûr, le réprimanda Robleda, mais ce n'est pas tout. »

Que dire, en effet, du magnétisme que le soleil et la lune exercent sur les eaux, et que les marées traduisent de manière fort manifeste ? Et l'on peut également déceler l'universelle *vis attractiva* chez les plantes. Il suffit pour cela d'observer les irrégularités des veinures et des anneaux sur les troncs des arbres coupés, lesquelles témoignent de l'influence de forces extérieures sur leur croissance. Grâce au magnétisme, les plantes sucent dans la terre, à travers leurs racines, ce qui les nourrit. Cette force magnétique végétale triomphe dans le *boramez*, dit Robleda, qu'à l'évidence le médecin ignorait.

« Ouiii, en effet... hésita Cristofano.

— Qu'est-ce que c'est ? demandai-je.

— Eh bien, mon garçon, répondit le jésuite avec un accent paternel, il s'agit de la célèbre plante des terres tartares qui ressent de manière magnétique la présence des moutons voisins et produit d'admirables fleurs en forme de fleurs. »

C'est également de cette façon que se comportent les plantes héliotropes qui suivent le chemin du soleil (comme le tournesol, avec lequel le père Kircher avait réalisé une extraordinaire horloge à mécanisme héliotrope) et les plantes sélénotropes, dont les fleurs suivent, en revanche, la lune. Les animaux aussi sont magnétiques : si l'on néglige les exemples trop célèbres de la torpille et de la grenouille pêcheuse, qui séduisent et pétrifient leur proie, on peut observer le magnétisme animal chez l'*anguis stupidus*, l'énorme serpent américain qui vit, immobile, sous terre et charme ses proies, essentiellement des cerfs, qu'il enveloppe calmement dans ses anneaux et avale en dissolvant lentement leur chair et leurs bois dans sa bouche. Et la facilité avec laquelle les poissons anthropomorphes, également appelés sirènes, attirent dans l'eau les marins infortunés, n'est-elle pas aussi extraordinaire ?

« Je comprends, rétorqua Cristofano, légèrement troublé, mais nous devons soigner Bedford, non le dévorer ou le capturer.

— Et vous croyez peut-être que les remèdes médicinaux n'agissent pas en vertu de leur qualité magnétique ? s'écria Robleda avec une habile emphase.

— Je n'ai jamais entendu dire qu'on avait guéri un malade de cette façon, observai-je sur un ton soupçonneux.

— Tatata, il convient naturellement d'appliquer le traitement là où les autres remèdes ont déjà échoué, se défendit Robleda. L'important, c'est d'avoir dans l'esprit les lois du magnétisme. *Primum*, on soigne le mal avec les herbes, les pierres, les métaux, les fruits ou les graines qui présentent une similitude de couleur, de forme, de qualité, de figure, *etcetera* avec le membre malade. On observe les cognations avec les astres : plantes héliotropes pour les types solaires, plantes lunaires pour les lunatiques et ainsi de suite. Ensuite, le *principium similitudinis* : pour traiter les calculs rénaux, par exemple, on doit employer des petits cailloux de vessie de porc, ou d'autres animaux qui jouissent de milieux rocheux, tels que les crustacés et les huîtres. Idem pour les plantes : la chondrille, dont les racines sont noueuses et saillantes, guérit merveilleusement bien des hémorroïdes. Enfin, certains poisons peuvent servir d'antidotes. De même, le miel est excellent contre les piqûres d'abeille, les pattes d'araignées sont employées pour confectionner des emplâtres contre leurs morsures...

— Je comprends maintenant, mentit Cristofano. Cependant la thérapie magnétique que nous devrions employer dans le cas de Bedford continue de m'échapper.

— C'est pourtant simple : la musique. »

Le père Robleda en était persuadé : ainsi que Kircher l'avait clairement expliqué, l'art des sons rentrait, lui aussi, dans la loi du magnétisme universel. Les anciens savaient fort bien que les styles musicaux sont capables d'échauffer l'esprit en vertu de leur magnétisme : le style dorique inspire de la tempérance et de la modération ; le style lydien, approprié aux enterrements, pousse aux pleurs et aux lamentations ; le style misolydien suscite la commisération, la pitié et autres sentiments de ce genre ; le style éolien ou ionien entraîne le sommeil ou la torpeur. De plus, si l'on frotte le bout de son doigt humide sur le bord d'un verre, celui-ci émet un son qui se répand de manière magnétique aux verres voisins, pourvu qu'ils soient identiques, provoquant leur résonance chorale. Mais le *magnetismus musicae* possède aussi des capacités thérapeutiques très puissantes, qui se manifestent surtout dans le traitement du tarentulisme.

« Le tarentulisme ? demandai-je, tandis que Cristofano acquiesçait enfin.

— Dans la ville de Tarente, dans le royaume de Naples, expliqua le médecin, il est facile de rencontrer des araignées très nuisibles qu'on appelle justement les tarentules. »

Leur morsure, raconta Cristofano, produit des effets pour le moins effrayants : la victime éclate d'abord d'un rire irrésistible, se roulant sur le sol et s'agitant sans relâche. Elle bondit ensuite sur ses pieds, lève le bras droit comme pour dégainer une épée, pareille à un gladiateur qui se prépare solennellement au combat, et effectue quantité de gesticulations ridicules pour se jeter à nouveau au sol en proie à l'hilarité. Elle feint ensuite d'être un général ou un mercenaire, avant d'être saisie par un besoin impérieux d'eau et de froid. Alors, si on lui donne un vase rempli d'eau, elle y plonge la tête en la secouant frénétiquement, comme les moineaux quand ils se lavent à la fontaine. Elle court vers un arbre, y grimpe et y passe parfois plusieurs jours. Enfin, elle se laisse tomber sur le sol, épuisée, s'accroupit sur ses genoux, commence à gémir, à soupirer et à abattre ses poings sur la terre nue comme un épileptique ou un lunatique, invoque sur sa propre tête des châtiments et des malheurs.

« Mais c'est terrible, commentai-je, horrifié. Et tout cela, pour une morsure de tarentule ?

— Bien sûr, confirma Robleda, et je ne te parle pas d'autres effets magnétiques. Lorsqu'un individu est mordu par les tarentules rouges, son visage devient tout rouge ; vert s'il s'agit de tarentules vertes, à rayures s'il s'agit de tarentules à rayures. Les tarentules qui vivent dans l'eau provoquent la soif, celles qui demeurent dans des lieux chauds, la colère, et ainsi de suite.

— Et comment soigne-t-on de telles morsures ? demandai-je, de plus en plus intrigué.

— En perfectionnant les connaissances primitives de certains paysans tarentais, dit Robleda cherchant dans ses tiroirs puis montrant avec fierté une feuille de papier. Le père Kircher a élaboré un antidote :

TOTUM FRIGIUM

Cette poitrine est une cymbale d'amours
Des touches sont les sens mobiles, et d'habiles
Cordes les pleurs, les soupirs, les douleurs
Rose est mon cœur blessé à mort
Flèche est le fer, claires sont mes ardeurs
Marteau est la pensée, et mon destin
Maîtresse est ma dame, qui à toutes les heures
En chantant chante heureuse ma mort.

Nous lûmes avec perplexité et soupçon ces mots incompréhensibles. Robleda devina aussitôt notre méfiance : « Non, il ne s'agit pas de magie, mais d'un poème que les paysans ont l'habitude de chanter en s'accompagnant de divers instruments pour contrecarrer de manière magnétique l'effet du poison de la tarentule. Le contrepoison principal n'est pas constitué par le poème, mais par la musique : elle se nomme tarentelle, ou quelque chose de ce genre. C'est le père Kircher qui a trouvé, au terme de longues recherches, la mélodie la plus indiquée. »

Il exhiba alors une autre demi-feuille froissée, remplie de notes et de portées.

« Et sur quel instrument la joue-t-on ?

— Eh bien, les vilains de Tarente l'exécutent au moyen de timbales, lyres, cithares, cymbales et flûtes. Et, bien évidemment, de guitares, comme celle de Devizé.

— Bref, rétorqua le médecin sur un ton aussi perplexe que le mien. Voulez-vous dire que Devizé pourrait guérir Bedford en jouant cette mélodie ?

— Oh non. Celle-ci n'est valable que pour les tarentules. Il faut employer quelque chose d'autre.

— Une autre mélodie ? demandai-je.

— Il convient de procéder par tentatives. Nous laisserons le choix à Devizé. Mais n'oubliez pas, mes enfants : dans les cas désespérés, l'aide véritable vient du Seigneur, puisque, ajouta le père Robleda, personne n'a encore inventé d'antidote contre la peste.

— Vous avez raison, père, répondit Cristofano tandis que je me ressouvenais vaguement des *arcanae obices*. Et je souhaite placer toute ma confiance dans les théories de votre frère Kircher. »

Ainsi qu'il l'admettait lui-même, le médecin ne savait plus à quel saint se vouer. Et tout en espérant que ses traitements auraient tôt ou tard un effet sur Bedford, il se refusait de priver le moribond de cette ultime tentative. Il me communiqua donc que nous nous garderions pour l'instant d'informer les autres des conditions désespérées de l'Anglais.

Plus tard, tandis que je servais le dîner, Cristofano m'apprit qu'il avait donné rendez-vous le lendemain à Devizé. Le musicien français, dont la chambre jouxtait celle de l'Anglais, se contenterait de jouer de la guitare sur le seuil de la chambre du malade.

« Alors, à demain matin, monsieur Cristofano ?

— Non, j'ai prié Devizé de se tenir prêt aussitôt après le déjeuner. Il n'y a point de meilleure heure : le soleil brille haut dans le ciel, et l'énergie des vibrations musicales pourra se répandre au plus haut degré. Bonne nuit, mon garçon. »

Huitième nuit

DU 18 AU 19 SEPTEMBRE 1683

« Fermée ! Elle est fermée, malédiction ! »

Il fallait s'y attendre, pensai-je tandis qu'Atto Melani poussait en vain la trappe qui conduisait à l'écurie de Tiracorda. Un peu plus tôt, pendant que nous cheminions dans les souterrains, escortés par le faible marmonnement d'Ugonio et de Ciacconio, cette nouvelle expédition nocturne dans la demeure du médecin me paraissait déjà vouée à l'échec. Dulcibeni avait compris que nous l'épiions. Il n'imaginait peut-être pas que nous l'avions vu dans le cabinet de Tiracorda, mais il n'aurait certes pas voulu courir le risque d'être observé alors qu'il tramait étrangement avec (ou contre) son vieil ami.

« Pardonnez-moi, monsieur l'abbé, dis-je à Atto, qui se nettoyait les mains d'un geste fébrile. Mais c'est peut-être mieux ainsi. Si cette nuit Dulcibeni ne remarque rien de bizarre pendant qu'il plaisante avec Tiracorda, demain nous trouverons peut-être la voie libre.

— Nullement, répondit Atto d'une voix sèche. Il sait que nous ne le perdons pas de vue. S'il doit s'acquitter d'une étrange besogne, il le fera au plus vite : cette nuit même, ou au plus tard demain.

— Et alors ?

— Alors, il faut trouver une façon d'entrer chez Tiracorda, même si j'ignore totalement comment nous nous y prendrons. Il faudrait...

— Gfrrrlûlbh », l'interrompit Ciacconio.

Ugonio lui lança un regard courroucé, comme pour le réprimander.

« Enfin, un volontaire », commenta l'abbé Melani d'un air satisfait.

Quelques minutes plus tard, notre groupe s'était déjà scindé en deux parties inégales. Atto, Ugonio et moi-même cheminions dans la galerie C en direction de la petite rivière souterraine. Ciacconio était, quant à lui, remonté à la surface à travers le puits qui conduisait de cette galerie à la piazza della Rotonda, non loin du Panthéon. Il avait refusé de nous expliquer de quelle manière il comptait pénétrer chez Tiracorda. Nous lui avions patiemment décrit dans les moindres détails la demeure du médecin, et le pilleur de tombes avait attendu la fin de cet exposé pour déclarer candidement qu'il ne lui était nullement utile. Nous lui avions même remis un croquis de la maison, sur lequel nous avions dessiné l'emplacement des fenêtres. Mais aussitôt après le départ du monstre, nous avions entendu résonner dans la galerie une rumination frénétique et bestiale. L'existence de notre croquis, avec lequel Ciacconio banquetait horriblement, avait été brève.

« Croyez-vous qu'il parviendra à entrer ? demandai-je à l'abbé Melani.

— Je n'en ai pas la moindre idée. Nous lui avions décrit jusqu'à la nausée chaque recoin de la demeure, mais il semble qu'il sache déjà comment agir. Je ne souffre pas leurs manières. »

Nous atteignîmes d'un bon pas le cours d'eau souterrain non loin duquel nous avions vu Dulcibeni disparaître mystérieusement, deux nuits plus tôt. Nous rencontrâmes les vieilles et nauséabondes carcasses de rats et perçûmes bientôt le bruit de la petite rivière. Cette fois, nous avions tout un attirail : à la demande d'Atto, les deux pilleurs de tombes s'étaient pourvus d'une longue et robuste corde, de quelques clous en fer, d'un marteau et d'une perche. Ces instruments nous permettraient de mener à bien l'opération dangereuse et peu sage qu'Atto avait projetée : franchir la rivière.

Pendant un long moment, nous observâmes pensivement le cours d'eau, qui semblait presque plus noir, plus fétide et plus menaçant que de coutume. Je frissonnai en imaginant une chute dans ce flux sale et hostile. Ugonio avait l'air inquiet, lui aussi. Je rassemblai tout mon courage en adressant une prière silencieuse au Seigneur.

Mais je vis soudain Atto avancer et pointer le regard

sur l'angle que la paroi droite de la galerie dessinait avec le canal où la rivière coulait. Il demeura quelques instants immobile devant l'arête des deux conduits. Puis il passa la main sur la paroi de la galerie fluviale.

« Que faites-vous ? lui demandai-je tout alarmé, le voyant se pencher dangereusement au-dessus de la rivière.

— Tais-toi », murmura-t-il, tâtant plus avidement la paroi, comme s'il y cherchait quelque chose.

Craignant qu'il ne perde l'équilibre, je m'apprêtais à voler à son secours. C'est alors qu'il recula en serrant un objet dans la main gauche : l'une de ces cordes dont les pêcheurs se servent pour amarrer leurs barques sur le Tibre. Atto entreprit de la tirer en l'enroulant peu à peu en un écheveau. Quand l'extrémité opposée parut enfin résister, il nous invita à jeter un coup d'œil dans la rivière. Un bac flottait devant nous, faiblement éclairé par la lumière de notre lanterne.

⚜

« Je crois que tu as compris, toi aussi, déclara un peu plus tard l'abbé Melani tandis que nous naviguions silencieusement, poussés par le courant.

— Non, en vérité, admis-je. Comment avez-vous découvert cette barque ?

— C'est simple. Dulcibeni avait deux possibilités : franchir la rivière ou glisser sur l'eau. Dans la deuxième hypothèse, il lui fallait emprunter une embarcation amarrée au croisement des deux galeries. Quand nous sommes arrivés, il n'y avait pas la moindre trace de bateau, mais si bateau il y avait eu, il aurait été soumis à la poussée du courant.

— Ainsi, s'il avait été assuré à une corde, il aurait été poussé dans la galerie vers notre droite, puisque la rivière coule de gauche à droite avant de se jeter dans le Tibre.

— Exact. Cela signifiait donc que la corde était fixée à un point situé vers la droite par rapport à la galerie C, c'est-à-dire, dans le sens du courant. Dans le cas contraire, la corde aurait été tendue de gauche à droite, en direction du bateau. Voilà pourquoi je l'ai cherchée à droite. Elle était nouée à un crochet en fer, planté là depuis je ne sais combien de temps. »

Tandis que je méditais la nouvelle preuve de sagacité de l'abbé Melani, Ugonio ravivait notre allure en poussant doucement l'embarcation à l'aide des rames dont elle était pourvue. Le passage qui s'offrait à la lumière de notre lanterne était sinistre et monotone. Le clapotis des flots qui se heurtaient à notre fragile coque résonnait contre la voûte en pierre de la galerie.

« Vous n'étiez toutefois pas certain que Dulcibeni avait employé une embarcation, objectai-je soudain, car vous avez dit "si bateau il y avait eu"...

— Pour connaître la vérité, il est parfois nécessaire de la supposer.

— Que voulez-vous dire ?

— Il en va ainsi dans les affaires d'Etat : en présence de faits inexplicables ou illogiques, il convient d'imaginer la condition indispensable qui les détermine, même si celle-ci paraît incroyable.

— Je ne comprends pas.

— Les vérités les plus absurdes, qui sont aussi les plus noires, ne laissent jamais de trace, mon garçon. Ne l'oublie pas.

— Cela signifie-t-il qu'elles ne seront jamais découvertes ?

— Ce n'est pas dit. Il y a deux possibilités. La première : un individu sait, ou a compris, mais ne possède pas de preuves.

— Et alors ? demandai-je sans comprendre les paroles de l'abbé.

— Alors, il construit les preuves qu'il n'a pas, afin que la vérité apparaisse, répondit Atto sur un ton candide.

— Vous voulez dire qu'on peut se heurter à de fausses preuves de véritables faits ? m'écriai-je, bouche bée.

— Bien. Mais ne t'étonne pas. Il ne faut jamais tomber dans l'erreur commune qui consiste à considérer comme faux le contenu d'un document ou d'une preuve contrefaits, et à en arriver à croire que le contraire est vrai. Ne l'oublie jamais quand tu sera gazetier : les vérités les plus horribles et les plus inadmissibles se cachent souvent dans de faux papiers.

— Et en l'absence de faux papiers ?

— Alors, et c'est la seconde hypothèse, il ne te reste plus qu'à bâtir des suppositions, comme je te le disais au début, et à vérifier ensuite que le raisonnement colle.

— C'est ainsi qu'il faut donc raisonner pour comprendre le *secretum pestis* ?

— Pas encore, répondit Melani. Il convient d'abord de

déterminer le rôle que chaque acteur a joué, et surtout la comédie qui a été donnée. Et je crois y être parvenu. »

Je le regardai sans mot dire, incapable de réfréner mon impatience.

« Il s'agit d'un complot contre le Roi Très-Chrétien, déclara-t-il solennellement.

— Et qui l'aurait ourdi ?

— C'est fort clair : son épouse, la reine. »

❧

Face à mon incrédulité, Atto dut me rafraîchir la mémoire. Louis XIV avait emprisonné Fouquet afin de lui extorquer le secret de la peste. Mais autour de Fouquet se mouvaient des personnages qui, comme le surintendant, avaient été humiliés ou ruinés par le souverain. En premier lieu, Lauzun, enfermé à Pignerol avec Fouquet et employé comme un pion ; en second lieu, la Grande Mademoiselle, la riche cousine de Sa Majesté, qui s'était vu interdire le mariage par le roi. En outre, Devizé, qui avait accompagné Fouquet au *Damoiseau*, était très fidèle à la reine Marie-Thérèse, à qui Louis XIV avait fait subir infidélité, abus et vexations de toutes sortes.

« Cela ne suffit pas pour prétendre qu'ils ont tous intrigué contre le Roi Très-Chrétien ! l'interrompis-je dans le doute.

— C'est vrai. Mais réfléchis un peu. Le roi voulait le secret de la peste. Fouquet le lui refuse, en affirmant probablement qu'il ne le connaît pas. Quand la folle lettre de Kircher que nous avons trouvée dans le caleçon de Dulcibeni échoue dans les mains de Colbert, Fouquet est bien obligé d'admettre qu'il en a connaissance afin de sauver la vie des membres de sa famille et la sienne. Il finit par conclure un pacte avec le roi, et sort de Pignerol en échange du *secretum pestis*. Jusqu'ici nous sommes d'accord ?

— Oui.

— Le roi a donc gagné. D'après toi, cela réjouit-il Fouquet, ruiné et épuisé au terme de vingt années d'un dur emprisonnement ?

— Non.

— L'idée de prendre une petite revanche avant de disparaître ne serait-elle pas humaine, dans son cas ?

— Eh bien oui.

— Voilà. Imagine donc : un ennemi très puissant t'extorque le secret de la peste. Il le veut à tout prix, car il rêve de devenir encore plus puissant. Mais il n'a pas deviné que tu possèdes aussi le secret de l'antidote, le *secretum vitae*. Si tu ne peux t'en servir toi-même, qu'en fais-tu ?

— Je le donne à quelqu'un... bref, à un ennemi de mon ennemi.

— Très bien. Et Fouquet en avait un grand nombre à disposition, tous prêts à se venger du Roi-Soleil. En premier lieu, Lauzun.

— Pourquoi Louis XIV n'aurait-il pas compris que Fouquet possédait aussi l'antidote de la peste ?

— C'est une supposition. Comme tu t'en ressouviens sans doute, j'avais lu dans la lettre de Kircher *secretum vitae arcanae obices celant*, c'est-à-dire : le secret de la vie est caché par de mystérieux obstacles, ce qui n'est pas le cas du secret de la transmission de la peste. A mon avis, Fouquet a été obligé d'admettre qu'il connaissait le *secretum morbi*, mais il a gardé pour lui le secret de l'antidote en prétendant, grâce à cette phrase, que Kircher le lui avait caché, à lui aussi. Le surintendant a dû avoir le jeu facile, car, connaissant le roi, je puis t'affirmer qu'il est intéressé par le moyen de répandre la peste, et non de la soigner.

— Cela me paraît galimatias.

— Et pourtant, c'est logique. Maintenant, écoute-moi bien. Qui Louis XIV pourrait-il importuner avec le secret de la peste ?

— Eh bien, surtout l'empereur, dis-je en repensant à ce que Brenozzi m'avait raconté.

— Très bien. Tout comme l'Espagne, qui n'a cessé de guerroyer contre la France depuis des siècles, n'est-ce pas ?

— C'est possible, admis-je sans comprendre où Atto voulait en venir.

— L'empire est aux mains des Habsbourg, et l'Espagne aussi. A quelle maison appartient la reine Marie-Thérèse ?

— Aux Habsbourg !

— Nous y voilà. Afin de mettre les faits dans l'ordre, il est nécessaire de penser que Marie-Thérèse a reçu, et employé, le *secretum vitae* contre Louis XIV. Il est possible que Fouquet ait donné le *secretum vitae* à Lauzun, lequel l'aura remis à sa bien-aimée Mademoiselle, et celle-ci à la reine.

— Une reine qui agit dans l'ombre contre le roi son époux, pensai-je à voix haute. C'est inouï.

— Une fois de plus, tu te trompes, dit Atto, car il y a eu des précédents. »

En 1637, me raconta l'abbé, un an avant la naissance de Louis XIV, les services secrets de la couronne de France interceptèrent une lettre de l'ambassadeur d'Espagne à Bruxelles. Cette missive était adressée à la reine Anne d'Autriche, sœur du roi d'Espagne Philippe IV et épouse du roi Louis XIII. Bref, la mère du Roi-Soleil. Cette lettre laissait entendre qu'Anne d'Autriche entretenait une correspondance secrète avec son ancienne patrie. Et ce, alors même qu'un furieux conflit faisait rage entre France et Espagne. Le roi et le cardinal de Richelieu ordonnèrent des enquêtes discrètes et soignées. On découvrit ainsi que la reine se rendait un peu trop fréquemment dans un certain couvent de Paris : pour prier, officiellement, mais en réalité pour échanger des lettres avec Madrid et les ambassadeurs espagnols en Angleterre et en Flandre.

Anne nia s'être livrée à des actes d'espionnage. Elle fut alors convoquée par Richelieu en un entretien privé. La reine risquait la prison, l'avertit le cardinal, un simple aveu ne la sauverait pas. Louis XIII lui pardonnerait à condition qu'elle lui fournisse un mémoire concernant les nouvelles qu'elle avait apprises tout au long de sa correspondance secrète avec les Espagnols. En effet, dans ses missives, Anne d'Autriche ne se contentait pas de se plaindre de son existence à la cour de Paris (où elle était très malheureuse, comme le serait ensuite Marie-Thérèse). La reine de France mandait de précieuses informations politiques avec les Espagnols, croyant peut-être qu'elle parviendrait ainsi à hâter la fin du conflit. Mais elle agissait contre les intérêts de son royaume. Anne avoua tout.

« En 1659, pendant les négociations de la paix des Pyrénées sur l'île des Faisans, poursuivit Atto, Anne retrouva enfin son frère, le roi Philippe IV d'Espagne. Ils ne s'étaient pas revus depuis quarante-cinq ans. Ils s'étaient séparés dans les larmes quand, jeune princesse d'à peine seize ans, elle s'était expatriée définitivement en France. Anne étreignit et embrassa tendrement son frère. Mais Philippe s'écarta et regarda sa sœur droit dans les yeux. Elle dit : "Me pardonnerez-vous d'avoir été une aussi bonne Française ?" "Vous avez mon estime", répondit-il. Depuis qu'Anne avait cessé, contrainte et forcée, d'espionner pour son compte, son frère avait cessé de l'aimer.

— Mais c'était la reine de France, elle ne pouvait pas...

— Je sais, je sais, répondit hâtivement Atto. Je t'ai conté cette vieille histoire dans le seul dessein de te montrer comment agissent les Habsbourg quand ils épousent un roi étranger. Ils demeurent des Habsbourg.

— La noireau galopise. »

Nous avions été interrompus par Ugonio, qui laissait transparaître des signes d'irritation. Au bout d'un tronçon relativement calme, le cours d'eau s'était emporté. Le pilleur de tombes voguait avec plus d'ardeur, essayant en vérité de ralentir notre allure. En ramant à contre-courant, il avait décapité l'une des rames contre le dur lit de la rivière. Et voilà qu'un moment délicat se présentait : la rivière se divisait en deux branches, l'une étant deux fois plus large que l'autre. Le bruit et la rapidité des eaux augmentaient.

« Droite ou gauche ? demandai-je au pilleur de tombes.

— En diminuant les scrupels pour augmenter les scrupules, et de manière à être plus *benefice* que *malefice*, j'ignorise la compréhension et je gouvernise la direction, dit Ugonio tandis qu'Atto protestait.

— Reste sur le bras le plus large, ne vire pas, lui ordonna l'abbé. Cet embranchement pourrait être sans issue. »

Mais, avec quelques coups de rames, Ugonio engagea l'embarcation dans le canal le plus petit, où notre allure fut aussitôt ralentie.

« Pourquoi ne m'as-tu pas obéi ? s'emporta Atto.

— Le canaletot est conductif, le canalgros reniflairé, car c'est dans la satisfaction des devoirs que la joie du baptisé s'accroît. »

Se frottant les paupières, comme en proie à une forte migraine, Atto renonça à comprendre la mystérieuse explication d'Ugonio, et s'enfonça dans un silence courroucé.

Bien vite, l'abbé Melani put donner libre cours à sa rage. Alors que nous naviguions paisiblement depuis quelques minutes, la voûte de la nouvelle galerie commença à s'abaisser.

« C'est un conduit d'égout secondaire, que tu sois maudit, toi et ton cerveau de pintade ! dit Atto à Ugonio.

— Et pourtant il ne reniflaire pas autant que l'autre canaleur coulise, répondit Ugonio sans se troubler.

— Que veut-il dire ? demandai-je, alarmé par le rétrécissement progressif du passage.

— Il ne reniflaire pas, enmalgré l'étroitise. »

Nous renonçâmes définitivement à interpréter les hié-roglyphes verbaux d'Ugonio, d'autant plus que la voûte nous obligeait maintenant à nous blottir de manière fort incon-fortable dans la petite embarcation. Ugonio avait toutes les peines du monde à ramer, et Atto dut raviver l'allure de la barque en poussant à la poupe sur l'un de nos bâtons. Notre posture et l'espace étouffant dans lequel nous étions contraints de nous mouvoir nous rendaient plus fâcheuse la puanteur des eaux noires, qu'il était fort difficile de souf-frir. Avec chagrin et regret, je songeai à Cloridia, aux intem-pérances de monsieur Pellegrino, aux journées de soleil, à mon lit.

Soudain, nous entendîmes un ruissellement le long de notre embarcation. Des êtres vivants d'une nature inconnue paraissaient s'agiter dans les eaux qui nous environnaient.

« Rasouris, annonça Ugonio, fugitisent.

— Quelle horreur ! » commenta l'abbé Melani.

La voûte s'étant encore abaissée, Ugonio fut obligé de tirer les rames à bord. Seul Atto poussait notre embarcation en plantant son bâton sur le fond du canal. Nous sillonnions à présent des eaux stagnantes, toutefois privées de leur silence naturel : les sinistres gargouillements des rats se suc-cédaient, formant un étrange contrepoint avec le bruit du bâton.

« Si j'ignorais que j'étais en vie, je dirais que nous nous trouvons sur le Styx, déclara Atto en soufflant de fatigue. En admettant que je fasse erreur sur le premier point, natu-rellement », ajouta-t-il.

Nous étions allongés sur le dos, serrés l'un contre l'autre sur le fond de la petite barque, lorsque nous remar-quâmes que l'acoustique de la galerie s'altérait, signe que le canal s'élargissait peu à peu. C'est alors que, devant nos yeux éberlués, un cercle de feu crépitant, dans lequel des langues jaunes et rougeâtres semblaient vouloir nous engloutir, se détacha sur la voûte de la galerie.

Trois mages étaient disposés en éventail dans le cercle, inertes et fatals. Enroulés dans des tuniques cramoisies et de longs capuchons coniques, ils nous observaient d'un œil glacial. Deux ouvertures pratiquées dans leurs capuchons laissaient transparaître des regards scintillants, mauvais et omniscients. L'un des trois mages tenait un crâne de mort à la main.

Sous l'effet de la surprise, nous fûmes tous trois secoués par un sursaut. La barque dévia légèrement de son cours naturel et se plaça de travers ; proue et poupe grattèrent les deux côtés du canal, s'encastrant juste au-dessous du cercle de feu.

L'un des trois mages (s'agissait-il plutôt de sentinelles infernales ?) pencha la tête en nous observant avec une curiosité malveillante. Il brandissait une torche qu'il agita plusieurs fois en tentant de mieux éclairer nos visages. Ses compères se consultaient à voix basse.

« J'avais peut-être fait erreur sur le premier point », balbutia Atto.

Le deuxième mage, pourvu d'un grand cierge blanc, se baissa à son tour. C'est alors qu'Ugonio poussa un hurlement de peur infantile, remuant comme un forcené, assenant malgré lui un coup de pied dans mon estomac et un coup de poing sur le nez de l'abbé Melani. Alors que nous nous étions blottis dans le fond de l'embarcation sous l'effet de la terreur, nous répliquâmes soudain avec un désordre impardonnable. Entre-temps, la barque s'était libérée, et nos cris de terreur l'emportèrent avant même que nous pussions nous en apercevoir. J'ouïs un bruit sourd, ou plutôt deux, à mes côtés.

Le monde se replia sur lui-même, tout devint froid et sombre tandis que les gargouillements diaboliques enfantaient des êtres qui rampaient sur mon visage, l'aspergeant d'infâmes saletés. Je hurlai à mon tour, mais ma voix se brisa et chut comme Icare.

J'ignore combien de temps (des secondes ? des heures ?) ce cauchemar dura dans le canal souterrain. Je ne sais qu'une seule chose : Ugonio me sauva en m'arrachant aux flots avec une force animale et en me plaquant sans égards sur des planches dures, où mon dos se rompit presque.

La peur m'avait privé de mémoire. J'avais dû me traîner dans le canal en pataugeant (moi aussi, je touchais le fond de la pointe des pieds) et en flottant, avant d'être secouru par Ugonio. Je gisais maintenant dans la barque, à nouveau redressée et tirée à sec.

J'avais très mal au dos, je haletais en proie au froid et à une peur dont les effets diaboliques refusaient de s'estomper. Je crus ainsi que mes pupilles me trompaient quand, une fois assis, je lançai un regard à la ronde.

« Vous pouvez remercier l'abbé Melani, dit Atto. Si

j'avais lâché la lanterne en tombant dans l'eau, nous ne serions plus que de la nourriture pour les rats. »

La lampe nous éclairait héroïquement, offrant à notre vue le plus inattendu des paysages. Tout en luttant contre l'obscurité, je compris que nous nous trouvions au centre d'un vaste lac souterrain. Ainsi que l'écho le laissait entendre, une grande et majestueuse grotte s'ouvrait au-dessus de nos têtes. Partout, autour de nous, les noires et menaçantes eaux souterraines. Mais nous étions sains et saufs : nous avions abordé une île.

✎✦✎

« Etant plus *benefice* que *malefice*, et plus père que parricide, j'horrorise l'auteur de ce spectaculon révoltosant et merdiloquent. C'est un dégoûtancier homicidarisable !

— Tu as raison. Il s'agit à l'évidence d'un monstre », dit Atto, dont l'opinion concordait pour la première fois avec celle d'Ugonio.

Explorer l'île lacustre où le destin (mieux, notre absence de craintes en Dieu) nous avait pitoyablement déposés n'était pas tâche ardue. Il était possible de parcourir à pied ce petit lambeau de terre en quelques instants, car il n'était pas plus grand, dirais-je pour être clair, que la modeste église de Santa Maria in Posterula.

L'attention d'Atto et d'Ugonio était concentrée toutefois sur le cœur de l'île, où étaient réunis des objets de différente taille dont la nature m'échappait encore.

Je touchai mes vêtements. J'étais trempé et je tremblais de froid. Essayant de ranimer ma chaleur intérieure, je quittai à mon tour la barque en tâtant d'un pied méfiant le sol cendré de l'île. Je rejoignis Atto et Ugonio, qui fouillaient çà et là, la mine écœurée et pensive.

« Je dois dire, mon garçon, que ton talent s'affine en matière d'évanouissements, m'accueillit Atto. Tu es tout pâle. La rencontre que nous avons faite t'a effrayé, cela me paraît évident.

— Qui était-ce ? Doux Jésus, on aurait dit...

— Non, ce n'étaient pas les gardiens de l'Enfer, mais la compagnie de l'Oraison et de la mort.

— La pieuse confrérie qui enterre les cadavres abandonnés ?

— Exactement. Certains de ses membres sont venus à

l'auberge chercher le corps du pauvre Fouquet, t'en ressouviens-tu ? Hélas, j'avais oublié qu'ils s'arment de tuniques, de capuchons, de torches, de crânes et d'autres attributs lorsqu'ils se réunissent en procession. Extravagants, n'est-ce pas ?

— Ils ont même effrayé Ugonio, observai-je.

— Je lui en ai demandé la raison, mais il n'a pas voulu me répondre. La compagnie de la Mort est, semble-t-il, l'une des rares sources de peur des pilleurs de tombes. Ses membres parcouraient une galerie souterraine dont une trappe donnait sur le canal où nous sommes passés. Ils nous ont ouïs et ils se sont penchés. La panique nous a alors joué un mauvais tour. Sais-tu ce qui est arrivé ensuite ?

— Je... je n'ai aucun souvenir », confessai-je.

Atto me relata brièvement la suite : Ugonio et lui avaient chu dans l'eau, renversant ainsi le bac. J'étais demeuré prisonnier de la coque, le corps sous l'eau et la tête au-dehors : voilà pourquoi mes cris avaient été étouffés, comme si je me trouvais à l'intérieur d'une cloche. Epouvantés par le cataclysme, les rats qui infestaient les eaux du canal avaient bondi sur moi, me souillant de leurs excréments.

Je me touchai le visage : il avait dit la vérité. Je me nettoyais à l'aide de l'avant-bras tandis que mon estomac se tordait de dégoût.

« La fortune nous a assistés, poursuivit Atto tout en menant la reconnaissance de l'île, parce qu'entre deux cris, Ugonio et moi avons réussi à chasser ces ignobles bêtes...

— Rasouris, pas bestielles, le corrigea tristement Ugonio, les yeux pointés vers une sorte de cage, à nos pieds.

— Des rats, des souris, d'accord ! Bref, acheva de m'expliquer l'abbé, nous avons tiré la barque et ta personne de ce maudit canal et avons débouché dans ce lac souterrain. Heureusement, les trois encapuchonnés ne nous ont pas suivis, et nous voilà ici. Courage ! Tu n'es pas le seul à être transi de froid. Regarde-moi, je suis également trempé et tout crotté. Qui aurait pu imaginer que je gâcherais autant de beaux habits dans ta maudite auberge... mais suis-moi maintenant. »

Il m'indiqua un étrange atelier, situé au centre de l'île.

Deux grands blocs de pierre blanche étaient couchés par terre, servant de piédestaux à deux planches d'un bois sombre et pourri. Sur l'une de ces tables, je découvris un grand nombre d'instruments : pinces, petits couteaux à pointe et gros couteaux de boucher, ciseaux, ainsi que diverses lames privées de manche ; en approchant la lanterne, je remarquai qu'ils étaient tous couverts de sang caillé, dont les nuances allaient du carmin au noir des croûtes. La table puait atrocement la charogne. Parmi les couteaux, deux gros cierges à moitié consumés. L'abbé Melani les alluma.

Je passai à l'autre table, sur laquelle reposaient des objets plus mystérieux : un pot en céramique tout historié, pourvu d'un couvercle et perforé sur les côtés, qui me parut étrangement familier ; une ampoule de verre transparent, dont l'aspect ne m'était pas nouveau, non plus ; une grosse écuelle en terre cuite orange, évasée, mesurant environ un bras de diamètre, au milieu de laquelle se dressait un étrange outil en métal. Il s'agissait d'une sorte de petite potence : une tige verticale fixée sur un trépied et terminée par deux bras courbes qu'on pouvait resserrer autant qu'on le voulait à l'aide d'une vis, comme pour étrangler un malheureux et minuscule individu. Le pot était à moitié rempli d'eau, si bien que la potence (qui n'était pas plus haute qu'un broc) était immergée jusqu'au cercle étrangleur du sommet.

Sur le sol, une pièce encore plus singulière que ce mystérieux laboratoire : une cage en fer, de la taille d'un enfant, qui, à en juger par ses grilles très fines, était destinée à enfermer de petites créatures vivantes et volantes, telles que des papillons ou des canaris.

Mon regard fut attiré par un mouvement à l'intérieur de la cage, et je me penchai. Un petit être gris me scrutait à son tour, apeuré et furtif, à l'intérieur de sa couche : une caisse en bois remplie de paille.

Atto approcha la lanterne pour me permettre de distinguer ce qu'Ugonio et lui avaient déjà reconnu. C'est ainsi que je découvris une pauvre souris, seul otage de l'île, visiblement épouvantée par notre présence.

Il y avait autour de la cage un sinistre attirail, que nous examinâmes avec dégoût : des urnes remplies de poudres jaunâtres, d'égouttures, de sécrétions, d'humeurs bilieuses, de crachats et de boue ; des jarres contenant de la graisse animale (ou humaine ?) mêlée de cendre et de peau morte, ainsi que d'autres éléments répugnants ; des cornues, des alambics, des flacons en verre, un seau dans lequel étaient entassés des os que nous présumâmes animaux (mais qu'Ugonio tint à examiner minutieusement), un morceau de viande pourrie, des peaux de fruit rances, des coquilles de noix ; un pot en céramique plein de mèches de cheveux, un autre renfermant des serpenteaux enchevêtrés et conservés dans de l'alcool ; un petit filet à poissons, un brasero et son soufflet, du vieux bois à brûler, des bouts de feuilles en partie moisies, du charbon et des cailloux ; enfin, une paire de gros gants crasseux, un tas de chiffons couverts de graisse et autres objets sordides et vils.

« C'est le repaire d'un nécromancien, dis-je, fort déconcerté.

— Pire, rétorqua Atto alors que nous continuions d'errer dans ce bazar fou et barbare. C'est le repaire de Dulcibeni, pensionnaire de ton auberge.

— Et qu'y fait-il donc ? m'exclamai-je, outré.

— Difficile à dire. Une chose est certaine : il fait subir aux rats un traitement qui ne plaît guère à Ugonio. »

Le pilleur de tombes observait encore la table de boucher, nullement dérangé par la puanteur mortifère qu'elle dégageait.

« Emprisonnifie, strangulise, bistourifie... mais on ne compréhensionne pas pourquoi, finit-il par déclarer.

— Merci mille fois, j'étais parvenu moi aussi à une telle conclusion, fit Atto. Il capture les rats avec son filet à poisson et les met en cage. Il s'en sert ensuite pour un étrange sortilège avant de les étrangler au moyen de cette petite potence. Enfin, il les dépèce et en fait je ne sais quoi, ajouta Atto avec un sourire amer. Le tout pour obéir quoi qu'il en soit aux pieuses prescriptions des jansénistes de Port-Royal. L'exemplaire qui est enfermé dans la cage est à l'évidence le seul rescapé.

— Monsieur Atto, dis-je, écœuré par ce triomphe d'obscénité, n'avez-vous pas le sentiment d'avoir déjà vu quelque chose ? »

Je lui montrai l'ampoule qui reposait sur la table à côté de la potence en miniature.

Pour toute réponse, Atto tira de sa poche un objet dont j'avais désormais oublié l'existence. Déroulant le mouchoir qui l'entourait, il exhiba les tessons de l'ampoule pleine de sang que nous avions trouvée dans le souterrain D. Puis il les compara à l'ampoule intacte.

« Elles sont jumelles ! » conclus-je avec surprise.

Les deux ampoules étaient, en effet, de la même forme et du même verre verdâtre.

« Le pot historié au couvercle, lui aussi nous l'avons déjà vu... insistai-je. Il était, si je ne m'abuse...

— Dans le réduit secret de Tiracorda, m'aida Atto.

— Voilà !

— Eh non. Tu penses au vase autour duquel s'est agité Dulcibeni pendant que son ami dormait. Celui-ci est plus grand et les dessins sont plus rapprochés. En revanche, le motif de la décoration et les trous sur les côtés sont presque identiques, je te le concède. Ils sont peut-être l'œuvre du même artisan. »

Le pot que nous venions de découvrir dans l'île disposait, lui aussi, de trous d'évent, il était également orné de plantes d'étang et de petites créatures, sans doute des têtards, nageant entre deux feuilles. Eclairé par la lanterne, j'ouvris le couvercle et plongeai un doigt à l'intérieur : le pot contenait une eau grisâtre dans laquelle flottaient des fragments d'une toile blanche et légère. Au fond, un peu de sable.

« Monsieur Atto, Cristofano m'a dit qu'il est dangereux de toucher des rats durant les épidémies de peste.

— Je le sais. J'y ai pensé moi aussi l'autre nuit, après que nous avons rencontré des rats moribonds crachant du sang. A l'évidence, notre Dulcibeni n'est pas sujet à de telles craintes.

— C'est une îlotelle pas bonnelle, pas justelle, pas propicelle, admit Ugonio d'une voix grave.

— J'ai compris, âne bâté. Nous n'allons pas tarder à repartir. Au lieu de gémir, tu pourrais au moins nous dire où nous sommes, puisque nous y sommes arrivés grâce à toi.

— C'est vrai, renchéris-je. Si tu avais choisi l'autre bras de rivière, au carrefour, nous n'aurions pas découvert l'île de Dulcibeni.

— Ce n'est pas œuvrelle de délicielles car la tristelle de l'îlotelle est exercée sur l'autel avec grande habiletelle.

— Ah, ce soir, tous ses mots se terminent en *elle* », murmura l'abbé Melani en levant les yeux au ciel, comme s'il était en proie à un extrême abattement. Il observa un instant de silence avant de s'écrier : « Alors, quelqu'un va me dire où diable se trouve cette îlotelle taratatatelle ! » hurla-t-il.

L'écho de son cri résonna dans toute la grotte. Quand il se fut évanoui, Ugonio m'invita à le suivre. Il me montra l'arrière du gros bloc en pierre qui servait de base à l'une des tables, et opina du chef en émettant un grognement de satisfaction, en réponse, semblait-il, au défi de l'abbé Melani.

Atto nous rejoignit. On pouvait voir sur la pierre un haut-relief représentant des silhouettes d'hommes et d'animaux. Melani se rapprocha et tâta impatiemment du bout des doigts la surface sculptée, comme pour trouver la confirmation de ce qui s'offrait à sa vue.

« Extraordinaire. Un temple de Mithra, murmura-t-il. Regarde, regarde. Il y a tout ce que les manuels décrivent : le taurobole, le scorpion... »

Là où nous nous tenions se dressait jadis un temple souterrain dans lequel les Romains anciens adoraient le dieu Mithra. Cette divinité venue de l'Orient, expliqua Atto, avait fini par rivaliser de popularité avec Apollon, puisqu'ils étaient tous deux le symbole du Soleil. L'image sculptée sur l'une des deux pierres ne laissait pas le moindre doute : elle montrait le dieu dans l'acte de tuer un taureau, dont un scorpion pinçait les testicules, représentation typique de Mithra. De plus, les adorateurs de Mithra avaient une prédilection pour les emplacements souterrains, en admettant que celui-ci fût originel.

« Nous avons uniquement trouvé les deux grandes pierres sur lesquelles Dulcibeni s'appuie pour mener à bien ses pratiques, conclut l'abbé Melani. Sans doute parce que le reste du temple a été enseveli par le lac.

— Comment cela a-t-il pu se produire ?

— A cause de toutes ces rivières souterraines, la terre se meut de temps à autre. Tu l'as bien vu : les souterrains ne renferment pas seulement des galeries, mais aussi des grottes, des cavernes, de grandes cavités, des palais romains englobés dans les constructions des siècles récents. L'eau des rivières et des cloaques creuse à tâtons : une grotte s'écroule, une autre se remplit d'eau, et ainsi de suite. C'est la nature de l'*Urbs subterranea*. »

D'instinct, je songeai à la fissure qui s'était ouverte dans la cage d'escalier de l'auberge, quelques jours plus tôt, après qu'un vacarme souterrain eut retenti.

Ugonio manifestait à nouveau son impatience. Nous résolûmes donc de remettre la barque à l'eau et d'essayer de rentrer. Il tardait à Atto de rejoindre Ciacconio afin que celui-ci lui livre le résultat de son incursion dans la demeure de Tiracorda. Heureusement, notre embarcation n'avait subi ni voie d'eau ni grave endommagement. Nous nous apprêtâmes donc à parcourir en sens inverse l'étroit canal qui nous avait conduits au temple de Mithra.

Ugonio semblait fort mal luné. Soudain, il sauta de la barque et, soulevant quantité d'éclaboussures, regagna vivement l'île.

« Ugonio ! le rappelai-je non sans stupéfaction.

— Du calme, cela ne lui prendra qu'un instant », dit Atto Melani qui avait déjà deviné le motif de ce retour rapide.

En effet, Ugonio nous joignit bientôt en sautant agilement dans la barque, la mine soulagée.

J'allais lui demander ce qui l'avait ramené sur l'île quand je compris soudain.

« Îlotelle pas justicelle », marmonna Ugonio dans sa barbe.

Il avait libéré la dernière souris.

❦

Le retour à travers le canal étouffant, qui tenait d'affluent au lac, se déroula de façon beaucoup moins dramatique, mais tout aussi fatigante que l'aller. Notre allure était ralentie et compliquée par la lassitude qui nous accablait et par le courant contraire, quoique faible. Personne ne parlait. A la poupe, Atto et Ugonio poussaient en plantant leur bâton sur le fond, tandis que je servais de contrepoids et brandissais la lanterne, à la proue.

Au bout d'un moment, j'eus envie de briser ce lourd silence, qu'interrompait seulement le clapotis gluant du canal.

« Monsieur Atto, à propos des remous que provoquent les rivières souterraines, il m'est arrivé quelque chose de bizarre. »

La gazette astrologique que nous avions volée à Stilone Priàso, lui racontai-je, avait prévu pour le mois de septembre des phénomènes naturels tels que des tremblements de terre. Quelques jours plus tôt, on avait entendu dans l'auberge les viscères de la terre se tordre d'une manière sinistre et menaçante, après quoi une fissure s'était ouverte dans la cage d'escalier. S'agissait-il seulement d'une vaticination fortunée ? Ou l'auteur de la gazette astrologique savait-il que des phénomènes de cette nature se produiraient plus facilement au mois de septembre ?

« Je puis te dire que je ne crois pas à de telles bêtises, déclara l'abbé Melani avec un petit rire méprisant, sinon j'aurais déjà couru chez un astrologue pour qu'il me révèle mon présent, mon passé et mon avenir. Je ne pense vraiment pas que le fait que je sois né le 31 mars puisse...

— Aries », marmonna Ugonio.

Atto et moi nous lançâmes un regard interdit.

« Ah oui. J'oubliais que tu es, bref, que tu t'y connais... », dit Atto en essayant de réfréner un rire.

Mais le pilleur de tombes ne se laissa pas intimider. D'après le grand astrologue Arcandam, prédit Ugonio d'une voix imperturbable, celui qui naît sous le signe d'Aries, de nature chaude et sèche, sera dominé par la colère tout au long de son existence. Il sera rousseau ou blond, sera marqué sur le pied gauche, et à la main, il aura abondance de poils, la barbe forte, les yeux colorés, les dents blanches, les mâchoires bien composées, beau nez et grandes paupières.

Il sera scrutateur, enquêteur de paroles et faits d'autrui, de tous secrets. Quant à l'esprit, il sera hardi, studieux, élevé, variable et vigoureux. Il aura plusieurs amis et fuira le mal. Il sera plus enclin aux maladies de tête qu'aux autres, il sera éloquent, solitaire en sa manière de vivre, prodigue en choses nécessaires. Il méditera choses frauduleuses et sera souvent dans quelques embûches et entreprises de menace. Ses actions dans toutes sortes de guerres et de négociations seront couronnées de succès.

En sa première jeunesse, il sera fort contentieux, irascible et honteux. Il souffrira une ire intérieure, qui se manifestera à peine. Il sera menteur et faux, tenant des propos aimables et obséquieux, toutefois il cachera sous de douces paroles dissimulation et mensonge, disant une chose et faisant l'autre, promettant merveilles et ne tenant pas promesse. Il vivra une partie de son âge en autorité. Il sera avaricieux et par son avarice commandera d'acheter et de vendre. Il sera facile à courroucer, envieux, et toutefois les autres auront plus d'envie sur lui qu'il n'aura sur eux, dont on peut inférer qu'il aura plusieurs ennemis et insidiateurs. Quant à la mauvaise fortune, il sera affligé de diverses calamités, en sorte qu'il n'aura pas de commodité sans incommodité et péril de ses biens. Il possédera un héritage muable, il perdra soudain ce qu'il aura acquis et soudain récupérera ce qui était dissipé. Et cette fortune est aucunement indifférente.

Il fera beaucoup de voyages, laissera son pays et ses parents. Il sera riche à quarante-six ans et parviendra à une grande dignité. Il mènera en perfection ce qu'il voudra faire, et ses services seront agréables. Il n'épousera pas la femme qui premièrement lui sera destinée, mais une autre, dont il aura des enfants nobles. Il aimera et conversera avec gens d'Eglise. S'il naît de jour, il fera fortune et sera tenu en grande estime par les princes et seigneurs. Il vivra quatre-vingt-sept ans et trois mois.

Au lieu de railler Ugonio, Atto et moi avions écouté son exposé dans un silence religieux. L'abbé Melani avait même cessé de planter son bâton, contrairement au pilleur de tombes, qui gardait humblement le rythme.

« Bon, voyons, réfléchit Atto. Riche, c'est vrai. Habile dans les négociations, c'est vrai. Les cheveux blonds, tout au moins jusqu'à ce qu'ils aient blanchi, c'est vrai. Grand voyageur, scrutateur des paroles et des faits d'autrui, bien sûr. Barbe forte, beaux yeux, dents blanches, mâchoires bien composées, beau nez, nous y sommes. Eloquent, esprit studieux, élevé, variable et vigoureux : que Dieu me pardonne mon immodestie, mais ce n'est pas faux, au contraire. Et puis ? Ah oui, l'estime des princes, la fréquentation des prélats et les maux de tête. J'ignore où notre Ugonio a puisé toute cette connaissance du signe du Bélier, mais pour sûr elle n'est pas sans fondements. »

Je me gardai de demander à Atto Melani s'il se reconnaissait aussi dans l'avarice, la colère, la fraude, l'envie, le recours au mensonge et à la menace dont parlait le portrait astrologique. Et à Ugonio pourquoi il n'avait pas inclus la vanité parmi les nombreux défauts des sujets nés sous le signe d'Aries. Je me gardai bien d'évoquer la prédiction des noces et de la descendance que l'abbé avait évidemment écartée. Je préférai féliciter le pilleur de tombes en me ressouvenant du brillant *excursus* qu'il avait tenu quelques nuits plus tôt en astrologie médicale :

« Tu connais vraiment beaucoup de choses en astrologie.

— Lirifié, auscultaté, verbisé.

— Sache, mon garçon, s'entremit l'abbé Melani, que la moindre maison, le moindre mur, la moindre pierre de cette sainte ville est empreinte de magie, de superstition, d'une obscure sagesse hermétique. Nos deux ânes bâtés doivent avoir lu un manuel de consultations astrologiques, on en trouve partout, pourvu qu'on ne le proclame pas trop. Le scandale n'est qu'une pièce de théâtre montée pour les naïfs : n'oublie pas l'histoire de l'abbé Morandi. »

C'est à cet instant précis que le bruit de l'eau courante nous détourna de notre conversation : nous avions atteint la confluence avec le canal principal.

« Il convient maintenant de prendre les rames », dit Atto tandis que notre embarcation se livrait à des eaux bien plus rapides et plus résolues que la petite rivière souterraine.

Un instant plus tard, nous nous regardions tous trois, brusquement privés de langue. « Les rames, dis-je, je crois que nous les avons perdues quand les trois membres de la compagnie de la Mort sont apparus. »

Je vis Atto lancer un regard de haine à Ugonio comme s'il exigeait de lui une explication.

« Aries également distractible », se défendit Ugonio en tentant d'attribuer à l'abbé la perte des rames.

En proie au courant, la petite barque se balança avec une régularité impitoyable. Inutiles furent nos tentatives de freiner notre course en plantant les bâtons dans le fond de la rivière.

Nous avançâmes un moment mais, bien vite, un affluent, à gauche, se répandit dans le nôtre, provoquant une vague qui nous obligea à nous agripper de toutes nos forces à notre pauvre bois pour éviter d'être projetés. Le ruissellement des eaux était de plus en plus fort et envahissant, les parois du canal n'offraient point d'appui. Personne n'osait parler.

Ugonio s'efforça d'employer la corde qu'il avait emportée pour accrocher une aspérité le long des parois, mais les pierres et les briques qui les composaient étaient entièrement lisses.

Soudain, je me rappelai que, pendant l'aller, le pilleur de tombes avait expliqué de manière énigmatique la raison pour laquelle il n'avait pas voulu rester dans le canal principal, à la bifurcation.

« Tu as dit que cette rivière "reniflairise" ? » lui demandai-je.

Il opina du chef. « Emanatise une atrocelle puanterelle. »

Soudain, nous nous retrouvâmes à une sorte de croisement aquatique : venant de gauche et de droite, deux affluents de la même taille rejoignirent avec un terrible fracas notre rivière.

Ce fut le début de la fin. Comme enivrée par le chevauchement des confluences hydriques, l'embarcation commença à tourner sur elle-même à une allure de plus en plus rapide. Désormais, nous étions agrippés non seulement à la coque, mais aussi l'un à l'autre. Bientôt, la rotation nous fit perdre le sens de l'orientation, si bien que, le temps d'un instant, j'eus la sensation absurde de remonter le fleuve à contre-courant, vers le salut.

Simultanément, un crépitement assourdissant se rapprochait. La lanterne, qu'Atto tenait à mi-hauteur au prix d'un immense effort, comme si le destin du monde dépendait d'elle, constituait notre seule boussole. Tout, autour de ce point lumineux, tournoyait follement. On aurait dit que nous volions, pensai-je, emporté par la peur et le vertige.

Je fus contenté. L'eau s'évanouit sous la coque et j'entendis les flots se précipiter vers le bas comme si une force magnétique nous soulevait et s'apprêtait à nous déposer pitoyablement sur une plage salvatrice. Le temps d'un bref et fol instant, les paroles que le père Robleda avait consacrées au magnétisme universel de Kircher, qui émane de Dieu et unit toutes les choses, me revinrent à l'esprit.

Mais une force aveugle et colossale nous plaqua contre le fond de la barque, nous désarçonnant incontinent, et la pénombre s'abattit. Je me retrouvai à l'eau, enveloppé dans des tourbillons glaciaux et mauvais, léché par une écume sale et infâme, hurlant de terreur et de désespoir.

Nous avions dévalé une cascade, qui nous avait projetés dans une rivière encore plus fétide et répugnante que la précédente. Avec le choc, l'embarcation s'était renversée et nous avions perdu la lanterne. De temps à autre, je parvenais à toucher le fond du bout des pieds, sans doute parce qu'il y avait là un gros rocher. S'il en était allé autrement, je me serais certainement noyé. La puanteur était délétère et seuls mes halètements de fatigue et de peur forçaient mes poumons.

« Vous êtes vivants ? cria Atto dans le noir, alors que le fracas de la cascade nous torturait les oreilles.

— Je suis là », répondis-je, me débattant pour ne pas couler.

Un corps contendant me heurta la poitrine, me coupant le souffle.

« Accrochez-vous, accrochez-vous à la barque, elle est là, entre nous ! » dit Atto.

Par miracle, je réussis à attraper le bord de l'embarcation, tandis que le courant nous engloutissait une nouvelle fois.

« Ugonio ! hurla encore Atto de toutes ses forces. Ugonio, où es-tu ? »

Nous n'étions plus que deux. Certains, à présent, d'avancer vers la mort, nous nous laissâmes entraîner par la pauvre épave, flottant au milieu de liquides et autres matières fécales indescriptibles.

« Reniflairise... j'ai compris, maintenant, dit Atto.

— Compris ? et quoi ?

— Nous ne sommes pas dans un canal quelconque, mais dans la Cloaca Maxima, le plus grand égout de Rome, construit par les Romains anciens. »

Notre allure s'accéléra encore et nous devinâmes à l'écho que nous nous trouvions à présent dans un large conduit à la voûte très basse, sans doute à peine suffisant pour offrir un passage à la coque de notre barque renversée. Grâce à l'éloignement de la cascade, le vacarme des eaux avait diminué.

Soudain, notre embarcation s'arrêta. Elle avait échoué contre la voûte. En levant le bras, je pus mesurer avec horreur la faible distance qui la séparait de nous. L'air était étouffant, épais et nauséabond, nous avions toutes les peines du monde à respirer.

« Que faisons-nous ? haletai-je en tentant désespérément de garder les lèvres hors de l'eau.

— Il est impossible de rebrousser chemin. Abandonnons-nous au courant.

— Je ne sais pas nager !

— Moi non plus. Mais l'eau est dense, contente-toi donc de flotter. Mets-toi sur le dos et garde la tête bien droite, dit-il en crachotant pour se nettoyer les lèvres. Donne un petit coup de bras de temps à autre, mais sans t'agiter, sinon tu couleras.

— Et puis ?

— Nous finirons bien par ressortir quelque part.

— Et si la voûte se referme totalement ? »

Il ne répondit pas.

A bout de forces, nous nous confiâmes aux flots (si tant

est que cette fange répugnante méritât ce nom) jusqu'à ce que ma prophétie s'avère. Le flux qui nous emportait s'emporta une nouvelle fois comme s'il empruntait une pente. L'air était si rare qu'il me contraignait à de longues apnées, suivies d'inspirations frénétiques ; les gaz malsains que je respirais de la sorte me causaient des spasmes et me donnaient le vertige. On aurait dit qu'un tourbillon lointain et puissant s'apprêtait à nous engloutir.

Soudain, ma tête heurta la voûte de la galerie. Les flots étaient de plus en plus rapides. La mort arrivait.

J'avais envie de vomir, mais je me retins, comme si la libération allait survenir, et avec elle la paix. Pour la dernière fois, j'entendis la voix d'Atto, étranglée mais très proche.

« Ah, c'est donc vrai », murmurait-il.

Neuvième journée

19 SEPTEMBRE 1683

« Regarde, regarde donc. Celui-ci est jeune. »

Des mains et des yeux d'anges miséricordieux prenaient soin de moi. J'étais parvenu au terme de mon long voyage. Mais je n'étais plus là : mon corps devait se trouver ailleurs, tandis que je profitais de la chaleur bénéfique que le Ciel dispense à toutes les âmes bonnes. J'attendis qu'on me montre le chemin.

Quelques instants s'écoulèrent hors du temps, puis les mains d'un ange me tâtèrent doucement. Des murmures légers et indistincts me réveillaient peu à peu. Je pus enfin saisir une goutte de ce doux colloque céleste : « Examine mieux l'autre. »

Au terme de moments fugaces mais peut-être éternels, je compris que les messagers célestes m'avaient momentanément abandonné. Leur charitable assistance ne m'était peut-être plus nécessaire. Je m'offris donc à la divine lumière que le Ciel bienveillant étendait autour de moi et des autres âmes errantes.

Contre toute attente, j'avais encore des yeux pour voir, des oreilles pour ouïr et une chair pour jouir de l'aurore sainte et tiède qui m'envahissait. J'ouvris donc les paupières et découvris devant moi le symbole divin de notre Seigneur, que les premiers chrétiens avaient employé de nombreux siècles plus tôt : un magnifique poisson argenté, qui m'observait avec miséricorde.

Enfin, je tournai le regard vers la lueur. Il me fallut aussitôt porter une main à mon visage.

Il faisait jour et j'étais allongé au soleil, sur une plage.

Je ne tardai pas à comprendre que j'étais en vie, quoique en mauvais état. En vain, je cherchai du regard les deux anges qui s'étaient empressés autour de moi. Ma tête était atrocement douloureuse, et mes prunelles ne souffraient point la lumière du jour. Brusquement, je m'aperçus que j'avais grand-peine à tenir debout. Mes genoux tremblaient et la boue que je foulais était si visqueuse que je risquais de glisser.

Les paupières plissées, je jetai toutefois un coup d'œil autour de moi. Je me trouvais sans nul doute sur les rives du Tibre. C'était l'aube, et des petites barques de pêcheurs sillonnaient paisiblement les eaux du fleuve. Sur l'autre rive, se dressaient les ruines de l'antique Ponte Rotto. A droite, la silhouette indolente de l'île Tibérine, couronnée par les deux bras du fleuve qui la caressaient doucement depuis des millénaires. A gauche, la colline de Sainte Sabine se détachait sur le ciel tranquille de l'aube. Je savais maintenant où j'avais échoué : la bouche de la Cloaca Maxima, qui avait vomi Atto et ma propre personne dans le fleuve, était située un peu à droite. Heureusement, le courant ne nous avait pas entraînés en aval. Je me ressouvenais vaguement d'avoir jailli des eaux et de m'être écroulé à bout de forces sur la terre nue. Nous étions vivants par miracle ; si cette mésaventure s'était déroulée durant l'hiver, pensai-je, j'aurais sans doute rendu l'âme au Seigneur.

En revanche, j'étais réconforté par le soleil de septembre qui s'était tout juste levé dans le ciel limpide. Mais dès que je repris un peu mes esprits, je vis que j'étais sale et engourdi, secoué de frissons.

« Laisse-moi, félon, laisse-moi ! A l'aide ! »

La voix venait de l'arrière. Je me tournai et vis que la rue était bouchée par une grande haie sauvage. Je l'enjambai d'un bond et découvris l'abbé Melani couché sur le sol, lui aussi recouvert de boue, incapable de crier désormais, puisqu'il vomissait. Deux hommes, ou plutôt deux silhouettes louches, étaient courbées sur lui. Elles reculèrent en me voyant et s'enfuirent à toutes jambes, disparaissant derrière la butte qui dominait la plage. Les pêcheurs qui naviguaient non loin de là dans leurs petites barques ne semblaient pas avoir assisté à la scène.

Victime de terribles convulsions, Atto recrachait l'eau qu'il avait avalée au cours de notre désastreux naufrage. Je lui tins la tête en espérant que le liquide évacué ne l'étoufferait point. Au bout d'un moment, il fut à nouveau en mesure de parler et de respirer correctement.

« Les deux scélérats...

— Ne faites pas d'effort, monsieur Atto.

— ... voleurs. Je les aurai. »

Je n'avais, et je n'eus jamais le courage de confesser à Atto que j'avais vu en ces deux voleurs les anges bénis de mon réveil. Au lieu de s'occuper de nous, ils avaient soigneusement fouillé nos vêtements afin de nous voler. Le poisson argenté que j'avais découvert à mes côtés n'était pas une épiphanie sacrée, mais seulement le rebut d'un poissonnier.

« De toute façon, ils n'ont rien trouvé, reprit Atto entre deux crachats. J'ai perdu le peu que j'avais dans la Cloaca Maxima.

— Comment vous sentez-vous ?

— Comment veux-tu que je me sente dans ces conditions, à mon âge ? dit-il en ouvrant son pourpoint et sa chemise souillés. S'il n'en tenait qu'à moi, je me réchaufferais au soleil. Mais nous ne pouvons pas. »

Je sursautai. Bientôt, Cristofano entamerait son tour de chambres matinal.

Nous nous éloignâmes sous les regards intrigués d'un groupe de pêcheurs qui s'apprêtaient à débarquer.

Nous parcourûmes une ruelle parallèle à la grève, laissant le Monte Savello sur notre droite. Les quelques passants que nous croisions nous scrutaient, ébahis par notre saleté et notre mine désespérée. J'avais perdu mes chaussures et je marchais en boitant, sans cesser de tousser ; Atto ressemblait à un vieillard qui eût volé ses vêtements dans un sépulcre. Il pestait à mi-voix contre les rhumatismes et les douleurs musculaires que l'humidité et les terribles efforts de la nuit lui avaient causés. Nous nous dirigions vers le Portico d'Ottavia quand il vira brusquement.

« Ici, j'ai trop de relations, changeons d'itinéraire. »

Nous traversâmes alors la piazza Montanara et la piazza Campitelli. Le nombre des passants augmentait.

Dans le dédale des rues étroites et tortueuses, humides et sombres, presque privées de pavés, je goûtais à nouveau l'éternelle alternance de boue et de poussière, de mauvaises odeurs et de cris. Des pourceaux de toutes tailles fouillaient les tas d'ordures autour de marmites de pâtes fumantes et de larges poêles, où, malgré l'heure matinale, le poisson grésillait déjà, se moquant bien des avis et des édits de santé publique.

J'entendis Atto marmonner avec dégoût et irritation des paroles que le fracas soudain d'un char recouvrit.

Une fois le calme revenu, l'abbé Melani reprit : « Est-il donc possible que nous devions, comme les pourceaux, chercher la paix dans le fumier, la sérénité dans les ordures, le repos dans le bordel des rues défoncées ? A quoi sert-il de vivre à Rome si nous devons nous mouvoir comme des bêtes, et non comme des hommes ? Je t'en supplie, Saint-Père, arrache-nous à la crotte ! »

Je lui lançai un regard interrogateur.

« Ce sont les mots de Lorenzo Pizzati da Pontremoli, répondit-il. Un parasite à la cour du pape Rospigliosi ; mais il avait raison, c'est lui qui rédigea cette prière abrupte à l'adresse de Clément IX, il y a une vingtaine d'années.

— Mais alors, Rome a toujours été ainsi ! m'exclamai-je avec surprise, m'étant imaginé l'*Urbe* du passé dans un cadre bien plus fabuleux.

— Comme je te l'ai dit, je me trouvais alors à Rome. Eh bien, pas un jour ne passait sans qu'on soit obligé de réparer (mal) les rues. Si tu ajoutes les égouts et les tuyaux, on se noyait dans les chantiers. Pour se protéger des eaux de pluie et des ordures, il fallait chausser des bottes y compris au mois d'août. Pizzati avait raison : Rome est devenue une Babel où l'on vit dans un vacarme incessant. Ce n'est plus une ville, c'est une écurie, déclara l'abbé en martelant les dernières syllabes.

— Le pape Rospigliosi ne faisait-il donc rien pour améliorer les choses ?

— Bien sûr que si, mon garçon. Mais tu connais les Romains : de vraies têtes de mule. L'on tenta ainsi de concevoir un système public de récolte d'ordures, l'on commanda aux habitants de nettoyer la rue devant leur porte, en particulier l'été. Cela ne servit à rien. »

Brusquement l'abbé me poussa et nous nous aplatîmes sur l'étroit trottoir : j'échappai ainsi d'un cheveu à un carrosse énorme et luxueux qui filait aussi vite qu'une flèche. L'humeur de l'abbé s'assombrit davantage.

« Selon Carlo Borromeo, deux choses sont nécessaires pour avoir du succès à Rome, déclara l'abbé Melani d'une voix aigre. Aimer Dieu et posséder un carrosse. Sais-tu qu'il y en a plus de mille dans cette ville ?

— Ils sont peut-être à l'origine du grondement lointain qu'il m'arrive d'entendre dans la rue alors que personne n'y passe, dis-je, déconcerté. Mais où vont donc tous ces carrosses ?

— Oh, nulle part. Les nobles, les ambassadeurs, les médecins, les avocats célèbres et les cardinaux romains emploient exclusivement ce moyen même lorsqu'il leur faut parcourir des trajets très brefs. Et ce n'est pas tout, désormais ils en ont plusieurs.

— Ont-ils donc des familles si nombreuses ?

— Mais non, répondit Atto dans un rire. On se promène avec une suite de quatre ou cinq voitures pour se donner plus de prestige. Les cardinaux et les ambassadeurs en visite officielle en déploient jusqu'à trois cents. Ce qui explique les encombrements inexorables et les nuages de poussière quotidiens.

— Je comprends maintenant la rixe à laquelle j'ai assisté il y a quelque temps sur la piazza in Posterula. Les laquais de deux carrosses nobles se disputaient une place en se battant comme plâtre. »

Atto vira une nouvelle fois.

« Ici aussi, je risque d'être reconnu. Il y a un jeune chanoine... coupons vers la piazza San Pantaleo. »

Epuisé, je m'insurgeai contre tous ces détours compliqués.

« Tais-toi et évite d'attirer les regards, dit Atto en lissant soudain sa chevelure blanche et fanée. Heureusement, personne ne nous prête attention dans ce désordre animalesque, murmura-t-il avant d'ajouter d'une voix presque inaudible : je déteste me trouver dans cet état. »

Il était plus prudent, et Atto le savait, de traverser le marché encombré de la place Navone, plutôt que d'être aperçus, seuls et errants, au milieu de la piazza Madama ou de la via de Parione.

« Il faut que nous gagnions la demeure de Tiracorda le plus vite possible, dit Atto, en veillant à ce que les sentinelles du Bargello, qui montent la garde devant l'auberge, ne nous voient pas.

— Et puis ?

— Nous essaierons d'entrer dans l'écurie et de nous engager dans les souterrains.

— Ce sera très difficile. N'importe qui pourrait nous remarquer.

— Je le sais. As-tu une meilleure idée ? »

Nous nous apprêtâmes donc à nous jeter dans la foule du marché de la place Navone. Enorme fut toutefois notre déconvenue lorsque nous débouchâmes dans une place à moitié vide, seulement animée par quelques petits groupes épars, au centre de laquelle des orateurs barbus et en nage, montés sur une estrade ou une chaise, agitaient les bras en haranguant et sermonnant les passants. Pas de marché, pas de vendeurs, pas d'étals de fruits et de légumes, pas de foule.

« Malédiction, c'est dimanche ! » nous écriâmes-nous presque à l'unisson.

Le marché n'avait pas lieu, le dimanche, voilà pourquoi les rues étaient peu fréquentées. La quarantaine et nos nombreuses aventures avaient bouleversé notre calendrier.

Comme tous les jours de fêtes, la place était le royaume des prêtres, des prédicateurs et des hommes pieux, qui attiraient par des sermons édifiants, où dominaient tantôt la subtilité de la logique, tantôt une puissante éloquence, curieux, étudiants, érudits, désœuvrés et mendiants, sans oublier les coupeurs de bourse prêts à profiter de la distraction des autres spectateurs. Le joyeux désordre quotidien du marché avait laissé la place à une atmosphère grave et pesante ; s'abandonnant à ce climat, les nuages recouvrirent brusquement le soleil.

Nous traversâmes la place avec le sentiment d'être encore plus nus et inermes que nous l'étions. Nous nous écartâmes rapidement du centre pour rejoindre le côté droit, que nous rasâmes sur la pointe des pieds en espérant que personne ne nous remarquerait. Je sursautai lorsque je vis un enfant se détacher d'un groupe voisin et nous montrer du doigt à l'adulte qui l'accompagnait. Ce dernier nous observa un instant avant de détourner heureusement son regard de notre furtive et misérable présence.

« On va finir par nous remarquer, malédiction ! Essayons de nous fondre dans la foule », dit Atto en indiquant un rassemblement, non loin de nous.

Nous nous mêlâmes ainsi à un petit groupe, réuni autour d'un point central invisible. Nous étions à deux pas de la grande fontaine des quatre fleuves que le cavalier Bernin avait élevée. Avec leur puissance de marbre, les quatre statues titanesques des divinités aquatiques semblaient proférer une condamnation et participer à l'atmosphère sacrée de la place. Au centre de la fontaine, un lion de pierre me scrutait d'un air féroce mais imposant. Au sommet, un obélisque recouvert de hiéroglyphes et surmonté par une petite pyramide dorée s'élançait presque naturellement vers le Très-Haut. N'était-ce pas l'obélisque que Kircher avait déchiffré, ainsi que je l'avais appris quelques jours plus tôt ? La foule, qui se pressait pour mieux entendre un sermon, m'arracha à mes interrogations.

Dans cette forêt de têtes, de dos et d'épaules, je ne pus apercevoir le prédicateur qu'au cours de brefs instants. A en juger par son couvre-chef, il s'agissait d'un frère jésuite. Le petit homme rond, au visage cramoisi, coiffé d'un tricorne trop grand pour lui, entretenait les spectateurs avec une éloquence torrentielle.

« ... Et en quoi consiste une vie dévote ? l'entendis-je déclamer. Je vous le dis : à peu parler, beaucoup pleurer, être raillé de tous côtés, souffrir une existence pauvre, un corps infirme, un honneur insulté, des intérêts alourdis. Une telle vie peut-elle ne pas être malheureuse ? Eh bien je vous le dis : Oui ! »

La foule fut parcourue par un bruissement d'incrédulité et de scepticisme.

« Je le sais ! poursuivit le prédicateur avec véhémence. Les êtres d'esprit sont habitués à ces maux. Ils souhaitent même les supporter spontanément. Et s'ils ne les trouvent pas sur leur chemin, ils partent à la chasse ! »

Un murmure inquiet secoua une nouvelle fois la foule.

« Comme Siméon le Cyrénéen, qui contrefit la folie afin que la foule se moque de lui. Comme Bernard de Clairvaux, qui avait une mauvaise santé et choisissait les ermitages les plus froids, les plus cruels ! Ils auraient pu s'en passer ! Vous les jugez misérables ? Non, non, écoutez donc ce que dit le grand prélat Salviano... »

L'abbé Melani me poussa pour attirer mon attention. « Le champ me paraît libre, allons-y. »

Nous nous dirigeâmes vers la sortie de la place Navone la plus proche du *Damoiseau*, en espérant que le dernier tronçon ne nous réserverait pas de mauvaise surprise.

« Que le grand prélat Salviano dise ce qu'il veut, je brûle de changer d'habits », soupira Atto, à bout de forces.

Sans avoir le courage de me retourner, j'eus l'impression désagréable qu'on nous suivait.

Nous étions presque sortis indemnes de cette dangereuse traversée quand un fait imprévisible se produisit. Atto marchait devant moi, contre le mur d'une maison, lorsque je vis une porte s'ouvrir, deux mains robustes et décidées en jaillir, se refermer sur lui et l'entraîner de force. Cette terrible vision s'ajoutant à la fatigue qui m'envahissait totalement, je faillis m'évanouir. Je demeurai pétrifié, ne sachant si je devais m'enfuir ou demander de l'aide, courant dans les deux cas le terrible risque d'être reconnu et arrêté.

C'est alors que s'éleva dans mon dos une voix familière, qui me parut particulièrement céleste : « Hâtise-toi aussi dans la cachetterie. »

L'abbé Melani avait beau nourrir un grand mépris à l'égard des pilleurs de tombes, il lui fallut déployer de grands efforts pour dissimuler la reconnaissance que leur intervention faisait naître en lui. En effet, non seulement Ugonio avait survécu miraculeusement à la Cloaca Maxima, mais après avoir rejoint Ciacconio il nous avait retrouvés et placés en sécurité, certes en mettant en œuvre des méthodes pour le moins brusques. Ciacconio avait ensuite entraîné Atto dans un immeuble de la place Navone où Ugonio m'avait prié de pénétrer à mon tour.

Sans nous laisser le temps de leur poser la moindre question, les pilleurs de tombes nous invitèrent à franchir une autre porte et à emprunter un escalier très raide, qui conduisait dans un couloir étroit et sinistre, sans fenêtres. Ciacconio tira de son paletot crasseux une lanterne qui me sembla déjà allumée, en dépit de l'absurdité d'une telle hypothèse. Notre sauveur paraissait aussi trempé que nous, mais il trottait du pas rapide et bondissant qui le caractérisait.

« Où nous emmenez-vous ? demanda Atto, pour une fois surpris par une situation qu'il ne maîtrisait plus.

— La plaçouille Navonelle dangerise, dit Ugonio. Etant plus père que parricide, le souspanthéonien est plus salubrifère. »

Au cours d'une de nos explorations du souterrain C, me ressouvenais-je, les pilleurs de tombes nous avaient montré l'embouchure d'une sortie qui conduisait dans la cour d'un palais, derrière le Panthéon, piazza della Rotonda. Pendant un bon quart d'heure, nous passâmes de cave en cave, dans une succession ininterrompue de portes, escaliers, entrepôts désertés, escaliers en colimaçon et galeries. De temps à autre, Ugonio brandissait son anneau rempli de clefs, ouvrait une porte, s'effaçait devant nous, refermait dans notre dos à quadruple ou quintuple tour. Poussés par les deux pilleurs de tombes, Atto et moi cheminions, pareils à deux enveloppes mortelles prêtes à quitter la terre.

Nous atteignîmes enfin une sorte de grosse porte en bois qui s'ouvrit en grinçant sur une cour. La lumière du jour nous brûla à nouveau les pupilles. Nous nous engageâmes dans une ruelle, puis dans une autre cour à moitié abandonnée, à laquelle on accédait en poussant une grille privée de serrure.

« Hâtisez-vous dans la galerielle », nous pria Ugonio en nous montrant une sorte de trappe en bois dans le sol. Nous soulevâmes les planches, qui révélèrent un puits étouffant et obscur, puis nous nous accrochâmes à une corde, qui pendait à une barre en fer posée horizontalement au sommet du conduit. Nous nous laissâmes glisser vers le bas. Nous savions où elle nous mènerait : dans le réseau de souterrains reliés au *Damoiseau*.

Tandis que le couvercle de la trappe se refermait sur nous, je vis les visages encapuchonnés d'Ugonio et de Ciacconio disparaître dans la lumière du jour. J'aurais voulu demander à Ugonio comment il avait survécu au naufrage dans la Cloaca Maxima, et par quel mystère il en était sorti, mais le temps pressait. Pendant que je descendais, agrippé à la corde, j'eus l'impression fugace que le regard d'Ugonio croisait le mien. Pour une raison inexplicable, je fus certain qu'il avait deviné mes pensées : j'étais heureux qu'il soit sain et sauf.

⁂

Aussitôt après avoir regagné ma chambre, je me changeai hâtivement et dissimulai mes vêtements sales et crottés. Je me rendis sans tarder auprès de Cristofano, prêt à justifier mon absence par une improbable visite à la cave. Trop épuisé pour être inquiet, je m'étais résigné à affronter des questions et des objections auxquelles il me serait impossible de répondre.

Mais Cristofano dormait. Peut-être éreinté par la crise qui l'avait frappé la veille, il s'était couché sans même prendre soin de fermer sa porte. Il était allongé sur son lit, à moitié dévêtu.

Je me gardai bien de le réveiller. Le soleil était bas sur

l'horizon ; j'avais encore un peu de temps avant notre rendez-vous avec Devizé dans la chambre de Bedford, je comptais le mettre à profit pour dormir.

En dépit de mes attentes, ce ne fut pas un sommeil
réparateur. Il fut agité par des songes tourmentés et convulsifs dans lesquels je revécus notre malheureuse aventure
souterraine : notre rencontre avec la Compagnie de la Mort
et les terribles moments que j'avais passés sous la barque
renversée ; nos découvertes inquiétantes sur l'île du temple
de Mithra, et pour terminer le long cauchemar de la Cloaca
Maxima, pendant lequel j'avais cru mourir. Voilà pourquoi
je me réveillai encore plus fatigué quand les articulations
de Cristofano rebondirent sur ma porte.

Le médecin, non plus, ne semblait pas en bonne forme.
Des plis bleuâtres marquaient son visage las, son regard
était luisant et absent, sa posture, hier solide et droite, légèrement voûtée. Il ne me salua pas et, grâce au Ciel, ne me
posa pas la moindre question sur la nuit écoulée.

Je dus même lui rappeler qu'il nous faudrait bientôt
nourrir, comme à l'accoutumée, les pensionnaires. Mais
avant tout, parer à l'urgence. Il était temps de mettre en
pratique les théories de Robleda et de soigner la peste de
Bedford par la guitare de Devizé. J'allai annoncer au jésuite
que nous nous apprêtions à suivre ses indications. Nous
appelâmes ensuite Devizé et nous rendîmes dans la
chambre voisine, au chevet du pauvre Anglais.

Le jeune musicien avait apporté un tabouret pour pouvoir jouer dans le couloir sans avoir à entrer dans la
chambre du pestiféré et exposer sa propre santé. La porte
demeurerait ouverte, laissant ainsi le passage libre aux sons
bénéfiques (nous l'espérions) de la guitare. Cristofano se
plaça, en revanche, près du lit de Bedford afin d'observer
les effets de la musique.

Quant à moi, je me postai discrètement dans le couloir,
à quelques pas du musicien. Devizé s'assit sur le tabouret,
chercha la posture la plus confortable possible et accorda
brièvement son instrument. Il se dégourdit d'abord les
mains sur une allemande. Puis il s'aventura dans une courante, avant d'attaquer une sévère sarabande. Il s'interrompit alors pour accorder et s'enquit du malade.

« Rien », répondit Cristofano.

Le concert reprit par une gavotte et une gigue.

« Rien. Rien de rien, rien. On dirait qu'il n'entend même pas », rapporta le médecin, abattu et impatient.

C'est alors que Devizé joua enfin le morceau que j'espérais, le seul capable, parmi toutes les danses que je l'avais entendu exécuter, d'ensorceler l'attention et le cœur de tous les pensionnaires de l'auberge : le superbe rondeau que son maître Francesco Corbetta avait écrit à l'intention de Marie-Thérèse, reine de France.

Ainsi que je l'imaginais, je n'étais pas le seul à attendre ces notes au charme fatal. Devizé joua le rondeau une première fois, puis une deuxième et une troisième, comme s'il voulait nous dire que, pour de mystérieuses raisons, ces notes lui étaient également douces et agréables. Nous observâmes tous un silence complet, saisis par le même enchantement. Nous avions ouï cette musique à de nombreuses reprises, nous ne nous en lassions jamais.

Cependant, tandis que j'écoutais le rondeau pour la quatrième fois, la jouissance des sons s'effaça devant une merveille. Bercé par la répétition cyclique du refrain, je pensai : qu'avait donc dit Devizé quelques jours plus tôt ? Les strophes alternées du rondeau « renferment de nouvelles épreuves harmoniques, qui se concluent de façon inattendue, comme si elles étaient étrangères à la bonne doctrine de la musique. Après avoir atteint son apogée, le rondeau entame brusquement sa fin ».

Et qu'avait lu l'abbé Melani dans la lettre de Kircher ? Que la peste était cyclique et qu'elle présentait « à son terme, quelque chose d'inattendu, de mystérieux, d'étranger à la doctrine médicale : après être parvenue à son comble, la maladie *senescit ex abrupto*, décline brusquement ».

Les mots que Devizé avait employés pour décrire le rondeau étaient presque identiques à ceux avec lesquels Kircher avait parlé de la peste...

J'attendis que la musique s'achève pour poser enfin la question que j'aurais dû énoncer depuis longtemps, trop longtemps : « Monsieur Devizé, ce rondeau a-t-il un nom ?

— Oui, *Les Barricades mystérieuses** », scanda-t-il lentement.

Je gardai le silence, tandis qu'il traduisait ce nom en italien. Les barricades mystérieuses, mais n'étaient-ce pas les mots obscurs qu'Atto Melani avait bredouillés la veille, dans son sommeil ?

Je n'eus pas le temps de me répondre : mon esprit galopait déjà vers d'autres barricades mystérieuses, les *arcanae obices* de la lettre de Kircher...

Mes pensées furent balayées. Projeté dans la mer de soupçon et d'illusion par le bourdonnement irritant que ces deux mots latins produisaient dans mon cerveau, je fus saisi de vertiges. Je me levai brusquement et me dirigeai en toute hâte vers ma chambre, sous le regard stupéfait de Cristofano et de Devizé, qui s'attelait au même refrain.

Ecrasé par le poids de cette découverte et des conséquences qu'elle entraînait, à l'instar de la plus périlleuse des avalanches, je refermai la porte derrière moi.

Le terrible mystère des *arcanae obices* de Kircher, les mystérieux obstacles qui dissimulaient le *secretum vitae*, avaient enfin pris forme devant mes yeux.

Une pause de réflexion, dans une solitude totale, me fut nécessaire. Non parce que j'avais besoin de m'éclaircir les idées, mais parce que je devais établir avec qui les partager.

Premièrement, Atto et moi étions sur les traces des *arcanae obices*, les « mystérieuses barricades » dotées de la suprême faculté de vaincre la peste, dont Kircher avait parlé dans sa folle lettre au surintendant Fouquet. Deuxièmement, j'avais entendu l'abbé mentionner pendant son sommeil, dans la langue de son pays d'élection, les *barricades mystérieuses** sans aucune autre explication. Troisièmement, ayant demandé à Devizé comment s'intitulait le rondeau qu'il jouait pour soigner Bedford, le pestiféré, je découvrais qu'il portait justement ce nom. A l'évidence, certains individus en savaient plus long qu'ils ne voulaient bien l'admettre.

❦

« Mais tu ne comprends rien du tout ! » s'exclama l'abbé Melani.

Je venais juste de l'arracher à un profond sommeil dans le but d'obtenir des éclaircissements, et voilà que sous le feu de mes informations, ses paroles et ses gestes se faisaient brûlants. Il me pria de lui en rendre compte une nouvelle fois : Devizé qui jouait le rondeau pour la santé de Bedford et qui me confessait avec un souverain naturel que ce morceau s'intitulait *Les Barricades mystérieuses*.

« Pardonne-moi, mais il faut que tu me laisses quelques

instants en repos pour me permettre de rassembler mes idées, dit-il, presque écrasé par tant de nouvelles.

— Vous savez toutefois que je désire des explications et que...

— Soit, soit. Mais, pour l'heure, laisse-moi réfléchir. »

Je fus donc contraint de le quitter et de retourner auprès de lui un peu plus tard. Au vu de ses yeux, vigilants et guerriers, j'aurais pu croire qu'il ne s'était jamais endormi.

« Tu as attendu que nous approchions de la vérité pour devenir mon ennemi, commença-t-il sur un ton presque chagriné.

— Pas votre ennemi, me hâtai-je de corriger. Mais vous devez comprendre...

— Voyons, m'interrompit-il. Essaie donc de réfléchir.

— Si vous me le permettez, monsieur Atto, je suis parfaitement en mesure de raisonner, cette fois. Et je me dis : comment se fait-il que vous connaissiez le titre de ce rondeau, et que ce titre soit également la traduction d'*arcanae obices* ? »

La pensée d'acculer, certes brièvement, cet individu si sagace, me remplissait de fierté. Je l'observai d'un regard soupçonneux et accusatoire.

« As-tu terminé ?

— Oui.

— Eh bien, dit-il enfin, laisse-moi parler. Si j'ai bien compris, tu m'as ouï murmurer *barricades mystérieuses** dans mon sommeil.

— Exact.

— Bien. Comme tu le sais, c'est plus ou moins la traduction d'*arcanae obices*.

— Justement. Et je voudrais que vous m'expliquiez une bonne fois pour toutes comme vous pouviez savoir...

— Tais-toi, tais-toi. Ne comprends-tu donc pas ? C'est la question.

— Mais vous...

— Aie confiance en moi une dernière fois. Ce que je m'apprête à dire altérera ton opinion.

— Monsieur Atto, je ne peux plus poursuivre ces mystères, et puis...

— Tu n'as plus rien à poursuivre. Nous sommes arrivés. Le secret des *arcanae obices* est parmi nous, et il t'appartient peut-être plus qu'à moi.

— Que voulez-vous dire par là ?

— Que tu l'as vu, ou plutôt que tu l'as entendu plus souvent que moi.

— C'est-à-dire...

— Le *secretum vitae* qui protège de la peste se trouve dans cette musique. »

Cette fois, c'est moi qui eus besoin de temps pour m'habituer à cette idée renversante. Le secret du mystère de Kircher et Fouquet, du Roi-Soleil et de Marie-Thérèse se nichait à l'intérieur du merveilleux rondeau qui m'avait tant fasciné.

En proie à la surprise, je blêmis et balbutiai, sans défense : « Mais je croyais... ce n'est pas possible.

— C'est la réflexion que je me suis faite dans un premier temps, mais si tu y réfléchis bien, tu comprendras. Suis mon raisonnement : ne t'ai-je pas dit que Corbetta, le maître de Devizé, était expert dans l'art de chiffrer des messages à l'intérieur de ses musiques ?

— Si, c'est vrai.

— Voilà. Devizé t'a révélé lui-même que Corbetta avait composé le rondeau des *Barricades mystérieuses* et l'avait offert avant de mourir à Marie-Thérèse d'Espagne.

— Oui, c'est également vrai.

— Bien. Ainsi que tu l'as vu de tes propres yeux, le rondeau est dédié "*à Mademoiselle**", l'épouse de Lauzun. Lauzun était emprisonné avec Fouquet. Et Fouquet avait reçu le secret de la peste de Kircher. Lorsqu'il était encore surintendant, Fouquet a dû, en accord avec Kircher, charger Corbetta de chiffrer en musique le *secretum vitae*, c'est-à-dire les *arcanae obices*, ou les mystérieuses barricades qui sauvent de la peste.

— Mais Kircher savait aussi chiffrer des messages en musique, m'avez-vous dit.

— Bien sûr. En effet, il est possible que Kircher ait remis à Fouquet le *secretum vitae* déjà chiffré sous forme de tablatures musicales, mais à un stade non achevé. Te rappelles-tu ce qu'a raconté Devizé ? Corbetta a créé le rondeau en récrivant une mélodie déjà existante. Je suis certain qu'il faisait allusion à Kircher. Et ce n'est pas tout : en le jouant et le rejouant sur sa guitare, Devizé en a sans doute perfectionné l'exécution au point d'empêcher quiconque de penser qu'une harmonie aussi sublime cache un message en code. Incroyable, n'est-ce pas ? J'ai grand-peine à le croire moi-même.

— C'est sous forme de rondeau que le surintendant a dû conserver jalousement le *secretum vitae*.

— Oui, ces tablatures ont mystérieusement échappé aux mésaventures dont mon pauvre ami Nicolas a été victime.

— Et à Pignerol...

— ... Il a confié le secret à Lauzun. Sais-tu ce que je pense à ce sujet ? Que Lauzun a lui-même inscrit la dédicace *"à Mademoiselle*"* et qu'il a remis ces partitions à son épouse pour qu'elle les transmette à Marie-Thérèse.

— Mais Devizé m'a dit que c'était un cadeau de Corbetta à la reine.

— Balivernes sans importance. Une façon de te présenter une histoire simple. La vérité, c'est qu'après Corbetta, et avant de parvenir à Marie-Thérèse, ce rondeau est passé entre les mains de Fouquet, de Lauzun et de la Grande Mademoiselle.

— Quelque chose m'échappe, monsieur Atto : ne pensiez-vous pas qu'on avait enfermé Lauzun à Pignerol, près du surintendant, afin de lui voler son secret ?

— Il est possible que Lauzun ait servi deux maîtres. Au lieu d'espionner et de trahir Fouquet, il a sans doute préféré tout lui expliquer, d'autant plus que l'Ecureuil avait l'esprit fin. Lauzun l'a donc aidé à échanger sa propre liberté avec le roi contre le *secretum morbi*. Mais, et cela lui fait honneur, il s'est bien gardé de révéler à Sa Majesté Très-Chrétienne que Fouquet possédait aussi le *secretum vitae*, c'est-à-dire le rondeau. Ou plutôt, la Grande Mademoiselle et lui ont saisi cette occasion pour se venger du roi et ont livré le précieux antidote contre l'épidémie aux ennemis de Sa Majesté. Au premier rang desquels, et cela me fait grand mal de le dire, se trouvait la reine son épouse Marie-Thérèse, que Dieu la garde dans sa gloire. »

Pensif, je me répétai toutes les réflexions qu'avait élaborées Atto.

« En effet, il y a quelque chose d'étrange dans cette musique, observai-je en renouant les fils de ma mémoire, on dirait que... qu'elle va et vient, toujours égale à elle-même et toujours différente. J'ai du mal à l'expliquer, mais cela m'évoque ce que Kircher a écrit au sujet de la peste : la maladie s'éloigne et revient, s'éloigne et revient, puis elle finit par mourir en atteignant son paroxysme. C'est comme si... cette musique en parlait.

— Ah oui ? C'est encore mieux. En entendant le rondeau ces derniers jours, avant la réclusion, j'ai eu moi aussi le sentiment qu'il contenait quelque chose de mystérieux et d'ineffable. »

Dans la fougue de nos réflexions, j'avais totalement oublié le motif pour lequel je m'étais rendu chez l'abbé Melani : je voulais qu'il m'explique les mots qu'il avait prononcés dans son sommeil. Mais, une fois encore, Atto reprit la parole.

« Ecoute-moi bien. Il nous reste encore deux problèmes irrésolus : avant tout, à qui sert l'antidote du *secretum vitae* contre le *secretum morbi*, et donc contre Sa Majesté Très-Chrétienne ? Deuxièmement : que trame Dulcibeni ? Lequel voyageait en compagnie de Devizé et de Fouquet, avant que mon pauvre ami... » La voix d'Atto fléchit une nouvelle fois sous le poids de l'émotion « ... vienne s'éteindre dans ton auberge. »

Je m'apprêtais à lui rappeler qu'il convenait aussi de découvrir à qui, ou à quoi, l'étrange mort de Fouquet était due, et ce que mes perles étaient devenues, quand, me soulevant paternellement le menton, il poursuivit : « Je vais te poser une question. Si j'avais su à quelle porte frapper pour trouver les *arcanae obices* que Kircher a mentionnées, aurais-je perdu tout ce temps à profiter de ta compagnie ?

— Eh bien, peut-être pas.

— *Certainement* pas. Je me serais efforcé de soutirer directement à Devizé le secret de son rondeau. J'y serais peut-être parvenu sans grandes difficultés. Il est possible que Devizé ignore ce qui se cache exactement dans le rondeau des *Barricades mystérieuses*, ainsi que les liens compliqués qui unissent Corbetta, Lauzun, et la Grande Mademoiselle. »

C'est alors que nos pupilles se croisèrent.

« Non, mon garçon. Je dois te le confesser, tu m'es fort précieux, et je n'ai jamais songé à te tromper pour obtenir tes services. Cependant, l'abbé Melani doit te demander maintenant un dernier sacrifice. M'obéiras-tu encore une fois ? »

La réponse me fut épargnée par l'écho d'un hurlement : je n'eus aucune difficulté à reconnaître la voix de Cristofano.

Je quittai l'abbé Melani et me précipitai sans différer dans la chambre de Bedford.

« Triomphe ! Merveille ! Victoire ! » répétait le médecin en haletant, le visage cramoisi sous l'effet de l'émotion, la main sur le cœur, le dos plaqué contre le mur pour éviter de choir.

Assis sur le bord de son lit, le jeune Anglais, Eduardus de Bedford, toussait bruyamment.

« Pourrais-je avoir un verre d'eau ? » demanda-t-il d'une voix rauque comme s'il s'arrachait à un long sommeil.

∽✾∾

Un quart d'heure plus tard, toute l'auberge se pressait autour d'un Devizé stupéfait, devant la porte de Bedford. Réjouis et ébahis par cette heureuse surprise, les pensionnaires du *Damoiseau* avaient conflué, comme un petit ruisseau vif, dans le couloir du premier étage. Ils se renvoyaient maintenant des exclamations de stupeur et des questions auxquelles ils n'attendaient même pas de réponse. Ils n'osaient pas encore approcher Cristofano et l'Anglais ressuscité. En effet, après avoir repris son calme, le médecin examinait soigneusement son patient. Sa sentence tomba bientôt : « Il se porte bien. Il se porte très bien, diantre ! Je dirais même qu'il ne s'est jamais mieux porté », déclara Cristofano avant de se laisser aller à un éclat de rire de soulagement qui s'étendit à toute l'assistance.

Contrairement à monsieur Pellegrino, mon maître, Bedford s'était parfaitement ressaisi. Il demanda ce qui s'était passé, pourquoi son corps était recouvert de pansements et ses membres aussi douloureux ; l'incision des bubons et les saignées l'avaient martyrisé.

Il ne se ressouvenait de rien. Il écoutait les questions que lui posaient les pensionnaires, et en premier lieu Brenozzi, en écarquillant ses yeux égarés et en secouant la tête d'un air las.

En y regardant bien, je m'aperçus que les pensionnaires n'étaient pas tous de la même humeur. Le silence ému de Devizé et la pâleur de cire de Dulcibeni tranchaient sur la joie du père Robleda, de Brenozzi, de Stilone Priaso et de ma Cloridia (qui m'offrit un beau sourire). Je vis un Atto Melani songeur interroger Cristofano avant de s'éloigner et de gravir l'escalier.

C'est alors que, dans le vacarme général, Bedford comprit enfin qu'il avait eu la peste et qu'on l'avait cru condamné pendant plusieurs jours. Il blêmit.

« Mais alors, la vision... s'exclama-t-il.

— Quelle vision ? lui demanda-t-on en chœur.

— Eh bien... je crois que j'ai été en Enfer. »

Ainsi qu'il le raconta, il n'avait qu'un seul souvenir de sa maladie : une sensation subite de longue chute vers le bas et vers le feu. Au bout d'un laps de temps indéfinissable, il avait vu se dresser devant lui rien de moins que Lucifer. Le démon, qui avait la peau verte, une moustache et une mouche sur le menton (exactement comme Cristofano, indiqua-t-il), lui avait planté dans la gorge l'une de ses grosses griffes, d'où sortaient des langues de feu, et avait tenté de lui extirper l'âme. N'y parvenant pas, Lucifer avait brandi sa grande fourche et l'avait transpercé à plusieurs reprises, le saignant presque entièrement. L'immonde Bête avait ensuite agrippé son pauvre corps et l'avait jeté dans de la poix bouillante. Bedford jura alors que tout lui avait semblé horriblement réel et qu'il n'aurait jamais cru qu'on pût autant souffrir. Le jeune homme était resté un certain temps dans la poix, se tordant de douleur, il avait demandé pardon à Dieu pour tous ses péchés et son peu de foi, puis il avait conjuré le Très-Haut de l'arracher à cet Hadès infernal. L'obscurité s'était enfin abattue sur lui.

Nous l'avions écouté dans un silence religieux ; mais à présent, les voix des pensionnaires jouaient à celle qui crierait le plus fort au miracle. Père Robleda, qui s'était signé à plusieurs reprises pendant le récit, abandonna le groupe pour se diriger vers Bedford et, ému, traça le signe de croix devant lui en signe de bénédiction. Certains pensionnaires s'agenouillèrent alors et se signèrent à leur tour.

Seul le médecin s'était assombri. Tout comme moi, il connaissait l'origine de cette vision : le souvenir fou du féroce traitement auquel il avait soumis l'Anglais, tandis qu'il gisait, en proie à la peste. La griffe diabolique qui voulait lui arracher l'âme n'était autre que les muscadins impériaux, avec lesquels Cristofano avait provoqué ses vomissements ; et nous avions vu sans peine dans la cruelle fourche de Lucifer les instruments à l'aide desquels le médecin avait saigné son patient ; enfin, la poix bouillante représentait le chaudron fumant sur lequel nous avions placé Bedford pour lui faire prendre un bain de vapeur.

Le jeune Anglais avait faim même si, déclara-t-il, son estomac était en feu. Cristofano m'ordonna alors de réchauffer un peu de bouillon de colombin qui restait de la veille. Il le nourrirait bien et apaiserait ses viscères. Mais Bedford s'assoupit alors.

Nous résolûmes de le laisser en repos et descendîmes tous dans les salles à manger du rez-de-chaussée. Les pensionnaires se souciaient peu d'avoir quitté leurs chambres sans l'autorisation du médecin, et Cristofano ne se rappelait pas qu'il aurait dû les réprimander et les obliger tous à s'enfermer chez eux. La peste semblait nous avoir abandonnés, et l'isolement s'était donc conclu en vertu d'un accord tacite ; personne ne le mentionna.

Les pensionnaires du *Damoiseau* paraissaient, eux aussi, très affamés. Voilà pourquoi je me rendis à la cave, bien décidé à confectionner un plat savoureux et gras pour fêter l'événement. Tandis que, plongé dans les caisses de neige, je dénichais testicules et des pieds de chevreuils, ris, mouton à préparer en gigot et poules, quantité de pensées se pressaient dans mon esprit. Par quel mystère Bedford avait-il guéri ? Devizé avait joué pour lui sur les conseils du père Robleda : alors, la théorie du jésuite sur le magnétisme de la musique était peut-être vraie. N'était-il pas vrai, non plus, que l'Anglais s'était réveillé en ouïssant *Les Barricades mystérieuses*, pas avant... Mais ce rondeau n'était-il pas censé être un simple code du *secretum vitae* ? C'est tout au moins ce qu'avait imaginé l'abbé Melani. Et voilà que la mélodie même s'érigeait en véritable médecin... Non, je n'arrivais vraiment pas à imprimer un ordre à tous ces événements. Il me fallait en parler sans tarder à l'abbé Melani.

En remontant, j'entendis la voix de Cristofano. Dans la salle à manger, je vis qu'Atto s'était joint au groupe.

« Que dire ? s'interrogeait le médecin en s'adressant à toute l'assemblée. Est-ce le magnétisme de la musique, comme l'affirme le père Robleda, ou sont-ce mes traitements ? je l'ignore. Mais la vérité, c'est qu'on ne sait pas pourquoi la peste disparaît aussi soudainement. Le plus admirable, c'est que Bedford n'avait pas montré le moindre signe d'amélioration. Mieux, il agonisait, et je m'apprêtais même à vous communiquer que tout espoir était perdu. »

Robleda acquiesça d'un hochement de tête emphatique pour indiquer qu'il avait déjà connaissance de ces instants désespérés.

« Je puis seulement vous dire, continua Cristofano, que

ce n'est pas le premier cas. Selon certains, ces mystérieuses guérisons s'expliquent par le fait que la peste ne demeure pas dans les meubles, dans les maisons ou autres choses matérielles : elle peut disparaître curieusement du soir au matin. Je me trouvais ici pendant l'épidémie de peste de 1656, et je me souviens qu'en l'absence de remède approprié on décida d'ordonner un grand jeûne et de nombreuses processions à suivre pieds nus. Les gens demandaient pardon de leurs péchés, le visage inondé de larmes, vêtus de bure, tristes et chagrinés. Dieu leur aurait alors mandé l'ange Gabriel, que le peuple romain vit le 8 mai au-dessus du Château, une épée ensanglantée à la main. Ce jour-là, la peste prit fin et l'épidémie déserta le moindre objet, notamment les vêtements et les lits, qui constituent en général des véhicules d'infection fort dangereux. Et ce n'est pas tout. Les historiens de l'Antiquité relatent, eux aussi, de telles étrangetés. En l'an 567, rapportent-ils, il y eut une peste montueuse qui frappa très cruellement le monde entier, dont seul le quart de la population réchappa. Mais soudain, la peste cessa et la contagion disparut. En 1348, ce fut le tour de la peste noire, qui fit rage pendant trois années consécutives, en particulier à Milan, où soixante mille individus en périrent, et à Venise, où elle causa de grandes pertes.

— En 1468, renchérit Brenozzi, la peste faucha à Venise trente-six mille personnes, et plus de vingt mille à Brescia. De nombreuses villes furent vidées de tous leurs habitants. Mais ces deux pestes se conclurent soudain et aucun foyer ne survécut. C'est ce qui se produisit aussi au cours des épidémies suivantes. En 1485, la peste s'abattit à nouveau sur Venise, tuant de nombreux nobles et jusqu'au doge Giovanni Mocenigo ; en 1527 elle réapparut dans le monde entier, avant de toucher cruellement Venise et ses domaines en 1556, même si, grâce au bon gouvernement des sénateurs, elle faucha peu de vies. Toutes ces épidémies diminuèrent spontanément à un moment donné, et il n'en demeura rien. Comment, comment l'expliquer ? conclut-il sur un ton emphatique, le visage enflammé.

— Eh bien, j'avais préféré me taire jusqu'à présent pour ne pas répandre de mauvaises nouvelles, ajouta Stilone Priàso sur un ton grave, mais les astrologues affirment que, dans les deux dernières semaines d'août et dans les trois premières semaines de septembre, à cause de l'influence maligne de l'étoile de Canicule, tous les individus frappés par la peste meurent en l'espace de deux ou trois jours, voire de vingt-quatre heures. En effet, pendant la peste de 1665, à Londres, la pire période, plus de trois mille personnes périrent en une seule nuit, entre une heure et trois heures du matin. En revanche, rien de tel ne nous est arrivé au même moment. »

Un frisson de peur et de soulagement parcourut la petite assemblée, tandis que le père Robleda se levait pour fureter dans la cuisine. Dès que les testicules, le gigot et les poules commencèrent à dégager de doux effluves, je fis du bouillon avec des asperges et du verjus, afin de préparer l'estomac des pensionnaires.

« Je me revois à Rome en 1656, reprit Cristofano, en pleine épidémie. J'étais alors jeune médecin, et l'un de mes confrères, qui était venu me rendre visite, m'apprit que la fureur de la maladie était sur le point de s'apaiser. Or, au cours de la même semaine, les bulletins furent les plus désastreux de toute l'année, ce que je marquai à mon compagnon d'art, lui demandant ensuite comment il avait déduit pareilles prévisions. Il me livra alors la plus surprenante des réponses : "A en juger par le nombre de malades que nous avons à présent, la peste aurait dû causer trois fois plus de morts si elle était aussi virulente qu'il y a deux semaines. En effet, il lui fallait alors deux ou trois jours pour tuer les malades, alors qu'elle le fait maintenant en huit ou dix jours. En outre, on comptait une guérison sur cinq cas il y a quinze jours, alors qu'on en dénombre à présent trois. Vous pouvez être certain que le nombre de victimes diminuera la semaine prochaine, et que celui des guérisons augmentera. La maladie a perdu son caractère malin, et si la multitude des pestiférés est énorme, si l'infection s'étend, le nombre des morts sera de moins en moins élevé." »

Son compagnon d'art ne s'était pas trompé, expliqua Cristofano, qui avait pu le constater les semaines suivantes : un mois plus tard, le nombre des morts avait baissé, alors que les malades se comptaient toujours par dizaines de milliers.

« La maladie avait perdu son caractère malin, répéta le médecin, mais pas graduellement : en plein paroxysme, alors que nous étions désespérés. Exactement ce qui s'était produit avec le jeune Anglais.

— Seule la main de Dieu peut interrompre le cours de cette maladie avec une telle rapidité », considéra le jésuite, la mine émue.

Cristofano opina gravement : « La médecine était impuissante devant l'épidémie. La maladie fauchait des âmes à tous les coins de rue, et si les choses avaient continué ainsi pendant deux ou trois semaines, il n'y aurait plus eu âme vive à Rome. »

Privée de sa puissance mortifère, poursuivit le médecin, la maladie ne tuait plus qu'une petite partie des individus infectés. Les médecins eux-mêmes s'en étonnaient. Ils constataient que l'état des patients s'améliorait, qu'ils transpiraient abondamment, que leurs bubons mûrissaient, que leurs pustules n'étaient plus enflammées, que leur température baissait, qu'ils ne souffraient plus de maux de tête. Les médecins dont la foi était la moins fervente avaient dû admettre, eux aussi, que le déclin subit de la pestilence avait une origine surnaturelle.

« Les rues se remplirent d'individus fraîchement guéris, au cou et à la tête bandés, qui boitaient à cause des cicatrices que les bubons leur avaient laissées à l'aine. Ils exultaient tous à l'idée d'avoir échappé au danger. »

C'est alors que Robleda, qui s'était levé, tira un crucifix de sa soutane noire, l'imposa à l'auditoire et s'exclama solennellement : « Quel admirable changement, ô Seigneur ! Hier encore, nous étions ensevelis vivants, et tu nous as ressuscités ! »

Nous nous agenouillâmes, brûlant de reconnaissance, et chantâmes sous la conduite du jésuite des louanges au Très-Haut. Puis, une fois le repas servi, les pensionnaires se mirent à manger avec appétit.

Pour ma part, j'étais incapable de détourner mon esprit des paroles du médecin : la peste possédait un cycle naturel fort obscur, en vertu duquel elle faiblissait soudain après avoir atteint son paroxysme, cessait d'être mortelle puis disparaissait totalement. Elle s'évanouissait aussi mystérieusement qu'elle était venue. *Morbus crescit sicut mortales, senescit ex abrupto*... la maladie croît comme les mortels et vieillit subitement. N'étaient-ce pas les mots mêmes que l'abbé Melani avait lus dans la folle missive du père Kircher que dissimulait le caleçon de Dulcibeni ?

Après avoir avalé rapidement mon repas à la cuisine, je retrouvai Atto dans la salle à manger. Un seul regard nous suffit : je passerais chez lui dès que possible.

J'allai apporter son repas à Pellegrino, qu'on aurait pu considérer comme rétabli s'il ne souffrait d'engourdissement au cerveau. Le médecin me rejoignit en me disant qu'il se chargerait lui-même de nourrir l'Anglais.

« Monsieur Cristofano, ne pourrait-on pas demander à Devizé de jouer dans la chambre de mon maître, afin qu'il recouvre sa vivacité ?

— Je ne crois pas que cela serait utile. Hélas, les choses ne se sont pas passées ainsi que je le pensais. Pellegrino ne retrouvera pas ses facultés de sitôt. J'ai étudié ses progrès au cours de ces derniers jours. Je suis certain qu'il ne s'est agi ni de pétéchies, ni de peste, comme tu l'auras toi-même compris.

— Mais qu'a-t-il donc ? murmurai-je, ému par le regard trouble et fixe de l'aubergiste.

— Du sang à la tête, à cause de sa chute dans l'escalier. Un grumeau de sang qui ne s'amenuisera que très lentement. Je crois que nous aurons le temps de sortir sains et saufs de ces lieux avant que cela n'arrive. Mais ne crains rien, ton maître a une épouse, n'est-ce pas ? »

Il me quitta sur ces mots. Tandis que je nourrissais Pellegrino, je pensais, le cœur serré, au malheureux destin qui s'abattrait sur lui lorsque sa sévère épouse le retrouverait dans cet état.

❧

« Te ressouviens-tu ce que nous avons lu ? m'assaillit Atto dès que je fus entré dans sa chambre. D'après Kircher, la maladie de la peste naît, croît et meurt à l'instar des hommes. Juste avant de mourir, elle s'emporte et atteint son paroxysme.

— C'est exactement ce que vient de dire Cristofano.

— Oui. Et sais-tu ce que cela signifie ?

— Que Bedford a guéri tout seul, sans l'aide du rondeau ? hasardai-je.

— Je te croyais plus perspicace, mon garçon. Mais ne comprends-tu pas ? La peste venait juste de se manifester dans l'auberge : elle aurait dû faire un massacre avant de commencer à perdre sa charge mortelle. Or les choses ne se sont pas passées ainsi. Personne n'est tombé malade en dehors de Bedford. Et sais-tu ce que je crois ? Depuis que Devizé, enfermé dans sa chambre, a entrepris de jouer son rondeau sans relâche, ces notes nous ont préservés de l'épidémie en se répandant dans l'auberge.

— Vous pensez vraiment que c'est grâce à cette musique qu'il n'y a pas eu d'autres victimes ? demandai-je, perplexe.

— C'est surprenant, je le sais. Mais réfléchis un peu : de mémoire d'homme, le simple fait de s'isoler dans sa chambre n'a jamais suffi à enrayer le déferlement pestilentiel. Quant aux remèdes de Cristofano pour prévenir le mal... soyons sérieux, ajouta l'abbé dans un rire. Et puis, les faits parlent d'eux-mêmes : le médecin a été tous les jours au contact du pauvre Bedford, et il a examiné ensuite tous les autres pensionnaires. Mais ni lui ni aucun d'entre nous n'est tombé malade. Comment l'expliques-tu ? »

Eh oui, pensai-je : si j'étais réfractaire à la peste, Cristofano ne l'était sans doute pas.

« Ce n'est pas tout, reprit Atto. Une fois soumis à l'influence directe des notes du rondeau, le même Bedford, qui était sur le point de rendre l'âme à Dieu, s'est réveillé, et la maladie s'est littéralement évanouie.

— On dirait que... que le père Kircher a découvert un secret qui accélère, chez les pestiférés, le cycle naturel de la maladie et la conduit jusqu'à son extinction inoffensive. Un secret capable de protéger de l'épidémie !

— Bien, tu y es arrivé. C'est ainsi que procède le *secretum vitae*, caché dans le rondeau. »

Bedford, résuma Atto en s'asseyant sur son lit, avait presque ressuscité après que Devizé avait joué pour lui. Le père Robleda en avait eu l'idée, persuadé qu'il était du magnétisme curatif de la musique. Mais le musicien français avait joué un long moment avant d'obtenir un effet.

« Tu as sans doute remarqué qu'après la guérison de Bedford je me suis entretenu avec le médecin. Eh bien, il m'a assuré que l'Anglais avait commencé à donner des signes de vie après que Devizé avait attaqué le rondeau et l'avait répété à l'infini, pas avant. Je me suis interrogé : qu'est-ce que ces maudites *barricades mystérieuses** dissimulent ?

— J'ai réfléchi, moi aussi, monsieur Atto : cette mélodie possède sans doute de mystérieux pouvoirs...

— Exact. On dirait que Kircher y a caché un secret de thaumaturge formant un tout avec son écrin, au point de répandre ses traits bénéfiques et puissants aux seuls sons du rondeau. As-tu bien compris maintenant ? »

J'acquiesçai, pourtant peu convaincu.

« Ne pourrions-nous pas en savoir plus long ? hasardai-je. Pourquoi n'essayons-nous pas de déchiffrer le rondeau ? Vous vous êtes expert en musique, je pourrais, quant à moi, soustraire à Devizé ses tablatures afin que nous ayons tout loisir de procéder par tentatives. Nous réussirons peut-être à obtenir des informations de Devizé lui-même... »

L'abbé m'interrompit d'un geste.

« Ne crois pas qu'il en sache plus long que nous, rétorqua-t-il avec un sourire paternel. Et puis, qu'importe désormais ? Le pouvoir de la musique, voilà le véritable secret. Au cours des derniers jours et des dernières nuits nous nous sommes contentés de réfléchir, nous voulions comprendre tout et à tout prix. Non sans prétention, nous entendions résoudre le problème. Et moi le premier :

Tel est le géomètre attaché tout entier
A mesurer le cercle, et qui ne peut trouver
en pensant, le principe qui manque,
tel j'étais moi-même à cette vue nouvelle[1],

comme le dit le poète.

— Paroles du *seigneur** Luigi, votre maître ?

— Non, elles sont d'un homme qui vivait sur la même terre que moi il y a quelques siècles, et qui n'est hélas plus à la mode. Ce que je veux te dire, c'est que nous nous sommes creusé la tête, mais nous avons laissé de côté notre cœur.

— Alors, nous nous sommes mépris sur tout, monsieur Atto ?

— Non. Ce que nous avons découvert, deviné et déduit est exact. Mais incomplet.

— Pourquoi ?

— Ce rondeau dissimule une formule contre la peste. Mais Kircher voulait sans doute en dire bien plus. Le *secretum vitae*, le secret de la vie, est plus vaste : il réside dans ce qui ne peut être dit, dans ce qu'on ne trouvera ni dans les paroles ni dans les nombres. Mais dans la musique. Tel est le message de Kircher. »

La tête appuyée contre le mur, Atto posait un regard songeur au-dessus de ma tête.

J'étais déçu : l'explication de l'abbé Melani ne satisfaisait pas ma curiosité.

---

1. Dante, *La Divine Comédie*, Le Paradis, chant XXXIII, 133-136, traduction de Jacqueline Risset, Paris, Flammarion, 1992.

« N'est-il donc pas possible de déchiffrer la mélodie des *Barricades mystérieuses* ? Ainsi, nous pourrions enfin lire la formule secrète qui nous a sauvés de la peste, insistai-je.

— Non. Nous pourrions passer des siècles sur ces feuilles sans en tirer ne fût-ce qu'une syllabe. Ce que nous avons vu et entendu aujourd'hui doit suffire : ce rondeau sauve de la peste dès qu'on l'écoute. Comment y parvient-il ? cela demeure incompréhensible. "Ici la haute fantaisie perdit sa puissance[1]", scanda l'abbé en citant encore une fois son compatriote, avant de conclure : Ce fou d'Athanasius Kircher était un grand homme de science et de foi. Avec son rondeau, il nous a donné une leçon d'humilité. Ne l'oublie jamais, mon garçon. »

❧

Etendu sur mon petit lit, j'attendais le sommeil, épuisé par ce cyclone de révélations et de surprises. Mon esprit était en proie à de multiples cogitations. Au terme de ma conversation avec Atto, j'avais compris le double ensorcellement de ce rondeau : le fait qu'il s'intitulait *Les Barricades mystérieuses** ne relevait en rien du hasard. Et il était absurde de vouloir le déchiffrer. Comme Kircher, l'abbé Melani m'avait dispensé une noble leçon : la profession d'humilité d'un homme auquel la fierté et la défiance ne faisaient certes pas défaut. Je méditai longuement le mystère des *Barricades** tout en essayant d'en fredonner la poignante mélodie.

En outre, j'avais été ému par l'accent paternel avec lequel Atto m'avait appelé « mon garçon ». Je me berçai dans cette pensée, si bien que j'étais sur le point de m'endormir lorsque je me ressouvins que, malgré ses beaux discours et ses promesses, l'abbé Melani avait omis de m'expliquer pourquoi, la veille, il avait prononcé les mots « *barricades mystérieuses** » dans son sommeil.

Je passai je ne sais combien d'heures à dormir dans ma chambrette. A mon réveil, il régnait au *Damoiseau* un silence souverain. Le vacarme une fois retombé, l'auberge semblait en pleine léthargie : je tendis l'oreille, mais n'ouïs ni Devizé jouer, ni Brenozzi errer en importunant les autres pensionnaires. Et Cristofano n'était pas venu me chercher.

---

1. *Idem*, v. 143.

Il était encore tôt pour préparer le souper, cependant je résolus de descendre tout de même à la cuisine : comme la veille, et plus encore, je comptais fêter dignement la guérison de Bedford et le retour du *Damoiseau* à l'espoir de la liberté. Je préparerais des mauvis, ou grives, tout frais. Dans l'escalier, je rencontrai Cristofano, auprès de qui je m'enquis de l'Anglais.

« Il se porte bien, très bien, répondit-il, la mine satisfaite. Il est juste un peu souffrant, hum, à cause de l'incision des bubons, ajouta-t-il avec un brin de gêne.

— Je pensais préparer des grives pour le dîner. Conviennent-elles à l'état de Bedford ? »

Le médecin fit claquer sa langue : « Parfaitement. Les grives sont particulièrement savoureuses, nourrissantes, faciles à digérer, profitables aux maigres et privés de sang, en somme à ceux dont la constitution est affaiblie. De plus, c'est le meilleur moment de la saison. Celles qu'on trouve l'hiver proviennent des montagnes de Spolète et de Terni, elles sont repues de grains de genièvre, ce qui explique pourquoi elles sont plus grasses. Les baies de myrte qu'il leur arrive de manger combattent brillamment la dysenterie. Mais si tu as vraiment l'intention de les cuisiner, dit-il sur un ton d'impatience famélique, il vaut mieux que tu te hâtes : la préparation requiert un certain temps. »

Au rez-de-chaussée, je m'aperçus que les pensionnaires étaient déjà descendus et qu'ils badinaient avec les cartes, conversaient, ou se promenaient librement. Ils ne paraissaient avoir nullement envie de regagner les chambres où ils avaient craint de mourir pestiférés.

Ma chère Cloridia vint à ma rencontre avec un air joyeux : « Nous sommes à nouveau vivants ! s'exclama-t-elle. Il ne manque que Pompeo Dulcibeni, me semble-t-il », ajouta-t-elle en me lançant un regard interrogateur.

Je m'assombris aussitôt : voilà que réapparaissait son intérêt pour le vieux gentilhomme des Marches.

« En vérité, il manque aussi l'abbé Melani », répondis-je sèchement en lui tournant le dos avec ostentation avant de me rendre à la cave pour y chercher tout ce dont j'avais besoin.

Le dîner qui s'ensuivit fut le plus réussi depuis les mamelles de vache, il mérita — qu'on me pardonne mon immodestie — de grands applaudissements unanimes. Imitant mon maître, je préparai les mauvis avec la plus honnête et la plus libre imagination : panés, revenus dans du lard haché avec des tranches de jambon, sous un lit de brocolis cuits dans de la bonne graisse et arrosés de citron ; farcis de foies de volailles émincés, de grains de verjus, d'herbes, de jambon, d'épices et de lard haché ; lardés de saucisse, de tranches de citron et de limon, puis rôtis sur un grand feu ; bouillis, recouverts de petits fenouils, ou de trognons de laitue liés avec des œufs, puis servis roulés dans un filet ou des branches d'herbes aromatiques, avec une sauce de croquignole.

Tandis que ces derniers cuisaient, j'en préparai d'autres à la broche : en croûte, ou fourrés de tranches de lard et de branches de laurier, passés dans de la bonne huile et saupoudrés de chapelure. Je ne renonçai pas à reproduire la recette de Pellegrino, remplissant les grives de tranches de lard ou de jambon, les parsemant de clous de girofle et les servant avec une sauce royale ; enfin, les enveloppant dans un filet et une feuille de courge. Pour terminer, je blanchis les exemplaires les plus âgés, arrêtai la cuisson à moitié, les coupai en deux et les fricassai. J'accompagnai le tout de légumes frits, tout simplement laqués de sucre et de jus de citron, sans cannelle.

Durant les derniers instants de cuisson, les pensionnaires se pressèrent joyeusement autour de moi, puis s'employèrent eux-mêmes à se servir et à se partager les plats. Cloridia me surprit en me tendant ma portion : elle l'avait disposée sur une grande assiette qu'elle n'avait pas oublié de décorer merveilleusement de persil et d'un quartier de citron. Je rougis tandis qu'elle rejoignait les autres, à table, sans me laisser le temps de prononcer le moindre mot.

L'abbé Melani était descendu. En revanche, Dulcibeni ne se montrait pas. Je montai frapper à la porte de sa chambre pour lui demander s'il avait de l'appétit. Si j'avais voulu lui soutirer des renseignements sur ses prochaines intentions, il ne me l'aurait pas permis : il me dit de derrière la porte qu'il n'avait ni faim ni envie de parler. Je n'insistai pas afin de ne pas éveiller ses soupçons. Tandis que je m'éloignais dans le couloir, j'entendis un bruit désormais familier, une sorte de bruissement rapide et vif.

Dulcibeni était de nouveau occupé à priser.

Neuvième nuit

DU 19 AU 20 SEPTEMBRE 1683

« Urgentaire, dangeraire et sacrisant, assura Ugonio d'une voix curieusement enflammée.

— Sacrisant ? Qu'est-ce que ça veut dire ? demanda l'abbé Melani.

— Gfrrrlûlbh, expliqua Ciacconio en se signant.

— Quand il verbise une affairise sacrisée, ou en présentise d'un individuaire égliseux, sageux, ou importanteux, Ciacconio l'appelise avec la respectuosité condescendée, ordonnancetée et restantée, car c'est dans la satisfaction des devoirs que la joie du baptisé s'accroît. »

Atto et moi nous regardâmes avec perplexité. Les pilleurs de tombes semblaient étrangement agités, ils tentaient de nous expliquer une mystérieuse affaire à propos d'un personnage de la Curie, d'un prêtre ou d'un religieux, envers lequel ils paraissaient nourrir une crainte respectueuse.

Impatients de savoir comment l'incursion de Ciacconio dans la demeure de Tiracorda s'était conclue, Atto et moi les avions rejoints dans les Archives, et les avions surpris, comme à l'accoutumée, penchés sur leur immonde tas d'os et de saletés. Redonnant de la dignité aux grognements de Ciacconio, Ugonio nous avait aussitôt mis en garde : il n'allait pas tarder à se produire chez l'ami médecin de Dulcibeni un événement dangereux auquel il faudrait parer le plus vite possible, un événement en rapport avec une personnalité de haut rang, peut-être un prélat, dont l'identité n'était pas encore établie.

« Avant tout, comment es-tu entré chez Tiracorda ? demanda Atto.

— Gfrrrlûlbh, répondit Ciacconio avec un petit sourire malin.

— Il est entrisé dans le conduyau cheminaire, expliqua Ugonio.

— Par la cheminée ? Voilà pourquoi l'emplacement des fenêtres ne l'intéressait guère. Mais il a dû se salir horriblement... Non, je n'ai rien dit », se corrigea Atto en se rappelant que la saleté était l'élément naturel des deux pilleurs de tombes.

Ciacconio avait réussi sans trop de difficultés à se laisser glisser dans la cheminée de la cuisine, au rez-de-chaussée. En suivant les voix, il avait trouvé Tiracorda et Dulcibeni dans le cabinet, occupés à converser de sujets incompréhensibles.

« Ils parlisaient de sujetons théoristiques, devinatoires... peut-être négromaniaques, expliqua Ugonio.

— Gfrrrlûlbh, confirma Ciacconio en opinant du chef, manifestement inquiet.

— Mais non, non, n'ayez pas peur, les interrompit Atto en souriant. Il s'agit de jeux, rien de plus. »

Ciacconio avait entendu les énigmes que Tiracorda aimait proposer à Dulcibeni, et il les avait confondues avec d'obscures cérémonies cabalistiques.

« En parlisant, le docteuron a enfilé que, pendurant la nuitaire, il se ramassera à Monte Cavallo pour thérapiser l'individuaire sacrisant, ajouta Ugonio.

— J'ai compris. Cette nuit, il ira à Monte Cavallo, c'est-à-dire au palais pontifical, pour soigner l'individu, l'important prélat en question, interpréta Atto en me lançant un regard éloquent.

— Et puis ?

— Aprècuaire, ils ont engloutisé des liqueurises avec magnum allégrie, et pour terminiser, le docteuron s'est somnifié. »

Cette fois encore, Dulcibeni avait emporté la liqueur qui plaisait tant au médecin et qui l'avait endormi.

Venait alors le moment crucial du récit. Une fois Tiracorda abandonné dans les bras de Morphée, Dulcibeni avait ouvert une armoire et s'était emparé d'un pot décoré d'étranges dessins, dont les côtés comportaient des évents. Il avait ensuite tiré de sa poche une ampoule, et avait versé dans le pot de Tiracorda quelques gouttes de liquide. Atto et moi échangeâmes un regard alarmé.

« Pendant qu'il effectuisait l'égouttement, il a murmurisé : "Pour elle.".

— "Pour elle" ? Intéressant. Et puis ? le poussa Atto.

— Aprècuaire, la furie s'est présentetée.

— La furie ? » demandâmes-nous à l'unisson.

Paradisa avait fait irruption dans le cabinet. Elle avait ainsi surpris son époux en proie aux vapeurs de Bacchus, et Dulcibeni en possession des liqueurs tant détestées.

« Elle s'est beaucoup gargouillifée, de façon colérageuse et ragifère », expliqua Ugonio.

D'après ce que nous comprîmes, Paradisa avait abreuvé son mari d'insultes et avait lancé sur lui les petits verres à liqueur, les instruments de travail du pauvre médecin et tout ce qui lui tombait sous la main. Pour les éviter, Tiracorda avait été contraint de s'abriter sous la table, tandis que Dulcibeni rangeait en toute hâte le pot décoré dans lequel il avait versé les gouttes du mystérieux liquide.

« Femmelle outragisée, pas indiquisée au docteuron, qui thérapise pour être plus *benefice* que *malefice* », affirma Ugonio en secouant la tête, tandis que Ciacconio opinait du chef avec une condescendance inquiète.

C'est alors que la mission de Ciacconio avait un peu dévié. Pendant que Paradisa épanchait sa haine pour les vins et les eaux-de-vie sur un Tiracorda sans défense, et que Dulcibeni attendait bien sagement dans un coin la fin de cette algarade, Ciacconio avait saisi l'occasion pour satisfaire ses bas appétits. Avant même l'arrivée de la femme, il avait en effet aperçu un objet de son goût placé sur une étagère, dans le cabinet de Tiracorda.

« Gfrrrlûlbh », gargouilla-t-il, l'air ravi, en tirant de sa houppelande et en nous montrant un magnifique crâne, poli et comme remis à neuf, pourvu de mâchoire inférieure, que Tiracorda avait sans doute employé dans ses leçons aux étudiants.

En effet, tandis que Paradisa montait sur ses grands chevaux, Ciacconio s'était glissé dans le cabinet, contournant la table sous laquelle Tiracorda s'était réfugié, et avait réussi à attraper le crâne sans être vu. Toutefois le hasard avait voulu qu'un gros chandelier, projeté vers Tiracorda par sa femme, rebondisse sur lui et le frappe. Offensé et souffrant, le pilleur de tombes avait sauté à pieds joints sur la table et répondu au feu en poussant en guise de cri de guerre le seul son que sa bouche était capable d'émettre.

A la vue inattendue de cet individu sale et difforme, qui

lui jetait au nez, qui plus est, son propre chandelier, **Paradisa** avait hurlé de toutes ses forces. Dulcibeni était resté pétrifié à sa place, et Tiracorda s'était davantage aplati sous la table.

Au cri de Paradisa, les servantes s'étaient précipitées de l'étage supérieur, à temps pour croiser Ciacconio, qui s'engageait en courant dans l'escalier menant aux cuisines. Face à ces trois jeunes et fraîches donzelles, le pilleur de tombes n'avait pas résisté à la tentation de poser ses grosses pattes sur la plus proche d'entre elles.

Lubriquement touchée par le monstre là où ses chairs étaient le plus moelleuses et le plus pulpeuses, la pauvrette s'était aussitôt évanouie ; la deuxième avait poussé un hurlement hystérique, tandis que la troisième s'était enfuie à toutes jambes au second étage.

« Il n'est pas exclusé qu'elle s'est pissouillotée », précisa Ugonio en ricanant de manière fort vulgaire avec son compagnon.

Se réjouissant sauvagement de cette distraction inespérée, Ciacconio était parvenu à regagner les cuisines et la cheminée par où il était entré. Il avait rapidement gravi le conduit (comment ? en vérité, cela nous échappait), avait débouché sur le toit et recouvré enfin sa liberté.

« Incroyable, commenta Atto Melani, ces deux-là ont plus de vies qu'une salamandre.

— Gfrrrlûlbh, précisa Ciacconio.

— Qu'a-t-il dit ?

— Qu'il n'y avait pas de salamastres dans le poton, mais des suce-sang, expliqua Ugonio.

— Pardon ? Veux-tu dire que... balbutia l'abbé Melani.

— Des sangsues, le devançai-je. Voilà ce que contient le pot de Tiracorda qui intéresse tant Dulcibeni... »

Je m'interrompis soudain. Une intuition subite avait bouleversé mes pensées.

« J'ai compris, j'ai tout compris ! finis-je par m'écrier. Dulcibeni... oh, mon Dieu !...

— Vas-y, parle ! me conjura Melani en m'attrapant par les épaules et en me secouant comme un arbuste tandis que les deux pilleurs de tombes scrutaient nos visages, la mine ahurie et intriguée, pareils à deux hiboux.

— Il veut la mort du pape », finis-je par articuler, le souffle court.

Nous nous assîmes tous quatre, comme écrasés par le poids insupportable de cette révélation.

« Je me pose une question : de quelle nature est le liquide que Dulcibeni versait en cachette dans le pot de sangsues ? dit Atto.

— Une préparation qu'il a sans doute élaborée sur son île, répondis-je promptement, dans le laboratoire où il écartèle les rats.

— Exact. Il les écartèle et les saigne. Cependant, il s'agit de rats malades, ajouta Atto, car nous en avons vu des exemplaires morts et d'autres agonisants, t'en ressouviens-tu ?

— Bien sûr ! Ils crachaient tous du sang ! Et d'après Cristofano, c'est ainsi que meurent les rats pestiférés !

— C'étaient donc des rats malades de la peste, approuva Atto. Dulcibeni s'est servi de leur sang pour préparer une humeur infectée. Il s'est ensuite rendu chez Tiracorda, qu'il a endormi à l'aide de sa liqueur. Il a donc pu verser l'humeur pestilentielle dans le liquide des sangsues, qui sont ainsi devenues le véhicule de la maladie. Cette nuit, Tiracorda appliquera ces sangsues sur le corps d'Innocent XI, conclut-il, la voix enrouée par l'émotion. Et il lui transmettra la peste. Nous sommes peut-être arrivés trop tard.

— Cela fait des jours que nous tournons autour de ce mystère, monsieur Atto. Nous avions même entendu Tiracorda dire qu'on employait des sangsues pour soigner le pape ! intervins-je en m'enflammant.

— Doux Jésus, tu as raison, répondit Melani, à présent assombri. C'était la première fois que nous l'avons écouté s'entretenir avec Dulcibeni. Comment ai-je pu ne pas comprendre ? »

Nous continuâmes à réfléchir, à raviver nos souvenirs, à bâtir des hypothèses, achevant et consolidant notre reconstruction.

« Dulcibeni a lu de nombreux ouvrages de médecine, reprit l'abbé, il suffit de l'entendre discourir de ce sujet pour le comprendre. Il sait parfaitement que les rats tombent malades durant les épidémies de peste, et qu'ils sont susceptibles ainsi de lui fournir ce dont il a besoin. En outre, il accompagne Fouquet, qui connaît les secrets de la peste. Enfin, il sait la théorie de Kircher, selon laquelle la peste se répand non pas à travers les miasmes, les odeurs et les puanteurs, mais *per animalcula*. En d'autres termes, des êtres minuscules qui peuvent passer d'un individu à l'autre. Des rats jusqu'au pape.

— C'est vrai ! m'exclamai-je. Au début de la quarantaine, nous avons tous causé des théories concernant la peste, et Dulcibeni nous a expliqué la théorie de Kircher jusque dans les moindres détails. Il la connaissait si bien qu'on pouvait croire que c'était le seul sujet de ses pensées, on aurait dit...

— ...une préoccupation, exactement. L'idée de contaminer le pape a dû naître en lui il y a un certain temps. Probablement lorsqu'il s'entretenait des secrets de la peste avec Fouquet, au cours des trois années que le surintendant a passées à Naples.

— Mais alors, Fouquet devait avoir une grande confiance en lui.

— Bien sûr. De fait, nous avons trouvé la lettre de Kircher dans son caleçon. Autrement, pourquoi Dulcibeni aurait-il assisté aussi généreusement un vieil aveugle ? commenta l'abbé sur un ton sarcastique.

— Mais où Dulcibeni s'est-il procuré les *animalcula* qui transmettent la peste ? demandai-je.

— Il y a toujours des foyers ici et là, même s'ils ne donnent pas lieu à de véritables épidémies. Au début de l'année, j'ai ouï parler d'un foyer de peste à la frontière de l'Empire, aux environs de Bolzano. Dulcibeni a très bien pu y trouver du sang de rats pestiférés, avec lequel il a entamé ses expériences. Puis, quand le moment est arrivé, il est descendu au *Damoiseau*, tout près de chez Tiracorda, et il a continué de contaminer des rats dans les souterrains, de manière à avoir toujours du sang infecté sous la main.

— Bref, il a entretenu la peste en la transmettant de rat en rat.

— Exact. Mais il est possible que quelque chose lui ait échappé. Les souterrains sont loin d'être déserts, rappelle-toi : des rats infectés, des ampoules de sang, des clients de l'auberge qui vont et viennent... Trop de mouvement. Un germe invisible, un *animalculum* a fini par arriver jusqu'à Bedford, et notre jeune Anglais a contracté la maladie. Tant mieux, cela aurait pu être notre cas.

— Et la maladie de Pellegrino, et la mort de Fouquet ?

— La peste est étrangère à cela. En vérité, ton maître a été victime d'un simple choc, dû à sa chute. Fouquet, en revanche, selon Cristofano (c'est aussi mon avis) a été empoisonné. Et je ne serais pas surpris d'apprendre que le coupable n'est autre que Dulcibeni.

— Oh, Seigneur, l'assassinat de Fouquet aussi ? Mais

Dulcibeni ne me semblait pas si malveillant, si... Bref, il a beaucoup souffert de la disparition de sa fille, le pauvre homme, il a des manières fort modestes, et enfin il a su conquérir la confiance du vieux Fouquet en l'assistant, en le protégeant...

— Dulcibeni veut tuer le pape, m'interrompit Atto, tu as été le premier à le comprendre. Pourquoi n'aurait-il pas pu empoisonner son ami ?

— Oui, mais...

— Nous finissons tous par commettre l'erreur de nous en remettre à la mauvaise personne, dit-il avec une grimace. Et puis, tu le sais bien, le surintendant s'est toujours trop fié à ses amis », ajouta-t-il. A ces mots, je tressaillis légèrement. « Mais si tu aimes vraiment les doutes, me pressa-t-il, alors j'en ai un bien plus grand. Cette nuit, le pape sera contaminé par les sangsues de Tiracorda et sera emporté par la peste. Et pourquoi ? Pour la seule raison que les Odescalchi n'ont pas aidé Dulcibeni à retrouver sa fille.

— Et alors ?

— Cela ne te semble pas bien peu pour condamner à mort un pontife ?

— Eh bien, en effet...

— C'est peu, trop peu, réaffirma Atto. Je pense qu'un autre motif a poussé Dulcibeni à monter une machination aussi hardie. Mais je suis incapable de le déterminer pour l'instant. »

Tandis que nous réfléchissions de la sorte, Ugonio et Ciacconio avaient, eux aussi, une conversation animée. Ugonio finit par se lever, comme impatient de se mettre en route.

« A propos de risques mortels, comment as-tu réussi à te sauver du naufrage dans la Cloaca Maxima ? demandai-je au pilleur de tombes.

— Serment du sauvement, voilà ce qu'a fait Baronio.

— Baronio ? Qui est-ce ? »

Ugonio nous jeta un regard éloquent, comme s'il s'apprêtait à faire une annonce officielle. « Quoiqu'où il est, une visionnerie de la connaissance personniselle urgentise », dit-il tandis que son compagnon nous invitait à le suivre dans le souterrain C avec force secousses.

Au bout de quelques minutes, Ugonio et Ciacconio s'arrêtèrent brusquement. Nous nous étions enfoncés dans le premier tronçon de la galerie, et j'eus l'impression d'entendre un bruissement se rapprocher, accompagné d'une odeur forte, désagréable, bestiale.

C'est alors qu'Ugonio et Ciacconio s'inclinèrent comme s'ils rendaient hommage à une divinité invisible. Dans l'épaisse obscurité du souterrain, je vis apparaître quantité de silhouettes grisâtres et caracolantes.

« Gfrrrlûlbh, proféra Ciacconio avec respect.

— Baronio, de tous les pilleurs de tombes excellencerie, caporal et conduiseur », annonça solennellement Ugonio.

⁕

Que le peuple ténébreux des pilleurs de tombes eût une certaine consistance numérique était un fait sans doute prévisible. Mais nous ne nous attendions pas à ce qu'il fût conduit par un chef établi, auquel la masse puante des chercheurs de reliques reconnaissait prestige, autorité et des pouvoirs de thaumaturge.

Et pourtant, tel était le fait nouveau qui se présentait à nos yeux. Le mystérieux Baronio était venu à notre rencontre comme s'il avait deviné notre approche, entouré par un groupe de disciples bien fourni. C'était une troupe bigarrée (si ce terme peut s'appliquer aux seules nuances du gris et du marron), composée d'individus assez semblables à Ugonio et Ciacconio : enroulés dans des houppelandes misérables et poussiéreuses, le visage et les mains dissimulés sous des capuchons et des manches trop longues, les acolytes d'Ugonio, de Ciacconio et de Baronio formaient la racaille la plus épouvantable qu'un esprit humain eût jamais imaginée. La puanteur pénétrante que j'avais sentie juste avant notre rencontre n'avait été autre que l'annonce de leur arrivée.

Baronio, qu'il était possible de distinguer de ses compagnons parce qu'il était légèrement plus grand, avança vers nous. Mais il fit aussitôt marche arrière, se protégeant derrière deux fidèles trapus. Tout le groupe des pilleurs de tombes se referma, comme une phalange, selon la tactique des hérissons, en émettant des grommellements méfiants.

« Gfrrrlûlbh, dit alors Ciacconio, et la formation sembla alors se détendre.

— Tu as apeurifié Baronio, il t'a confondacé avec un

daemunculus subterraneus, me dit Ugonio, mais j'ai précisionné, et je peux le juracier, que tu es bon compagnifère. »

Le chef des pilleurs de tombes m'avait confondu avec l'un des petits démons qui, selon leurs croyances bizarres, peuplent les ténèbres souterraines, et de l'existence desquels les chercheurs de reliques étaient horriblement certains bien qu'ils ne les eussent jamais rencontrés. Ugonio m'expliqua que Nicéphore, Gaspard Schott, Fortunius Licetus, Johannes Eusebius Nierembergius et Kircher lui-même avaient fourni une vaste description de ces êtres. Ils avaient largement débattu de la nature et des mœurs des *daemuncoli subterranei* ainsi que des cyclopes, des géants, des pygmées, des monopodes, des tritons, des sirènes, des satires, des cynocéphales et des acéphales.

Mais je n'avais rien à craindre : Ugonio et Ciacconio se portaient garants de ma personne et d'Atto. On nous présenta alors les autres pilleurs de tombes, qui répondaient (ma mémoire pourrait toutefois me trahir) aux noms inusités de Gallonio, Stellonio, Marronio, Salonio, Plafonio, Scacconio, Grufonio, Polonio, Svetonico et Antonio.

« Quel honneur », dit ironiquement Atto en réprimant à grand-peine son dégoût.

C'était Baronio, expliqua Ugonio, qui avait conduit le groupe à son secours quand notre petite barque s'était renversée, nous abandonnant à la merci de la Cloaca Maxima. Quelques instants plus tôt, le chef des pilleurs de tombes avait une fois encore deviné mystérieusement (peut-être en vertu du miraculeux odorat dont disposait Ciacconio, ou d'autres facultés hors du commun) qu'Ugonio voulait le voir, et il était venu à notre rencontre en jaillissant des profonds viscères de la terre. A moins qu'il n'eût emprunté plus simplement la trappe qui menait du Panthéon aux galeries souterraines.

Bref, un lien de fraternité et de solidarité chrétienne semblait unir les pilleurs de tombes. Par le truchement d'un cardinal passionné de reliques, ils avaient demandé au pape l'autorisation de fonder une archi-confraternité, mais le pontife (« bizantrangement » avait commenté Ugonio) ne leur avait pas encore répondu.

« Ils volent, arnaquent, font de la contrebande, et avec ça, ils jouent les bigots », murmura Atto à mon oreille.

Ugonio se tut pour laisser la parole à Baronio. Le remue-ménage incessant des pilleurs de tombes, éternellement occupés à se gratter, s'épouiller, tousser, grignoter, ronger et chipoter d'invisibles et horribles nourritures, cessa enfin.

Baronio gonfla sa poitrine, pointa sévèrement vers le haut son index aux allures de griffe et déclara : « Gfrrrlûlbh !

— Extraordinaire, répondit Atto Melani d'une voix glaciale. Nous parlons, comment dire ?, la même langue.

— Pas languerie. Voto ! » intervint Ugonio en devinant avec courroux qu'Atto se moquait subtilement de son chef.

Nous apprîmes ainsi que le vocabulaire des pilleurs de tombes ne dépendait pas de leur stupidité ou de leur absence d'instruction, mais d'un vœu pieux.

« Tant que pas trouver Sacré Objeton, pas verbiser », dit Ugonio, qui expliqua qu'il était dispensé du vœu, de manière à pouvoir entretenir des relations entre la communauté des pilleurs de tombes et le reste du monde.

— Ah oui ? Et quel est l'objet sacré que vous cherchez ?

— Ampoulette avec Vrai Sanguin de Notre Seigneur, répondit Ugonio tandis que le reste de la troupe se signait à l'unisson.

— Un noble et saint devoir que le vôtre, dit Atto en adressant un sourire à Baronio. Prie pour que ce vœu ne soit jamais rompu, murmura-t-il ensuite à mon oreille, sinon tous les Romains finiront par s'exprimer comme Ugonio.

— C'est déprobable, rétorqua Ugonio de manière inattendue. Enconsidéré que je suis germand.

— Tu es allemand ?

— Je provenise de Vindobona, précisa avec suffisance le pilleur de tombes.

— Ah, tu es né à Vienne, traduisit l'abbé. Voilà pourquoi tu parles d'une façon aussi...

— ... je possédise l'idiomerie italicaire comme ma languemère, se hâta de poursuivre Ugonio, et je suis gratificaire à vostrissime décisioneté pour le complément d'estime qu'elle me pare. »

Après s'être lui-même félicité de son élocution branlante et croulante, Ugonio exposa à ses compagnons ce qui se passait : un individu trouble, pensionnaire de notre auberge, avait élaboré un plan pour assassiner Sa Béatitude Innocent XI par le biais de sangsues pesteuses, et ce au moment même où le destin de la chrétienté se décidait à Vienne. Le plan mortel serait mené à terme dans la nuit.

Les pilleurs de tombes accueillirent cette nouvelle avec des expressions de profonde indignation, et presque de panique. Il s'ensuivit un débat bref mais animé, qu'Ugonio nous traduisit sommairement. Plafonio proposa à ses congénères de se retirer en prière, et de réclamer l'intercession du Très-Haut. Gallonio se déclara, en revanche, favorable à une initiative diplomatique : une délégation de pilleurs de tombes se rendrait chez Dulcibeni et le prierait d'abandonner ses intentions. C'est alors qu'intervint Stellonio, partisan d'une tout autre opinion : il fallait pénétrer au *Damoiseau*, capturer Dulcibeni et l'exécuter séance tenante. Grufonio observa toutefois qu'un tel coup de main provoquerait des conséquences désagréables, telles que l'arrivée des gardes pontificaux. Marronio ajouta qu'entrer dans une auberge fermée pour quarantaine comporterait des risques indéniables. Svetonio fit remarquer qu'un tel coup de main ne permettrait même pas de déjouer le complot de Dulcibeni : si Tiracorda allait chez le pape (Grufonio se signa une nouvelle fois), tout était perdu. L'on devait donc arrêter à tout prix Tiracorda. Le groupe des pilleurs de tombes se tourna alors vers Baronio, qui les harangua avec efficacité : « Gfrrrlhûlbh ! »

La racaille de Baronio se mit aussitôt à sauter et à pousser des grognements guerriers, avant de se disposer en colonne, deux par deux, et de s'élancer, pareils à un détachement de soldats, dans le conduit C en direction de la demeure de Tiracorda.

Atto et moi assistâmes à ce spectacle, impuissants et égarés ; Ugonio, qui était resté avec nous, tout comme son compagnon de toujours, nous expliqua donc ce qu'il se passait : les pilleurs de tombes avaient décrété qu'ils arrêteraient Tiracorda coûte que coûte. Ils se posteraient dans les ruelles qui entouraient la demeure du vieil archiatre afin d'intercepter son carrosse sur le chemin qui menait au palais pontifical de Monte Cavallo.

« Et nous, monsieur Atto, qu'allons-nous faire pour arrêter Tiracorda ? » demandai-je en proie à l'agitation, bien décidé à m'opposer de toutes mes forces à celui qui attentait à la vie du vicaire du Christ.

Mais l'abbé ne m'écoutait pas. En revanche, il riposta aux explications d'Ugonio : « Ah, c'est comme ça », dit-il d'une voix blanche.

La situation lui avait échappé et cela ne semblait guère le réjouir.

« Bref, que faisons-nous ?

— Il faut arrêter Tiracorda, c'est évident, répondit Melani en essayant de retrouver sa fermeté. Pendant que Baronio et ses acolytes contrôlent la surface, nous nous consacrerons aux souterrains. Regardez cela. »

Il déplia une version mise à jour du plan du sous-sol qu'il avait dessiné, puis perdu pendant le naufrage dans la Cloaca Maxima. La nouvelle carte comprenait le trajet C, ainsi que l'intersection avec la rivière souterraine à partir de laquelle on atteignait l'île-laboratoire de Dulcibeni et la Cloaca Maxima. On voyait aussi la ramification de la galerie D qui conduisait à l'écurie de Tiracorda, juste à côté du *Damoiseau*.

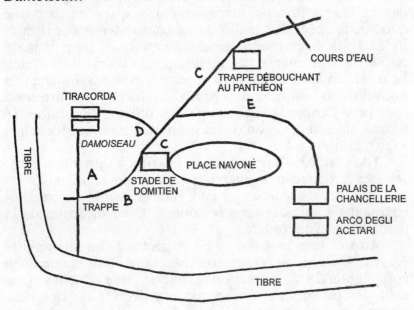

« Pour intercepter Tiracorda, il ne suffit pas de contrôler les rues qui entourent la via dell'Orso, expliqua Atto. En effet, il est possible que son souci de discrétion pousse le médecin à préférer les souterrains et à s'engager successivement dans les galeries D, C, B et A pour déboucher ensuite sur la grève du Tibre.

— Et pourquoi ?

— Il pourrait remonter le fleuve jusqu'au port de Ripetta à bord d'une barque. Il allongerait le trajet, mais rendrait toute poursuite impossible. A moins qu'il ne choisisse de regagner la surface par une sortie dont nous ignorons l'existence. Il convient de nous partager les tâches afin de parer à toutes les éventualités : Ugonio et Ciacconio contrôleront les galeries A, B, C et D.

— N'est-ce pas un peu trop pour deux personnes ?

— Ils ne sont pas deux, mais trois : n'oublie pas le nez de Ciacconio. Quant à nous, mon garçon, nous explorerons le tronçon du souterrain B que nous n'avons jamais emprunté, afin de nous assurer que Tiracorda ne nous échappe pas par ce chemin-là.

— Et Dulcibeni ? demandai-je. Ne craignez-vous pas qu'il vienne rôder, lui aussi, dans les souterrains ?

— Non, il a fait tout ce qui était en son pouvoir : infecter les sangsues. Il suffit maintenant que Tiracorda se rende chez le pape et les lui applique. »

Ugonio et Ciacconio partirent sans tarder au pas de course, ou presque, prenant la galerie C à contre-sens. Tandis que nous nous ébranlions, je ne pus renoncer à satisfaire ma curiosité : « Monsieur Atto, vous êtes un agent du roi de France. »

Il me lança un regard torve. « Eh bien ?

— Voilà, c'est que... bref, ce pape n'est certes pas un bon ami du Roi Très-Chrétien. Et pourtant, vous avez l'intention de le sauver, n'est-ce pas ? »

Il se pétrifia. « As-tu jamais vu décapiter un homme ?

— Non.

— Eh bien, sache que lorsque la tête roule sur le sol, la langue peut encore remuer. Et parler. Voilà pourquoi aucun prince ne se réjouit de la mort d'un de ses égaux. Il redoute la tête qui roule, et la langue qui peut proférer des paroles dangereuses.

— Alors, les souverains ne font jamais tuer personne.

— Eh bien, ce n'est pas vraiment le cas... ils peuvent le faire si la sécurité de la Couronne est en jeu. Mais la politique, ne l'oublie pas, mon garçon, la vraie politique est faite d'équilibres et non d'assauts. »

Je l'observai à la dérobée ; sa voix hésitante, son visage pâle et ses yeux fuyants témoignaient que la peur s'était à nouveau emparée de lui : en dépit de ses paroles, ses balancements étaient manifestes. Les pilleurs de tombes ne lui avaient pas laissé le temps de réfléchir, ils avaient rapidement pris l'initiative et s'apprêtaient désormais à sauver Innocent XI ; une entreprise héroïque dans laquelle Atto était à présent projeté presque malgré lui, faute de s'y être lancé spontanément. Maintenant, il ne pouvait plus reculer.

Il tenta de masquer son embarras en pressant le pas et en me tournant de la sorte son dos raide et nerveux.

Une fois parvenus aux Archives, nous cherchâmes en vain des traces d'Ugonio et de Ciacconio. Les deux monstres devaient s'être embusqués, bien dissimulés dans un recoin.

« C'est nous ! Tout va bien ? » demanda Atto à voix haute.

Derrière une archivolte ensevelie dans l'obscurité, le grognement de Ciacconio nous livra une réponse affirmative.

Nous poursuivîmes donc notre exploration. Tandis que nous cheminions, nous recommençâmes à réfléchir.

Nous avions montré une cécité impardonnable, convînmes-nous tous deux, en omettant d'établir un lien entre les indices pourtant clairs que nous avions appris au cours des jours précédents. Heureusement, il était encore possible de rattraper par la crinière le cheval fou de la vérité. Atto s'efforça une nouvelle fois de résumer les éléments dont nous disposions : « Dulcibeni travaillait pour les Odescalchi, en qualité de comptable, ou de quelque chose de ce genre. Il avait une fille, Maria, fruit de son union charnelle avec une esclave turque. La jeune fille est enlevée par l'ancien négrier Feroni et son bras droit, Huygens, afin de satisfaire sans doute le caprice de ce dernier. Maria est probablement emmenée au loin, dans le Nord. Bien décidé à la retrouver, Dulcibeni s'adresse aux Odescalchi, qui lui refusent toutefois leur aide. Voilà pourquoi Dulcibeni conçoit de la haine à leur égard, et en particulier à l'égard du puissant cardinal Benedetto Odescalchi, lequel, entre-temps, est devenu pape. De plus, un événement étrange se produit après l'enlèvement : Dulcibeni est assailli par un individu qui le jette par une fenêtre dans le dessein de le tuer, sans doute. Sommes-nous d'accord ?

— D'accord.

— C'est ici qu'intervient le premier mystère : pourquoi cet individu, sans doute payé par Feroni ou les Odelcaschi, voulait-il le tuer ?

— Pour l'empêcher de partir à la recherche de sa fille.

— Peut-être, répondit Atto sans grande conviction. Cependant tu as entendu que toutes les recherches de ses émissaires se sont révélées vaines. Je crois plutôt que Dulcibeni était devenu dangereux pour quelqu'un.

— Monsieur Atto, pourquoi la fille de Dulcibeni était-elle une esclave ?

— N'as-tu pas entendu Tiracorda ? Parce que sa mère était une esclave turque, que Dulcibeni n'avait jamais voulu épouser. Je ne connais pas bien les commerces des nègres et des infidèles, mais, d'après ce que prétend Dulcibeni, la petite bâtarde était considérée à son tour comme une esclave des Odescalchi. Une chose m'échappe toutefois : pourquoi Huygens et Feroni ne l'ont-ils pas achetée ?

— Les Odescalchi ne voulaient peut-être pas la vendre.

— Ils ont bien vendu sa mère ! Non, je pense que Dulcibeni s'est opposé à la cession de sa fille. Cela explique pourquoi elle a été enlevée, peut-être avec l'appui des Odescalchi eux-mêmes.

— Voulez-vous dire qu'un crime aussi abominable aurait pu être favorisé par la famille ? m'écriai-je avec horreur.

— Bien sûr. Et peut-être même par le cardinal Benedetto Odescalchi, qui est aujourd'hui pape. N'oublie pas que Feroni était très riche et très puissant. Un homme auquel on ne refuse rien. Voilà pourquoi les Odescalchi n'ont pas voulu aider Dulcibeni à retrouver sa fille.

— Comment Dulcibeni a-t-il pu s'opposer à la vente, si la jeune fille appartenait aux Odescalchi ?

— Bonne question. Comment ? C'est là le hic, je crois. Dulcibeni a sans doute dégainé une arme qui a lié les mains des Odescalchi. Ils ont été contraints à fomenter l'enlèvement avec Feroni pour tenter ensuite de clore à jamais le bec de Dulcibeni. »

Feroni. Je m'apprêtais à dire à l'abbé que ce nom m'était familier. Mais, incapable de me rappeler où et quand je l'avais ouï, je préférai me taire.

« Une arme contre les Odescalchi. Un secret, peut-être... », murmurait l'abbé, un éclair de plaisir dans les yeux.

Un secret coupable qui entachait le passé du pape. Je compris qu'Atto Melani, agent de Sa Majesté Très-Chrétienne aurait donné sa vie pour le découvrir.

« Il faut que nous venions à bout de cette énigme, malédiction ! s'exclama-t-il au terme de ses réflexions. Mais récapitulons une nouvelle fois : Dulcibeni décide d'assassiner rien de moins que le pape. Il ne peut certes pas espérer obtenir une audience du pontife et le poignarder. Comment tuer un homme à distance ? On peut tenter de l'empoisonner ; mais introduire du poison dans les cuisines du pape est chose ardue. Dulcibeni a trouvé une solution plus élaborée. Il se souvient d'un vieil ami, Giovanni Tiracorda, archiatre pontifical. La santé du pape Odescalchi, Dulcibeni le sait, a toujours subi des atteintes. Tiracorda le soigne, et Dulcibeni peut exploiter la situation. En outre, l'état d'Innocent XI, terrifié à l'idée que les armées chrétiennes soient défaites à Vienne, est en train d'empirer. On saigne le pape en employant des sangsues, lesquelles, c'est bien connu, se nourrissent de sang. Alors, que fait Dulcibeni ? Entre deux énigmes, il soûle Tiracorda. Ce n'est pas difficile, car la femme du médecin, Paradisa, est bigote et à moitié folle : elle croit que l'alcool engendre la damnation de l'âme. Tiracorda est contraint de boire en cachette, et donc toujours en diligence. Dès qu'il est ivre, son ami Dulcibeni contamine les sangsues destinées au pape au moyen du liquide pestilentiel qu'il a produit sur son île. Les petits animaux refermeront leurs dents sur les saintes chairs du pontife, qui sera ainsi assailli par la peste.

— C'est horrible ! commentai-je.

— Pourquoi ? C'est tout simplement ce qu'un homme avide de vengeance est capable de faire. Te ressouviens-tu de notre première intrusion chez Tiracorda ? Dulcibeni lui a demandé "Comment vont-elles ?" et il faisait allusion, nous le savons maintenant, aux sangsues qu'il avait l'intention d'infecter. Cependant, Tiracorda a malencontreusement cassé la bouteille de liqueur, et Dulcibeni a dû différer l'opération. Hier soir, en revanche, les choses se sont bien passées. Il a infecté les sangsues en disant "C'est pour elle" : il accomplissait sa vengeance contre les Odescalchi.

— Il avait toutefois besoin d'un endroit tranquille pour préparer son plan et s'adonner à ses activités, observai-je.

— Bien. Et surtout, pour cultiver, au moyen d'arts qui nous échappent, le mal de la peste. Après avoir capturé les rats, il les enferme dans une cage, sur l'île, et les contamine ; puis il les saigne et élabore leur sang dans le dessein de produire une humeur infectée. C'est sans doute lui qui a perdu la page de Bible dans les souterrains.

— Il aurait aussi dérobé mes perles ?

— Et qui d'autre ? Mais ne m'interromps pas. Quand la quarantaine a été déclarée et que ton maître est tombé malade, Dulcibeni s'est vu contraint de voler les clefs de Pellegrino et d'en faire faire un double auprès d'un serrurier, afin d'avoir encore accès aux souterrains et donc à l'île du temple de Mithra. Il a enveloppé le double dans la page de Bible de Komarek, qu'il a accidentellement tachée de sang à force de manier rats, sangsues et alambics.

— Nous avons trouvé sur l'île un pot identique à celui de Tiracorda, observai-je, sans compter tous les instruments...

— Le pot lui a servi à élever quelques sangsues et peut-être à s'assurer qu'elles peuvent se nourrir de sang infecté sans périr précocement. Mais quand il a compris qu'il n'était pas le seul à fréquenter les souterrains, et qu'il était peut-être suivi, il s'est libéré des petites suceuses, qui auraient constitué la preuve de son intention criminelle. Les appareils et les instruments de l'île lui ont, en revanche, permis non seulement de mener à bien ses expériences sur les rats, mais aussi de préparer l'humeur pesteuse. Voilà pourquoi son installation ressemblait au laboratoire d'un alchimiste, avec ses alambics, ses onguents, ses réchauds...

— Et l'espèce de petite potence ?

— Il l'a peut-être employée pour tenir fermement les rats pendant qu'il les saignait, ou pour les écarteler avant de recueillir leur sang. »

Voilà pourquoi, nous répétâmes-nous encore une fois, nous avions croisé des rats agonisants dans les souterrains : ils s'étaient peut-être échappés ou avaient provisoirement survécu aux expériences de Dulcibeni. Quant à l'ampoule en verre remplie de sang que nous avions trouvée dans le souterrain D, elle avait été certainement égarée par Dulcibeni, qui avait peut-être tenté sans succès d'infecter directement les sangsues de son ami Tiracorda avec le sang des rats.

« Nous avons également trouvé des feuilles de *mamacòca* dans le souterrain, observai-je.

— Oui, et c'est un point que je ne m'explique pas, admit l'abbé Melani. Ces végétaux n'ont rien à voir avec la peste ni avec le projet de Dulcibeni. Une autre chose m'échappe : comment Dulcibeni a-t-il pu courir, ramer et grimper pendant des jours et des jours avec la vigueur d'un garnement, et de surcroît pendant la nuit ? Cela me porte presque à croire qu'il dispose d'un complice. »

Tandis que nous élaborions de tels raisonnements, nous avions atteint la trappe qui servait d'intersection entre les galeries B et A. La partie gauche du tronçon B constituait la dernière des trois explorations que nous nous étions promis de mener afin de compléter notre connaissance du sous-sol du *Damoiseau*.

Nous n'empruntâmes donc pas la trappe pour passer du souterrain B au souterrain A, ainsi que nous l'aurions fait s'il nous avait fallu regagner l'auberge, mais nous poursuivîmes notre route. Grâce au plan qu'Atto avait dessiné, je comprenais que nous nous dirigions vers le Tibre, laissant l'auberge sur notre droite, et l'anse du fleuve sur notre gauche.

Notre parcours ne nous offrit aucune surprise. Bientôt, nous nous heurtâmes à un escalier de pierre à plan carré qui ressemblait un peu à celui qu'on prenait pour aller du réduit secret du *Damoiseau* aux souterrains, et qui nous était désormais presque trop familier.

« Mais nous allons déboucher dans la via dell'Orso, dis-je tandis que nous gravissions les marches.

— Pas vraiment, un peu plus au sud, peut-être, dans la via Tor di Nona. »

Notre montée nous mena dans une sorte de vestibule pourvu d'un sol de vieux pavés, également semblable à celui que nous foulions en quittant l'auberge.

L'on pouvait distinguer sur la voûte (et plus encore reconnaître au toucher) une espèce de bouche d'égout en fer, ou peut-être en plomb, insensible à toute vibration et fort difficile à ouvrir. Il était nécessaire de surmonter ce dernier obstacle pour découvrir où notre chemin nous avait conduits. En unissant nos forces et en nous appuyant vigoureusement sur la dernière marche de l'escalier en pierre, nous parvînmes à soulever le lourd disque d'un coup de reins. Nous l'écartâmes juste assez pour sortir, le faisant glisser sur le pavé dans un bref grondement. En tendant l'oreille et en examinant les environs du coin de l'œil, nous devinâmes qu'une violent combat se déroulait non loin de là.

Nous nous frayâmes un chemin dans la nuit. En dépit de la semi-obscurité, je remarquai un carrosse au milieu de la rue. Deux torches, accrochées des deux côtés, l'éclairaient d'une lumière oblique et sinistre. Nous entendîmes alors des cris étouffés : le postillon tentait d'échapper à plusieurs individus, qui lui livraient bataille. L'un des assaillants avait dû s'emparer des rênes et freiner la course de chevaux, qui hennissaient et soufflaient nerveusement. Au même instant, un autre individu sortit de la voiture, les bras refermés (c'est

tout au moins ce qui me sembla) sur un objet volumineux.
Nul doute : le carrosse subissait une rapine.

Si j'avais les idées brouillées par notre long séjour souterrain, je reconnus toutefois la via Tor di Nona, qui se
déroule le long du Tibre et mène à la via dell'Orso. L'évalua-
tion de l'abbé Melani n'était donc pas erronée.

« Vite, approchons-nous », murmura-t-il en indiquant
la voiture.

La scène de violence à laquelle nous assistions m'avait
presque pétrifié ; je savais que des gardes étaient en faction
non loin de là, aux deux extrémités du pont Sant'Angelo.
Mais le risque d'être impliqué dans un grave attentat ne me
dissuada pas de suivre l'abbé qui, rasant prudemment le
mur, se rapprochait de la scène du vol.

« Pompeo, au secours ! Gardes, au secours ! » entendîmes-nous glapir dans le carrosse.

La voix faible et étranglée du passager appartenait à
Giovanni Tiracorda.

Je compris tout en un éclair : l'homme qui, sur le siège,
se rebellait inutilement à des forces supérieures et poussait
de petits cris rauques n'était autre que Pompeo Dulcibeni.
Contre toutes nos attentes, Tiracorda l'avait sans doute prié
de l'accompagner au palais de Monte Cavallo où il devait
prêter ses services au pape. Trop âgé et trop malhabile pour
conduire sa voiture, le médecin avait préféré se faire accompagner vers sa délicate et secrète mission par un ami plutôt
que par un cocher quelconque. Mais les pilleurs de tombes,
bien postés dans les environs, avaient intercepté la voiture.

Tout se conclut en l'espace de quelques instants. Dès
que la malle du médecin fut extraite, les quatre ou cinq pilleurs de tombes qui retenaient Dulcibeni lâchèrent prise et
s'enfuirent ; ils passèrent non loin de nous et disparurent en
direction de la bouche d'égout.

« Les sangsues, ils ont certainement pris les sangsues !
dis-je, tout échauffé.

— Chut ! » rétorqua Atto, et je devinai qu'il n'avait
aucune intention de participer à l'événement.

Ayant ouï le bruit de la rixe, les habitants des maisons
voisines s'étaient penchés à leurs fenêtres. Les gardes risquaient d'arriver d'un moment à l'autre.

Tiracorda gémissait faiblement, de dedans la voiture,
tandis que Dulcibeni abandonnait son siège, sans doute
pour lui prêter main-forte.

C'est alors qu'un fait imprévisible se produisit. Sortant brusquement de la bouche d'égout dans laquelle les pilleurs de tombes s'étaient précipités, un individu rebroussa chemin d'un pas chancelant et pénétra une nouvelle fois dans la voiture. Il semblait encore tenir sous le bras l'objet volumineux que nous l'avions vu dérober au pauvre Tiracorda.

« Non, maudit sois-tu ! Pas le crucifix, il contient une relique... »

La voix implorante du médecin résonna pitoyablement dans la nuit, tandis que l'ombre s'agitait et redescendait de l'autre côté. Une erreur fatale : Dulcibeni l'attendait. Nous entendîmes le claquement cruel et sec du fouet dont il s'était armé et au moyen duquel il agrippa les jambes du prédateur, le faisant choir. Alors qu'il tentait inutilement de se relever, je reconnus à la lumière d'une des deux torches la silhouette malhabile et bossue de Ciacconio.

Nous nous approchâmes encore, au risque d'être surpris. Mais la portière ouverte bouchait en partie la vue. C'est alors que le fouet claqua une deuxième, puis une troisième fois, accompagné par l'incomparable grognement de Ciacconio, qui renfermait désormais une nuance de protestation fort nette.

« Immonde racaille ! » dit ensuite Dulcibeni, qui posait un objet dans la voiture, refermait la portière, bondissait sur le siège et poussait les chevaux.

Une fois encore, la succession par trop rapide des événements m'interdit de considérer les raisons de la prudence et de l'entendement, ainsi que celles de la juste crainte de Dieu, qui m'auraient conseillé de me soustraire à la dangereuse influence de l'abbé Melani et d'éviter de me mêler à des actions déraisonnables, criminelles et violentes.

Voilà pourquoi, encore impliqué dans l'audacieux projet de sauver la vie de notre Seigneur Innocent XI, je n'osai reculer quand l'abbé Melani, m'arrachant à l'ombre, m'entraîna vers le carrosse qui s'ébranlait.

« Maintenant ou jamais plus », dit-il tandis que nous nous élancions à la poursuite de la voiture et sautions sur la plate-forme des serviteurs, située à l'arrière.

Mais dès que nous nous fûmes accrochés aux grosses poignées postérieures, je sentis que la plate-forme tremblait une troisième fois. Des mains rapaces me secouèrent et faillirent me précipiter au sol. Emu par cette nouvelle surprise, je me retournai et découvris l'horrible sourire difforme, édenté et diabolique de Ciacconio. Le monstre tenait entre ses griffes un crucifix pourvu d'un pendentif.

Ainsi alourdie par un troisième passager clandestin, la voiture avait fait une brusque embardée.

« Immonde racaille, je vous tuerai tous ! » s'exclama Dulcibeni dans des claquements de fouet.

Le carrosse vira à gauche et s'engagea dans la via di Panico, tandis que défilait, sur le côté opposé, la troupe désordonnée des pilleurs de tombes, qui assistait, impuissante, à la fuite de la voiture. Ne voyant pas Ciacconio revenir, ils avaient, à l'évidence, regagné la surface. Trois ou quatre d'entre eux se lancèrent à notre poursuite. Mais nous tournions déjà à droite, à la hauteur de la piazza di Monte Giordano, en direction de la Chiavica di Santa Lucia. A cause de l'embuscade, Dulcibeni n'avait pas pu emprunter la rue qui menait à Monte Cavallo. Nous semblions maintenant avancer au hasard.

« Tu t'es encore distingué, n'est-ce pas, sale brute ? cria l'abbé Melani à Ciacconio alors que le carrosse prenait de la vitesse.

— Gfrrrlûlbh, se justifia Ciacconio.

— Comprends-tu ce qu'il a fait ? ajouta Atto à mon adresse. Puisque la victoire ne lui suffisait pas, il a rebroussé chemin pour voler le crucifix et la relique qu'Ugonio avait déjà tenté de dérober la première fois que nous avons pénétré dans l'écurie de Tiracorda. C'est ainsi que Dulcibeni a remis la main sur les sangsues. »

Dans notre sillage, les pilleurs de tombes n'abandonnaient pas leur poursuite, même s'ils perdaient déjà du terrain. Soudain (nous avions viré encore une fois à gauche), nous entendîmes la voix tremblante et terrifiée de Tiracorda, lequel s'était penché à la fenêtre : « Pompeo, Pompeo, ils nous poursuivent, il y a quelqu'un derrière... »

Dulcibeni ne répondit pas. Un bruit inattendu et fort violent faillit nous assourdir, tandis qu'un nuage de fumée nous privait momentanément de la vue et qu'un sifflement cruel déchirait nos oreilles.

« Baissez-vous, il a un pistolet ! » nous ordonna Atto en s'accroupissant sur la plate-forme.

Alors que j'obéissais, la voiture accéléra encore. Les nerfs déjà éprouvés par l'abordage des pilleurs de tombes, les pauvres chevaux n'avaient pas supporté la détonation subite.

Au lieu de s'abriter, Ciacconio choisit comme de coutume la solution la plus malsaine : il grimpa sur le carrosse et rampa vers Dulcibeni en s'agrippant tant bien que mal au toit mince et instable. Mais le claquement du fouet l'obligea bientôt à renoncer à son assaut.

Nous débouchions à toute allure de la via Pellegrino pour pénétrer sur le campo di Fiore, quand je vis Ciacconio, hissé sur le toit, détacher la relique du crucifix et projeter de toutes ses forces la sainte Croix sur Dulcibeni. A en juger par l'embardée du carrosse, l'objectif avait sans doute été atteint. Ciacconio tenta une nouvelle fois d'avancer, bien résolu à agir avant que Dulcibeni ne recharge son arme.

« Si Dulcibeni ne freine pas ces chevaux, nous allons finir par nous fracasser contre un mur », dit Atto, dont la voix était recouverte par le vacarme des roues sur le pavé.

Une nouvelle fois, nous ouïmes le fouet claquer ; la voiture ne ralentissait pas, elle accélérait au contraire. Je remarquai qu'elle n'épousait aucun tournant.

« Pompeo, oh, mon Dieu ! Arrêtez cette voiture », geignait Tiracorda du dedans de la voiture.

Nous avions traversé la piazza Mattei et la piazza Campitelli ; la folle course du carrosse, qui avait laissé le Mont Savello sur sa droite, semblait à présent privée de logique et de salut. Tandis que le double sillage des torches latérales fendait joyeusement la pénombre, les rares et furtifs badauds assistaient, la mine interdite, à notre passage rapide et bruyant, emmitouflés dans leurs manteaux. Nous croisâmes même une ronde nocturne, qui n'eut ni le temps ni la possibilité de nous arrêter et de nous interroger.

« Pompeo, je vous en prie, implora à nouveau Tiracorda. Arrêtez, arrêtez immédiatement.

— Mais pourquoi ne freine-t-il pas ? Pourquoi va-t-il toujours tout droit ? » criai-je à Atto.

Nous traversions la piazza della Consolazione. Le fouet de Dulcibeni et les borborygmes de Ciacconio s'étaient tus. En jetant un coup d'œil au-dessus du toit, nous vîmes le premier, debout, sur le siège, échanger des coups de poing et de pied désordonnés avec le second. Les rênes pendaient librement.

« Mon Dieu ! s'exclama Atto. Voilà pourquoi nous n'avons pas tourné. »

Au même instant, nous pénétrâmes sur la longue esplanade du campo Vaccino, où l'on peut admirer ce qui reste de l'antique Forum romain. Nos regards frénétiques saisirent, à gauche, l'arc de Septime Sévère et, à droite, les ruines du temple de Jupiter Stator, l'entrée des Jardins du Farnèse, et au fond, de plus en plus proche, l'arc de Titus.

Le sol atrocement disjoint du campo Vaccino rendait notre allure encore plus dangereuse. Nous évitâmes par miracle deux colonnes romaines renversées sur le sol. Nous passâmes enfin sous l'arc de Titus et nous engageâmes dans la descente suivante que nous achevâmes à une allure folle. Rien ne paraissait en mesure de nous arrêter quand retentit la voix rageuse de Dulcibeni : « Immonde racaille, va en enfer !

— Gfrrrlûlbh », l'insulta à son tour Ciacconio.

Une masse grisâtre et déguenillée roula au bas du carrosse à l'instant même où le convoi entrait triomphalement sur le vaste espace que dominent depuis seize siècles les ruines magnifiques et indifférentes du Colisée.

Tandis que l'imposant amphithéâtre se rapprochait, nous entendîmes un bruit sec sous nos pieds. L'essieu postérieur avait cédé aux tensions de la longue chevauchée, inclinant notre voiture sur la droite. Avant que celui-ci ne se couche, Atto et moi nous laissâmes choir et rouler au sol en hurlant de terreur et de surprise, évitant miraculeusement les rayons des grandes roues qui filaient à nos côtés ; les chevaux furent précipités au sol tandis que le carrosse et ses deux passagers s'écrasaient littéralement en glissant et en planant au-dessus d'un douloureux suaire de terre, de cailloux et de mauvaises herbes.

⁕⁕⁕

Au bout de quelques instants d'une compréhensible obnubilation, je me relevai. Si j'étais en mauvais état, je n'étais pas blessé. La voiture gisait sur un flanc ; sa roue tournant encore à vide témoignait des conséquences peu agréables pour ses occupants. Eteintes, les torches latérales fumaient.

La tache grisâtre qui était tombée un peu plus tôt n'était autre que le pauvre Ciacconio, que, nous le savions, Dulcibeni avait sans doute jeté à bas de la voiture. Mais nous détournâmes rapidement notre attention de lui. Atto me montra une portière de la voiture, ouverte et héroïquement tendue vers le ciel. Nous nous entendîmes sur-le-champ : sans balancer, nous bondîmes à l'intérieur, où gisait Tiracorda, gémissant et à moitié inconscient. Je devançai Atto en arrachant aux mains de l'archiatre une lourde mallette en cuir aux coins en métal, dont le tintement interne trahissait la probable présence d'un pot. C'était sans nul doute l'objet dont nous avions vu Ciacconio s'emparer : l'étui du pot hermétique qui permet aux médecins de transporter leurs sangsues.

« Nous l'avons ! exultai-je. Et maintenant, fuyons ! »

Or, avant même que j'eusse le temps d'achever ma phrase, une main puissante me jeta brutalement sur le dur pavage, où je roulai comme un baluchon de chiffons. C'était Dulcibeni, qui venait sans doute de reprendre ses esprits. Il tentait maintenant de m'arracher la mallette. Mais je m'étais refermé comme un hérisson autour de ma proie, la protégeant des bras, du buste et des jambes. Dulcibeni était ainsi contraint de me soulever à bout de bras, sans parvenir toutefois à me séparer de mon précieux chargement.

Tandis que le vieux janséniste m'écrasait de son corps puissant, m'assenant des coups nombreux et douloureux, l'abbé Melani essayait de s'opposer à sa fureur. En vain : Dulcibeni semblait posséder la force de cent individus. Nous roulâmes tous trois à terre, enchevêtrés dans une mêlée chaotique et furibonde.

« Laisse-moi, Melani, criait Dulcibeni. Tu ignores ce que tu fais, tu l'ignores !

— Vraiment, tu veux assassiner le pape pour venger ta fille ? Une petite bâtarde à moitié noire ?

— Tu ne peux... », répliqua Dulcibeni à bout de souffle, alors qu'Atto réussissait à lui tordre le bras.

Pompeo lui assena un coup de poing sur le nez, qui fit gémir l'abbé et le jeta au sol, plus mort que vif.

J'étais encore accroché à la mallette quand Dulcibeni se tourna vers moi. Pétrifié de peur, je n'osai point bouger. Il me saisit par les poignets et, me les broyant, ou presque, libéra l'étui de mon étreinte. Puis il se précipita une nouvelle fois vers le carrosse.

Je le suivis du regard, à la clarté de la lune. Il ressortit bientôt en sautant hardiment au sol. Il tenait la mallette dans la main gauche.

« Donne-moi l'autre. Oui, bien, il est derrière », dit-il. Puis il glissa la main droite dedans la voiture et en tira un pistolet. Au lieu de recharger la première arme, il avait, à raison, préféré prendre la deuxième, déjà prête à l'usage. Atto s'était relevé, il courait vers le carrosse.

« Abbé Melani, dit Dulcibeni, balançant entre la dérision et la menace. Puisque tu aimes filer les gens, ne te gêne pas. »

Il s'élança vers le Colisée.

« Ne bouge pas ! Donne-moi ce sac ! lui ordonna Atto.

— Monsieur Atto, Dulcibeni..., objectai-je.

— ... est armé, je le sais, répondit l'abbé Melani en s'accroupissant prudemment. Mais ce n'est pas une raison pour qu'il nous échappe. »

Je fus frappé par le ton décidé d'Atto, et je devinai dans une révélation brûlante ce qui animait son cœur et ses pensées, et pourquoi il avait bondi sans balancer derrière le carrosse de Tiracorda, affrontant le risque mortel que la poursuite de Dulcibeni comportait.

L'inclination naturelle d'Atto de se mêler à d'obscures intrigues, ainsi que la puissante fierté qui l'amenait à gonfler la poitrine dès lors qu'il distinguait des conspirateurs, eh bien, tout ce qu'il ouïssait et désirait, tout ce vers lequel il tendait n'était point encore satisfait. Les révélations interrompues de Dulcibeni avaient attiré Melani dans leur tourbillon. Désormais, l'abbé ne pouvait, ni ne souhaitait reculer. Il voulait tout apprendre dans les moindres détails. Atto ne poursuivait pas Dulcibeni pour lui arracher les sangsues pestilentielles, il courait après ses secrets.

Tandis que ces images et ces pensées se succédaient devant mes yeux mille fois plus vite que le carrosse de Tiracorda, Dulcibeni s'enfuyait vers le Colisée.

« Suivons-le, mais restons penchés », me recommanda Atto.

Sans oser protester, conscient du devoir hardi auquel nous étions appelés, je me signai et lui emboîtai le pas.

※

Dulcibeni avait disparu en un clin d'œil sous les sombres arcades du Colisée. Atto m'attira vers la droite comme s'il entendait parcourir le même trajet que sa proie, mais au dehors des colonnades.

« Nous devons le surprendre avant qu'il ne recharge son pistolet », murmura-t-il à mon oreille.

D'un pas sinueux, nous atteignîmes les arcades du Colisée. Nous nous agrippâmes à l'une des puissantes colonnes portantes comme des feuilles de lierre autour de blocs de pierre, puis jetâmes un coup d'œil à l'intérieur : aucune trace de Dulcibeni.

Nous avançâmes en tendant l'oreille. C'était seulement la deuxième fois, au cours de mon existence, que je me promenais dans les ruines du Colisée, et pourtant je savais que ces lieux étaient souvent infestés de hiboux, de chauves-souris, mais aussi de souteneurs, de voleurs et de malfaiteurs de toutes sortes qui s'y cachaient pour échapper à la justice ou perpétrer leurs exécrables crimes. L'obscurité était si épaisse qu'il était impossible d'y distinguer quoi que ce fût, à la réserve de ce que le reflet du ciel, timidement éclairé par la lune, touchait.

Nous marchâmes d'un pas prudent, veillant à ne pas trébucher sur les dalles de pierres à moitié ensevelies, et cherchant notre proie. Le bruissement de nos pas et des gestes que nous étions inévitablement amenés à produire retentissait sous la voûte des arcades et contre le mur qui s'élevait à notre droite. Séparant l'amphithéâtre des arcades, celui-ci était ponctué de meurtrières verticales qui permettaient de jeter un coup d'œil dans la grande arène. Soudain, le silence presque total des lieux fut brisé par une voix claire et directe, qui nous fit sursauter : « Pauvre Melani, esclave de ton roi jusqu'au bout. »

Atto se pétrifia : « Dulcibeni, où es-tu ? »

Un instant de silence s'ensuivit.

« Je monte au Ciel, je veux regarder Dieu de près », murmura Dulcibeni depuis un endroit imprécis qui semblait à la fois proche et lointain.

En vain, nous lançâmes un regard à la ronde.

« Arrête-toi et parlons, dit Atto. Si tu le fais, je ne te dénoncerai pas.

— Veux-tu savoir une chose, l'abbé ? Eh bien, je vais te satisfaire. Mais, d'abord, trouve-moi. »

Dulcibeni s'éloignait. Cependant il n'était ni sous les arcades, ni au dehors du Colisée.

« Il est déjà au dedans », conclut Atto.

Plus tard seulement, bien après ces événements, j'apprendrais que le mur qui séparait l'amphithéâtre des arcades, et qui permettait toutefois d'admirer la grande arène, était régulièrement violé par des malfaiteurs. On ne pouvait légitimement pénétrer dans l'arène qu'à travers les grandes grilles en bois situées aux deux extrémités de l'édifice, lesquelles étaient évidemment fermées, la nuit. Aussi, afin de transformer ces ruines en un repaire utile et secret, des hommes et les femmes de mauvaise vie creusaient des brèches dans l'enceinte, que les autorités ne se hâtaient nullement de combler.

Nul doute, Dulcibeni avait emprunté l'un de ces passages. L'abbé Melani entreprit incontinent d'explorer le mur, à la recherche de la brèche en question.

« Viens, viens, Melani, nous raillait Dulcibeni, dont la voix ne cessait de s'éloigner.

— Malédiction, je ne le... le voilà ! » s'exclama soudain Atto.

Ce n'était pas tant un trou que le simple élargissement d'une des meurtrières qui ponctuaient le mur d'enceinte, à la hauteur de la ceinture d'un individu de taille moyenne. Nous nous y glissâmes en nous aidant réciproquement. Tandis que je m'introduisais dedans l'arène, je fus parcouru par un frisson de peur : une main, de l'extérieur, m'avait saisi par l'épaule. Pensant à l'un des criminels qui infestaient ces lieux, je m'apprêtai à hurler quand une voix familière m'invita à me taire : « Gfrrrlûlbh. »

Ciacconio nous avait retrouvés. Le voyant résolu à nous seconder dans la difficile capture de Dulcibeni, je poussai un soupir de soulagement et appris la nouvelle à Atto.

L'abbé était déjà parti en reconnaissance. Nous avancions dans l'un des multiples couloirs qui s'étendent entre les murs d'enceinte du Colisée et le terre-plein central dont le sable recueillit, plusieurs siècles plus tôt, le sang des gladiateurs, des lions et des martyrs, sacrifiés tous ensemble à la folie des foules païennes.

Nous marchions l'un derrière l'autre entre les hauts murs de pierre qui descendaient par degrés vers le centre du Colisée. Encadrant l'arène centrale, ils avaient dû jadis soutenir les gradins sur lesquels le public s'asseyait. L'heure nocturne, l'humidité et la puanteur des murs, des arcades et des passerelles à moitié détruites, enfin, le vol bruissant et fou des chauves-souris donnaient à ces lieux un aspect trouble et menaçant. L'odeur des moisissures et des déjections organiques empêchait même Ciacconio de distinguer, avec son odorat miraculeux, la direction dans laquelle Dulcibeni s'était éloigné. Je vis le pilleur de tombes dresser le nez à plusieurs reprises et inspirer avec un halètement animalesque, en vain. Seule la lumière de la lune, que réfléchissait la pierre blanche des rangées les plus hautes du Colisée, offrait un réconfort partiel à l'esprit et nous permettait d'avancer sans choir dans les nombreux gouffres qui s'ouvraient entre les décombres.

Au terme d'une fouille inutile, Atto s'arrêta, impatienté.

« Dulcibeni, où es-tu ? » cria-t-il.

Seul le silence inquiet des ruines lui répondit.

« Et si nous nous séparions ? proposai-je.

— Il n'en est pas question. A propos, que sont devenus tes amis ? demanda-t-il à Ciacconio.

— Gfrrrlûlbh, répondit le pilleur de tombes en gesticulant et en laissant entendre que le reste de la troupe ne tarderait pas à arriver.

— Bien. Nous avons besoin de renforts pour attraper...

— Alors, l'esclave des couronnes, tu ne viens pas me chercher ? »

Dulcibeni nous ramenait à l'action. Cette fois, il se trouvait à l'évidence au-dessus de nos têtes.

« Stupide janséniste », commenta tout bas Atto, à l'évidence irrité par cette provocation. Puis il s'écria : « Approche-toi, Pompeo, je veux juste te parler. »

Un rire sonore se libéra alors.

« D'accord, c'est moi qui viendrai », rétorqua Atto.

C'était, en réalité, plus facile à dire qu'à faire. L'intérieur du Colisée, arène et façade comprises, constituait une succession labyrinthique de murs en ruine, d'architraves mutilées et de colonnes décapitées, où la difficulté de s'orienter et la faible lumière s'ajoutaient aux formes barbares et disloquées des décombres.

Pendant des siècles, le Colisée avait d'abord été abandonné, puis privé d'une grande quantité de marbres et de pierres par les nombreux pontifes qui avaient voulu les employer à la construction (juste et sacro-sainte) de multiples églises ; comme je l'ai dit, des vieux gradins plongeant vers l'arène il ne restait que les murs de soutien. Ceux-ci s'élevaient en éventail du périmètre de l'arène au sommet de l'enceinte extérieure. Parallèlement, couraient d'étroits passages reliant les couloirs circulaires et concentriques qui embrassaient l'ensemble du stade. Le tout formait le dédale inextricable dans lequel nous cheminions.

Nous parcourûmes sur un court tronçon l'un des couloirs circulaires en essayant de nous rapprocher du point d'où nous avions cru entendre la voix de Dulcibeni s'échapper. Notre tentative se révéla vaine. Atto lança un regard interrogateur à Ciacconio. Le pilleur de tombes explora à nouveau les airs de ses narines dilatées, mais sans obtenir le moindre résultat.

Dulcibeni dut deviner nos difficultés car sa voix retentit bientôt : « Abbé Melani, je perds patience. »

Contre toute attente, sa voix n'était pas lointaine, mais l'écho que les ruines produisaient nous empêchait de distinguer la direction d'où elle provenait. Curieusement, dès que les reflets sonores de ses propos railleurs s'éteignirent, j'eus le sentiment d'entendre un sifflement bref et répété, dont la tonalité m'était pour le moins familière.

« Avez-vous entendu, vous aussi ? demandai-je avec un filet de voix à Atto. On dirait que... je crois qu'il prise.

— Etrange, commenta l'abbé, dans un moment pareil...

— Il prisait aussi ce soir, quand il a refusé de descendre dîner.

— Et donc juste avant de partir pour mettre son plan à exécution, remarqua l'abbé Melani.

— Exact. Je l'avais également vu renifler du tabac avant qu'il ne tienne ses discours sur les Couronnes, sur les souverains corrompus et ainsi de suite. Et j'ai remarqué qu'il semblait ensuite plus éveillé et plus vigoureux. Comme si le tabac lui permettait de s'éclaircir les idées ou... de se revigorer, voilà.

— Je crois avoir compris », murmura Atto avant de s'interrompre brusquement.

Ciacconio nous tirait par les manches et nous entraînait au centre de l'arène. En quittant le labyrinthe, le pilleur de tombes comptait humer plus facilement l'odeur de Dulcibeni. En effet, une fois sur le terre-plein, il dressa son nez et tressaillit : « Gfrrrlûlbh », dit-il en indiquant les immenses et impérieux murs d'enceinte.

« Tu es sûr ? » lui demandâmes-nous de concert, vaguement effrayés par ces lieux dangereux et inaccessibles.

Ciacconio opina du chef, et nous nous dirigeâmes aussitôt vers notre objectif.

Les murs d'enceinte du stade étaient composés de trois grandes rangées d'arcades superposées. Ciacconio nous avait indiqué une voûte au niveau intermédiaire, bien plus haute que toute l'auberge du *Damoiseau*.

« Comment allons-nous y monter ? l'interrogea l'abbé Melani.

— Demande à tes monstres de t'aider », cria Dulcibeni. Cette fois, Atto avait parlé trop fort.

« Tu as raison, c'est une bonne idée, hurla-t-il avant d'ajouter à l'adresse de Ciacconio : Tu ne faisais pas erreur, la voix vient de là-haut. »

Ciacconio nous précédait déjà à travers le labyrinthe. Il nous conduisit rapidement à l'une des deux grandes grilles de bois qu'on ouvrait durant la journée et qui donnaient accès à l'amphithéâtre. Un escalier large et raide s'élevait devant la grille et s'enfonçait dans le corps majestueux du monument.

« C'est par là qu'il a dû monter », murmura Melani.

En effet, l'escalier conduisait au premier étage, c'est-à-dire à la hauteur de la seconde rangée d'arcades. Après avoir gravi la dernière volée, nous débouchâmes dans un énorme couloir en anneau qui courait tout le long de l'amphithéâtre. La lumière de la lune se répandait avec plus de vivacité et de générosité en ces lieux éloignés de la cavea. Ceux-ci nous offraient une vue grandiose sur le terre-plein central, sur les ruines des gradins et, au-dessus de nous, sur les énormes murs d'enceinte qui contenaient toute la masse du cirque, se détachant majestueusement sur le ciel. Notre montée rapide nous ayant coupé le souffle, nous nous arrêtâmes. Nous étions si captivés par ce spectacle que nous en oubliâmes presque notre dessein.

Mais la voix aigre et rauque de Dulcibeni nous arracha bientôt à cette contemplation : « Tu y es presque, espion des rois. »

C'est alors qu'une détonation retentit. Terrifiés, nous nous aplatîmes sur le sol : Dulcibeni nous avait tiré dessus.

Des bruits secs, à quelques pas de nous, nous firent de nouveau sursauter. En me déplaçant à quatre pattes, je trouvai le pistolet de Dulcibeni, qui s'était détruit en s'écrasant sur le sol.

« Manqués deux fois, dommage ! Courage, Melani, nous sommes maintenant à armes égales. »

Je tendis le pistolet à Atto, qui lança un regard pensif dans la direction de Dulcibeni. « Quelque chose m'échappe », commenta-t-il tandis que nous nous rapprochions de l'endroit d'où s'étaient élevés la voix et le bruit du pistolet.

J'étais perplexe, moi aussi. En gravissant l'escalier, j'avais été grandement saisi par le doute. Pourquoi Dulcibeni nous avait-il attirés dans cette étrange poursuite au clair de lune, parmi les ruines du Colisée, perdant ainsi un temps précieux et risquant d'être pris en flagrant délit par les sbires ? Pourquoi voulait-il tant entraîner l'abbé Melani dans ces hauteurs en lui promettant toutes les révélations qu'il souhaitait ?

Alors que nous gravissions à perdre haleine les vieilles marches usées par le temps, nous avions entendu l'écho de cris lointains, une sorte de bruissement guerrier qui eût émané de troupes convergeant sur un objectif établi.

« Je le savais, avait commenté l'abbé Melani, le souffle court. Il fallait bien que les sbires et les chefs de bande finissent par arriver. Dulcibeni ne pouvait pas croire en la discrétion de sa folle course en carrosse. »

Les provocations railleuses de notre proie nous avaient facilité la tâche. Mais il nous apparut bien vite que nous aurions grand-peine à la rejoindre. En effet, Dulcibeni s'était hissé sur un mur de soutien des gradins, qui partait du couloir où nous nous trouvions pour monter obliquement jusqu'à une petite fenêtre de l'enceinte, presque au sommet du Colisée.

Il se tenait là, confortablement assis sous la petite fenêtre, adossé au mur, les bras toujours refermés sur la mallette des sangsues. Je fus surpris par la témérité avec laquelle il avait gagné ce perchoir : le mur sur l'arête duquel il s'était aventuré surplombait horriblement le vide, et une mort atroce attendait quiconque y fût tombé. De l'autre côté de la petite fenêtre, s'ouvrait un abîme dont la profondeur équivalait à la hauteur de deux maisons. Etrangement, Dulcibeni n'en semblait point troublé. Trois univers effrayants et sublimes s'étendaient aux pieds du fugitif : la grande arène du Colisée, le terrible gouffre au dehors de la façade et le ciel étoilé qui scellait le théâtre funeste et grandiose de cette nuit.

Des voix et des présences étrangères approchaient : les sbires avaient dû arriver. Désormais nous n'étions plus séparés de notre proie que par un espace qui n'excédait pas une banale rue.

« Les voici, les sauveurs de l'usurier et de la tiare, de Côme, la bête féroce et insatiable », s'écria Dulcibeni avant d'éclater dans un rire qui nous parut forcé et artificiel, fruit de l'étrange union de la colère et de la joie.

Atto nous lança un regard interrogateur, tandis que Dulcibeni recommençait à priser.

« Je l'avais compris, tu sais, déclara Atto.

— Dis-moi, dis-moi, Melani, dis-moi ce que tu avais compris, s'exclama Dulcibeni en se rasseyant.

— Que ce tabac n'est pas du tabac...

— Bien ! Veux-tu savoir une chose ? Tu as raison. Les apparences sont fréquemment trompeuses.

— Tu renifles ces drôles de feuilles mortes, ces..., insista Atto.

— La *mamacòca* ! m'écriai-je.

— Quelle perspicacité ! Je suis admiratif, répondit Dulcibeni sur un ton caustique.

— Voilà pourquoi tu ne te fatigues pas la nuit, dit l'abbé. Mais, durant le jour, tu es irascible et ces feuilles te manquent, raison pour laquelle tu continues de t'en garnir les narines. C'est ainsi qu'il t'arrive de tenir des discours tout seul devant le miroir, en imaginant que tu as encore ta fille. Quand tu entames un de ces monologues fous sur les souverains et les couronnes, tu t'enflammes et personne ne peut plus t'arrêter, car cette herbe soutient le corps, mais elle est... bref, elle offusque l'entendement et vous rend possédé. Je me trompe ?

— Je vois que tu t'es amusé à enseigner à ton apprenti le métier d'espion, au lieu de le laisser à son destin naturel d'amusement des princes et d'étonnement des spectateurs », répondit Dulcibeni dans un rire ronflant, destiné à se venger de ma personne.

Il était vrai, d'ailleurs, que j'avais écouté à la porte du janséniste et que j'avais tout rapporté à l'abbé.

Dulcibeni bondit agilement sur le mur oblique, oubliant le gouffre qui s'ouvrait à ses pieds, il se hissa (en dépit de la gêne que lui causait la mallette) au sommet de l'enceinte, qui mesurait trois pas de large.

Notre adversaire se tenait à présent debout, au-dessus de nos têtes. Non loin de lui, sur la droite, se dressait une croix en bois de la taille d'un homme, qu'on avait fixée sur la façade du Colisée pour indiquer que le monument avait été consacré, en mémoire des martyrs chrétiens.

Dulcibeni jeta un coup d'œil vers le bas, au dehors du Colisée : « Courage, Melani, les renforts ne vont pas tarder à arriver. Il y a un groupe de sbires en bas.

— Alors, avant qu'ils ne viennent, dis-moi pourquoi tu souhaites la mort d'Innocent XI.

— Creuse-toi donc la tête », répondit Dulcibeni en reculant.

Au même instant, Atto réussissait à monter à son tour sur le mur étroit qui menait à l'enceinte du stade.

« Que t'a-t-il fait, malédiction ? le pressa Atto d'une voix étranglée. Il a déshonoré la foi chrétienne, l'a couverte de honte, d'ignominie ? Voilà ce que tu penses, n'est-ce pas ? Dis-le, Pompeo, possédé que tu es, comme tous les jansénistes. Tu détestes le monde, Pompeo, car tu ne parviens pas à te détester toi-même. »

Dulcibeni garda le silence. S'agrippant à la pierre nue, Atto grimpait péniblement sur le bord du mur qui conduisait à son adversaire.

« Tes expériences sur l'île, poursuivait-il tout en s'accrochant maladroitement de ses quatre membres au rebord du mur, tes visites chez Tiracorda, tes nuits dans les souterrains... Tout ça pour une petite chienne bâtarde et à moitié infidèle, pauvre fou ! Tu devrais remercier Huygens et ce vieux baveux de Feroni, qui lui ont fait l'honneur de lui fendre la fenouillette avant de la jeter dans la mer. »

Je fus ébahi par les cruelles obscénités que l'abbé Melani avait brusquement dégainées. Puis je compris : Atto provoquait Dulcibeni dans le but de le faire éclater. Il parvint à ses fins.

« Tais-toi, castrat, honte de Dieu, toi qui ne peux te faire fendre que le cul, hurla Dulcibeni de loin. J'avais bien compris que tu aimais plonger ton oiseau dans la merde, mais que ton cerveau en soit aussi rempli...

— Ta fille, Pompeo, l'interrompit Atto. Le vieux Feroni voulait l'acheter, n'est-ce pas ? »

Dulcibeni eut un gémissement de surprise. « Continue, tu es sur la bonne voie, se contenta-t-il toutefois de dire.

— Voyons, poursuivit Atto, hors d'haleine, sans cesser de se rapprocher de Dulcibeni. Huygens s'occupait des affaires de Feroni, raison pour laquelle il négociait souvent avec les Odescalchi, et donc avec toi. Un jour, il aperçoit ta fillette et s'en amourache. Comme d'habitude, cet imbécile de Feroni veut la lui donner à tout prix. Il demande aux Odescalchi de l'acheter, sans doute dans le but de la revendre le jour où Feroni s'en sera lassé. Il l'obtient peut-être même d'Innocent XI, qui était encore cardinal à l'époque.

— De lui et de son neveu Livio, âmes damnées, le corrigea Dulcibeni.

— Tu n'as pas pu t'y opposer légalement, car tu n'avais pas daigné épouser sa mère, une misérable esclave turque, voilà pourquoi ta fille ne t'appartenait pas, voilà pourquoi elle était la propriété des Odescalchi. Alors, tu as trouvé un expédient : remuer un scandale à l'oreille de tes maîtres, une tache sur l'honneur des Odescalchi. Bref, tu les as fait chanter. »

Une fois encore, Dulcibeni ne répondit pas, et son silence eut plus que jamais l'allure d'une confirmation.

« Il me manque seulement une date, reprit Atto. Quand ta fille a-t-elle été enlevée ?

— En 1676, dit Dulcibeni sur un ton glacial. Elle n'avait que douze ans.

— Juste avant le conclave, n'est-ce pas ? demanda Atto en faisant un pas en avant.

— Je crois que tu as compris.

— On préparait l'élection du nouveau pape, et le cardinal Benedetto Odescalchi, qui avait échoué d'un fil au conclave précédent, était bien décidé à triompher. Mais grâce à ton scandale, tu le tiens en ton pouvoir : si une nouvelle bien précise parvenait aux oreilles des autres cardinaux, un scandale énorme se produirait et adieu élection. Suis-je sur la bonne voie ?

— Tu ne pourrais pas mieux l'être, dit Dulcibeni sans masquer sa surprise.

— De quel scandale s'agissait-il, Pompeo ? Qu'avaient donc fait les Odescalchi ?

— Termine d'abord ton histoire », le poussa Dulcibeni avec morgue.

Le vent du soir, plus sensible à cette hauteur, nous fouettait sans relâche ; j'ignorais si je tremblais de peur ou de froid.

« Avec grand plaisir, dit Atto. Tu croyais interdire la vente de ta fille par l'extorsion. Feroni, sans doute avec la complicité des Odescalchi eux-mêmes, enlève ta fille et te cloue le bec assez longtemps pour que Benedetto soit élu pape. Par la suite, tu essaies de retrouver ta fille. Mais tu n'es pas assez habile.

— J'ai parcouru la Hollande de long en large. Dieu seul sait que je ne pouvais rien faire de plus ! rugit Dulcibeni.

— Tu ne trouves pas ta fille et tu es victime d'un étrange accident : quelqu'un te jette par une fenêtre. Et tu t'en tires.

— Il y avait une haie juste en-dessous, la fortune m'a assisté. Continue. »

Atto balança devant cette exhortation de Dulcibeni. Et je me demandai, moi aussi, pourquoi il nous lâchait autant la bride.

« Tu as fui Rome, poursuivi et terrifié, continua Melani.

Quant au reste, je le connaissais déjà. Tu t'es converti au jansénisme, et tu as rencontré Fouquet à Naples. Quelque chose d'autre m'échappe, en revanche : pourquoi te venger maintenant, après tant d'années ? Peut-être parce que... oh, mon Dieu, j'ai compris. »

Je vis l'abbé Melani porter une main à son front, en un geste de surprise. Il avait parcouru avec audace un long tronçon de mur, et s'était rapproché de Dulcibeni.

« Parce qu'on se bat à Vienne. Si tu tues le pape, l'alliance des chrétiens se disloquera, les Turcs l'emporteront et dévasteront l'Europe, n'est-ce pas ? s'exclama Atto, la voix brisée par la stupeur et l'indignation.

— L'Europe a déjà été dévastée, et par ses propres rois, repartit Dulcibeni.

— Oh, maudit fou ! Tu voudrais... tu veux. » Il éternua trois, quatre, cinq fois avec une violence inaccoutumée, risquant ainsi de lâcher prise et de choir dans le gouffre. « Malédiction ! commenta-t-il ensuite, piqué. Autrefois, une seule chose me faisait éternuer : les étoffes de Hollande. Maintenant je comprends pourquoi je ne cesse d'éternuer depuis que je suis entré dans cette maudite auberge. »

Je le compris à mon tour : les vieux habits hollandais de Dulcibeni en étaient responsables. Mais, me ressouvins-je soudain, Atto avait parfois éternué à ma vue. Sans doute parce que je revenais de la chambre du janséniste. A moins que...

Cependant, la situation voulait que je remisse mes réflexion à plus tard. Je vis que Dulcibeni se penchait à gauche, puis à droite, sans cesser de regarder la voiture de Tiracorda.

« Tu me caches encore quelque chose, Pompeo, s'écria Atto, qui avait repris son équilibre, à califourchon sur le mur. Comment as-tu fait chanter les Odescalchi ? Avec quel secret tenais-tu le cardinal Benedetto en ton pouvoir ?

— Je n'ai plus rien à dire, l'interrompit Dulcibeni en lançant à nouveau un regard vers le carrosse de l'archiatre.

— Hé non, c'est trop facile ! Et puis, Pompeo, l'histoire de ta fille ne tient pas debout ! C'est bien trop peu pour décider d'attenter à la vie d'un pape. Mais comment ! Tu refuses d'abord d'épouser la mère, et tu te démènes de la sorte pour venger la fille ? Non, ça ne tient pas debout. Et puis, ce pape est l'ami des jansénistes. Parle, Pompeo !

— Cela ne te regarde pas.

— Tu ne peux pas...

— Je n'ai plus rien à dire à un espion du Roi Très-
Chrétien.

— Et pourtant, tu voulais rendre un grand service au
Roi Très-Chrétien avec tes sangsues. Le libérer du pape et
de Vienne en un seul coup.

— Et tu crois vraiment que Louis XIV l'emportera,
avec les Turcs ? répondit Dulcibeni avec colère. Pauvre
naïf ! Non, la marée ottomane fauchera aussi le roi de
France. Aucun égard pour les traîtres, c'est la règle du vainqueur.

— Alors, tel est ton plan de palingénésie, ton espoir de
retour à la vraie foie chrétienne, vrai janséniste ? Mais oui,
balayons l'Eglise de Rome et les souverains chrétiens, laissons les autels brûler. Ainsi, nous reviendrons aux temps
des martyrs : égorgés par les Turcs, mais plus solides et plus
forts dans la foi ! Et toi, tu y crois ? Qui est de nous deux le
naïf, Dulcibeni ? »

Tandis qu'Atto et Dulcibeni s'affrontaient, je m'étais
éloigné et avais atteint une sorte de petite terrasse, à côté
de l'escalier que nous avions gravi pour monter au premier
étage. De là, je pus assister à ce qui se passait au dehors du
Colisée, et je compris pourquoi Dulcibeni regardait vers le
bas avec tant d'intérêt.

Un groupe de sbires s'agitait, en effet, autour de la voiture, et l'on entendait au lointain la voix de Tiracorda. Certains nous observaient : ils n'allaient pas tarder à venir nous
arrêter.

Soudain, je frissonnai, non plus à cause de la fraîcheur
nocturne, mais d'un hurlement, ou plutôt d'un chœur guerrier qui s'éleva tout autour du Colisée, et d'un crépitement
diffus, causé, semblait-il, par de nombreux jets de morceaux
de bois et de pierres.

La horde de pilleurs de tombes (qui avaient, à l'évidence, bien préparé leur incursion) se répandit en hurlant
devant le monument, armée de masses et de bâtons, avançant au pas de course, sans laisser le temps aux hommes
du Bargello de deviner ce qui se produisait. La clarté des
flambeaux, que les sbires distribuaient çà et là, rendait la
scène plus visible à nos yeux.

L'embuscade fut foudroyante, barbare et impitoyable.
Un petit groupe d'assaillants déboucha de l'arc de Constantin, un second se laissa tomber au bas du mur qui délimitait
les jardins donnant sur les ruines de la Curia Hostilia, un

autre sortit des décombres du temple d'Isis et de Sérapis. La racaille poussa de grands cris guerriers, jetant dans l'effroi les victimes, qui n'étaient qu'au nombre de cinq ou six, face au double d'adversaires.

Pétrifiés de stupeur, deux sbires un peu isolés tombèrent les premiers sous les coups de gourdin, de griffe, de pied et de dents des trois pilleurs de tombes qui venaient de l'arc de Constantin. L'affrontement provoqua une mêlée confuse de jambes, de bras, de têtes bestialement agrippés en un corps à corps privé de toute rigueur militaire. Mais les coups ne furent pas mortels puisque, bien vite, les victimes rudement malmenées battirent indignement en retraite vers la rue qui conduit à San Giovanni. Terrifiés par l'armée rutilante des pilleurs de tombes, deux autres sbires (ceux-là mêmes qui s'apprêtaient à pénétrer dans le Colisée pour nous arrêter) s'enfuirent à toutes jambes vers la montée qui mène à San Pietro in Vincoli, sans même se frotter aux combattants, suivis par un quatuor d'assaillants, parmi lesquels je crus reconnaître Ugonio, à son incomparable langage.

Les choses en allèrent tout autrement pour les deux sbires qui se tenaient près de la voiture de Tiracorda : l'un des deux se défendit au sabre, réussissant habilement à repousser un trio de pilleurs de tombes. Pendant ce temps, son compagnon, le seul à être pourvu d'une monture, hissait sur sa selle un troisième individu, gras et maladroit, qui avait (en admettant que ma vue ne fût point trompeuse) un sac pendu à son cou. C'était Tiracorda, que le sbire avait à l'évidence pris pour la victime des faits criminels de la nuit, et qu'il avait décidé de mettre à l'abri. Dès que le cheval se fut éloigné avec ses deux cavaliers en direction de Monte Cavallo, le sbire à pied se résigna à fuir, s'évanouissant dans l'obscurité. Le silence retomba sur le Colisée.

Je tournai à nouveau le regard vers Atto et Dulcibeni, eux aussi provisoirement distraits par la bataille qui s'était déroulée sous nos yeux.

« C'est terminé, Melani, dit Dulcibeni. Tu as gagné, avec tes monstres souterrains, avec ta manie d'espionner et d'intriguer, avec ton désir malsain de ramper sous les habits des princes. Je vais maintenant ouvrir ce sac et t'en livrer le contenu, que le petit apprenti ici présent désire peut-être plus que toi.

— Eh oui, c'est terminé », répéta Atto avec un soupir de lassitude.

Il avait presque atteint l'extrémité du mur et se trouvait maintenant à quelques pouces de distance de Dulcibeni. Il n'allait donc pas tarder à grimper sur le mur extérieur du Colisée et à se dresser devant son adversaire.

Mais je ne partageais pas l'opinion de l'abbé : ce n'était pas terminé. Nous avions suivi Dulcibeni, enquêté et conjecturé pendant des nuits. Et ce, pour répondre à une question entre toutes : qui avait empoisonné Nicolas Fouquet, et pourquoi ? Je fus surpris qu'elle ne figurât pas au nombre de celles qu'Atto avait posées à Dulcibeni. Mais s'il s'en abstenait, rien ne m'empêchait de le faire à sa place.

« Pourquoi tuer aussi le surintendant, monsieur Pompeo ? » osai-je donc demander.

Dulcibeni écarquilla les yeux et éclata d'un rire lugubre.

« Demande-le à ton bien-aimé abbé, mon garçon ! s'exclama-t-il. Demande-lui pourquoi son cher ami Fouquet a eu un malaise après son bain de pieds. Demande à Melani pourquoi il s'agitait tant, pourquoi il pressait le pauvre homme de questions sans même le laisser s'éteindre en paix. Et puis... demande-lui ce qu'il y avait de si puissant dans l'eau du bain de pieds, demande-lui quels poisons parviennent à tuer aussi perfidement. »

D'instinct, je me tournai vers Atto, qui ne répliquait rien, comme s'il était pris à contre-pied.

« Mais tu... tenta-t-il seulement de s'interposer.

— J'ai plongé dans la cuvette l'une de mes souris, recommença Dulcibeni, et je l'ai vue crever incontinent de la manière la plus horrible qu'on puisse imaginer. Un poison puissant, abbé Melani, et traître : bien dilué dans un bain de pieds, il pénètre à travers la peau et sous les ongles sans laisser de traces, monte dans le corps jusqu'aux viscères, les dévorant inexorablement. Une véritable œuvre d'art, que seuls les maîtres parfumeurs de France sont en mesure de créer, n'est-ce pas ? »

Lors de sa seconde visite au cadavre de Fouquet, me ressouvins-je alors, Cristofano avait remarqué plusieurs flaques d'eau sur le sol, à côté de la cuvette du bain de pieds. Et ce, alors que j'avais soigneusement nettoyé le carrelage le matin même. En prélevant un échantillon du liquide, Dulcibeni avait dû en renverser un peu. Je frissonnai à la pensée d'avoir effleuré quelques gouttes de cette eau mortelle.

Trop peu, heureusement, pour être victime d'un véritable malaise.

Dulcibeni s'adressa alors à Atto : « Le Roi Très-Chrétien t'avait peut-être confié une tâche très spéciale, monsieur l'abbé Atto Melani ? Quelque chose de terrible, que tu ne pouvais pas refuser, une preuve de suprême fidélité au roi...

— Suffit ! Tu n'as pas le droit ! s'écria Atto en essayant de se hisser au sommet du grand mur d'enceinte.

— Le Roi Très-Chrétien a dû te conter de bien vils mensonges au sujet de Fouquet tandis qu'il te commandait de le tuer, n'est-ce pas ? Toi, sordide serviteur, tu as obéi. Mais alors qu'il mourait dans tes bras, le surintendant a murmuré des propos auxquels tu ne t'attendais pas. Je peux l'imaginer, oui, une allusion à d'obscurs secrets, quelques phrases balbutiées, incompréhensibles peut-être. Pourtant, assez pour te permettre de comprendre que tu étais le pion d'un jeu dont tu ignorais l'existence.

— Tu divagues, Dulcibeni, je ne... tenta à nouveau de l'interrompre Atto.

— Ah, tu n'es pas obligé de parler ! Ces quelques mots demeureront un secret entre Fouquet et toi, ce n'est pas ce qui importe, s'écria Dulcibeni en luttant contre le vent qui se faisait impétueux. Mais à cet instant-là tu as compris que le roi t'avait joué et qu'il s'était servi de toi. Et tu as commencé à craindre pour ta personne. Alors, tu t'es entêté à enquêter sur tous les pensionnaires de l'auberge. Tu cherchais désespérément à découvrir la véritable raison pour laquelle on t'avait chargé de tuer ton ami.

— Tu es fou, Dulcibeni, tu es fou et tu essaies de m'accuser pour dissimuler tes responsabilités, tu es...

— Et toi, mon garçon, l'interrompit Dulcibeni en se tournant une nouvelle fois vers moi, demande encore à ton abbé pourquoi les derniers mots de Fouquet ont été "Ah, c'est donc vrai ?" N'évoquent-ils pas étrangement un air fameux de l'âge d'or du surintendant, *Ahi, dunqu'è pur vero* ? Abbé Melani, tu ne peux pas ne pas l'avoir reconnu, dis-moi combien de fois tu l'as chanté en sa présence ? Et il a voulu te rappeler ces mots tandis qu'il mourait dans la souffrance que lui causait ta trahison. Comme Jules César, quand il vit que son fils Brutus se trouvait parmi les tueurs qui le poignardaient. »

Atto ne parlait plus. Il était monté sur le mur d'enceinte, et se dressait désormais devant Dulcibeni. Mais le silence de l'abbé avait un autre motif : son adversaire s'apprêtait à ouvrir la mallette des sangsues.

« C'était une promesse, et je tiens toujours mes promesses, dit-il. Le contenu t'appartient. »

Puis il rejoignit le bord du mur et renversa la mallette en l'ouvrant dans le vide.

Ainsi que je pus clairement le voir, en dépit de la distance, il n'en sortit rien. Elle était vide.

Dulcibeni éclata de rire.

« Pauvre imbécile ! lança-t-il à Melani. Tu croyais vraiment que je perdrais tout ce temps-là en haut de ce monument pour le plaisir de recevoir tes insultes ? »

D'instinct, Atto et moi nous cherchâmes du regard, partageant la même pensée : Dulcibeni nous avait attirés en ces lieux pour nous faire perdre du temps. Il avait abandonné les sangsues dans la voiture avant de pénétrer dans le Colisée.

« A l'heure qu'il est, elles voyagent avec leur maître en direction des veines du pape, ajouta-t-il d'une voix moqueuse, confirmant ainsi nos soupçons. Et personne ne peut les arrêter. »

Atto s'assit, épuisé. Dulcibeni laissa tomber la mallette dans le vide, au dehors du Colisée. Quelques secondes plus tard, nous ouïmes son bruit sourd et triste.

Dulcibeni profita de ce répit pour tirer de sa poche sa tabatière et renifler vigoureusement un peu de *mamacòca*, puis il jeta également la petite boîte, son bras tournoyant en un geste méprisant et triomphal.

Mais cette bravade lui coûta l'équilibre. Nous le vîmes chanceler légèrement et, malgré tous ses efforts, s'incliner vers la droite, où se trouvait la grande croix en bois.

Ce fut l'histoire d'un instant. Il porta les mains à sa tête comme s'il souffrait d'une douleur cruelle et lancinante, ou d'un malaise subit, et s'abattit contre la croix, dont il n'avait pas prévu la présence.

Le heurt avec le symbole de bois le priva de son précieux équilibre. Je vis son corps choir à l'intérieur du Colisée, parcourant en quelques secondes la hauteur de plusieurs hommes superposés. La fortune voulut – et elle lui sauva la vie –, que le premier choc se produisît contre une surface en briques légèrement inclinée. Puis le corps de Dulcibeni échoua sur une grande dalle de pierre, qui l'accueillit charitablement, de même que le lit d'un fleuve accueille les épaves des bateaux dont la force de la tempête a eu raison.

⁕

Sans l'aide des autres pilleurs de tombes, nous n'aurions point été capables de soulever le corps inanimé de Dulcibeni. Il était en vie, et il reprit connaissance au bout de quelques minutes.

« Mes jambes... je ne les sens plus », furent ses premiers mots.

Sous la conduite de Baronio, les pilleurs de tombes allèrent chercher un chariot dans les environs, sans doute abandonné par un marchand de fruits. Il était vieux et en mauvais état, mais, en unissant leurs forces, les chercheurs de reliques s'en servirent pour transporter le pauvre corps blessé de Dulcibeni. Certes, Atto et moi aurions pu abandonner le blessé parmi les ruines du Colisée, mais c'eut été, nous en convînmes aussitôt, une cruauté inutile et périlleuse ; on l'aurait tôt ou tard retrouvé, et il aurait, qui plus est, manqué à l'appel des pensionnaires, ce qui aurait inévitablement donné lieu à une enquête de Cristofano et des autorités.

La décision de sauver Dulcibeni me soulagea : la sombre et tragique histoire de sa fille ne m'avait pas laissé insensible.

Notre retour vers le *Damoiseau* fut interminable et sinistre. Pour éviter d'être à nouveau surpris par les sbires, nous empruntâmes les raccourcis les plus tortueux. Taciturnes et ombrageux, les pilleurs de tombes étaient accablés par la pensée qu'ils n'avaient pas réussi à empêcher Tiracorda de s'envoler avec les sangsues, ils se consumaient déjà dans l'amertume de la défaite et dans la peur que le pape n'apprenne, dès le lendemain, l'infection mortelle qui le frappait. D'autre part, l'état désespéré de Dulcibeni n'avait inspiré à personne l'idée de le dénoncer : l'assaut sauvage que les pilleurs de tombes avaient mené un peu plus tôt contre les sbires incitait à la prudence et au silence. Il valait mieux pour tous que les garants de l'ordre ne conservent aucune trace de cette nuit, à l'exception de leurs souvenirs.

Un groupe trop nourri n'étant point discret, une partie des pilleurs de tombes nous quittèrent, non sans nous adresser un hâtif grognement en guise d'au revoir. Nous

n'étions plus que sept : Ugonio, Ciacconio, Polonio, Grufonio, Atto, Dulcibeni (sur le chariot) et moi.

Nous avancions en poussant à tour de rôle le chariot.
Nous nous trouvions aux environs de l'église du Gesù, non
loin du Panthéon, d'où nous devions regagner les souterrains pour regagner le *Damoiseau*, quand je m'aperçus que
Ciacconio était resté en arrière. Je l'observai : il marchait
péniblement en traînant les pieds. J'attirai l'attention du
groupe de tête. Nous attendîmes qu'il nous rejoigne.

« La vigueurise hâtive l'époumonise. Il a le souffle
écourté », commenta Ugonio.

Mais Cicconio ne semblait pas seulement épuisé. Il
s'appuya sur le chariot, puis s'assit sur le sol en s'adossant
à un mur. Il respirait à grand-peine.

« Ciacconio, qu'as-tu donc ? lui demandai-je, non sans
inquiétude.

— Gfrrrlûlhb, répondit-il en indiquant la partie gauche
de son ventre.

— Tu es fatigué, ou tu te sens mal ?

— Gfrrrlûlbh », dit-il en réitérant son geste comme s'il
n'avait rien d'autre à ajouter.

D'instinct (et bien que tout contact physique avec les
pilleurs de tombes ne fût en rien désirable), je touchai la
houppelande à l'endroit que Ciacconio avait montré. Elle
paraissait humide.

En écartant les plis du tissu, je perçus une odeur désagréable mais familière. Le reste du groupe s'était pressé
autour de nous. Mais c'est l'abbé Melani qui s'approcha. Il
palpa les vêtements de Ciacconio et porta ses doigts à son
nez.

« Du sang. Doux Jésus, ouvrons-lui sa robe », dit-il en
dénouant avec une rapidité nerveuse le cordon qui retenait
la houppelande de Ciacconio. Il avait une déchirure au
milieu du ventre, d'où le sang jaillissait sans relâche ; la
plaie était grave, l'hémorragie importante, et il était étonnant qu'il ait eu la force de marcher.

« Mon Dieu ! Il faut lui prêter secours, il ne peut pas
nous suivre », dis-je, bouleversé.

Il y eut un long moment de silence. Il était trop facile
de deviner les pensées qui s'agitaient dans l'esprit de tous.
La balle qui avait frappé Ciacconio provenait du pistolet de
Dulcibeni qui, sans le vouloir, avait blessé à mort le malheureux pilleur de tombes.

« Gfrrrlûlbh », dit alors Ciacconio en nous indiquant

d'une main le chemin que nous devions encore parcourir et en nous invitant à nous y engager. Ugonio s'agenouilla auprès de lui, et se lança dans une discussion rapide et intelligible, au cours de laquelle il haussa le ton à plusieurs reprises. Ciacconio répétait son murmure habituel, d'une voix de plus en plus faible.

Atto comprit ce qui allait se passer. « Mon Dieu, nous ne pouvons pas le laisser là ! Appelle tes amis, dit-il à l'adresse d'Ugonio. Qu'ils viennent le chercher ! Il faut faire quelque chose, appeler quelqu'un, un chirurgien...

— Gfrrrlûlbh », dit Ciacconio dans un murmure léger et résigné qui semblait plus définitif que tout raisonnement.

Ugonio posa doucement la main sur l'épaule de son compagnon, puis il se releva comme si leur entretien était terminé. Polonio et Grufonio s'approchèrent à leur tour du blessé et échangèrent avec lui des réflexions confuses et mystérieuses. Ils finirent par s'agenouiller et se mirent à prier.

« Oh, non, geignis-je, ce n'est pas possible. »

Atto, qui n'avait jamais manifesté la moindre sympathie pour les pilleurs de tombes et leur étrangeté, ne put, lui non plus, contenir son émotion. Je le vis s'isoler. Ses mains se refermèrent sur son visage, et ses épaules furent secouées par des hoquets. L'abbé épanchait enfin sa souffrance dans des pleurs muets : souffrance pour Ciacconio, pour Fouquet, pour Vienne et pour lui-même, traître, peut-être, mais trahi ; et seul. Tandis que je songeais aux mystérieux propos que Dulcibeni avait consacrés à la mort de Fouquet, je sentais des ombres obscures s'épaissir entre Atto et moi.

Ciacconio ayant désormais de plus en plus de mal à respirer, nous nous agenouillâmes tous en prière. Bientôt, Grufonio s'éloigna pour avertir (c'est tout au moins ce qu'il me sembla) le reste des pilleurs de tombes, lesquels apparurent, en effet, quelques minutes plus tard pour s'emparer du pauvre corps et lui offrir une sépulture correcte.

C'est alors que les derniers instants de Ciacconio se consumèrent devant moi. Ugonio soutenait charitablement la tête du mourant, autour duquel les pilleurs de tombes se pressaient. D'un geste, il nous invita tous au silence. Le calme de la nuit s'abattit sur la scène et nous entendîmes le pilleur de tombes pour la dernière fois : « Gfrrrlûlbh. »

Je lançai un regard interrogateur à Ugonio, qui traduisit en sanglotant : « Comme larmilles dans la pleuvelle. »

Puis le malheureux cessa de respirer.

Il n'y eut point besoin d'autres explications. Avec ces quelques mots, Ciacconio avait sculpté sa fugace aventure terrestre : nous sommes comme des larmes dans la pluie, qui se perdent, dès leur naissance, dans le flux autoritaire des choses mortelles.

Après que la dépouille de Ciacconio fut emportée par ses amis, nous nous ébranlâmes, le cœur lourd d'un chagrin dur et ineffable. Je marchais la tête basse, comme poussé par une force étrangère. Ma peine était si grande que je n'eus point le courage de regarder le pauvre Ugonio tout au long du trajet, craignant de ne pouvoir réfréner mes pleurs. Les aventures que nous avions affrontées avec les deux pilleurs de tombes me revinrent à l'esprit : l'exploration des souterrains, la poursuite de Stilone Priàso, les intrusions dans la demeure de Tiracorda... J'imaginai ensuite les vicissitudes qu'il avait dû partager avec Ugonio et, comparant son état d'âme au mien, compris avec quel désespoir je regretterais mon ami.

Le deuil fut tel que mes souvenirs du reste du voyage passèrent au second plan : le retour dans les souterrains, la pénible marche dans les galeries et le transport de Dulcibeni dans l'auberge, jusque dans sa chambre. Il nous fallut, pour le hisser, construire une sorte de civière en privant de quelques planches le chariot que nous avions employé à la surface. Ficelé comme un saucisson à sa couche, le malade fébrile et à moitié conscient fut porté de trappe en trappe, et d'escalier en escalier au prix des efforts énormes de douze bras : quatre pilleurs de tombes, Atto et moi.

Le jour se levait quand les pilleurs de tombes prirent congé de nous en s'éclipsant dans le réduit secret. Evidemment, je craignais que Cristofano n'entendît notre cortège, en particulier lorsque nous pénétrâmes dans le réduit et gravîmes les marches de l'auberge jusqu'au premier étage. Mais seul le frémissement régulier et pacifique de son ronflement s'échappait de derrière sa porte.

J'avais dû dire adieu à Ugonio. Tandis qu'Atto se tenait à l'écart, le pilleur de tombes avait étreint mes épaules entre ses griffes, sachant que nous ne nous reverrions sans doute pas. Il était peu probable que je redescende dans son *mundus subterraneus*, et il ne remonterait sous la voûte du ciel qu'à la faveur de la nuit, quand les gens honnêtes et pauvres (tels que moi) dormaient, harassés par le travail de la journée. Nous nous quittâmes donc, le cœur gros. De fait, je n'allais plus jamais le revoir.

༺❀༻

Il était urgent que nous nous couchions et que nous profitions du peu de temps qu'il nous restait pour retrouver nos forces. Bouleversé par les événements, je savais toutefois qu'il me serait impossible de m'endormir. Je décidai d'en profiter pour consigner les derniers événements sur mon journal intime.

L'au revoir d'Atto fut l'affaire d'un instant, et d'un regard que chacun lut dans les yeux de l'autre : depuis quelques heures, les sangsues pestilentielles de Dulcibeni avaient assailli les chairs molles et lasses d'Innocent XI.

Tout dépendait du cours de la maladie. Serait-il lent, ou, plus probablement, foudroyant ?

Le nouveau jour nous apporterait peut-être la nouvelle de sa mort. Et avec elle – qui sait ? – l'issue de la bataille de Vienne.

ÉVÉNEMENTS
DU 20 AU 25 SEPTEMBRE 1683

Les notes que je couchai cette nuit sur mon petit cahier furent les dernières. En effet, les événements qui s'ensuivirent ne me laissèrent plus le temps (ni ne m'inspirèrent l'envie) de continuer à écrire. Heureusement, les derniers jours d'isolement au *Damoiseau* sont demeurés bien vivants dans ma mémoire, quoique dans les lignes essentielles.

Le lendemain, on retrouva Dulcibeni baignant pitoyablement dans son urine, incapable de quitter son lit ni même de remuer les jambes. Inutiles furent les tentatives pour le ramener à la déambulation, et au seul contrôle de ses membres inférieurs. Il ne sentait même plus ses pieds. Il était possible de blesser sa chair sans qu'il éprouve la moindre sensation physique. Cristofano nous mit en garde sur la gravité du mal : il avait déjà assisté à de nombreux cas de ce genre. Parmi les plus semblables, celui d'un pauvre garçon travaillant dans une carrière de marbre qui, ayant chu d'un échafaudage mal monté, avait violemment atterri sur le dos. Il s'était réveillé le lendemain dans le même état que Dulcibeni, et n'avait, hélas, jamais recouvré l'usage de ses jambes, demeurant à jamais infirme.

L'espoir n'était toutefois pas entièrement perdu, souligna Cristofano, se répandant en des paroles rassurantes qui me parurent aussi verbeuses que vagues. En proie à la fièvre, le patient ne semblait pas mesurer les graves conditions qui étaient les siennes.

Naturellement, l'accident dont Dulcibeni avait été victime provoqua les questions de Cristofano, qui n'était certes pas assez bête pour ne pas deviner que le gentilhomme des

Marches (et ceux qui l'avaient ramené) avait eu la possibilité d'entrer et de sortir de l'auberge.

Les égratignures, les coupures et les écorchures qu'Atto et moi arborions et que nous avions subies en tombant du carrosse de Tiracorda, requirent, elles aussi, des explications. Tandis que Cristofano nous dispensait ses soins – traitant nos blessures à l'aide de son baume et de son eau céleste, étalant sur nos meurtrissures de l'huile *filosoforum* et un électuaire d'althae magistrale –, nous fûmes contraints d'admettre que oui, Dulcibeni avait quitté l'auberge en essayant de fuir la quarantaine et qu'il avait emprunté le réseau de galeries souterraines qui partaient du réduit secret et se dévidaient sous le *Damoiseau*. L'épiant depuis un certain temps, nous avions deviné ses intentions, lui avions emboîté le pas et l'avions ramené. Sur le chemin du retour, continuâmes-nous, il avait perdu l'équilibre et chu dans le puits vertical qui conduisait à l'auberge, chute qui lui avait valu la grave lésion qui le condamnait à présent au lit.

Au reste, Dulcibeni n'était pas en état de démentir nos propos : le jour qui avait suivi sa chute, sa fièvre avait tant monté qu'elle l'avait privé presque entièrement de l'esprit et de la parole. Rarement maître de lui-même, il gémissait en se plaignant de douleurs atroces et interminables au dos.

A cause de ce spectacle douloureux, peut-être, Cristofano fut indulgent. Notre récit n'était pas crédible et ponctué de lacunes, il n'aurait pas tenu face à un interrogatoire sérieux, d'autant plus si celui-ci avait été mené par les hommes du Bargello. En considérant probablement les progrès extraordinaires de Bedford et la fin prévisible de la quarantaine, le médecin soupesa doutes et bénéfices, feignit de se contenter avec bienveillance de notre version, sans rapporter à la sentinelle (qui, comme toujours, montait la garde devant l'auberge) ce qui s'était produit. Au terme de notre réclusion, dit-il, il veillerait à ce que Dulcibeni reçoive tous les soins nécessaires. Mais ces bonnes résolutions lui furent sans doute inspirées par l'atmosphère de fête qui commençait alors à se répandre en ville, et dont je parlerai sans différer.

En effet, l'on colportait déjà en ville des rumeurs

concernant l'issue de la bataille de Vienne. Les premières nouvelles s'étaient ébruitées le 20, mais c'est seulement dans la nuit du mardi 21 (naturellement, je ne le saurais dans les détails que plus tard) qu'on avait remis au cardinal Pio un billet provenant de Venise, qui annonçait la fuite de l'armée turque de Vienne. Deux jours plus tard, toujours de nuit, des lettres parlant de la victoire des chrétiens étaient arrivées de l'Empire, donnant lieu aux premières manifestations de joie, encore incertaines. Puis les détails s'étaient multipliés : la place de Vienne, assiégée depuis longtemps, avait enfin été secourue.

L'annonce officielle de la victoire avait été apportée à Rome le 23 par le courrier du cardinal Buonvisi : onze jours plus tôt, le 12 septembre, les troupes chrétiennes avaient vaincu les armées des ennemis de Dieu.

Les gazettes conteraient les faits détaillés au cours des semaines suivantes, mais dans mes souvenirs les récits de la glorieuse bataille se mêlent inextricablement aux heures animées et exaltantes au cours desquelles on apprit la victoire.

A l'instant où les étoiles apparaissaient dans le ciel, au cours de la nuit du 11 au 12 septembre, l'on avait ouï l'armée ottomane prier dans de grands cris ; on l'avait également vue grâce aux lumières et aux feux qui, en grande symétric, rivalisaient avec les doubles flambeaux des superbes pavillons du campement infidèle.

Les nôtres aussi avaient prié, sans relâche : les forces chrétiennes étaient grandement inférieures aux forces infidèles. A la première clarté de l'aube du 12 septembre, le père capucin Marco d'Aviano, grand meneur et inspirateur de l'armée chrétienne, avait célébré la messe avec les chefs chrétiens dans un petit couvent des camaldules sur la hauteur du Kahlenberg, qui domine Vienne depuis la rive droite du Danube. Nos troupes s'étaient alignées incontinent après, également prêtes à vaincre ou à mourir.

Sur l'aile gauche, se tenait Charles de Lorraine avec le Margrave Hermann et le jeune Ludovic Guillaume, le comte von Leslie et le comte Caprara, le prince Lubomirski et ses redoutables cavaliers cuirassés, Mercy et Tafe, futurs héros de Hongrie. Des dizaines de princes se préparaient au baptême du feu, notamment Eugène de Savoie qui, comme Charles de Lorraine, avait quitté Paris pour échapper au Roi-Soleil et qui se couvrirait ensuite de gloire en ramenant l'Europe de l'est à la cause chrétienne. Le prince électeur de Saxe, assisté du feld-maréchal Goltz, et le prince électeur de Bavière avec les cinq Wittelsbach préparaient aussi leurs troupes. Au centre du dispositif chrétien, à côté des Bavarois : les troupes de Franconie et de Souabe ; il y avait également les princes et les rois de Thuringe, des glorieuses maisons Guelfes et Holstein ; des noms aussi célèbres que le Margrave de Bayreuth, les feld-maréchaux et les généraux Rodolfo Baratta, Dünewald, Stirum, le baron von Degenfeld, Kàroly Pàlffy et nombre d'autres défenseurs héroïques de la cause du Christ. Enfin, l'aile gauche dépendant des courageux Polonais du roi Jan Sobieski et de ses deux lieutenants.

En apercevant un tel déploiement de forces amies, les malheureux résistants de Vienne avaient aussitôt donné libre cours à leur joie, saluant par des dizaines de salves.

Le campement de Kara Mustapha vit, lui aussi, l'armée, mais quand les Turcs se décidèrent à agir, il était déjà trop tard : les attaquants dévalaient désormais à bride abattue la colline du Kahlenberg. Le grand vizir et ses hommes quittèrent précipitamment leurs tentes et leurs tranchées, s'alignant eux aussi en ordre de bataille. Au centre, se tenait Kara Mustapha avec ses nombreux *spahi*, que flanquait le prédicateur infidèle Wani Efendi avec l'étendard sacré, devant l'Agha et ses cruels régiments de janissaires. A droite, à côté du Danube, les sanguinaires voïvodes de Moldavie et de Valachie, le vizir Kara Mehmet de Diyarbakir et Ibrahim Pacha de Bouda ; à gauche, le Khan des Tartares ainsi qu'un grand nombre de pachas.

Les vertes et douces collines regorgeant de vignes qui s'étendent à l'extérieur de l'enceinte de Vienne forment le théâtre de la bataille. Le premier et mémorable affrontement a lieu dans les défilés du Nussberg entre l'aile gauche chrétienne et les janissaires. Le front subit de longs bouleversements avant que les troupes impériales et saxonnes ne parviennent à l'enfoncer ; à midi, les Turcs sont repoussés à Grinzing et Heiligenstadt. Pendant ce temps, les armées de Charles de Lorraine atteignent Döbling et s'approchent du campement turc, tandis que la cavalerie autrichienne du comte Caprara et les cuirassés de Lubomirski font mordre la poussière aux Moldaves, au prix d'âpres affrontements, les refoulant le long du Danube. Du haut du Kahlenberg, le roi Sobieski lance la cavalerie polonaise, à laquelle les fantassins allemands et polonais aplanissent le chemin en débusquant les janissaires de maison en maison, de vigne en vigne, de fenil en fenil, en les chassant avec un soin cruel de Neustift, de Pötzleinsdorf et de Dornbach.

Les poignets des chrétiens tremblent lorsque Kara Mustapha, essayant d'exploiter les mouvements des ennemis, réussit momentanément à s'introduire dans les vides que ceux-ci créent dans leur puissante avancée. Mais c'est un feu de paille. Charles de Lorraine envoie ses Autrichiens à l'assaut en les faisant converger vers la droite : à Dorbach, ils coupent la retraite aux Turcs qui tentaient de trouver refuge aux environs de Döbling. Pendant ce temps, les cavaliers polonais se répandent irrésistiblement jusqu'à Hernals, balayant toute résistance.

Au centre, en première ligne, au-dessous de son glorieux étendard sarmatique, qui flotte au vent, le roi de Pologne armé d'une lance, au bout de laquelle il a fixé une aile de faucon, chevauche, splendide et indomptable, aux côtés du prince Jakob, à peine âgé de seize ans et déjà héroïque, et de ses chevaliers aux cottes de mailles merveilleusement ornées de soubrevestes multicolores, de plumes, de pierres précieuses. Au cri de « Jésus Marie ! », les lances des hussards et de la cavalerie cuirassée du roi Jan chassent les *spahi* et se dirigent vers la tente de Kara Mustapha.

Observant le combat qui oppose ses hommes et la cavalerie polonaise, ce dernier tourne instinctivement les yeux vers son étendard sacré, qui lui fait ombre : c'est justement cet étendard que visent les chrétiens. Il cède à la peur et décide de se replier, entraînant dans une retraite honteuse les Pachas puis toutes les troupes. Le centre de l'alignement turc s'agenouille à son tour ; le reste de l'armée est saisi de panique, la défaite se transforme en désastre.

Ainsi encouragés, les Viennois assiégés tentent une sortie par la porte des Ecossais, tandis que les Turcs fuient en abandonnant à l'ennemi leur immense campement, rempli de trésors inestimables, non sans avoir égorgé au préalable des centaines de prisonniers. Ils emmènent en esclavage six mille hommes, onze mille femmes, quatorze mille jeunes filles et cinquante mille enfants.

Après une victoire aussi totale et aussi triomphale, personne ne songe à poursuivre les fuyards infidèles. Mieux, de crainte d'un retour des Turcs, les soldats chrétiens restent toute la nuit sur le pied de guerre.

Le roi Sobieski est le premier à pénétrer dans la tente de Kara Mustapha. Il s'empare de la queue de cheval et du destrier du vaincu, ainsi que des nombreux trésors et merveilles d'Orient dont le satrape débauché et mécréant s'entourait.

Le lendemain, on compte les morts. Dans le camp turc, dix mille tués, trois cents canons perdus, ainsi que quinze mille tentes et des montagnes d'armes. Les chrétiens pleurent deux mille morts, dont, hélas, le général de Souches et le prince Potocki. Mais l'heure n'est pas à la tristesse : Vienne veut fêter les vainqueurs, qui entrent triomphalement dans la capitale, sauvée de la marée infidèle. Le roi Sobieski écrit humblement au pape, attribuant la victoire à un miracle : *Venimus, vidimus, Deus vicit.*

⁂

Comme je l'ai déjà dit, je n'apprendrais que plus tard les détails de ces édifiants mémoires. Cependant la joie grandissait autour du *Damoiseau* : le 24 septembre, une notification affichée dans les églises de Rome établit que toutes les cloches de la ville sonneraient dès le soir l'Ave Maria pour remercier le Seigneur de la défaite des Turcs ; on plaça des lampions à toutes les fenêtres, on fit éclater avec une liesse universelle et excessive un grand nombre de pétards, fusées, girandoles et mortiers. L'on put ainsi entendre de l'auberge non seulement la gaieté libre du peuple, mais aussi les détonations fracassantes des feux d'artifice qu'on lançait sur les toits des ambassades, au Château Saint-Ange, place Navone et à campo di Fiore.

Accrochés aux grilles des fenêtres, nous vîmes brûler dans la rue des pantins représentant vizirs et pachas, à la grande joie du peuple. Des familles entières, des bandes d'enfants, des groupes de jeunes gens ou de vieillards allaient et venaient en brandissant des flambeaux, illuminant ainsi les douces nuits de septembre et accompagnant les cloches de leurs rires fous et argentins.

Ceux qui vivaient dans le voisinage de l'auberge et qui, par peur de l'épidémie, s'étaient bien gardés d'approcher nos fenêtres au cours des jours précédents, nous incluaient à présent dans leur joie en nous adressant des cris et des phrases d'allégresse. Il semblaient deviner que notre libération était proche, comme si le salut des armées chrétiennes à Vienne préludait à celui du *Damoiseau*, enfin libéré de la menace pestilentielle.

Bien que nous fussions encore reclus, nous fûmes nous aussi envahis par une immense joie. Après que j'eus apporté la nouvelle à chaque pensionnaire, nous la fêtâmes dans les salles à manger du rez-de-chaussée en nous embrassant fraternellement et en trinquant avec jubilation. En mon particulier, j'exultais, car le plan que Dulcibeni avait mûri pour frapper l'Europe chrétienne s'était déchaîné trop tardivement, même si je continuais à nourrir des craintes pour la santé du pape.

Cependant, en dehors de ces manifestations de contentement fort honnêtes, je distinguai parmi les nouvelles qui couraient de lèvres en lèvres dans la rue et qui parvenaient jusqu'à nos oreilles deux circonstances que je jugeai fort inattendues et dignes de réflexion.

L'une des sentinelles (qui continuaient de monter la garde devant l'auberge, en l'absence de contrordres) nous apprit que la victoire chrétienne avait profité d'un certain nombre d'erreurs inexplicables de la part des Turcs.

En effet, les armées de Kara Mustapha, qui avaient épuisé les défenses de Vienne au moyen de la célèbre technique des mines et des tranchées, auraient pu, à en croire les vainqueurs eux-mêmes, mener une attaque concentrée et victorieuse bien avant que n'arrivent les renforts de Sobieski. Au lieu de lancer l'assaut résolutif, Kara Mustapha était demeuré curieusement inerte, perdant des jours précieux. Et les Turcs ne s'étaient pas non plus souciés d'occuper les hauteur du Kahlenberg, qui leur auraient fourni un avantage tactique décisif. Pis encore, ils avaient négligé d'affronter les renforts chrétiens avant qu'ils ne traversent le Danube et ne se rapprochent irrémédiablement des assiégés.

Pourquoi les Turcs avaient-ils commis autant d'erreurs ? Personne ne le savait. On aurait dit qu'ils attendaient quelque chose... quelque chose qui les rendait sûrs de l'emporter. Mais quoi ?

Autre circonstance étrange, le foyer de peste qui menaçait la ville depuis des mois s'était brusquement éteint, sans raison apparente.

Les vainqueurs avaient interprété ces miracles comme un signe de la volonté divine, de cette volonté bienveillante qui avait soutenu jusqu'au dernier instant les forces désespérées des assiégés et les troupes de libérateurs de Jan Sobieski.

Les célébrations romaines atteignirent leur paroxysme le 25 ; mais j'en parlerai plus loin, car il est urgent de relater ici les faits importants que j'appris au cours de nos derniers jours d'isolement.

L'étrange extinction de la peste à Vienne me laissa grandement songeur. Après s'être dressée face aux assiégés comme une menace plus atroce encore que celle que constituaient leurs ennemis ottomans, la maladie s'était évanouie aussi rapidement que mystérieusement. Cette circonstance avait été décisive : si la peste s'était acharnée sur la population viennoise, les Turcs l'auraient certainement emporté, et sans aucune difficulté.

Il était impossible de ne pas rapprocher cette nouvelle des faits qu'Atto et moi avions laborieusement découverts ou déduits, et que je tentai de résumer. Louis XIV espérait une victoire des Turcs à Vienne afin de se partager l'Europe avec les infidèles. Pour mener à bien ses rêves de puissance, le Roi-Soleil comptait employer le principe de contagion du *secretum pestis*, à savoir le *secretum morbi* qu'il avait arraché à Fouquet.

Au même moment, toutefois, l'épouse du Roi Très-Chrétien, Marie-Thérèse, se consacrait à des plans diamétralement opposés. Fièrement attachée au destin de la maison des Habsbourg, qui régnait sur le trône impérial et dont elle était issue, la reine de France essayait secrètement d'entraver les desseins de son époux. En effet, selon l'hypothèse qu'Atto avait bâtie, Fouquet avait fait parvenir à Marie-Thérèse, par le truchement de Lauzun et de la Grande Mademoiselle (lesquels nourrissaient pour le souverain une haine qui n'était pas inférieure à celle de la reine), le seul contrepoison capable de vaincre l'arme pestilentielle : le *secretum vitae*, c'est-à-dire le rondeau avec lequel Devizé nous avait réjouis durant notre isolement et qui semblait même avoir guéri Bedford.

Le fait que l'antidote de la peste était entre les mains de Devizé ne relevait en rien du hasard : probablement composé dans sa forme rudimentaire par Kircher, le rondeau avait, en effet, été perfectionné et couché sur le papier par le guitariste Francesco Corbetta, maître dans l'art de chiffrer des messages secrets dans les notes musicales.

Ce tableau, certes simplifié, offensait aussi bien l'intelligence que la mémoire. Mais si la méthode qu'Atto Melani m'avait enseignée (supposer quand on ne connaît pas) était juste, tous les éléments reprenaient leur place. Il fallait continuer de débusquer par le raisonnement ce qui devait expliquer l'absurde.

Je m'interrogeai donc : si Louis XIV avait voulu porter le coup de grâce aux tant redoutés Habsbourg, qui le pressaient aux flancs avec l'Autriche et l'Espagne, et à l'empereur Leopold qui concentrait sa haine, où aurait-il semé la peste ? La réponse me surprit par sa simplicité : à Vienne.

La bataille de Vienne n'avait-elle pas été décisive pour le destin de la Chrétienté ? Et n'avais-je pas appris, grâce aux informations que la conversation de Brenozzi et de Stilone Priàso m'avait fournies, que le Roi Très-Chrétien misait secrètement sur les Turcs pour comprimer l'empire dans un étau infernal entre est et ouest ?

Pis encore. N'était-il pas vrai qu'un foyer de peste s'était manifesté à Vienne depuis quelques mois, jetant dans l'angoisse les assiégés héroïques ? N'était-il pas vrai, non plus, que le foyer s'était éteint, ou qu'il avait été mystérieusement dompté par un agent invisible, sauvant ainsi la ville et tout l'Occident ?

Quoique profondément plongé dans ces élucubrations, j'avais grand-peine à accepter les conclusions qu'il convenait d'en tirer : le foyer de peste viennois avait été provoqué par les agents de Louis XIV, ou par d'anonymes intermédiaires, mettant en pratique la science du *secretum morbi*. Voilà pourquoi les Turcs s'étaient bien gardés d'agir pendant de nombreux jours, en dépit du fait que Vienne était à portée de leur main : ils attendaient les effets néfastes de la maladie que leur allié occulte, le souverain de France, leur avait envoyée.

Mais l'infâme embûche s'était heurtée à des forces adverses et tout aussi puissantes : les émissaires de Marie-Thérèse étaient arrivés à temps à Vienne pour déjouer le complot, activant le *secretum vitae* et étouffant ainsi le foyer d'infection. Comment, je ne le saurais jamais. Quoi qu'il en soit, une chose était certaine : les vaines hésitations de l'armée turque avaient entraîné la mort de Kara Mustapha.

Ce résumé rempli d'événements semblait le fruit d'un esprit trop imaginatif et presque fou ; mais telles étaient les conclusions que suggéraient la logique et la nécessité. L'enchevêtrement des histoires de Kircher et Fouquet, de Marie-Thérèse et de Louis XIV, de Lauzun et de la Grande Mademoiselle, de Corbetta et de Devizé, ne frisait-il pas, non plus, la folie ? Et pourtant, j'avais passé des nuits entières avec

Atto Melani à recomposer, morceau par morceau, en une sorte de démence divine, cette intrigue insensée. Insensée oui, et pourtant plus réelle à mes yeux que la vie qui se déroulait au dehors du *Damoiseau*.

Mon imagination accueillait d'une part les troubles agents du Roi-Soleil, occupés à semer la peste dans une pauvre Vienne épuisée ; de l'autre, les défenseurs, les hommes-ombres de Marie-Thérèse. Tous interrogeaient des formules secrètes, nichées dans les portées de Kircher et de Corbetta, en agitant des cornues, des alambics et autres instruments obscurs (comme ceux que nous avions vus sur l'île de Dulcibeni), en récitant d'incompréhensibles formules hermétiques dans des entrepôts abandonnés. Les uns empoisonneraient, les autres assainiraient les eaux, les jardins et les rues. Dans la lutte invisible entre le *secretum morbi* et le *secretum vitae*, le principe vital avait fini par l'emporter, celui-là même qui avait enchanté mon cœur et mon esprit tandis que j'écoutais le rondeau sur la guitare de Devizé.

Naturellement, je n'arracherais pas à ce dernier la moindre syllabe. Pourtant le rôle qu'il avait joué était parfaitement clair, et je me l'imaginais avec autant de limpidité : Devizé qui reçoit des mains de la reine l'exemplaire original des *Barricades mystérieuses* ; elle lui commande de se rendre en Italie, à Naples, pour se joindre à un vieux voyageur à la double identité... A Naples, Devizé rencontre Fouquet, déjà en compagnie de Dulcibeni. Il est possible qu'il montre au vieux surintendant le rondeau que celui-ci avait lui-même remis à la reine par le truchement de Lauzun. Mais Fouquet est aveugle, il touche sans doute ces feuilles de ses doigts décharnés, il les caresse sans doute, les reconnaît. Devizé exécute le rondeau, et les dernières incertitudes du vieillard s'évanouissent dans des larmes d'émotion : la reine a réussi, le *secretum vitae* est en bonnes mains, l'Europe ne succombera pas au délire d'un seul souverain. Ainsi, avant de prendre congé de cette terre, Marie-Thérèse lui faisait parvenir à travers Devizé cet extrême réconfort.

D'un commun accord, Devizé et Dulcibeni résolurent de conduire leur protégé à Rome où, à l'ombre du pape, les menaçants émissaires du Roi-Soleil se meuvent avec difficultés. En réalité, Dulcibeni obéit à d'autres desseins... Toujours à Rome, Devizé, qui joue pour nous les *Barricades mystérieuses*, apprend que Marie-Thérèse a mandé à Vienne la quintessence secrète de ces notes, le *secretum vitae*, afin de barrer la route à l'épidémie de peste qui risque de mener les Turcs au triomphe.

Voilà. Devizé ne prononcerait jamais un mot à ce sujet devant moi. Sa fidélité à Marie-Thérèse ne se tarissait pas avec la mort de la souveraine. Et le risque d'être assimilé à un ennemi du Roi-Soleil comportait des circonstances fatales. Mais, en appliquant encore une fois la règle qu'Atto Melani m'avait enseignée, je me préparai à soulager le musicien de cette tâche périlleuse. Je parlerais à sa place, moi, l'humble apprenti auquel personne n'accordait d'importance. Quelques mots bien assenés : je serais juge non pas de ses discours mais de son silence.

L'occasion favorable se présenta bientôt. Devizé m'avait appelé en me réclamant un goûter de plus en fin d'après-midi. Je lui portai une modeste corbeille contenant un petit saucisson et quelques tranches de miche, dans lesquelles il planta les dents avec avidité. J'attendis que ses joues fussent remplies par l'appétissante nourriture pour prendre congé et me glisser dans l'entrebâillement de la porte.

« A propos, lançai-je négligemment, il paraît que tout le monde, à Vienne, doit témoigner une grande reconnaissance à la reine Marie-Thérèse pour la guérison de la peste. »

Devizé blêmit.

« Hum, bredouilla-t-il sur un ton inquiet, la bouche pleine, se levant à la recherche d'une gorgée d'eau.

— Oh, avaleriez-vous de travers ? Buvez donc », lui dis-je en lui tendant la carafe que j'avais emportée mais que je m'étais bien gardé de lui remettre.

Tout en buvant, il écarquilla les yeux d'un air interrogateur.

« Voulez-vous savoir qui me l'a appris ? Eh bien, vous n'ignorez pas que le malheureux accident dont monsieur Pompeo Dulcibeni a été victime lui a causé de fortes fièvres. Durant l'un de ces accès, il a beaucoup parlé, et longtemps. Je me trouvais là par hasard. »

C'était un mensonge, que Devizé avala trop avidement, comme l'eau qu'il venait d'ingurgiter.

« Et que... qu'a-t-il dit d'autre ? balbutia-t-il en s'essuyant d'un geste de l'avant-bras la bouche et le menton, et en s'efforçant de garder son calme.

— Oh, beaucoup de choses, que je n'ai pas très bien comprises. Voyez-vous, la fièvre... Si je ne m'abuse, il mentionnait souvent un certain Fouqué, ou un nom de ce genre, et puis un certain Lozen, me semble-t-il, répondis-je en estropiant volontairement les deux noms. Il parlait d'une forteresse, de la peste, d'un secret de la peste, ou quelque chose de ce genre, d'un antidote, de la reine Marie-Thérèse, des Turcs et même d'un complot. Bref, il divaguait, vous savez ce que c'est. Cristofano était très inquiet, mais le pauvre Dulcibeni est à présent hors de danger, et il lui faudra désormais se soucier de ses jambes, de son dos, que...

— Cristofano ? A-t-il entendu, lui aussi ?

— Oui, mais, vous savez ce que c'est, quand un médecin est au travail, il n'entend que d'une oreille. J'en ai touché quelques mots à l'abbé Melani, et il...

— Qu'as-tu fait ? rugit Devizé.

— J'ai dit à l'abbé Melani que Dulcibeni n'était pas bien, qu'il était fébrile et qu'il divaguait.

— Et lui as-tu tout raconté ? demanda-t-il, au comble de la terreur.

— Et qui s'en souvient, monsieur Devizé ? répondis-je comme piqué. Je ne sais qu'une chose : monsieur Pompeo Dulcibeni avait un pied dans l'au-delà, et l'abbé Melani a partagé mes soucis. Maintenant, pardonnez-moi », conclus-je en sortant.

En vérifiant les connaissances de Devizé, je m'étais aussi offert une petite vengeance. La panique qui s'était emparée du guitariste ne laissait aucun doute : non seulement il avait connaissance de ce qu'Atto et moi-même savions, mais, comme prévu, il en avait été l'acteur privilégié. C'est la raison pour laquelle j'exultais en l'abandonnant à un doute atroce : les délires de Dulcibeni (qui n'avaient, en réalité, jamais existé) étaient arrivés par mon truchement aux oreilles de Cristofano, mais aussi de l'abbé Melani. Et si Atto le souhaitait, il pouvait accuser Devizé de traîtrise devant le roi de France.

J'étais encore chagriné par le comportement méprisant dont le guitariste avait toujours manifesté à mon encontre. Grâce à des mensonges opportuns, je serais enfin à même, cette nuit-là, de dormir du sommeil riche des seigneurs, tandis qu'il dormirait du sommeil misérable des coupables.

Je le confesse, il y avait toujours une personne, et une seule, avec laquelle j'aurais dû et voulu partager cette extrême épreuve de l'entendement. Mais elle appartenait désormais au passé. Comment le nier ? L'affrontement avec

Ducibeni sur le mur d'enceinte du Colisée avait tout changé entre Atto Melani et moi.

Certes, il avait déjoué le plan criminel et blasphémateur de Dulcibeni. Mais à l'instant de vérité, je l'avais vu vaciller, et non sur ses jambes comme son adversaire. Il était monté sur le Colisée en accusateur, il en était redescendu en accusé.

J'avais été stupéfait et indigné par l'indécision avec laquelle il avait répliqué aux accusations et aux allusions de Dulcibeni à propos de la mort de Fouquet. Il m'était déjà arrivé de le voir hésiter, mais toujours et seulement par crainte de menaces obscures et imminentes. Devant Dulcibeni, ses balbutiements ne semblaient plus engendrés par la peur de l'inconnu, mais par ce qu'il savait parfaitement et qu'il lui fallait cacher. Ainsi, quoique dépourvues de la moindre preuve, les accusations du Dulcibeni (le poison versé dans le bain de pieds, la mission criminelle dont le roi de France l'avait chargé) paraissaient plus définitives qu'une sentence.

Et puis, ce concours de circonstances étrange et ambigu : ainsi que Dulcibeni l'avait rappelé, les derniers mots de Fouquet avaient été « Ah, c'est donc vrai », le vers d'une chanson de maître Luigi Rossi, que j'avais entendu Atto chanter avec un immense chagrin. « Ah, c'est donc vrai... que tu as changé d'idée », voilà comment la strophe se concluait, pareille à un acte d'accusation implacable.

Il avait murmuré les mêmes mots au moment où, emportés par les flots de la Cloaca Maxima, nous avions à notre tour risqué de quitter ce monde. Pourquoi ce vers était-il remonté à ses lèvres face à la mort ?

Avec les yeux de l'imagination, je songeai que j'avais tué un vieil ami par traîtrise, et je contrefis le coupable. Si j'avais ouï les mêmes mots, n'auraient-ils par résonné à jamais dans mes oreilles, au point de faire écho ouvertement dans ma bouche ?

Et tandis que Dulcibeni l'accusait, lui jetait à la figure ce vers poignant et plaintif, j'avais entendu la voix de Melani se briser sous le poids de la faute, quelle qu'elle fût.

Ce n'était plus, pour moi, le même Atto Melani. Ce n'était plus le mentor entraînant, ce n'était plus le chef fiable. C'était de nouveau le castrat Melani que j'avais appris à connaître quelques jours plus tôt en écoutant les discours de Devizé, de Cristofano et de Stilone Priàso : abbé de Beaubec par décision du roi de France, grand intrigant, énorme menteur, immense traître, excellent espion. Et peut-être aussi assassin.

Je me rappelai alors que jamais l'abbé Melani ne m'avait correctement expliqué pourquoi il bredouillait dans son sommeil les mots *barricades mystérieuses**, et je compris enfin qu'il avait dû les ouïr répéter, sans en saisir le sens, par un Fouquet agonisant, à qui il secouait les épaules et, ainsi que Pellegrino l'avait bien rapporté, hurlait au visage des questions destinées à demeurer sans réponse.

Joué qu'il avait été par son roi, l'abbé finit par s'attirer ma pitié. En effet, j'avais compris qu'Atto avait omis un détail en me relatant ses recherches dans le cabinet de Colbert : après les avoir dénichées, il avait montré à Louis XIV les missives qui révélaient la présence de Fouquet à Rome.

Il m'était impossible d'ajouter foi à ces pensées. Comment, comment avait-il eu le courage de trahir ainsi son ancien bienfaiteur ? Atto avait peut-être voulu prouver une fois de plus sa fidélité à Sa Majesté Très-Chrétienne. Un geste important : il avait offert au roi l'homme dont l'amitié lui avait valu l'exil, vingt ans plus tôt. Une erreur fatale, toutefois : le roi avait récompensé le fidèle castrat par une autre trahison. Il l'avait mandé à Rome dans le but d'assassiner Fouquet, sans lui révéler les véritables raisons de ce terrible commandement, ni l'abîme de mort et de haine qui l'animait. Je me demandais quelle absurde histoire le roi avait contée à Atto, et avec quels mensonges honteux il avait souillé une fois de plus l'honneur blessé du vieux surintendant.

Au cours des derniers jours que je passai au *Damoiseau*, je demeurai prisonnier de l'image honteuse de l'abbé Melani livrant au souverain la vie de son pauvre ami, incapable ensuite de se soustraire aux ordres atroces de son cruel despote.

Avec quel courage avait-il contrefait devant moi l'ami accablé ? Il avait sans doute fait appel à toutes ses capacités de comédien, pensai-je avec rage. A moins que ces larmes ne fussent vraies. Mais elles ne provenaient alors que de ses remords.

J'ignore si Atto a pleuré alors qu'il s'apprêtait à partir pour Rome afin de mettre un terme à la vie de Fouquet, ou s'il a mis à exécution comme un instrument docile les ordres de son souverain.

Les derniers mots du vieux surintendant aveugle qui mourait par sa faute ont dû le bouleverser : Atto a sans doute compris à ses lambeaux de phrases, qui parlaient de barricades mystérieuses et d'obscurs secrets, mais plus encore à ses yeux opaques et honnêtes, qu'il avait lui-même été victime des mensonges de son roi.

Il était alors trop tard pour y remédier, mais pas pour comprendre. Voilà pourquoi il avait entamé ses recherches avec ma collaboration ignare.

Il me fut bien vite impossible de pousser ces réflexions plus avant. Et je ne parvins pas à me soustraire à cet état de dégoût. Je cessai d'adresser la parole à l'abbé Melani. La confiance que nous éprouvions l'un pour l'autre, et l'intimité qui s'était instaurée entre nous pendant les quelques jours de cohabitation au *Damoiseau* s'étaient dissoutes avec mes réflexions.

Toutefois, il avait été mon maître et mon inspirateur. Voilà pourquoi je continuais de me comporter à son égard, tout au moins extérieurement, avec l'empressement serviable auquel je l'avais accoutumé. Cependant mes yeux et ma voix étaient privés de la lumière et de la chaleur que seul le réconfort de l'amitié peut donner.

J'observais chez lui la même altération : nous n'étions plus que deux étrangers, l'un pour l'autre, et il en était conscient, lui aussi. Maintenant que Dulcibeni était cloué dans son lit et que nous avions déjoué ses plans, l'abbé Melani n'avait plus d'ennemi à abattre, plus d'embuscade à tendre, plus d'énigme à résoudre. Les nécessités de l'action s'étant évanouies, il n'avait plus tenté de se justifier à mes yeux, de m'expliquer son comportement, ainsi qu'il l'avait fait face à mes bouderies répétées. Au cours des derniers jours, il s'enferma dans l'embarras et le silence que seule la faute dresse autour d'elle.

Une fois seulement, un matin, tandis que je préparais à la cuisine le repas, il me saisit brusquement par le bras et me serra les mains entre les siennes : « Accompagne-moi à Paris. Ma maison est grande, je te ferai dispenser l'instruction la meilleure. Tu seras mon fils », dit-il sur un ton grave et chagriné.

Je sentis quelque chose dans mon poing : en l'ouvrant, je trouvai mes trois *margaritae*, les perles vénitiennes que Brenozzi m'avait offertes. Il fallait l'imaginer : il me les avait volées sous mon nez, la première fois que nous avions pénétré ensemble dans le réduit, pour me pousser à l'aider dans ses recherches.

Et voilà qu'il me les restituait maintenant, mettant fin lui-même à son propre mensonge. S'agissait-il d'une tentative de réconciliation ?

Je réfléchis un instant et je pris une résolution : « Vous voulez que je devienne votre fils ? ! » m'exclamai-je en jetant un rire cruel au visage du castrat qui ne pourrait jamais avoir d'enfants.

Alors, j'ouvris mon poing et laissai tomber les *margaritae* sur le sol.

Cette petite et vaine vengeance posa une pierre tombale sur notre relation : avec les trois petites perles, roulèrent au loin notre association, la confiance, l'affection et tout ce que nous avions aussi étroitement partagé au cours des jours passés. C'était fini.

❧

Mais tout n'était pas résolu. Il manquait encore une pièce au tableau que nous avions construit : pour quelle raison Dulcibeni vouait une haine atroce aux Odescalchi, et en particulier au pape Innocent XI ? Il avait bien un motif : l'enlèvement et la disparition de sa fille. Mais, ainsi que l'Atto l'avait justement souligné, ce n'était sans doute pas le seul.

C'est justement en me creusant la tête à ce sujet, deux jours après l'aventure du Colisée, que j'eus une illumination déchirante et inattendue, une de ces illuminations qu'il nous est rarement donné d'avoir dans notre vie (à l'instant où j'écris, je peux désormais le dire en connaissance de cause).

Une fois encore, je retournai en esprit à la reconstruction que l'abbé Melani avait faite devant Dulcibeni. Sa fille de douze ans, esclave des Odescalchi, avait été enlevée puis emmenée en Hollande par Huygens et Francesco Feroni, marchands d'esclaves.

Où était à présent la fille de Dulcibeni ? Esclave en Hollande, puisque le bras droit de Feroni s'en était amouraché ; ou vendue dans un autre pays. Mais j'avais également entendu que les esclaves les plus belles parvenaient tôt ou tard à s'affranchir, par le biais de la prostitution naturellement, qui, dans ces terres arrachées à la mer, était, je le savais, florissante.

Quelle apparence devait-elle avoir ? Si elle était encore en vie, elle aurait environ dix-neuf ans. Sa mère lui avait sans doute transmis son teint noir. Il était ardu d'imaginer son visage, sans connaître celui de sa génitrice. Mais elle avait certainement été maltraitée, recluse, battue. Son corps, songeai-je, en portait à l'évidence les marques.

« Comment l'as-tu compris ? se limita à me demander Cloridia.

— A tes poignets. Aux cicatrices que tu as sur les poignets. Et puis à la Hollande, aux marchands italiens que tu détestes tant, au nom de Feroni, au café qui te rappelle ta mère, à tes questions incessantes sur Dulcibeni, à ton âge et à ta peau, à la verge ardente qui t'a conduite ici, et à l'Arcane du Jugement, te souviens-tu ? A la réparation des torts subis dont tu m'as parlé, répondis-je. Et enfin, aux éternuements de l'abbé Melani, sensible aux étoffes hollandaises, que vous étiez les seuls, ton père et toi, à porter dans cette auberge. »

Naturellement, Cloridia ne se contenta pas de cette explication et il me fallut, pour justifier mon intuition, lui conter sommairement une bonne partie des aventures que nous avions vécues ces jours-là. Au début, elle refusa d'ajouter foi à mes révélations, même si j'avais volontairement omis un bon nombre d'événements qui semblaient, à mes yeux aussi, enfantés par l'imagination.

Bien sûr, il fut fort difficile de lui démontrer que son père avait élaboré un plan pour attenter à la vie du pape, ce dont elle ne se persuaderait que bien plus tard.

Quoi qu'il en soit, au terme d'une longue et patiente explication, elle finit par croire en ma bonne foi et accepter la plupart des faits que je lui avais appris. Ponctuée de ses nombreuses questions, cette narration occupa presque une nuit entière, durant laquelle nous aurions tout loisir de nous ménager des pauses de repos, que je mettrais à profit pour poser à mon tour des questions, tandis qu'elle m'instruirait.

« N'a-t-il jamais rien soupçonné ? l'interrogeai-je enfin.

— Jamais, j'en suis certaine.

— Le lui diras-tu ?

— Je voulais le faire au début, répondit-elle après un bref silence. Je l'avais tellement cherché. Mais j'ai changé d'avis. D'abord, il ne me croirait pas, et puis il n'en serait pas très heureux. Sans compter que, vois-tu, ma mère... je n'arrive pas à oublier.

— Alors, nous serons les deux seuls à le savoir.

— Cela vaut mieux.

— Il vaut mieux que personne d'autre ne le sache ?

— Non, il vaut mieux que tu le saches, toi aussi », dit-elle en me caressant la tête.

⚜

Il ne manquait plus qu'une seule nouvelle, que je n'étais pas le seul à attendre. L'exultation générale que suscitait la victoire de Vienne se manifestait dans de nombreuses cérémonies. Les efforts de Dulcibeni pour détruire la Vraie Religion en Europe avaient été trop tardifs. Mais le pape ? Les sangsues de Tiracorda avaient-elles fait effet ? A l'heure qu'il était, l'artisan de la victoire sur les Turcs se retournait peut-être, brûlant de fièvre, sous ses couvertures. Il était certes impossible de le savoir, d'autant plus que nous étions enfermés dans nos chambres. Mais un événement n'allait pas tarder à se produire, nous libérant enfin de notre prison.

J'ai déjà eu, à plusieurs reprises, l'occasion de dire qu'au cours des jours qui avaient précédé la quarantaine, nous avions entendu un grondement résonner dans le sous-sol de l'auberge, et que mon maître Pellegrino avait ensuite découvert une fissure dans la cage d'escalier, à la hauteur du premier étage. Ce phénomène avait naturellement suscité une grande inquiétude, qui était toutefois passée au second plan avec la mort de Fouquet, l'introduction de la quarantaine et les nombreux événements qui s'étaient alors ensuivis. Mais, ainsi que j'avais pu le lire de mes propres yeux, la gazette astrologique de Stilone Priàso prévoyait pour ces jours-là des « tremblements et feux souterrains ». S'il s'agissait d'un fait du hasard, il semblait s'être produit dans le seul dessein de troubler les esprits les plus sereins.

Le souvenir de ces lointains tambourinements suscitait donc en moi une certaine préoccupation, qu'aggravait la fissure de l'escalier, laquelle ne cessait de s'allonger et de se creuser – je ne saurais dire si mon imagination était en cause.

Sans doute à cause de cette inquiétude, je me réveillai brutalement dans la nuit du 24 au 25 septembre. Ma chambre obscure et humide, me parut aussitôt plus étroite et plus étouffante que de coutume. A quoi devais-je mon réveil ? Ni à l'urgence d'une miction nocturne, ni à la gêne qu'un bruit aurait engendrée, ainsi que je m'en aperçus. Non, il s'agissait d'un craquement sinistre et diffus dont je ne parvenais pas à distinguer la cause. Il évoquait le gémissement de cailloux qu'on écrase l'un contre l'autre, comme si une puissante meule les broyait lentement.

Penser et agir furent l'affaire d'un seul instant : j'ouvris tout grand la porte de ma chambre et me précipitai dans le couloir, puis aux étages inférieurs, en criant à tue-tête. L'auberge s'écroulait.

Avec une louable présence d'esprit, Cristofano eut soin d'avertir le garde de nuit, lequel nous autorisa à nous mettre à l'abri dans la rue. L'évacuation du *Damoiseau*, que certains voisins, aussitôt accourus à leurs fenêtre, observèrent avec un mélange de curiosité et d'inquiétude, ne fut ni aisée ni exempte de dangers. Les craquements s'échappaient de l'escalier, où, en l'espace de quelques heures, la fissure s'était transformée en gouffre. Comme à l'accoutumée, le courage d'un petit nombre (Atto Melani, Cristofano et moi) fut nécessaire pour transporter un Dulcibeni sans défense et le conduire en sécurité, à l'extérieur. Le convalescent Bedford se tira d'affaire tout seul. Tout comme mon maître, qui recouvra sa présence d'esprit habituelle pour pester contre la mauvaise fortune. Une fois que nous fûmes tous sortis, le danger sembla cesser. Mais il n'était pas prudent de rentrer, comme nous le prouva un grand bruit de gravats venant de l'intérieur. Cristofano s'entretint avec le garde.

C'est ainsi que la décision fut prise de nous adresser au couvent voisin des pères célestins qui, certainement apitoyés par notre triste état, accepteraient de nous fournir leur assistance et un abri.

Il en fut ainsi. Réveillés en pleine nuit, les pères nous accueillirent sans grand enthousiasme (à cause de la quarantaine), mais nous attribuèrent avec une pieuse générosité des cellules dans lesquelles chacun de nous trouva une retraite digne et réconfortante.

Le lendemain, samedi 25 septembre, nous apprîmes la grande nouvelle de bon matin. La ville était encore plongée dans le climat festif des célébrations de la victoire à Vienne, dont la distraction et l'insouciance touchaient aussi les pères, ainsi que je m'en aperçus dès l'instant où je quittai ma cellule. En effet, nous n'étions l'objet d'aucune surveillance, et la seule visite de contrôle que je reçus fut celle de Cristofano, qui avait dormi dans la chambre de Dulcibeni afin d'être à même de l'aider en cas de nécessités nocturnes. Avec un brin de surprise, il me confirma que nous n'étions soumis à aucune restriction, qu'il était possible à chacun d'entre nous de s'envoler par l'une des multiples sorties du couvent, et que plusieurs cas de fuite auraient lieu inévitablement au cours des jours suivants. Mais il ignorait que la première évasion se produirait quelques heures plus tard.

La conversation indiscrète de deux pères célestins, qui s'était déroulée devant ma porte, me permit, en effet, de savoir qu'un événement important se préparait pour le soir : on célébrerait la victoire de Vienne par un grand *Te Deum* dans la basilique de Saint-Jean. Sa Béatitude le pape Innocent XI assisterait à ce rite solennel de remerciement.

A l'exception de deux visites à Dulcibeni et Cristofano, et d'une à Pellegrino, je passai toute la journée dans ma cellule. Les Célestins se chargèrent du repas, qui se révéla copieux mais peu appétissant. Mon pauvre maître ne souffrait plus seulement dans sa chair : on lui avait annoncé que l'auberge était croulante, que tous les escaliers, du premier au dernier étage s'étaient affaissés aux premières heures de la matinée, tout comme les paliers et le mur qui donnait sur la cour intérieure. Je tressaillis moi aussi à cette nouvelle : elle signifiait que le réduit secret menant aux souterrains avait été perdu. J'aurais aimé la partager avec l'abbé Melani, mais il était trop tard.

A l'heure où la lumière de l'après-midi se fondait dans le douce étreinte de la pénombre du soir, je n'eus aucun mal à sortir de ma cellule, puis du couvent, grâce à une petite porte secondaire. Je m'assurai la complicité d'un domestiques des frères auquel je payai une modeste somme (prélevée sur le pécule que j'avais réussi à sauver en quittant le *Damoiseau*) afin qu'il veille à la laisser ouverte pour mon retour.

Ce n'était pas une évasion : je comptais regagner le couvent après avoir mis à exécution mon projet. Il me fallut un certain temps pour rallier la basilique Saint-Jean, où les Romains se pressaient en grande nombre. J'atteignis d'abord le Panthéon, puis la piazza San Marco et enfin le Colisée. En l'espace de quelques minutes, je parcourus la rue qui menait de l'amphithéâtre à la basilique et débouchai enfin sur la place Saint-Jean de Latran, où une foule agitée et fébrile ne cessait de croître d'instant en instant. Je m'approchai de l'entrée, où je m'aperçus que j'étais arrivé juste à temps : au même instant, Sa Sainteté sortait, entouré de deux ailes de fidèles jubilants.

Tandis que je me haussai sur la pointe des pieds pour mieux voir, je reçus un coup de coude sur l'oreille, asséné par un vieillard qui tentait de se frayer un chemin.

« Attention, petit », me lança-t-il avec rudesse comme si je l'avais moi-même frappé.

Malgré les trop nombreux cous et têtes qui me dominaient, je parvins péniblement à m'enfoncer dans l'assistance et à distinguer Sa Béatitude avant qu'elle ne remonte dans son carrosse, s'arrachant aux regards et aux applaudissements de la foule. Je le vis saluer les fidèles et les bénir plusieurs fois d'un geste aimable. Profitant de mon agilité juvénile, j'avais réussi à avancer et je n'étais plus qu'à quelques pas du Saint-Père. Je pus ainsi scruter son visage de près, examiner la couleur de ses joues, la lumière de ses yeux et presque la consistance de sa peau.

Je n'étais ni un médecin ni un voyant. Animé par une grande soif de savoir, je poussai mes facultés d'observation de manière presque surnaturelle au-delà des confins de l'expérience commune et sus ainsi que le pape n'était nullement malade. Certes, son visage trahissait les souffrances qu'il avait endurées, mais il s'agissait des souffrances de l'âme, longuement tourmentée par le destin de Vienne. Tout près de moi, deux vieux prélats murmurèrent qu'on avait vu Innocent XI pleurer comme un enfant en apprenant la nouvelle, agenouillé à terre, inondant de larmes pieuses le carrelage de sa chambre.

Mais il n'était pas malade : son regard lumineux, sa peau rose et le saut vigoureux avec lequel il se hissa dans son carrosse achevèrent de m'en persuader. Non loin de là, j'aperçus soudain le visage placide de Tiracorda. Il était entouré d'un petit groupe de jeunes gens (peut-être ses étudiants, pensai-je). Avant même que la main robuste d'un garde pontifical ne me repousse, j'eus le temps d'ouïr l'archiatre dire : « Mais non, vous êtes trop bons, je n'ai aucun mérite... C'est la main du Seigneur. Après l'heureuse nouvelle, je n'ai plus rien eu à faire. »

Les choses étaient certaines désormais : en apprenant la victoire de Vienne, le pontife s'était ragaillardi et il s'était révélé inutile de lui appliquer les sangsues. Le pape était sain et sauf. Dulcibeni avait échoué.

Mais je n'étais pas le seul à savoir. Non loin de moi, je reconnus dans la foule le visage frémissant et ombrageux de l'abbé Melani.

❧

Je regagnai l'auberge, fondu dans la foule des fidèles qui se dispersaient en rentrant chez eux, sans voir ni chercher l'abbé Melani. Tout n'était autour de moi qu'un bourgeonnement de commentaires gais sur la cérémonie, la sainteté du pape et son œuvre glorieuse en faveur de la chrétienté. Je me trouvai par hasard dans le sillage d'un groupe de pères capucins qui se frayaient un chemin en agitant joyeusement des flambeaux, et perpétuaient ainsi la liesse à laquelle ils avaient participé durant la célébration du *Te Deum*. Leur conversation me livra quelques détails (dont je vérifierais la fidélité au cours des mois suivants) au sujet du siège de Vienne. Les pères faisaient allusion à des nouvelles que leur avait transmises Marco d'Aviano, le capucin qui s'était courageusement battu dans la ligue anti-turque. A la fin du siège, racontèrent-ils, les langues déliées par l'émotion, le roi polonais Jan Sobieski avait enfreint les ordres de l'empereur Léopold et était entré à Vienne en vainqueur, sous les acclamations du peuple viennois. Ainsi qu'il l'avait lui-même confié à Marco d'Aviano, l'empereur ne lui enviait pas le triomphe, mais l'amour de ses sujets : les Viennois avaient vu Léopold abandonner la capitale à son destin et s'enfuir comme un voleur ; et voilà qu'ils saluaient joyeusement le roi étranger qui venait de risquer sa vie, celle de ses gens et même de son fils aîné pour sauver la ville du Turc. Et maintenant le Habsbourg se vengeait de Sobieski : pendant leur rencontre, il s'était montré aigre et glacial. « Je suis pétrifié », avait confié Sobieski à ses gens.

« Mais le Très-Haut a fait en sorte que tout se conclue pour le mieux, dit sur un ton conciliant l'un des capucins.

— Et oui, si Dieu le veut, renchérit un de ses confrères, tout finit par bien se conclure. »

Ces sages paroles résonnaient encore dans ma tête quand Cristofano m'annonça, le lendemain, que nous serions bientôt libérés de la quarantaine. Profitant du climat de fête, le médecin avait facilement persuadé les autorités qu'il n'y avait plus aucun danger de peste. Le seul à avoir encore besoin d'assistance était Pompeo Dulcibeni, dont le médecin avait attribué l'état, devant les gardes, à une chute dans l'escalier du *Damoiseau*. Hélas, Dulcibeni était à présent promis à une immobilité perpétuelle. Cristofano pourrait l'aider pendant quelques jours encore, avant de regagner le grand-duché de Toscane.

Qui s'occuperait de celui qui avait tenté d'assassiner le pape ? pensai-je avec un sourire amer.

ÉVÉNEMENTS DE L'ANNÉE 1688

Cinq années s'étaient écoulées depuis la terrible aventure du *Damoiseau*. L'auberge n'avait pas été rouverte : Pellegrino avait été emmené par sa femme, chez ses parents, je crois.

Cloridia, Pompeo Dulcibeni et moi-même vivions dans une modeste ferme au dehors de la ville, bien au-delà de la Porta San Pancrazio, où je me trouve maintenant tandis que je confie ces lignes à ce papier. Les journées et les saisons étaient essentiellement ponctuées par la récolte de notre petit champ et les soins à dispenser aux quelques animaux de basse-cour que nous avions achetés grâce au pécule de Dulcibeni. Je connaissais déjà toute la dureté des champs : j'avais appris à plonger les mains dans la terre, à interroger le vent et le ciel, à troquer mes produits contre ceux des efforts d'autrui, à négocier les prix et à prévenir les fraudes. J'avais appris à feuilleter les pages des livres, le soir, de mes mains de paysan, enflées et sales.

Cloridia et moi vivions *more uxorio*. Personne ne nous le reprocherait : les prêtres ne se hasardaient jamais dans notre coin perdu, pas même pour la bénédiction pascale.

Depuis qu'il s'était définitivement résigné à la perte de ses jambes, Pompeo était devenu encore plus taciturne et plus acariâtre qu'auparavant. En effet, il n'avait plus recours aux feuilles hachées de *mamacòca*, la drogue du Pérou qu'il s'était procurée en Hollande. Par conséquent, il n'était plus victime des sombres accès d'exaltation qui lui étaient nécessaires pour affronter les incursions effrénées dans les souterrains du *Damoiseau*.

Il ne comprenait pas encore pourquoi nous l'avions

accueilli en lui donnant refuge et assistance. Il nous avait d'abord soupçonnés d'en vouloir au magot important qu'il apportait en dot. Il ne sut jamais qui était Cloridia. Et elle s'opiniâtra à ne pas lui révéler qu'elle était sa fille. Au fond de son cœur, elle ne lui avait jamais pardonné de ne pas s'être opposé à la vente de sa mère.

Lorsqu'il se fut écoulé assez de temps pour qu'elle fût protégée de l'angoisse du souvenir, Cloridia me relata enfin les vicissitudes qu'elle avait subies après avoir été arrachée à son père. Huygens lui avait fait croire qu'il l'avait achetée, encore enfant, à Dulcibeni. Il lui avait infligé le plus grand isolement, puis, une fois lassé d'elle, l'avait revendue en Hollande à de riches marchands italiens avant de joindre Feroni, en Toscane.

Pendant de longues années, ma chère Cloridia avait accompagné ces marchands, puis d'autres encore, ayant été rachetée et revendue plus d'une fois. Il lui avait été facile de franchir le pas qui menait à l'art honteux. Mais grâce à l'argent qu'elle avait secrètement et péniblement amassé, elle avait recouvré sa liberté : l'opulente et libérale Amsterdam était la ville idéale pour l'ignoble commerce des corps. Enfin, l'impatience de revoir son père et de lui réclamer des comptes l'avait emporté, la conduisant au *Damoiseau* avec l'aide de la science des nombres et la mystérieuse pratique de la verge ardente.

Malgré les souffrances qu'elle avait supportées et les tristes souvenirs qui troublaient parfois son sommeil, Cloridia assista Dulcibeni avec constance et dévouement. Quant à lui, il cessa bientôt de la traiter avec mépris. Il ne l'interrogea jamais sur son passé, lui épargnant l'embarras du mensonge.

Bien vite, Pompeo Dulcibeni me pria d'aller chercher à Naples les malles de livres qu'il y avait laissées. Il me les offrit, m'avertissant que leur valeur me serait de plus en plus chère au fil du temps. Grâce à ces livres, et aux réflexions que nous pûmes en tirer, la langue de Dulcibeni se délia graduellement. Il passa ainsi des commentaires aux souvenirs, et des souvenirs aux enseignements. En se fondant non seulement sur la doctrine, mais aussi sur son expérience : ayant pratiqué le négoce pendant des années dans toute l'Europe, au service, qui plus est, d'une maison aussi puissante que celle des Odescalchi, il avait beaucoup de choses à conter. Cependant, le mystère non élucidé demeurait souvent suspendu entre nous : pourquoi Dulcibeni avait-il attenté à la vie du pape ?

Un jour – j'étais confiant –, il m'en révélerait le secret. Mais connaissant son caractère ombrageux et têtu, je savais qu'il était inutile de le lui demander. Il fallait attendre.

⁂

C'était donc l'automne 1688. A Rome, les gazettes rapportaient des événements graves et douloureux. Le prince hérétique Guillaume d'Orange avait franchi le détroit de la Manche avec toute sa flotte, débarquant dans une localité de la côte anglaise dénommée Torbay. Son armée avançait sans rencontrer d'obstacles, ou presque, et en quelques jours Guillaume avait usurpé le trône du roi catholique Jacques Stuart, coupable d'avoir eu, deux mois plus tôt, de sa seconde épouse, l'héritier mâle tant désiré qui ôterait à Guillaume d'Orange tout espoir de devenir roi d'Angleterre. Avec le coup de main de Guillaume, l'Angleterre risquait d'être la proie des protestants, à jamais perdue à la religion de Rome.

Quand je lui eus rapporté ces nouvelles dramatiques, Pompeo Dulcibeni ne me livra pas le moindre commentaire. Assis dans le jardin, il caressait un chaton blotti dans son giron. Il paraissait tranquille. Mais soudain, je le vis se mordre la lèvre et chasser le petit animal, abattant aussitôt après une main tremblante sur la table qui était placée à ses côtés.

« Que vous arrive-t-il, Pompeo ? lui demandai-je, bondissant sur mes pieds de crainte qu'il n'eût un malaise.

— Il est parvenu à ses fins, maudit soit-il ! Il a fini par y parvenir », répondit-il, le souffle court, envahi par une colère sourde, scrutant l'horizon au-delà de ma tête.

Je lui lançai un regard interrogateur, mais n'osai pas lui poser de question. C'est alors que, baissant lentement les paupières, Pompeo Dulcibeni s'ouvrit à moi.

⁂

Tout avait commencé près de trente ans plus tôt. A cette époque, me raconta Dulcibeni, la famille Odescalchi se souilla du crime le plus infâme : aider les hérétiques.

Nous étions environ en 1660. Le prince Guillaume

d'Orange était encore un enfant. Comme toujours, la maison d'Orange manquait d'argent. Ainsi, la mère et la grand-mère de Guillaume avaient engagé tous les bijoux de famille.

Le théâtre européen était tel que des guerres ne devaient pas tarder à éclater en Hollande. Contre l'Angleterre, d'abord, puis contre la France. Pour les mener, il fallait de l'argent. Beaucoup d'argent.

Après quantité de préambules secrets, dont Dulcibeni lui-même ne connaissait pas les détails, la maison d'Orange s'adressa aux Odescalchi. Ils étaient alors les prêteurs d'argent les plus solvables d'Italie, et ils ne se dérobèrent point.

C'est ainsi que les guerres de l'hérétique Hollande furent financées par la famille catholique du cardinal Odescalchi, futur pape Innocent XI.

Naturellement, toute l'opération fut conduite avec le plus grand soin. Le cardinal Benedetto Odescalchi vivait à Rome ; son frère, Carlo, qui dirigeait les affaires familiales, habitait Côme. L'argent fut versé aux Orange par le truchement de deux prête-noms de confiance, résidant à Venise : il était ainsi impossible de remonter à la famille d'Innocent XI. En outre, les sommes ne furent pas directement adressées aux membres de la maison d'Orange, mais à des intermédiaires secrets : l'amiral Jean Neufville, le financier Jan Deutz, les commerçants Bartolotti, le membre du Conseil d'Amsterdam Jan Baptista Hochepied...

Ceux-ci les transmettaient ensuite à la maison d'Orange afin de financer les guerres contre Louis XIV...

« Et vous ? l'interrompis-je.

— J'allais et venais de Rome à la Hollande pour le compte des Odescalchi. Je m'assurais que les lettres de change arrivent et soient encaissées, qu'on établisse le reçu relatif à la transaction. De plus, je veillais à ce que tout se déroule à l'abri des curieux.

— Bref, l'argent du pape Innocent XI a permis aux hérétiques de débarquer en Angleterre ! conclus-je, atterré.

— Plus ou moins. Mais les Odescalchi ont cessé de prêter de l'argent aux hérétiques hollandais il y a une quinzaine d'années, alors que Guillaume vient juste de débarquer en Angleterre.

— Et alors ? »

Un fait curieux s'était alors produit, expliqua Dulcibeni. En 1673, s'était éteint Carlo Odescalchi, le frère du futur pape Innocent XI. Dans l'impossibilité de suivre de Rome les affaires familiales, le pontife décida de suspendre les prêts aux Hollandais. Le jeu s'était fait trop périlleux, et le pieux cardinal Odescalchi ne pouvait risquer d'être démasqué. Son image devait demeurer immaculée. Il avait été prévoyant : le conclave qui l'élirait au rang de pape aurait lieu moins de trois ans plus tard.

« Mais il avait prêté de l'argent aux hérétiques ! m'écriai-je, outré.

— Ecoute la suite. »

Avec le temps, les dettes de la maison d'Orange envers les Odescalchi augmentèrent de manière démesurée, puisqu'elles se montèrent bientôt à cent cinquante mille écus. Benedetto étant devenu pape, comment lui seraient-elles remboursées ? En cas d'insolvabilité, les accords initiaux prévoyaient que les Odescalchi entreraient en possession des biens privés de Guillaume. Or, une fois pape, Benedetto Odescalchi était exposé aux yeux de tous : il lui était impossible de saisir le fief d'un prince hérétique, car il aurait ainsi dévoilé ses prêts. Un terrible scandale aurait éclaté. Certes, Benedetto avait entre-temps transmis tous ses biens à son neveu Livio, mais c'était une donation de façade, tout le monde savait qu'il continuait de tout contrôler.

Il y avait un autre problème. Guillaume était toujours à court d'argent car ses financiers hollandais (les riches familles d'Amsterdam) serraient les cordons de la bourse. Innocent XI risquait donc de ne plus revoir son argent.

Voilà pourquoi, dit Dulcibeni, Innocent XI avait toujours manifesté autant d'hostilité à l'égard de Louis XIV : le Roi Très-Chrétien de France était le seul à barrer la route à Guillaume, le seul en mesure de l'empêcher de monter sur le trône d'Angleterre. Louis XIV était le seul obstacle entre Innocent XI et son argent.

Les Odescalchi étaient parvenus à maintenir leurs activités secrètes. Mais en 1676, peu avant l'ouverture du conclave, l'incident tant redouté se produisit : Huygens, bras droit du marchand d'esclaves Francesco Feroni (lui aussi en affaire avec les Odescalchi), s'amourache de la fille que Pompeo Dulcibeni a eue d'une esclave turque et, fort de l'appui de Feroni, décide de se l'approprier. Dulcibeni ne peut s'y opposer légalement, parce qu'il n'a pas épousé la mère de la fillette. Il laisse donc entendre aux Odescalchi que si Feroni et Huygens ne renoncent pas à leurs exi-

gences, l'on colportera des indiscrétions au sujet de Benedetto : une histoire de prêts à intérêt accordés aux
hérétiques hollandais... et adieu, trône papal pour le cardinal Odescalchi.

Le reste, je le savais déjà : la fillette est enlevée, des
mains mystérieuses jettent par une fenêtre Dulcibeni, qui
survit par miracle. Pompeo se voit obligé de prendre le
maquis, alors que Benedetto Odescalchi est élu pape.

« Mais hier encore, le pontife n'avait pas réussi à récupérer l'argent que lui devait Guillaume d'Orange. J'en suis
certain, je sais comment il en va. A présent, tout se résou-
dra, conclut Dulcibeni.

— Et pourquoi ?

— C'est pourtant évident : Guillaume deviendra roi
d'Angleterre, et il trouvera ainsi le moyen de rembourser ses
dettes au pape. »

Egaré et troublé, je me tus.

« Voilà donc le véritable motif de votre plan, dis-je
alors, les visites à Tiracorda, les expériences sur l'île...
L'abbé Melani avait raison, vous n'étiez pas seulement mû
par l'enlèvement de votre fille. Pour vous, c'était une façon
d'exécuter le pape, je ne sais comment dire, pour trahison
de...

— ... trahison de la religion, exact. Il a troqué l'honneur
de l'Eglise et de la chrétienté contre de l'argent. N'oublie
pas, la maladie qui ronge le corps n'est rien en comparaison
de celle qui ronge l'âme. Telle est la véritable peste.

— Mais vous vouliez détruire toute la chrétienté, voilà
pourquoi vous aviez choisi de contaminer le pape pendant
le siège de Vienne.

— Le siège de Vienne... il y a encore une chose que
tu dois savoir. L'empereur n'est pas étranger à l'argent des
Odescalchi.

— L'empereur ? » m'exclamai-je.

Le jeu était simple et, cette fois encore, mené dans le
plus grand secret. Pour financer la guerre contre les Turcs,
la maison de Habsbourg avait puisé dans les caisses de la
chambre apostolique. Mais l'empereur Léopold empruntait
également de l'argent à titre privé aux Odescalchi. La
famille du pape recevait en garantie l'argent vif, ou mercure,
extrait des mines impériales.

« Et que faisaient les Odescalchi de l'argent vif ?

— Simple. Ils le revendaient aux hérétiques hollandais. Pour être plus précis, au banquier protestant Jan Deutz.

— Alors, Vienne a également été sauvée grâce aux hérétiques !

— Oui, d'une certaine façon. Mais surtout grâce à l'argent des Odescalchi. Et sois certain que ceux-ci trouveront le moyen d'obtenir une belle compensation de l'empereur. Je ne parle pas seulement d'argent.

— Que voulez-vous dire ?

— L'empereur finira certainement par accorder un grand service politique au pape, ou à son neveu Livio, qui en est le seul héritier. Attends encore quelques années, et tu verras. »

SEPTEMBRE 1699

A l'instant où je conclus ces mémoires, près de onze ans se sont écoulés depuis le débarquement de Guillaume d'Orange en Angleterre. Le souverain hérétique règne encore, et avec succès ; l'honneur de la religion et des catholiques anglais a été vendu par Innocent XI pour une poignée d'argent.

Mais le pape Odescalchi ne pourra plus répéter sa misérable entreprise. Il s'est éteint il y a dix ans, au terme d'une longue et pénible agonie. A l'ouverture de sa dépouille, on a trouvé ses viscères pourris et ses reins encombrés de cailloux. On a déjà proposé de lui offrir les honneurs des autels et de le proclamer bienheureux.

Pompeo Dulcibeni nous a quittés, lui aussi. Il a expiré cette année en bon chrétien, après avoir beaucoup prié et s'être sincèrement repenti de ses nombreux péchés. Cela s'est passé un dimanche d'avril. Nous avions peut-être mangé plus qu'à l'accoutumée, il m'a demandé (lui qui avait le visage toujours trop rouge et une malheureuse inclination pour l'alcool au cours des dernières années) de l'aider à rejoindre son lit pour se reposer un peu. Il ne s'est plus relevé.

Je crois lui devoir en grande partie ce que je suis aujourd'hui : il était devenu pour ainsi dire mon nouveau maître, un maître fort différent, Dieu seul le sait, de l'abbé Melani. Grâce à son long et douloureux séjour sur cette terre, Pompeo m'a beaucoup appris sur la vie et ses maux, tout en essayant de m'instruire dans le réconfort de la foi et la crainte de Dieu. J'ai lu tous les ouvrages qu'il m'avait donnés : des livres d'histoire, de théologie, de poésie et même de médecine, ainsi que des manuels renfermant les rudiments de la science des marchands et des entreprises, dans laquelle Dulcibeni était très versé, et qu'on ne peut plus songer à ignorer de nos jours. C'est pourquoi je m'aperçois que j'ai rédigé ces mémoires avec ma pensée d'aujourd'hui, attribuant fréquemment à l'apprenti jeune et naïf que j'étais des réflexions et des paroles dont Dieu me fait la grâce aujourd'hui.

Toutefois, ce ne sont pas les ouvrages de doctrines politiques ou morales, mais bien de médecine, qui m'ont offert les plus grandes découvertes. J'ai eu grand mal à me persuader que je n'étais nullement réfractaire à la peste, contrairement à ce que Cristofano m'avait assuré au début de la quarantaine : ma malheureuse condition ne me protégeait en rien de la contagion. Le médecin avait menti, peut-être pour se gagner mes services, et il avait tout inventé : de la fable du petit Africain s'adonnant à la sodomie jusqu'aux classifications de Gaspard Schott, Fortunius Licetus et Johannes Eusebius Nierembergius, totalement dépourvues d'allusion à ce caractère soi-disant réfractaire. Cristofano savait très bien que la stature n'a rien à voir avec la peste. Et, contre la peste, rien ne sert d'être, comme je le suis, un pauvre nain : « Amusement des princes et étonnement des spectateurs », ainsi que Dulcibeni m'avait raillé.

Quoi qu'il en soit, je serais toujours reconnaissant à Cristofano : grâce à son mensonge véniel, ma poitrine de pygmée se gonfla d'orgueil. Ce fut la seule et unique occasion. Ma cruelle infirmité ne m'a valu que l'abandon en bas âge, et les moqueries de toute la société humaine ; même si – ainsi que l'avait souligné Cristofano – je compte parmi les plus fortunés de ma race, les *mediocres* de taille, et non les *minores*, ou pis encore, les *minimi*.

Quand je songe à l'aventure du *Damoiseau*, j'entends encore résonner dans mes oreilles les rires féroces des hommes du Bargello, tandis qu'ils me poussent violemment dans l'auberge, au début de la quarantaine ; et Dulcibeni qui me tourne en dérision en me qualifiant en latin de *pomilione*, petit nain. Je revois Brenozzi pincer, à la hauteur de mon nez, le céleri qu'il a entre les cuisses, selon son habitude obscène ; et la foule des pilleurs de tombes me confondant avec un des *daemunculi subterranei*, les minuscules démons qui peuplent leurs cauchemars. Et je me revois, moi, comme créé tout exprès pour le monde souterrain, précédant agilement Atto dans les étroits souterrains de l'auberge.

Durant l'aventure du *Damoiseau*, ma malheureuse condition ne me fut pas moins pesante qu'au cours du reste de mon existence. Mais j'ai préféré la laisser dans l'ombre en évoquant le grand théâtre de ces histoires : qui aurait ajouté foi au récit d'un homme que seules les rides distinguent d'un enfant ?

Les révélations de Dulcibeni ont été confirmées par les faits. Le neveu d'Innocent XI, Livio Odescalchi, seul héritier du pape, a acheté pour une bouchée de pain à l'empereur Léopold le fief hongrois de Sirmium. Et ce, murmure-t-on à Rome, malgré l'opposition des fonctionnaires impériaux. Pour donner à cette bonne affaire un aspect plus prestigieux, l'empereur est même allé jusqu'à le nommer prince du Saint-Empire romain. Mais les cadeaux voyants, on le sait, dissimulent la récompense d'un service rendu. C'était donc vrai : l'empereur devait, lui aussi, de l'argent aux Odescalchi. Il a désormais remboursé ses dettes, intérêts compris.

Livio Odescalchi ne semble pas éprouver la moindre honte de ses commerces arrogants et avides. A la mort d'Innocent XI, il disposait, dit-on, de plus d'un million et demi d'écus, ainsi que du fief de Ceri. Aussitôt après, il est entré en possession du duché de Bracciano, du marquisat de Roncofreddo, du comté de Montiano et de la seigneurie de Palo, sans oublier la villa Montalto de Frascati. Il s'apprêtait à acheter aussi le fief d'Albano, mais la chambre apostolique a réussi *in extremis* à lui souffler l'affaire. Enfin, après la mort du roi Jan Sobieski, le triomphateur de Vienne, Livio a tenté de lui succéder sur le trône de Pologne contre huit millions de florins.

Inutile de s'indigner : l'argent – horde infâme sans terre ni pitié – n'a jamais cessé d'empester l'Europe, et rien ne l'empêchera de continuer à piétiner l'honneur de la foi et des couronnes.

Je ne suis plus le garçon innocent de l'époque du

Damoiseau. Ce que j'ai alors vu et ouï, et que je ne pourrai jamais révéler, a marqué à jamais mon existence. La foi ne m'a pas abandonné ; mais, inévitablement, le sentiment de dévotion et de fidélité que tout bon chrétien devrait concevoir pour son Eglise s'est à jamais altéré en moi.

Confier mes souvenirs à ces pages m'a permis en premier lieu de surmonter les moments d'abattement le plus fort. La prière, la proximité de Cloridia et les lectures qui m'ont nourri tout au long de ces années se sont chargées du reste.

Il y a trois mois, Cloridia et moi nous sommes enfin unis par les liens du mariage : la venue d'un frère quêteur dans notre misérable campagne nous en a offert l'occasion.

Il y a quelques jours, j'ai vendu quelques grappes de raisin à un chanteur de la chapelle Sixtine. Je lui ai demandé s'il lui arrivait de chanter des airs du célèbre Luigi Rossi.

« Rossi ? a-t-il répondu en fronçant les sourcils. Ah oui, j'ai déjà ouï ce nom, mais il s'agit sans doute de vieilles choses, datant de l'époque des Barberini. Non, a-t-il ajouté en riant, personne ne s'en ressouvient plus aujourd'hui. A présent, toute la gloire de Rome est concentrée sur le grand Corelli, l'ignorez-vous ? »

Je ne m'étais pas encore aperçu que j'avais laissé les années s'écouler derrière la porte de ma petite maison. Non, je ne connais pas ce Corelli. Mais je sais que je ne pourrai jamais oublier le nom du *seigneur* Luigi, ni les accents sublimes de ses airs, déjà passés de mode quand l'abbé Melani les évoquait à mon adresse ou pour lui-même.

De temps à autre, parfois même en songe, la voix et les petits yeux vifs d'Atto Melani reviennent à ma mémoire. Je l'imagine désormais vieux et voûté dans sa maison de Paris, cette vaste demeure où il m'avait jadis offert de vivre.

Heureusement, la fatigue éloigne la nostalgie : notre domaine s'est agrandi et le travail ne cesse de croître. Nous vendons notamment des herbes fraîches et de bons fruits à la villa de la famille Spada, non loin d'ici, où l'on m'appelle aussi pour d'autres services.

Toutefois, dès que mon travail m'accorde une trêve, je me ressouviens des paroles d'Atto, me répète une phrase qui parle d'aigles solitaires et d'armées de corbeaux, et tente de retrouver son ton, ses accents et ses intentions, bien que je les sache imprudents et audacieux.

A plus d'une reprise, je suis retourné dans la via dell'Orso pour demander aux nouveaux locataires du petit immeuble où se dressait l'auberge (il n'y a plus que des appartements à louer) s'il y avait des lettres de Paris pour moi, ou si l'on s'était enquis de l'ancien apprenti. Mes craintes sont invariablement confortées et mon attente déçue.

Le temps a éclairé ma lanterne. Aujourd'hui, je comprends que l'abbé Melani ne voulait pas trahir Fouquet. Il est vrai qu'Atto remit au Roi-Soleil les missives dérobées à Colbert, qui révélaient le lieu où le surintendant se cachait. Mais le roi avait déjà commencé à se montrer clément à l'égard de Fouquet, il avait adouci ses conditions de détention, et l'on espérait désormais en sa libération. Cependant tout le monde croyait que l'habituel Colbert était la cause de son retard : ne convenait-il donc pas d'apporter au roi les lettres du *Colubra* ? Melani ne pouvait certes pas imaginer les pensées foudroyantes que la lecture de ces lettres volées susciterait chez le roi : Fouquet était à Rome, avec le *secretum pestis*, il l'avait peut-être offert au pape, qui soutenait la résistance de Vienne...

Il était impensable que les plans de Louis XIV fussent déjoués au moment même où ses accords avec le Turc arrivaient à bon port. Le roi a sans doute congédié hâtivement Atto afin de réfléchir tranquillement. Puis il l'a rappelé un peu plus tard, et lui a conté une histoire, dont la teneur importe peu. Mais je suis certain du résultat de cet entretien : Atto est chargé de prouver une dernière fois sa fidélité à la couronne.

Aujourd'hui, toutes ces choses-là ne me semblent plus horribles. Je repense presque avec tendresse à l'astuce de l'abbé : voler mes perles pour m'entraîner dans son enquête. Et j'aimerais avoir la possibilité de remonter le temps, jusqu'au dernier jour que je vis Atto Melani : monsieur l'abbé, arrêtez-vous, je voudrais vous dire...

C'est impossible, désormais. Ma candeur juvénile, mon enthousiasme déçu, mon impatience nous séparèrent alors, et à jamais. Maintenant, je sais qu'il fut injuste de sacrifier l'amitié à la pureté, l'intimité à la raison, les sentiments à la sincérité.

On ne peut être l'ami d'un espion si l'on refuse de dire adieu à la vérité.

Toutes les prophéties se sont accomplies. Au début de la quarantaine, j'avais rêvé qu'Atto me remettait une bague et que Devizé jouait du clairon. Eh bien, dans le livre d'oniromancie de ma Cloridia, j'ai lu que la bague est le symbole du bien joint à la difficulté, et que le clairon indique des connaissances occultes, exactement comme le secret de la peste.

En songe, j'avais vu Pellegrino ressusciter, présage de soucis et de dommages, qui se sont en effet abattus sur nous tous, et un individu répandre du sel, lequel est le symbole de l'assassinat (la mort de Fouquet), j'avais vu aussi une guitare, qui représente la mélancolie et le travail non reconnu (Cloridia et moi, anonymes et isolés dans notre petit domaine). Seul le dernier symbole m'était favorable, et Cloridia ne l'ignorait pas : le chat, annonciateur de la luxure.

La gazette astrologique de Stilone Priàso avait, elle aussi, tout prévu : non seulement l'effondrement de l'auberge, mais aussi l'enfermement d'un groupe de gentilshommes (la quarantaine au *Damoiseau*), le siège d'une ville (Vienne), la fièvre maligne et les maladies vénéneuses (qui frappèrent plus d'un pensionnaire), la mort d'un souverain (Marie-Thérèse), les voyages des ambassadeurs (pour apporter la nouvelle de la victoire de Vienne). Une seule prédiction ne s'était pas avérée, ou mieux, avait été balayée par une force plus grande : les *Barricades mystérieuses* avaient empêché la « mort de gentilshommes enfermés » que la gazette avait annoncée.

Tout cela m'a aidé à prendre une résolution, ou plutôt à me libérer d'un vieil appétit malsain.

Je ne veux plus devenir gazetier. Et non seulement parce que je crains (contrairement aux préceptes de la foi) que nos destins ne soient uniquement gouvernés par les caprices des étoiles. Mon ancienne ardeur s'est éteinte pour une autre raison.

Dans les gazettes qu'il m'est arrivé de lire en grand nombre, après l'aventure du *Damoiseau*, je n'ai rien trouvé des enseignements d'Atto. Et je ne parle pas des faits : je savais que les véritables secrets des souverains et des Etats n'ont pas leur place dans les feuilles volantes qu'on vend au coin des rues. Surtout, plusieurs ingrédients manquent cruellement à la prose des gazetiers : le courage de la réflexion, la soif de savoir, ainsi que l'épreuve honnête et audacieuse de l'intelligence. Je n'irais pas jusqu'à affirmer que ces fascicules sont inutiles, mais ils ne s'adressent pas à ceux qui recherchent la vérité.

Il m'aurait certes été impossible, avec mes pauvres forces, de changer cet état de choses. L'homme qui oserait divulguer les mystères de Fouquet et de Kircher, de Marie-Thérèse et de Louis XIV, de Guillaume d'Orange et d'Innocent XI serait arrêté incontinent, enchaîné et jeté à jamais dans la prison des fous.

Atto avait raison : connaître la vérité n'est d'aucun secours au gazetier. Au contraire, c'est le plus grand des obstacles.

Le silence est le seul salut de ceux qui savent.

Ce que personne ne pourra jamais me rendre, ce qui me manque le plus, n'est toutefois pas constitué de mots, mais de sons. Il ne me reste plus des *Barricades mystérieuses* (dont je n'ai pas été en mesure, hélas, de conserver un exemplaire) qu'un souvenir mince et incomplet, vieux de seize ans.

J'en ai fait une sorte de jeu solitaire, un combat joyeux avec ma mémoire. Comment était ce morceau, cet accord, cette modulation hardie ?

Quand la canicule de l'été me dessèche la tête et les genoux, je m'assieds à l'ombre du chêne qui surplombe notre modeste maison, sur la chaise que Pompeo Dulcibeni préférait entre toutes. Je ferme les yeux et fredonne faiblement le rondeau de Devizé : une fois, puis deux, et encore, tout en sachant que chaque tentative l'amenuise, l'affaiblit, l'éloigne de la vérité.

Il y a quelques mois, j'ai mandé une lettre à Atto. Je n'avais pas son adresse à Paris, et j'ai envoyé la missive à Versailles, dans l'espoir qu'on la lui transmettrait. A la cour, tout le monde connaît, j'en suis certain, le célèbre abbé, castrat, conseiller du Roi Très-Chrétien.

Je lui ai confié le chagrin profond dont je souffrais à l'idée de l'avoir quitté sans lui exprimer la gratitude et le dévouement que je ressentais pour lui. Je lui ai offert mes services, le suppliant de bien vouloir me faire la grâce de les accepter, et me qualifiant de son serviteur humble et très fidèle. Enfin, je lui ai dit que j'avais rédigé ces mémoires en me fondant sur le journal intime que j'avais écrit à l'époque, journal dont Atto ne soupçonnait même pas l'existence.

Hélas, il ne m'a point encore répondu. C'est la raison pour laquelle un doute atroce a commencé à s'insinuer dans mes pensées, ces derniers temps.

Je me demande ce qu'Atto a relaté au Roi Très-Chrétien, une fois Paris regagné. Est-il parvenu à dissimuler les secrets royaux qu'il avait réussi à découvrir ? A-t-il plutôt baissé les yeux, pressé par les questions, laissant entendre au roi qu'il connaissait de trop nombreuses infamies ?

Ainsi, il m'arrive d'imaginer une embuscade nocturne dans une ruelle perdue, un cri étouffé, les pas des tueurs qui s'enfuient et le corps d'Atto gisant dans la boue et le sang...

Mais je ne démords pas. En me battant avec mes rêveries, je continue d'espérer. Et en attendant le courrier de Paris, je murmure parfois quelques vers de son vieux maître, le *seigneur* Luigi :

Espoir, à ta pâleur,
je sais que tu n'espères plus.
Et pourtant tu ne cesses
Mon cœur de leurrer...

Addendum

Cher Alessio,

Vous voilà enfin arrivé au terme de l'ouvrage de mes deux vieux amis. Il vous revient d'accomplir le dernier pas qui le conduira entre les mains du Saint-Père. Tandis que je couche ces lignes sur le papier, je prie l'Esprit Saint d'inspirer votre lecture et la décision qui s'ensuivra.

Près de quarante ans se sont écoulés depuis que j'ai reçu par la poste le manuscrit relatant l'histoire du *Damoiseau* et du nain qui était son apprenti. Naturellement, j'ai aussitôt pensé qu'il était dominé par l'imagination. Certes, les deux auteurs avaient utilisé, à leurs dires, un document historique : les mémoires inédits d'un apprenti, datant de 1699. En outre, je connaissais, en qualité de prêtre et de chercheur, l'exactitude historique des passages concernant l'abbé Morandi et Campanella, les jansénistes et les jésuites, l'ancienne Compagnie de l'Oraison et de la Mort, de même que le couvent des Célestins, aujourd'hui disparu, et les étranges croyances qui circulaient au XVIIe siècle en matière de confession et d'extrême-onction. Enfin, de nombreuses licences lexicales, ainsi qu'une certaine désinvolture dans l'usage des citations latines, ramenaient indiscutablement à la langue du XVIIe siècle.

En vérité, les personnages reproduisaient exagérément la langue et la terminologie des auteurs de traités baroques, jusqu'à leurs boursouflures les plus lourdes.

Ces détails mis à part, quelle était la part d'invention libre ? Le doute était inévitable, en raison non seulement du caractère audacieux et parfois abracadabrant de l'intrigue, mais aussi de la représentation des deux personnages principaux qui, comme cela a déjà été dit, rappelaient le duo d'enquêteurs pour le moins traditionnel que forment Sherlock Holmes et son aide-narrateur Watson, pour ne pas parler du couple Poirot et Hastings d'Agatha Christie, qui, eux aussi, mènent de préférence leurs recherches dans des lieux clos (trains, bateaux, îles)...

D'autre part, n'est-il pas vrai qu'on retrouve dans les mémoires de *Lazarillo de Tormes*, datant du XVIIe siècle, un couple analogue, composé d'un professeur et de son élève, d'un vieillard et d'un jeune homme ? Que dire également de Dante et de son « maître et duc » Virgile, qui le guide et l'instruit dans des galeries infernales facilement comparables aux boyaux souterrains du *Damoiseau* ?

Je commençai alors à croire que j'avais affaire à un *Bildungsroman*, ainsi que le qualifieraient les spécialistes de littérature, aux rangs desquels je n'ose me compter, un roman d'apprentissage rédigé sous forme de mémoires. N'est-il pas vrai que le naïf apprenti devient adulte au cours des nuits qu'il passe dans les souterrains au contact de l'abbé Melani et de ses enseignements ?

Mais je m'aperçus bien vite que de telles considérations, certes fort excitantes pour l'esprit, ne répondaient pas aux questions suivantes : qui est l'auteur de cet écrit ? Mes deux amis, ou l'apprenti ? Les deux ? Et en quelle mesure ?

Les modèles présumés que je débusquais étaient tellement éloignés dans le temps que je ne venais à bout de rien. A quoi bon, en effet, m'entêter à distinguer chez L'Arétin, ou encore mieux, dans le *Décaméron* de Boccace le découpage du récit sous forme de journées – deux ouvrages surtout, dont les personnages enfermés à cause de la peste, comme ceux du *Damoiseau*, dévident les récits les plus invraisemblables pour tromper le temps ? Ce modèle ne pouvait-il pas être présent dans l'esprit de l'anonyme apprenti ?

« Les livres parlent toujours d'autres livres et chaque histoire raconte une histoire déjà racontée », conclus-je en reprenant les mots de je ne sais plus qui. J'abandonnai donc ce genre de vaines recherches.

En revanche, certains emprunts impudents jetaient des ombres bien plus noires sur l'authenticité de cet écrit : ainsi, l'une des tirades dans laquelle Pompeo Dulcibeni s'élève contre les têtes couronnées, les accusant de pillage et d'inceste, avait été en partie inspirée par un célèbre discours de Robespierre auquel les auteurs faisaient eux-mêmes allusion en laissant Dulcibeni sur son lit « sans culotte », c'est-à-dire comme un *sans-culotte**.

Il y avait enfin de nombreuses audaces, comme les personnages insolites d'Ugonio et de Ciacconio. Modelés sur la figure des pilleurs de tombes, les prédateurs d'objets anciens qui, aujourd'hui encore, infestent notre pays, elles tiraient leur nom (comme Baronio et Gallonio) de célèbres érudits et chercheurs de catacombes du XVIIᵉ siècle. Pour ne pas parler de la courtisane Cloridia, qui écoute et interprète le rêve de l'apprenti, qu'elle a invité à s'allonger sur son lit, assise à son chevet, dans l'attitude manifeste et anachronique des psychanalystes.

De même, la représentation malveillante du pape Innocent XI n'était, à mes yeux, qu'une tentative maladroite de bouleverser la réalité historique. Etant, comme le pape, originaire de Comasco, je connaissais bien sa figure et son œuvre, ainsi que les méchancetés et les calomnies qui – de son vivant déjà – avaient circulé sur son compte à des fins évidentes de propagande politique, et que le père Robleda sert ici à l'apprenti. Mais de telles insinuations avaient été amplement démenties par les historiens les plus sérieux, et notamment par Papasogli qui, consacra ̲ dans les années cinquante du siècle dernier, une énorme biographie de plus de trois cents pages au bienheureux Innocent XI, avait contribué à balayer tous les mensonges. Bien avant lui, Pastor, nom tutélaire des historiens de l'Eglise, s'était déjà employé à éliminer nombre de soupçons.

Ce n'était pas la seule invraisemblance. Il y avait, en effet, l'histoire du surintendant Fouquet.

Dans le récit de l'apprenti, Fouquet meurt dans l'auberge du *Damoiseau*, empoisonné par Atto Melani le 11 septembre 1683. Or, on peut lire jusque dans les manuels scolaires que le surintendant s'éteignit dans la prison de Pignerol en 1680, non à Rome en 1683 ! Certains historiens et romanciers ont, certes, émis l'hypothèse selon laquelle Fouquet n'était pas mort en prison ; quoi qu'il en soit, ce problème est trop vieux et trop usé pour que je doive en reparler ici. Voltaire, qui eut la possibilité de s'entretenir avec les membres de la famille du surintendant, prétendait qu'on ne saurait jamais où et quand il avait expiré. Mais il me semblait vraiment trop hardi d'affirmer, ainsi que je l'avais lu dans l'ouvrage de mes deux amis, que Fouquet était mort à Rome dans une auberge, tué sur l'ordre de Louis XIV.

J'avais décelé une incohérence, ou plutôt une véritable manipulation historique. Et je m'apprêtais donc à jeter ce roman au panier. N'avais-je pas trouvé la preuve qu'il s'agissait d'un faux ? Or, je découvris bien vite que les choses n'étaient pas aussi simples que je le croyais.

Tout commença à se gâter quand je décidai d'étudier plus à fond la figure de Fouquet. Depuis des siècles, les livres d'histoire nous présentent le surintendant comme le prototype du ministre voleur et corrompu, alors que Colbert passe pour un homme d'Etat modèle. Selon Atto Melani, en revanche, l'honnête Fouquet avait été la victime innocente de l'envie et de l'hostilité du médiocre Colbert. Au début, ce renversement surprenant m'était apparu comme le fruit de l'imagination, d'autant plus que j'avais trouvé dans le texte des échos du vieux roman de Paul Morand sur Fouquet. Mais il me fallut bien vite revenir sur mon opinion. Je dénichai dans une bibliothèque le gros essai d'un historien français, Daniel Dessert, qui, il y a environ soixante ans, documents à l'appui, éleva la voix pour rendre à Fouquet sa gloire méritée et dévoiler les bassesses et les complots de Colbert. Dans son admirable ouvrage, Dessert exposait point par point (et prouvait de manière indiscutable) tout ce qu'Atto raconte à l'apprenti pour défendre le surintendant.

Hélas, comme cela arrive souvent à ceux qui remettent en cause des mythologies séculaires, le précieux travail de Dessert avait été condamné à l'oubli par la compagnie des historiens, que Dessert osait accuser de paresse et d'ignorance. Le fait qu'aucun historien n'a jamais eu le courage de démentir cette étude puissante et passionnante demeure toutefois significatif.

Ainsi, l'histoire dramatique de Fouquet, ainsi que l'abbé Melani l'avait tristement relatée, n'avait rien à voir avec une invention littéraire. Ce n'est pas tout. En poursuivant mes recherches en bibliothèque, je m'aperçus que Kircher et Fouquet, dont les relations n'étaient pas clairement prouvées, avaient très bien pu se connaître, puisque le jésuite (Anatole France le rapporte dans son petit livre sur Fouquet, et les œuvres de Kircher le confirment partiellement), s'intéressa vraiment aux momies du surintendant.

De même, l'histoire fort mystérieuse de l'isolement de Fouquet à Pignerol, ainsi que je l'ai scrupuleusement vérifié, est authentique, ligne après ligne. Le Roi-Soleil semblait vraiment avoir enfermé le surintendant dans la crainte de ce qu'il savait ; mais on n'a jamais su pourquoi. Le comte de Lauzun, un personnage ambigu, qui fut emprisonné dix années durant avec Fouquet, et libéré aussitôt après la disparition du surintendant, est, lui aussi, fidèlement représenté.

Il y avait donc des rappels à la réalité historique pour le moins solides et documentés.

« Et si tout était vrai ? » pensai-je, tout troublé, en feuilletant le manuscrit.

⁂

Il me fut dès lors impossible de ne pas entreprendre des recherches plus poussées en bibliothèque, dans l'espoir de me heurter à une grossière erreur qui eût démontré la fausseté de l'écrit de mes deux amis, et m'eût permis de liquider rapidement la question. Je l'avoue, j'avais peur.

Hélas, mes inquiétudes secrètes furent confirmées. Avec une impensable rapidité, les descriptions de Rome, les mesures de quarantaine, toutes les théories concernant la peste, notamment celles de Londres et de Rome, les remèdes de Cristofano et les recettes de l'apprenti, jaillirent des dictionnaires, encyclopédies et manuels de l'époque pour défiler devant mes yeux. Ce fut aussi le cas de Louis XIV, de Marie-Thérèse, des verriers vénitiens, des devinettes de Tiracorda, de la disposition des galeries qui se dévidaient dans le sous-sol de Rome.

La verge ardente, l'interprétation des rêves, les doctrines des nombres, l'astrologie, la saga de la *mamacòca* (c'est-à-dire la coca) tournoyèrent devant moi. Tout comme le siège et la bataille de Vienne, les secrets des techniques de siège françaises que les Turcs s'étaient étrangement appropriées, les incompréhensibles erreurs stratégiques des infidèles qui déterminèrent leur terrible défaite.

Dans la bibliothèque Casanatense de Rome, encore incrédule devant une copie originale de la feuille de Bible imprimée par Komarek, j'ai fini par baisser les bras : tout ce que j'avais lu, jusqu'aux détails les plus insignifiants, se révélait étonnamment, effrontément authentique.

A contrecœur, je fus ainsi contraint de continuer mes recherches. En fait d'erreurs, je trouvai des événements et des circonstances prouvés et véridiques. Je commençai à me croire prisonnier d'un piège rusé, d'un engrenage mauvais, d'une toile d'araignée dans laquelle on s'empêtrait de plus en plus, au fur et à mesure qu'on s'y enfonçait.

Je me décidai ainsi à affronter les thèses de Kircher : je connaissais déjà sa vie et ses écrits, mais je n'avais jamais entendu parler du *secretum pestis*, ni du prétendu *secretum vitae* capable d'éloigner la peste, et encore moins d'un rondeau dont le secret fût crypté. Certes, j'avais lu, comme le père Robleda, le *Magnes, sive de arte magnetica* de Kircher, dans lequel le jésuite soutient le pouvoir thérapeutique de la musique et propose l'utilisation d'une mélodie, composée par ses soins, pour remédier à la morsure de la tarentule. Je savais, d'autre part, que Kircher avait été taxé de charlatanerie en des temps plus modernes : dans son traité sur la peste, par exemple, il prétendait avoir observé au microscope les bacilles de la maladie. Mais à l'époque de Kircher, objectent aujourd'hui les historiens, il n'existait pas de loupes assez puissantes. Tout était-il donc inventé ?

Si tel était le cas, il me fallait rassembler les preuves nécessaires. Je m'éclaircis surtout les idées au sujet de la maladie historique que nous appelons peste. Il s'agit de la peste bubonique, causée par le vibrion *Yersinia pestis*, qui se transmet des puces aux rats, et des rats à l'homme. Rien à voir avec les diverses pestes animales, ou avec la prétendue peste pulmonaire qui frappe de temps à autre le Tiers-Monde.

C'est alors que j'appris non sans surprise que la peste bubonique n'existe plus depuis des siècles, pour une raison que personne ne connaît.

Je me surpris à sourire quand je découvris qu'elle avait disparu d'Europe (et d'abord d'Italie) entre la fin du XVIIe siècle et le début du XVIIIe, à l'époque même des événements du *Damoiseau*. Je m'y attendais.

Il existe de nombreuses théories concernant cette mystérieuse disparition, mais aucune d'entre elles n'est définitive. Selon certaines, le mérite en revient aux mesures sanitaires de plus en plus avancées qu'on utilisa au fil des temps ; selon d'autres, il convient de remercier le *rattus norvegicus* (rat marron) qui, en s'installant en Europe, supplanta le *rattus rattus* (rat noir), dont les poils hébergent la *xenopsilla cheopsis*, la puce porteuse du bacille de la peste. D'autres encore attribuent cette victoire aux nouvelles constructions en briques et en tuiles, et non plus en bois et paille, ou à l'élimination des greniers à céréales domestiques, qui aurait éloigné les rats des habitations. Enfin, certains insistent sur le rôle que joua la pseudo-tuberculose, une maladie bénigne qui immunise contre la peste bubonique.

Il ne ressort toutefois de ces discussions académiques qu'une seule certitude : entre le XVIIe et le XVIIIe siècle, l'Europe s'est mystérieusement libérée de son fléau le plus ancien, ainsi que se le promettait Kircher à travers ses secrets.

Les coïncidences se multipliaient lorsque je repensais à l'énigme des *Barricades mystérieuses*, le rondeau qui semble abriter le *secretum vitae*, de même que la tarentelle de Kircher renferme l'antidote contre la morsure de la tarentule. Mais c'est ici, Dieu me pardonne, que j'eus la satisfaction secrète de débusquer enfin une erreur historique irréparable.

Il me suffit, en effet, de feuilleter un quelconque dictionnaire de musique, pour apprendre que les *Barricades mystérieuses* ne sont pas une œuvre du guitariste et compositeur méconnu Francesco Corbetta, ainsi que mes deux amis le racontent dans leur récit, mais de François Couperin, le célèbre compositeur et claveciniste français, né en 1668 et mort en 1733. Ce rondeau est tiré du premier livre de ses *Pièces de Clavecin*, il est donc destiné à être exécuté au clavecin, et non à la guitare. Mais surtout, il a été publié pour la première fois en 1713, soit trente ans après les événements qui se seraient déroulés dans l'auberge du *Damoiseau*. L'anachronisme que les deux jeunes auteurs avaient commis était si grave qu'il privait leur travail non seulement de véridicité, mais aussi de vraisemblance.

Après avoir découvert une incohérence aussi importante et aussi inattendue, il me parut utile de réfuter le reste du mécanisme narratif. Un écrit contenant une erreur aussi grossière ne pouvait en aucun cas menacer la réputation glorieuse du bienheureux Innocent XI !

Pendant quelque temps, dans mes moments de loisir, le soir, je me contentai de feuilleter paresseusement le manuscrit en tournant mes pensées vers ses deux auteurs, plutôt que vers son contenu. Ce récit inquiétant, bourré de racontars venimeux sur un pape dont je partageais les origines, avait des allures de provocation ouverte, ou plutôt de plaisanterie. L'hostilité et la méfiance naturelles que (je

l'avoue) je nourris depuis toujours pour les journalistes finirent par l'emporter dans mon esprit.

Plusieurs années s'écoulèrent. J'avais désormais
presque oublié mes deux anciens amis, et avec eux leur
manuscrit, enseveli dans un vieux débarras. Par excès de
prudence, je l'avais éloigné des regards étrangers, qui risquaient de le lire sans disposer des contrepoisons indispensables.

Je ne pouvais encore savoir combien cette précaution
se révélerait sage.

❧

Il y a trois ans, quand j'appris que Sa Sainteté souhaitait rouvrir le procès de canonisation du pape Innocent XI,
je ne me rappelais même plus où avait échoué ce tas de
feuilles jaunies. Mais il revint bien vite frapper à ma porte.

Cela se passa à Côme, par une humide soirée de
novembre. Afin de satisfaire les pressantes insistances de
quelques amis, j'assistais à un concert, organisé par une
association musicale de mon diocèse. A la fin de la première
partie, le neveu d'un de mes vieux camarades d'études s'exhibait au piano. Le concert concluant une journée intense,
je ne lui avais jusqu'alors prêté qu'une oreille distraite. Mais
soudain, un refrain insinuant et ineffable me séduisit
comme jamais aucune musique n'avait su le faire. C'était
une danse baroque, dont les accents et les harmonies
rêveuses oscillaient toutefois de Scarlatti à Debussy, et de
Franck à Rameau. J'ai toujours été un amateur passionné
de bonne musique, et je me vante de posséder une collection
de disques importante. Mais si l'on m'avait demandé de quel
siècle jaillissaient ces notes intemporelles, je n'aurais pas
été en mesure de répondre.

J'attendis la fin du morceau pour consulter le programme, que j'avais oublié sur mes genoux, et je lus le titre
de ce morceau : *Les Barricades mystérieuses*.

Cette fois encore, le récit de l'apprenti n'avait pas été
mensonger. Cette musique avait, comme nulle autre
pareille, le pouvoir inexplicable d'enchanter, de troubler, de
capturer l'esprit et le cœur. Elle demeura ensuite gravée
dans ma mémoire. Il n'était pas étonnant que l'apprenti en

eût été aussi bouleversé, et qu'il continuât, des années après, à en remâcher le refrain. Le mystère du *secretum vitae* se nichait dans un autre mystère.

Si cela ne suffisait pas à décréter que tout le reste correspondait à la vérité, il m'était désormais impossible de résister à la tentation d'aller jusqu'au bout.

Le lendemain matin, j'achetai un coûteux enregistrement intégral des nombreuses *Pièces de Clavecin* de Couperin. Je l'écoutai pendant des jours et des jours avec la plus grande attention jusqu'à ce qu'une conclusion s'impose clairement à moi : il n'y avait là rien de semblable aux *Barricades mystérieuses*. Je consultai des dictionnaires, je lus des monographies. Les quelques critiques qui s'en étaient occupés s'accordaient sur un point : Couperin n'avait composé aucun autre morceau de ce genre. Les danses des *suites** de Couperin possèdent presque toujours un titre descriptif : *Les Sentiments*, *La Lugubre*, *L'Âme en peine*, *La Voluptueuse* et ainsi de suite. Certains titres, tels que *La Raphaèle*, *L'Angélique*, *La Milordine* ou *La Castelane*, évoquaient des dames de cour fort connues, dont les contemporains s'amusaient à deviner l'identité. En revanche, il n'existait aucune explication pour les *Barricades mystérieuses*. Un musicologue qualifiait le morceau de « vraiment *mystérieux** »

Tout portait donc à croire que ce morceau était l'œuvre d'un autre compositeur. Mais de qui, alors ? Hérissées d'audacieuses dissonances, d'harmonies poignantes et distillées, les *Barricades* n'ont rien à voir avec le style sobre de Couperin. Les quatre voix de la polyphonie se fondent, en un jeu ingénieux d'échos, d'anticipations et de retards, dans le mécanisme délicat d'un arpège. C'est le style *brisé**, que les clavecinistes avaient copié sur les luthiers. Et le luth est le parent le plus proche de la guitare...

Je commençai donc à admettre l'hypothèse selon laquelle *Les Barricades mystérieuses* avaient vraiment été composées par Corbetta, ainsi que le rapportait l'apprenti. Mais pourquoi Couperin les avait-il publiées sous son nom ? Et comment avaient-elles échoué entre ses mains ?

Selon le manuscrit, l'auteur du rondeau n'était autre que l'obscur musicien italien Francesco Corbetta. Cela avait tout l'air d'une invention : pareille association n'a jamais effleuré l'esprit d'un seul musicologue. Il y avait toutefois un précédent éloquent : certains morceaux de Corbetta avaient fait l'objet, de son vivant, de violentes polémiques concernant leur réelle paternité. Corbetta accusa ainsi l'un de ses élèves de lui avoir volé des mélodies et de les avoir publiées sous son nom.

Il me fut facile de vérifier que Corbetta avait vraiment été le maître et l'ami de Devizé. Il est donc vraisemblable qu'ils se fussent échangé des tablatures. A leur époque, la musique imprimée était rare, et les musiciens copiaient personnellement ce qui les intéressait.

Quand Corbetta disparaît en 1681, Robert Devizé (ou De Visée, selon la graphie moderne) jouissait déjà d'une grande réputation en qualité de virtuose et de professeur de guitare, de luth, de théorbe et de grande guitare. Louis XIV lui-même le réclamait presque chaque soir. Devizé était l'hôte des meilleurs salons de cour. Il y jouait en duo avec d'autres musiciens acclamés et – coïncidence ! – avec le claveciniste François Couperin.

Devizé et Couperin se connaissaient donc et s'exhibaient ensemble ; ils s'échangeaient vraisemblablement compliments, avis, conseils, et peut-être quelques confidences. Nous savons que Devizé se plaisait à interpréter à la guitare les morceaux de Couperin (certaines transcriptions sont parvenues jusqu'à nous). Il n'est pas improbable que Couperin ait à son tour joué sur son clavecin les *suites** pour la guitare de son ami. Inévitablement, cahiers et partitions passaient des mains de l'un à celles de l'autre. Il est possible qu'un soir, pendant que Devizé se laissait distraire par les minauderies des courtisanes, Couperin ait soustrait aux papiers de son ami ce beau *rondeau* au titre étrange en songeant : je le lui rendrai la prochaine fois.

Poussé par cette musique céleste et par le mystère qui se formait sous mes yeux, je dévorai une nouvelle fois le récit de mes amis, notant scrupuleusement sur un carnet les passages et les circonstances à vérifier. C'était la seule manière, je le savais, de chasser à jamais de mon cœur les ombres du soupçon : cette étrange histoire était-elle une habile invention qui diffusait le faux en manipulant le vrai ?

Le fruit des trois années de recherches qui s'ensuivirent est entièrement exposé dans les pages que vous vous apprêtez à lire. Au cas où vous souhaiteriez en faire usage, je vous signale que je conserve des photocopies des documents et des livres mentionnés.

Une énigme me torturait plus que les autres, car elle risquait de transformer en catastrophe la canonisation du Bienheureux Innocent Odescalchi. C'était le grand secret de Dulcibeni, l'origine de tous ses malheurs et le véritable motif de toutes ses intrigues : Innocent XI fut-il vraiment complice de Guillaume d'Orange ?

Hélas, l'apprenti n'aborde cette question que dans les pages finales, quand se résout l'énigme de Dulcibeni. Et mes deux amis n'avaient pas cru bon, non plus, d'enrichir leur histoire de notes la concernant. Par quel mystère, m'interrogeai-je avec une immense déception, deux journalistes aussi curieux s'en étaient-ils gardé ? Peut-être, supposai-je plein d'espoir, parce qu'ils n'avaient rien trouvé contre le grand Odescalchi.

Il était toutefois de mon devoir d'enquêter et, en mettant mes résultats noir sur blanc, de chasser ombres et calomnies de l'image du bienheureux. Je relis donc les révélations que Pompeo Dulcibeni livre à l'apprenti à la fin de l'ouvrage.

Les dettes de Guillaume envers le pape, avait dit le janséniste, étaient garanties par les biens personnels du prince d'Orange. Mais où étaient donc situés ses fiefs ? Je m'aperçus que je n'en avais pas la moindre idée. En Hollande, peut-être ? Je m'emparai d'un atlas. Grande fut ma surprise quand je fus enfin en mesure de localiser Orange :

La principauté d'Orange se trouvait dans le sud de la

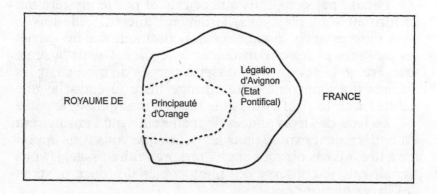

France, au cœur de la légation d'Avignon. Celle-ci n'était autre que l'Etat de l'Eglise : en effet, depuis le Moyen Âge, Avignon appartenait à la papauté. Et la légation d'Avignon était à son tour au cœur de la France ! Etrange situation : la principauté d'Orange était entourée par son ennemi catholique, lequel était encerclé, quant à lui, par un autre ennemi, Louis XIV, grand adversaire d'Innocent XI.

Avignon, donc. C'était là qu'il fallait chercher. Ou mieux, il fallait interroger les papiers qui concernaient Avignon. Je me fis délivrer une autorisation spéciale pour travailler dans les Archives secrètes du Vatican, et j'y demeurai plusieurs semaines. Je savais déjà ce dont j'avais besoin : la correspondance diplomatique et administrative de la bureaucratie vaticane entre Rome et Avignon. Je passai au crible des tas de missives en espérant y distinguer des allusions à Orange, à Guillaume, à des prêts d'argent. Pendant des jours et des jours, je fus bredouille. Je m'apprêtais à jeter l'éponge quand je trouvai dans un paquet de lettres dénuées d'intérêt trois petits fascicules de quatre pages éparses. Ils remontaient à la fin 1689, quelques mois après la mort d'Innocent XI. Le nouveau pape, Alexandre VIII Ottoboni, venait juste d'accéder au Saint-Siège. La lecture de ces papiers ne paraissait, hélas, accessible qu'à des initiés :

22 76 18 11 97 46 98 64 48 36
71 37 81 18 73 67 14 38 69
2610 48 46 31 22 14 76
39 0 71 48 76 98 13 48 76
39 37 71 44 22 41 67 14
0 22 34 13 83 78 89 5
77 44 0 64 0 39 93 14 11
48 97 84 34 48 11 76 0
2499 0 55 0 71 11 37 18 16
34 73 93 39 0 29 22 76 18
22 97 97 37 98 38 2575
5 36 14 34 0 76 13 84 18
79 69 2347 94 18 22 19
19 14 78 2316 97 48 94
36 34 37 14 18 71 71 73
18 22 97 46 39 37 46
88 48 71 19 34 37 76 16 37
19 0 98 46 18 13 13 48 39
93 0 34 94 20 97 14 77 76

37 14 38 69 2610 555
48 2336 0 55 64 0 16
37 71 73 39 0 16 44 48 16
39 14 19 14 18 81 0 34 31
22 18 16 73 34 48 79 71...

Et ainsi de suite, sur douze pages, pour un total de vingt-quatre colonnes identiques à celle que j'ai reproduite ici. C'était une lettre chiffrée, et je désespérai à prime abord d'être en mesure d'y comprendre quelque chose.

Heureusement, le code utilisé dans cette missive était celui-là même que le secrétariat d'Etat du Vatican utilisait à cette époque. Je comparai ainsi ce message à des lettres déjà déchiffrées et j'établis une première transcription provisoire :

UNSUJETTRESFIDELEDUSAINTSIEGEETDEBONTALENTGENTILHOM-
MEDEAVIGNON,MATRANSMISUNELETTRE,QUELUIAVAITECRITEUNSUJET-
DUPRINCEDEORANGES...

Deux jours de travail furent nécessaires pour obtenir une version correcte et lisible de ce texte. Il me fut, en outre, impossible de déchiffrer certains termes, qui, heureusement, n'étaient pas essentiels à la compréhension de la lettre. C'était une missive de monseigneur Cenci, vice-légat du pape en Avignon, qui écrivait à Rome pour rapporter une étrange négociation :

Un sujet très fidèle du Saint-Siège et de bon talent, gentilhomme d'Avignon, m'a transmis une lettre que lui avait écrite un sujet du prince d'Orange, en vertu de laquelle on suppose le grand désir des sujets de cette principauté de s'assujettir à la domination du Saint-Siège...

S'il me parle d'une telle affaire, j'écouterai et rapporterai tout ce qu'il me dira, et je n'accepterai ni éloignerai le 2657. Il semble qu'on ne puisse douter du consentement des Orange...

Mon ministère m'a contraint de communiquer ce que je sais de cette fort importante affaire. Le feuillet ci-joint renferme une copie de la lettre énoncée plus haut, laquelle a été écrite à monsieur Salvador, auditeur de la Rote d'Avignon, par monsieur Beaucastel, gentilhomme de Courteson...

Voilà ce qui s'était passé : monsieur de Beaucastel, gentilhomme de la petite ville de Courthézon, sujet du prince d'Orange, avait contacté en premier lieu un prêtre d'Avignon, l'auditeur de la Rote Paolo de Salvador, et en second lieu le vice-légat Cenci. Beaucastel avait une proposition pour le moins surprenante : la principauté d'Orange voulait s'offrir à la papauté. J'étais abasourdi : par quel mystère les sujets de Guillaume d'Orange, qui étaient pour la plupart protestants, souhaitaient-ils se donner à la papauté ? Et comment pouvaient-ils être si sûrs que Guillaume le permettrait ?

En fouillant davantage la correspondance que Rome et Avignon entretenaient, je retrouvai les lettres que Censi et le secrétariat d'Etat du Vatican avaient échangées, et notamment la missive initiale de Beaucastel à de Salvador. Les quelques textes codés étaient tous accompagnés de leur version décryptée. Je remarquai toutefois, non sans surprise, que seule la première lettre, celle que j'avais traduite, la plus importante de toutes, en était dépourvue. On aurait dit qu'on en avait éliminé l'original, en raison de l'extrême gravité de son contenu... De plus, la lettre n'était pas à sa place, bien loin de la liasse qui renfermait les autres missives.

Malgré les difficultés de cette entreprise, je parvins enfin à reconstruire une histoire extraordinaire, sur laquelle aucun historien n'avait jamais levé le voile.

Les raisons pour lesquelles les Orangistes voulaient se ranger sous la bannière des papes étaient aussi simples que bouleversantes : Guillaume d'Orange avait accumulé une montagne de dettes à l'égard d'Innocent XI. Et les sujets d'Orange, qui avaient déjà dû verser beaucoup d'argent à la papauté, avaient imaginé résoudre leurs problèmes en offrant directement leur annexion à l'Etat de l'Eglise : « Dans notre royaume, écrit monseigneur Cenci, il est de croyance fort commune que le prince d'Oranges doit au pontificat précédent de grosses sommes, en paiement desquelles il croit pouvoir offrir la possession d'un Etat dont on peut faire un misérable capital. »

Cette raison même divisait les sujets des Orange : « Nous avons déjà versé par le passé trop d'argent à l'Eglise ! » protestait monsieur de Saint Clément, ancien trésorier de la principauté.

Quoi qu'il en soit, la proposition de Beaucastel est

sèchement refusée à Rome. Le secrétaire d'Etat, le cardinal Rubini, et le neveu du nouveau pape, le cardinal Ottoboni, ordonnèrent à Cenci de repousser cette offre embarrassante. Cela n'est en rien surprenant : le nouveau pape ignorait totalement l'existence de ces dettes. En outre, il était impossible, écrivit Cenci au cardinal Rubini, que le glorieux pape Odescalchi eût prêté de l'argent à un prince hérétique...

J'étais consterné. Les lettres que j'avais dénichées dans les Archives secrètes du Vatican confirmaient ce que Dulcibeni avait révélé à l'apprenti : Guillaume avait été débiteur d'Innocent XI. Et ce n'était pas tout : en cas de non-paiement, les biens personnels du prince d'Orange auraient été saisis. En réalité, les dettes avaient atteint une telle somme que les sujets de Guillaume avaient songé eux-mêmes à s'offrir spontanément au pape !

⁂

Je ne pouvais toutefois me contenter de ce résultat. Il fallait que je trouve une confirmation aux affirmations des sujets d'Orange. Et pour cela, que je m'éclaircisse les idées au sujet de Guillaume : où prenait-il l'argent qui lui était nécessaire pour mener ses entreprises guerrières ? Et qui avait financé l'invasion de l'Angleterre ?

Les ouvrages consacrés à la *glorious revolution*, ainsi qu'on appelle aujourd'hui le coup d'Etat par lequel le prince d'Orange s'empara du trône d'Angleterre, répètent invariablement le même refrain : Guillaume est bon, Guillaume est fort, Guillaume est si idéaliste, si désintéressé qu'il ne veut même pas accéder au trône !

A en juger par les déclarations des historiens, le preux Guillaume semblait vivre d'air pur et d'eau fraîche ; mais qui lui avait versé, dès son jeune âge, l'argent nécessaire à combattre et vaincre les armées de Louis XIV ? Qui avait payé indirectement les vivres, les mercenaires (qui constituaient la plus grosse partie des armées, à l'époque), les canons et des généraux dignes de ce nom ?

En effet, tous les souverains européens empêtrés dans les guerres étaient tourmentés par la recherche de financements. Mais le prince d'Orange disposait d'un avantage : s'il y avait une ville où l'argent circulait, et en grande quantité, au XVIIᵉ siècle, c'était bien Amsterdam. Ce n'était pas pour rien, au reste, que les banques des usuriers juifs y prospéraient. La capitale des Provinces Unies de Hollande était la place financière la plus riche d'Europe, comme Cloridia, d'abord, et d'autres personnages, ensuite, le racontent à l'apprenti du *Damoiseau*.

Je consultai de solides textes d'histoire économique et découvris qu'à l'époque de Guillaume d'Orange la plupart des affairistes d'Amsterdam étaient italiens. La ville pullulait de noms tels que Tensini, Verrazzano, Balbi, Quingetti, ainsi que Burlamacchi et Calandrini, déjà présents à Anvers (tous ces noms sont mentionnés dans le récit de l'apprenti par le biais de Cloridia et de Cristofano). Ces Génois, Florentins, et Vénitiens étaient commerçants et banquiers, mais aussi, pour certains, agents des principautés et des républiques italiennes. Les plus entreprenants avaient réussi à entrer dans le cercle restreint de l'aristocratie d'Amsterdam. D'autres s'étaient bien intégrés dans le commerce lucratif, mais dangereux, des esclaves : c'est le cas de Francesco Feroni.

Les Bolonais Bartolotti constituaient toutefois l'exemple le plus intéressant : d'abord humbles brasseurs, puis commerçants et enfin richissimes financiers, ils s'étaient mêlés à une famille hollandaise au point de perdre tout leur sang italien. Eh bien, en l'espace de quelques décennies, les protestants Bartolotti étaient devenus si riches qu'ils finançaient la maison d'Orange, prêtant de grosses sommes d'abord au grand-père de Giuglielmo, puis au prince lui-même. Ces prêts étaient garantis par des hypothèques sur des terrains en Hollande et en Allemagne.

De l'argent contre des terres. Selon le récit de Dulcibeni, les Odescalchi avaient établi un pacte semblable avec la maison d'Orange. Une coïncidence intéressante.

Pour l'heure, j'en savais assez au sujet des marchands italiens et des financiers de la maison d'Orange. Il fallait maintenant en venir aux Odescalchi. Et interroger leurs papiers.

Je travaillai des mois durant – combien ? je ne m'en souviens même plus – dans les archives du palais Odescalchi et dans l'Archivio di Stato de Rome, avec la seule aide d'un jeune collaborateur. Torturés par le froid et la poussière, nous examinâmes pendant des journées entières une grande quantité de documents. Nous passâmes au crible tous les papiers d'Innocent à la recherche de ce qui pouvait nous mener à Guillaume d'Orange : lettres, contrats, rescrits, mémoires, journaux, grands livres. Inutilement.

Il s'était écoulé un certain temps depuis le début de mes recherches, et j'avais la sensation de m'être enlisé. Je commençai à caresser l'idée de renoncer. Et puis j'eus une idée : qu'avait dit Dulcibeni ? L'argent destiné aux Hollandais partait de Venise. Et il y avait à Venise une filiale de l'entreprise familiale des Odescalchi. C'était là qu'il fallait que je cherche pour m'ouvrir une voie.

Le testament de Carlo Odescalchi, frère aîné d'Innocent, m'apprit que les biens familiaux étaient toujours restés *communi et indivisi* entre eux deux. Bref, ce qui appartenait à l'un appartenait aussi à l'autre. Voilà pourquoi on aurait pu croire que le pape était pauvre en se fondant sur ses seuls papiers. C'est donc en calculant les richesses de son frère que j'aurais été en mesure de savoir ce qu'il possédait vraiment.

Carlo Odescalchi était le nœud de l'activité économique de la famille : il administrait les biens considérables des Odescalchi en Lombardie ; en outre, il dirigeait depuis Milan la filiale de Venise, où opéraient deux procurateurs. Je me mis donc à la recherche des deux livres d'inventaire de ses biens, que Carlo mentionnait dans son testament. Ils résoudraient peut-être le problème : s'ils étaient accompagnés d'une liste de débiteurs, Guillaume d'Orange y figurerait. Mais, curieusement, aucune trace de l'inventaire.

Je jetai alors un coup d'œil aux grands livres privés de Carlo, et finis par trouver. Les lourds volumes reliés en cuir que le frère du bienheureux Innocent avait gardés jusqu'à sa mort, et qui étaient à présent conservés à l'Archivio di Stato de Rome, révélaient des transactions et des trafics colossaux : des millions et des millions d'écus. Une petite partie des opérations concernait les transactions commerciales, l'encaissement des gabelles, les fermages. Venait ensuite ce qui m'intéressait le plus : des centaines d'opérations financières, presque essentiellement effectuées de Venise par les deux procurateurs, Cernezzi et Rezzonico, à qui étaient versées des commissions relatives à ces affaires. Je sentis mon cœur battre violemment quand je constatai que la plupart de ces opérations étaient destinées à la Hollande.

Il ne me fut pas difficile d'approfondir la question. De 1660 à 1671, Carlo Odescalchi avait ordonné des versements de diverses devises en Hollande pour un total de 153 000 écus : une somme qui correspondait presque au déficit annuel de l'Etat ecclésiastique (173 000 écus) au moment où Benedetto est élu pape.

En l'espace d'environ neuf ans, de 1660 à 1669, les Odescalchi envoient 22 000 écus au financier Jan Deutz, fondateur et propriétaire d'une des plus grosses banques hollandaises. La famille Deutz constituait littéralement un bout de Hollande, en raison des immenses richesses qu'elle avait amassées, mais aussi des charges de gouvernement que ses membres occupèrent à tous les niveaux, ainsi que les liens de parenté et les alliances matrimoniales qu'ils avaient noués avec les membres les plus importants de la classe dominante hollandaise. Le Grand Pensionnaire Jan de Witt, précepteur et mentor du jeune Guillaume III était le beau-frère de Jan Deutz. Jan Deutz junior, fils et associé du banquier, avait été membre du conseil municipal d'Amsterdam de 1692 à 1719 ; des descendantes des Deutz avaient épousé des bourgmestres, des généraux, des marchands et des banquiers hollandais.

Ce n'était que le début. De juin à décembre 1669, les Odescalchi expédient 6 000 écus supplémentaires à une compagnie dont l'un des associés, Guglielmo Bartolotti, était un financier de Guillaume d'Orange. C'était la preuve décisive : les Odescalchi adressaient de l'argent aux Bartolotti, et ceux-ci le prêtaient à Guillaume. L'argent passait donc des caisses du futur pape à celles de la maison d'Orange.

Plus je frappais, plus les portes s'ouvraient. De novembre 1660 à octobre 1665, les procurateurs vénitiens des Odescalchi avaient envoyé 22 000 écus à un certain Jean Neufville. Et Neufville n'était certes pas en marge de l'entourage de Guillaume : sa fille Barbara épousa Hiob de Wildt, secrétaire de l'amirauté d'Amsterdam, puis amiral général par le bon vouloir de Guillaume d'Orange en personne. Au reste, les de Wildt étaient liés depuis toujours à la maison d'Orange : le grand-père de Hiob, Gillis de Wildt, avait été nommé membre du conseil de ville de Haarlem par le prince Maurice d'Orange. Hiob de Wildt recueillit, en revanche, les financements destinés à l'invasion de l'Angleterre en 1688 et, après l'accession de Guillaume au trône anglais, le représenta personnellement en Hollande.

Enfin, en octobre 1665, les procurateurs des Odescalchi adressent une petite somme à la compagnie de Daniel et Jan Baptista Hochepied, le premier étant membre du conseil d'Amsterdam et directeur du commerce avec le Levant : le poumon commercial et financier de la Hollande hérétique et protestante.

C'était donc vrai. Dulcibeni n'avait rien inventé : les Hollandais que les Odescalchi finançaient secrètement étaient ceux-là mêmes que le janséniste avait mentionnés dans sa confession à l'apprenti. Un détail important correspondait aussi : pour éviter de laisser des traces, les deux prête-noms vénitiens des Odescalchi, Cernezzi et Rezzonico, envoyaient l'argent aux amis de la maison d'Orange. Carlo Odescalchi notait parfois dans ses grands livres que telle ou telle opération devait être effectuée au nom de Cernezzi et Rezzonico, mais l'argent lui appartenait. Et donc, il appartenait aussi à son frère.

Enfin, je trouvai également les financements au négrier Francesco Feroni : 24 000 écus en dix ans, de 1661 à 1671. Je me demande ce que ces prêts ont rapporté ; ces profits expliquaient sans doute la condescendance dont les Odescalchi faisaient preuve envers les exigences de Feroni au sujet de la fille de Dulcibeni.

Il y a plus. Les Odescalchi avaient prêté de l'argent aux génois Grillo et Lomellini, titulaires de l'adjudication royale d'Espagne pour la traite des esclaves, amis à leur tour des financiers de Feroni.

J'ai comptabilisé les milliers d'écus que les Odescalchi envoyèrent chaque année en Hollande, et j'en ai tiré la courbe suivante :

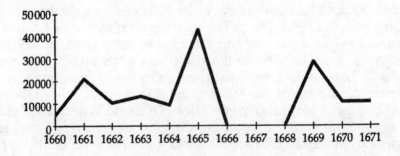

Cet argent servait certainement à financer les guerres. Les dates le confirment : en 1665, par exemple, alors qu'on enregistre un pic de 43 964 écus dans les versements, la Hollande entre en guerre contre l'Angleterre.

Mon travail aurait été facilité si j'avais pu confronter les grands livres de Carlo Odescalchi avec sa correspondance commerciale. Or les lettres de 1650 à 1680, qui renfermaient sans nul doute les noms des débiteurs hollandais, sont curieusement introuvables : elles ne sont ni à l'Archivio di Stato de Rome, ni aux archives du palais Odescalchi, les deux seuls lieux où il est possible de consulter les papiers de la famille.

Mais ce n'est pas la première fois qu'une étrange disparition intervient dans cette histoire. Louis XIV salariait à Rome un espion de haut rang, le cardinal Alderano Cybo, étroit collaborateur d'Innocent XI. Cybo avait transmis aux Français une information fort précieuse : le secrétaire d'Etat du Vatican Lorenzo Casoni entretenait des relations secrètes avec le prince d'Orange.

Quoi qu'il en soit, à la fin du XVIIIe siècle, les volumes de la correspondance des Casoni, conservés au Vatican, sont subtilisés par des mains inconnues.

⁂

Ainsi, le manuscrit de mes vieux amis s'est révélé véridique jusque dans ses détails les plus tristes et les plus embarrassants. Il est impossible, avais-je pensé au début, qu'Innocent XI et sa famille aient disposé de Cloridia comme d'un objet leur appartenant, au point de la céder à Feroni à l'instar de vulgaires négriers !

Après avoir consulté des essais bien documentés, j'ai dû me raviser. La famille Odescalchi, comme bien d'autres familles patriciennes, avait tout normalement des esclaves. Livio Odescalchi, neveu du pontife, était par exemple le maître d'Ali, un garçon de quinze ans originaire de Smyrne. Et le bienheureux Innocent XI possédait Selim, un petit Maure de neuf ans. Mais ce n'était pas tout.

En 1887, l'éminent archiviste Giuseppe Bertolotti publia dans une revue spécialisée, la *Rivista di disciplina carceraria* (Revue de discipline pénitentiaire), une étude approfondie sur l'esclavage dans l'Etat de l'Eglise. Il en ressortait un portrait surprenant du bienheureux Innocent, qu'il n'est certes pas possible de trouver dans ses biographies.

Tous les papes, jusqu'à l'âge baroque et au-delà, eurent recours à des esclaves achetés ou capturés à la guerre, qu'ils utilisèrent sur les galères pontificales ou à des buts privés. Mais les obligations qu'Innocent XI signa lui-même en matière d'esclaves étaient de loin les plus cruelles, observe Bertolotti, dégoûté par les « contrats de négrier pour de la chair humaine » que le pontife souscrivit personnellement.

Au terme de longues années d'efforts inhumains, les forçats, désormais inaptes au travail, réclamaient leur liberté. Le pape Odescalchi la leur accordait en échange du pauvre pécule que les malheureux avaient humblement accumulé année après année. Ainsi, Salem Ali d'Alexandrie, atteint d'une maladie aux yeux et déclaré inapte au travail par le médecin, est contraint de verser 2 000 écus dans les caisses du pape pour se libérer des chaînes des galères pontificales. Ali Mustapha de Constantinople, acheté pour 50 écus par les galères de Malte, souffrant d'une « indisposition de douleurs et de sciatique », et incapable de s'acquitter de son service, paiera 300 écus au trésor public du Vatican. Mahmut Abdi de Toccado, âgé de soixante ans, dont vingt-deux passés en esclavage, se voit obligé d'offrir 100 écus. Ibrahim Amur de Constantinople achète sa liberté pour 200 écus. Mahmut Amurat de la mer Noire, âgé de soixante-cinq ans et en mauvaise santé, ne peut verser que 80 écus.

Ceux qui n'avaient pas d'argent devaient attendre que la mort résolve le problème. Entre-temps, ils étaient enfermés dans des cachots où leurs pauvres corps détruits par les efforts, les privations, d'horribles ulcérations, de vieilles plaies, étaient confiés aux médecins.

Bouleversé par cette découverte, j'ai cherché les documents que Bertolotti avait étudiés et qu'il déclarait « facilement consultables ». Rien à faire : ils avaient disparu, eux aussi.

Ces papiers se trouvaient dans l'Archivio di Stato de Rome, sous le titre *Acta Diversorum* du camerlingue et du trésorier de la Chambre apostolique, de l'année 1678. Les volumes du camerlingue couvrent toutes les années jusqu'en 1677 et reprennent en 1679. Il ne manque que l'année 1678 justement.

En ce qui concerne le trésorier, un seul volume de mélanges regroupe les actes de 1676 à 1683. Mais là encore, aucune trace de l'année 1678.

Belua insatiabilis, bête féroce et insatiable, n'était-ce pas l'expression que la prophétie de Malachie employait à l'égard d'Innocent XI ?

Après avoir passé plusieurs mois à tousser dans la poussière des manuscrits, j'ai examiné un livre imprimé, l'*Epistolario Innocenziano*, cent trente-six lettres que Benedetto Odescalchi écrivit en l'espace de vingt ans à son neveu Antonio Maria Erba, sénateur milanais. Dans son enthousiasme et sa passion, le patient éditeur de cet épistolaire, Pietro Gini, de Comasco, n'a sans doute pas bien évalué ce qu'il donnait en pâture aux presses de l'imprimeur.

Certes, il s'agit de missives privées. Et pourtant, cette correspondance familiale brosse un portrait autoritaire de l'homme et dépeint ses rapports avec l'argent. Actes du cadastre et terrains, héritages, Monts-de-Piété, procès de dommages et intérêts, sommes à exiger, confiscations aux débiteurs. Chaque phrase, chaque ligne, chaque note est envenimée par la pensée obsédante de l'argent. Les lettres privées d'Innocent XI en sont totalement envahies, une place minime étant réservée aux petites disputes familiales et aux nouvelles concernant la santé des membres de la famille.

On trouve aussi de nombreux conseils sur la façon de garder son argent, ou de l'arracher à ses débiteurs. Mieux vaut ne pas avoir affaire aux tribunaux, observe le pape dans une lettre de septembre 1680, mais si l'on veut récupérer son argent, il faut être les premiers à intenter le procès : on a toujours le temps pour les compromis.

La fougue du pape semble toutefois susciter la perplexité de ses intimes. Une note manuscrite de son neveu Livio, en 1676 : il convient d'engager « un ministre pour correspondre au sujet des affaires de l'entreprise, car si le pape s'obstine à tout régler lui-même, sa santé ne résistera pas ».

L'obsession de l'argent le consume jusqu'à la chair.

❧

Cher Alessio, à présent je sais donc. Jour après jour, les mémoires de l'apprenti du *Damoiseau* sont devenus réalité, sous mes propres yeux. Les secrets que Pompeo Dulcibeni révèle au jeune garçon, et qui étaient le mobile de sa tentative d'assassinat contre Innocent XI, sont tous vrais.

Le bienheureux Innocent fut complice des hérétiques protestants aux dépens des catholiques ; il laissa Guillaume d'Orange envahir l'Angleterre dans le seul but de se faire rembourser l'argent qu'il lui avait prêté.

Le pape Odescalchi finança également le trafic d'esclaves, il en posséda personnellement et traita avec une cruauté sanguinaire les vieillards et les moribonds.

Ce fut un homme mesquin et avare, incapable de s'élever au-dessus des préoccupations matérielles, obsédé par la pensée du lucre et de l'argent.

La figure et l'œuvre d'Innocent XI furent donc célébrées et distinguées injustement par le biais d'argumentations fausses, déformées ou partielles. On occulta les preuves : l'inventaire du testament de Carlo Odescalchi, les lettres et les reçus commerciaux des Archives Odescalchi de 1650 à 1680, la correspondance du secrétaire d'Etat Casoni, les obligations concernant les esclaves citées par Bertolotti, ainsi que d'autres papiers dont je signale la disparition, pour le moins inexplicable, dans l'appendice.

Le mensonge finit par triompher, et le financier des hérétiques fut proclamé sauveur de la chrétienté. Le commerçant avide se transforma en un sage administrateur, le politicien têtu en un homme d'Etat cohérent ; la vengeance se déguisa en fierté, l'avidité reçut le nom de frugalité, et l'ignorance celui de simplicité, le mal se déguisa en bien, et ce dernier, abandonné de tous, se changea en terre, poussière, fumée, ombre, néant.

Maintenant, je comprends peut-être la dédicace que mes deux amis ont choisie : « Aux vaincus. » Vaincu, Fouquet : Colbert reçut toute la gloire, et lui l'infamie. Vaincu, Pompeo Dulcibeni, qui ne parvint pas à obtenir justice : ses sangsues échouèrent. Vaincu, Atto Melani : le Roi-Soleil l'obligea à tuer son ami Fouquet. Et malgré mille péripéties, il ne réussit pas à soutirer son secret à Dulcibeni. Vaincu, l'apprenti, qui perdit la foi et l'innocence devant la vision du mal : l'aspirant gazetier se réfugia alors dans le simple et dur travail des champs. Vaincus également, ses mémoires qui, malgré le soin et les efforts avec lesquels il les avait rédigés, demeurèrent dans l'oubli pendant des siècles.

Toute l'agitation de ces personnages fut vaine face aux forces malignes de l'injustice qui dominent l'histoire du monde. Leurs efforts ne furent utiles qu'à leurs propres personnes, leur permettant de découvrir et de comprendre ce qu'il ne serait jamais donné de savoir à personne. Ils les conduisirent surtout dans les affres de la souffrance.

S'il s'agit d'un roman, c'est le roman de l'inanité.

J'espère que vous me pardonnerez, cher Alessio, l'épanchement auquel je me suis abandonné dans ces dernières lignes. En ce qui me concerne, j'ai fait tout ce qui a été en mon pouvoir. Les historiens se chargeront un jour d'achever le dépouillement des documents d'archives, et la vérification scrupuleuse des sources, des circonstances, des détails.

Il revient d'abord à Sa Sainteté le pape, et seulement à lui, d'établir si l'œuvre de mes amis doit être publiée, ou non. Les implications d'une diffusion seraient multiples, et pas seulement pour l'Eglise de Rome. En effet, comment les orangistes britanniques pourront-ils continuer de défiler avec leur arrogance et leur insolence coutumières dans les rues de Londres et de Belfast, quand le 12 juillet de chaque année, ils fêtent l'anniversaire de la victoire du Boyne, par laquelle Guillaume d'Orange écrasa définitivement les forces catholiques ? Quelle signification auront encore leurs célébrations d'extrémisme protestant, quand ils apprendront qu'ils les doivent à un pape ?

Si les prédictions antiques ne mentent pas, le Saint-Père prendra la décision la plus juste et la plus inspirée qui soit. Selon la prophétie de Malachie, évoquée par le père Robleda, notre bien-aimé pontife sera le dernier pape, et le plus saint : *De Gloria Olivae*.

Je sais qu'on a depuis longtemps démenti l'authenticité de la liste des papes attribuée à Malachie, déterminant qu'elle avait été confectionnée au XVIᵉ siècle, et non au Moyen Âge. Pourtant, aucun historien n'a réussi à expliquer pourquoi elle prévoit correctement les noms des papes modernes, jusqu'à aujourd'hui.

Cette liste nous dit que nous n'avons plus de temps à notre disposition : *Fides intrepida* (Pie XI), *Pastor angelicus* (Pie XII), *Pastor et nauta* (Jean XXIII), *Flos florum* (Paul VI), *De Medietate Lunae* (Jean-Paul Iᵉʳ), *De labore solis* (Jean-Paul II) et pour terminer *De Gloria Olivae* : les cent onze pontifes ont désormais franchi le seuil sacré. Le Saint-Père est peut-être celui qui préparera le retour de Pierre sur Terre, quand chacun de nous sera jugé et que chaque tort sera réparé.

Cloridia avait dit à l'apprenti qu'elle était venue à Rome en suivant la voie des nombres et l'oracle des Tarots : l'Arcane du Jugement réclamait la « réparation des torts subis » et le « jugement équitable des descendants ». Si la prophétie de Malachie dit la vérité, ces temps sont arrivés.

L'Histoire a été trop souvent blessée, trahie, mutilée. Si l'on n'intervient pas, si l'on ne proclame pas la vérité tout haut, si l'on ne diffuse pas l'écrit de mes deux amis, la disparition des preuves risque de continuer : les lettres de Beaucastel et de monseigneur Cenci pourraient être perdues, rangées par erreur dans un mauvais fascicule, et les grands livres de Carlo Odescalchi disparaître inexplicablement, comme tant d'autres papiers.

Je sais, cher Alessio, combien vous aimez respecter les délais que votre fonction vous impose. C'est la raison pour laquelle j'espère que vous transmettrez avec la plus grande diligence ce dossier au Saint-Père afin qu'il puisse déterminer s'il convient d'ordonner un extrême, et pourtant encore opportun *imprimatur*.

NOTES

Le Damoiseau

L'auberge du *Damoiseau* a réellement existé. J'ai été à même de localiser avec exactitude l'endroit où elle se dressait grâce aux *Stati animarum* (le recensement que les curés de Rome effectuaient chaque année à Pâques) de l'ancienne paroisse de Santa Maria in Posterula, la petite église voisine de l'auberge. Au XIXe siècle, cette église et la petite place à laquelle elle donnait son nom furent sacrifiées à la construction des digues du Tibre, mais les *Stati animarum* ont été conservés et sont consultables à l'Archivio storico de Rome.

La vieille auberge se trouvait là où l'apprenti le dit, dans un petit immeuble du XVIe siècle, au début de la via dell'Orso, aujourd'hui aux numéros 87 et 88. Il a pour entrée principale une belle porte en bossage ; on peut voir, juste à côté, la large porte à voûte oblongue qui, en 1683, menait à la salle à manger de l'auberge, et qui est à présent l'entrée d'une boutique d'antiquités. Le bâtiment fut acheté et restauré il y a plusieurs décennies par une famille qui y habite encore et qui loue des appartements.

En menant une série de recherches au cadastre, j'ai constaté que l'immeuble de la via dell'Orso a subi depuis 1683 plusieurs changements, qui n'en ont pas altéré cependant l'aspect originel. Ainsi, les fenêtres du rez-de-chaussée et du premier étage sont aujourd'hui dépourvues de grilles ; le grenier s'est transformé en troisième étage, dominé par une terrasse. La rangée de fenêtres donnant sur la ruelle au coin de la via dell'Orso a été entièrement murée, mais il est encore possible de la distinguer. La petite tour qui aurait hébergé la courtisane Cloridia a été élargie, au point de constituer un véritable étage surélevé. Pour ce qui est des autres étages, seuls les gros murs ont été conservés, tandis que les cloisons ont été modifiées à plusieurs reprises au fil des siècles. Le réduit dans lequel se dissimulait l'escalier secret conduisant aux souterrains n'a pas survécu, lui non plus : il a été remplacé par une nouvelle colonne d'appartements construite ex novo à une époque plus récente.

Bref, l'auberge est encore là, comme si le temps n'avait jamais passé. Avec un peu d'imagination, on pourrait entendre, sous ces vieilles fenêtres, la voix coléreuse de Pellegrino ou les marmonnements du père Robleda.

Le temps a charitablement épargné d'autres documents, qui se sont révélés décisifs pour mes recherches. Dans le fonds Orsini, de l'Archivio storico capitolino, j'ai retrouvé un précieux registre des pensionnaires du *Damoiseau* jusqu'à l'année 1682. Le volume, protégé par une grossière couverture de parchemin, a été intitulé par une main sûre *Livre dans lequel on a noté tous ceux qui sont venus loger à l'Auberge de Mme Luigia de Grandis Bonetti à l'Orso*. A l'intérieur, une note manuscrite confirme que l'auberge était dite « du Damoiseau ».

Le registre des pensionnaires renferme des coïncidences surprenantes. Dans son récit, l'apprenti racontait, en effet, que la propriétaire du *Damoiseau*, madame Luigia, avait expiré de mort violente après avoir été agressée par deux gitans.

Eh bien, le registre s'interrompt brutalement le 20 octobre 1682. Et il semble que l'aubergiste Luigia Bonetti ait vraiment eu un grave accident autour de cette date : en effet, on perd toute trace d'elle jusqu'au 29 novembre suivant, jour de sa mort (j'ai pu le vérifier dans les actes de décès de la paroisse de Santa Maria in Posterula).

Mais ce n'est pas tout. Grande a été ma surprise quand j'ai lu dans le registre du *Damoiseau* des noms très familiers : Eduardus de Bedford, âgé de vingt-huit ans, anglais ; Angelo Brenozzi, vingt-trois ans, vénitien ; et enfin, Domenico Prìaso, trente ans, napolitain, tous trois hébergés à l'auberge entre 1680 et 1681. Les trois jeunes gens étaient donc des individus en chair et en os, ils avaient vraiment séjourné au *Damoiseau* du temps de madame Luigia, avant l'arrivée de l'apprenti.

J'ai donc cherché les traces de l'apprenti, qui, hélas, ne révèle jamais son nom dans ses mémoires, et de son maître, Pellegrino de Grandis.

Le garçon affirme que Pellegrino l'a engagé au printemps 1683. L'aubergiste, venu de Bologne avec son épouse et ses deux filles, logeait alors non loin du *Damoiseau* « en attendant que le petit immeuble se libère de quelques occupants de passage ».

Eh bien, tout correspond. En dépouillant les *Stati animarum*, j'ai découvert que le petit immeuble du *Damoiseau* hébergeait au cours de ce printemps-là plusieurs familles de locataires. Quelques pages plus loin, apparaissait pour la première fois un certain Pellegrino de Grandis, bolonais, cuisinier, avec son épouse Bona Candiotti et ses deux filles. Ils étaient accompagnés d'un apprenti de vingt ans du nom de Francesco. S'agissait-il de l'employé nain de l'auberge ?

L'année suivante, le petit immeuble du *Damoiseau* abrite d'autres locataires, ce qui prouve que les dommages dont l'apprenti parle à la fin de son récit ont été réparés, mais Pellegrino n'a pas repris son activité d'aubergiste. Il n'y a plus de trace non plus de son apprenti.

Personnages et documents

Le médecin Giovanni Tiracorda fut l'un des plus célèbres archiatres pontificaux, il soigna Innocent XI à plusieurs reprises. Ainsi que j'ai pu le vérifier (encore une fois grâce aux *Stati animarum* de Santa Maria in Posterula), il habitait vraiment dans la via dell'Orso, à côté de l'auberge, avec son épouse Paradisa et trois servantes. Sa figure potelée et joviale, telle que la dépeint l'apprenti, est identique à la caricature qu'en fit Pier Leone Ghezzi, aujourd'hui conservée à la Bibliothèque Vaticane. Les livres, les meubles, les bibelots et le plan de la maison de Tiracorda que décrit l'apprenti correspondent jusque dans les moindres détails à l'inventaire des biens qui accompagne le testament du médecin, que j'ai consulté à l'Archivio storico de Rome.

Le caractère capricieux de son épouse Paradisa semble également véridique. Les quelques papiers de Tiracorda qui ont échappé à la razzia des troupes napoléoniennes étant déposés à l'Archivio del Pio Sodalizio dei Piceni de Rome, j'ai été en mesure de consulter un fascicule de procès légaux attentés contre Paradisa après la mort de son mari. Certaines expertises établissent que la femme n'était plus en possession de toutes ses facultés mentales.

J'ai retrouvé de nombreuses traces du nom Dulcibeni à Fermo, la petite ville des Marches, au cours des deux visites que j'y ai effectuées, mais pas, hélas, d'un Pompeo ayant vécu au XVIIᵉ siècle. En revanche, j'ai obtenu les preuves de l'existence, à Naples, d'un cercle de jansénistes important, probablement celui auquel Dulcibeni avait adhéré.

A l'Archivio mediceo de Florence, j'ai pu vérifier presque toute l'histoire de Feroni et de Huygens : de retour de Hollande, Francesco Feroni voulait organiser en Toscane des noces aristocratiques pour sa fille Caterina. Mais la jeune fille était éperdument amoureuse du bras droit de son père, Antonio Huygens de Cologne, au point qu'elle était victime « de fièvre continue, se transformant ensuite en fièvre tierce ». Et pourtant, Huygens avait continué de travailler pour Feroni, et il avait fini par diriger la filiale de son entreprise à Livourne. Là aussi, les mémoires de l'apprenti n'avaient pas menti.

En ce qui concerne le médecin siennois Cristofano, je n'ai mis la main que sur des renseignements concernant son père homonyme, le très célèbre provéditeur à la santé Cristofano Ceffini, qui exerça effectivement ses activités pendant la peste de Prato de 1630. Il laissa également un *Libro della Sanità* (Livre de la Santé), avec une liste des prescriptions que les officiers de santé devaient observer en cas de peste.

Luigi Rossi, maître d'Atto Melani, vécut à Rome et à Paris, où il fut l'ami et le mentor du jeune Atto. Tous les vers que l'abbé Melani fredonne sont tirés de ses chansons. Le *seigneur** Luigi (c'est ainsi que le nomment les partitions originales éparpillées dans les bibliothèque de l'Europe entière) ne se soucia jamais de faire imprimer ses œuvres pourtant tant acclamées, que les souverains de l'époque allaient jusqu'à se disputer. Ainsi, après avoir été considéré comme le plus grand compositeur d'Europe au cours du XVIe siècle, Luigi Rossi tomba dans l'oubli à l'aube du siècle suivant.

Je n'ai trouvé dans le commerce que deux enregistrements comportant ses chansons d'amour, mais j'ai eu de la chance : ils renfermaient les morceaux que chante Atto, et j'ai ainsi eu tout loisir d'écouter ces captivantes mélodies.

La gazette astrologique de Stilone Priàso, qui trouble tant l'apprenti du *Damoiseau*, a été publiée en décembre 1682 et peut être consultée à la Biblioteca Casanatense de Rome. Grande a été mon inquiétude, je l'avoue, quand j'ai découvert que l'auteur avait vraiment prédit que la bataille de Vienne aurait lieu en septembre 1683. C'est un mystère, destiné à demeurer tel, sans doute.

A la Biblioteca Casanatense, grâce au professionnalisme et à l'extrême courtoisie des bibliothécaires, j'ai été en mesure de mettre la main sur le manuel astrologique dont est tiré l'horoscope du Bélier qu'Ugonio récite à Atto et à l'apprenti au cours de leur navigation dans les canaux souterrains. Ce petit traité fut publié à Lyon en 1625, juste un an avant que ne naisse l'abbé Melani : *Livre D'Arcandam Docteur et Astrologue traictant des predictions d'Astrologie*. Eh bien, dans le cas d'Atto Melani, les prédictions d'Arcandam se sont avérées avec une incroyable précision, y compris la durée de sa vie : quatre-vingt-sept ans.

Atto Melani

Toutes les circonstances de la vie d'Atto Melani contenues dans le récit de l'apprenti sont authentiques. Castrat, diplomate et espion, Atto fut d'abord au service des Médicis, puis de Mazarin et enfin du Roi-Soleil, mais aussi de Fouquet et d'un nombre indéterminé de cardinaux et de familles nobles. Sa carrière de castrat fut longue et glorieuse, et son chant fut vraiment célébré – comme il s'en vante auprès de l'apprenti – par Jean de La Fontaine et Francesco Redi. Mentionné dans les principaux dictionnaires de musique, le nom d'Atto apparaît également dans la correspondance de Mazarin et dans les œuvres de certains mémorialistes français.

Atto est, lui aussi, physiquement et moralement bien décrit par l'apprenti. Pour s'en rendre compte, il suffit de s'attarder devant le monument funèbre que ses héritiers firent ériger en son honneur dans la chapelle Melani de l'église de San Domenico à Pistoia. En levant les yeux, on rencontrera le regard vif de l'abbé et l'on reconnaîtra le pli de dépit de ses lèvres, ainsi que la fossette impertinente qui orne son menton. Dans ses mémoires, le marquis de Grammont qualifie le jeune Atto Melani de « drôle qui ne manquait pas d'intelligence ». Enfin, les multiples lettres d'Atto, éparpillées comme *disiecta membra* dans les archives des principautés de toute l'Italie donnent de bons exemples de sa gaieté et de son ironie, de sa vivacité et de son goût des racontars.

On retrouve dans sa correspondance nombre des enseignements qu'Atto dispensa à l'apprenti, à commencer par ses réflexions savantes (et discutables) selon lesquelles il était absolument légitime qu'un roi chrétien s'allie avec les Turcs.

Le guide des merveilles architectoniques de Rome, que l'abbé Melani rédigeait dans sa chambre du *Damoiseau*, entre deux aventures, n'a, lui non plus, rien d'une invention. En effet ce guide est fort semblable à un manuscrit anonyme en langue française, publié pour la première fois en 1994 par une petite maison d'édition romaine, sous le titre de *Specchio di Roma barocca* (Miroir de la Rome baroque). L'auteur anonyme de ce manuscrit n'était autre qu'un abbé cultivé et riche, grand connaisseur de la politique, disposant d'appuis à la cour du pape, misogyne et philo-français. Le portrait même de l'abbé Melani.

Ce n'est pas tout. L'auteur de ce guide a dû séjourner à Rome entre 1678 et 1681 ; tout comme Atto, qui y rencontre Kircher en 1679.

Comme le guide d'Atto, le *Miroir de la Rome baroque* est demeuré inachevé. L'auteur a abandonné son œuvre alors qu'il décrivait l'église de Sant'Attanasio dei Greci. C'est là aussi qu'Atto Melani interrompt la rédaction de son guide, foudroyé par le souvenir de sa rencontre avec Kircher. S'agit-il seulement d'un hasard ?

Atto connaissait vraiment Jean Buvat, l'écrivain qui – comme on le lit dans le récit de l'apprenti – expédiait à Paris sa correspondance, imitant à la perfection son écriture. Buvat a réellement existé : c'était un copiste de la Bibliothèque royale, fort habile à déchiffrer les parchemins, excellent calligraphe. Il travailla également pour Atto, qui le recommanda – mais en vain – au préfet de la bibliothèque afin que son salaire soit augmenté. (Cf. « Mémoire-journal de Jean Buvat », in *Revue des bibliothèques*, oct.-déc. 1900, pp. 235-236.)

Quoi qu'il en soit, l'histoire a réservé à Buvat un meilleur sort qu'à Atto : alors que l'abbé Melani a été englouti par l'oubli, Buvat occupe un rôle important dans *Le chevalier d'Harmental* d'Alexandre Dumas père.

Atto et Fouquet

J'ai retrouvé une courte biographie d'Atto (Archivio di Stato de Florence, *Fonds Tordi*, n. 350 p. 62), que son neveu, Luigi, rédigea quelques années après sa mort. On y apprend qu'Atto fut l'ami de Fouquet, ainsi qu'on le lit dans les mémoires de l'apprenti. Selon le neveu d'Atto, le surintendant entretint avec l'abbé Melani une correspondance fournie. Mais, à dire la vérité, il n'en reste aucune trace.

Lorsque Fouquet est arrêté, Atto est à Rome. Comme le rappellent les mémoires de l'apprenti, il a échappé à la colère du duc de La Meilleraye, le puissant héritier de Mazarin, qui, ayant surpris le castrat en train de fouiner chez lui, a prié le roi de l'exiler. Cependant, la rumeur selon laquelle il serait impliqué dans le scandale Fouquet se répand à Paris.

De Rome, Atto écrit, à l'automne 1661, à Hugues de Lionne, ministre de Louis XIV.

C'est une lettre empreinte de chagrin, que j'ai dénichée dans les archives du ministère des Affaires étrangères, à Paris (*Correspondance politique*, Rome, 142, pp. 227 et *sq*), dont l'écriture nerveuse, la syntaxe tourmentée et les erreurs trahissent toute son angoisse.

De Rome, le dernier jour d'octobre 1661

Vous me mandez par votre dernière lettre du 9 octobre que mon mal est sans remède et que le Roi est toujours irrité contre moi.

C'est l'arrêt de ma mort que vous m'avez transmis en m'écrivant cela, et vous avez été trop inhumain, sachant mon innocence, de ne m'avoir du moins un peu flatté car vous n'ignorez pas non plus à quel point j'adore le roi, et la passion que j'ai toujours de le bien servir.

Plût à Dieu que je ne l'eusse tant aimé, et que j'eusse été plus attaché à monsieur Fouquet qu'à lui, que du moins je ne me verrais châtié avec justice d'un crime que j'aurais commis et je ne me plaindrais pas de moi-même, que présentement je suis le plus misérable garçon du monde, parce qu'il est impossible que je ne me puisse jamais consoler, car je ne considère pas le roi comme un grand prince, mais comme une personne pour laquelle j'avais le transport d'un amour aussi grand qu'il se peut. Je n'aspirais qu'à le bien servir, et à bien mériter ses bonnes grâces, sans songer aucunement au moindre intérêt et je vous puis dire que je n'aurais été si longtemps en France, même du vivant de feu Monsieur le cardinal [Mazarin], sans l'amour que j'avais pour le roi.

Mon âme n'est pas assez forte pour résister à un malheur si grand. Je n'ose me plaindre, ne sachant à qui imputer une telle disgrâce, et quoiqu'il me semble que le roi me fasse une grande injustice, je ne puis néanmoins murmurer, car il a eu raison d'avoir été surpris que j'aie un commerce de lettres avec monsieur le surintendant.

Il a eu sujet de me croire un perfide et un méchant, voyant que j'envoie au dit monsieur Fouquet les brouillons des lettres que j'écris à Sa Majesté. Il a raison de condamner ma conduite et les termes que je me sers en écrivant à monsieur Fouquet.

Oui, mon pauvre monsieur de Lionne, le roi m'a fait justice en nous déclarant qu'il était mal satisfait de moi, car la main qui a trahi toutes ses lettres mérite d'être coupée, mais mon cœur est innocent, et mon âme n'a commis aucune faute. Ils ont toujours été fidèles au roi, et si le roi veut être juste, il doit condamner l'une et absoudre les autres, puisque ma main a failli par un excès d'amour que mon cœur a eu pour le roi. Elle a failli pour avoir eu trop de passion de retourner auprès de lui. Pour me trouver dans un temps de nécessité, abandonné de tout le monde, et pour avoir cru monsieur le surintendant le meilleur et le plus fidèle ministre du roi, qui lui eut plus des bontés qu'à aucun autre.

Ce sont les quatre motifs qui m'ont fait écrire de la sorte à monsieur Fouquet, et il n'y a pas un seul mot dans toutes mes lettres que je ne puisse justifier, et si le roi veut avoir la bonté de m'accorder cette grâce, qui n'a jamais été refusée à aucun criminel, faites que l'on examine bien toutes les lettres, et que l'on me fasse les interrogations, que j'aille dans une prison devant que j'y réponde pour être châtié, ou pour avoir la grâce si je la mérite.

L'on ne trouvera pas dans mes lettres que j'ai écrites à monsieur Fouquet que dans le temps de ma disgrâce, et cela justifie que je ne l'ai pas connu plus tôt. L'on ne trouvera pas dans ces mémoires qu'il m'a donné aucun argent et que j'ai été au nombre de ses pensionnaires. Je puis bien faire voir par quelques-unes de ses lettres qu'il m'a écrit toutes les vérités, et comme il savait le sujet qui me poussait à lui écrire, soit vérité ou flatterie, il me mandait qu'il me rendait des bons offices auprès du roi, et qu'il voulait avoir le soin de mes intérêts. Et voici une copie de la dernière lettre qui a été la seule que j'ai reçue depuis que je suis à Rome. Si vous souhaitez avoir l'original, mandez-le-moi...

Atto avoue donc : quand il écrivait au roi, il confiait le brouillon de ses lettres au surintendant ! C'étaient les missives d'un agent de France, adressées qui plus est au souverain : un péché mortel !

Atto nie toutefois avoir agi véniellement : il avait contacté Fouquet après être tombé en disgrâce, c'est-à-dire quand la colère du duc de La Meilleraye s'était déchaînée, et il avait besoin d'un endroit où se cacher (comme le raconte Devizé dans les mémoires de l'apprenti).

Pour preuve, Atto joint à sa missive la copie d'une lettre que Fouquet lui a envoyée. C'est un document émouvant : le surintendant écrit au castrat le 27 août 1661, quelques jours avant son arrestation. C'est une de ses dernières lettres d'homme libre.

A Fontainebleau, 27 août 1661

J'ai reçu votre lettre du premier de ce mois avec celle de monsieur le cardinal N. Je vous aurais écrit plus tôt sans une fièvre qui m'a tenu quinze jours au lit et ne me quitte que depuis hier seulement.

Je me dispose à partir après-demain avec le roi pour la Bretagne, et je tâcherai de faire en sorte que les Italiens n'interceptent plus nos lettres, j'en reparlerai à Monsieur de Neaveaux tout aussi tôt que je serai à Nantes.

Ne vous mettez pas en peine de vos intérêts car j'en ai un soin particulier et quoique mon indisposition m'ait ces derniers jours empêché d'entretenir le roi comme j'ai coutume, je n'ai pas laissé de lui témoigner le zèle que vous avez pour son service, et il en est fort satisfait.

Cette lettre vous sera rendue par Monsieur l'abbé de Crécy, et vous pourrez prendre confiance en lui. J'ai lu avec plaisir ce que vous me mandez de la part de monsieur le Cardinal N. et je vous prie de le bien assurer qu'il n'y a rien que je ne voulusse faire pour son service. Je vous prie aussi de faire bien mes compliments à madame N. de ma part. Je l'honore toujours parfaitement et suis tout à fait son serviteur.

L'embarras où l'on est à la veille d'un voyage m'empêche de répondre plus particulièrement à tout le contenu de votre lettre. Envoyez-moi un mémoire de ce qui est dû de votre pension, et soyez assuré que je n'oublierai rien pour vous faire connaître l'estime que je fais de vous, et le désir que j'ai de vous servir.

Si Fouquet s'adressa vraiment en ces termes à Atto (l'original, s'il existait, a été perdu), il n'était pas très malin de se disculper en montrant ces lignes au roi. Ce qui unit le castrat et le surintendant est trop ambigu, et le climat qui les entoure trop chargé de soupçons : lettres interceptées, courriers secrets, un cardinal N. (peut-être Rospigliosi, l'ami d'Atto ?) et une mystérieuse madame N. (peut-être Maria Mancini, nièce de Mazarin, ancienne maîtresse du roi, qui séjournait elle-aussi à Rome au cours de cette période ?).

Mais surtout, le ballet qu'Atto et Fouquet dansent autour du roi est pour le moins suspect. Le premier transmet secrètement sa correspondance avec Louis XIV au second, lequel recommande son ami au souverain. Et puis, la pension que Fouquet promet à Atto d'obtenir pour lui...

En dépit du scandale qui l'emporte, Fouquet ne trahit pas son ami. Quand, au cours du procès, on l'interrogera sur leurs rapports, Fouquet répondra de manière évasive, parvenant ainsi à épargner la prison à Atto : les procès-verbaux de l'audience le confirment pleinement, ainsi que Devizé le rapporte aux pensionnaires du *Damoiseau*.

Les dernières années d'Atto Melani

Au cours des dernières années, le castrat Melani devait sentir le poids de la solitude. C'est peut-être la raison pour laquelle il passa la fin de sa vie dans sa maison de Paris avec ses deux neveux, Leopoldo et Domenico. Il est donc vraisemblable, comme le dit l'apprenti du *Damoiseau* dans son manuscrit, qu'il lui ait offert de l'emmener à Paris, quelques années plus tôt.

Sur son lit de mort, Atto ordonna que tous ses papiers soient emballés et remis à un ami de confiance. Il savait que, pendant son agonie, sa demeure se remplirait de curieux et de profiteurs, avides de ses secrets. Peut-être se revoyait-il fouiller dans le bureau d'un Colbert moins prévoyant, ainsi qu'il le raconte à l'apprenti...

La dédicace du début

Rita et Francesco m'avaient déclaré qu'ils avaient déniché les mémoires de l'apprenti parmi les papiers d'Atto. Comment y ont-ils donc échoué ? Pour le comprendre, il suffit de relire avec attention la mystérieuse dédicace du début, la lettre anonyme, privée d'expéditeur et de destinataire, qui précède le récit de l'apprenti :

> Monsieur,
> En vous adressant ces mémoires que j'ai enfin retrouvés, j'ose espérer que votre Excellence reconnaîtra dans les efforts que j'ai accomplis pour exaucer vos désirs l'excès de passion et d'amour qui a toujours fait mon bonheur, quand j'ai pu le témoigner à votre Excellence...

Dans les dernières pages de son récit, l'apprenti, rongé par les remords, écrit à Atto en lui offrant à nouveau son amitié. Ce faisant, il révèle qu'il a d'abord écrit un journal intime, puis des mémoires détaillés des événements qui se sont produits dans l'auberge.

L'apprenti affirme qu'Atto ne lui a jamais répondu, il craint même pour sa vie. Mais nous savons que le rusé abbé s'en tira et vécut encore de nombreuses années, par conséquent qu'il dut recevoir cette lettre. J'imagine même le premier éclair de plaisir sur son visage face à ces lignes, puis la peur, et enfin la décision : il charge un de ses fidèles agents de se rendre à Rome et de s'emparer des mémoires de l'apprenti avant qu'ils ne tombent dans de mauvaises mains. Ces pages dévoilaient trop de secrets et l'accusaient des crimes les plus horribles.

La dédicace anonyme a donc sans doute été écrite à Atto par son agent, qui venait de remplir sa mission. Voilà pourquoi Rita et Francesco m'apprirent qu'ils avaient trouvé les mémoires de l'apprenti dans les papiers de Melani.

Atto et l'apprenti ne se revirent-ils plus ? Qui sait si, un jour, l'abbé Melani, saisi par la nostalgie, n'a pas ordonné brusquement à son *valet de chambre** de préparer ses malles, car il lui fallait partir immédiatement pour la cour de Rome...

Innocent XI et Guillaume d'Orange
DOCUMENTS

L'histoire à refaire

La libération de Vienne en 1683, les disputes religieuses entre la France et le Saint-Siège, la conquête de l'Angleterre par Guillaume d'Orange en 1688 et la fin du catholicisme anglais, l'isolement politique de Louis XIV face aux autres puissances, l'équilibre politique européen dans la seconde moitié du XVIIᵉ siècle et au cours des décennies suivantes... un chapitre entier de l'histoire de l'Europe devrait être réécrit à la lumière des documents qui révèlent les manœuvres secrètes du pape Odescalchi et de sa famille. Mais il est nécessaire pour cela de soulever un rideau de silence, d'hypocrisie, de mensonges.

Innocent XI finança la victoire de Vienne contre les Turcs avec les fonds du Saint-Siège. C'est un mérite que personne ne peut lui enlever sur le plan historique. Mais, comme le prouvent les grands livres de Carlo Odescalchi, ce que l'apprenti du *Damoiseau* écrit lorsqu'il reprend ses mémoires en 1699 est exact : les Odescalchi prêtaient de l'argent à l'empereur à titre privé, comme de simples banquiers. Ils recevaient en garantie des barils de mercure (ou d'argent vif, ainsi qu'on l'appelait alors), que la famille du pape revendait enfin au banquier protestant Jan Deutz. Soixante-quinze pour cent du produit de cette vente allait aux Odescalchi, et le reste à leurs habituels prête-noms, Cernezzi et Rezzonico, qui, de Venise, s'occupaient discrètement de toute l'opération. Pas de gloire, donc, pour ces affaires de lucre. (Parmi les nombreux exemples, cf. Archivio di Stato de Rome, *Fonds Odescalchi*, XXII A 13, p. 265 ; XXIII A2, pp. 52, 59, 105, 139, 168-169, 220, 234, 242 ; XXVII B6, n. 11 ; XXXIII A1, pp. 194, 331.)

A la mort d'Innocent XI, l'empereur se hâta de manifester sa reconnaissance aux Odescalchi : il tenta d'accorder à Livio, le neveu du pape, des terres en Hongrie à un prix de faveur. L'opération fut toutefois bloquée : la chambre impériale avait jugé trop généreuses les conditions offertes à Livio Odescalchi (R. Guèze, « Livio Odescalchi e il ducato del Sirmio », in *Venezia, Italia e Ungheria fra Arcadia e illuminismo*, éd. B. Kopeczi et P. Sarközy, Budapest, 1982, pp. 45-47). L'empereur vendit alors à Livio le fief de Sirmium, en Hongrie, pour 336 000 florins. Un prix avantageux, là aussi ? Ces terres avaient été péniblement arrachées aux envahisseurs turcs après la victoire de Vienne. La capitale de l'empire avait donc été sauvée grâce à l'argent du Saint-Siège, mais les fruits de la reconquête retombaient dans l'escarcelle des Odescalchi. Pour sceller cet accord, Livio est nommé prince du Saint-Empire romain.

Les contemporains avaient bien remarqué que l'étroite *liaison** de l'empereur et des Odescalchi cachait quelque chose. En 1701, le mémorialiste Francesco Valesio (*Diario di* Roma, II 601) note qu'« en vertu d'une étrange métamorphose », l'ancien aide de chambre de Livio Odescalchi a été nommé « conseiller aulique de l'Empereur avec un large privilège ».

Mais l'argent peut (presque) tout acheter. A la fin de ses mémoires, l'apprenti rapporte qu'après la mort de son oncle Livio Odescalchi acheta pour de très grosses sommes des fiefs, des palais et des villas. Et après la mort du roi Jan Sobieski de Pologne, dont les armées avaient brisé le siège de Vienne, Livio inonda Varsovie d'argent en essayant (mais en vain) d'acquérir le trône de Pologne. (Cf., par exemple, Archivio di Stato de Rome, *Fonds Odescalchi*, App. 38, n.1, 5, 9, 13.)

C'est la seule explication au fait que le pape Odescalchi continua jusqu'à la fin de sa vie à envoyer de l'argent à l'empereur, même lorsque le péril turc n'était plus aussi pressant : il fallait que l'investissement revienne à sa famille. Peu importe s'il devait, pour atteindre ce but, favoriser l'hérétique Guillaume d'Orange.

Une ligne impitoyable, que le pape s'obstine à maintenir y compris dans les instants les plus dramatiques. Ainsi que le rappelle l'historien Charles Gérin (*Revue des questions historiques*, XX, 1876, p. 428), lorsque Louis XIV et Jacques Stuart prient Innocent XI d'interrompre ses financements à Vienne et d'envoyer d'urgence de l'argent aux troupes catholiques des Stuart, engagées en Irlande contre les forces hérétiques de Guillaume d'Orange, le pape leur répond d'une façon qui acquiert, aujourd'hui seulement, sa véritable signification. Il explique qu'il mène à Vienne « une croisade perpétuelle » dans laquelle il a pris, comme ses prédécesseurs, « une part personnelle ». C'est lui qui fournit aux alliés « ses propres galères, ses propres soldats et son propre argent », il défend non seulement l'intégrité de l'Europe chrétienne, mais aussi « ses intérêts particuliers de souverain temporel et de prince italien ».

Les prêts d'Innocent XI à Guillaume d'Orange

Hélas, Atto Melani a raison quand il relate le procès de Fouquet : ce sont les vainqueurs qui font l'histoire. Et jusqu'à présent, c'est l'historiographie officielle qui a vaincu. Personne n'a pu (ou voulu) écrire la vérité au sujet d'Innocent XI.

Des gazettes anonymes que les Français diffusaient dès le lendemain du débarquement protestant en Angleterre (cf. J. Orcibal, *Louis XIV contre Innocent XI*, Paris, 1949, pp. 63-64 et 91-92) furent les premières à parler des prêts qu'Innocent XI accordait à Guillaume d'Orange. En outre, selon les mémoires de madame de Maintenon, le pape aurait envoyé à Guillaume un financement de 200 000 ducats pour son débarquement en Angleterre. Mais c'est une œuvre à l'authenticité douteuse. Les Français avaient répandu ces rumeurs dans le but évident de diffamer le pontife. Elles furent ensuite reprises par les mémorialistes et les libellistes, qui ne fournissaient toutefois aucune preuve de ce qu'ils affirmaient.

Pierre Bayle fut, en revanche, beaucoup plus insidieux : dans son célèbre *Dictionnaire historique et critique*, il rappelle qu'Innocent était issu d'une famille de banquiers et rapporte un commentaire satirique qu'on avait accroché sous la statue de Pasquin, à Rome, le jour où le cardinal Odescalchi accéda au pontificat : *Invenerunt hominem in telonio sedentem*. En d'autres termes, ils ont choisi un pape assis à la table de l'usurier.

Cette fois, il ne s'agissait pas d'un racontar habilement manœuvré. Bayle, grand intellectuel, ne pouvait être taxé de basse partialité philo-française. En outre, il était très proche des faits dont il parlait (son *Dictionnaire* fut publié en 1697).

Aucun historien ne s'employa toutefois à éclaircir l'affaire, à suivre la trace que les gazettes clandestines et Bayle avaient indiquée. La vérité sur les Odescalchi fut ainsi l'affaire d'une poignée d'écrits clandestins, ainsi que du vieux et poussiéreux dictionnaire d'un philosophe hollandais renégat (Bayle abandonna le calvinisme pour le catholicisme avant de faire marche arrière et de finir par repousser tout credo).

Entre-temps, l'hagiographie triompha sans même combattre, et Innocent XI passa à l'histoire. Les faits semblaient incontestables : en 1683, Vienne est libérée grâce à celui qui a mobilisé les princes catholiques et envoyé les subsides de la Chambre apostolique en Autriche et en Pologne. Innocent XI est le pape héroïque et ascète qui a mis fin au népotisme, a assaini les comptes de l'Eglise, a interdit aux femmes de se montrer en public les manches courtes, a arrêté la folie malsaine des carnavals, et a fermé les théâtres de Rome, lieux de perdition...

Sa mort suscite un déluge de lettres de toute l'Europe : toutes les maisons régnantes réclament son élévation au rang de bienheureux. Grâce au zèle de son neveu Livio, notamment, le procès de béatification débute dès 1714. On entend les témoins encore en vie, on verse des documents au dossier, on reconstruit son existence depuis l'enfance.

Mais l'on se heurte immédiatement, ou presque, à des obstacles qui ralentissent le cours de l'instruction. Il est possible que les vieux *pamphlets** français et le *Dictionnaire* de Bayle soient alors signalés : des écrits méchants, des racontars sans preuve, qu'il est peut-être impossible de démontrer, mais qui doivent être pesés, même si l'on a affaire à une vie aussi chaste, aussi vertueuse et héroïque que celle de Benedetto Odescalchi. On soupçonne aussi une opposition de la part de la France, qui voit d'un mauvais œil l'élévation d'un de ses vieux ennemis acharnés. Déjà appesanti par les innombrables et impeccables actes de l'instruction, le procès de béatification marque le pas ; le torrent impétueux devient boueux, et tout semble s'enliser.

Plusieurs décennies s'écoulent. Il faut attendre 1771 pour qu'on recommence à parler d'Innocent XI. C'est à cette date que l'historien anglais John Dalrymple publie ses *Memoirs of Great Britain and Ireland*. L'on entrevoit sans doute ce qui retarde la béatification. Pour comprendre la thèse de Dalrymple, il convient cependant de faire un pas en arrière et d'élargir son champ de vision au panorama politique de l'Europe à la veille du débarquement de Guillaume d'Orange en Angleterre.

Au cours des derniers mois de 1688, un grave foyer de tension politique s'était allumé en Allemagne. Le pays attendait depuis plusieurs mois la nomination du nouvel archevêque de Cologne, charge à laquelle la France voulait à tout prix imposer le cardinal Fürstenberg. Si cette manœuvre avait réussi, Louis XIV aurait eu à sa disposition une tête de pont très précieuse en Europe centrale, et conquis ainsi une prédominance militaire et stratégique que les autres princes n'entendaient pas accepter. Innocent XI lui-même avait refusé son consentement, juridiquement indispensable à la nomination de Fürstenberg. Au cours de la même période, l'Europe entière assistait avec inquiétude aux manœuvres militaires des troupes de Guillaume d'Orange. Quelles étaient donc les intentions de Guillaume ? S'apprêtait-il à intervenir contre les Français pour résoudre par les armes le problème de l'archevêché de Cologne et déclencher ainsi un terrible conflit dans toute l'Europe ? Ou, ainsi que le soupçonnaient certains, comptait-il envahir l'Angleterre ?

Voici donc la thèse de Dalrymple. Guillaume d'Orange fit croire au pape qu'il entendait engager ses troupes contre les Français. Innocent XI, qui brûlait comme d'habitude de mettre les bâtons dans les roues de Louis XIV, tomba dans le piège et prêta à Guillaume l'argent nécessaire à entretenir son armée. Or, le prince d'Orange traversa la Manche, et regagna à jamais l'Angleterre à la religion protestante.

L'hérésie aurait ainsi triomphé grâce à l'argent de l'Eglise. Bien que trompé, le pape avait armé un prince protestant contre un prince catholique.

Cette hypothèse avait déjà circulé dans certaines gazettes anonymes publiées du temps d'Innocent XI et de Louis XIV. Mais cette fois, Dalrymple dégainait deux preuves décisives : deux longues lettres détaillées du cardinal d'Estrées, ambassadeur extraordinaire de Louis XIV à Rome, adressées au souverain français et à Louvois, ministre de la guerre du Roi-Soleil.

D'après ces deux missives, les collaborateurs les plus étroits d'Innocent XI connaissaient avec une large avance les véritables intentions de Guillaume d'Orange : la conquête de l'Angleterre. Dès la fin 1687 – un an avant l'invasion de l'Angleterre par le prince protestant –, le secrétaire d'Etat du Vatican, Lorenzo Casoni, aurait été en contact avec un bourgmestre hollandais, secrètement envoyé pas Guillaume d'Orange. Parmi les serviteurs de Casoni se cachait toutefois un traître, grâce auquel les missives que Casoni expédiait à l'empereur Léopold Ier furent interceptées. Ces lettres révélaient que le pape mettait de grosses sommes à la disposition du prince d'Orange et de l'empereur Léopold Ier, afin qu'ils soient en mesure de combattre les Français dans le conflit que la question de l'archevêché de Cologne allait faire éclater. Les lettres de Casoni à Léopold dévoilaient clairement les véritables intentions de Guillaume : non pas un conflit en Europe centrale contre les Français, mais l'invasion de l'Angleterre, dont les ministres d'Innocent XI étaient, par conséquent, parfaitement au courant.

Les lettres d'Estrées portaient un coup fatal au procès de béatification. En admettant qu'Innocent XI ne connût pas le véritable projet de Guillaume, à savoir la destruction du catholicisme en Angleterre, il demeurait qu'il l'avait financé à des fins guerrières, et, qui plus est, contre le Roi Très-Chrétien.

Une foule d'historiens reprirent les lettres de Dalrymple, au cours des années suivantes, portant ainsi atteinte à la mémoire de Benedetto Odescalchi. En outre, des doutes s'étaient élevés sur des questions exclusivement doctrinales, qui compliquaient ultérieurement le cours de la béatification : l'élévation aux autels d'Innocent XI semblait irrémédiablement compromise.

Il était nécessaire qu'un laps de temps proportionnel à la gravité de ces circonstances s'écoule avant qu'on ait à nouveau le courage et la lucidité indispensables pour affronter à nouveau la question. En 1876, pas avant, un article magistral de l'historien Charles Gérin fait accomplir à l'histoire un virage à cent quatre-vingts degrés. Dans la *Revue des questions historiques*, Gérin démontre avec rigueur et une grande richesse d'arguments que les lettres d'Estrées publiées par Dalrymple ne sont autre que de grossiers faux, attribués encore une fois à la propagande française. Inexactitudes, erreurs, invraisemblances et surtout anachronismes criants les dépouillent de toute crédibilité.

Comme si cela ne suffisait pas, Gérin prouve que les originaux des lettres qui, au dire de Dalrymple étaient conservés par le ministère des Affaires étrangères à Paris, sont introuvables. Dalrymple, observe Gérin, avait, au reste, candidement avoué qu'il n'avait jamais vu les originaux, et qu'il s'était fié à une copie qu'une de ses relations lui avait remise. Bien que limité aux cercles des historiens, le contrecoup de l'article de Gérin est très important. Des dizaines d'auteurs (y compris le tant célébré Leopold von Ranke, doyen des historiens du pape) avaient allègrement puisé dans les *Memoirs* de Dalrymple sans se soucier d'en vérifier les sources.

La conclusion est inévitable. Une fois établie, la fausseté des lettres implique, selon une symétrie aveugle, la fausseté des événements qu'elles rapportent, et tout ce qui va dans le sens contraire est qualifié de vrai. Si les accusations proviennent de faux papiers, alors l'accusé se change aussitôt en innocent.

La question, désormais ancienne, des relations d'Innocent XI et de Guillaume d'Orange, que l'on croyait définitivement résolue par Gérin, a été réexaminée, et de manière inattendue, par l'historien allemand Gustav Roloff au début de la Première Guerre mondiale. Dans un article publié en 1914 dans *Preussische Jahrbücher*, Roloff expose de nouveaux documents concernant Innocent et le prince d'Orange. Le rapport d'un diplomate du Brandebourg, Johann von Görtz, nous apprend ainsi qu'en juillet 1688, soit quelques mois avant le débarquement de Guillaume d'Orange sur les côtes d'Angleterre, Louis XIV avait secrètement demandé à l'empereur Léopold Ier d'Autriche (catholique, mais allié traditionnel des Hollandais) de ne pas intervenir au cas où la France envahirait la Hollande. Mais Léopold savait déjà que le prince d'Orange comptait envahir l'Angleterre, et il avait donc dû affronter un dramatique dilemme : appuyer la France catholique (et cependant détestée dans toute l'Europe) ou la Hollande hérétique ?

Selon le rapport de Götz, Innocent XI se serait chargé de dissiper les doutes de l'empereur. Le pape aurait, en effet, communiqué à Léopold qu'il n'approuvait en rien les actions et les desseins de Louis XIV, car ils « ne découlaient pas d'une juste passion pour la religion catholique, mais de l'intention de jeter à la mer l'Europe entière et, par conséquent, l'Angleterre aussi ».

Débarrassé du fardeau des doutes religieux, Léopold n'hésita pas à nouer des pactes de soutien et d'alliance avec Guillaume, favorisant ainsi l'invasion de l'Angleterre par un prince hérétique. L'avis décisif d'Innocent XI serait arrivé à Vienne juste après le coup de main du prince d'Orange, de l'imminence duquel le pape avait sans doute été informé par son représentant à Londres, le nonce D'Adda. Certes, note Roloff, on n'a pas encore retrouvé de lettre d'Innocent XI exposant l'opinion de Léopold, mais il est facile de supposer qu'il s'agissait plutôt d'une communication orale discrète et rapide, effectuée par l'intermédiaire du nonce du Vatican à Vienne.

Quoi qu'il en soit, le même Roloff ne se satisfait pas de sa propre explication. Il y avait certainement quelque chose d'autre en jeu, dit l'historien allemand : « Si Innocent avait été un pape de la Renaissance, on aurait pu facilement expliquer son comportement par son opposition politique à la France. Mais un tel motif n'est plus suffisant à l'époque qui a suivi les grandes guerres de religion. » Les manœuvres du pape étaient donc, ou plutôt *devaient* obéir à d'autres raisons, dont on ne devine pour l'instant que la présence oppressante.

La partie n'est pas close. En 1926, un autre historien allemand, Eberhard von Danckelman repart à l'attaque, dans l'intention déclarée de mener et de remporter la bataille décisive. Avec un article paru dans la revue *Quellen und Forschungen aus italienischen Archiven und Bibliotheken*, Danckelman aborde de front la thèse de Roloff. Non seulement Innocent XI ne savait rien de l'expédition du prince d'Orange, affirme Danckelman en mentionnant une série de lettres des représentants diplomatiques du Vatican, mais il suivait avec angoisse l'évolution de la situation en Angleterre.

Vient alors ce qui nous tient le plus à cœur. En sortant à découvert presque nonchalamment, Danckelmann ajoute qu'on avait murmuré, par le passé, que le prince d'Orange avait de grosses dettes envers le pape. Des dettes à cause desquelles il aurait songé à renoncer à sa principauté d'Orange en faveur d'Innocent. Les sommes, précise Danckelman, lui auraient justement été prêtées pour l'expédition en Angleterre.

En cinq lignes, Danckelman dépose aux pieds du lecteur une véritable bombe. C'est vrai, Saint-Simon avait, lui aussi, bâti cette hypothèse venimeuse (que Voltaire avait ensuite qualifiée d'invraisemblable) dans ses *Mémoires*. Cependant, aucun historien moderne, sérieux et documenté n'avait jamais pris en considération l'idée scandaleuse selon laquelle le bienheureux Innocent XI avait prêté de l'argent au prince d'Orange pour renverser la religion catholique en Angleterre.

En effet, Roloff s'était contenté de conclure que le pape savait que le prince d'Orange s'apprêtait à envahir l'Angleterre, et qu'il n'avait rien fait pour l'en empêcher. Mais il n'avait en aucune façon prétendu que Guillaume avait été financé par Innocent XI. Danckelman avait, en revanche, décidé de donner un nom au « quelque chose » qui, selon l'intuition de Roloff, avait déterminé les manœuvres du pape et l'avait amené à soutenir secrètement Guillaume : l'argent.

L'hypothèse selon laquelle Innocent aurait financé l'entreprise de Guillaume, explique Danckelman, s'appuie naturellement sur un présupposé : le pape était au courant du débarquement imminent du prince d'Orange, ainsi que Roloff pensait l'avoir prouvé. Une fois monté sur le trône d'Angleterre, Guillaume aurait pu facilement honorer ses dettes avec le pape, et le rembourser tôt ou tard, intérêts compris, comme s'il avait affaire à un usurier quelconque.

Or Danckelman jure que le pape n'était pas au courant de cette affaire. Il n'attendait rien de Guillaume car il n'imaginait pas qu'un débarquement aurait lieu en Angleterre. C'est ce que prouvent, prétend Danckelman, les lettres qu'échangèrent, dans l'imminence du débarquement de Guillaume, le secrétaire d'Etat et cardinal Alderano Cybo, le nonce de Vienne, le cardinal Francesco Buonvisi et le nonce à Londres, Ferdinando D'Adda. Ces missives laissent entendre que le pape était très alarmé par les manœuvres militaires du prince d'Orange, elles ne renferment aucune allusion à des complicités secrètes entre le Saint-Siège et Guillaume. Le pape, donc, ne sait rien.

En admettant même qu'Innocent XI ait fait parvenir des financements à Guillaume, renchérit Danckelman, cet argent aurait obligatoirement emprunté le canal de la nonciature de Londres. Mais les versements de Rome à la nonciature de Londres, que l'historien allemand a scrupuleusement passés au crible, ne révèlent pas la moindre trace de financements à Guillaume. Les documents examinés, conclut Danckelman avec satisfaction, « éclairent pleinement la question ». La thèse de Roloff est démolie, et quiconque a osé affirmer que le pape avait prêté de l'argent à Orange, *quod era demonstrandum*, balayé.

La béatification du pape Odescalchi a finalement lieu en 1956, sans doute avec la complicité – selon certains – de la guerre froide : les Turcs deviennent le symbole de l'empire soviétique, et le pape vivant se pose en continuateur du héros de trois siècles plus tôt. Innocent XI a sauvé l'Occident chrétien de la marée turque, Pie XII le protège contre les erreurs du communisme.

La vérité a dû patienter trop longtemps. Une fois la version officielle cristallisée, les historiens la respectèrent avec un zèle à nul autre pareil. Sans doute troublés par des questions à la fois trop anciennes et trop nouvelles, ils n'accordèrent qu'un regard indifférent aux relations mystérieuses qui lient à jamais Guillaume III d'Orange, le prince qui ramena l'Angleterre dans le giron de la religion anglicane, au plus grand pape du XVIIe siècle.

En revanche, on voyait se multiplier des monographies, des essais et des mémoires de maîtrise sur la dépilation au Moyen Age, la vie quotidienne des sourds-muets sous l'*Ancien Régime** ou la conception du monde auprès des meuniers de la Galice inférieure. Mais personne n'a jamais daigné résoudre cette grande interrogation de l'histoire, lire avec honnêteté les papiers des Odescalchi et de Beaucastel, se couvrir de poussière dans les archives.

Le pape mercenaire

Et pourtant, il en est ainsi : personne n'a jamais essayé de raconter la vérité sur le compte d'Innocent XI. A la Bibliothèque Nationale Vittorio Emmanuele de Rome, j'ai consulté un curieux petit ouvrage, écrit en 1742, le *De suppositiis militaribus stipendibus Benedicti Odescalchi* du comte Giuseppe Della Torre Rezzonico. Rezzonico s'emploie à démentir une rumeur qui s'était déjà répandue après la mort d'Innocent XI, à savoir que, dans sa jeunesse, le bienheureux s'était battu en Hollande en qualité de mercenaire sous les armes espagnoles, ce qui lui avait valu une grave blessure au bras droit. Rezzonico prétend que le jeune Benedetto Odescalchi avait certes été soldat, mais dans les milices communales de Côme, et non mercenaire.

Dommage que l'auteur soit un parent du Rezzonico qui, à Venise, servait de prête-nom aux Odescalchi ; dommage aussi que les mêmes Rezzonico soient apparentés à la famille d'Innocent XI. On aurait préféré un historien plus détaché, pour démentir les erreurs militaires du bienheureux. Cependant certaines données nous amènent à regretter un examen plus attentif. Selon Pierre Bayle, le jeune Benedetto Odescalchi fut blessé au bras droit alors qu'il exerçait l'activité de mercenaire en Espagne. Curieusement, ainsi que le rapportent les bulletins médicaux officiels, le pontife souffrit jusqu'à sa mort de fortes douleurs à ce membre.

Mais abstraction faite du mérite, on est frappé par l'oubli dans lequel on a également laissé cet aspect obscur de la vie du pape Odescalchi. J'ai trouvé à l'intérieur de l'ouvrage de Rezzonico un petit talon de la bibliothèque avec lequel le lecteur précédent avait demandé à le consulter. La signature : « Baron v. Danckelman, 16 avril 1925. » Plus personne, après lui, n'a feuilleté ces pages.

Vrai et faux

Atto Melani dit la vérité lorsqu'il instruit l'apprenti : les faux ne mentent pas toujours. Ainsi, examinées à une lumière adéquate, les fausses lettres d'Estrées que Dalrymple a publiées, rentrent dans cette étrange catégorie de documents : elles sont apocryphes, mais elles disent la vérité. Ce n'est pas un hasard si une autre lettre, publiée par Gérin (cette fois authentique), du cardinal d'Estrées à Louis XIV, du 16 novembre 1688, confirme les contacts entre le comte Casoni et Guillaume d'Orange.

> Le cardinal Cybo [...] a su que, par le moyen d'un religieux qui vint de Hollande l'année passée avec des lettres de quelques missionnaires de ce pays-là, à qui l'on faisait espérer que les Etats [c'est-à-dire les Provinces Unies de Hollande] accorderaient la liberté de conscience pour les catholiques, il [Casoni] avait lié une espèce d'intelligence avec un homme dépendant du prince d'Orange et qui lui faisait espérer cette liberté ; que cet homme entretenait ce missionnaire dans la pensée que le prince d'Orange avait un grand respect pour le pape et ferait beaucoup de choses à sa considération ; que dans les derniers temps ce commerce s'était réchauffé et qu'assurément le prince d'Orange avait fait savoir qu'il n'avait que de bons desseins.

Les circonstances que d'Estrées rapporte sont crédibles ne serait-ce que parce que la source de cette nouvelle, le cardinal Cybo, était un espion salarié par Louis XIV. (Orcibal, *ibidem*, p. 73, n. 337) En effet, le souverain français répondait avec colère à d'Estrées, le 9 décembre suivant :

Le pape ne pourrait pas donner une plus grande marque de disposition à rétablir une bonne intelligence avec moi qu'en éloignant pour toujours Casoni de sa personne et de ses conseils, et la correspondance criminelle qu'il a entretenue avec le prince d'Orange.

Les mémoires de madame de Maintenon, qui parlent de prêts d'Innocent XI à Guillaume d'Orange, sont eux aussi apocryphes. Mais ne disent-ils pas la vérité ?

La mission Chamlais

Ainsi qu'on l'a vu, la partie opposant le prince d'Orange, Louis XIV et Innocent XI se résolut à l'automne 1688 : Guillaume tient l'Europe en haleine, sans qu'on comprenne s'il attaquera les Français sur le Rhin pour la question de l'archevêché de Cologne, ou s'il envahira l'Angleterre. Le pape se comporte en spectateur et feint d'ignorer ce qui se passera. Et Louis XIV ?

Le Roi-Soleil, qui n'était certes pas un partisan de la paix à tout prix, s'était toutefois longuement employé à ne pas précipiter les événements. Au cours des mois précédents, il avait dépêché à Rome un envoyé spécial, monsieur de Chamlais (Cf. *Recueil des instructions données aux ambassadeurs...* éd. G. Hanotaux, Paris, 1888, XVII 7), afin qu'il rencontre le pape en grand secret. Cette mission était si secrète que les représentants officiels de la France à Rome n'en avaient même pas été informés. La tâche de Chamlais était fort délicate : obtenir une audience personnelle du pape et lui présenter une ambassade de la part du Roi Très-Chrétien, son ennemi implacable. Il est facile d'imaginer le thème central de la communication : trouver une entente sur le problème de l'archevêché de Cologne, désamorcer la bombe à retardement de Guillaume d'Orange et conjurer le danger d'un conflit dans toute l'Europe.

Au Vatican, Chamlais est reçu par Casoni, à qui il annonce qu'il doit s'entretenir personnellement avec le pape, et seulement avec lui, pour le compte du roi de France. Casoni le renvoie les mains vides : il n'est que le secrétaire des chiffres, lui explique-t-il, et il vaudrait mieux que, pour une affaire aussi délicate, l'envoyé du roi en réfère au cardinal Cybo, premier ministre du pape. Chamlais accepte, à condition que personne ne soit mis au courant de son rendez-vous avec Cybo.

Chamlais montre à Cybo la lettre que Louis XIV lui a confiée pour le pape. On lui dit de revenir deux jours plus tard pour la réponse. L'envoyé se représente donc pour la énième fois ; mais Cybo lui apprend que le pape ne peut pas le recevoir : il n'a qu'à tout lui exposer, comme s'il avait affaire au pontife en personne...

Innocent XI sait très bien que les ordres de Louis XIV interdisent à Chamlais de s'adresser à un autre interlocuteur que lui. De surcroît, plusieurs jours se sont écoulés entre les divers renvois.

Exténué et blessé, l'envoyé secret se voit contraint de regagner la France sans avoir été en mesure d'établir un accord avec Innocent XI. Louis XIV est fou de rage. Les différends qui opposent Paris et Rome pour la question de l'archevêché de Cologne ne sont pas résolus, la tension demeure élevée en Allemagne, et les troupes du prince d'Orange gardent donc un excellent prétexte pour rester sur le pied de guerre. Pour attaquer ensuite... Londres.

En refusant de recevoir Chamlais, le pape a tout loisir de feindre qu'il ignore le danger qui menace les catholiques anglais. Mais après le débarquement du prince d'Orange, il se trahira par une phrase révélatrice, que rappelle Leopold von Ranke (*Englische Geschichte*, Leipzig, 1870, III, 201) : *Salus ex inimicis nostris*, le salut vient de l'ennemi.

La révolution de 1688

Tout cela ne s'épuise pas dans une pure discussion académique. Pour apprécier la portée de la *glorious revolution*, et donc du comportement d'Innocent XI, laissons une nouvelle fois la parole à Roloff :

> La révolution par laquelle Guillaume d'Orange renversa le catholique Jacques, en 1688, a marqué tout autant que la grande révolution européenne, celle de la France en 1789, le passage d'une époque à l'autre. L'avènement du prince d'Orange signifia pour l'Angleterre non seulement l'établissement définitif de la foi évangélique, mais aussi l'établissement du pouvoir du Parlement et l'ouverture de la route qui conduirait au royaume des Hanovre, encore sur le trône. La victoire du Parlement sur la monarchie de Jacques II permit aux partis qui s'étaient partagé le gouvernement dans l'histoire anglaise [les *tories* et les *whigs*] de s'affirmer. Le pouvoir politique passa durablement dans les mains des aristocraties de naissance et d'argent, qui représentaient l'intérêt mercantile en général.

> En outre (ce qui aurait dû importer plus que tout à un pape), après la victoire d'Orange, les lois qui excluaient les catholiques de la vie publique furent durcies ; sous le règne de Jacques II, 300 000 Anglais s'étaient déclarés catholiques. En 1780, ils étaient à peine 70 000.

Les dettes de Guillaume

Les comptes du prince d'Orange, voilà ce qu'il aurait convenu d'étudier dès le début. Or, les biographies consacrées à Guillaume d'Orange laissent planer le mystère sur ce chapitre pourtant fondamental : qui finança les armées qu'il commandait pour défendre la

Hollande ? S'il n'y a pas de réponse, c'est uniquement parce que la question n'a jamais été posée avec assez de fermeté. Et pourtant, les chercheurs auraient pu se montrer plus curieux.

D'après l'évêque anglican Gilbert Burnet, contemporain et ami de Guillaume, le prince d'Orange, « vint au monde dans des conditions très défavorables [...]. Ses affaires privées étaient dans de très mauvaises conditions : son patrimoine avait été amputé de deux gros fiefs, allés à sa mère et à sa grand-mère, sans compter les dettes importantes que son père avait contractées pour secourir la couronne d'Angleterre ». (*Bishop Burnet's History of his own time*, Londres, 1857, p. 212.)

Burnet avait pris une part active dans la préparation de la révolution de 1688, il avait été l'un des rares à connaître le projet du débarquement en Angleterre, et il avait épaulé Guillaume dans les moments les plus délicats de son « coup d'Etat », y compris dans la marche finale de la côte jusqu'à Londres. Il n'y aurait donc rien de surprenant à ce qu'il ait tu d'autres faits, plus gênants pour la couronne et pour la foi anglicane.

L'historien allemand Wolfgang Windelband rapporte une lettre de Guillaume à son ami Waldeck, rédigée peu après son ascension sur le trône anglais : « Si vous saviez l'existence que je mène, vous auriez certainement pitié de moi. Il ne me reste qu'une seule consolation, que Dieu sait que ce n'est pas l'ambition qui m'anime » (Cité par Wolfgang Windelband, « Wilhelm von Oranien und das europäische Staatensystem » in *Von staatlichen werden und wesen. Festschrifi Erich Marks zum 60. Geburtstag*, Aalen, 1981).

Ces mots, s'interroge avec surprise Windelband, appartiennent-ils vraiment à un homme qui vient de réaliser le rêve de toute une vie ? Et j'ajouterais, pour ma part : ces mots ne pourraient-ils pas appartenir à un individu aux prises avec des problèmes d'argent pressants et inavouables ?

Les sujets anglais ne considéraient pas leur nouveau roi comme un champion de frugalité. Ainsi que le signale von Ranke (*Englische Geschichte, id.*), en 1689, Guillaume réclama au parlement une rente permanente, à l'instar des souverains Stuart qui l'avaient précédé : « Avoir de l'argent à disposition est nécessaire à notre sécurité. » Le Parlement n'eut pas confiance, il ne lui accorda qu'une rente annuelle, avec une clause expresse « pas plus longtemps ». Guillaume sembla profondément marqué et interpréta ce refus comme une offense personnelle. Mais il n'avait aucun moyen de s'y opposer. C'est à cette période – un hasard ! – que se déroule la négociation secrète entre Beaucastel, Cenci et le secrétariat d'Etat du Vatican.

A y bien réfléchir, toute l'histoire de la maison d'Orange est tissée d'épisodes révélateurs, qui soulignent le rapport douloureux que les princes protestants entretenaient avec l'argent. Selon l'historienne anglaise Mary Caroline Trevelyan, « les ambitions de Guillaume II [le père de Guillaume III] auraient été peu troublées s'il n'avait pas tenté, en qualité de capitaine général de la République hollandaise, d'entretenir une armée plus importante que celle qu'il était en mesure de payer ». Pour trouver l'argent nécessaire à la défense, Guillaume II en arriva à la force, emprisonnant en 1650 cinq des principaux députés des Etats de Hollande et en marchant à l'assaut d'Amsterdam. (G.J. Renier, *William of Orange*, Londres, 1932, pp. 16-17.)

En 1657, toujours selon Mary Caroline Trevelyan, la mère de Guillaume III avait donné en gage ses propres bijoux à Amsterdam afin de pouvoir satisfaire les désirs de ses frères. Elle mourut en janvier 1661 en Angleterre. Au mois de mai suivant, la grand-mère de Guillaume, la princesse Amélie de Solms, fit ouvrir une enquête pour réclamer les joyaux. Son secrétaire Rivet écrivit à Huygens, secrétaire de Guillaume, et lui dit que le jeune prince « ne parle que de cette affaire » (Mary Caroline Trevelyan, *William the third and the defence of Holland, 1672-1674*, Londres, 1930, p. 22). Mais pourquoi Guillaume était-il aussi intéressé par ces bijoux, au nombre desquels comptait un diamant de 39 carats monté sur argent ? Avait-il hâte de rembourser ce prêt humiliant ? Ou était-il mû par la valeur vénale des joyaux ?

Au reste, de grandes ressources financières étaient sans nul doute nécessaires aux princes d'Orange pour soutenir leurs entreprises guerrières. Pendant les préparatifs du débarquement en Angleterre, les agents du pape en Hollande connaissaient les nécessités pressantes de Guillaume : à la mi-octobre 1688 (c'est Danckelman qui rapporte ces circonstances), ils signalaient qu'à cause d'un vent violent, dix, voire douze vaisseaux de la flotte de Guillaume n'étaient pas rentrés de leurs manœuvres au large, et que le prince d'Orange était fort angoissé car ce retard lui coûtait 50 000 *livres** par jour.

Lorsqu'il est pressant, le besoin peut pousser un prince aux actes les plus indignes, tels que la fraude et la trahison. Selon l'historien de la numismatique Nicolo Papadopoli (N. Papadopoli, « Imitazione dello zecchino veneziano fatta da Guglielmo Enrico d'Orange (1650-1702)» in *Rivista italiana di Numismatica e scienze affini*, XXIII, fasc. III, Milan, 1910), au XVIIᵉ siècle, l'hôtel de la monnaie de la principauté d'Orange falsifiait avec désinvolture des sequins vénitiens, échappant facilement aux sanctions qui frappaient ce genre de délits. Quand, en 1646, l'imbroglio est découvert, la sérénissime république de Venise était engagée dans la guerre de Candie contre les Turcs, et tirait justement de Hollande armées et milices : les Vénitiens furent donc contraints de subir cet affront en silence. Enfin, les princes d'Orange falsifiaient probablement les ducats hongrois, monnaie courante en Hollande.

Les financiers et le débarquement en Angleterre

Ainsi, Guillaume d'Orange était pauvre, ou plutôt éternellement endetté et en quête d'argent pour ses entreprises guerrières. Il convient donc d'établir qui étaient ses financiers, à commencer par ceux qui lui prêtaient sans se cacher.

L'action politique et militaire de Guillaume d'Orange, y compris l'invasion de l'Angleterre, était soutenue par trois cordées principales : les banquiers juifs, l'amiralat de la ville d'Amsterdam et quelques familles patriciennes.

Les banquiers juifs occupaient une position de premier plan dans la vie financière d'Amsterdam et de toute la Hollande. Parmi eux, le baron Francisco Lopes Suasso, qui servait d'intermédiaire diplomatique entre Madrid, Bruxelles et Amsterdam, et alimentait généreusement Guillaume. Selon les contemporains, il lui avança 2 millions de florins hollandais sans la moindre garantie, commentant ce prêt par la célèbre phrase : « Si la chance vous aide, je sais que vous me les rendrez ; si elle vous fait défaut, j'accepterai de les perdre. » Le prince d'Orange reçut également l'aide financière des *Provéditeurs Généraux* (ainsi qu'il les avait lui-même baptisés) Antonio Alvarez Machado et Jacob Pereira, deux banquiers juifs sépharades. (Cf. D. Swetschinksi, N. Schoenduve, *De familie Lopes Suasso, financiers van Willem III*, Zwolle, 1988.)

L'amiralat d'Amsterdam apporta à Guillaume une contribution importante : selon l'historien Jonathan Israel, il fournit environ soixante pour cent de la flotte de guerre et de l'équipage qui débarqua en Angleterre. Selon des estimations de l'époque, il s'agissait de 1800 hommes qui, dans l'imminence du débarquement, étaient assujettis à des rotations jour et nuit.

Enfin, Guillaume obtint l'aide de plusieurs familles hollandaises, bien qu'au prix de grosses difficultés. Obsédés par le danger d'armer un prince, observe Israel, les patriciens d'Amsterdam firent en sorte que les fonds qu'ils déboursaient pour la flotte ne soient jamais officiellement destinés à l'expédition anglaise, comme si l'expédition militaire ne concernait que Guillaume, et non Amsterdam, ni même les Provinces-Unies dans leur ensemble. Mais la responsabilité incombait à Guillaume, et les dettes étaient à sa charge. Pour réaliser cette mise en scène, on accolait à ces sommes une fausse étiquette, afin qu'elles ne figurent nulle part dans les comptes publics. Une partie des financements, par exemple, fut détournée secrètement des quatre millions de florins que les Provinces Unies hollandaises avaient rassemblés, au cours du mois de juillet qui précéda le débarquement, pour améliorer leur système de fortifications. Tout cela explique pourquoi les biens personnels de Guillaume, et donc la principauté d'Orange, ont été exposés aux créditeurs. D'autre part, Guillaume était destiné à devenir roi d'Angleterre, ce qui devait lui permettre de résoudre tous ses problèmes d'endettement. (J. Israel, « The Amsterdam Stock Exchange and the English Revolution of 1688 » in Tijdschrift voor Geschiedenis, 103 [1990], pp. 412-440.)

Les Bartolotti

Viennent ensuite les financiers occultes : les Odescalchi. Il est possible que la famille du pape n'ait pas financé directement le débarquement de Guillaume en Angleterre, mais elle versait depuis bien longtemps de l'argent à la maison d'Orange par des voies tortueuses et secrètes. Les Odescalchi utilisèrent ainsi le canal des Bartolotti, la famille dont Cloridia parle à l'apprenti au cours de leur premier entretien. Ses membres, originaires de Bologne, diluèrent rapidement leur sang dans celui de la famille van den Heuvel, qui continua à porter leur nom de famille italien pour des raisons d'héritage.

Bien intégrés à l'aristocratie hollandaise, certains Bartolotti-van den Heuvel eurent accès à des charges importantes : ils furent commandants de l'infanterie d'Amsterdam, régents des villes ou pasteurs calvinistes. Les liens qu'ils entretenaient avec la souche dominante furent enfin couronnés par le mariage de Susanna, la fille de Costanza Bartolotti, avec Constantin Huygens, secrétaire de Guillaume III d'Orange. (Johan E. Elias, *De vroedschap van Amsterdam*, Amsterdam, 1963, I, 388-389)

Mais gravir les échelons de la hiérarchie sociale n'était accordé qu'à ceux qui accomplissaient une telle ascension sur le plan de la richesse. En l'espace de quelques décennies, les Bartolotti étaient devenus les banquiers les plus puissants, capables de servir les grands, dont la maison d'Orange. Guglielmo Bartolotti, par exemple, compta parmi les organisateurs d'un prêt de deux millions de florins au taux de quatre pour cent en faveur de Frédéric Henri d'Orange, le grand-père de Guillaume. Et c'est auprès du même Guglielmo Bartolotti que la grand-mère de Guillaume, Amélie de Solms, avait donné en gage ses joyaux de famille.

Le fils de Guglielmo Bartolotti, qui avait pris le nom de son père, prêtait de l'argent contre des intérêts et commerçait avec un associé du nom de Frederick Rihel (ils figurent tous deux parmi les débiteurs dans les grands livres de Carlo Odescalchi, Archivio di Stato de Rome, *Libri mastri*, XXIII, A2, p. 152). Le jeune Bartolotti avait hérité de son père non seulement de l'argent et des biens immobiliers, mais aussi des titres de crédit. Et en décembre 1665, après la mort de sa mère, Guglielmo Bartolotti junior fut créditeur de Guillaume III d'Orange, qui avait alors à peine quinze ans. Le prince d'Orange devait, en effet, 200 000 florins aux Bartolotti, à rembourser selon deux obligations. La première, de 150 000 florins, était garantie par une hypothèque « sur le domaine de la ville de Veere et ses *polders* », c'est-à-dire des terres bonifiées, arrachées à la mer. La seconde, par une hypothèque « sur certains domaines en Allemagne », où la maison d'Orange possédait, en effet, des propriétés. (Elias, *ibid.*, I, 390)

L'afflux d'argent des caisses des Odescalchi vers la Hollande, et donc en direction du prince d'Orange, atteint son niveau maximal en 1665. A l'époque, Guillaume était encore un vert adolescent de quinze ans, que les Etats Généraux de Hollande, toujours rongés par la méfiance envers les souverains héréditaires, ne se décideraient à adopter qu'en avril 1666 avec le titre provisoire et ambigu d'Infant d'Etat. Il est vrai également que pendant les deux années du conflit anglo-hollandais, qui éclate en 1665, tous les échanges commerciaux avec l'Italie (et donc, peut-être, les transactions financières) subirent une sensible hausse. L'augmentation des dépôts des Odescalchi pourrait ainsi être la conséquence d'un processus plus général.

Personne ne niera toutefois que l'argent des frères Odescalchi finit entre les mains de l'aristocratie patricienne calviniste d'Amsterdam, qui soutint ensuite Guillaume et l'expédition en Angleterre. En ce qui concerne les Bartolotti, on remarque même *per tabulas* un flux d'argent qui part des Odescalchi et se conclut avec Guillaume d'Orange. Bref, donner de l'argent aux Bartolotti équivalait à le donner à Guillaume.

Il ne faut pas oublier que les prêts des Odescalchi aux Hollandais continuèrent jusqu'en 1671 : à l'époque Benedetto Odedscalchi, cardinal depuis plusieurs années, était déjà en course pour le trône de Saint-Pierre.

Après 1665, les versements des Odescalchi en direction de la Hollande s'écroulèrent brusquement. La prudence, ou l'ambition, finit peut-être par l'emporter. Que se serait-il passé si l'on avait découvert qu'un cardinal de la Sainte Eglise romaine envoyait de l'argent à un prince hérétique ? A l'évidence, un scandale aux proportions dévastatrices, qui l'aurait emporté. Et Benedetto Odescalchi ne pouvait prendre aucun risque : bientôt, en 1667, il prendrait part, pour la deuxième fois de son existence, au conclave. Cette fois, son nom figurait dans la liste des papables. Si quelqu'un avait eu l'idée de dévoiler ses apports financiers à la Hollande, il n'aurait été élu ni cette année-là, ni jamais.

Feroni, Grillo et Lomellini

La liste des financements secrets des Odescalchi ne s'arrête pas là. En l'espace de dix ans, de 1661 à 1671, la famille du pape adresse à l'esclavagiste Feroni des sommes équivalentes à 24 000 écus. Là non plus, il ne s'agit pas de transactions commerciales : les rares fois où il ordonne le paiement de marchandises, Carlo Odescalchi note soigneusement le genre de biens achetés, les termes de la livraison et tous les détails utiles. Dans le cas de Feroni, comme dans celui des Hollandais, il s'agit de purs et simples dépôts d'argent. De prêts.

Feroni se consacre au commerce négrier de 1662 environ à 1670. La date clef est 1664, quand la couronne espagnole accorde à deux Génois installés à Madrid, Domenico Grillo et Ambrogio Lomellini, l'adjudication pour la déportation d'esclaves noirs dans les possessions espagnoles situées de l'autre côté de l'Océan. Cependant, des turbulences politiques et économiques causent des difficultés financières aux deux médiateurs, qui sont sauvés à deux reprises par l'intervention de Feroni. En effet, le marchand toscan verse pour leur compte et au nom du roi d'Espagne 300 000 florins à l'empereur de Vienne, qui attendait des fonds pour les employer dans la lutte contre les Turcs. Quatre ans plus tard, en 1668, Feroni vole une nouvelle fois au secours de Grillo et Lomellini en avançant à la couronne espagnole 600 000 pesos sur la place d'Anvers (P. Benigni, « Francesco Feroni empolese negoziante in Amsterdam », in *Incontri-Rivista di studi italo-nederlandesi*, I-1985, 3, pp. 98-121). Au cours des mêmes années, comme nous l'avons vu, Feroni recevait l'argent des Odescalchi. Qui, au reste, finançaient directement Grillo et Lomellini : dans un grand livre de l'entreprise Odescalchi, daté de 1669 et conservé à l'Archivio di Stato de Rome, les deux esclavagistes de Madrid figurent au nombre des débiteurs (*Fonds Odescalchi*, XXIII, A1, p. 216 ; cf. aussi XXXII E 3,8).

On objectera que Feroni n'était pas seulement marchand d'esclaves ; il avait commencé dans le commerce de la soie et de l'alcool, et l'argent des Odescalchi pouvait être, théoriquement, employé dans des activités moins cruelles. Mais ce n'est pas le cas de Grillo et Lomellini, qui opéraient exclusivement dans le commerce esclavagiste. Grâce aux sommes versées par les Odescalchi et par Feroni, les deux Génois parvinrent à reprendre le contrôle du commerce d'êtres humains, à l'arracher à l'Angleterre et la Hollande.

Intérêts personnels

Personne n'a jamais tenté de faire toute la lumière sur les rapports d'Innocent XI et de Guillaume d'Orange. Et pourtant, les papiers que j'ai dépouillés étaient facilement accessibles : il suffisait de chercher. Personne ne s'en est jamais soucié, et peut-être non sans raison.

Ceux qui devaient savoir savaient. Ceux qui connaissent l'art de lire entre les lignes avaient compris, en examinant les réfutations de Danckelman et de tous les historiens favorables à Innocent XI, où se trouvait la vérité.

Les historiens qui ont défendu Innocent XI contre les attaques et les soupçons n'étaient pas à l'abri d'influences personnelles. Le comte Della Torre Rezzonico, qui s'insurgea contre l'hypothèse selon laquelle Innocent XI avait exercé l'activité de mercenaire, était apparenté, comme on l'a vu, aux Odescalchi, et descendant du fameux Aurelio Rezzonico qui, de Venise, envoyait les financements à Amsterdam pour le compte des Odescalchi (Cf. G.B. Di Crollalanza, *Dizionario Blasonico*, Bologne, 1886, II 99 ; A.M. Querini, *Tiara e purpura veneta*, Brescia, 1761, p. 319 ; *Dizionario storico portatile di tutte le venete patrizie famiglie*, Venise, 1780, p. 106).

La position de Danckelman mérite, elle aussi, quelques observations. Les barons von Danckelman étaient étroitement liés à la maison d'Orange depuis l'époque de Guillaume III. Au xviie siècle, un célèbre aïeul et homonyme de l'historien, Eberhard von Danckelman, avait été instituteur à la cour du prince électeur Frédéric de Brandebourg, avant de devenir premier ministre. Mais le prince était également un oncle de Guillaume III d'Orange, qu'il avait épaulé à plusieurs reprises dans ses guerres contre la France. C'était encore le prince électeur de Brandebourg qui avait accordé leur titre de noblesse aux Danckelman. Calvinistes pratiquants, ils ne pouvaient certes pas supporter la vérité, à savoir que Guillaume d'Orange s'était emparé du trône anglais en partie grâce à l'argent d'un pape, profitant, qui plus est, de la politique étrangère d'Innocent XI, qui était, comme lui, un ennemi acharné de Louis XIV. Il est possible enfin que Danckelman ait été animé par des intérêts économiques : la famille était originaire du comté de Lingen, qui faisait partie du patrimoine de la maison d'Orange ; après la mort de Guillaume, le comté passa à son oncle, le prince électeur de Brandebourg (Cf. *Kürschners deutscher Gelehrter Kalender*, 1926, II 374 ; C. Denina, *La Prusse littéraire sous Frédéric II*, Berlin, 1971 ; A. Rössler, *Biografisches Wörtebuch, ad vocem*).

Comme tous les autres historiens, Danckelman dissimula à ses lecteurs ses liens personnels avec les personnages dont il parlait. Grâce à des réticences et à des artifices, les événements furent présentés avec une partialité consciente et sournoise.

Tout aussi partiaux furent certains acteurs de cette portion d'histoire. Le cardinal Rubini, secrétaire d'Etat d'Alexandre III, qui obligea monsieur Cenci à rejeter la proposition de Beaucastel, avait, lui aussi, des intérêts personnels dans cette affaire. En effet, la famille Rubini avait compté parmi les débiteurs d'Innocent XI dès l'époque du grand-père du cardinal, comme le montrent clairement les grands livres de Carlo Odescalchi. Clore sans tarder l'embarrassante question des prêts que Cenci avait soulevée en Avignon était la chose la plus prudente : Rubini savait très bien que l'argent des Odescalchi avait suivi de multiples directions. (*Fonds Odescalchi*, XXIII A9, p. 179 ; XXII A13, année 1650. Querini, *ibid.*, p. 282 ; G.M. Crescimbeni, *Notizie istoriche degli Arcadi morti*, Rome, 1720, III, 67 ; T. Riccardi, *Storia dei vescovi vicentini*, Vicence, 1786, p. 238).

C'était aussi le cas d'un autre représentant du Vatican, monseigneur Giovanni Antonio Davia, qui, à l'époque du coup de main de Guillaume d'Orange, occupait la fonction stratégique d'internonce apostolique à Bruxelles. Sa famille empruntait de l'argent à celle du pape (les grands livres de Carlo Odescalchi le confirment encore une fois), et, curieusement, monseigneur Dava n'eut pas le flair nécessaire pour comprendre que l'Angleterre allait tomber aux mains des hérétiques (*Fonds Odescalchi*, XXVII B6 ; E. Danckelman, « Zur Frage der Mitwissenschaft Papstes Innozenz XI an der oranischen Expedition », in *Quellen und Forschungen aus italienischen Archiven und Bibliotheken*, XVIII-1926, p. 311-333).

L'envoyé apostolique à Londres, le comte Ferdinando D'Adda,

n'eut pas, lui non plus, de bons réflexes : comme l'ont remarqué les historiens, il fut étrangement incapable de deviner et de rapporter à Rome les intrigues par lesquelles les amis londoniens de Guillaume se préparaient à soutenir le coup d'Etat de l'intérieur (G. Gigli, « Il nunzio pontificio D'Adda e la seconda rivoluzione inglese », in *Nuova rivista storica*, XXIII-1939, pp. 285-352). Le comte D'Adda ne remplit pas bien ses fonctions, ce qui n'empêcha pas Innocent XI (avec qui il était apparenté, en outre) de le promouvoir nonce. Être un mauvais fonctionnaire faisait-il partie de ses devoirs ?

Le problème juif

Comme nous l'avons vu, les historiens ont distingué trois canaux de financements utilisés par le prince d'Orange : l'amiralat d'Amsterdam, les familles nobles hollandaises et les banquiers juifs. L'argent des Odescalchi circulait dans deux d'entre eux. En effet, les prêts de la famille d'Innocent XI avaient échoué entre les mains de l'amiralat d'Amsterdam (en la personne de Jean Neufville, que Guillaume d'Orange avait en personne nommé amiral) et des nombreuses familles de l'aristocratie économique et financière de Hollande : les Deutz, les Hochepied et les Bartolotti, qui figurent dans les grands livres de Carlo Odescalchi.

Bref, deux canaux sur trois étaient alimentés par la famille du bienheureux Innocent. Les Odescalchi n'avaient alors qu'un concurrent en matière d'appuis financiers : les banquiers juifs. Parmi les nombreuses mesures rigoristes qu'Innocent XI introduisit au cours de son pontificat, l'une d'elles – est-ce un hasard ? – a justement trait à la finance. Le bienheureux Innocent interdit aux juifs, sous peine de graves sanctions, d'exercer l'activité bancaire, domaine dans lequel excellait justement la famille Odescalchi. Cette grave mesure, qui marquait la fin d'une longue période de tolérance de la part des papes, fut à l'origine de la décadence économique des juifs romains, qui, jusqu'au début du XIXe siècle, assistèrent impuissants à l'augmentation ininterrompue de leurs dettes et à l'effondrement de leurs gains. A la même époque, Innocent XI créa le Mont-de-piété qui, tout en constituant une initiative méritoire et socialement précieuse, ne cessa de priver les banquiers juifs de ressources et de clients.

Innocent XI promulgua donc l'interdiction d'exercer le prêt à intérêt en 1682. La même année, le banquier juif Antonio Lopes Suasso avait accordé à Guillaume d'Orange un prêt de 200 000 *guilders*. Une coïncidence ?

Comme nous l'avons vu, les Odescalchi finançaient à Madrid le trafic négrier de Grillo et Lomellini. Là encore, les juifs étaient leurs concurrents : l'entreprise de Grillo était également alimentée par les banquiers Lopes Suasso. Un autre caprice du hasard ?

Tous ces éléments ne suffisent peut-être pas à soutenir que l'interdiction d'Innocent XI a été adoptée à des fins personnelles. Plusieurs siècles plus tard, la béatification du pape Pie IX a été accompagnée par de brûlantes polémiques causées par son antisémitisme déclaré. A y bien réfléchir, il ne fut pas le premier adversaire des juifs à obtenir les honneurs des autels : le pape Odescalchi l'avait précédé. Contrairement à Pie IX, Innocent XI possédait toutefois des motifs concrets et bien personnels de haine envers le peuple d'Israël. Enfin, selon un énième caprice de l'histoire, la béatification d'Innocent XI intervint sous le pontificat de Pie XII, autre pape dont l'attitude à l'égard des juifs est, de notoriété publique, fort controversée, puisqu'il a même été accusé d'avoir dissimulé ce qu'il savait de la Shoah.

Les autres financements des Odescalchi en Hollande

Les grands livres de la famille Odescalchi prouvent l'existence non seulement des financements destinés à Guillaume d'Orange, mais aussi d'autres flux d'argent qui méritent un approfondissement. Voici, par exemple, Herik et Franciscus Schilders, à qui l'on verse, de mars 1662 à mai 1671, 10 542 écus. Les Schilders étaient actifs dans le secteur des fournitures militaires : Franciscus avait été commissaire aux provisions alimentaires de l'armée d'Anvers, dans les Pays-Bas espagnols. En revanche, c'était le marchand italien Ottavio Tensini qui ravitaillait en seigle l'armée espagnole. Assureur, loueur de navires, importateur de caviar, de suif et de fourrures de la Russie, et fournisseur de médicaments pour le tsar, Tensini reçoit lui aussi de l'argent des Odescalchi : 11 206 écus de janvier 1665 à novembre 1670. Etaient-ils employés dans les fournitures militaires au prince d'Orange ?

Il serait également opportun d'enquêter sur les 11 000 écus que Cernezzi et Rezzonico expédièrent en l'espace de trois ans à la société commerciale hollandaise de Giovan Battista Bensi et Gabriel Voet. Etant donné que cette entreprise s'occupait du commerce non seulement de peaux et de céréales, mais aussi d'armes, il est légitime de se demander si certaines cargaisons de mousquets (à bandoulière en peau de phoque, peut-être, comme ceux que vendait le marchand italien) n'ont pas été achetées avec l'argent des catholiques Odescalchi pour finir entre les mains des soldats protestants.

Il conviendrait également de faire la lumière sur de nombreuses autres opérations financières. Par exemple, sur les versements effectués à partir de 1687 en faveur du cardinal autrichien Kollonitsch : dans les archives « privées » des Odescalchi, on trouve, en effet, des mandats de paiement et des lettres de change au moyen desquels 3600 thalers impériaux sont envoyés à Kollonitsch (*Fonds Odescalchi*, XXVII, G3). Le cardinal, défenseur acharné de Vienne pendant le siège de 1683, fut aussi un des acteurs de la reconquête de la Hongrie. C'est en Hongrie qu'était également situé le duché de Sirmium, que l'empereur vendit par la suite à Livio Odescalchi : peut-être parce que les Odescalchi étaient ses créditeurs ? Il faut ajouter qu'en 1692, Livio Odescalchi prête à l'empereur 180 000 florins pour la guerre contre les Turcs à un taux d'intérêt de six pour cent, avec la garantie d'une hypothèque sur les octrois impériaux de la province de Bolzano. Il serait outrageant pour la foi catholique de découvrir, comme c'est sans doute le cas, que les terres de Hongrie furent reconquises avec le sang des soldats chrétiens pour être ensuite vendues aux financiers de l'empire : les Odescalchi.

Le livre de Carlo Odescalchi révèle de nombreux versements d'argent en faveur de marchands italiens en Hollande et à Londres, qui pourraient intéresser les amants de l'histoire : Ottavio Tensini (beau-père de Feroni), Paolo Parenzi, Gabriel Voet, Giuseppe Bandinucci, Pietr'Andrea et Ascanio Martini, Giuseppe Marucelli, Giovanni Verrazana, Stefano Annoni, Giovan Battista Cattaneo et Giacomo Bostica.

Il demeure encore à éclaircir les rapports que les Odescalchi entretenaient avec les affairistes hollandais et flamands Geremia Hagens, Isach Flamingh, Tomaso Verbecq ou Peter Vandeput. Ils sont tous destinataires de sommes dont le total se monte à 14 000 écus, et dont Carlo Odescalchi n'a en nulle part signalé le motif (Cf., par exemple, *Fonds Odescalchi*, XIII, A2, pp. 1, 84, 97-122, 134, 146, 159, 179, 192, 220, 244, 254, 263, 300). Il serait bon de mener une enquête approfondie dans les archives notariales d'Amsterdam, de Londres et de Venise, à la recherche des actes constitutifs de sociétés commerciales, des contrats et des lettres de change.

Le jeu de l'empereur

Dans les vertigineux circuits d'argent qui influencèrent secrètement la politique européenne de 1660 à 1700, il convient d'attribuer une place de premier ordre à l'empereur Léopold Ier d'Autriche. Léopold savait parfaitement que de l'argent circulait entre les prête-noms vénitiens des Odescalchi et les financiers hérétiques hollandais. Il suffit, pour s'en convaincre, de jeter un coup d'œil à des documents connus depuis longtemps (Hans von Zwiedineck, *Das gräflich Lamberg'sche Familienarchiv zu Shloss Feistritz bei Ilz*, Graz, 1897). Alors que, de Venise, Aurelio et Carlo Rezzonico accordaient des prêts à Léopold par le biais de la chambre impériale de Graz et revendaient aux Hollandais les barils de mercure donnés en gage par l'empereur, ce dernier offrait, en janvier 1666, le titre de baron aux deux prête-noms des Odescalchi « pour une conclusion plus rapide de l'affaire ».

En réalité, il ne devait pas y avoir de grandes difficultés, puisque l'inspecteur en chef des mines autrichiennes de mercure, c'est-à-dire l'intermédiaire financier du côté impérial de l'opération, le baron Abbondio Inzaghi, était un concitoyen des Odescalchi : il était issu, comme le bienheureux Innocent, d'une vieille famille de Côme. Le médiateur, à Vienne, entre les Inzaghi et les Rezzonico, n'était autre que le baron Andrea Giovannelli, cousin de Carlo et Benedetto Odescalchi, qui avait reçu, lui aussi, son titre de noblesse de Léopold.

En 1672, l'année du furieux conflit entre la France et la Hollande, le comte Karl Gottfried von Breuner, fiduciaire de Léopold dans les affaires économiques et militaires, propose de nommer Inzaghi agent pour les « échanges commerciaux projetés avec les Hollandais ». Quant à l'empereur, il rappelle à Breuner qu'il doit 260 000 florins à un certain Deutz : le banquier hollandais hérétique auquel les Odescalchi revendaient le mercure.

Le notaire de Côme qui rédigeait les contrats entre Rezzonico, Cernezzi et Inzaghi était un certain Francesco Peverelli (Sur Peverelli, cf., par exemple, *Fonds Odescalchi*, XXXIII, A1, p. 78 ; Archivio di Palazzo Odescalchi, ID6, pp. 70, 89, 352, 383). Mais la famille Peverelli était également composée de sujets de Léopold, qui reçurent de l'empereur argent et terrains.

Ce n'est pas tout. La restitution des prêts accordés à Léopold était garantie non seulement par les barils de mercure, mais aussi par les entrées des octrois de douane de l'empire. Après la mort de Carlo et Benedetto Odescalchi, Léopold continuera de se financer en offrant les octrois en garantie. Mais il le fera – comme par hasard – avec Livio Odescalchi, le neveu du bienheureux Innocent, qui lui prêtera des sommes considérables pour ses dépenses militaires.

L'affaire Odescalchi concernait quelques individus de confiance. Et quand il y a des secrets à garder longtemps, il vaut mieux s'adresser à ceux qui sont déjà au courant. Quand, en 1785, un Rezzonico deviendra pape sous le nom de Clément XIII, il choisira comme camérier secret – encore un hasard – un Giovannelli.

Mais cette histoire regorge d'exemples de ce genre. Il suffit de rappeler que l'argent des Odescalchi finit entre les mains des Bartolotti, apparentés à Johann Huydecoper, bourgmestre d'Amsterdam et diplomate accrédité par le gouvernement d'Amsterdam à la cour du prince Frédéric de Brandebourg, oncle de Guillaume d'Orange, parmi les sujets de qui comptait un certain Danckelman...

Le secret des grands livres

La lecture des grands livres de Carlo Odescalchi a requis beaucoup de temps. Les autorités vénitiennes du XVIᵉ siècle avaient rendu l'écriture de livres de comptes obligatoire afin de garantir et de protéger le commerce. Une fois introduite, la norme fut cependant habilement contournée par les marchands, qui transformèrent leurs livres en de longues listes incompréhensibles de chiffres et de noms, rédigées par des comptables de confiance sous le contrôle direct de leur patron, qui était le seul à pouvoir les déchiffrer. Carlo Odescalchi alla plus loin : il remplissait lui-même ses grands livres d'une écriture presque inintelligible. Les registres comptables des familles, comme ceux de Carlo Odescalchi, étaient les gardiens de secrets encore plus occultes, de délicates affaires privées. Ils étaient conservés sous clef dans des cachettes inaccessibles, et souvent détruits avant qu'ils ne risquent de tomber dans des mains étrangères (Cf., par exemple, V. Alfieri, *La partita doppia applicata alle scriture delle antiche aziende mercantili veneziane*, Turin, 1881).

La partie simple, dont la technique avait des applications, certes rudimentaires, dans les grands livres des marchands italiens, est absente des écritures comptables des Odescalchi. Les opérations sont mélangées sans souci de chronologie ni d'imputation. Les placements y figurent, mais le résultat des opérations individuelles et, surtout, le résultat total demeurent inconnus.

Ma tâche aurait été facilitée si j'avais pu consulter les journaux d'entreprise qui décrivent les opérations, dont les sommes sont notées dans les grands livres. Mais ces journaux n'ont malheureusement pas été conservés. L'inventaire de l'héritage de Carlo Odescalchi aurait pu m'aider à retrouver d'éventuels prêts à Guillaume d'Orange. Mais nulle trace de cet inventaire, non plus.

Carlo l'appliqué

La Biblioteca Ambrosiana de Milan (fonds Trotti n.30 et 43) renferme le scrupuleux journal que Carlo Odescalchi tint quotidiennement de 1662 à sa mort, et que personne n'avait encore découvert. Hélas, il n'apprend rien sur les affaires de famille : il contient essentiellement des annotations méthodiques sur la santé de son auteur, ses rencontres, les conditions atmosphériques. Au 30 septembre 1673, jour où Carlo trépassa, une main anonyme a décrit les derniers instants du mourant : l'extrême-onction, l'assistance spirituelle que lui prêtèrent deux pères de la Compagnie de Jésus, la mort vécue avec des sentiments « de vrai chevalier ». Suit un court éloge de ses qualités : prudence, humilité, justice. Mais surtout, « il fut appliqué dans l'art de noter toutes ses affaires de sa propre main, grâce à quoi il n'y eut aucun sinistre après sa mort, et l'on put établir tous les inventaires de meubles, établissements, crédits et intérêts extérieurs ».

En louant le défunt, l'anonyme s'attarde plus sur la précision avec laquelle il tenait et enregistrait comptes et papiers d'affaires que sur ses vertus morales. Le « chevalier » Carlo Odescalchi devait être un véritable maître dans l'art d'archiver. Comment se fait-il alors que l'inventaire de son héritage et les journaux de ses grands livres justement demeurent introuvables ?

Négociations secrètes

Depuis l'époque où les papes médiévaux séjournaient en Avignon, et non à Rome, la petite ville de Provence et les campagnes environnantes (le « comtat Venaissin ») étaient partie intégrante de l'Etat pontifical.

Mais en septembre 1688, les querelles qui opposaient Louis XIV et Innocent XI, avaient débouché sur l'occupation d'Avignon par les troupes françaises. Moins d'un an plus tard, en août 1689, le pape Odescalchi avait expiré. Le nouveau pontife, Alexandre VIII Ottoboni, avait aussitôt renversé la politique de son prédécesseur, inaugurant une ligne ouvertement philo-française. En signe de dégel, le Roi Très-Chrétien avait alors accepté de libérer Avignon. A la fin 1689, le vice-légat apostolique Baldassare Cenci s'était donc rendu dans la petite ville provençale dans le but de contrôler la restitution des trésors pontificaux, de calculer les dommages que l'occupation des troupes françaises avait causés et de reprendre les rênes de l'administration locale.

Cependant, Cenci avait dû affronter une situation pour le moins turbulente. Si Avignon avait été considérablement endommagée par l'occupation française, les choses étaient encore pires dans la voisine principauté d'Orange, fief du prince Guillaume, victime depuis des décennies des incursions périodiques et dévastatrices des dragons français. De plus, le prince d'Orange venait de monter sur le trône de la lointaine Angleterre, et ses sujets se sentaient – à raison – abandonnés à eux-mêmes. Protestants pour la plupart, ils craignaient que les persécutions des Français, unissant les raisons religieuses aux raisons politiques et militaires, ne donnent le coup de grâce à leur principauté déjà tourmentée. Si Avignon était pacifiée, la situation était donc effervescente à Orange.

Le 7 novembre, Cenci avait rapporté à Rome qu'une assemblée comprenant les représentants de tous les sujets de la principauté avait eu lieu dans l'amphithéâtre antique d'Orange (que tout le monde appelait alors « *Le Cirque** »). Ceux-ci avaient décidé d'offrir à Louis XIV le domaine de Guillaume. C'était une manœuvre désespérée : mieux valait être sujet de l'ennemi que son adversaire.

Alors que Cenci quittait Rome pour Avignon, un prélat avignonnais, l'auditeur de la Rote Paolo de Salvador, recevait une étrange lettre d'un des sujets d'Orange, monsieur de Beaucastel, protestant fraîchement converti au catholicisme et représentant des citoyens d'Orange à la cour de Paris. Cette lettre contenait une proposition pour le moins explosive : las des persécutions françaises, les habitants de la principauté d'Orange désiraient s'offrir à la papauté.

Alerté par de Salvatore et conscient de la délicatesse d'une telle affaire, Cenci en réfère aussitôt à Rome, au secrétariat d'Etat du Vatican. Il écrit qu'il faut accepter cette proposition. Certes, Orange vient de s'offrir à la France. Mais Louis XIV pourrait peut-être renoncer à la principauté de Guillaume si le pape s'unissait à lui pour soutenir l'ancien roi catholique Jacques Stuart contre le prince d'Orange qui l'a dépossédé. Il serait toutefois gênant pour l'Eglise d'accueillir dans son giron le fief d'un prince hérétique (appartenant qui plus est au nouveau souverain anglais). Cenci propose donc un prétexte : considérer la principauté comme un dédommagement pour les dégâts causés en Avignon par les luttes entre catholiques et protestants qui avaient martyrisé la Provence pendant de longues années.

Mais le secrétariat d'Etat du Vatican ordonne au vice-légat de refuser l'offre : Beaucastel n'a qu'à s'adresser à Louis XIV, beaucoup mieux à même de protéger la principauté d'Orange que la papauté.

Cependant, Beaucastel va trouver Cenci et, en présence de de Salvador, réitère son offre. Cenci la repousse. Beaucastel lui répond alors de manière fort ambiguë : le Saint-Siège a déjà fait une opération analogue, dit-il. En effet, il possède le comtat venaissin « en vigueur d'un partage effectué entre le roi de France et le pape après la guerre contre les Albigeois ».

C'était une allusion venimeuse : entre la fin du XIIe et le début du XIIIe siècle, la mauvaise herbe de l'hérésie avait été péniblement arrachée en Provence (G. Moroni, *Dizionario di erudizione storico-ecclesiastica*, Venise, 1840, *ad vocem* « Contado venaissino »). Une croisade atroce et sanglante avait décimé l'armée du prince Raymond VI, seigneur de Provence, accusé depuis longtemps de propager les doctrines des Albigeois, contraires à l'Eglise de Rome. Craignant d'être rapidement capturé et livré à l'Inquisition, Raymond avait alors promis au pape quelques territoires, dont trois châteaux situés dans le Comtat Venaissin, ainsi qu'une partie d'Avignon. Si Raymond épousait les raisons des hérétiques albigeois, disait le pacte, ces biens passeraient à l'Eglise. C'est exactement ce qui se produisit : Raymond persévéra dans son erreur, il fut proclamé hérétique et excommunié. Son fils, Raymond VII, poursuivit sa lutte, mais il fut vaincu sur le champ de bataille par le pape Grégoire IX et le souverain Français Louis IX le Saint. Le pacte conclu entre Eglise et hérétiques fut honoré, quoique par la force : en vertu du traité de Paris de 1228, les terres et les châteaux des Albigeois allèrent au Vatican. Il est vrai que la promesse de Raymond au Saint-Siège n'était pas la conséquence d'un prêt de la part du pape. Mais l'allusion de Beaucastel à un pacte entre catholiques et hérétiques, payé sur les terres de ces derniers, est pour le moins insinuante.

Revenons cependant aux négociations secrètes entre Cenci et le représentant d'Orange. Après cette malicieuse allusion au passé, voilà qu'arrive la fente : « Dans notre royaume, il est de croyance fort commune que le prince d'Oranges doit au pontificat précédent de grosses sommes, en paiement desquelles il croit pouvoir offrir la possession d'un Etat dont on peut faire un misérable capital. »

Bref, Guillaume d'Orange était fortement endetté auprès d'Innocent XI et croyait pouvoir le rembourser en lui offrant la petite principauté d'Orange qui, du reste, lui rapportait trop peu.

Une nouvelle fois, Cenci relate cette conversation à Rome. Mais il reçoit du Saint-Siège un deuxième refus, encore plus net que le premier : il est impossible que le pape Odescalchi ait prêté de l'argent à un prince hérétique. Cependant, cette scandaleuse révélation court sur toutes les lèvres. En effet, Cenci écrit une nouvelle fois à Rome en ajoutant que l'ancien trésorier de Guillaume d'Orange, monsieur de Saint-Clément (qui parlait certainement des affaires du prince en connaissance de cause) conseille, lui aussi, à ses concitoyens de se soumettre aux Français. Nous avons déjà versé trop d'argent à la papauté, dit l'ancien trésorier de Guillaume, il est moins coûteux d'entretenir les troupes de Louis XIV que de réclamer « à l'Esprit saint » l'argent destiné au pape. A en croire ces informations, la principauté d'Orange avait été imposée dans le but de rembourser le pape.

Les dettes de Guillaume d'Orange envers Innocent XI ne sont donc en rien mystérieuses : le trésorier de Guillaume en parle ouvertement, et cette circonstance est rapportée en grand secret par une source (le vice-légat apostolique d'Avignon) qui n'a aucun intérêt à répandre des racontars.

Le nouveau pape, répond le cardinal Rubini, secrétaire d'Etat, à Cenci, n'a aucunement l'intention d'accueillir le peuple d'Orange parmi ses sujets, en dépit de sa « volonté unanime » de s'unir à la papauté : le pontife ne souhaite pas augmenter le nombre de ses sujets. En revanche, le roi de France avait bien plus de possibilités de répondre aux nécessités des gens d'Orange. Mais surtout, souligne Rubini, il convenait de rejeter fermement le motif d'une telle annexion, à savoir que « le prince d'Oranges reste débiteur de grosses sommes au pontificat précédent ». Les négociations entre Cenci et Beaucastel ont échoué, Orange demeure dans le giron français.

Danckelman a publié cette dernière lettre (et elle seule) mais seulement *ad confutandum* : puisque Rubini repousse l'hypothèse selon laquelle Innocent XI aurait prêté de l'argent à un prince hérétique, alors il n'y a jamais eu de prêts ! Or Danckelman s'est sournoisement gardé de publier les lettres précédentes de Cenci (conservées, comme la précédente, à l'Archivio segreto du Vatican), dont on tirait la conclusion contraire. Une conclusion que confirment, comme on l'a vu, les grands livres de Carlo Odescalchi.

La correspondance Cenci

Voici la correspondance, conservée à l'Archivio segreto du Vatican, entre monsieur Beaucastel, le vice-légat d'Avignon Baldassare Cenci et le secrétariat d'Etat du Vatican.

Fonds secrétariat d'Etat, légation d'Avignon, chemise 369.
Monsieur Beaucastel à Paolo de Salvador, 4 octobre 1689 :

> Monsieur,
> Après vous avoir témoigné la joie intérieure que je ressens de voir l'autorité du pape rétablie, Son Eminence à la veille de son retour et vous-même dans la fonction de votre charge, je suis obligé de vous dire que l'extrême désolation de laquelle cet Etat est menacé par dix-sept compagnies de dragons et vingt compagnies d'infanterie pour le logement desquelles on a déjà reçu les ordres, nous a contraints de nous donner au roi [de France], et que la cérémonie en fut faite mardi dernier, jour de fête de tous

les Saints, à la place du Cirque où se retrouvèrent tous les corps dudit Etat. De vous dire si cela a été une chose concertée, je n'en sais rien mais je le crois, et je vous en parlerai à fond dès que je saurai que Son Eminence [Cenci] sera arrivée. Je m'expliquerai même devant elle d'une pensée que je vous expliquerai si [mot incompréhensible] la confier au papier, vous la devinerez facilement si je vous dis qu'elle rendrait notre bonheur égal au vôtre, et que la conjoncture des affaires présentes pourrait la faire sentir sans beaucoup de peine. Je suis attaqué d'un rhumatisme qui me rend presque perclus, mais quand je serai immobile je me ferai porter à Avignon dès que je saurais que son Eminence est arrivée pour lui aller renouveler les hommages de ma très humble et fort respectueuse servitude. Faites-lui s'il vous plaît entendre les vœux que j'ai faits pour son retour et la douleur que j'ai sentie de son éloignement. Jouissez cependant avec plaisir des douceurs que vous ressentez, nous y participerons indirectement puisqu'il est impossible qu'il n'en coûte quelque rayon sur nous. Je vous assure, monsieur, qu'en mon particulier j'ai ressenti autant de joie de ce qui avait été fait [le retour d'Avignon dans le giron de la papauté] que si j'avais l'honneur d'être votre compatriote, à la mienne volonté que cela pût être, mais *non datur omnibus adire Corinthum*, ou pour parler plus juste *Avenionem*. Je ne saurais plus discerner si dans ces trois mots de latin j'ai fait quelque faute contre les règles, mais je puis vous assurer que je n'en ferai jamais aucune contre le vœu que j'ai fait de toute ma vie.

Votre très humble et très obéissant serviteur,

Monsieur Beaucastel

Fonds secrétariat d'Etat, légation d'Avignon, chemise 350
Monseigneur Cenci au secrétariat d'Etat (déchiffrée), sans date :

Un sujet très fidèle du Saint-Siège et de bon talent, gentilhomme d'Avignon, m'a transmis une lettre que lui avait écrite un sujet du prince d'Oranges, en vertu de laquelle on suppose le grand désir des sujets de cette principauté de s'assujettir à la domination du Saint-Siège, et la grande facilité que cela puisse naître des circonstances des temps présents, et il ajoute qu'il viendra se réjouir avec moi de mon retour, dès qu'une maladie de catarrhe dont il souffre présentement le lui permettra. S'il me parle d'un tel commerce, j'écouterai et rapporterai tout ce qu'il me dira, et je n'accepterai ni éloignerai le 2657 [= affaire ?]. Il semble qu'on ne puisse douter du consentement des Oranges car les grandes angoisses dans lesquelles le Roi Très-Chrétien les a plongés et l'impossibilité d'être défendus par leur prince naturel les ont conduits au parti désespéré de se rebeller à ce dernier et de s'offrir au Roi Très-Chrétien, comme je vous l'ai signalé au cours de mes précédentes missives, mais ils préféreraient de loin être assujettis au très doux domaine de Sa Sainteté, comme les sujets de cet Etat l'ont expérimenté, sans en désirer de meilleur pendant plusieurs centaines d'années. Selon eux, le Roi Très-

Chrétien subordonnerait son intérêt de garder cette principauté à l'engagement que prendrait Sa Sainteté et ses successeurs de soutenir le roi Jacques, de 2488 [= se mobiliser ?] contre le roi Guillaume si le Saint-Siège le dépouillait de la principauté susdite. Cette acquisition peut se justifier par le consentement du peuple, qui se donnerait à Sa Sainteté pour se soustraire à l'assujettissement à un prince hérétique, lequel n'a pas été capable ou n'a pas la volonté de le défendre contre une extrême misère ; en outre, par les exigences du Saint-Siège en vertu des très graves dommages que les Oranges ont causés par le passé dans la haine de la 2601 [= foi ?] catholique, lesquels n'ont à ma connaissance jamais été remboursés, en mettant à contribution tout ce pays, à cause des contributions duquel la communauté d'Avignon a une dette de centaines de milliards d'écus [...].

Mon ministère m'a obligé de communiquer ce que je sais de cette importante affaire. La feuille ci-jointe renferme une copie de la lettre mentionnée plus haut, laquelle a été écrite à monsieur Salvador, auditeur de la Rote d'Avignon, par monsieur Beaucastel, gentilhomme de Courteson. Je puis affirmer, en raison des autres affaires que j'ai traitées de bouche avec lui, que ce dernier me semble de grand talent, un nouveau converti, dont l'apparence extérieure montre toutefois qu'il s'est vraiment converti, la cour de France l'apprécie et il jouit dans sa patrie d'une place de considération que lui a conférée le Roi Très-Chrétien, à qui il fut envoyé il y a deux ans pour les intérêts de son public en qualité de l'homme le plus capable et le plus apprécié de ses concitoyens. Le monsieur Salvador susmentionné qui m'a remis la susdite lettre m'a dit que l'un des consuls de Courteson a décidé [mot incompréhensible] de proposer de bouche l'acceptation de la principauté en l'assurant que le Roi Très-Chrétien le permettrait certainement.

Fond secrétariat d'Etat, légation d'Avignon, chemise 350
Monseigneur Cenci au secrétariat d'Etat (déchiffrée), sans date :

Mardi dernier, Beaucastel vint me trouver avec l'auditeur Salvador et en sa présence me déclara ouvertement la volonté conforme des personnes de la principauté d'Oranges d'être assujetties au domaine du Saint-Siège. Je lui répondis que c'était une chose désirable, mais loin de pouvoir se produire, et dans la suite de la conversation, lui demandai les fondements qui pouvaient exister en ce qui concernait le consentement du roi de France. Il me répondit seulement que le Saint-Siège possède aussi ce comtat venaissin en vigueur d'un partage établi entre le roi de France et le pape après la guerre contre les Albigeois. Il ajouta lui-même que dans le royaume il est de croyance fort commune que le prince d'Oranges doit au pontificat précédent de grosses sommes, en paiement desquelles il croit pouvoir offrir la possession d'un Etat dont on peut faire un misérable capital. Je déduisis diffusément qu'il est improbable que le Saint pontife défunt ait versé de l'argent au prince d'Oranges, et ne pouvant lui soutirer d'autre information importante, je conclus que mon ministère ne m'amenait pas à avoir une connaissance des intérêts que sa sainteté pouvait avoir avec le Roi Très-Chrétien et les autres princes d'Europe, me permettant de procurer à ses concitoyens et à sa personne la satisfaction désirée ; mais je n'omis pas de lui adresser les sentiments de gratitude que m'inspirait leur volonté de devenir sujets de mon prince, et de compassion face à l'état vraiment misérable dans lequel ils se trouvent. Salvador, qui est venu me reparler de cette affaire un autre jour, m'a dit que Beaucastel était tourmenté par la froideur que je lui avais montrée à ce sujet, et je lui ai répliqué les mêmes choses.

Fonds secrétariat d'Etat, légation d'Avignon, chemise 350
Le cardinal Ottoboni à monseigneur Cenci, 6 décembre 1689 :

J'ai soigneusement rapporté à Sa Béatitude tout ce que Votre Seigneurie me dit avec sa feuille en nombre à ce propos, à savoir ce que le gentilhomme d'Avignon vous a annoncé avec la lettre que son ami lui avait écrite à Oranges, dans laquelle il présuppose le vif désir de ces sujets de s'offrir au Saint-Siège. Selon l'approbation de Notre Seigneur, que Votre Seigneurie écoute volontiers et montre des sentiments de pleine satisfaction et d'appréciation face au bon esprit de ce des sujets, et de toute autre chose qu'on lui rapportera à ce propos, mais qu'elle se garde de prendre le moindre engagement, car, selon les réflexions de Notre Seigneur, ces sujets pourront être défendus avec plus de sécurité par le Roi Très Chrétien et vivre sous sa protection que sous celle du Saint-Siège qui n'a pas la force ni les armes pour défendre l'Etat d'Orange.

Fonds secrétariat d'Etat, légation d'Avignon, chemise 59
Monseigneur Cenci au cardinal Ottoboni, 12 décembre 1689 :

On m'assure que monsieur le comte de Grignan et monsieur l'intendant de Provence [les lieutenants français en Avignon] ont fait savoir aux habitants de la ville d'Orange et des autres lieux de la principauté que le Roi Très-Chrétien a apprécié l'acte conscient qu'ils firent de se soustraire au pouvoir du prince, et de se soumettre à celui de Sa Majesté, et qu'ils leur ont ensuite certifié qu'ils recevraient au début de l'année suivante les marques de sa bonté.
Un certain Monsieur de Saint-Clément, qui était auparavant trésorier du prince d'Oranges, a dit qu'on ne leur paierait rien à l'avenir, à l'exception d'un sou d'ustensiles pour chaque soldat, alors qu'ils ont payé beaucoup plus pour la papauté, et qu'on ne ferait plus venir du Saint esprit le pain et la farine de munition pour l'entretien de ces soldats, ainsi qu'on l'a pratiqué pour la papauté, voilà pourquoi le logement de l'infanterie existant chez eux leur vaudra plus de soulagement que de dommage [...].

Lettre publiée par E. Danckelman, *Zur Frage der Mitwissenschaft Papstes Innozenz XI. an der oranischen Expedition*, Quellen und Forschungen aus italienischen Archiven und Bibliotheken, 18 (1926), p. 311-333.

Le cardinal Rubini à monseigneur Cenci, 13 décembre 1689 :

> Aux nouvelles déclarations que Beaucastel a faites à votre seigneurie en présence de l'auditeur Salvador, au sujet de la volonté unanime des peuples d'Oranges de se donner au Saint-Siège et de vivre sous son pouvoir, Votre Seigneurie répondit sagement, comme elle le fit dans le cas de la fausse supposition selon laquelle le prince d'Oranges devait au pontificat passé de grosses sommes, à cause desquelles il pouvait céder cet Etat, dont le prince lui-même peut faire un pauvre capital. En effet, ce jugement est trop impropre et trop méchant, tout le monde sait bien que ce saint pontife n'était pas capable de s'allier avec un prince hérétique et de lui prêter secours, ni d'avoir la moindre intelligence avec lui et avec d'autres princes hérétiques. Et quant à la réponse à leur donner, s'ils se représentent à Votre Seigneurie, elle pourra leur dire ce que je lui exprimai sous l'ordre de Sa Sainteté dans le dernier ordinaire, à savoir que Sa Sainteté considère que ces peuples pourront être défendus avec plus de sécurité par le Roi Très-Chrétien et vivre mieux sous sa protection que sous celle du siège apostolique, lequel ne désire pas les Etats d'autrui, et souhaite seulement conserver les siens, et n'a non plus ni les armes, ni les forces pour défendre celui d'Oranges.

Rembourser le prêt

Le prêt des Odescalchi à Guillaume d'Orange fut-il remboursé ? Pour répondre à cette question, il convient d'examiner un autre épisode, tout aussi extraordinaire.

Innocent XI trépasse en août 1689. Quelques mois plus tard, Christine de Suède, la souveraine qui avait abjuré le protestantisme pour se convertir au catholicisme trente ans plus tôt, et qui s'était installée à Rome sous la protection de la papauté, meurt à son tour.

Avant d'expirer, Christine choisit son héritier : le cardinal Decio Azzolino, son conseiller et ami intime pendant de longues années. Cependant, le cardinal s'éteint quelques mois plus tard, et l'héritage de Christine passe à l'un des membres de sa famille, Pompeo Azzolino.

Pompeo, petit gentilhomme de province (les Azzolino étaient originaire de Fermo, dans les Marches, comme Tiracorda et Dulcibeni) se retrouve ainsi à la tête du gigantesque héritage de Christine de Suède : plus de deux cents tableaux de Raphaël, Titien, Le Tintoret, Rubens, Le Caravage, Michel-Ange, Domenichino, Van Dick, Andrea del Sarto, Le Bernin, Guido Reni, Carrache, Jules Romains, Le Parmesan, Giorgione, Velázquez, Palma l'Ancien ; des tapisseries d'or et d'argent dessinées par Raphaël, des centaines de dessins d'auteurs célèbres ; une galerie entière de statues, bustes, têtes, vases et colonnes en marbre ; plus de six mille médailles et médaillons ; des armements, des instruments de musique, des meubles de grand prix ; des bijoux conservés en Hollande, des crédits revendiqués envers la couronne de Suède et celle de France, ainsi que des exigences sur un certain nombre de possessions en Suède ; enfin, l'extraordinaire bibliothèque de Christine, contenant des milliers de livres imprimés et de manuscrits que les contemporains déjà jugeaient d'une incomparable valeur.

Une fois entré en possession du trésor de Christine, Pompeo se garde bien d'exulter. L'héritage de l'ancienne reine de Suède est, en effet, grevé de fortes dettes, et si l'Italien ne parvient pas à vendre au mieux, il risque d'être étranglé par les créditeurs. Rares sont les individus à disposer des moyens suffisants pour acquérir un patrimoine d'une telle ampleur : il convient peut-être d'entamer des négociations avec des souverains qui ne soient pas trop endettés. Mais Pompeo est un *parvenu** : il ignore par quel bout commencer, et Rome regorge d'aventuriers prêts à embobiner ce timide gentilhomme fraîchement débarqué de sa province.

Pompeo essaie de simplifier les choses en vendant en bloc tout l'héritage, mais l'opération se révèle trop compliquée et trop dangereuse. Les créditeurs s'énervant, Pompeo décide alors en toute hâte de démembrer le patrimoine en vendant des collections et des pièces isolées. Les tapisseries et les meubles précieux (notamment un miroir dessiné par Le Bernin) échouent rapidement chez les Ottoboni, la puissante famille du nouveau pape, Alexandre VIII ; quant aux livres, ils vont enrichir la Bibliothèque vaticane.

Mais les difficultés se multiplient. L'héritage comporte des dettes et implique aussi des problèmes légaux fort insidieux. La Suède revendique des droits sur les bijoux de Christine donnés en gage en Hollande et immobilisés chez un banquier. Elle les fait confisquer par des magistrats d'Amsterdam.

Pompeo n'a aucune envie de provoquer un incident diplomatique avec la Suède. On lui conseille d'écrire une supplique à l'homme le mieux placé pour intervenir auprès des Suédois et exercer des pressions en Hollande : le prince Guillaume d'Orange, roi d'Angleterre.

En mars 1691, Pompeo Azzolino adresse donc une supplique à Guillaume, lui demandant sa protection et son aide pour l'affaire des bijoux. Guillaume lui livre une réponse pour le moins inattendue : ayant appris que la collection de Christine était en vente, il propose d'acheter tout ce qui en reste par le biais d'un intermédiaire, et réclame sans tarder un inventaire des collections.

C'est un coup de tonnerre dans un ciel bleu. Quelques jours plus tôt, Pompeo vendait encore les tableaux un à un : il lui semble donc surprenant de pouvoir conclure la vente aussi rapidement. Et encore plus surprenant que Guillaume, qui avait toujours dû quémander de l'argent pour ses entreprises militaires, éprouve le besoin subit de dépenser une fortune pour des tableaux et des statues. Le Roi-Soleil lui-même avait été contraint de renoncer à l'achat de cette collection, quand son ambassadeur à Rome, le cardinal d'Estrées, lui avait signalé l'éventualité d'acquérir les trésors de Christine.

C'est alors que se produit un deuxième coup de théâtre. Un autre acquéreur se présente : nous le connaissons bien, il s'agit de Livio Odescalchi, le neveu d'Innocent XI.

Pour 123 000 écus, Livio souffle l'affaire à Guillaume et achète presque tout ce qui est resté de l'héritage. Curieusement, non seulement Guillaume ne se fâche pas, mais il demeure aussi en d'excellents termes avec Pompeo Azzolino. Le problème de l'héritage s'est résolu en un éclair.

C'est un épisode d'autant plus étonnant qu'il est invraisemblable. Un roi protestant toujours à court d'argent décide d'acquérir une collection d'art fort coûteuse. Le neveu d'un pape (qui, entre autres, avait prêté de grosses quantités d'argent à ce roi) la lui souffle sur le fil, et le souverain se contente de féliciter le vendeur (T. Montanari, « La dispersione delle collezioni di Cristina di Svezia. Gli Azzolino, gli Ottoboni e gli Odescalchi », in *Storia dell'Arte*, n. 90, 1997, pp. 251-299).

Quelques chiffres : les Odescalchi avaient prêté à Guillaume environ 153 000 écus. Livio achète les œuvres d'art de Christine pour un chiffre relativement proche : 123 000 écus.

De fins esprits s'étaient donc mis à l'œuvre. Depuis la fin 1688, Guillaume était enfin roi d'Angleterre et donc à même de rembourser les Odescalchi. Mais Innocent XI s'éteint l'année suivante. Comment payer les dettes à la famille du pape ? Seule une partie de la somme totale avait dû être restituée à ce moment-là. L'héritage de Christine de Suède constitue donc une formidable occasion, qu'il convient de ne pas laisser passer. Livio achète, mais c'est Guillaume qui règle, par le biais d'un intermédiaire discret.

Après tant de guerres, la partie qui opposait secrètement la maison Odescalchi aux Orange se conclut sur la pointe des pieds. Il est facile d'imaginer la scène. En admirant un Tintoret ou un Caravage à la lumière dorée de l'après-midi romain, un procurateur de Guillaume aura glissé une lettre de change dans les mains d'un émissaire de Livio Odescalchi. Le tout, naturellement, en vantant la mémoire de la grande Christine de Suède.

Livio et les Paravicini

C'est peut-être grâce à l'héritage de Christine de Suède que Guillaume d'Orange fut donc en mesure de rembourser les sommes qu'il avait empruntées aux Odescalchi. Mais la famille d'Innocent XI lui avait prêté au moins 153 000 écus, sur lesquels il fallait calculer les intérêts. Quand Pompeo Azzolino vend à Livio Odescalchi l'héritage de Christine, il n'encaisse que 123 000 écus. Où est passée la différence ?

Carlo Odescalchi, le frère d'Innocent XI, avait expiré en 1673.

En 1680, l'entreprise Odescalchi de Venise avait été liquidée ; quant à celle de Gênes, elle avait fermé ses portes depuis plusieurs années. Innocent XI disposait-il encore d'un intermédiaire de confiance pour encaisser la première tranche de remboursement du prêt ?

Il ne pouvait certes pas en charger son neveu Livio, et pas seulement parce qu'il était trop exposé aux yeux du monde. Livio est le prototype du rejeton riche et gâté : ombrageux, rebelle, introverti, capricieux, instable, il aurait, qui plus est, la larme facile. Il aime l'argent, mais seulement quand d'autres l'ont gagné. Désireux de le voir perpétuer la descendance, son oncle Benedetto l'a écarté des affaires d'Etat. Cependant, comme par désir de vengeance, Livio ne se mariera jamais. Et il ne quittera jamais Rome pour visiter les domaines hongrois de Sirmium qu'il a achetés à l'empereur. Le pape Odescalchi ferme tous les théâtres par amour de la décence ? Après la mort de son oncle, Livio achète une loge au Tor di Nona. Il hérite peut-être de son oncle une certaine tendance à l'avarice et à la ruse : quand l'ambassadeur autrichien à Rome lui demande de lui changer quelques ducats impériaux en devise romaine, Livio tente maladroitement de l'arnaquer en lui offrant 40 baïoques par ducat (le change officiel est de 45). Résultat : obéissant au facile antisémitisme de l'époque, l'ambassadeur répand le bruit que le neveu d'Innocent XI traite les affaires « comme un juif » (M. Landau, *Wien, Rom, Neapel- Zur Geschichte des Kampfes zwischen Papsttum und Kaisertum*, Leipzig, 1884, p. 111, n.1).

Livio se rend coupable d'une grosse gaffe avec l'empereur, auquel il promet d'envoyer un prêt d'argent et un contingent militaire : 7 000 soldats à adjoindre aux troupes impériales à leur arrivée dans les Abruzzes. En échange, il exige le titre de prince de l'empire. Comme nous le savons, le titre lui est accordé, et Livio prête, en effet, quelques modestes sommes (avec un gros intérêt, qui plus est) à l'empereur. Mais personne ne verra jamais la trace des 7000 soldats.

Victime de son hypocondrie, le neveu du bienheureux Innocent XI conserve jalousement les conseils médicaux et les rapports d'autopsie. De son écriture minuscule et illisible, il enregistre de manière obsessive les symptômes les plus insignifiants. Séduit par l'occulte, il occupe ses nuits à mener de pénibles expériences d'alchimie et des recherches de *remedia*, qu'il est disposé à payer très cher à des inconnus (*Fonds Odescalchi*, XXVII B6 ; Archivio di palazzo Odescalchi, IIIB6, n. 58 et 80). Lorsque sa personnalité morbide souffre excessivement des ordres de son oncle, il s'épanche en rédigeant des observations et des racontars malveillants, comme s'il préparait une vengeance infantile (*Fonds Odescalchi*, Diario di Livio Odescalchi).

Un tel homme n'aurait jamais pu supporter le fardeau de secrets oppressants, de rencontres compromettantes, de décisions sans retour. Pour encaisser le remboursement du prêt accordé à Guillaume, il avait besoin d'un procurateur habile, rapide, au sang froid.

Innocent XI avait eu, à Rome, un homme capable de veiller à ses intérêts avec discrétion et fidélité. C'était le banquier Francesco

Paravicini, issu d'une famille proche des Odescalchi. Il possédait les compétences et les capacités d'un véritable homme d'affaires, et suivait toutes les opérations économiques du futur pape : de la perception des loyers à l'achat des monts-de-piété, en passant par l'encaissement de l'argent que la famille envoyait à Rome et par le recouvrement des dettes. En 1640, déjà, Paravicini avait acheté sur l'ordre de Carlo Odescalchi deux secrétariats de chancellerie et une présidence (coût : 12 000 écus) en faveur de Benedetto, inaugurant par l'argent, selon la coutume de l'époque, son entrée dans la hiérarchie ecclésiastique.

La famille Paravicini jouissait sans doute de la confiance la plus totale des Odescalchi. Lorsque le cardinal Benedetto devient pape, il nomme sans tarder deux Paravicini, Giovanni Antonio et Filippo, trésoriers secrets et payeurs généraux de la chambre apostolique, chargés de pourvoir à toutes les largesses que le saint-Siège ou le pape ordonnerait. Toutefois, le pape abolit la charge de payeur des légations pontificales de Forlì, Ferrare, Ravenne, Bologne et Avignon, une fonction qui sera attribuée, sans raison apparente, aux Paravicini. (Archivio di Stato di Roma, *Camerale I-Chirografi*, vol. 169, 237 et 239, 10 octobre 1676 et 12 juin 1677, et *Carteggio del Tresoriere generale della Reverenda camera apostolica*, années 1673-1716. Cf. aussi C. Nardi, *I Registri del pagatorato delle soldatesche e dei Tresorieri della legazione di Avignone e del contado venassino nell' Archivio di Stato di Roma*, Rome, 1995.)

Valait-il la peine de confier aux Paravicini (qui résidaient à Rome) un devoir dans la lointaine Avignon, où le payeur général devait essentiellement veiller aux dépenses de routine du palais apostolique et de quelques soldatesques ? Curieusement, dès qu'Innocent XI s'éteint et que prend fin l'occupation française en Provence, la charge de payeur d'Avignon est rendue à Pietro Del Bianco, dont la famille en avait été titulaire pendant des décennies.

La profonde confiance que le pape nourrissait pour Giovanni Antonio et Filippo Paravicini est attestée par quelques détails révélateurs. Lorsqu'il conviendra de mettre à disposition des nonces apostoliques de Vienne et de Varsovie les fonds nécessaires à la guerre contre les Turcs, le pape fera transiter l'argent du Saint-Siège sur les places d'Ulm, d'Innsbruck et d'Amsterdam (la revoici...) par des intermédiaires de confiance : le bien connu Rezzonico et les deux Paravicini. Ces derniers ne constitueraient-ils donc pas les médiateurs idéaux pour encaisser l'argent que le prince d'Orange a remboursé ? (*Fonds Odescalchi*, XXII, A13, p. 440).

Les propos de monsieur de Saint-Clément et Beaucastel que rapporte monseigneur Cenci laissent entrevoir qu'on avait imposé une sorte d'*Odescalchi tax* aux sujets d'Orange afin de rembourser l'argent emprunté à la famille du pape. Une fois cet argent drainé, la solution la plus économique et la plus sûre aurait été de le déposer à quelques kilomètres d'Orange : peut-être en Avignon, où les Paravicini étaient compétents. Le trésorier de Guillaume aurait fait remettre régulièrement à un intermédiaire du pape une simple lettre de chance dans un coin perdu de la campagne provençale.

Plus de prête-noms, de comptes bancaires ni de triangulations internationales.

D'autres documents introuvables

Pour examiner des documents confirmant cette hypothèse, il convenait de fouiller les actes du dépositaire d'Avignon, conservés à l'Archivio di Stato de Rome. Ces papiers nous apprennent qu'une fois engagés en qualité de payeurs, les Paravicini sont immédiatement créditeurs : au lieu de payer, ils *encaissent* des milliers d'écus, venant des compensations de caisse. Indice intéressant. Hélas, les registres d'Avignon présentent une grave et inexplicable lacune : il manque cinq années, de 1682 à 1687, presque la moitié du pontificat d'Innocent XI.

La correspondance du supérieur hiérarchique des Paravicini, le trésorier général de la Chambre apostolique, aurait été utile pour chasser tous les doutes. Rien à faire : elle est amputée, cette fois, de toutes les années séparant 1673, année de la mort de Carlo Odescalchi, à 1716.

Solution conclusive

Au cours du deuxième après-guerre, quelques années avant la béatification d'Innocent XI, l'Archivio segreto du Vatican acheta les papiers Zarlatti, un fonds d'archives contenant des documents relatifs aux Odescalchi et aux Rezzonico. Ce fonds s'était formé à partir du XVIIIe siècle ; il aurait été intéressant de savoir s'il existait encore, à cette époque, des traces documentaires des anciens rapports unissant Benedetto Odescalchi, son frère Carlo et leurs prête-noms de Venise. On ne le saura jamais. Les responsables de l'Archivio segreto du Vatican ont eux-mêmes révélé les « étranges dispersions » et les « évidentes extrapolations » que le fonds avait subi dès son arrivée au Vatican : des fascicules séparés du fonds originel, sans cote (et donc non identifiables) et mal rangés (non retrouvables, Cf. S. Pagano, « Archivi di famiglie romane e non romane nell' Archivio segreto vaticano », in *Roma moderna e contemporanea*, I, sept.-déc. 1993, p. 194 et pp. 229-231. On signale également d'étranges disparitions de documents in V. Salvadori [éd.], *I carteggi delle biblioteche lombarde*, Milano, 1986, II, 191).

Faut-il en déduire qu'on a préféré ne pas prendre de risques ?

Dans le sillon lumineux que Jean-Paul II a tracé lorsqu'il n'a pas hésité, il y a quarante ans, à reconnaître les graves erreurs que l'Eglise avait commises et à demander pardon, on accomplirait un pas en arrière en occultant, voire en récompensant les déviations et les zones d'ombres qui ont constellé l'œuvre terrestre du pape Benedetto Odescalchi. L'heure est peut-être venue de solder également ce compte.

Table

Photocomposition Nord Compo
59600 Villeneuve-d'asq

Impression réalisée sur CAMERON
par BRODARD ET TAUPIN
La Flèche
en novembre 2002

Imprimé en France
Dépôt légal : novembre 2002
N° d'édition : 32616 – N° d'impression : 15604